Mick Herron

Down Cemetery Road

Zoë Boehm ermittelt in Oxford

ROMAN

Aus dem Englischen von
Stefanie Schäfer

Mit einem Vorwort von
Emma Thompson

Diogenes

Die Originalausgabe ist 2003 bei Constable, an imprint of Constable & Robinson Ltd, London erschienen

Der Diogenes Verlag wird vom Bundesamt für Kultur für die Jahre 2021–2025 unterstützt

Die Arbeit der Übersetzerin am vorliegenden Text wurde vom Deutschen Übersetzerfonds gefördert

info@diogenes.ch · www.diogenes.ch
In Fragen zur Produktsicherheit (GPSR):
truepages UG (haftungsbeschränkt)
Westermühlstraße 29, 80469 München
info@truepages.de
150/25/852/1
ISBN 978 3 257 30115 1

Für meine Mutter
und in Erinnerung an meinen Vater

Vorwort
von Emma Thompson

Meine erste Begegnung mit Mick Herrons Werk werde ich nie vergessen. Es war vor gut fünfzehn Jahren an einem sonnigen Tag in der Buchhandlung meines Vertrauens. Ich stöberte im Regal mit den Empfehlungen der Mitarbeitenden – dabei kann man in der Regel nichts falsch machen, da sie offenbar alles lesen, was sie verkaufen, und einen richtig guten Riecher haben. Auf einem Buch klebte ein roter Zettel: »LIES MICH SOFORT, ODER VERPASS DIE PARTY«.

Neugierig, wie ich bin, ging ich direkt zur Kasse und begann zu lesen, noch bevor ich den Laden verließ. Das war in mancherlei Hinsicht ein Fehler. Nachdem ich von mehreren genervten Kunden, die ebenfalls ihre Bücher bezahlen wollten, unsanft angerempelt worden war, tappte ich vollkommen gebannt hinaus auf die Straße. Zwischendurch stieß ich ab und zu ein unkontrolliertes Schnauben aus, wie es entrückten Lesenden entfährt, wenn sie sich amüsieren.

Nachdem mich ein Radfahrer nur knapp verfehlt hatte, lehnte ich mich schließlich an die Wand, zu der ich als Kind immer aufgeblickt und mich dabei gewundert hatte, wie etwas so hoch sein konnte. Ein langsamer Schub der Erkenntnis durchströmte mich, falls so etwas möglich ist.

Zunächst dachte ich: Er muss ein Londoner sein.* Aus seinen Worten stieg die schmutzige und schurkenhafte Atmosphäre meines geliebten Heimatviertels auf (das heute, Jahrzehnte später, von hippen Cafés und alternativen Buchläden geprägt ist), ich spürte die ganze Traurigkeit der Nachkriegsjahre in den Straßen, die zynische Erschöpfung seiner Protagonisten (man kann sie kaum als Helden bezeichnen), den Schlendrian der Staatsbediensteten, die Welt meiner ahnungslosen Kindheit, mehr Graham Greene als Ian Fleming, aber irgendwie ohne Greenes allzu traurige Melancholie. Sämtliche Spielarten von Humor waren vertreten. Die Situationen waren lustig, die Sprache war lustig, die Dialoge waren lustig, die Menschen waren lustig, und es gab echte Gags.

Um kein Missverständnis aufkommen zu lassen – es sind keine Komödien. Sie sind voll mit Dingen, über die wir lachen. Und das sind meistens die schrecklichen Dinge.

Ich las sofort alle seine übrigen Werke.

In seinen Charakteren – den Gescheiterten, den Einsamen, den übel Zugerichteten, den Verwirrten und sogar den ausgesprochen Bösen – glimmt stets ein Funke. Ein Funke des verlorenen Anstands, der in Erinnerung geblieben ist und dessen Verlust vielleicht sogar betrauert wird. Ein Funke in den Herzen derer, die durch seine labyrinthischen Gänge unter und über der Erde wandern, eine Ahnung, dass man nur lange genug suchen muss, um den zutiefst menschlichen Teil in uns allen zu finden.

Seine Welten sind düster und korrumpiert, voller dan-

* Ist er definitiv nicht. Er stammt aus Newcastle-upon-Tyne.

tesker Wendungen und – weniger poetisch – schwefeliger Gerüche. Manchmal schlagen einem diese Visionen aufs Gemüt und rufen kaltes Schaudern hervor, ja beschwören – besonders in diesen Zeiten – eine beklemmende Ahnung unangenehmer, gewalttätiger Turbulenzen im menschlichen Zusammenleben herauf.

Aber noch nie hat mich eines seiner Bücher hoffnungslos zurückgelassen – und ich habe sie alle immer und immer wieder gelesen.

Kurz gesagt, er bringt trübe Gewässer zum Leuchten.

Als ich viele Jahre später das Angebot erhielt, Zoë Boehm zu spielen, die in dem Buch, das Sie gerade beginnen – oder erneut lesen –, zum ersten Mal auftritt, war es, als würde ich durch diese hohe Mauer der Kindheitserinnerung treten, weg von der sonnigen Straße in seine vertraute, aber seltsame und bittersüße Welt.

Ebenso wie Alice im Wunderland nahm ich die Einladung an und erlebte viele Abenteuer, einige urkomisch, andere schaurig. Zoë war in ihrer Lederjacke, ihren klobigen Stiefeln und mit ihrer gepanzerten Seele eine großartige Begleiterin. Mögen Sie dieses Buch genauso unwiderstehlich finden wie ich vor all den Jahren, und mögen Sie den gemeinsamen Funken der Heiterkeit und des Mitgefühls in der Dunkelheit finden – wie Flecken von Meeresleuchten in der Themse.

Während er die Augen aufschlug, erwartete er, dass alles Licht der Welt erloschen wäre, aber nein: Er war noch am Leben, festgeschnallt an ein Bett in einem sterilen Raum, der Schmerz grub mit wütenden roten Krallen Furchen in sein Fleisch. *Sie haben mich gefesselt, damit ich mich nicht selbst in Stücke reißen kann,* dachte er in einem Moment der Klarheit. *Damit ich mir nicht die Haut von den Knochen ziehe, bis ich tot bin.* Ein ermutigender Gedanke: Er setzte voraus, dass sie sein Wohlergehen im Sinn hatten. Aber der Schmerz blieb, als würden Feuerameisen an ihm nagen, und selbst im Schlaf spürte er ihn in seinen Träumen pulsieren. In seinen Träumen war er wieder in der Wüste. Seine Gefährten waren tote Soldaten, denen das Fleisch von den Knochen fiel.

Das lauteste Geräusch der Welt war ein Hubschrauber. Überall um ihn herum zersetzten sich die Kindersoldaten und hinterließen Pfützen im Sand.

Hier gab es, wenn er wach war, andere Geräusche, um ihn abzulenken. Vor seinem Zimmer stellte er sich einen langen Flur mit blanken Fliesen und weißem Licht vor; einen hallenden Tunnel, der Geräusche an seiner Tür vorbeitrug, von denen manche verweilten, um ihn in seiner Langeweile zu verspotten. Der Klang eines fallen gelassenen Besteckteils klirrte stundenlang in seinem Kopf. Er vernahm auch Stimmen, ein leises Gemurmel, das nie zu Sprache gerann, und einmal glaubte er, Tommy zu hören; glaubte, einen Mann auszumachen, den er kannte, in einem Geräusch, das eher tierisch klang: ein immer schrillerer Schrei, der von einer zuschlagenden Tür unterbrochen wurde. Schritte entfernten sich klappernd. Etwas auf Rädern, vielleicht ein Rollwagen. Er versuchte zu rufen, aber seine Stimme verlor sich im tiefroten Schlund seines Schmerzes, und er konnte nichts weiter tun, als stumme Tränen zu weinen, die seine Wangen versengten.

Einmal am Tag kam ein Arzt. Er musste Arzt sein: Er hatte einen weißen Kittel an. Die Krankenschwester, die ihn begleitete, trug ein Tablett; darauf eine präzise Anordnung von Werkzeugen – Nadeln unterschiedlicher Größe, Fläschchen mit farbigen Flüssigkeiten. Sowohl die Krankenschwester als auch der Arzt trugen Handschuhe und OP-Masken, beide hatten olivfarbene Haut und haselnussbraune Augen. Nur der Arzt sprach. Seine Sätze waren kurz und prägnant: Einatmen. Ausatmen. Ich nehmen jetzt Blut ab. Selbst ohne Maske hätte er wohl kaum fließend Englisch gesprochen. Dies war ein weiterer Hinweis darauf, wo er sich befand … Nicht alle Nadeln waren für ihn bestimmt, also war er nicht allein hier; es gab andere Zimmer, andere Patienten, obwohl »Patienten« nicht das richtige Wort war. »Gefangene«, ergänzte sein Verstand. Er war hier Gefangener, aber wo »hier« war, konnte er nicht mit Sicherheit sagen.

Der Arzt befahl: »Schlafen Sie.« Als wäre es ein Zauberspruch und er das Kaninchen, das wieder in den Hut gesteckt würde.

Die Krankenschwester war schön, wie Krankenschwestern nun einmal zu sein haben. Sie kam öfter und fütterte ihn, wischte ihn ab und kümmerte sich um seinen Stuhlgang. Nichts, was er tat, brachte sie zum Sprechen. Selbst eine Erektion, für ihn fast ein Wunder, ließ sie ungerührt. Ansonsten hatte er nur ein paar Phrasen aus Schultagen im Kopf – *Parläi vu? Sprecke du Doitch?* –, die ihm nicht weitergeholfen hätten, selbst wenn sie geantwortet hätte. Und außerdem war er überzeugt, dass sie, wenn überhaupt, in einer Sandsprache reden würde, deren lange Silben ihn hilflos stranden lassen würden wie einen Reisenden, der zwischen Siedlungen umherirrt. Bald vergaß er, dass sie ein Mensch war. Wenn er sie nicht sehen wollte, wandte er sein Gesicht zur Wand.

Tage vergingen. Es gab keine Möglichkeit, sie zu zählen.

Seine Wunden heilten, aber nur langsam: Rote Striemen bedeckten seine Haut, an allen Stellen, die er sehen konnte, und ein kleiner Teil seines Verstandes – seine Blackbox – sagte ihm, dass es nun für immer so bleiben würde; dass sein Körper für immer vernarbt und abstoßend sein würde, aber zumindest ließ der Schmerz nach. Er wurde nicht mehr festgeschnallt. Allein eine Fußfessel fixierte ihn am Bett. Irgendwann würde er vielleicht etwas dagegen unternehmen.

Einmal stahl er in einem unbeobachteten Moment einen Löffel; er stibitzte ihn vom Tablett, als die Krankenschwester sich wegen eines Geräusches auf dem Flur umdrehte. Er versteckte ihn unter der Matratze, aber es verging keine Stunde, ehe sie kamen, um ihn zu holen – drei Männer, schweigsam, mit dunklen Gesichtszügen. Zwei drückten ihn gegen die Wand, während der dritte seine Beute holte. Sie gingen nicht grob vor, und er wehrte sich nicht. Aber die Anstrengung erschöpfte ihn trotzdem, und er brach zusammen, sowie sie aus der Tür waren. Sein Traum führte ihn zurück in die Wüste und zu den Kindersoldaten. Der Sand knirschte, als er vom Lastwagen fiel, und das Heulen des Hubschraubers war das lauteste Geräusch der Welt. Und die Jungen schmolzen wieder, ihre Gesichter wurden flüssig, während seine Blackbox dies unbewegt aufzeichnete und nichts anderes feststellte als: *Es ist, als betrachte man ein nasses Gemälde, das im Wind hängt* – aber er schwitzte, als er aufwachte, und war sich sicher, dass er geschrien hatte. Niemand war da, der ihm sagen konnte, ob das stimmte. Genauso wenig, wie ihm jemand sagen konnte, ob es Tag oder Nacht war.

Er hätte seine Seele verkauft für ein Fenster. Für natürliches Licht.

Und dann, eines Tages – vermutlich im Winter, die Luft war kalt und schneidend –, holten sie ihn aus dem Zimmer. Dieselben drei Männer kamen, um ihn am Bett zu fixieren. Man verband ihm die Augen und schob ihn durch die Tür, den Flur hinunter, der bisher nur in seiner Fantasie existiert hatte; man rollte ihn an Fenstern vorbei, durch die – dessen war er sich sicher – weiches Licht in regelmäßigen Abständen auf sein Gesicht fiel. Er stemmte sich gegen die Fesseln, aber sie gaben nicht nach. Als sie ihm die Augenbinde abnahmen, befand er sich in einem Raum, der wie ein Operationssaal aussah. Der Arzt war da, in OP-Maske und -Kittel, und wies die drei Pfleger – die Wachen – an, ihn loszubinden und in etwas festzuschnallen, das einem offenen Sarg ähnelte. Weil er dachte, dass sie ihn endlich töten würden, wehrte er sich nicht. Doch stattdessen wurde er in eine große Apparatur geschoben, wie sie ihm aus Krankenhausfilmen bekannt vorkam. Eine Art Scanner. Dort musste er etwa zwanzig Minuten lang ausharren. Das Geräusch war konstant, aber nicht allzu laut, als summte ein Bienenschwarm in der Nähe. Er wäre fast eingeschlafen.

Danach sagte der Arzt: »Gut.« Man schnallte ihn wieder fest, verband ihm die Augen und brachte ihn zurück in sein Zimmer. Wieder spürte er, wie die Fenster an ihm vorbeizogen, und sein einziger Wunsch war nicht einmal, zu fliehen, sondern einfach nur, im Licht stehen zu können und sich vorzustellen, wie der Wind in Böen über seine verletzte Haut strich.

Danach geschah es regelmäßig. Etwa alle drei Tage, soweit sein Körper wusste … Es gab keine anderen Zeitmesser. Das war eine der Entdeckungen, die er gemacht hatte: dass der Körper eine Art Uhr war. Man konnte sie nicht aufziehen und nicht ersetzen. Wenn sie aufhörte, das Verstreichen der Zeit anzuzeigen, war ihre Aufgabe erfüllt. Alle drei Tage brachten sie ihn in den OP und scannten ihn mit ihrem Gerät. Er stellte nie eine Frage. Das war sein Plan: Sie sollten vergessen, dass er da war, und ihm für einen Moment den Rücken zukehren. Selbst ohne Löffel glaubte er ihnen ein Auge oder eine Zunge nehmen zu können.

Er erfuhr es nie, aber es war an einem Mittwoch, als sich alles veränderte; als er einen Blick auf die Außenwelt erhaschte und sie auf dem Kopf stehend vorfand.

Er schlief, als die Krankenschwester kam. Er schlief tief. Das lag an den Tabletten und den Blutabnahmen: Obwohl er sich kaum bewegte, fühlte er sich oft schwach und müde. Er war immer noch mit einem Fuß ans Bett gefesselt. Sie hielt das wohl für sicher genug, und vielleicht hatten die anderen, die Männer, einen Tag frei. Er erfuhr es nie. Es war auch egal. Die Schwester schob ihn so aus dem Zimmer, nur mit der Fußfessel fixiert.

Es war die Bewegung, die ihn weckte. Er hatte wieder geträumt – der Traum verließ ihn nie, oder vielleicht verließ er nie den Traum –, sein Kopf voller kochender Gesichter, und er zwang sich, die Augen zu öffnen, so wie er immer erwachte. Für einen Moment dachte er, es hätte noch nicht begonnen, er wäre wieder im Lastwagen, und instinktiv warf er sich zur Seite und schlug unter dem Scheppern von heruntergefallenem Metall auf dem Boden auf. Das Bett kam ruckartig zum Stehen. Der Kittel weit auseinandergefallen, der nackte Hintern in der Luft, lag er nur einen halben Meter unter dem Fenster, dessen Jalousien ganz heruntergezogen waren, um das Licht auszublenden. Und er hatte beide Hände frei.

Selbst dann sagte die Krankenschwester nichts. Stattdessen drückte sie auf etwas an ihrem Gürtel, obwohl er keinen Alarm hörte, und als er mit einer Hand nach der Jalousie griff, kam sie, um ihn davon abzuhalten. Er dachte, sie würde sanft zu ihm sein, aber sie schlug ihm auf den Hinterkopf. Es war schon eine Weile her, dass man ihn so grob behandelt hatte, und er fiel zu Boden und riss die Jalousie mit sich. Es klang laut wie ein Hubschrauber. Und dann kamen Füße und ein Stich in seinen Arm, und sie schickten ihn zurück in die Wüste, wo er auf keinen Fall hinwollte, nicht jetzt, wo er das Licht gesehen hatte – nicht jetzt, wo er den Himmel gesehen hatte und die Baumkronen und den Bogen des Gebäudes gegenüber, das mit seinen steinernen Schnörkeln und dem Taubenkot *England* schrie –, doch dann öffnete die Nadel das Fenster in seinem Kopf, und er flog zurück in die Wüste. Das Licht war nur die Morgensonne, die ihre tödliche Glut entfaltete. Die Kindersoldaten starben wieder, aber niemand hörte ihre Schreie.

EINS

BHS

I

Wenn Sie ein Feuer entdecken, so begannen die Anweisungen, schreien Sie »Feuer«!, und versuchen Sie, es zu ersticken. Es war ein zweckdienlicher, nüchterner Ratschlag, der sich fast unbegrenzt anwenden ließ. Wenn Sie entdecken, dass die Gäste Ihres Mannes Arschlöcher sind, schreien Sie »Arschloch!«, und versuchen Sie, sie zu ersticken. Das war ein guter Anfang. Sarah war nur noch ein Glas Wein davon entfernt, es umzusetzen.

Doch diese Anweisungen hatten in ihrem Büro an der Wand gehangen, als sie noch gearbeitet hatte, und galten nicht für die Küche. Hier erwartete Mark, dass jeglicher Notfall ordnungsgemäß bewältigt – Krisenmanagement war sein neuer Spleen – und unverzüglich nach Schwere, Art und karriereschädigendem Potenzial eingestuft wurde: Erdbeben, Großbrand, Nudelknappheit. Seine Gäste standen nicht auf dieser Liste, da sie unter »höhere Gewalt« fielen und als solche zu ertragen waren. Natürlich sind sie Arschlöcher, Sars, würde er sagen, wenn sie weg waren und er sich Ironie wieder leisten konnte. Er ist reich, und sie ist dumm: Was hast du erwartet? Dass sie nett sind? Aber wenn Sarah fragte, wann Reichtum wichtig geworden war, würde seine Ironie verfliegen. Seitdem Reichtum auf meiner Kundenliste steht, würde er sagen. Seitdem wir vom Reichtum profitieren. Selbstvermarktung war sein anderer neuester Spleen. Er hatte jetzt immer zwei davon, um sicherzugehen, dass er nichts verpasste.

Und jetzt kam er in die Küche, um sicherzustellen, dass auch sie nichts verpasste. »Ist der Kaffee fertig?«

»Fast.«

»Kann ich dir helfen?«

»Das solltest du in Zukunft vielleicht zuerst fragen.«

»In Zukunft? Meinst du, ich will das noch mal durchmachen?«

Sie knallte eine Schranktür zu, nicht so laut, dass es nebenan auffiel, aber laut genug, dass Mark es verstand.

»Ich meine«, fuhr er im Flüsterton fort, »Wigwam? *Rufus?*«

»Du hast gesagt«, erwiderte sie mit zusammengebissenen Zähnen, »ein zweites Paar. Du wolltest unbedingt noch jemanden dabeihaben.«

»Ich dachte an Stephen und Rebecca.«

»Die hatten schon was vor.«

»Oder Tom und Annie. Oder –«

»Keine Zeit.« Sie holte tief Luft. Aus dem Wohnzimmer kam dieses schreckliche, tote Geräusch, das man wahrscheinlich auf Schlachtfeldern hörte, bevor die Bussarde herabstießen. »Und als ich eingewandt habe, dass es *sehr* kurzfristig ist, hast du gesagt, dann lade doch einfach irgendjemanden ein, der Zeit hat. Egal wen.«

»So habe ich das nicht gemeint.«

»Dann hättest du das vorher sagen sollen. Jetzt ist es ein bisschen spät, meinst du nicht?«

Mark lachte kurz auf, was auch ihm selbst hätte gelten

können. Es war eine seiner typischen Kapitulationserklärungen, wobei sie genau wusste, dass das nicht lange anhalten würde. Jedenfalls sagte er als Nächstes: »Du hast doch diese Pfefferminzbonbons geholt, oder?«

»Ja. Mark.«

Also änderte er die Taktik, legte die Arme um sie: »Jetzt komm schon. So schlimm ist es doch auch nicht, oder?«

Er hatte es tatsächlich nicht mitgekriegt. Zwei Stunden lang hatte er mit angesehen, wie in Zeitlupe der Krieg erklärt wurde, und er dachte immer noch, *so* schlimm sei es nicht gewesen. »Warst du etwa nicht dabei?«

»Er hat eben sehr entschiedene Ansichten. Gerard.«

»Mir war klar, dass du nicht Rufus meinst.«

»Er ist es eben gewohnt, seinen Standpunkt zu vertreten. Eine Art Schlagabtausch ...«

»Er ist ein Vampir.« Sie befreite sich und sah als Ausweichmanöver nach, ob der Wasserkocher eingesteckt war. War er. Das Wasser hatte nur noch nicht gekocht. »Geh wieder rein, und pass auf, dass er meine Freunde nicht beißt.«

»Denen mit ihrer Greenpeace-Empfindlichkeit schadet es auch nicht, wenn sie mal aus der Reserve gelockt werden.«

»Aus der Reserve locken ist in Ordnung. Aber er will beweisen, wer den Größten hat, und das geht zu weit.«

»Sarah ...«

»Geh einfach. Geh und streichle sein Ego. Nimm meinetwegen die Federboa, wenn du meinst, dass das hilft.«

»Ich habe ihn fast an der Angel«, flüsterte Mark auf dem Weg nach draußen. »Ich bin *so* nah dran!«

Und du hast ihre Beine angestarrt, fügte sie in Gedanken

hinzu. *Die der Vorzeigefrau. Du Scheißkerl.* Aber Mark war schon weg.

Sie goss das Wasser ein, suchte und fand ein Tablett und gab die Pfefferminzbonbons in eine Schüssel. Es waren in Folie verpackte, mit Schokolade überzogene Pfefferminzbonbons, und sie aß eines, während sie darauf wartete, dass der Kaffee durchlief, und ein weiteres, während sie nach Löffeln suchte. Die Tassen passten nicht zusammen. Ein Kommentar von Mark, und es wäre ein Trennungsgrund. Dann zählte sie die Pfefferminzbonbons: zwei pro Person und eines übrig. Sie aß es und trug das Tablett hinüber.

»Waffen«, sagte Gerard mit der Miene eines Zauberers, der eine Kröte hervorzaubert, wenn die Kinder ein Häschen erwartet hatten.

»Du sammelst *Waffen*?«, fragte Wigwam, und es klang wie: Du vergreifst dich an kleinen Kindern? Wigwam entschuldigte sich, wenn ihr jemand auf den Fuß trat. Waffensammler waren das Letzte für sie.

»Was dachtest du denn? Dass ich Briefmarken sammle?«

»Na ja, ich weiß nicht …«

»Gerard besitzt ein paar sehr teure Waffen.«

»Von billigen Waffen«, ergänzte Gerard, »sollte man die Finger lassen.«

»Meiner Meinung nach«, sagte Rufus mutig, »ist diese Art von Interesse, du weißt schon, eine Art Kompensation …«

»Hört, wer spricht. Ich für meinen Teil leide nicht unter Penisneid.«

Sarah stellte das Tablett auf den niedrigen Tisch, um den sie saßen: Gerard in einem Sessel, Wigwam auf dem Boden, die anderen teilten sich das Sofa. Gerard *brauchte* einen ganzen Sessel für sich, benahm sich aber nicht so, und das ging Sarah auf die Nerven. Übergewichtige sollten sich zu ihrer Situation bekennen und dafür bestraft werden. Aber Gerard bewegte sich wie ein Mann, der nur halb so dick war wie er. Sie hatte von der besonderen Anmut gelesen, die manche dicke Männer an sich haben, und es für Propaganda gehalten, aber seine Gesten waren sparsam und kontrolliert, als wäre ein Teil seines überaktiven Geistes mit Choreografie beschäftigt. Er machte jetzt zierliche Bewegungen mit seiner nicht angezündeten Zigarre und unterstrich Sätze mit kleinen, pointierten Gesten. Er hatte um Erlaubnis gebeten, rauchen zu dürfen, schien jedoch von ihrer Ablehnung kaum enttäuscht zu sein. Jetzt wackelte die Zigarre wie ein Totem gegen das Böse in seinen langen, aber wurstigen Fingern. Mit einem eigenen Kruzifix hätte sie sich sicherer gefühlt. Gerard Inchon war ein Mistkerl durch und durch.

»Worunter leidest du denn?«, fragte sie.

»Wie bitte?«

Mark sprang in die Bresche und hantierte klappernd mit Kaffeetassen. »Wer möchte Zucker?«

»Ich habe gefragt, worunter du leidest, wenn nicht unter Penisneid? Du hast viel darüber erzählt, wie toll dein Leben ist, aber es läuft doch bestimmt auch mal was schief, oder? Der Aschenbecher im Porsche ist voll, oder dein Schneider hat verschlafen …«

»Gerard bekommt alle seine Anzüge –«

»Sarah hat einen Witz gemacht, Schatz.«

»Wenn alles so perfekt ist, warum musst du dann vor Krethi und Plethi damit protzen?«

»Ich bin ja wohl kaum Krethi und Plethi«, erwiderte Mark.

»Ich meinte nicht dich.«

Gerard Inchon lächelte. »Ich nehme an, das passiert dir öfter«, sagte er zu Sarah. »Dass Gäste spontan zum Abendessen kommen. Fremde, zu denen man höflich sein soll.«

»Nein, eigentlich nicht. So wichtig ist Mark nicht. Noch nicht.«

»Sarah ...«

»Aber das wird er sein. Also musst du dich daran gewöhnen. Denn viele von ihnen werden penetranter sein als ich.«

Das erschien ihr unwahrscheinlich.

»Und sie werden deinen oberflächlichen Small Talk und deine kaum verhohlene Verachtung vermutlich unangenehmer finden als ich. Zum Nachteil der Karriere deines Mannes. Und was machst du dann?«

»Eine Band engagieren«, sagte sie. »Eine richtige Party schmeißen.«

Wigwam sagte: »Meine Güte, ich brauche unbedingt einen Kaffee. Sind das Pfefferminzbonbons?«

»Also hast du gar nichts gegen mich, sondern gegen den Job deines Mannes?«

Mark sagte: »Hör mal, es tut mir wirklich leid ...«

»Wage es nicht, dich für mich zu entschuldigen!«

»Eine Entschuldigung ist nicht nötig. Aber ich bin gespannt, wofür Sarah sich entscheiden wird. Für welches Verhalten, meine ich.« Gerard Inchon ließ seinen Blick durch den Raum schweifen, als erwarte er Vorschläge, und wandte sich dann wieder ihr zu. »Du arbeitest nicht, oder?«

Der Themawechsel überraschte sie. »Ich – nein. Im Moment nicht.«

»Du warst im Verlagswesen, oder?«

Sie warf Mark einen feindseligen Blick zu. »Wenn du es weißt, warum fragst du dann?«

»Ich wusste es nicht. Ich habe geraten. Mal sehen, keiner von den Großen, was Engagiertes. Dritte Welt? Ökologie?«

»Soll das ein Witz sein?«

»Alternative Medizin? Oder gleich alles auf einmal?«

»Green Dolphin Press«, sagte Sarah. »Wenn du es unbedingt wissen willst.«

»Mit einer Auflage von dreihundert Stück, von denen weniger als die Hälfte verkauft wird.«

Es klang, als kenne er die Bücher. »Viele Unternehmen gehen pleite.«

»Und viele nicht. Was hast du dann gemacht, im sozialen Bereich gearbeitet?«

»Mein Gott, was für ein Klischee. Aber das würde dir gefallen, oder? Suppenküchen. Armenhäuser.«

»Ich könnte die Reihe beliebig fortsetzen. Also wo, in einem Obdachlosenheim? Wird von guten Samariterinnen immer gern genommen.«

Wigwam wandte ein: »Ach, es gibt so viele –«

»Lass mich raten«, fuhr Gerard fort. »Sie konnten dich da nicht gebrauchen.«

Sarah schüttelte ungläubig den Kopf. »Was soll das?«

»Tja, ich erlebe das nur allzu oft. Der Ehemann verdient das Geld, und das Frauchen hat nichts zu tun. Wer keine Affäre hat, geht shoppen. Wer nicht shoppen geht, macht auf sozial.«

»Du bist echt widerlich, weißt du!«

»Deshalb sind diese Stellen ja auch so begehrt. Jedenfalls die interessanten. Woran lag es, mangelnde Erfahrung?«

Ihre Bewerbung war abgelehnt worden.

»Und dann bleiben nur die öden Jobs übrig. Einzelhandel zum Beispiel. Um das durchzuhalten, hast du nicht den Mumm.«

Der Oxfam-Laden hatte sie entlassen.

Gerard Inchon lehnte sich in seinem Sessel zurück. »Ich nenne es gern BHS.«

Hoffentlich fragt keiner, betete Sarah.

»*Bored Housewife Syndrome*. Die meisten Frauen langweilen sich natürlich gerne, aber es gibt ein paar, die –«

»Du widerlicher Mistkerl!«

»… auf Dinnerpartys mit Wackelpudding schmeißen. Aber das hier genießt du doch, oder?«

»*Was?*«

»Ein bisschen Aggressivität, ein bisschen Härte.« Er ließ seine Zigarre wie ein Amateurzauberer von einer Hand in die andere wandern. »Ich wette, du hast dich seit Ewigkeiten nicht mehr gefetzt. Du brauchst mehr Aufregung.«

In dem Moment flog das Haus in die Luft.

Der Abend hatte schon übel angefangen. Die Vorzeigefrau kam zuerst, unpassenderweise schon zehn Minuten zu früh: overdressed und sichtlich enttäuscht; offenbar hatte sie eine ganz andere Art von Party erwartet. Sarah hatte gerade eine Küchenkrise und sich ihren Namen nicht merken können; Mark musste einspringen, der Dame etwas zu trinken anbieten und sich nach ihrem Mann erkundigen. Gerard suche einen Parkplatz, er komme gleich. Aus »gleich« wurde eine Dreiviertelstunde: Das war selbst für South Oxford ein Rekord. In der Zwischenzeit tauchte Wigwam ohne Rufus auf, der etwas Nebulöses erledigen musste und bald nachkommen würde. Die meisten Dinge, die Rufus betrafen, waren nebulös, sogar solche, die konkret angefangen hatten. Wigwam war Sarahs älteste, anstrengendste Freundin; Rufus ihr überraschender Neuerwerb, aber nur überraschend, weil er jünger war und bereit, sich auf ihre Kinder einzulassen. In jeder anderen Hinsicht war er ein ganz gewöhnlicher Typ, und um ein Haar hätte Sarah auch seinen Namen nicht behalten.

»Wie schön, dich zu sehen«, heuchelte Mark, der Wigwam für eine antiquierte Kuriosität hielt und normalerweise dringende Angelegenheiten vorschützte, wenn sie sich ankündigte. »Ein Glas Wein? Rot? Weiß?«

Wigwam lehnte ab und zitierte aus einem Artikel über Harnwegserkrankungen durch Alkoholkonsum. Die Vorzeigefrau sah Wigwam an, als wäre sie aus dem Zoo ausgebüxt.

Zwischen ihnen lagen Welten, schon angefangen beim Outfit. Die Vorzeigefrau trug ein rotes Slipdress, das zehn Zentimeter über dem Knie endete, und dazu passenden Lippenstift. Eine Plakatschönheit mit einer Figur wie aus dem *Playboy*. Mark starrte sie an, als hätte man ihn mit dem Besenstiel eins übergezogen. Vom Sabbern hielt ihn seine gute Kinderstube ab, aber man sah ihm deutlich an, was er dachte.

Neben ihr wirkte Wigwam wie ein Hippie, obwohl sie andererseits auch neben Bob Dylan wie ein Hippie gewirkt hätte. Um zu beschreiben, was sie an diesem Abend trug, hätte man sich mit der Anthropologie der 1970er-Jahre auskennen müssen; wahrscheinlich etwas, das Abba aussortiert hatten, als sie sich für die weißen Hosenanzüge entschieden. Ein lila Schlabber-Onesie, die Reinkarnation eines Sofaüberwurfs. Das übrige Outfit vereinte verschiedene Stilelemente: Schmuck von Friends of the Earth; Haare à la Vogelscheuche. Wigwam besaß ein wunderschönes Lächeln, das sie die meiste Zeit über zeigte. In unbeobachteten Momenten hatte Sarah in ihrem Gesicht jedoch eine fast herzzerreißende Traurigkeit gesehen, als beruhte ihr natürlicher Optimismus auf dem Wissen, dass es in ihrem Leben unmöglich noch schlimmer kommen könnte. Sie war vor sechs Monaten mit Rufus zusammengekommen, und das Lächeln war seitdem nicht verschwunden.

»Kann ich dir in der Küche helfen?«, fragte sie Sarah.

»Da ist nichts mehr zu retten.«

»Kochst du selbst?«, fragte die Vorzeigefrau so erstaunt, als hätte Sarah einen lebendigen Elefanten in der Küche und keinen toten Lachs.

»Das hatte ich vor.«

»Sarah kann toll kochen«, schwärmte Mark, was wahrscheinlich als Zeichen der Loyalität gedacht war. »Nicht wahr, Schatz?«

»Natürlich.«

»Obwohl – weißt du noch, das Rührei?«, fragte Wigwam und konnte sich vor Kichern nicht halten.

»Das Ei war okay, nur die Pfanne war hin.«

Die Vorzeigefrau guckte verständnislos, und Mark schenkte Getränke nach. Er war nervös; es war ein wichtiger Abend für ihn. Dieser Inchon war ein potenzieller Kunde von Der Bank Ohne Namen; dass er die Einladung zum Abendessen angenommen hatte, war fast so, als erscheine der King zur Gartenparty. Zwei Tage zuvor hatte Mark seine Frau vor vollendete Tatsachen gestellt und darauf gedrängt, dass sie ein zweites Paar einlud – er hatte Inchon gegenüber behauptet, sie erwarteten Freunde und es ginge keinesfalls, absolut nicht, um Geschäftliches. Natürlich hatte Mark an Tom und Annie oder Stephen und Rebecca gedacht, die sich benehmen und höchstens hinterher lästern würden. Sarah hatte sich gerächt, indem sie stattdessen Wigwam und Rufus eingeladen hatte. Zwischendurch hatte sie überlegt, ob das gemein gewesen war. Gemein gegenüber Mark. Jetzt wurde ihr klar, dass eher Wigwam und Rufus die Dummen waren.

»Hast du dein ganzes Leben in Oxford verbracht?«, fragte die Vorzeigefrau.

»Bis jetzt noch nicht«, antwortete Sarah.

»Wir haben vorher in Birmingham gewohnt«, warf Mark ein. »Wir sind vor gut zehn Jahren hierher gezogen, oder, Schatz?«

Ihre Rolle an diesem Abend bestand darin, zu allem Ja und Amen zu sagen.

»Ich habe mein ganzes Leben hier verbracht«, sagte Wigwam. Dann fiel der Groschen, und sie fing wieder an zu kichern.

Sarah entschuldigte sich, sie habe in der Küche zu tun, und nahm sich ausgiebig Zeit für die Salatsoße. Währenddessen traf Rufus ein, was die Stimmung nicht merklich hob. Immerhin hatte er sich die schmuddelig-blonden, offenbar selbst geschnittenen Haare gewaschen. Rasiert hatte er sich allerdings seit Tagen nicht, ganz der trotzig-stolze Proletarier unter Spießern, und damit auch sein einziger Versuch, einen Eindruck zu hinterlassen. Die weißen Flusen vorne auf seinem Sweatshirt vom vielen Naseputzen mit Klopapier waren wohl keine Absicht. Ein Heuschnupfen-Märtyrer, der sein Kreuz tapfer trug.

Die Vorzeigefrau war sichtlich erleichtert, als ein Klingeln an der Tür die Ankunft ihres edlen Ritters ankündigte. Allein und unbewaffnet hatte er den Porsche geparkt. Als Sarah aus der Küche kam, kriegte sie gerade noch ihre Begrüßungs-Bussis mit: »Du hast ja ewig gebraucht.«

»Hier ist überall Anwohnerparken. Ich musste den Wagen auf der anderen Seite des Parks abstellen und von da aus zu Fuß gehen.«

»Wo ist deine Aktentasche?«

»Die habe ich im Auto gelassen.«

»Aber ich dachte …«

»Im Kofferraum, Liebling. Da ist sie sicher.« Er wandte sich Sarah zu. »Sie hat Angst, in eurer Gegend könnte das Auto aufgebrochen werden. Du musst Sarah sein. Es ist mir eine Freude.«

Und dies war ihre erste Begegnung mit Gerard Inchon, einem Mann, von dem sie schon viel gehört hatte; gelegentlich las sie sogar in der Zeitung über ihn, in gut recherchierten Artikeln im Wirtschaftsteil. Er war erst Mitte dreißig, sah aber aus wie vierzig oder älter: dicker Bauch, feistes Gesicht, und mit dem wenigen, nach hinten gekämmtem Haar, dem spitzen Haaransatz und dem Doppelkinn konnte er ohne Umwege ins mittlere Alter eintreten. Mark hatte ihn wohl zu Recht als »dicken Fisch« bezeichnet, aber hinzugefügt, Inchon expandiere im Osten, wenn alle anderen den Schwanz einkniffen, was auch immer das bedeutete. »Er ist ein Spieler, ein Macher, und sehr einflussreich«, hatte Mark erklärt. Früher hätte er Wichser gesagt und dasselbe gemeint. Und für Sarah genügte dieser erste Eindruck: Der Mann trug die dünne Lackschicht der Zivilisation, unter der sich ein Höhlenmensch verbarg. Die zivilisierte Version spielte *»Beggar Your Neighbour«*. Der echte Gerard Inchon fraß seinen.

Und er machte keinen Hehl daraus. »Nette Hütte hast du hier, Mark. Aber das Kaff ist ja furchtbar. Wann ziehst du nach London?«

»Also, bis jetzt haben wir nicht vor –«

»Mann, hier draußen in der Pampa kannst du unmöglich bleiben. In der Feuchtigkeit verrostet dir ja der Computer. Hallo, und du bist …?«

»Ich bin Wigwam, und das ist Rufus.«

»Wie bitte?!?«

»Entschuldigung«, sagte Mark, »ich hätte euch vorstellen sollen.«

»Schon gut, es sind nur sehr schräge Namen. Ihr könnt mich Gerard nennen. Ein herkömmlicher Vorname, falls er euch nichts sagt. Wigwam und Rufus, was? Klingt wie zwei Goldfische.«

»Kann ich dir etwas zu trinken anbieten?«, fragte Sarah. Arsen?, fügte sie in Gedanken hinzu. Quecksilber?

»Wodka Mart, wenn ihr so was dahabt. Ansonsten nehme ich Wein. Weißen.«

Da sie keinen Mart hatten, was auch immer das war,

schenkte Sarah ihm ein Glas Chardonnay ein, und er versuchte gottlob nicht zu benennen, was für einer es war. Währenddessen horchte er Wigwam aus. »Du hast *vier* Kinder?«

Als wäre er von der Bevölkerungskontrolle, und sie hätte gegen das Gesetz verstoßen.

»Von meinem Ex.«

»Oh. Sind also nicht von Rufus.«

»Nein. Aber er hat mich trotzdem geheiratet.«

»Verdammt mutig von ihm«, sagte Gerard. Vermutlich in Bezug auf die Kinder.

»Rufey war ein Waisenkind«, erklärte Wigwam. »Er hat sich immer eine große Familie gewünscht.«

Rufey widersprach nicht. Er ging Sarah auf die Nerven. Er ließ das Gespräch über sich hinwegrauschen wie ein Fluss über einen Kiesel, und er ragte nie heraus, egal wie seicht das Gespräch war. Wie hatte er es geschafft, Wigwam zu bezirzen? Vielleicht einfach, indem er verfügbar war.

Das war ein boshafter Gedanke, aber Gerard Inchon hatte sie in boshafte Stimmung versetzt. Er wandte sich jetzt ihr zu. »Und was ist mit Sarah?« Sie hasste es, in der dritten Person angesprochen zu werden. »Habt ihr Pläne für Nachwuchs?«

»Keine, die nicht privat wären«, antwortete sie honigsüß.

»Natürlich wollen wir Kinder«, sagte Mark. »Ehrlich gesagt, so bald wie möglich.«

»Ist das wahr?«

»Na ja, nicht ganz«, erwiderte Sarah. »Mark möchte Kinder. Und zwar so bald wie möglich. Das stimmt.«

Mark starrte sie finster an. Wigwam sagte: »Ach, wenn

du erst mal welche hast, kannst du dir ein Leben ohne sie nicht mehr vorstellen.«

»Das sagen alle. Aber was ist, wenn es bei mir anders ist?«

»Betrachte es als Investition«, sagte Gerard. »Für Kinder bekommt man in manchen Teilen der Welt viel Geld.«

Das schien der richtige Moment für einen Ortswechsel zu sein, da es unwahrscheinlich war, dass in nächster Zeit vor einem Waisenkind und einer Öko-Mutter etwas noch Taktloseres gesagt werden könnte. Weil sie im Wohnzimmer essen würden – einem großen, durchgehenden Raum, der den größten Teil des Erdgeschosses einnahm –, dauerte es nur knapp fünf Minuten, alle von einer Seite zur anderen zu lotsen, wobei Wigwam und Rufus am schwierigsten zu platzieren waren. Wigwam wollte es immer allen recht machen und konnte sich nicht für einen Stuhl entscheiden, und Rufus wirkte, als hätte er am liebsten aus einer Schüssel in der Küche gemampft. Sarah kam zu dem Schluss, dass ihr ein kleines Teufelchen – ihr persönlicher Dämon – sie dazu gebracht haben musste, diese beiden einzuladen.

Das Menü hatte sie einfach gehalten, zum Teil aus gesundem Menschenverstand, aber auch aus dem Wunsch heraus, Mark zu zeigen, dass sie nicht sechsunddreißig Stunden in der Küche verbringen würde, um ihn gut dastehen zu lassen. Also: gefüllte Paprika zum Auftakt, dann Lachs mit Limettensaft und Apfel. Avocadosalat. Obstsalat. Einige der edleren Käsesorten vom Markt. Nichts Spektakuläres, aber es war auch nichts daran auszusetzen, es sei denn, Gerard erwartete rohes Fleisch, aber dann würde er wohl einfach in seinen Tischnachbarn beißen.

Gerard erwies sich als unkompliziert und aß alles, was man ihm vorsetzte; der Knigge konnte ihm dabei gestohlen bleiben. Ihn zum Schweigen zu bringen war schwieriger. Sarah dachte, dass erfahrene Gäste – und Inchon schien es gewohnt zu sein, sich bei anderen durchzufuttern – doch darin geübt sein sollten, Fremde auszuloten und eine gemeinsame Basis zu definieren, auf der man sich unterhalten konnte. Aber Inchon betrat Neuland, nur um Minen zu legen und sich dann zurückzuziehen; er taxierte die Leute und wählte dann die Waffe, die sie zu Fall bringen würde. Mark gegenüber war er vollkommen umgänglich und unterhielt sich mit ihm in einem für den Rest der Gesellschaft unverständlichen Finanzkauderwelsch; Sarah behandelte er mit schleimiger Höflichkeit. Wigwam und Rufus dagegen provozierte er bis aufs Blut.

Mit dem Krieg zum Beispiel. Oder besser: dem Beinahe-Krieg. Denn im Nahen Osten spitzte sich die Lage zu; die Unnachgiebigkeit des Irak gegenüber den UN-Inspektionen führte zu Säbelrasseln in der gesamten westlichen Welt. Politiker hielten tiefernste Pressekonferenzen ab, während sie sich insgeheim die Hände rieben; die Boulevardblätter kreischten, die großen Zeitungen donnerten. Auslandskorrespondenten überprüften ihre Designer-Khakis. Und die Wigwams dieser Welt warfen vor Scham und Entsetzen die Hände in die Luft, während die Inchons das Kabelfernsehen einschalteten, die Fernbedienung in der einen und die Börsenkurse in der anderen Hand.

»Nichts kurbelt die Wirtschaft so an wie ein ordentlicher Krieg.«

»Ist das dein Ernst?«

»Natürlich. Und dabei rede ich nicht vom Preis einer Dose Bohnen, meine Liebe. Ich meine großes Geld. Aufträge für Hubschrauber, Arbeitsplätze für ganze Städte. Der Medienrummel reißt die Leute mit.«

»Und was ist, wenn wir verlieren?«

»Das ist keine Option.« Er lächelte herablassend. »Die Gegenseite hat nichts als einen zusammengewürfelten Mob mit veralteten Waffen, während die westlichen Armeen über den neuesten Hightech-Schnickschnack verfügen, den sie sicher gerne mal ausprobieren würden. Die Leute da unten leben ja praktisch noch in der Steinzeit. Sie hatten einfach Glück mit dem Öl.«

»Bei einem Atomkrieg gibt es keine Gewinner«, unkte Wigwam.

»Das ist eine naive und dumme Einstellung. Die Seite, die über nukleare Waffen verfügt, gewinnt gegen die, die keine hat. Es ist nur eine Frage der Öffentlichkeitsarbeit.«

»Das ist widerlich«, sagte Sarah.

Inchon lächelte selbstgefällig. »Das ist realistisch. Wobei es so weit wohl nicht kommen wird. Es gibt schnellere und sauberere Wege. Was nützt es, einen Krieg zu gewinnen, wenn man danach eine riesige Entschädigungsrechnung präsentiert bekommt? Was denkst du?« Er wandte sich an Rufus.

»Ich – ich weiß nicht …«

»Vielleicht solltest du deine Frau fragen, was du meinst. Sie wird es wahrscheinlich wissen. Könnte ich noch etwas Wein haben, Mark? Vielen Dank.«

Rufus war rot geworden. »Es wird keinen Krieg geben«, sagte er.

»Ach, nein? Warum nicht?«

»Weil die Leute zur Vernunft kommen werden«, sagte Rufus. »Niemand will das noch mal durchmachen. Verkohlte Leichen und –«

Gerard warf den Kopf zurück und lachte. »Großartig«, stieß er hervor. »Großartig.« Er leerte sein Glas Wein zur Hälfte. »Die Leute werden zur *Vernunft* kommen«, wiederholte er, inzwischen mit leicht verwaschener Aussprache. »Sehr klug analysiert.«

Rufus errötete zwei Nuancen tiefer. »Was meinst du denn? Glaubst du, die machen das einfach?«

»Die machen das einfach. Klingt fast wie ein Slogan. Keine Ahnung. Ich weiß es nicht. Vielleicht machen sie es, vielleicht auch nicht. Ich kann mir ein halbes Dutzend Szenarien denken für beide Seiten. Aber keines enthält Menschen, die zur Vernunft kommen. Hier geht es um Geopolitik, nicht um einen Streit im Sandkasten.«

»Es geht um *Menschenleben*«, entgegnete Wigwam. »Man kann nicht so tun, als ginge es dabei nicht um Menschen.«

Gerard sah Mark an. »Das Problem bei Diskussionen wie dieser ist, dass Frauen jedes Mal sentimental werden. Man kann mit ihnen nicht über Krieg oder Sport diskutieren, weil sie einfach nicht kapieren, wie entscheidend das Ergebnis ist. Sie haben immer Mitleid mit den Verlierern.«

Mark sagte: »Tja, äh, offensichtlich –«

»Offensichtlich was?«, fragte Sarah.

»Offensichtlich spricht viel dafür, den menschlichen Faktor mit einzubeziehen. Aber langfristig gesehen –«

»Was ist langfristig gesehen?«

»Langfristig gesehen sind es nicht die Betroffenen selbst, die die wichtigen Entscheidungen fällen. Möchte noch jemand Wein?«

»Du willst dich also nicht für eine Seite entscheiden?« Die Vorzeigefrau hatte schon lange nichts mehr gesagt. »Ich hätte gerne noch etwas Wein.« Mark bemühte sich, nicht vor Dankbarkeit zu strahlen, und verschwand in der Küche, um eine weitere Flasche zu holen.

Sarah wandte sich Gerard zu. »Was hast du überhaupt damit zu tun?«

»Wie bitte?«

»Ich habe keine Ahnung, was du machst, außer dass du diverse Kunden mit Waren belieferst. Ich meine, du produzierst doch nichts, oder?«

»Ich mache Geld, meine Liebe. Und zwar sehr viel.«

Sie war ins offene Messer gelaufen. »Und das wirst du auch weiterhin tun, wenn es Krieg gibt, oder? Mit den Toten Profit machen?«

»Bei dir klingt das so, als würde ich auf Schlachtfeldern Leichenfledderei betreiben.«

»Weit davon entfernt ist das nicht, oder?«

Er sah sie an. »Nein, in der Tat. Mein ›Anteil‹ daran ist der gleiche wie deiner. Ich werde Mitglied einer beteiligten Nation sein. Ansonsten habe ich keine unmittelbaren Interessen. Aber ich nehme an, im Gegensatz zu dir werde ich tatsächlich die Truppen unterstützen, die in meinem Namen ausgesandt werden. Denn je weniger von ihnen sterben, desto mehr freut es mich. War es das, worauf du hinauswolltest?«

Sarah biss sich auf die Zunge. Gerissener Mistkerl.

Gerard sah Rufus an. »So viel zum Weltgeschehen. Und was machst du so?« Er legte einen leichten Akzent auf »machen«, als müsse Rufus doch irgendetwas *tun,* so schwer es auch vorstellbar war.

»Ich, äh, arbeite *freelance.*«

»*Freebase?* Hat das nicht etwas mit Drogen zu tun?«

Rufus hüstelte. »Ich bin Freiberufler.«

»Ah, freiberuflich. Als was? Kostenplaner? Fensterputzer?«

Mark kam mit einer offenen Flasche zurück und wedelte verlockend damit.

»Ich unterrichte«, antwortete Rufus. »Erwachsenenbildung«, fügte er hinzu.

»Wie faszinierend«, hauchte Gerard.

Sarah hatte genug. Wenn sich Gerard Inchon nicht zurückhielt, würde ihm gleich ihr Besteck aus dem Rücken ragen.

»Äh, möchte jemand noch Wein?«, fragte Mark schließlich.

»Ich gehe Kaffee kochen«, sagte Sarah.

Die Explosion setzte dem Gespräch ein Ende. Sie schien in zwei Phasen zu verlaufen, obwohl Sarah sich später nicht mehr genau daran erinnern konnte, in welcher Reihenfolge das geschah. Das Zimmer bebte, nicht heftig, aber mehr als bei einer durchschnittlichen Dinnerparty üblich; die Bilder an den Wänden klapperten in ihren Rahmen, und die Lampe begann zu schaukeln, sodass die Schatten aus ihren Ecken huschten. Und dann, oder vielleicht auch kurz zuvor, gab es einen dumpfen Knall, gefolgt von einem Geräusch wie von einem Erdrutsch, aber hier, in Oxford? Wigwam ließ ihr leeres Weinglas fallen; die Vorzeigefrau riss die Augen auf. Mark sprang auf und blickte automatisch zu Gerard, als wäre er als der Reichste am Tisch der Experte für alles. Zu ihrem Ärger merkte Sarah, dass sie dasselbe getan hatte. Gerard stellte ganz vorsichtig sein Glas ab und drehte sich zum Fenster um, vor dem die Vorhänge zugezogen waren. Dann nickte er wissend und wandte sich wieder Sarah zu. »Das war eine Bombe«, sagte er.

»Eine Bombe?«

»Unverkennbar. Eine Gasexplosion würde …«

Rufus stürmte an ihm vorbei zur Eingangstür.

Es entstand eine kurze Verwirrung – sollten sie Rufus folgen oder auf Gerard hören? Dann setzte ein allgemeiner Exodus in Rufus' Kielwasser ein. Wahrscheinlich war es Rufus' einzige Chance, Inchon jemals die Schau zu stehlen, aber dieser Gedanke kam Sarah erst später. In diesem Moment befand sich ihr Verstand in jenem Ausnahmezustand, in dem alles hell und klar erscheint und sich zugleich in Zeitlupe abspielt, ohne dass man Worte dafür findet. Hinterher wünschte sie sich, sie hätte den Ausdruck auf Gerards Gesicht genießen können, aber sie musste sich damit begnügen, ihn sich vorzustellen.

Die Explosion hatte sich in mehreren hundert Metern Entfernung ereignet, vielleicht sogar hinten am Flussufer, und selbst vor dem nachtschwarzen Himmel konnte man erkennen, dass Rauch die Luft trübte wie ein Tintenfisch das Wasser in großer Tiefe. Aber Flammen sah man kaum, und wenn sich nicht bereits eine Menschenmenge unter den Straßenlaternen versammelt hätte, hätte Sarah nicht gewusst, wohin sie schauen sollte. Zu hören war nur noch der Nachhall: eine Art gedämpftes Dröhnen, das von den Häuserwänden zurückgeworfen wurde. Sarah biss sich auf die Lippe, schmeckte Blut, gemischt mit Minze, und ein Teil von ihr wollte wissen, was passiert war, der Rest lieber nicht. Sie standen in einer Gruppe beisammen, nur Rufus hielt sich etwas abseits, ein paar Meter näher am zerstörten Haus, als ob dieser kleine Vorsprung ihm eine andere Perspektive verschaffen würde. Durch das Getöse hörte Sarah das Gemurmel der Menge vor sich; den anerkennenden Unterton wie bei einem Freudenfeuer. Denn es brannte durchaus. Wenn man genau hinschaute, sah man durch ein Fenster im oberen Stockwerk einen Schimmer, als würde ein Drache gegen die Scheibe hauchen.

»Das muss eine Gasleitung sein«, meinte Rufus.

»Was sollen wir machen? Wir können doch nicht einfach hier rumstehen!«

Mark legte einen Arm um sie. »Wir können gar nichts tun. Wir müssen auf die Einsatzkräfte warten.«

»Wem gehört denn das Haus?«, fragte Wigwam. »Kennt ihr die Leute?«

Als ob das etwas ändern würde, dachte Sarah. Als ob das jetzt wichtig wäre.

»Ich glaube, da kommt die Feuerwehr«, sagte die Vorzeigefrau. Sarah wünschte, sie könnte sich an ihren Namen erinnern. »Hört mal, die Sirenen!«

Jetzt hörten sie sie auch: ein schrilles Jaulen, das über die Dächer wirbelte und die Straße entlang hallte.

Gerard zündete sich eine Zigarre an. Die Flamme seines Feuerzeugs warf einen teuflischen Schatten auf sein rundes

Gesicht und betonte seine Stirnglatze. »Ein bisschen Spannung zum Schluss«, bemerkte er. »Hast du das extra inszeniert, Mark?«

»Ach, halt doch die Klappe«, fauchte Sarah.

Sie wusste nicht, wem das Haus gehörte, aber es lag nah am Flussufer. Die Menge hielt Abstand; keine Amateurheldentaten um diese Uhrzeit. Vielleicht war das Haus auch tatsächlich leer gewesen. Aber Sarah wünschte sich, jemand würde etwas unternehmen, und sei es nur, um den Rest von ihnen von den lähmenden Gewissensbissen zu befreien, bei einem Unglück tatenlos zuzusehen. Sie trat einen Schritt von Mark weg, dessen Arm von ihrer Schulter fiel. Und jetzt kam die Feuerwehr um die Ecke gebraust, ohne die Sirenen abzuschalten, um die Dringlichkeit des Einsatzes zu unterstreichen. Nichts Ernsthaftes geschah jemals leise. Jedenfalls nicht, wenn Männer am Steuer saßen.

»Hier gibt es nichts zu sehen«, sagte Mark, unabsichtlich einen Polizisten imitierend. »Schaulustige sind hier nicht erwünscht.«

»Wo bleibt der Notarzt?«, fragte Wigwam.

»Da kommt er schon.«

Der Krankenwagen folgte den Löschfahrzeugen; sein Blaulicht schimmerte zwischen den Häusern hindurch. Ein Rettungswagen musste noch lange nicht heißen, dass jemand verletzt war, dachte Sarah. Aber diese Mutmaßungen waren sinnlos. Sie hatte keinen blassen Schimmer – es konnte sich genauso gut eine Schar Kleinkinder im Haus befinden. Die Löschfahrzeuge bezogen neben dem Haus Position, und alle möglichen effizienten Routinen spielten sich ab. Schläuche schlängelten sich aus den Rückseiten der

Fahrzeuge, während Männer mit gelben Helmen sich gegenseitig Anweisungen zuriefen. Die Menge wich ehrfürchtig oder gehorsam zurück, während zwei Männer in Weiß Tragen aus dem Rettungswagen zogen. Aus dieser Entfernung wirkte alles unwirklich, als würde Sarah eine nicht ganz akkurate Darstellung einer kleinen Katastrophe beobachten. Sie hörte Glas zerbrechen, dann rauschte Wasser aus einem Schlauch, der auf die Überreste des oberen Stockwerks gerichtet war. Aus diesem Winkel war es schwer zu sagen, aber das Haus sah schief aus, als ob ein Teil von ihm von der Nacht und dem Schatten verschluckt worden wäre oder von etwas mit einem noch größeren Appetit. Es musste das Eckhaus sein, dachte Sarah, also war vermutlich das, was davon eingestürzt war, in den Fluss gefallen.

»Sollen wir näher rangehen?«, fragte Wigwam besorgt. »Ich bin mir nicht sicher, aber ich glaube, ich weiß, wer da wohnt.«

»Wir wären nur im Weg«, erwiderte Mark schroff.

Rufus streckte die Hand aus und packte Wigwam am Ärmel, entweder um sie zu trösten oder um sie aufzuhalten, Sarah wusste es nicht. Wieder gab es einen lauten Knall, und uniformierte Männer sprangen vor den herabfallenden Trümmern beiseite.

»Ich kann das nicht mit ansehen«, sagte Sarah. »Gehen wir ins Haus.«

Alle drehten sich um, nur Gerard sträubte sich. Vielleicht fand er Gefallen an den Tragödien anderer, aber wahrscheinlicher war, dass er seine Zigarre zu Ende rauchen wollte. Sarah fand den Stumpen am nächsten Morgen, fünf Zentimeter lang und aufrecht auf den Torpfosten gedrückt, wie die Hinterlassenschaft eines besonders akrobatischen Pudels.

Alle waren still und bedrückt, und mindestens zwei sehr bestürzt über das, was geschehen war. Mark verarbeitete den Schrecken auf typisch männliche Art und holte den Brandy hervor, den er für private Notfälle reserviert hatte. Er und Gerard genehmigten sich einen; alle anderen lehnten ab. Rufus trank prinzipiell keine harten Sachen. Gerard fand das wenig überraschend, aber ansonsten herrschte von nun an ein Waffenstillstand, der bis zum Ende des Abends andauerte. Zu Sarahs Überraschung war es zwölf, bis sich alle verabschiedeten. Sie hatte geglaubt, jede Minute unerträglich bewusst wahrgenommen zu haben, aber die letzte Stunde war völlig an ihr vorbeigezogen.

Die Dankesworte ihrer Gäste klangen gekünstelt in ihren Ohren. Die eine Hälfte wollte sie nie wiedersehen, die andere hätte sie besser nicht eingeladen. Obendrein hatte Mark als Ehemann nicht gerade Punkte gesammelt. Sie schützte Kopfschmerzen vor und zog sich in die Küche zurück, noch bevor sich die Haustür geschlossen hatte. Die Küche lag zum Garten hinaus, und dort konnte sie so tun, als wäre der Lärm draußen eine Party und es täte ihr höchstens leid, dass sie nicht eingeladen war.

Sie hörte, wie Mark nach oben ging. Früher hätte er ihr beim Aufräumen geholfen; jetzt schien das ihre Aufgabe zu sein. Er würde zwar eher sein Abonnement für den *Guardian* kündigen, als den Ausdruck »Frauensache« zu verwenden, aber er hatte garantiert eine Ausrede parat. Anstrengender Tag im Büro, lange Rückfahrt, musste den ganzen Weg von Paddington aus stehen. Außerdem war sie seinen

Gästen gegenüber bissig gewesen, was seiner Karriere kaum förderlich war. Und ganz abgesehen von seinem stressigen Tag oder was sie zu wem gesagt hatte, ging ihr dieser fiese kleine Jingle nicht aus dem Kopf, den sie in letzter Zeit ständig hörte, obwohl er ihn noch nicht laut ausgesprochen hatte:

Es ist ja nicht so, als hättest du etwas anderes zu tun. Oder, Sarah?

Sie stapelte das schmutzige Geschirr. Es war nur eine Viertelstunde Arbeit, aber sie war müde. Morgen früh, dachte sie. Sie würde es morgen früh erledigen. Dann überkam sie plötzlich die schreckliche Vision, dass sie beide im Schlaf in die Luft fliegen könnten und es kein Morgen mehr geben würde. Aber das würde nicht passieren, nicht zweimal in derselben Straße. Nicht zwei Gasexplosionen so dicht beieinander, obwohl sie vielleicht lieber die Heizung warten lassen sollte, wenn sie schon vom Schlimmsten ausging …

Gerard hatte es für eine Bombe gehalten, fiel ihr ein.

Etwas bewegte sich vor der Hintertür, erschreckte sie und riss sie aus ihren Gedanken. Wahrscheinlich eine Katze, entschied sie schnell. Richtig.

Als sie sich näherte, sah sie, wie das Tier auf der Terrasse saß und sich putzte; eine bekannte schwarze Katze aus der Nachbarschaft, das Gegenteil einer Straßenkatze, sie wurde von etwa sechs verschiedenen Haushalten gefüttert. Auf keinen Fall würde sie da mitmachen. Aber sie blieb stehen und beobachtete sie eine Weile, bis es ihr zu schwerfiel, sich auf die Welt jenseits ihres eigenen Spiegelbildes zu konzentrieren, das in dem Dutzend Glasscheiben, aus denen die

Hintertür bestand, zerstückelt und vervielfacht wurde. Betrachte dich so, wie Picasso dich sehen würde, dachte sie. In ihrem Fall: schwer. Schlaffes, schulterlanges Haar. Ein Hauch zu viel Make-up an diesem Abend … *Diese Frau hat ein geringes Selbstwertgefühl.* Weshalb sie noch lange nicht unrecht hat, dachte Sarah bitter. Fragen wir doch mal Mark nach seiner Meinung.

Aber er war nicht verfügbar. Die Katze unterzog sie jedoch einer peinlich genauen Prüfung; ihre Augen spiegelten das Licht in der Küche wider, ihr Blick war fest und unnachgiebig, und es schien Sarah, als würde sie von ihr auf einer Art Katzenwaage gewogen; sie prüfte ihr Überlebenspotenzial auf der anderen Seite der Scheibe, bei den wilden Wesen. Sie schnitt nicht gut ab. *Zu alt, zu langsam, zu fett.* Erst dreiunddreißig. Noch nie besonders schnell gewesen. Ja, sie könnte ein paar Kilo abnehmen. *Die andere Sarah Tucker hätte sich ganz gut gemacht. Aber bei dir bin ich mir nicht sicher.* Es war das Urteil eines überlegenen Wesens, das fühlte sie; eines Wesens, das nie eine Dinnerparty für den schrecklichen Kunden seines Partners würde ertragen müssen oder seine Gefühle an den Haushalt verschwendete.

Aber was soll's, dachte Sarah Trafford, geborene Tucker, es ist schließlich nur eine Katze.

2

South Oxford hatte seine guten Seiten. North Oxford hatte die Parks, die Häuser und ein oder zwei kleinere Colleges; East Oxford hatte Tesco's und eine erhöhte Polizeipräsenz. West Oxford hatte den Bahnhof. South Oxford hatte den Fluss.

Na schön, zwar nicht den ganzen, aber immerhin einen langen Abschnitt zwischen zwei Schleusen: den Old Lag River. Zwischen Osney und Iffley schlängelte er sich dahin, wobei die Fußgängerbrücke bei Friars Wharf die Mitte markierte: ein unauffälliges, ja unattraktives Bauwerk, dessen Metallgerüst mit einfallslosen Graffiti besprüht war. Zweimal am Tag herrschte hier reger Verkehr, da die Kinder aus der Siedlung mit dem Auto in die Schule am anderen Ufer gebracht und von dort wieder abgeholt wurden. Sarah benutzte die Brücke normalerweise als Abkürzung in die Stadt und konnte von da aus am nächsten Morgen das explodierte Gebäude erkennen, ein Reihenendhaus, dessen freie Seite zum Fußweg am Fluss hin stand. Oder besser: gestanden hatte, denn das Haus hatte sich wie ein leerer Pappkarton ineinandergefaltet, und von der Wand war nur noch ein schwacher Umriss zu sehen, den das Auge ergänzte, als wären Ziegel und Mörtel auf einen Bauplan reduziert worden. Die Eingangstür stand noch, in einem hellen, kessen Rot, als forderte sie eine Explosion geradezu heraus. Aber alles links von ihr war eingestürzt und stellte das Innere den Gaffern zur Schau, darunter Sarah und eine Schar von Frauen, die zwei Stunden nachdem sie ihre Kinder zur Schule gebracht hatten, immer noch auf dem Nachhauseweg waren. Sie standen zusammen, rauchten und behaupteten, die Explosion gesehen zu haben, während am Flussufer ein paar Polizisten so ziemlich dasselbe taten, nur dass sie reflektierende Overalls trugen. Der Fußweg war abgesperrt, ebenso wie der obere Teil der Straße, die zum Fluss führte; gelbes Absperrband flatterte im Wind. Das zweite Stockwerk des Hauses war verschwunden, und im Erdgeschoss lagen zertrümmerte Möbel und geborstene Mauerreste verstreut, als wäre eine ganze Sammlung weltlicher Güter aus großer Höhe heruntergefallen. Die Tapete an der noch übrigen Wand war versengt und verschrumpelt, und Sarah erkannte darauf den Schatten eines Stuhls, den es nicht mehr gab, den die Explosion zu Kleinholz zersplittert hatte. Was vom Dach übrig war, hing durch, und in unregelmäßigen Abständen fielen immer noch Ziegel herunter. Das Nachbarhaus war jetzt das Gebäude, das dem Fluss am nächsten stand. South Oxford war um eine Adresse kleiner geworden.

Ein Polizeitaucher platschte wie ein Seehund ins Wasser. Eine der Frauen löste sich von ihrer Gruppe und kam herüber. »Sie haben drei rausgeholt. Ich habe die Tragen gesehen.«

Sarah wusste nicht, was sie sagen sollte. Sie hatte noch nie mit dieser Frau gesprochen und hatte keine Ahnung, ob drei unter diesen Umständen viel oder wenig waren. »Äh …«

»Dabei hat sie allein gelebt. Nur mit ihrem Kind.«

»Wer war dann –«

»Das weiß keiner.«

Von unten ertönte ein Ruf. Der Taucher kam an die Oberfläche, in einer Hand etwas, das wie eine intakte Teekanne aussah.

»Ich habe sie gar nicht gekannt.«

»Sie hieß Maddie. Maddie Singleton.«

Der Name sagte ihr nichts. »Und das Kind?«

»War noch ganz klein. Es hätte genauso einen von uns treffen können.«

»Was?«

»So was wie hier. Es soll die Hauptleitung gewesen sein. Schauen Sie, wir wohnen da drüben.« Sie deutete auf ein Mietshaus ein Stück entfernt. »Wenn es da hinten passiert wäre, dann bumm! Und gute Nacht, Marie.« Die Frau war ungefähr in Sarahs Alter, aber das Rauchen hatte Spuren in ihrem Gesicht hinterlassen. »Gute Nacht, Marie.«

»Sind beide umgekommen?«

»Was denken Sie denn? Bei der Explosion?«

Ein Kollege des Tauchers hatte die Teekanne angenommen und versuchte, sie in einen Plastikbeutel zu stecken. Der Taucher glitt erneut unter Wasser; seine Flossen durchbrachen kurz die Oberfläche und verschwanden dann, fast ohne das Wasser zu kräuseln. Die Frauen auf der Brücke tuschelten, als würden sie Punkte für künstlerischen Ausdruck vergeben. Es war ein seltsamer neuer Zuschauersport: Katastrophen-Scuba. Der Taucher sammelte ein, was einmal ein Leben gewesen war, und packte es in Plastiktüten, damit die Experten es wieder zusammensetzen konnten.

»Furchtbar! Die Stadt muss dringend etwas unternehmen.«

»Was denn?«

Das wusste die Frau auch nicht.

Sie kehrte zu den anderen zurück, man tauschte sich aus, gab Informationen weiter. Sarah hatte das Gefühl, im Gespräch mit der Frau irgendetwas falsch gemacht zu haben, aber ihr fiel nicht ein, wie sie es wiedergutmachen konnte. Außerdem fühlte sie sich unbehaglich dabei, hier so zu stehen und das Unglück anderer zu betrachten. Dann entdeckte sie den Mann auf der anderen Seite des Flusses, auf dem Grasstreifen unterhalb der Wohnungen. Auch er war ein Voyeur. Aber irgendetwas an ihm fesselte ihren Blick.

Er sah aus wie vierzig, aber das war eine reine Vermutung. Er schien ein Leben geführt zu haben, das ihn früh hatte altern lassen, obwohl Sarah nicht hätte sagen können, worauf diese Vermutung basierte. Sein langes Haar fiel ihm unordentlich in die Stirn und war hinten zu einem Knoten zusammengebunden, und er hatte einen unregelmäßigen, dünnen Bart. Outfit von Oxfam, dachte Sarah: Jeansjacke, zerschlissene Jeans, schmuddeliges weißes T-Shirt; er hätte einer der unzähligen Obdachlosen sein können, die vor sich murmelnd im Stadtzentrum herumstapften und Zeitungsbündel und mit Müll gefüllte Plastiktüten herumschleppten, aber irgendetwas passte nicht; sie kam nicht drauf, was. Vielleicht seine konzentrierte Ausstrahlung. Irgendetwas jedenfalls. Sie würde es herausfinden. Und während Sarah ihn die ganze Zeit anstarrte, schaute er kein einziges Mal auf, obwohl sie sicher war, dass er sich ihrer Anwesenheit genauso bewusst war wie der aller anderen auf der Brücke, so intensiv, dass er sie noch in einer Woche einzeln würde beschreiben können … Vielleicht hatte sie gestern Abend doch mehr getrunken, als sie gedacht hatte.

Jedenfalls so viel, dass sie Wigwam nicht bemerkte, bis sie fast neben ihr stand. Oder besser: Sie erkannte sie nicht, denn unsichtbar war Wigwam nicht. An diesem Vormittag trug sie leuchtend gelbe Shorts und ein pinkfarbenes, eng anliegendes T-Shirt, das auf einem schmalen Grat zwischen gewagt und bescheuert balancierte; es verwandelte eine Figur, die man als üppig bezeichnen konnte, in eine unförmige. Obwohl sich Wigwam, wie Sarah längst wusste, nicht um ihr Aussehen scherte.

»Alles klar mit dir?«, lautete ihre typische Begrüßung.

»Tut mir leid, ich war mit den Gedanken ganz woanders.«

»Armes Ding.«

Aber Wigwam meinte nicht sie, erkannte Sarah.

»Hast du sie gekannt?«, fragte sie.

»Maddie? Ja, natürlich. Du nicht?«

»Nein, ich glaube nicht.«

»Doch, ganz bestimmt. Groß, blond. Ihre Tochter ist noch ganz winzig.« Wigwams Augen füllten sich mit Tränen.

Sarah erinnerte sich flüchtig – volles Haar, ein Umriss ohne Stimme. »Roter Overall?«

»Maddie?«

»Nein, das Kind.«

»Dinah. Ja, kann sein.«

Sie hatte auf dem Treidelpfad gesessen und die Schwäne mit altem Brot gefüttert. Sarah erinnerte sich jetzt an sie;

ein blondes Kind mit Zöpfen, schmutziger Kleidung und leuchtend gelben Wassersandalen. Sie konnte nicht viel älter als drei gewesen sein. »Schwäne«, hatte sie zu Sarah gesagt und auf sie gezeigt. Es war eine Mutter dabei gewesen, aber sie hatte keinen bleibenden Eindruck in Sarahs Erinnerung hinterlassen.

Es war eine einmalige Begegnung gewesen, aber jetzt fiel es ihr trotzdem auf einmal schwer, sich den Treidelpfad ohne ein schmuddeliges blondes Kind vorzustellen, das altbackenes Brot ins Wasser warf.

»Armes Ding. Jetzt ist sie ganz allein, auch wenn sie –«

»Sie hat überlebt?«

»Ja, Dinah hat es geschafft.«

»Ich dachte, sie wäre –«

»Sie wurde anscheinend von einem Schrank oder so geschützt. Vor der Explosion. Sie lag im Bett, und das Bett ist einfach durchgefallen, als der Boden nachgab. Sie ist sogar drin liegen geblieben.«

»Woher weißt du das alles?«

»Rufus hat mit einem der Feuerwehrleute gesprochen. Sie waren heute Morgen noch hier.«

»Und was ist mit Maddie?«

»Oh, die ist tot.« Wigwams Gesicht verzerrte sich. »Sie war unten, als es passierte …«

Sarah umarmte ihre Freundin. Sie war selbst den Tränen nahe, nachdem sich ihr dieses Bild eingeprägt hatte: ein blondes Kind, ein Paar gelbe Gummisandalen; die Art von Bild, auf das sich Zeitungen stürzen, aber in dem Fall real. »Komm, lass uns gehen.« Sie waren überflüssig, Schaulustige bei einer Tragödie, und das war keine Rolle, in der Sarah sich gefiel. Aber auf der Suche nach Mitschuldigen bemerkte sie, dass der Mann am anderen Ufer verschwunden war und an seiner Stelle nun ein paar Polizisten standen. Das war nicht unbedingt eine bedeutende Entwicklung. Aber Sarah wurde das Bild des Mannes nicht los, und es blieb ihr im Gedächtnis, als sie und Wigwam in die Stadt gingen.

Am Morgen hatte sie die Überreste der Dinnerparty beseitigt, das Wohnzimmer gesaugt, die Bettwäsche gewechselt und das hölzerne Geländer entlang der Treppe poliert; sie hatte die Spiegel im Badezimmer geputzt, den Weg vor dem Haus gekehrt und lange mit sich gerungen, ob sie den Kühlschrank abtauen oder bis zum Wochenende warten sollte. Sie hatte zwei Schüsseln Müsli, fünf Vollkornkekse und alle vier Pfefferminzbonbons gegessen, die vom Abend zuvor übrig geblieben waren. Sie hatte die Stellenangebote im *Guardian* geöffnet, wieder geschlossen und stattdessen die Fernsehzeitung aufgeschlagen; sie hatte die zweite Hälfte einer Sendung gesehen, in der sie lernte, wie man auf Italienisch den Bahnhof findet, und die erste Hälfte einer Sendung über die Anfänge der Kolonialverwaltung in Australien. Sie hatte ernsthaft darüber nachgedacht, die restlichen Vollkornkekse zu futtern und zur Strafe nachmittags den Kühlschrank abzutauen, bis der gesunde Menschenverstand sie dazu veranlasste, stattdessen aus dem Haus zu gehen.

Jetzt aß sie ein Stück Erdbeerkäsekuchen, während Wigwam ihr die Familienverhältnisse der Singletons erklärte:

»Maddies Mann ist vor ein paar Jahren ums Leben gekommen.«

Sarah hätte nicht gedacht, dass es in South Oxford so viele Todesfälle gab. »Wie denn?«

»Er war Soldat«, antwortete Wigwam so endgültig, als wäre schon die Zugehörigkeit zum Militär an sich ein tödlicher Zustand. »Er hat im Golfkrieg gekämpft, kannst du dir das vorstellen?«

Sarah konnte es sich vorstellen. Es war nicht so ungeheuerlich, wie Wigwam zu denken schien: Irgendjemand musste dort gekämpft haben, sonst wäre es schneller vorbei gewesen. »Und da ist er umgekommen?«

»Nein, natürlich nicht. Dinah ist erst vier. Etwas über vier. Nein, er hatte irgendeinen Unfall mit einem Hubschrauber oder so. Ich glaube, auf Zypern.«

»Das glaubst du nur, Wigwam? Du lässt nach.«

Sie streckte ihr die Zunge heraus. Dann sagte sie: »Es ist jetzt vier Jahre her. Mehrere Soldaten sind dabei ums Leben gekommen. Es war noch vor Dinahs Geburt.«

»Hast du ihn gekannt?«

»Nein, natürlich nicht; es ist ja passiert, bevor sie hierhergezogen sind, Dummerchen.«

Mit Wigwam zu reden war, als blicke man durch ein Fenster in eine andere Welt. Sollte die BBC jemals eine Klatschsendung produzieren, hätten sie in Wigwam die perfekte Moderatorin. Andererseits erwartete sie auch von anderen, stets informiert zu sein. Sarah hätte es wissen müssen, als Maddie Singleton in die Nachbarschaft zog: Es war mehr als eine Pflicht, es war ihre heilige Mission, sich über sie zu erkundigen. Was in der Gegend passierte, in der man lebte, war von größter Bedeutung. Tausende von Kilometern entfernt mochte ein Krieg ausbrechen, aber wen die

Nachbarn nächsten Freitag zu Besuch hatten, das waren die Neuigkeiten, auf die es ankam.

»Aber ausgerechnet eine Explosion«, sagte Wigwam kopfschüttelnd. »Als Soldat muss man mit so was rechnen, oder? Irgendwie. Aber nicht als Frau eines Soldaten.«

Sarah aß ein Stück von ihrem Käsekuchen, um der Antwort zu entgehen, ob Soldaten damit rechnen mussten, in die Luft gesprengt zu werden. »Wahrscheinlich hat sie nicht viel davon gewusst.«

»Ist auch besser so«, sagte Wigwam mit einer Autorität, als spräche sie aus Erfahrung. Sie knabberte an ihrem Apfelkuchen. »Noch so jung«, fügte sie gedämpft hinzu. »Das wünscht man niemandem.«

»Ich weiß nicht. Was ist mit Gerard?«

Wigwam verzog das Gesicht, um anzudeuten, dass man über so etwas keine Witze machte, lächelte dann aber verständnisvoll. »Ist er sehr wichtig? Dieser Gerard Inchon?«

»Jedenfalls hält er sich dafür.«

»Ich mochte ihn nicht besonders.«

Sarah lachte. »Ich auch nicht, Wigwam. Ich auch nicht.«

»Warum sind reiche Leute so eklig?«

»Vielleicht muss man fies sein, um reich zu werden, ich weiß es nicht.« Sie schaute den Kuchen auf ihrer Gabel an. »Weißt du was? Ich fand ihn auch deswegen fies, weil er so fett ist.« Sie schauderte. »Das sagt die Richtige. Noch ein paar Vormittage wie dieser, und ich habe den Umfang eines Hubschraubers.«

»Du bist nicht dick.«

»Ich esse zurzeit ununterbrochen. Ich mache den Haushalt und esse. Ich sehe fern, und dabei esse ich auch. Manchmal läuft der Fernseher, während ich den Haushalt mache. Wenn ich dabei gleichzeitig noch essen würde, könnte ich viel Zeit sparen.«

»Du bist einfach nur deprimiert. Hast du dich schon nach einem anderen Job umgesehen?«

»Nicht so richtig. Im ersten Monat habe ich mich für alles Mögliche beworben und genau null Einladungen zu einem Vorstellungsgespräch bekommen. Da verliert man den Mut.«

»Du solltest dir ein Hobby zulegen.«

Sarah stöhnte. »Ich will aber kein Hobby, Wigwam. Ich will ein eigenes Leben!«

»Jobs sind nicht alles.«

Wigwam musste es wissen. Sie hatte etwa sieben, zum Glück alle in Teilzeit. Sarah fühlte sich schuldig: Wigwam ernährte ihre Kinder dadurch, dass sie anderer Leute Hausarbeit erledigte. Wahrscheinlich rackerte man sich dabei nicht so ab wie in den eigenen vier Wänden, aber ein toller Beruf sah anders aus.

»Warum meinte er eigentlich, es wäre eine Bombe gewesen?«, fragte Wigwam plötzlich.

»Wer?«

»Dieser Gerard. Rufus sagt, es war wahrscheinlich eine Gasleitung. Klingt logisch, oder? Wenn Häuser in die Luft fliegen, dann liegt es normalerweise am Gas. Oder die Bewohner haben etwas Brennbares im Keller gelagert.«

Manchmal fragte sich Sarah, wie es in Wigwams Kopf aussah. Entweder war sie mit ungewöhnlichen Einsichten gesegnet, oder sie war als kleines Alien-Kind auf diesem Planeten gestrandet.

»Aber Gerard hat sofort gemeint, dass es eine Bombe war. Warum?«

»Ich weiß es nicht.«

»Ich fand das so schlimm!« Wigwams Augen füllten sich wieder mit Tränen. »Wer sollte Maddie Singleton in die Luft jagen wollen?«

»Oder die Person, die zu Besuch war.«

»Wie bitte?«

»Vielleicht war es der Mann, der bei ihr war, den irgendjemand in die Luft jagen wollte.« Ein Gedanke kam ihr in den Sinn. »Es war doch ein Mann, oder?«

»Könnte sein. Sie war katholisch.«

Das hatte eine gewisse bittere Logik, daher ließ Sarah es durchgehen.

Dann fiel ihr etwas anderes ein. »Wenn sie eine Affäre hatte …«

»Maddie?«

»Ja. Dann vermisst jetzt eine andere ihren Mann.«

Wigwam ließ das sacken. Dann wurden ihre Augen rund vor Entsetzen, gemischt mit einem Hauch Sensationslust. »O Gott!«

»Es muss doch furchtbar sein, mit so einer Nachricht geweckt zu werden.«

»Ja, ganz schrecklich! Du erfährst, dass dein Mann fremdgegangen ist und deswegen getötet wurde!«

»Na ja, wie man's nimmt. Wenn ich hören würde, dass Mark eine Affäre hatte und dabei umgekommen ist, wäre ich nicht böse.«

»Sarah!«

»Ich weiß. Ich bin nicht so nett wie du.«

»Ihr versteht euch nicht besonders, oder?«

»Mark und ich? Nein, nicht wirklich. Na ja, wir streiten uns nicht, aber es gibt keinen Puffer mehr zwischen uns. Jedenfalls nicht für mich. Er hat seinen Job, aber ich habe nur ihn. Ich glaube, ihm gefällt das, und genau das stört mich daran.«

»Läuft es gut mit seiner Arbeit?«

»Scheint so. Er macht kaum noch etwas anderes. Aber wir reden nicht viel darüber, das gibt nur Streit.«

»Es ist schlimm, wenn man nicht miteinander reden kann.«

»Das weiß ich nur zu gut. Am meisten stört mich, wie sehr er sich verändert hat, oder besser: wie sehr sich seine Einstellung verändert hat, und das ist ihm noch nicht mal bewusst. Oder er hält es für selbstverständlich, als gehörte es zum Erwachsenwerden dazu. Zum Älterwerden.«

»Jeder verändert sich.«

»Ich weiß. Und wir werden auch nicht alle erwachsen. Vielleicht sollte ich also dankbar sein. Aber die Leute, für die er jetzt arbeitet – solche konnte er früher nicht ausstehen. Für die Ausbeuter arbeiten, hat er das immer genannt.«

»Das hat Mark gesagt?«

»Ja. Er wollte zwar nie die Welt retten, aber er war immer auf der richtigen Seite. Wenn kritische Theorie dasselbe wie radikaler Aktionismus wäre, wäre er Che Guevara gewesen. Heutzutage findet er Tony Blair ganz okay. Prima.«

»*Ich* mag Tony Blair«, sagte Wigwam treuherzig.

»Du magst jeden, Wigwam. Das zählt nicht. Weißt du, was er neulich zu mir gesagt hat? Mark, nicht Tony Blair.« Sie kratzte mit ihrer Gabel die letzten Krümel vom Teller.

»Ich habe ihm eine Tasse Kaffee gereicht, und er sagte: ›Danke, em …, Sarah.‹«

Wigwam sah sie unglücklich an. Sarah fiel ein, dass Wigwam so etwas gar nicht gerne hörte; sie wünschte sich, alle hätten ein wunderbares Leben. Deshalb fügte sie hinzu: »Übrigens, ich wusste gar nicht, dass dein Rufus Erwachsenen Lesen und Schreiben beibringt.«

»Tut er auch gar nicht. Er hat das nur gesagt, um Mr. Wichtig zum Schweigen zu bringen. Na ja, er hat es mal versucht, aber es hat ihm nicht gefallen. Deswegen hat er wieder aufgehört.«

»Was macht er jetzt?«

»Hm«, sagte Wigwam. »Er will nicht, dass ich jemandem davon erzähle.«

Stricher?, fragte sich Sarah. Bibliothekar? Aber Wigwam wollte es nicht verraten.

Wigwam musste danach zur Arbeit, also streunte Sarah eine Weile allein durch die Stadt: Schaufensterbummel, bis sie schwach wurde und ein Sommerkleid im Sale erstand. Heuchlerin, schalt sie sich auf dem Heimweg. Du meckerst über Marks Job, aber du kannst dir dadurch kaufen, was du willst. Sogar Dinge, die du gar nicht unbedingt willst, sondern nur aus lauter Langeweile shoppst. Und genau das war das eigentliche Problem. Sie langweilte sich.

Auch South Oxford fand sie ziemlich öde, stellte sie fest, als sie auf dem Weg nach Hause erneut die Brücke überquerte. Nicht dass es hier schlimmer war als anderswo. Es gab durchaus mehr als nur den Fluss: ein paar ranzige Pubs, zwei Grundschulen, einen See an der Bahnlinie. Es gab das, was Wigwam als Gemeinschaftssinn bezeichnete, was im

Grunde bedeutete, dass die Nachbarn kein Blatt vor den Mund nahmen, wenn man sein Haus in der falschen Farbe anstrich. Und alle zogen nach North Oxford, sobald sie es sich leisten konnten. In den letzten achtzehn Monaten hatte es zwei Morde in der Gegend gegeben: einen Fall von häuslicher Gewalt – die misshandelte Ehefrau starb an den Folgen – und einen Gelegenheitsmord: ein Einbruch am helllichten Tag, der laut Zeitungsbericht »tragisch schiefging«, als gäbe es eine Idealvorlage für einen Einbruch, die nicht beachtet worden war. In derselben Zeitung stand etwas von einem Viertel, das im Schatten der Angst lebte, und auch das war Unsinn. Die meisten Leute rechneten nicht damit, ermordet zu werden, bis auf einige wenige, die Grund dazu hatten. Sie lebten ihr Leben ungeachtet der Schrecken der Welt: der Kriege, die sich zusammenbrauten, ob man wollte oder nicht; der Häuser, die mitten in der Nacht explodierten. Wenn sie gezwungen waren, über die Schrecken nachzudenken, die am Rande des Lebens lauerten, taten sie es so, dass ihre Ansichten darüber bestätigt wurden, wie dieses Leben aussehen sollte. Diese Welt war keine, dachte Sarah jetzt, in die man Kinder setzen sollte – die Standardausrede derer, die sowieso keine Kinder wollten.

Zu ihnen gehörte auch Sarah. Ihrer Ansicht nach waren Kinder ab einem Alter von etwa drei Jahren unglaublich langweilig, bis sie mit etwa zwölf Jahren unausstehlich wurden. Wigwams Brut, ihr Lieblingsbeispiel, war besonders nervig: rotzfrech, chaotisch und permanent quengelig, obwohl sie zugeben musste, dass Wigwam sie ziemlich gernzuhaben schien. Sarah blieb in ihrer Meinung jedoch unerschütterlich. Umso seltsamer war es nun, dass ihr das Bild eines kleinen Mädchens nicht aus dem Kopf ging, das schlief, als eine Explosion ihr Haus in Stücke riss. Ein Kleiderschrank, der umfiel, dessen Türen aufschlugen und einen schützenden Sarg bildeten, der das Mädchen vor Schaden bewahrte. In ihrer Fantasie trug das Mädchen einen roten Overall und gelbe Wassersandalen.

Und sie war eine Überlebende, wie Sarah.

Es war die Vorstellung eines schützenden Sarges, die sie nicht mehr losließ. Eine Art sofortige Wiederauferstehung. Aber in was für ein Leben war Dinah Singleton wiedergeboren worden? Ihr Vater war vor ihrer Geburt gestorben und ihre Mutter ihm kurz darauf gefolgt, also war sie nun eine Waise. Wahrscheinlich war das heutzutage nicht mehr der Albtraum à la Dickens, aber man würde das keinem kleinen Kind wünschen, auch wenn man sich ansonsten nicht groß für Kinder interessierte. Wohin hatte man sie gebracht? Seit ihrem eigenen Überleben, das noch nicht so lange zurücklag, als dass sie ihren Frieden damit gemacht hätte, hatte Sarah Angst vor Krankenhäusern und der institutionalisierten Anonymität, die sie mit sich brachten: Auch wenn sich das Pflegepersonal noch so viel Mühe gab, man konnte nie mehr sein als die nächste Patientin. Andererseits ging es sie überhaupt nichts an, was mit dem Kind geschehen war. Aber dieses Bild, der Overall, die Sandalen, nagten an ihr wie ein unruhiges Gewissen. Das hatte sie davon, dass sie Kinder unerträglich fand. Fast schon eine Art Schuldgefühl.

Unten am zerstörten Haus durchsuchten fleißige Teams immer noch die Trümmer. Zwei Personen standen abseits, die Köpfe zur Seite geneigt, als würden sie eine neue Perspektive ausprobieren, die den verstreuten Brocken einen Sinn geben könnte: Wie Puzzlespieler mit einem halb fertigen Bild suchten sie nach den wichtigen Teilen, die das Ganze zusammenfügten. Und plötzlich wurde Sarah klar, was an dem bärtigen Mann, der auf dem Grünstreifen gestanden und den Profis zugesehen hatte, ungewöhnlich gewesen war. Er war der Einzige, der so aussah, als wäre ihm die Szenerie vertraut. Als gehörten solche Schäden genauso zu seinem Alltag wie jedes andere Element des Gesamtbildes: der Fluss, die Brücke, die Schwäne, die kein hartes Brot bekommen hatten.

3

Sie mochte Krankenhäuser nicht, und das aus gutem Grund. Einmal hatte sie einen ganzen Winter in einem eingesperrt verbracht und sich vorgestellt, eine Märchenprinzessin zu sein. Damals hatte ihr Fenster auf einen trostlosen Parkplatz geführt, dessen Mitte ein Springbrunnen krönte. Und jetzt, als sie ihr Auto abstellte, erinnerte Sarah sich aus heiterem Himmel daran, wie sie eines Morgens aufgewacht war und gesehen hatte, dass das Wasser zu Eis erstarrt und aus einer eher trostlosen Plastik etwas Schönes geworden war. Eingeschlossen im Eis, als hätte sich über Nacht ein Gletscher darüber geschoben, hätte die Statue das Relikt einer längst vergangenen Epoche sein können, zufällig erhalten vom schaurigen Wetter; es hatte überlebt durch die Kräfte, die es hatten zerstören wollen. Ein bisschen wie die Mammuts, die die Leute immer wieder mal fanden oder zu finden hofften. Entsprach das überhaupt der Wahrheit? War jemals ein tiefgefrorenes Mammut entdeckt worden? Sie wusste es nicht. Aber es war eine gute Geschichte.

Schluss mit der Vergangenheit und zurück in die Gegenwart. Drei Tage waren seit der Nacht der Explosion vergangen, wobei der erste Tag vom Ansturm der Presse geprägt gewesen war. Aber die Neuigkeit hatte sich bald abgenutzt und nur noch für kurze Artikel im Innenteil gereicht, die alle auf unterschiedliche Weise dasselbe aussagten: dass keine Fortschritte erzielt worden waren; dass niemand wusste, wer der tote Mann war. Dass Dinah überlebt hatte, war am ersten Tag gemeldet worden, aber seitdem hatte man nichts mehr von dem Kind gehört.

Zu jeder anderen Zeit hätte Sarah es seltsam gefunden, dass diese Aufsehen erregende Geschichte so schnell in den Hintergrund rückte. Aber der Wind von Osten blies alle anderen Nachrichten aus den Schlagzeilen: Irakische Truppen waren unter Missachtung westlicher Diktate mobilisiert worden, und die Falken in den USA geiferten immer lauter, falls man das von Falken sagen konnte. Die Nachrichten des letzten Jahres wurden wieder hervorgekramt: die alten Anschuldigungen über vermisste irakische Soldaten. Der *Guardian* berichtete ausführlich darüber und nannte sogar die Namen der sechs Wehrpflichtigen, von denen irakische Minister behaupteten, sie würden von westlichen Truppen festgehalten, ja, sie seien ermordet worden. Aber es blieb bei dem Ergebnis, dass diese Soldaten in dem Sturm ums Leben gekommen waren, in dem sie vor ein paar Jahren an der syrischen Grenze verschollen waren; ihr »Verschwinden« war einfach eine nützliche Legende für eine Regierung, die nichts von den UN-Inspektoren wissen wollte.

All das zählte mehr als zwei Tote und ein kleines Kind. Aber das eine passierte in anderen Zeitzonen, während das andere in unmittelbarer Nähe geschehen war. Sarah schloss das Auto ab und ging zum Empfang.

Dort saß eine einzelne, gestresste Mitarbeiterin vor drei

klingelnden Telefonen und einer kurzen Warteschlange. Letztere löste sich nach einer Weile auf; die Telefone klingelten jedoch unaufhörlich weiter, und Sarah brachte über das Gebimmel hinweg ihre Bitte vor: dass sie Dinah Singleton besuchen wollte. Nein, sie wisse nicht, auf welcher Station, aber da sie noch klein sei, vermutlich auf der Kinderstation. Ja, sie sei das Mädchen, das nach der Explosion eingeliefert worden sei.

»Sind Sie eine Verwandte?«

»Eine Nachbarin«, sagte Sarah. »Eine Freundin«, fügte sie hinzu.

»Sie sind also nicht von der Presse?«

»Sehe ich etwa so aus?«

Die Frau schien sich dazu nicht äußern zu wollen.

»Ich bin nicht von der Presse«, erklärte Sarah bestimmt.

»Nehmen Sie einen Moment Platz. Ich versuche jemanden zu erreichen, der Ihnen Auskunft geben kann.«

Sarah setzte sich also hin, aber die Frau unternahm keinen erkennbaren Versuch, irgendjemanden zu finden.

An den Wänden hingen Plakate über die Gefahren von Rauchen, Trinken, Drogenkonsum, Sex. In einer Unistadt vergebene Liebesmüh. Sie erinnerte sich an ein Graffito, das sie einmal gesehen oder über das sie gelesen hatte: das Bild eines Neugeborenen mit dem Zusatz *Die ersten drei Minuten des Lebens sind die gefährlichsten,* und darunter der Kommentar: *Die letzten drei sind auch nicht ohne.* Das Mädchen, das sie hier besuchen wollte, Dinah Singleton, würde womöglich alt werden und sterben, ohne jemals wieder in so große Gefahr zu geraten. Sie konnte rauchen, trinken, Drogen spritzen, herumvögeln; sie könnte Löwenbändigerin werden. Und ihr ganzes Leben in der Gewissheit verbringen, dass sie als Kleinkind eine Explosion verschlafen hatte und nie wieder in so großer Gefahr schweben würde. Wunder brauchte man noch nicht mal zu bemühen: Kleiderschränke vielleicht und die zufällige Reihenfolge, in der Dinge geschahen. Was man aus einem solchen Ereignis mitnehmen konnte, wenn man es zufällig überlebte, war der Glaube, dass das eigene Leben nachweislich wetterfest, stressresistent und gegen die gewöhnlichen Gefahren, vor denen einen diese Plakate warnten, gefeit war. Zumindest konnte man sich für bombensicher halten. Aller Wahrscheinlichkeit nach musste niemand außerhalb eines Kriegsgebiets zweimal eine Explosion überleben.

Das war also die Verbindung. Das war der Grund, warum sie hier war. Es war nicht nur das Bild des blonden Kindes in gelben Wassersandalen, sondern die Gemeinsamkeit, dass sie beide Überlebende waren: Dinah war, ebenso wie Sarah, durchs Feuer gegangen, und obwohl die Umstände nicht unterschiedlicher hätten sein können, war diese simple Tatsache wie ein Talisman. Und deshalb musste sie das jetzt durchziehen. Sie musste wissen, dass Dinah nicht nur überlebt hatte, sondern auch weiterhin überleben würde. Sie musste wissen, in welchem Zustand sie war.

So argumentierte Sarah sich selbst gegenüber, und nebenbei fragte sie sich, warum sie Mark nichts von ihrer Mission erzählt hatte. Wahrscheinlich, weil sie ihm damit Munition geliefert hätte. Bei jeder Schwäche, die sie in der Kinderfrage zeigte, hieb er sofort in die Kerbe. Vielleicht hatte sie deshalb am Empfang ihren Geburtsnamen genannt. Das tat sie sonst nie.

Nach einer Weile kam jemand: eine kleine Frau Mitte fünfzig, die sich in Vorschriften hüllte wie in ein Fischbeinkorsett. Möglicherweise ein Roboter im weißen Kittel. »Ms. Tucker?«

»Ich möchte zu –«

»Sie können nicht zu ihr.«

Das klang so scharf, dass Sarah kaum wusste, was sie darauf erwidern sollte. »Warum nicht?«

»Es verstößt gegen die Vorschriften.« Sie sprach ungeduldig, als hätte sie dieses Thema mehr als einmal erschöpfend behandelt. »Wir sind hier in einem Krankenhaus. Man kann nicht einfach hereinspazieren und machen, was man will.«

Tief durchatmen. »Wann könnte ich sie denn besuchen?«

»Das kann ich Ihnen nicht sagen.«

»Die Frage ist doch ganz einfach. Wann sind die Besuchszeiten?«

»Ich kann Ihnen nicht gestatten, dass …«

Sarah drehte sich um und ging, während der Roboter hinter ihr ins Stocken geriet. Am Empfang fragte Sarah die junge Frau, wann die Besuchszeiten seien.

»Montags bis Frei–«

»Ich kümmere mich darum, Dawn«, sagte der Roboter. »Ms. Tucker, ich muss Sie bitten zu gehen.«

»Das ist doch lächerlich!«

»Sie stören den reibungslosen –«

»Ich störe gar nichts. Ich mache mir Sorgen um ein Kind. Das ist alles.«

»Sind Sie eine Verwandte?«

»Nein, aber –«

»Dann gibt es nichts mehr zu sagen.«

»Da bin ich anderer Meinung.«

Der Mund des Roboters zuckte einmal. Zweimal. Ihr Blick verriet mühsam beherrschte Angriffslust.

»Sagen Sie mir nur eines: Geht es ihr gut?«

»Ich habe keine Informationen über die Patientin.«

»Was soll das denn heißen?«

»Ich habe keine Informationen über die Patientin.«

Sarahs Wut schlug in Angst um. Die Wände ringsum schienen zu pulsieren. Wie konnte ein so kleines Kind auch die Zerstörung am Fluss überleben? Kleiderschrank hin oder her. »Sie ist tot, oder?«

»Ich habe keine …«, sagte der Roboter. Dann hielt er inne.

»Sie wissen, um welches Kind es sich handelt, oder? Es gab eine Explosion.«

Der Mund zuckte erneut.

»Das ist eine polizeiliche Angelegenheit. Wollen Sie, dass ich die Polizei rufe? Ist Ihnen die Polizei lieber als ich?«

»Sie müssen jetzt gehen. Oder ich rufe den Sicherheitsdienst.«

»Wenn ich hier weggehe, ohne dass ich sie gesehen habe«, entgegnete Sarah, »rufe ich die Polizei.«

»Das wird Ihnen nichts nützen.«

»Wieso nicht?«

Im Kopf des Roboters fand ein Ringkampf statt: Sarah beobachtete die Liveübertragung auf dem Gesicht. Der Unwille, Informationen preiszugeben, gegen die Möglichkeit, Sarah den entscheidenden Schlag zu versetzen. Der Schlag gewann.

»Die Patientin«, sagte der Roboter, »ist nicht mehr im Krankenhaus.«

Die Patientin war nicht mehr im Krankenhaus. Was bedeutete das? Sie war verlegt worden, entlassen, oder was? Von Außerirdischen entführt? »Sind Sie überhaupt zuständig?«, fragte Sarah. »Ich meine, bei wem könnte ich mich sonst noch erkundigen?«

Die Augen des Roboters verengten sich zu Schlitzen, wie man sie in Küstenschutzbunkern findet. Durch die Geschütze abgefeuert werden. »Ich bin zuständig«, zischte sie. »Wenn Sie Fragen haben, wenden Sie sich an mich!«

Sarah wartete nicht auf eine Antwort, sondern drehte sich um und ging forsch zur Eingangstür hinaus. Unterwegs schaffte sie es nur noch, Dawn an der Rezeption zuzuzwinkern, um sich die arme Frau zur Komplizin gegen ihre garstige Chefin zu machen. Die wahrscheinlich selbst nur eine gestresste, überarbeitete Frau war, aber jetzt war nicht der richtige Zeitpunkt für Verständnis. In diesem Moment hoffte Sarah nur, dass der Roboter recht bald in einen defekten Aufzug stieg.

Draußen im Freien atmete sie erst einmal tief durch. Sie hatte seit Jahren nicht mehr geraucht, aber in Zeiten wie diesen, von denen es glücklicherweise nur wenige gab, geriet sie durchaus in Versuchung. Aber diesmal blieb die Gier aus. Sie schnaufte aus, erleichtert, dass die Tabaksucht der Vergangenheit angehörte, und ging zu ihrem Auto.

Dort lehnte ein Mann an der Fahrertür: langhaarig, bärtig; heute mit Sonnenbrille, aber sie erkannte ihn wieder. Bei jeder anderen Gelegenheit hätte sie geschrien, aber es war helllichter Tag, Leute waren unterwegs, sie standen vor einem Krankenhaus. Man las solche Geschichten immer wieder: Frauen, die Fremde bei ihrem Auto fanden, die rührselige Geschichten erzählten und um eine Mitfahrgelegenheit baten. Im Nachhinein wusste man, dass sie Werkzeuge in ihren Taschen hatten: Sägen und Zangen, Teppichmesser. Traue keinem Fremden. Wenn Sarah Kinder hätte, wäre das Lektion Nummer eins. Traue niemandem, den du nicht kennst. Aber dieser Mann hatte keine Tasche dabei, und seine Hände hingen locker an den Seiten herunter, die Handflächen offen, als wüsste er, welche Gedanken ihr durch den Kopf schossen, und wollte sie von vornherein abwehren. Er sprach zuerst.

»Wer sind Sie?«

Unverschämtheit!

»Sie haben auf der Brücke gestanden mit den anderen Frauen. Jetzt sind Sie hier. Was wollen Sie?«

»Ich will zu meinem Auto«, sagte Sarah. Sie hielt ihren Schlüsselbund in der Hand, bereit, ihn dem Mann an den Kopf zu schleudern. Oder ihm damit ein Gleisbett in sein unverschämtes Gesicht zu ritzen.

»Sie brauchen keine Angst vor mir zu haben. Aber Sie sind wegen Dinah hier, oder? Wo ist sie?«

»Lassen Sie mich jetzt bitte in mein Auto steigen«, zischte Sarah mit zusammengebissenen Zähnen. »Würden Sie beiseite gehen?«

Er rührte sich nicht. »Sind Sie Sozialarbeiterin?«

»Verpiss dich!« Sie drehte sich um und öffnete die Beifahrertür. Er versuchte nicht, sie aufzuhalten. Aber er beobachtete durch die Windschutzscheibe, wie sie sich auf den Fahrersitz quetschte, und sie wünschte, sie hätte einen längeren Rock angezogen. Sie kurbelte das Fenster herunter. »Und wer sind *Sie*?«

»Sie sind Freunde von mir«, sagte er.

»Die Singletons?«

»Ja. Alle.«

»Sie waren doch nur zu zweit«, erwiderte Sarah verständnislos. Er drehte sich um und ging weg; sein Pferdeschwanz wippte ihm im Nacken. Er schaute nicht zurück. Was auch immer er wollte, sie hatte es nicht.

Sarahs Hände zitterten, auch noch nachdem sie sie ans Lenkrad gelegt hatte. Jetzt, wo es vorbei war, fühlte sie sich, als wäre sie in den letzten fünf Minuten verprügelt worden. *Die Patientin ist nicht mehr im Krankenhaus.* Wo die Patientin war, ging Sarah nichts an. Aber diese schroffe Reaktion auf eine einfache Erkundigung war doch irgendwie verdächtig, und dann lauerte ihr auch noch jemand auf dem Parkplatz auf, obwohl sie lediglich etwas über das Schicksal eines verwaisten Kindes herausfinden wollte. Jetzt war sie sauer, und sie drehte energisch den Zündschlüssel. Es gab noch andere Uniformen, dachte sie, als die weiße, die der Roboter trug. Sie war nicht gerade ein Fan der Polizei, aber sie erkannte zumindest, wann Angelegenheiten in deren Zuständigkeitsbereich fielen. Und während sie aus der Parklücke zurücksetzte, erinnerte sie sich wieder an die Statue im Brunnen, als könnte sie ihr das ein oder andere über das Überleben, über Auferstehung erzählen; darüber, dass es nicht immer ein Happy End gab.

4

Die Detektei war zwischen einem Pub und einem Zeitungskiosk eingezwängt, und obwohl die Anzeige in den Gelben Seiten »Hightech« versprochen hatte, hielt dieses Versprechen nicht mal bis zur Türklingel. Nachdem sie zweimal gedrückt hatte, probierte Sarah die Tür. Sie öffnete sich zu einer Treppe, und oben auf dem Absatz stieß sie auf eine weitere Tür, neben der ein gerahmter Druck der berühmten »träumenden Türme« von Oxford hing. Das Schild an der Tür verkündete Oxford Investigations und darunter in Großbuchstaben JOSEPH SILVERMANN BA. Sie klopfte an die Scheibe. Vielleicht war Joseph Silvermann BA schwerhörig. Als Sarah gegen die Tür drückte, öffnete sich auch diese – der Herr war schwerhörig und leichtsinnig –, und sie betrat einen Raum, der wie das Büro eines Sekretärs aussah: ein Schreibtisch mit einem Telefon, einer Gegensprechanlage und einem Computer sowie ein paar Plastikstühlen an der Wand. Eine Garderobe stand neben einer geschlossenen Verbindungstür, und weitere »träumende Türme«, aus einem anderen Blickwinkel aufgenommen, schmückten die Wand. Durch die Tür drangen Stimmen, hauptsächlich die einer hörbar aufgebrachten Frau. Ein Mann versuchte zwischendurch einen Kontrapunkt zu setzen, aber Sarah verstand nicht, was er sagte: Sie hörte nur einen stotternden Bass, der den weiblichen Wortstrom zu unterbrechen versuchte.

»Jetzt sei doch endlich mal vernünftig! Du bist weiß Gott alt genug. Oder ist das zu viel verlangt?«

»– – –«

»Ach, leck mich, Joe.«

Vielleicht sollte sie lieber wieder gehen. Eine Amateurversion von *Das Model und der Schnüffler* konnte sie jetzt wirklich nicht gebrauchen, vor allem nach der Abfuhr, die sie bei der Polizei erhalten hatte. Das Revier lag gegenüber dem Gericht, was zur Illusion beitrug, dass das Gesetz effizient, geradlinig und tatkräftig war. Zwischen den beiden Institutionen lag jedoch eine stark befahrene Straße, und vielleicht war sie der Grund für die Opfer am Wegesrand. Sarah hatte soeben die Erfahrung gemacht, dass Gerechtigkeit weniger abstrakt als vielmehr unerreichbar war. Das lag hauptsächlich an dem gelangweilten oder möglicherweise dummen Beamten in der Wache, der die einzelnen Informationen, die sie ihm gegeben hatte, aufgenommen und auf mehrere absurde Arten neu zusammengefügt hatte, wobei der gemeinsame Nenner seine Unfähigkeit war, die Wahrheit auch nur ansatzweise zu treffen.

»Also war es Ihr Haus, das explodiert ist?«

»Nein. Ich wohne nur in derselben Straße.«

»Aber Ihre Tochter war im Haus.«

»Nein, sie ist nicht meine Tochter.«

Nach einer Dreiviertelstunde wurde sie an einen Kriminalbeamten oder zumindest an jemanden ohne Uniform weitergeleitet. Vielleicht jemand vom Putztrupp. Aber er schien zumindest zu wissen, dass die Singletons existierten, dass eine Explosion stattgefunden hatte und die Polizei offiziell ermittelte. Er war jedoch nicht erpicht darauf, dieses Wissen durch weitere Details zu verkomplizieren. Er hörte sich Sarahs Geschichte mit kaum verhohlener Langeweile an, bevor die eigentliche Abfuhr kam.

»Wenn das Kind nicht mehr im Krankenhaus ist, müssen wir davon ausgehen, dass es entlassen wurde.«

Brillant. »In wessen Obhut?«

»Danach müssten Sie sich beim Sozialdienst erkundigen.«

»Das habe ich versucht. Niemand scheint es zu wissen.«

Er seufzte. »Ms. Tucker, man wird sie wohl nicht allein auf die Straße geschickt haben. Wenn sie nicht mehr im Krankenhaus ist, heißt das, sie wurde woanders hingebracht, und wenn man Ihnen nicht sagt, wohin, dann weil es Sie nichts angeht.«

Wobei unmissverständlich mitschwang, dass das auch für ihn galt. Sarah sah förmlich vor sich, wie er eine mentale Akte über sie eröffnete, mit »Neugierige Nachbarin« beschriftete und wieder schloss. Also bedrängte sie ihn so lange, bis sie wirklich lästig wurde und nicht nur nervig, und ging dann abrupt, als sein Telefon klingelte.

Und jetzt war sie im Norden von Oxford, in der Lobby eines Privatdetektivbüros, das sie aus dem Telefonbuch gepickt hatte, und der Impuls, der sie bis hierher getragen hatte, ließ plötzlich nach. Was, fragte sie sich erneut, bedeutete ihr Dinah Singleton? Der Geist eines Kindes, ein wandelnder Schatten; sie konnte sie eigentlich gar nicht vermissen, aber sie würde es bereuen, wenn sie nicht nach ihr forschte. Ein unsichtbares Mädchen, mit dem sie die Fähigkeit zu überleben teilte. Sie hatte die ganze letzte Nacht nicht geschlafen, weil ihr das Kind nicht aus dem Kopf gegangen war. Dabei quälte sie nicht nur die Sorge um Dinahs Wohlergehen, sondern auch verzehrende Neugier.

»… das letzte Mal, Joe, ich meine es ernst.«

»–«

»Ja, ja. Das habe ich alles schon mal gehört.«

Die Tür wurde geöffnet, und Sarah zuckte zusammen. Die Frau, die hereinkam, war größer und älter als sie, mit dunklen, fast schwarzen Naturlocken, die mit achtzehn Jahren toll waren, später aber nervten, weil die Leute dachten, man wollte durch die Frisur krampfhaft jünger aussehen. Die Frau trug sie eng am Kopf anliegend, wie eine Kappe. Ihr Gesicht war um die Augen und den Mund herum von Lachfalten gezeichnet, aber jetzt lachte sie nicht. Sie hatte offenbar auch nicht damit gerechnet, dass jemand hier war. Sie erschrak, als sie Sarah registrierte, erholte sich aber schnell. Ihre Augen waren, wie ihre Haare, fast schwarz und blickten sie süffisant an. »Na, wen haben wir denn da? Eine Klientin!«

»Die Tür war offen.«

»Wollen Sie zu Joe?«

»Ist noch etwas von ihm übrig?«

Die Frau lachte ohne eine Spur von Humor. »Ah, von der schlagfertigen Sorte. Lassen Sie mich raten. Sie haben einen Ehemann, und der hat eine Sekretärin. Stimmt's?«

»Eigentlich will ich, dass er jemanden umbringt.«

»So was macht Joe nicht. Eher grämt er sich vor Ihren Augen zu Tode. Wunde Herzen verbluten bei diesem Anblick.«

»Aha, Sie sind ein Fan von ihm«, stellte Sarah fest.

»Ich kenne ihn seit zwanzig Jahren, als Mann und als Maus. In dieser Reihenfolge. Eins müssen Sie wissen, meine Liebe, Joe ist ein Fall für sich.« Sie zog eine Handtasche hinter dem Schreibtisch hervor und holte eine Schachtel Zigaretten heraus. »Zoë Boehm«, sagte sie. »Übrigens.«

»Sarah Tucker.«

»Sehr erfreut. Joe ist das, was man einen hoffnungslosen Romantiker nennen könnte. Im Grunde ist er in allem hoffnungslos. Aber ich will Sie nicht abschrecken. Er ist ganz wild auf eine echte Klientin, und Sie sind ganz sein Typ.«

»Inwiefern?«

»Ach, Sie wissen schon. Bambi-Augen und ein bisschen hilflos.« Sie zündete ihre Zigarette mit einem Einwegfeuerzeug an. »Wollen Sie auch eine?«

»Nein. Und ich bin nicht hilflos.«

»Schön für Sie. Aber es wird nichts bringen, das Joe zu sagen. Er neigt dazu zu glauben, was er glauben will.«

»Nicht vorteilhaft für einen Detektiv.«

»Er hat seine Momente. Wie ein Welpe. Wenn man lange genug Stöckchen wirft, bringt er irgendwann eines zurück, aber womöglich zur falschen Person.« Sie öffnete die Verbindungstür. »Kundschaft, Joe!« Dann wandte sie sich wieder Sarah zu. »Er gehört Ihnen. Aber seien Sie nicht zu streng mit dem Dummkopf. Wenn er sich verletzt gibt, ist das meistens nicht gespielt.«

»Sind Sie seine Sekretärin oder sein Kindermädchen?«

Aber Zoë Boehm war schon weg.

Einen Moment lang, vielleicht zwei, war Sarah kurz davor, ihr zu folgen. Vieles deutete darauf hin, dass Joe Silvermann eher Hilfe brauchte, als sie anbieten zu können, und auf eine weitere Niete in ihrem Leben konnte sie verzichten. Aber jetzt einen Rückzieher zu machen würde bedeuten, mit unbeantworteten Fragen leben zu müssen, also trat sie durch die Tür ins Büro.

Sarah kannte Privatdetektive bisher nur aus Romanen, und da handelte es sich meist um politisch korrekte Frauen, die darauf spezialisiert waren, Verbrechen aufzuklären, deren fälschlicherweise Freunde und Verwandte beschuldigt wurden. Joseph Silvermann stammte nicht aus einem Roman, sondern aus den Gelben Seiten, und Sarah ging davon aus, dass er etwas weniger witzig, etwas weniger fit, wesentlich weniger moralisch und gänzlich unbewaffnet sein würde. Da sie ansonsten nicht gewusst hatte, was sie zu erwarten hatte, war der leibhaftige Joe weder eine Enttäuschung noch eine positive Überraschung. Er saß an seinem Schreibtisch, trug sein graues, lockiges Haar, sodass es seine Halbglatze verdeckte, und hatte ein großflächiges, durchschnittliches, aber sehr freundliches Gesicht. Alles zusammengenommen, weckte der erste Eindruck von ihm eine quälende Erinnerung, die sie wochenlang nicht zuordnen konnte: Joe Silvermann sah aus wie der Schauspieler Judd Hirsch, der in der alten amerikanischen Serie *Taxi* mitgespielt hatte; kein Doppelgänger, aber doch sehr ähnlich. Teilweise trug wohl seine Freundlichkeit zu diesem Eindruck bei.

Nach vielleicht vier Sekunden blickte er auf. Er hatte nicht gelesen, sondern nur seinen Schreibtisch studiert. »Ist sie weg?«

»Sie ist, ähm, gegangen. Ja.«

»Glauben Sie, sie kommt wieder?«

»Schwer zu sagen.«

»Sie kommt wieder.« Erneut blickte er auf seinen Schreibtisch oder vielmehr auf seine Hand, die darauf lag. Vielleicht waren es seine Fingernägel, die er betrachtete. »Einmal alle acht Monate macht sie das. Es ist doch Juli, oder?«

»Ja.«

»Genau. Acht Monate, mehr oder weniger. Dann rastet sie aus, liest mir die Leviten und verschwindet anschließend für zwei Wochen nach London. Sie denkt, ich weiß nicht, wohin sie fährt. Sie will, dass ich glaube, sie hätte irgendwo einen Liebhaber.«

»Vielleicht gibt es einen Liebhaber in London«, erwiderte Sarah. »Die Stadt ist groß.«

»Sie schaut sich Musicals an«, sagte er resigniert. »*Les Misérables. Buddy.* Die hat sie sich schon fünfmal angesehen.«

»Wäre es Ihnen lieber, sie hätte einen Freund?«

»Mir wäre lieber, sie hätte Geschmack. Pinter. Der frühe Stoppard. Dann bräuchte sie auch keine Ausreden zu erfinden.« Er stand plötzlich auf und streckte die Hand aus, die er begutachtet hatte, als hätte sie eine Art Test bestanden. »Joseph Silvermann«, sagte er. »Das haben Sie sich wahrscheinlich schon gedacht.«

Sie schüttelte ihm die Hand. »Sarah Tucker.«

Er war groß, wie sich herausstellte, und kräftig, fast schon untersetzt. Eine Weile lang würde man ihm den starken Mann noch abkaufen, bis er nur noch übergewichtig aussah. »Da ist ein Stuhl«, sagte er und deutete darauf. Sie nahm es als Aufforderung, und beide setzten sich.

Er verfiel wieder in Schweigen und betrachtete diesmal

Sarah anstatt seine Hände. Ganz schön dick aufgetragen, diese Sherlock-Holmes-Attitüde. Gleich würde er ihr auf den Kopf zusagen, dass sie im Norden aufgewachsen war, als Kind an den Nägeln gekaut und Hunde nie gemocht hatte. Ihre Erwartungen wurden nicht ganz enttäuscht.

»Sie sind Akademikerin, oder?«

»Ja.«

Er sah erfreut aus. »Welches College?«

»Birmingham University.«

»Ah, Birmingham. Schwerpunkt englische Literatur, oder?«

»Stimmt.«

Wieder freute er sich. »Meistens liege ich richtig.« Er stand auf, um das Fenster zu schließen, weil unten auf der Straße Bauarbeiten losgingen: Zwei Männer mit einem Presslufthammer rissen einen Teil des Bürgersteigs auf, vermutlich aus einem sehr guten Grund. »Ich war am Oriel«, verkündete er. »Auch Englisch. Bei Morris. Kennen Sie ihn vielleicht?«

»Ich glaube nicht.«

»Inzwischen natürlich emeritiert. Genau genommen tot. Er hat das Standardwerk über die Romantiker geschrieben. *Furiose Lethargie.* Ein wunderbarer Mann.«

»Mr. Silvermann, ich –«

»In Ordnung, Sie brauchen wohl keinen Small Talk. Aber viele Klienten müssen sich erst einmal entspannen, wenn sie in mein Büro kommen. Sie stehen kurz davor, mir Dinge zu erzählen, die sie nicht einmal ihren engsten Freunden anvertrauen können, und das macht sie nervös, also fange ich mit dem Small Talk an. Aber Sie brauchen das nicht.«

»Sind Sie gut in Ihrem Job?«

»Ob ich gut bin?« Er drehte sich zu ihr um. Im Licht, das durchs Fenster hereinfiel, sah er jünger aus. »Ich will Ihnen nichts vormachen. Philip Marlowe bin ich nicht. Aber wer ist das schon? Die meisten Fälle, für die ich engagiert werde, löse ich. Also bin ich wohl gut genug, schätze ich.«

»Und was genau sind das für Fälle?«

»Ehemänner auf Abwegen, vermisste Kinder. Ich arbeite auch als Gerichtszusteller. Aber ich will ehrlich sein, ein Großteil meiner Arbeit besteht darin, Kreditwürdigkeitsprüfungen durchzuführen, das meiste kann man am Telefon erledigen. Meistens ist es nicht aufregender, als Versicherungen zu verkaufen. An manchen Tagen ist es, als würde man dabei zusehen, wie sich Holz verzieht. Sie wissen noch nicht, ob Sie mich engagieren wollen, stimmt's?«

»Ich überlege noch.«

»Wenn Sie sich ein wenig umsehen, werden Sie vermutlich etwas Besseres finden. Aber dazu müssten Sie zum Beispiel nach Reading oder Bicester fahren. Ich bin in praktischer Reichweite.«

»Und Sie haben in Oxford studiert.«

»Ja, das hilft beim Netzwerken.« Er holte etwas aus seiner Tasche, das sie einen absurden Moment lang für einen Vergewaltigungsalarm hielt, und hielt es sich vor den Mund. »Feinstaub«, entschuldigte er sich. »Die Luft hier macht mir Atembeschwerden. Möchten Sie mir erzählen, weshalb Sie gekommen sind, Ms. Tucker?«

»Ich bin auf der Suche nach jemandem.«

»Dafür bin ich der Richtige. Es ist schwer, unterzutauchen, wissen Sie. Wirklich komplett von der Bildfläche zu verschwinden. Heutzutage wird alles aufgezeichnet, und dadurch ist man praktisch permanent auf dem Radar. Kreditkarten, Verkehrsüberwachung. Man braucht schon Expertenwissen, um sich unsichtbar zu machen.«

»Es handelt sich um ein vierjähriges Mädchen.«

»Dann ist sie wahrscheinlich keine Ex-SAS-Agentin.« Silvermann drehte sich vom Fenster weg und kehrte zurück an seinen Schreibtisch. »Entschuldigen Sie, das war geschmacklos. Wie heißt das Mädchen?«

»Dinah Singleton.«

»Also nicht Ihre Tochter.«

»Sie scheinen sich da sehr sicher zu sein.«

»Töchter verschwinden manchmal, auch ganz kleine. Aber die Mütter wenden sich bei der Suche normalerweise nicht an Privatdetektive.«

»Sie ist die Tochter einer Freundin. Ein Nachbarskind.«

Er sagte: »Singleton.«

»Keine direkte Nachbarin. Sie wohnt ein paar Häuser weiter.«

»Den Namen habe ich doch kürzlich gelesen.«

»Ihr Haus ist explodiert.«

»Natürlich! Das Haus in South Oxford, richtig? Die Erwachsenen starben. Bestimmt Freunde von Ihnen. Mein Beileid.«

»Ich kannte sie gar nicht. Das heißt, die Frau nicht. Wer der Mann war, weiß man bisher nicht.«

»Aber Sie kennen das kleine Mädchen.«

»Ja«, sagte Sarah. »Sozusagen«, fügte sie hinzu.

Silvermann nickte. »Eine Freundin Ihrer Kinder?«

»Ich habe keine Kinder.«

»Wünschten Sie, Sie hätten welche?«

»Was soll das?«

»Bitte entschuldigen Sie. Ich versuche nur, mir ein Bild von der Situation zu machen, Ms. Tucker. Ein kleines Mädchen ist in einen tragischen Unfall verwickelt. Sie ist seitdem, wie ich annehme, von der Bildfläche verschwunden. Sie wollen sie suchen. Ich bin neugierig auf Ihre Motive, das ist alles. Sie haben gesagt, Sie kennen das Mädchen ›sozusagen‹. Sie kennen sie aber gar nicht wirklich, oder?«

»Nein.«

»Trotzdem ist es Ihnen wichtig, dass sie gefunden wird.«

»Selbstverständlich!«

»Kaum zu glauben! Jeden Tag verschwinden Kinder, und manchmal ist es den eigenen Eltern egal.«

»Ihre Eltern sind tot.«

»Und Sie? Sind Sie die barmherzige Samariterin, Ms. Tucker?«

»Ich glaube nicht, dass es noch barmherzige Samariter gibt.«

»Das stimmt. Wir haben zu viel Angst vor Klagen wegen Behandlungsfehlern. Wie ist das kleine Mädchen verschwunden?«

Auch diese Methode fand sie aufgesetzt; die Art, wie er von einem Thema zum anderen sprang und Fragen stellte, mit denen man nicht rechnete. Vielleicht hatte er nach seinem tollen Abschluss ein paar Jahre lang zur Berufsvorbereitung *Columbo* geschaut. Aber sie erzählte ihm trotzdem von dem Krankenhaus und dem langhaarigen Fremden auf dem Parkplatz. Als sie fertig war, nickte er, als käme ihm das alles nur allzu bekannt vor. »Ihnen ist schon klar«, sagte er,

»dass es keinen Grund zu der Annahme gibt, dass etwas Schlimmes passiert ist?«

»Die Frau im Krankenhaus wusste nicht, wohin das Kind gebracht wurde«, sagte Sarah. »Sie hat sich fürchterlich aufgeregt.«

»Sie arbeitet im staatlichen Gesundheitsdienst«, erwiderte Silvermann. »Da gibt es sicherlich vieles, worüber man sich aufregen kann.«

»Was ist mit dem Mann auf dem Parkplatz?«

»Ein Freund der Familie. Ein besorgter Freund der Familie. Ich tippe auf die Großeltern. Bestimmt haben die das Kind abgeholt.«

»Es gibt keine Großeltern«, sagte Sarah mit einer Bestimmtheit, die verschleierte, dass sie nicht die geringste Ahnung hatte.

Er zuckte mit den Schultern. »Es gibt noch eine andere Möglichkeit.«

»Und die wäre?«

Er zuckte erneut mit den Schultern. »Manchmal geschehen seltsame Dinge. Das kleine Mädchen ist kein gewöhnliches kleines Mädchen mehr, wissen Sie? Sie ist Teil einer Geschichte. Ein kleines Wunder, das eine Explosion überlebt hat. Also hat sie möglicherweise eine Zeitung aufgegriffen. So was kommt vor. Eine Art Firmenübernahme. Sie bringen sie in eine private Einrichtung, wo sie ihre Behandlung bezahlen und sie nach Belieben fotografieren können.«

»Das ist doch garantiert illegal! Sie ist erst vier Jahre alt!«

»Vieles wird legal, wenn man es sich leisten kann, Ms. Tucker. Wir leben in einer Kultur der Zweckmäßigkeit.«

»Ich habe keinen Vortrag in Staatsbürgerkunde erwartet.«

»Ich rede zu viel. Das höre ich öfter. Ich möchte Sie nur darauf hinweisen, dass ich Dinah voraussichtlich gesund und wohlbehalten aufspüren werde, falls Sie mich für die Suche nach ihr engagieren. Aber es wird Sie eine Stange Geld kosten.«

»Wie viel?«

»Einhundertfünfzig Pfund pro Tag.«

Sie nickte, als hätte sie damit gerechnet, aber die Summe war wie ein Schlag ins Gesicht.

»Jedenfalls so um den Dreh«, fügte er hinzu.

»Und was bekomme ich dafür?«, fragte Sarah.

»Meine ungeteilte Aufmerksamkeit.«

»In der Anzeige stand Hightech.«

»Wir haben einen Computer.«

»Wir?«

»Zoë und ich – Ms. Boehm ist meine Partnerin.«

»Ihr Name steht nicht an der Tür.«

Er schaute weg. »Da ist ein Fehler passiert. Der Maler hat etwas falsch verstanden.«

Sarah nickte zerstreut. Im Kopf rechnete sie fieberhaft nach: Girokonto, Ersparnisse. Das gemeinsame Konto kam aus offensichtlichen Gründen nicht infrage. »Wie lange würden Sie ungefähr brauchen, was meinen Sie?«

»Kennen Sie das Sprichwort? Wenn man fragen muss, kann man es sich nicht leisten.«

»Ich kann es mir leisten.«

»Glauben Sie mir, Ms. Tucker, ich bin nicht der Typ, der Aufträge ablehnt. Aber ich möchte auch niemanden ausnutzen.« Er zögerte. »Manchmal wenden sich Leute mit Problemen an mich, von denen sie wissen, dass sie lösbar sind. Dann kommen sie besser mit denen klar, gegen die sie nichts tun können.«

Bambi-Augen und ein bisschen hilflos. »Haben Sie eine Couch, auf die ich mich legen könnte?«

»Entschuldigung, ich wollte nicht übergriffig sein. Aber wenn ich das Mädchen finde, kann ich Ihnen nur sagen, wo sie ist. Ich kann sie Ihnen nicht übergeben. Und ich kann ihr auch nicht die Mutter zurückbringen.«

»Wenn ich glauben würde, dass Sie Tote zum Leben erwecken können, Mr. Silvermann, dann fände ich Ihre Preise überaus angemessen.«

»Vielleicht gibt es günstigere Möglichkeiten, Ihr Problem zu lösen, Ms. Tucker. Oder es gibt günstigere Probleme, die ich für Sie lösen könnte.«

»Ich will keine Analyse, Mr. Silvermann. Ich will wissen, wo Dinah Singleton ist!«

»Natürlich.« Er öffnete eine Schreibtischschublade und holte ein Formular heraus. »Das ist ein Standardvertrag. Ich brauche eine Tagespauschale als Vorschuss. Wenn ich das Kind nicht innerhalb von zwei Tagen finde, können wir die Sache noch einmal besprechen.«

Sarah trug alles Nötige auf den gepunkteten Linien ein: Name, Adresse. Zurzeit arbeitslos. »Dafür, dass sie Partnerin in der Firma ist«, bemerkte sie, »klang Ms. Boehm nicht allzu begeistert von Ihrer Branche.«

»Sie findet, wir sollen uns neu orientieren«, sagte er. »Auf Headhunting. Das gefällt ihr besser.«

»Ihnen nicht?«

»Ich bin überzeugter Vegetarier, Ms. Tucker. Außerdem bin ich gerne Detektiv.«

Sie konnte nicht widerstehen. »Manchmal ist das Lösen der Probleme anderer Menschen eine Möglichkeit, sich nicht mit den eigenen auseinandersetzen zu müssen.«

»*Touché,* Ms. Tucker. Ich nehme alle gängigen Kreditkarten«, sagte er. Sie lächelte immer noch darüber, als sie unten an der Treppe ankam. Die beiden Männer, die den Bürgersteig aufrissen, hatten wieder innegehalten: Erschöpft von ihrer fünfzehnminütigen Schicht, lehnten sie rauchend an einer Wand. Als Sarah aus der Tür in die Sonne trat, fühlte sie sich verwundbar unter ihren taxierenden Blicken. Ein Privatdetektiv ist quasi gleichbedeutend mit »außerehelichem Sex«. Sie fragten sich wahrscheinlich, ob sie die Betrogene oder die Betrügerin war; eine Verführerin oder eine rachsüchtige Ehefrau. Vielleicht waren ihre Gedanken philosophischer, aber die Art, wie sie sie anstarrten, ließ nicht darauf hoffen.

Sie wusste jetzt erst einmal nicht, was sie als Nächstes tun sollte. Ihr war zu warm in ihrer Wolljacke, aber sie konnte sich nicht vorstellen, sofort wieder nach Hause zu fahren. Also ging sie in den Pub nebenan und setzte sich mit einem halben Pint Bitter in den Innenhof, wo sie sich Gedanken darüber machte, was sie getan hatte. Hundertfünfzig Pfund waren eine Menge Geld, um es aus einer Laune heraus auszugeben, vor allem, da weitere hundertfünfzig Pfund folgen würden. Mark hatte sich nie über ihre Ausgaben beschwert, aber sie hatte auch noch nie einen Privatdetektiv engagiert. Sie hatte ihm nicht mal gesagt, dass sie das vorhatte. Warum, wusste sie nicht genau.

Es war nicht so, dass sie ihn nicht liebte. Seltsam, dass sie das so ausdrückte, wenn auch nur sich selbst gegenüber.

Aber er hatte sich im Lauf ihrer Ehe verändert. Zwar war er nie ein unbekümmerter Mensch gewesen, aber inzwischen erkannte sie ihn manchmal kaum noch wieder. »Zielorientiert« nannte er sich jetzt: Ein Jargon, an dem er vor fünf Jahren noch erstickt wäre. Er arbeitete für eine Firma in der City, eine Handelsbank, die so professionell diskret war, dass niemand je von ihr gehört hatte. Und »zielorientiert« bedeutete, wie sie es kürzlich für sich interpretiert hatte, »jobbesessen«. Das war vielleicht nicht ganz fair, aber alle Selbsthilfebücher der Welt zusammen konnten sie nicht davon überzeugen, dass das Erstellen von Listen mit Karrierezielen eine liebenswerte Charaktereigenschaft sei. Andererseits hatte er schon immer die Tendenz dazu gehabt. Dass er seine Plattensammlung katalogisiert hatte, hätte ihr zu denken geben sollen.

Sie trank etwas von ihrem Bier und zog Bilanz. Wie sah es mit ihren eigenen Zielen aus? Sie wollte arbeiten, und das war sicherlich Teil ihres Problems. BHS, hatte Gerard Inchon gesagt: arroganter Sack. Aber was nützte ihr das Wissen, dass ihre Fähigkeiten, welche es auch sein mochten, einfach nur nicht ausgeschöpft wurden? Dass sie nicht arbeitete, störte das Gleichgewicht ihrer Ehe und vermittelte Mark den Eindruck, er habe seine Rolle gefunden und ihre sei offensichtlich: Sie sollte ein Kind bekommen. Sie hatte ohnehin schon lange vermutet, dass er ihren Job als Hobby empfand. Wenn man für die Bank ohne Namen arbeitete, war es ein Witz, weniger als sein Alter in Tausendern zu verdienen. Und wer mit dem meisten Spielzeug stirbt, gewinnt. Der freie Markt war eine Männerwelt, und das ließen sie einen nie vergessen.

Doch nun war da Dinah Singleton: ein Kind, das ihr eigentlich nichts hätte bedeuten sollen, das aber mehr und mehr zum Symbol wurde. Immer mehr Leute sagten ihr, sie solle aufhören, nach Dinah zu suchen. Wenn es ihr ernst damit war, dass sie ihren eigenen Weg verfolgte, musste sie mit der Suche weitermachen.

Sarah trank ihr Glas aus und brachte es zurück. Ihre Entscheidung stand fest. Sie würde Joe Silvermanns Rechnung selbst bezahlen; notfalls würde sie in der Kneipe arbeiten.

Und vielleicht würde sie ein Kind bekommen, aber noch nicht jetzt, sondern dann, wenn sie bereit dazu war, verdammt noch mal.

Wenn sie das Kind gefunden hatte, nach dem sie jetzt suchte.

5

Etwa hundert Kilometer von dem Innenhof entfernt, in dem Sarah ihr Bier trank, stand im 4. (und obersten) Stockwerk eines Bürogebäudes aus den 1920er-Jahren, in dem sich auch eine Außenstelle des Ministeriums für Stadtentwicklung befand, ein Mann und blickte durch ein Bürofenster auf den Verkehr unterhalb: eine rülpsende Schlange aus heißem Metall, seltsam lautlos von dort oben. Der Mann war groß und hatte aristokratische Gesichtszüge sowie volles, stahlgraues Haar, das er nach hinten gekämmt trug, um dessen Fülle zu betonen. Sein Anzug war ebenfalls grau, wenn auch dezenter, und die Statur darunter wirkte schlank und vital. Die Hände waren lang und schlank, die Nägel erst an diesem Morgen ordentlich geschnitten worden. Der Mann wirkte wie Ende fünfzig, hatte in Wahrheit aber erst kürzlich sein achtes Lebensjahrzehnt erreicht. Auch darauf war er stolz, und obwohl er öffentlich seine guten Gene für sein Aussehen verantwortlich machte, war er insgeheim davon überzeugt, dass Charakterstärke der Schlüssel war.

Nur schade, dass es die so selten gab.

Sein Büro war sparsam möbliert. Ein Metallschreibtisch der unteren Preisklasse; ein unansehnlicher Aktenvernichter, den er als Dalek bezeichnete. Ein Kalender an der

Wand schien zu glauben, es sei 1994. Es gab zwei Stühle, die weder zueinander noch zum Schreibtisch passten, und ein paar Kleinigkeiten – Schreibtischlampe, Garderobenständer, Spiegel –, die aussahen, als hätten sie ihren Weg aus verschiedenen Kollektionen hierher gefunden. Insgesamt vermittelte das Büro den Eindruck, als hätte man es notdürftig mit ausrangierten Möbeln eingerichtet, wie die Zelle eines Priesters oder das Zwischengeschoss eines Butlers. Ein vergessener besserer Abstellraum, in dem diskret und unauffällig abgewickelt werden konnte, was geheim bleiben sollte.

Es klopfte an der Tür, und kurz darauf betrat ein zweiter Mann den Raum. Sein Name war Howard. Er war wesentlich jünger als der andere, verbarg es aber geschickt: spärliches Haar, gestresste Gesichtszüge – er sah aus, als wäre er unerwartet zum Vorsitzenden der Konservativen Partei ernannt worden und hätte noch keinen Weg gefunden, den Schwarzen Peter weiterzugeben. Und nun musste er dastehen und warten, während der Mann, der ihn herbestellt hatte – der Mann, für den Howard arbeitete oder an den er berichtete, obwohl Howard nie seinen Namen erfahren hatte –, aus dem Fenster starrte; zweifellos dachte er sich irgendeinen Mist aus, den Howard vorgeben musste, gerne zu erledigen. Oder den er verdient hatte. Entweder das eine oder das andere.

In Gedanken nannte Howard seinen Chef oft A. Nicht, weil es in ihrer Branche üblich war, sondern weil es für ein sehr kurzes Wort stand, das zu passen schien.

Als A endlich sein Schweigen brach, sagte er: »Das haben Sie aber gründlich vermasselt, was, Howard?«

Howard antwortete nicht.

»Ich kann mich nicht erinnern, dass Sie die Erlaubnis hatten, einen Krieg anzuzetteln.«

»Die Abteilung hatte Carte blanche, Sir.«

»Sehr schön, Howard. Französisch. Damit sind die Parameter ziemlich weit gefasste, das gebe ich zu, aber nicht weit genug, um stümperhafte Explosionen in dicht besiedelten Vorstadtgebieten abzudecken. Wen haben Sie dafür eingesetzt? Coyote Karl?«

»Crane, Sir.«

»O Gott. Das ist fast genauso schlimm.«

Obwohl er nicht gefragt hatte, welcher Crane, und jeder wusste, dass es zwei gab.

A seufzte; es klang theatralisch und einstudiert. Er winkte Howard zu einem Stuhl, auf den er sich setzte, während A stehen blieb. Aber wenigstens wandte er sich endlich vom Fenster ab. Er sah auf Howard herab wie ein enttäuschter Schulleiter. »Und Crane dachte, eine Bombe wäre für den Zweck geeignet? Ich nehme an, wir hatten Glück, dass er ihn nicht in einem Panzer verfolgt hat.«

»Wir haben es wie einen Unfall aussehen lassen, Sir. Und dann war da noch das Problem mit der Leiche. Crane dachte, ihn allein auszuschalten, würde mehr Probleme verursachen als lösen. Ich meine, die Zielperson war bereits tot, Sir. Technisch gesehen.«

»Aber seine Frau nicht. Kann Crane das mit seinem Gewissen vereinbaren?«

Crane hat kein Gewissen, dachte Howard.

»Was ist mit den Anwohnern? Wurden sie beruhigt?«

»Es war eine undichte Gasleitung. Da sind sich alle einig.«

»Keine übereifrigen Journalisten, die unbedingt Schlagzeilen wollen?«

»Es war eine undichte Gasleitung, Sir«, wiederholte Howard. »Die Geschichte ist wasserdicht.«

»Wie schön, dass Sie da zuversichtlich sind. Was ist mit dem Kind? Crane hat es doch nicht etwa erschießen lassen oder etwas Ähnliches?«

»Nein, dem Kind geht es gut.«

»Das will ich Ihnen auch geraten haben, Howard! Tote Kleinkinder sind ein gefundenes Fressen für die Medien. Toten Kleinkindern, die bei verpfuschten verdeckten Operationen von psychopathischen Idioten in die Luft gejagt wurden, werden ganze Dokumentationen gewidmet, in denen ihr kurzes, vergeudetes Leben aufgerollt wird. Welcher von diesen verdammten Crane-Brüdern hat den Schwachsinn ausgeheckt, und was plant er als Zugabe?«

»Axel, Sir.«

»Axel sollte nicht allein aus dem Haus gelassen werden. Er ist eine Gefahr für die Öffentlichkeit. Das sieht die Öffentlichkeit nach diesem Fiasko sicher ganz genauso. Was hat er als Nächstes vor? Ein kleiner Nuklearsprengsatz in einem überfüllten Einkaufszentrum?«

»Downey läuft immer noch frei herum.«

»Und wie hoch ist die Wahrscheinlichkeit, dass er Verdacht geschöpft hat, Howard? Meinen Sie, er glaubt an eine defekte Gasleitung? An einen Unglücksfall? Oder könnte er womöglich etwas nervös geworden sein?«

»Crane sagt –«

»Axel?«

»Nein, Amos. Er hat in diesem Fall das Kommando.«

»Also war die Bombe seine Idee?«

»Nein, es war die von Axel. Es war eine Entscheidung vor Ort, Sir. Er hatte freie Hand …«

A winkte ab, damit Howard den Mund hielt. Axel Crane, Amos Crane: Sie waren beide gleich schlimm. Diesmal saß Amos Crane zu Hause im Bunker und hatte das Kommando, und Axel – von dem jeder wusste, dass er ein gemeingefährlicher Irrer war – lief frei herum, ignorierte sie und verteilte tote Zivilisten in der Gegend.

A sagte: »Grundgütiger. Die Verrückten leiten die Irrenanstalt. Was sagt denn Amos Crane selbst zu der Sache?«

»Dass es egal ist, was Downey denkt. Oder zu wissen glaubt. Wenn wir das Kind haben, wird er nach ihm suchen.«

»Das soll eine Strategie sein?«

»Crane hat das Szenario auf jede erdenkliche Weise durchgespielt. Downey wäre zu allem Möglichen imstande, aber nicht, solange wir das Kind haben. Die Kleine wird für ihn an erster Stelle stehen. Bis er sie gefunden hat, wird er nicht einmal daran denken, an die …«

Scheiße.

»Woran denken?«, fragte A höflich.

»An die Öffentlichkeit zu gehen.«

»An die Öffentlichkeit. Aha.« A zog sich den anderen Stuhl heran und setzte sich. »Haben Sie heute Morgen die Zeitung gelesen, Howard?«

»Ich habe sie überflogen, Sir. Ich war etwas beschäftigt.«

»Hat irgendetwas Ihre Aufmerksamkeit erregt? Gibt es irgendwelche kleineren Ereignisse, über die es sich nachzudenken lohnt? Wie zum Beispiel, dass ein scheiß Krieg bevorsteht?«

»Sir.«

»Konzentrieren Sie sich darauf, Howard. Das Land ist bereit, zu den Waffen zu greifen, um Downey davon abzuhalten, an die Öffentlichkeit zu gehen. Das ist keine Option. Wenn Sie wollen, dass Sie Ihren Job länger behalten als Ihre Haare, denken Sie nicht einmal daran, diese Möglichkeit zu erwähnen. Verstanden?«

»Ja, Sir.«

»Gut. Was machen Sie mit dem Kind?«

»Wir arbeiten an einer Lösung.«

»Arbeiten Sie schneller. Läuft Axel immer noch frei herum?«

»Bisher noch.«

»Gut. Vielleicht haben wir alle Glück, und er wird von einem Lastwagen überfahren. *Nachdem* er Downey erledigt hat.« A stand wieder auf. »Sind Sie immer noch hier?«

Howard kroch zur Tür.

»Und Howard? Erinnern Sie Crane daran, dass er da draußen keinen Privatkrieg führt. Wenn er seinen Bruder nicht an der Leine halten kann, ist es vielleicht an der Zeit, dass Sie ihm einen Job suchen, den er bewältigen kann. Ausweise überprüfen beim Fahrdienst, zum Beispiel. Sagen Sie ihm das.«

Howard schloss lautlos die Tür hinter sich und fuhr sich dann mit dem Zeigefinger innen am Hemdkragen entlang. Er war schweißnass.

Während er auf den Aufzug wartete, fluchte er ausgiebig, obszön und einfallsreich eine Minute lang, ohne dabei eine Miene zu verziehen. Solche Gespräche hatten ihren Preis, aber er wusste in diesem Moment nicht mehr, welchen, ob

Krebs oder ein Herzleiden. Eines davon. Man konnte solche Tiraden nicht in sich hineinfressen, ohne dass sie faulten und gärten. Im Erdgeschoss lächelte er höflich die Frau an der Rezeption an, die ihn für einen Finanzprüfer für Wirtschaftskriminalität hielt, und trat hinaus ins schwache Sonnenlicht, immer noch innerlich voller Groll. *Das haben Sie aber gründlich vermasselt, was?* Ja, na klar doch. Von einem Büro hoch über dem Chaos aus sah alles ganz einfach aus. Unten auf der Straße arbeitete man mit dem, was man hatte. Und wenn dazu die Crane-Brüder gehörten, dankte man Gott, dass man sie auf seiner Seite hatte, und ließ sie gewähren.

Er würde durch den Park zurückgehen, beschloss er. Vorausgesetzt, es gelang ihm, mit heiler Haut die Straße zu überqueren.

Howard hasste es, das Unhaltbare verteidigen zu müssen. Als er zum ersten Mal von Cranes Explosion erfuhr, war sie bereits Geschichte. Und die Sache im Nachhinein in Ordnung zu bringen war, als wollte man Gelee in einem Sieb herstellen, also sollte dieser Scheißkerl vielleicht mal von seinem hohen Ross heruntersteigen und sich ansehen, wie es im richtigen Leben zuging. Dichter Verkehr, alle versuchten, gleichzeitig an verschiedene Orte zu gelangen. Und alles traf sich in der Mitte, sodass nur Qualm und Lärm dabei rauskamen.

An der Ecke sagte das grüne Männchen Howard, dass er die Straße sicher überqueren könne. Howard vertraute grünen Männchen ungefähr so sehr wie allen anderen, überquerte die Straße aber trotzdem. Im Park war es etwas kühler und ruhiger: ein leichter Windhauch, der weniger nach

Abgasen und mehr nach Natur schmeckte. Howard ging zwischen Blumenbeeten hindurch, die Londoner als Mülleimer benutzt hatten, vorbei an Mülleimern, in die sich Londoner übergeben hatten, und fragte sich erneut, was er wegen des Mädchens unternehmen sollte.

So hätte es nicht kommen dürfen. Selbst Amos Crane, der seinen jüngeren Bruder wie ein Wolf beschützte, gab zu, dass er bei dem Einsatz nicht Axels Methode gewählt hätte. Sie war nicht wirklich kontrollierbar und hatte anschließend zu viel Verschleierung erfordert. Aber Amos glaubte auch an das Schicksal und sah im Überleben des Mädchens etwas Wichtigeres, als die Boulevardpresse bei Laune zu halten: Er sah die Möglichkeit für einen Schlachtplan. Das Mädchen war, wie er es ausdrückte, immer noch im Spiel. Es lag an ihnen, es mit Bedacht einzusetzen.

Howard bezweifelte jedoch, dass das eine gute Idee war, und nicht aus sentimentalen Gründen. Das Problem mit Kleinkindern war, dass man nicht davon ausgehen konnte, dass die Leute sie vergaßen. Riss der Kontakt zu Erwachsenen ab, konnte man annehmen, dass ihr Leben einfach eine andere Wendung genommen hatte: Sie waren umgezogen oder hatten neue Freunde gefunden – die Leute waren immer bereit, ihre eigene Legende zu spinnen, um das Verschwinden eines Bekannten zu erklären. Nur ging bei einem Kleinkind niemand davon aus, dass es seine eigenen Entscheidungen getroffen und seinen Lebensstil geändert hatte. Bei Kleinkindern konnten die unwahrscheinlichsten Typen auf die Idee kommen, nach ihnen zu suchen.

Die Lösung schien auf der Hand zu liegen: die Polizei, die Lokalpresse. Die mussten dazu gebracht werden, den

Fall abzuschließen. Niemandem gefiel das sonderlich, aber im Namen der nationalen Sicherheit wird viel Scheiße geschluckt. Dennoch mussten sie das abklären. Das war das Problem mit Cowboys wie Axel, dachte Howard: Sie zogen jeden verrückten Stunt durch, der sich in dem Moment gut anfühlte, und er war hinterher der Dumme, der dafür sorgen musste, dass niemand zu sehr herumschnüffelte. Es könnte zum Problem werden, wenn noch jemand außer Michael Downey den Köder schluckte. Vor allem, weil Axel Crane frei herumlief und davon überzeugt war, dass die schnellste Lösung für die meisten Probleme in einem flachen Grab bestand.

Also machte sich Howard im Kopf eine Liste (Howard machte sich oft Listen im Kopf). 1. Sich um das Kind kümmern. 2. Ein paar Alarmglocken installieren – besser vorgewarnt sein, wenn etwas schiefging. 3. Crane daran erinnern, dass er da draußen keinen Privatkrieg führte. Wenn er seinen Bruder nicht an der Leine halten konnte, würde er demnächst beim Fahrdienst Ausweise kontrollieren.

Bei dem Gedanken daran, den letzten Punkt weiterzugeben, musste er fast grinsen.

Amos Crane war allerdings ein echt gruseliger Scheißkerl, und Howard hatte im Grunde keine Lust, ihm in nächster Zeit das oder Ähnliches mitzuteilen.

ZWEI

Tote Soldaten

6

Es dauerte über eine Woche, bis Sarah wieder von Silvermann hörte. In dieser Zeit wurden die Trümmer des zerstörten Hauses untersucht und beseitigt sowie ein Gerüst errichtet, um zu verhindern, dass die Überreste in den Fluss rutschten. Die Polizisten wurden nach und nach abgezogen und verschwanden schließlich ganz. Da es keine offensichtlichen Fortschritte bei den Ermittlungen gab, ließ die Berichterstattung in den Medien nach, während die Gerüchte in der Nachbarschaft ins Kraut schossen. Ehemänner wurden keine als vermisst gemeldet. Dinahs Verschwinden wurde nirgendwo erwähnt. Entweder war es nicht der Rede wert oder nicht bekannt, oder sie war gar nicht verschwunden. Vielleicht würde Silvermann sie wissen lassen, was davon zutraf, falls er sich jemals meldete. Eines Nachts wachte Sarah auf und war sich sicher, ein Kind auf der Straße weinen zu hören, aber draußen war keine Menschenseele zu sehen. Mark schlief weiter, obwohl ihm das Licht der Straßenlaterne ins Gesicht fiel, als sie den Vorhang beiseite zog. Er sah im Schlaf viel jünger aus, stellte Sarah fest. Wobei das wahrscheinlich für jeden galt. Aber es hielt in ihr eine Zärtlichkeit am Leben, die sie bei Tageslicht mehr Mühe kostete.

Mehr Mühe kostete es sie auch, sich daran zu erinnern,

warum sie Joe überhaupt eingeschaltet hatte. Das Bild von Dinah, das sich in ihrem Kopf festgesetzt hatte, war mit der Zeit verblasst; womöglich würde es sich nach erfüllter Mission ganz auflösen. Der Overall, die gelben Gummisandalen blieben, aber auch sie wurden konturlos, als hätte Sarahs Erinnerung sie mit den Puppensachen durcheinandergeworfen, mit denen sie als Kind gespielt hatte. Sie fragte sich allmählich, ob ihr Unterbewusstsein ihr tückische Streiche spielte und sie in einen Zustand mütterlicher Sorge lockte, der sie für Marks Überredungskünste empfänglich machte. Und auch Silvermanns Schweigen bereitete ihr Unbehagen; außerdem konnte sie sich nicht an die Einzelheiten ihres Vertrags erinnern. Er hatte zwei Tage gesagt und bisher acht gebraucht: Würde er die in Rechnung stellen? Mehrmals hatte sie seine Nummer gewählt, aber aufgelegt, bevor er sich meldete, da sie noch nicht bereit war, ihn zurückzupfeifen, bevor sie wusste, was passiert war. Zu diesem Zeitpunkt glaubte sie natürlich noch, dass es möglich war, die Ereignisse aufzuhalten.

Als er endlich anrief, war es Vormittag und Sarah mit ihrer Hausarbeit beschäftigt. Mindestens einmal pro Woche fand sie eine Ecke – heute den Schrank im Gästezimmer –, der sie bislang keine Aufmerksamkeit gewidmet hatte; danach wurde die Reinigung der Ecke zu einem wöchentlichen Bestandteil ihres Ablaufs, ein weiterer Punkt ihrer Aufgabenliste, die unendlich lang zu werden drohte. Sie schwankte, ob sie an dieser zwanghaften Routine festhalten oder sie einfach aufgeben sollte. Von daher klang Silvermanns Anruf geradezu verheißungsvoll, obwohl er weniger Informationen enthielt, als auf eine Postkarte oder sogar eine Briefmarke gepasst hätten. »Haben Sie sie gefunden?«, fragte sie ihn.

»Haben Sie Zeit?«

»Jetzt sofort?«

»Jetzt sofort, ja.«

Denn wichtige Dinge besprach er nie am Telefon. Das teilte er ihr später mit, zusammen mit dem, was er herausgefunden hatte.

Ja, sie konnte sich loseisen, zumindest für gewisse Zeit. Er schlug vor, sich im Modern Art Oxford zu treffen: nicht in der Galerie, sondern im Café, womit Sarah einverstanden war. Was die Galerie als Kunst ausstellte, war nicht immer ihr Geschmack, aber über den Kuchen ließ sich nicht streiten. Doch Silvermann war zuerst da, und da er sie zum Kaffee einlud, konnte sie sich schlecht Kuchen bestellen. Manchmal war Höflichkeit lästig, aber sie fand sich damit ab. Joe Silvermann lotste sie unterdessen zu einem Tisch an der Wand, von wo aus er mit einem Auge den Ausgang im Blick behalten konnte. Es war schwer einzuschätzen, ob aus professioneller Paranoia oder Eitelkeit. Wohl etwas von beidem, schloss Sarah.

»Ich verbringe mein halbes Leben an solchen Orten«, sagte er.

»In Galerien?«

»Cafés. Aber auch Galerien, ja, und Pubs und Clubs. Überall, wo Menschen auf Menschen treffen, wissen Sie? Museen. Bahnhöfe.«

»Sie müssen viele Freunde haben.«

Der Anflug eines Lächelns huschte über sein trauriges Gesicht: Es war, als würde man beobachten, wie sich jemand auf einer Beerdigung an einen Witz erinnert. »Nein, rein geschäftlich. Hier nehmen viele Fälle ihren Anfang. Fremde begegnen sich. Dann wollen sie mehr über die andere Person erfahren, bevor sie sich näher auf sie einlassen.« Er nahm seine Kaffeetasse, roch misstrauisch daran und stellte sie wieder hin. »Solche Aufträge bekomme ich etwa zehn, zwölf Mal im Jahr. Es ist immer eine ältere Frau, die einen jüngeren Mann kennengelernt hat. Und sie will wissen, ob er ehrlich ist. Verstehen Sie?«

»Ob sie ihm vertrauen kann?«

»Richtig. Früher war es so: Man hat jemanden kennengelernt, mochte sich und hat geheiratet. Heute braucht man vor dem zweiten Date eine Bonitätsprüfung und eine gründliche Hintergrundrecherche. Niemand will einen Serienmörder wie Frederick West heiraten.«

»Oder seine Frau.«

»Männer vertrauen meistens ihrem Urteilsvermögen. Ich weiß nicht, warum. Eine Frau kann einen Mann täuschen. Andersherum ist das nicht so einfach. Das habe ich jedenfalls immer geglaubt.«

»Aber vielleicht ist Ihr Urteilsvermögen nicht ganz verlässlich.«

»Sie nehmen mich nicht ernst. Aber das macht mir nichts.« Er nahm seine Tasse wieder zur Hand. »Einmal hatte ich einen Fall, bei dem eine Frau einen neuen Freund hatte und wissen wollte, ob ich bei ihm einen Bluttest machen könne, ohne dass er es merkte. Ich fragte sie, was bin ich, ein Vampir? Aber deshalb hat sie mich engagiert – sie wollte wissen, ob er Aids hatte, ob er HIV-positiv war, ohne dass er etwas davon erfuhr.«

»Und, wie haben Sie das angestellt?«

»Eines müssen Sie wissen: Wenn eine Frau einem Mann gegenüber misstrauisch ist, hat sie in neunundneunzig von hundert Fällen einen guten Grund dafür. Ihr Instinkt hat ihr bereits gesagt, was sie wissen muss, sie sucht nur nach einer Bestätigung. Und genau die habe ich ihr in diesem Fall geliefert.«

»Sie haben ihr gesagt, dass er Aids hat?«

»Ich habe ihr gesagt, dass er verheiratet ist. Das war genauso effektiv und viel weniger unangenehm.« Endlich trank er aus seiner Kaffeetasse. »Also. Dinah Singleton.«

»Sie waren im Krankenhaus.«

»Ich war in der Kneipe«, korrigierte er sie. »Ein Stück die Straße runter liegt das White Horse. Sehr beliebt beim Klinikpersonal.«

»Ist das Ihre übliche Vorgehensweise?«

»Das ist die menschliche Note. Ich bin also im White Horse und sehe ein paar bekannte Gesichter. Ich habe dort schon öfter gearbeitet. Einmal habe ich eine Krankenschwester bestochen, damit sie einem Unfallopfer zusätzliche Verbände anlegte. Dadurch stieg die Schadensersatzprämie um zwanzig, vielleicht dreißig Prozent.«

»Joe, könnten Sie beim Thema bleiben?«

»Das gehört dazu. Ich komme gleich auf den Punkt. Alles, was ich gesagt habe, hängt damit zusammen. Nämlich damit, dass ich mit den Leuten arbeite. Verschwörungen und anderes Abstraktes überlasse ich der Polizei.«

»Sie arbeiten mit mir und für mich, Joe. Ich suche ein Kind.«

»Ein Kind, das Opfer einer Explosion wurde. Alles

hängt miteinander zusammen, Ms. Tucker. Wir fischen in sehr trüben Gewässern.«

»Haben Sie sie gefunden?«

»Nein, ich habe sie nicht gefunden. Ich habe herausgefunden, dass sie am 4. um 2:37 Uhr morgens aufgenommen wurde. Das wird alles sehr genau festgehalten. Es ist schließlich ein Krankenhaus, keine Cocktailparty.«

»Und was noch?«

»Sonst nichts, Ms. Tucker. Das meine ich mit trüben Gewässern. Wenn man dort um ein Glas Wasser bittet, wird das in die Akte eingetragen. Wenn man furzt, wird es eingetragen, entschuldigen Sie die Ausdrucksweise. Aber wenn ein kleines Mädchen mitten in der Nacht verschwindet, und niemand weiß, wohin, dann ist irgendetwas faul.«

Sarah sagte nichts.

»Da war kein Opferschutz am Werk, Ms. Tucker. Da steckt eine geschickte Organisation dahinter. Ich arbeite mit Zuckerbrot, verstehen Sie, was ich meine? Und die Krankenschwester, die damals mein Geld genommen hat, brauchte das Extrageld. Ich schäme mich nicht dafür. Aber dieses Mal wollen die Mitarbeiter nichts von Zuckerbrot wissen. Da fragt man sich, ob jemand mit einer Peitsche da war.«

»Das geht mir alles zu schnell.«

»Manchmal muss man schnell sein. Wo kommt man mit Trödelei schon hin?« Das gefiel ihm. Er hielt inne, trank von seinem Kaffee und ließ sein Bonmot auf Sarah wirken.

Am Nebentisch saßen ein Mann und eine Frau, ebenfalls mit Kaffee, aber zu sehr in einen Streit verwickelt, um davon zu trinken. Fetzen ihres Dialogs, intensiv, wenn auch noch nicht störend, drangen immer wieder an ihr Ohr. Das Paar zog bereits Blicke auf sich, und die ganze verlegene Faszination, die entsteht, wenn in einem bürgerlichen Umfeld eine Situation zu eskalieren droht, richtete sich auf sie. Sarah ging jedoch zu viel durch den Kopf, um zuzuhören. »Ich verstehe das nicht«, sagte sie schließlich. »Sie kann doch nicht einfach verschwunden sein. Es muss eine Akte geben.«

»Ich bin ganz Ihrer Meinung.«

»Aber Sie haben doch gesagt –«

»Ich habe gesagt, dass niemand *weiß,* wohin sie gebracht wurde. Niemand, mit dem ich gesprochen habe. Es ist wohl so etwas wie eine vertrauliche Information. Aber es muss eine Akte geben, ja. Es ist ein Krankenhaus, es ist –«

»Keine Cocktailparty, richtig. Kommen Sie an die vertraulichen Unterlagen heran?«

»Das ist nicht einfach.«

»Aber Sie könnten es schaffen?«

»Nein, wahrscheinlich nicht.«

Sarah holte tief Luft. »Das war's dann also.«

»Nicht ganz.«

»Wieso nicht?«

Joe ließ seinen Blick durch das Café schweifen. Es füllte sich zusehends; die Mittagsgäste bildeten eine Schlange an der Salatbar. Außerdem hatte das streitende Paar inzwischen die Stimmen erhoben. Sarah ging davon aus, dass niemand mitbekommen würde, was Joe zu sagen hatte, doch das hielt ihn nicht davon ab, wieder bei Adam und Eva anzufangen. »Man bekommt ein Gefühl für diese Art von Arbeit. Man lernt, seinen Instinkten zu vertrauen.«

»Und was sagen sie Ihnen, Joe?«

»Als Sie neulich reingekommen sind, dachte ich mir schon, dass das nicht so einfach ist, wie es klingt. Ein vermisstes Kind zu finden.«

»Mir haben Sie das verschwiegen.«

»Ich wollte Sie nicht beunruhigen. Aber sehen Sie sich mal die Fakten an: Die Mutter kommt bei einer Explosion ums Leben, und anschließend verschwindet das Mädchen. Was sagt Ihnen das?«

»Das sagt mir gar nichts, Joe. Und Sie sagen mir auch nichts.«

»Jemand hat einen Feind.«

»Sie ist zu jung, um Feinde zu haben. Sie ist doch noch ein kleines Kind.«

»Niemand ist zu jung, um Feinde zu haben. Ist das neu für Sie? Manche von uns haben Feinde, nur weil sie eine bestimmte Hautfarbe haben.«

»Darüber sollten wir uns irgendwann mal unterhalten. Aber nicht jetzt.«

»Gute Idee. Wir sollten uns treffen und in Ruhe unterhalten. Nur weil wir uns beruflich kennengelernt haben, heißt das nicht, dass wir nicht befreundet sein können.«

»Joe ...«

»Das kommt vor. Manchmal«, fügte er hoffnungsvoll hinzu, »entwickelt die Klientin romantische Gefühle für den Detektiv.«

»Haben Sie etwas von Zoë gehört?«

Er seufzte. »Ich nehme den Kommentar zurück.«

»Joe, was haben Sie herausgefunden?«

»Ich habe mit den Polizisten gesprochen.«

Sarah griff nach ihrer Tasse. Der Kaffee war inzwischen fast kalt. Das Paar am Nebentisch stritt sich immer noch heftig, und ihre Unzufriedenheit schien zunehmend weitere Kreise zu ziehen. Irgendwie ging es darum, dass ihm seine verdammten Golfschläger wichtiger seien als ihr Talent, aber dass ihr einziges Talent sowieso nur das Shoppen sei. Das Wort »Zicke« war unsichtbar an seinen letzten Vorwurf angehängt. Aber vielleicht hatte sich Sarah auch nur verhört.

»Und?«

»Und man hat die andere Leiche identifiziert. Den Mann.«

»Davon hat man gar nichts gehört.«

»Nein. Sie halten die Information vorerst unter Verschluss.«

»Und, wer war er?«

»Man hat ihn anhand seiner Fingerabdrücke identifiziert und diese mit seinen zahnärztlichen Unterlagen abgeglichen. Normalerweise hat man Glück, wenn man auch nur eins von beidem vorliegen hat, aber in seinem Fall hatten sie beides.«

»Joe!«

»Er war beim Militär, wissen Sie. Bei der Armee.«

Die Frau am Nebentisch stand auf und griff in ihre Handtasche.

»Wer war es?«

»Es war ihr Ehemann, Sarah.«

»Ihr *Ehemann*?«

»Ihr angetrauter Gatte«, sagte Joe.

»Aber der ist doch tot!«

Einen halben Meter von Sarah entfernt zog die Frau eine Waffe und feuerte sechsmal auf ihren Begleiter.

Als der Lärm verklungen war, sagte Joe: »Tja, wenn er es damals nicht war, dann ist er es jetzt ganz sicher.«

7

Tagelang musste sie daran denken, wie der Mann aus dem Mund geblutet hatte, bevor er mitsamt seinem Stuhl umkippte. Alles Stimmengewirr verstummte so, wie der Mann gestorben war: nicht plötzlich, sondern unter einer immensen, schmerzlichen Überraschung. Selbst als er auf dem Boden aufgeschlagen war, zuckte er noch krampfhaft, als würde das Leben in kleinen Stößen aus ihm entweichen, während die Frau ihn mit einer Verachtung anstarrte, als fände sie, dass er nicht mal diesen automatischen Vorgang mit besonders viel Finesse ausführte. In die darauffolgende Stille ließ jemand eine Untertasse fallen. Alle warteten, bis auch ihr Klirren verklungen war, ehe sich Schock und Empörung Luft machten.

»Guerilla-Theater«, bemerkte Mark. »So nennt man das wohl. Ein bisschen altmodisch, finde ich.«

»Ich weiß, wie man das nennt. Trotzdem war ich schockiert.«

»Das Publikum zu schockieren ist einfach. Dazu braucht man kein Talent.«

Genauso wenig wie zum Kritisieren.

Als der Mann aufsprang und sich verbeugte, während ihm das Blut vom Kinn tropfte, hatte Sarah nicht in den Applaus eingestimmt, und ehrlich gesagt hatten auch nicht viele geklatscht. Selbst im Modern Art Oxford war es verpönt, Leute unnötig zu erschrecken. Es mochte Theater sein, aber es war nicht gefällig. Sarahs Zurückhaltung hatte aber noch andere Gründe: Sie war verstört über die unheimliche Verbindung zwischen dem Tod dieses Mannes und seiner Rückkehr ins Leben, gerade als Joe ihr erzählte, dass Maddie Singletons Ehemann ebenfalls von den Toten auferstanden, allerdings kurz darauf wieder zu ihnen zurückgekehrt war.

»Bestimmt sind sie danach mit dem Hut rumgegangen.«

»Nein. Sie haben nur arrogant gegrinst und sich dann verzogen.«

»Ich wusste gar nicht, dass du deine Vormittage in der Galerie verbringst.«

Sarah schaute weg. »Ich war nur auf eine Tasse Kaffee dort.« Er antwortete nicht, sondern beugte sich stattdessen über seine Zeitung und arbeitete sich weiter durch die Berichterstattung über den Nahen Osten. Ihm noch einmal von der Schießerei zu erzählen – sie hatte es ihm bereits erzählt – war ein Versuch gewesen, sich mit ihm zu versöhnen, aber Mark war offensichtlich entschlossen, weiterhin sauer zu sein. Und Sarah wusste aus Erfahrung, dass er nicht so schnell nachgeben würde. Aus kleinen Eicheln werden mächtige Eichen: Viele Ehestreite beginnen mit Belanglosigkeiten, bevor sie sich zu echten Konflikten aufblähen. Dieser hier hatte mit Zahnseide angefangen, oder besser: dem Fehlen von Zahnseide in der Küche.

»Oben ist welche«, hatte Sarah zu ihm gesagt.

»Ja, aber ich bin unten. Ich will nicht –«

»Ich hol sie dir.«

»Darum geht es nicht. Es muss immer eine Rolle auf dem Kühlschrank liegen. Ich hasse es, wenn ich nach dem Essen etwas zwischen den Zähnen habe, das weißt du ganz genau.«

»Ich kaufe morgen neue.«

»Das hast du schon am Freitag gesagt, Sarah, aber da hast du es auch vergessen.«

»Herrgott noch mal, jetzt tu doch nicht so, als ginge es um Leben und Tod. Nur weil du mal die Treppe raufgehst, wenn du unbedingt Zahnseide benutzen musst.«

»Es geht nicht darum, ob ich die Treppe raufgehen muss oder nicht. Es geht darum, dass hier Sachen nicht an ihrem Platz sind. Ich muss den ganzen Tag arbeiten, Sarah. Ich kann nicht auch noch den Einkauf erledigen.«

»Ich mache mein halbes Leben lang nichts anderes, als –«

»Müllbeutel haben wir auch keine mehr. Wie soll ich den Müll rausbringen, wenn es nichts gibt, wo ich ihn reintun kann?«

Darauf erwiderte sie nichts mehr, obwohl ihr einiges eingefallen wäre. An Tagen wie diesen würde sie am liebsten einfach für eine Weile verschwinden können: mit der Tapete verschmelzen, bis er vergessen hatte, dass er sauer war, oder zumindest, worüber er sauer war. Nicht dass sie Gleiches nicht mit Gleichem vergelten konnte, doch sie wusste, dass Mark über kurz oder lang wieder mit dem Thema Kinder anfangen würde. Sein Gespür für das richtige Timing in dieser Angelegenheit war grottenschlecht, und auf diese Vorwürfe, ob ausgesprochen oder nicht, konnte sie gut und gern verzichten. »Normale Frauen verhalten sich anders« – darauf wollte er hinaus. Ihr Verhalten war unnatürlich, weil sie ihre eigenen Vorstellungen hatte. Sie musste an die Bonsaibäume denken, für die sich die Gärtner abrackerten. Sie wusste nicht viel darüber, aber in ihrer Vorstellung sah sie es so: Es gab Bäume, die sechs Meter hoch werden konnten, wenn man sie sich selbst überließ, aber stattdessen wurden ihre Wurzeln gekappt, um etwas Kleines, Verwöhntes und Zierliches hervorzubringen. Etwas, das an Charme wiedergutmachte, was es an Würde verloren hatte. Die Ehe war eine psychologische Bonsaigärtnerei, ja, vielleicht war die Gesellschaft als Ganzes so. Selbst in der heutigen Zeit trieb sie Frauen dazu, klein, verhätschelt und dekorativ zu sein. Es wurde immer noch auf ihren Wurzeln herumgehackt, damit sie nicht größer wurden als alle anderen. Wahrscheinlich war es nicht mal Absicht. Es war zu einer instinktiven, natürlichen Form des Beschneidens geworden. Für einen Mann wie Gerard Inchon war es eine Pflicht: Nur wenn man bedürftig und schwanger vor ihnen stand, waren sie zufrieden. Man bezeichnete sie nicht als Feinde, aber eigentlich sah man sie so. Mark wollte sie mit psychologischer Kriegsführung zermürben. Er wollte ein Baby, und zwar sofort. Was sie damit meinte, ob sie das nicht besprechen könnten? Sie besprachen es doch: Er wollte ein Baby. Natürlich war ihre berufliche Laufbahn wichtig. Aber sie hatte doch eigentlich keine, oder? Also, wann wäre ein besserer Zeitpunkt, um ein Baby zu bekommen?

Im Moment ließ sie ihn zappeln. Im Garten entdeckte sie Efeu, der am Gartenhäuschen emporrankte, und verbrachte eine halbe Stunde damit, ihn in Stücke zu reißen. Dabei war sie in Gedanken wieder im Modern Art Oxford und bei dem, was Joe ihr erzählt hatte.

Nachdem die Schauspielterroristen verschwunden waren, versank Sarah in leichtem Schockzustand. Joe hatte nicht mit der Wimper gezuckt. »Offensichtlich keine echte Waffe«, hatte er spekuliert.

»Sie sind Experte?«

»Habe ich mich geirrt?«

»Wenn er verblutet wäre«, fragte sie ihn, »wie lange hätten Sie zugesehen, bevor Sie zugegeben hätten, dass Sie falschlagen?«

Er sparte sich die Antwort.

Das Stimmengewirr im Café war zu einem mittelschweren Aufruhr angeschwollen; jeder gab seinen Senf zum Happening der hinterhältigen, überheblichen Theaterleute.

»Jetzt sagen Sie schon«, forderte sie. »Singleton. Wie hieß er?«

»Thomas. Tom.«

»Wie ist er gestorben? Ich meine, beim ersten Mal?«

»Auch wenn ich jetzt pedantisch wirke«, sagte er, »deuten die Beweise darauf hin, dass die Berichte über seinen ersten Tod stark übertrieben waren.«

»Danke, Mr. Twain.«

»Abgesehen von allem anderen wurde seine Leiche nie gefunden.«

»Es wäre auch etwas peinlich gewesen, wenn sie sie gefunden hätten«, erwiderte Sarah. »Im Nachhinein betrachtet.«

»Stimmt. Er war Soldat, wussten Sie das?«

»Ich habe gehört, dass er im Golfkrieg gekämpft hat.«

»Stimmt. Aber er ist vor Zypern bei einem Hubschrauberabsturz gestorben. Das war vor etwa vier Jahren. Es waren noch andere Soldaten im Hubschrauber. Ich glaube, insgesamt sind sechs tödlich verunglückt. Und die Besatzung.«

Sarah nickte, als würde das Sinn ergeben oder als hätte es irgendetwas mit ihr zu tun. »Und das hat Ihnen die Polizei erzählt?«

»Ein bestimmter Polizist hat es mir erzählt. Im Gegenzug für eine Spende an eine Wohltätigkeitsorganisation seiner Wahl, die zufällig unter seiner Adresse registriert war. Eines ist sehr wichtig, Sarah: Was er mir erzählt hat, was ich Ihnen erzählt habe, ist nur für Ihre Ohren bestimmt. Zwei Stunden nachdem ich mit ihm gesprochen hatte, rief er mich an und bat mich zu vergessen, dass wir uns je getroffen hätten. Er bot mir sogar eine Rückzahlung an. Das ist beispiellos. Es ist quasi übernatürlich.«

»Hat er gesagt, warum?«

»Er wusste nicht, warum. Er sagte nur, es habe eine ›Nachrichtensperre‹ gegeben. Das waren seine Worte. Er sagte, undichte Stellen würden gestopft werden und er mache sich Sorgen um seine Pension.« Joe hob die Schultern und ließ sie wieder sinken. »Rechnen Sie nicht damit, davon etwas in der Zeitung zu lesen.«

Ihr fiel etwas ein. »Wie viel schulde ich Ihnen, Joe?«

»Wir haben zwei Tage ausgemacht«, sagte er. »Die habe ich einfach auf eine Woche verteilt.«

»Sind Sie sicher?«

»Ja; das ist auch nicht wichtig. Ich habe ein Kind gesucht und einen Vater gefunden. Das kann man nicht als Erfolg werten.«

»Aber seltsam ist es schon.«

»Das Leben ist seltsam. Sie sollten das wissen. Mit den

Jahren erlebt man Enttäuschungen. Und da Sie gefragt haben: Sie schulden mir 150 Pfund. Ich würde Ihnen einen Misserfolgsrabatt anbieten, aber das verstößt gegen den Tarifvertrag.«

Sie stellte ihm einen Scheck aus. »Was haben Sie jetzt vor?«

»Ich dachte, ich schaue mir die Ausstellung an. Dieser französische Fotograf, hätten Sie Interesse? Vor eins ist der Eintritt umsonst.«

»Ich meinte wegen Dinah.«

Er nahm den Scheck, faltete ihn zusammen und steckte ihn in sein Portemonnaie. »Sarah. Darf ich Sie so nennen? Sie sagen ja auch Joe zu mir. Sarah, wie gesagt, das ist eine verzwickte Angelegenheit. Ein Soldat kehrt von den Toten zurück, wenn auch nur auf eine Stippvisite. Das ist keine Sache für die Polizei, sondern hier geht es um die nationale Sicherheit. Militärischer Geheimdienst. Privatdetektive sind denen ein Dorn im Auge. Manchmal schmeißen sie mit dem Gesetzbuch nach ihnen, und überhäufen sie mit Beschuldigungen.«

»Joe «

»Haben Sie mal eins gesehen, Sarah? Es ist ein sehr großes und sehr schweres Buch. Ehrlich, wenn ich kein Feigling wäre, würde ich Ihnen helfen.«

»Sie geben auf.«

»Wenn Sie es so wollen, ja. Und Sie können mich auch nicht dazu bringen, weiter zu ermitteln, indem Sie mir ein schlechtes Gewissen machen. Wollen Sie wissen, was mein Polizeifreund mir noch erzählt hat? Ex-Freund. Es heißt, das Haus sei nicht zufällig in die Luft geflogen.«

»In der Zeitung stand –«

»Das war eine Falschmeldung.«

»Wissen Sie das mit Sicherheit?«

Er hob den Blick zum Himmel. »Fakten! Ein Polizist wollte mir mein Geld zurückgeben, Sarah. Wir sind hier jenseits von Fakten. Wir befinden uns in einem Zeitalter von Zeichen und Wundern.«

»Aber was ist mit dem Mädchen?«

»Sie wird wieder auftauchen, glauben Sie mir. Sie war in einem Krankenhaus, sie haben Dinah sicher nicht in die Sklaverei verkauft.«

Sarah erkannte, dass er nicht nachgeben würde. Dennoch konnte es nicht schaden, etwas nachzubohren. »Angenommen, ich würde herausfinden –«

»Wie würden Sie das anstellen?«

»Ich weiß nicht. Ich spekuliere einfach mal. Angenommen, ich würde glauben, dass ich wüsste, wo sie ist, würden Sie mir dann bei der Suche helfen? Wenn ich Sie darum bitte?«

Er nahm seinen Kaffeelöffel und hielt ihn der Länge nach zwischen beiden Zeigefingern, als würde er etwas ausmessen. »Haben Sie gehört, was ich gesagt habe? Diese Explosion war kein Unfall. Im Klartext heißt das: Es war eine Bombe. Das ist eine gefährliche Angelegenheit!«

»Das ist mir egal. Ich will wissen, wo Dinah ist!«

»Warum?«

Warum? Weil das Kind eine Überlebende ist, jetzt mehr denn je. Vorher hatte sich Sarah vorgestellt, dass Dinah das Wirken einer höheren Macht unbeschadet überstanden hatte. Jetzt schien es, als hätte sie eine Tat von Menschenhand überlebt. Schon allein aus diesem Grund verdiente sie es, dass sich jemand um ihre Zukunft kümmerte.

»Sarah?«

»Joe. Es ist mir wichtig, das ist alles.«

Er überlegte. »Wenn Sie Hilfe brauchen und sich weder an die Polizei noch an den Geheimdienst oder das Militär wenden können, bin ich dabei. Aber nur, weil ich Sie mag, Sarah.«

»Und weil Sie nicht glauben, dass es passieren wird.«

»Das auch.« Er legte den Löffel hin und griff in seine Jackentasche. »Vielleicht interessiert Sie das nicht, aber so sah er aus. Thomas Singleton. Ich habe das Foto aus einer alten Zeitung. Die Meldung über den Hubschrauberabsturz.«

Sarah faltete das Foto auseinander: zwei Männer in Uniform, entspannt und lächelnd; beide etwa in ihrem Alter, vielleicht etwas älter. Der linke blinzelte in die Sonne. Der andere, Thomas Singleton, hielt eine Zigarette in der Hand.

»Sein Freund war mit ihm im Hubschrauber«, sagte Joe.

»Wie hieß er?«

»Michael irgendwas. Michael Downey, glaube ich.« Er kratzte sich am Kinn. »Wissen Sie, wenn ich so darüber nachdenke, könnte er vielleicht auch noch am Leben sein.«

»Da können Sie Gift drauf nehmen.«

»Wieso?«

»Weil er der Mann ist, der mich auf dem Parkplatz abgepasst hat«, sagte Sarah.

Sie hatte den Efeu vom Gartenhaus heruntergerissen und ihn in einen Gartenabfallsack gestopft. Trotz all ihrer Überlegungen war sie mit ihrer Suche nach Dinah Singleton nicht weitergekommen; in ihrem Garten war sie jedenfalls definitiv nicht. Als sie wieder hineinging, verfolgte Mark konzentriert ein Cricketspiel im Fernsehen und blickte nicht auf, als sie vorbeiging. Der Sonntag war der einzige verlässliche gemeinsame Tag, aber es sah so aus, als hätten sie ihn ruiniert.

Der eigentliche Streit begann jedoch erst am Abend. Normalerweise war Mark um zehn Uhr bettfertig und versäumte es nie, einen Kommentar darüber abzugeben, dass er früh aufstehen müsse, mit dem Subtext, dass sie froh sein konnte, denn sie konnte ja ausschlafen. An diesem Abend hatte er es nicht eilig und schenkte sich um zehn noch ein Glas Wein ein. »Wir sind nächstes Wochenende eingeladen«, sagte er.

»Ach ja? Bei wem?«

»Bei den Inchons.«

Er hatte sich absichtlich von ihr abgewendet, bevor er diese Bombe platzen ließ.

»Das soll wohl ein Witz sein.«

»Nein, keineswegs.«

»Vergiss es. Wir gehen nicht hin.«

»Doch, das tun wir.«

»Geh du doch. Er ist schließlich dein Kunde.«

»Aber ich bin dein Ehemann. Sei doch vernünftig, Sarah. Das gehört zu meinem Job.«

»Das wollte ich damit sagen!«

»Mein Gott, das ist so scheinheilig! Wenn du shoppen gehst, dann ist mein Job gut genug!«

»Du unterstützt mich ja nicht dabei, selbst Karriere zu machen.«

»Was für eine Karriere?«

»Besten Dank. Herzlichen Glückwunsch, Mark! Du hast dich echt zu einem von den Scheißtypen entwickelt, die wir im College so gehasst haben.«

»Ich arbeite verdammt hart –«

»Du schleimst dich den lieben langen Tag am Telefon bei deinen Kunden ein. Da erzähle ich meinen Freundinnen ja lieber, dass du Crack an Schulkinder verkaufst.«

»Du bist seit ein paar Monaten eine richtige Zicke!«

»Und du hast dich schon vor drei Jahren in einen Yuppie-Arsch verwandelt.« Sie konnte kaum glauben, was sie da sagte; es war, als würde man einem Unfall zusehen, den man nicht verhindern konnte. Der Schaden, den sie jetzt anrichteten, würde sie noch lange begleiten, auch nachdem sie so getan hatten, als hätten sie es vergessen. Später würden sie es als »Klartext reden« bezeichnen, aber es glich eher biologischer Kriegsführung.

»In was habe ich mich verwandelt?«

»War nicht so gemeint. Aber mein Gott, Mark, was soll ich denn davon halten? Das hast du doch nie gewollt!«

»Glaubst du, du erzählst mir was Neues?«

»Ich wollte damit nur sagen –«

»Glaubst du, ich wollte, dass es so kommt? Glaubst du, ich bin eines Morgens aufgewacht und dachte: Eigentlich will ich meinen Lebenstraum gar nicht verwirklichen, vielleicht sollte ich lieber für eine Bank arbeiten? Glaubst du, so ist es gelaufen?«

»Aber wie konnte es dann so weit kommen, Mark? Sag es mir, ich weiß es wirklich nicht!«

»Manchmal kommt es im Leben einfach anders als gedacht. Ist das so schwer zu verstehen? Glaubst du, das Leben verläuft geradlinig und man hat immer eine Wahl? Wie viele Leute schaffen es, ihre Jugendträume zu leben? Wenn das so wäre, säßen lauter Freunde von uns an den Hebeln der Macht!«

»Das ist also deine Erklärung? Dass nicht immer alles so läuft, wie man es gewollt hat?«

»Was willst du hören? Eine Entschuldigung?«

»Ich will nur wissen, was mit uns passiert ist, Mark! Früher hattest du so große Pläne. Du wolltest Bücher schreiben, weißt du noch? Wie bist du zu einer Heuschrecke geworden?«

»Ich bin keine Heuschrecke!«

»Dein Job besteht darin, Mistkerle wie Inchon immer reicher zu machen. Wie würdest du das nennen, radikale Philanthropie?«

»Mit meinem Job finanziere ich alles, was wir haben.«

»Mich interessiert nicht, was er finanziert. Ich mache mir Sorgen darüber, was er kostet.«

»Oh, entschuldige einen Moment, ich schreib mir das mal kurz auf!«

»Das ist mein Ernst!«

»Meiner auch. Wäre es dir lieber gewesen, ich hätte es an die Uni geschafft? Das wäre mir auch lieber gewesen. Aber ich habe es nicht geschafft. So ist das Leben, Sarah. Was soll ich denn tun, mich zusammenrollen und den Rest meines Lebens weinen? Wärst du dann zufrieden?«

»Vielleicht wollte ich einfach nicht, dass du aufgibst.«

»Das ist leicht gesagt. Wofür hast du dich jemals angestrengt?«

»Ich strenge mich an. Für uns. Aber du bist ja nie da, und wenn, interessierst du dich nicht für mich!«

»Ach, das ist doch Blödsinn!«

Bis dahin war ihr nicht bewusst gewesen, wie laut sie geschrien hatten. Es folgte ein dumpfer, qualvoller Moment, in dem ihr klar wurde, dass die Nachbarn sie gehört haben mussten, und ein weiterer Moment, in dem ihr alles nur noch wehtat, weil sie sich noch nie so gestritten hatten, nicht einmal in der Anfangszeit, wenn sich alle stritten. Wie kam sie aus dieser Sackgasse heraus, in die sie sich gerade hineinmanövriert hatte? Sie griff auf das Altbewährte zurück: »Es tut mir leid.«

Er tat so, als hätte er es nicht gehört.

»Mark? Ich hab gesagt, dass es mir leidtut. Ich hätte das nicht sagen sollen. Ich hab's nicht so gemeint. Ich liebe dich.«

Er murmelte etwas, das nicht für ihre Ohren bestimmt war, und schloss sich im Badezimmer ein.

Der Montag war die Hölle, noch schlimmer als sonst. Sie nahm sich eine Nische über dem Wäscheschrank im Heizungsraum vor, die sie aus Angst vor Spinnen noch nie angegangen war, und räumte und putzte den ganzen Morgen, obwohl man eine Leiter und eine Taschenlampe gebraucht hätte, um ihre Anstrengung zu würdigen. Dann weinte sie ein Weilchen, ließ das Mittagessen ausfallen und ging in die Stadt, um beim Metzger etwas Teures zu kaufen. *So macht ein braves Frauchen das,* flüsterte ihre innere Stimme, aber sie war zu deprimiert, um darauf zu achten. Wenn man in der Hölle war, tat man *immer,* was von einem erwartet wurde.

Am Abend spielte Mark dann den guten Ehemann und kam früh mit Blumen und Schokolade nach Hause, was sie wieder versöhnte. Sie gingen zuerst ins Bett, aßen dann Pralinen und später Filetsteak-Sandwiches als Mitternachtssnack. Es war ein bisschen wie vor fünf Jahren, vielleicht noch vor vier.

»Ich rufe ihn an«, sagte er viel zu beiläufig. »Ich sage ihm, uns ist was dazwischengekommen.«

»Nein, wir gehen hin.«

»Aber du willst doch nicht.«

»Stimmt, aber wir müssen. Es wird schon gutgehen.«

»Meinst du wirklich?«

»Nein. Aber lass uns trotzdem hingehen.«

Er freute sich, versuchte aber, es nicht zu zeigen. »Ich mach es wieder gut. Versprochen.«

»Ach, übrigens, was ich dir sagen wollte«, sagte sie. »Ich habe letzte Woche dreihundert Pfund ausgegeben.«

In den nächsten Tagen war Sarah größtenteils damit beschäftigt, sich auf »Das Inchon-Wochenende« vorzubereiten, wie sie es nannte, was wie der Titel eines Gruselromans klang. Wobei man einen Gruselroman nach der Hälfte weglegen konnte, »Das Inchon-Wochenende« jedoch Minute für Minute durchleben musste. Ihr kam der Gedanke – ja, sie hatte es gleich bei der ersten Erwähnung der Einladung vermutet –, dass Mark dies schon im Sinn gehabt hatte, als er die Inchons zum Abendessen einlud; das *quid pro quo,* auf das er von Anfang an gehofft hatte. Schließlich war die Chance gering, mit Wigwam und Rufus Geschäfte zu machen. Aber wenn man ein ganzes Wochenende Zeit hatte, konnte man ungestört auf den Kunden einwirken, obwohl Sarah keine Ahnung hatte, welche Art von Bankgeschäften man tätigte, indem man lediglich darüber sprach. Doch vermutlich würde sich die Bank ohne Namen darüber freuen, dass ihr klügster und bester Kopf mit einem potenziellen finanzkräftigen Kunden verkehrte. Auf dem Landsitz des potenziellen finanzkräftigen Kunden.

»Wo liegt er eigentlich?«

»Draußen in den Cotswolds.«

»Und London steht nicht still ohne ihn?«

»Versuch einfach, dich zusammenzureißen, Sarah. Niemand verlangt von dir, dass es dir gefällt. Aber bitte benimm dich.«

Er hatte den pseudoärgerlichen Ton angeschlagen, mit dem sie sich sonst gegenseitig neckten, aber er konnte ihr nichts vormachen.

Am Samstagvormittag fuhren sie also hin, oder besser: Mark fuhr. Sie hatten Traumwetter, blauer Himmel mit zarten getupften Wölkchen, wie ein Kinderbild vom Sommer. Für Sarah fühlte es sich an, als würde sie auf dem Weg zum Zahnarzt über einen Jahrmarkt geführt werden. Sie redete sich immer wieder ein, dass es selten so schlimm kam, wie man erwartete, wollte sich andererseits aber nicht auf diese Prämisse verlassen, denn sonst kam es vielleicht noch schlimmer.

Das Dorf war eines der modernen Art, dessen ursprüngliche Bewohner alt geworden und gestorben und ihre Häuser BBC-Führungskräften in die Hände gefallen waren. Das Wochenendhaus der Inchons, eines von vielen ähnlichen freistehenden Häusern, schrie schon von Weitem »Wochenendhaus«; sein Zweck war unverkennbar. Nicht dass es einen vernachlässigten Eindruck gemacht hätte: ganz im Gegenteil. Die Wände schienen frisch geweißt zu sein, und der tischtuchgroße Garten entsprach dem Standard von *Britain in Bloom*. Aber als Sarah versuchte, sich Gerard in einem Overall mit einem Eimer oder Gerard auf den Knien mit einer Kelle vorzustellen, verblasste das Bild praktisch sofort und wurde durch das Bild ersetzt, wie Gerard einem Mann in einem Overall, mit einem Eimer und so weiter einen Batzen Geld überreichte. Alles war zu perfekt und Gerard zu sehr der Stadtmensch, um den Garten selbst gestaltet zu haben. Davon ging Sarah aus.

Drinnen war es ähnlich: Ein Innenarchitekt hatte »rustikal« gegoogelt und dann viel Geld in die Hand genommen. Der Steinboden glich vermutlich den Böden in allen anderen Cottages in der Reihe, aber Sarah nahm an, dass nicht auf vielen achtlos hingeworfene Buchara-Teppiche lagen, selbst hier in der Gegend. Alles glänzte, und ein leichter Geruch von Möbelpolitur lag in der Luft. Eine Holztreppe sah gleichzeitig alt und neu aus; eine triumphale Verbindung von Erhaltung und auffälliger Restaurierung. Etwas, das sich bei näherem Hinsehen als Maus entpuppte, war in den Handlauf geschnitzt, bestimmt imitierte das etwas Berühmtes, dachte Sarah. In der Nische darunter stand auf einem speziell angefertigten Ständer ein CD-Player mit allem Drum und Dran; daneben eine Reihe von Regalen mit ordentlich beschrifteten Videos. Durch ein rautenförmiges Fenster an der gegenüberliegenden Wand verspottete eine unordentliche Landschaft diese zivilisierten Arrangements: die Kristallkaraffe, die selbstgefällig in einer Nische thronte, die auf dem Glas-Couchtisch ausgebreiteten makellosen Lifestyle-Magazine. Aus unerfindlichen Gründen musste Sarah an Britt Ekland in der Sendung *Desert Island Discs* denken, die auf die Frage nach ihrem Lieblingsbuch erklärt hatte, dass sie nie viel Zeit zum Lesen habe und nur ein paar Zeitschriften auf eine einsame Insel mitnehmen würde. Zum ersten Mal im Leben hätte Sarah beinahe das Radio aus dem Fenster geworfen. Währenddessen spielte Inchon, der trotz des Wetters braune Cordhosen und einen weißen Pullover trug, den Gastgeber: ein Triumph des Method Acting. Sie wäre nicht überrascht gewesen, wenn er »Willkommen in unserer bescheidenen Hütte« gesagt oder eine ausladende Verbeugung gemacht hätte, als er sie hereinbat.

Was er tatsächlich sagte, war: »Da seid ihr ja, da seid ihr ja. Wie wäre es mit einem Drink?«

Es waren nicht die Worte oder die Art, wie er sie sagte; sie hatten nichts damit zu tun. Aber im Nachhinein war das der Moment, in dem für sie feststand, dass Gerard Inchon die Bombe gelegt hatte, die das Singleton-Haus in die Luft gejagt hatte.

8

Mark nach dem Namen der Vorzeigefrau zu fragen wäre wie eine Provokation gewesen: Zum Glück kam ihr noch rechtzeitig die göttliche Eingebung. Sie hieß Paula, und im Gegensatz zu ihrem Ehemann machte sie keine Zugeständnisse an ihre Umgebung; sie hätte ihr lilafarbenes Kostüm ohne Weiteres zu einer Premiere im Londoner West End tragen können. Genau wie ihre gelangweilte Miene. Doch die schien ebenso wenig wie das Kostüm etwas mit Sarah und Mark zu tun zu haben: Ein Wochenende auf dem Land, dachte Sarah, bedeutete eben für jeden etwas anderes. Unter anderen Umständen hätte sie sich durchaus darauf gefreut. Paula dagegen sah aus, als wäre es für sie eine Gefängnisstrafe ohne Chance auf vorzeitige Entlassung.

Sie ritt jedoch nicht darauf herum, sie entspannte sich sogar, nachdem Sarah und Mark Gerards Einladung zu einem Drink angenommen hatten. Endlich machte sie auch mal den Mund auf. »Hattet ihr eine gute Fahrt?«

»Ja, danke«, antwortete Mark. »Absolut kein … Problem.«

Es war, als würde man Leuten zuhören, die sich an einen Sprachführer erinnern, in den sie nur kurz hineingeschaut hatten. Eine misstrauische Person hätte angenommen, dass sie eine Affäre hatten.

Aber Sarahs Misstrauen war gerade anderweitig beschäftigt. Sie versuchte verzweifelt, die Contenance zu wahren. *Verhalte dich natürlich. Sprich über das Wetter.* Erwähne zum Beispiel nicht, dass Gerard in der Nacht der Explosion zu spät gekommen war und seine Aktentasche im Auto gelassen hatte. (Aktentasche? Bei einem Dinner?) Frage nicht, warum er mit solcher Gewissheit behaupten konnte, dass es eine Bombe war. Frage ihn nicht, wo er seine Waffensammlung aufbewahrte. Nimm einfach den angebotenen Cocktail, verhalte dich natürlich und rede über das Wetter.

»Wie schön die Sonne heute scheint.«

»Herrlich.«

»Ein wunderbarer Sommer.«

»Durch den Treibhauseffekt.«

»Von mir aus kann es so bleiben.«

»Es ist ein bisschen zu heiß.«

»Ja, das finde ich auch.«

»Es heißt, es soll bald wieder schlechter werden.«

»Aber das sagen sie doch immer«, schloss Gerard, »stimmt's?« Mark holte das Gepäck, und Gerard zeigte ihnen das Gästezimmer. Es war ebenfalls wie aus dem Katalog; eine Kulisse für eine Tweed-Kollektion. Das Doppelbett hatte eine Nackenrolle, und durch das Fenster sah man Schafe, die friedlich unter einem ausladenden Kastanienbaum posierten (falls es einer war). Gerard zeigte ihnen, wie der Kleiderschrank funktionierte: Er hatte eine Schiebetür. Auch sich selbst überlassen hätten Mark und sie das ziemlich schnell herausgefunden. Man konnte es mit der Gastgeberrolle auch übertreiben, dachte sie, aber an seiner Freundlichkeit war nichts auszusetzen.

Es sei denn, man betrachtete sie als Schauspiel. Wenn man davon ausging, dass er für den Tod einer jungen Witwe und ihres seltsamerweise noch lebenden Ehemanns verantwortlich war und, in logischer Konsequenz, für die Entführung – oder zumindest das Verschwinden – ihrer überlebenden Tochter, war diese neue joviale Fassade mit Vorsicht zu genießen. Sarah hatte natürlich keine Beweise. Im Moment ließ sie sich davon jedoch nicht beirren; da noch ein ganzes Wochenende vor ihnen lag, konnte sie ihn bis Montag in die Mangel nehmen.

»Nicht übel«, sagte Mark, nachdem Gerard sie allein gelassen hatte.

»Was?«

»Na, das Ganze hier.« Er deutete mit einer Geste auf den Raum, das Cottage, die Landschaft. Er wünschte sich verzweifelt, dass sie zufrieden war, dass sie auf dieser Bühne überzeugend Begeisterung spielen konnte. Damit sie beide so tun konnten, auch einander gegenüber, dass es toll war, hier zu sein. Vielleicht sollte ich ihm sagen, dachte sie, als sie sich auf die Zehenspitzen stellte und ihn auf die Wange küsste, dass das Unterhaltungspotenzial dieses Wochenendes eben um den Faktor zehn gestiegen war. Andererseits sollte sie das definitiv lieber nicht tun.

»Alles in Ordnung?«, fragte er besorgt.

»Ja. Alles in Ordnung.« Und sie gingen nach unten.

Es war schwer, Gerard in seiner häuslichen Umgebung einzuschätzen. Es war, als hätte er Tabula rasa gemacht und würde jetzt in keiner Weise zugeben wollen, dass ihre erste Begegnung alles andere als überaus herzlich verlaufen war. Er erwähnte die Explosion einmal, richtete seine Frage aber an Mark, während Sarah gerade Paula etwas über die Nachbarn fragte und sich nicht einmischen konnte, um das Gespräch zu vertiefen.

»Ist der Vorfall jemals aufgeklärt worden? Gibt es neue Erkenntnisse?«

»Nicht dass ich wüsste.«

»Pff. Die Polizei ist einfach zu sehr damit beschäftigt, zu beweisen, dass sie keine rassistischen Schläger sind, und deswegen kriegen sie nichts mehr auf die Reihe. Es ist wie überall: Willst du Ergebnisse, wende dich an die Privatwirtschaft.« Er warf Sarah dabei einen Seitenblick zu, aber sie war zu sehr damit beschäftigt, Paula fasziniert zuzuhören, um zu reagieren. Es ging um einen Fernsehstar drei Häuser weiter. Seine letzte Party hatte am Freitag angefangen und bis Montagmorgen gedauert!

Eines der Rätsel, das Sarah beschäftigte und nichts mit der Bombe zu tun hatte, war, warum in der Küche nichts los war, und wurde gelöst, als Gerard erklärte, er habe für das Mittagessen einen Tisch im örtlichen Pub reserviert. Reserviert, wohlgemerkt. Es war also nicht eines dieser Pub-Mittagessen, bei denen man einfach auftauchte. Nur wenige Minuten später saßen sie im Feathers, einem Pub, der alles hielt, was der Rest des Dorfes versprach: einheitlich gekleidetes Personal, eine große Auswahl an echtem Ale und teure Speisen. Sarah zeigte sich jedoch von ihrer besten Seite. Gerard anscheinend auch. Wenn er sprach, hörte sie zu und lachte; wenn sie sprach, hörte er zu, als würde er später eine Abfrage erwarten. Meistens übernahm jedoch Mark das Reden, während Paula in ihrem Essen herumstocherte und kaum mehr zum Gespräch beitrug, als den einen oder anderen Namen auf ihre Liste der Dorf-Alumni zu setzen. Im Planet Hollywood hätte sie sich wohler gefühlt, dachte Sarah. Sogar Gerard warf ihr schräge Blicke zu, als wünschte er, sie würde sich mehr Mühe geben.

Nach dem Knoblauchbrot, der Lasagne und dem Sommerfruchtpudding schlug Gerard einen Spaziergang vor. »Hier in der Gegend kann man schön spazieren gehen, nicht wahr, Schatz?«

Paula zuckte mit den Schultern.

»Auch im Wald?«, fragte Mark, um zu zeigen, dass er sich auf dem Land auskannte.

»Das würde mich nicht wundern.«

Sie hatten eine kurze Auseinandersetzung über die Rechnung, die Gerard gewann, je nachdem, wie man es betrachtete, und machten sich dann auf den Weg, um die Umgebung zu erkunden. Ein Fußweg führte sie in kürzester Zeit über die Dorfgrenzen hinaus. Sarah erwartete, dass sie sich ab hier trennen würden: Gerard würde mit Mark vorausgehen und Männersachen besprechen, während sie sich genug Small Talk abringen müsste, damit Paula nicht ins Koma fiel. Doch sie hatte sich getäuscht, denn es dauerte nicht lange, bis sie sich mit Gerard etwa fünfzig Meter hinter ihren Ehepartnern befand. Die Detektivin war mit dem Verdächtigen allein. Worüber sprachen sie? Über das Wetter.

»Wunderbar, nicht wahr?«

»Was?«

»Die gute, saubere Luft«, sagte er.

»Dabei bist du doch nicht gerade ein Junge vom Land, oder, Gerard?«

»Das würde ich nicht sagen. Ich stamme aus einer Familie von Kleinbauern. Noch vor wenigen Generationen haben meine Vorfahren Landwirtschaft betrieben.«

»Wie vermutlich alle unsere Vorfahren vor ein paar Generationen.«

»Komisch, oder? In der Stadt rennen sich die Leute im Hamsterrad die Seele aus dem Leib, um sich eine goldene Nase zu verdienen und dorthin zurückkehren zu können, wo ihre Urahnen geschuftet haben. Vielleicht hätten wir von vornherein alle dableiben sollen, wo wir ursprünglich herkommen.«

»Hätte dir das gefallen?«

»Natürlich nicht. Das ist Wochenendgerede, nicht das wahre Leben.«

»Und das wäre?«

»Wettbewerb. Kampf. Das Überleben des Klügsten.«

»Und die anderen soll der Teufel holen.«

»Du hältst mich für ein kapitalistisches Arschloch, oder?«

»Erwischt.«

Gerard blieb stehen, um die Aussicht zu bewundern. Sie stellte sich die Checkliste in seinem Kopf vor: Schafe, ja; Felder, ja; Bäume, ja. Sie waren auf dem Land, keine Frage. Er nickte in stiller Zufriedenheit und sagte: »Wenn ich Leute wie deine Freunde mit den komischen Namen treffe, entspreche ich mit Freuden ihrem Klischee. Sie denken doch ohnehin, dass alle Reichen eine grauenhafte Lebenseinstellung haben.«

»Dann war das also nur ein Spiel.«

»Nein. Aber ganz so schlimm bin ich nicht.«

»Im Grunde deines Herzens bist du Anti-Establishment«, erwiderte Sarah.

»Das ist das Problem mit euch Mittelklasse-Sozialisten.« Er schien genug von der Aussicht zu haben, und sie gingen weiter. »Ihr glaubt, ihr hättet das Monopol auf Mitgefühl.«

»Während ihr es als freien Markt betrachtet.«

»Sehr gut beobachtet. Ein Markt, auf dem kein Platz für willkürliche Akte sinnloser Großzügigkeit ist, wenn man so sagen darf.«

»Warum nicht?«, sagte Sarah. »Es klingt, als hätten wir es schon gesagt.«

Er lachte leise. Gerard Inchon ließ sich nicht so leicht aus der Reserve locken. Zweifellos war er sich bewusst, wie nervig das war.

Trotz allem war das Wochenende mit Gerard anders, als sie es erwartet hatte. Irgendetwas an seinem Verhalten – und der Landhauskleidung, der Bewunderung der Landschaft – verriet ihr, dass er eine Rolle spielte, nicht nur ihr, sondern auch sich selbst gegenüber. Er wäre gern hier heimisch gewesen, aber es gelang ihm nicht recht, und was sie überraschte, war nicht so sehr diese Schwachstelle in seinem Panzer – sie hatte noch keinen Mann ohne so eine Schwachstelle getroffen – als vielmehr ihre eigene Reaktion darauf: eine leichte Enttäuschung über seine offensichtliche Verwundbarkeit.

Jetzt tat sie es schon wieder – sie betrachtete alles wie ein großes Spiel. Obwohl die Spieler in diesem Fall Menschen und einige von ihnen tot waren.

»Es macht dir aber nichts aus«, sagte sie nach einer Weile, »manche Leute einfach abzuschreiben?«

Mal sehen, ob er die Spitzfindigkeit zu schätzen wusste.

»Wie meinst du das?«

»Tja, meinen Freund Rufus zum Beispiel.« »Freund« war ein bisschen viel gesagt, aber das konnte er ja nicht wissen. »Du hast in kürzester Zeit entschieden, dass er ein hoffnungsloser Fall ist. Was gibt dir das Recht dazu?«

»Das Gleiche, das mich damit durchkommen lässt. Er hat kein Rückgrat, Sarah. Sosehr du auch seine Retro-Frau magst, du musst zugeben, dass es deinem ›Freund‹ Rufey ein wenig an dem mangelt, was ich in anderer Gesellschaft als Eier bezeichnen würde.«

»Und das macht einen Mann aus?«

»Ich würde es als bestimmendes Merkmal bezeichnen.«

»Nicht jeder erhält die gleichen Chancen im Leben.«

»Es wäre dumm, etwas anderes zu behaupten. Aber nicht jeder nutzt die Chancen, die er bekommt.«

»Er war ein Waisenkind.«

»Da war er nicht der Einzige.« Gerard hielt abrupt inne, als hätte er mehr gesagt als er wollte, und benutzte einen Stock, den er unterwegs aufgelesen hatte, um auf einen Fleck am Himmel zu zeigen. »Was ist das deiner Meinung nach?«

»Der Vogel?«, spekulierte Sarah. »Mark kennt sich damit aus.«

»Wahrscheinlich ein Turmfalke. Oder ein Habicht. Oder ein Bussard.«

Sarah betrachtete noch einmal die grüne Landschaft und empfand diesmal ein Gefühl von etwas Großem und Beeindruckendem, das sie nicht ohne Weiteres benennen konnte: Möglicherweise übte die Natur ihren Einfluss auf sie aus;

jedenfalls war es etwas, das sie in der Stadt nicht spürte. »Es ist sehr schön hier«, sagte sie, und weil sie den Eindruck hatte, dass es irgendwie schroff geklungen hatte, fügte sie hinzu: »Wunderschön. Wie ist es im Winter?«

»Keine Ahnung.«

Die anderen warteten an einem Zaun, und sie wechselten die Partner, als wäre der Schritt im Voraus choreografiert worden. Den Rest des Spaziergangs verbrachte Sarah damit, größtenteils schweigend neben Paula herzugehen und über ihr Gespräch mit Gerard nachzudenken. Sie hatte dabei rein gar nichts erfahren. Er war also eine Waise gewesen, oder das hatte er zumindest angedeutet: Na und? Als Anhaltspunkt war dies im Vergleich zu dem gequälten Geständnis, das sie ihm vielleicht hätte entlocken können, nicht besonders aussagekräftig. Das Interessanteste hatte er bisher Mark gegenüber geäußert: der Kommentar, dass Privatleute besser wären als die Polizei, wenn es um Verbrechensaufklärung ging. Das könnte bedeuten, dass er von Joe wusste, was wiederum bedeuten würde, dass er sie beobachten ließ. In diesem Geschäft konnte man sich leicht eine üble Paranoia einfangen. Hatte Joe nicht gesagt, dass er am Telefon nie frei sprach?

Paula sprach nirgendwo frei, zumindest empfand Sarah das so. »Wie lange besitzt ihr das Cottage schon?«

»Ungefähr ein Jahr.«

»Fahrt ihr … oft hier raus?« Ihre Stimme wurde leiser.

»Wann immer Gerard Lust dazu hat.«

Von weiter vorne wehten einzelne Wörter zu ihnen herüber: Teile dieses komplizierten Vokabulars, das niemand je verwendet, das in Verbindung mit Geld aber nie fehlen darf. Vorläufige Gewinne vor Steuern. Handelsreserven. Sie sprachen von ganzen Nationen, als ob andere mit einem einzigen Gedanken im Hinterkopf vorausmarschieren würden: die Deutschen immer so; die Japaner niemals so. Als hätte jedes andere Land der Welt eine feste Agenda, während die fröhliche alte Heimat vor sich hindümpelte, voller Leute, denen alles egal war. Wobei Letzteres nach Sarahs Erfahrung gar nicht so weit hergeholt war, aber Wigwams und Rufuses gab es wahrscheinlich in jedem Land der Welt.

»Und, gefällt es dir?«

Aber Paula sah sie nur an.

Zurück beim Cottage wurde rasch deutlich, dass der Frische-Luft-und-Bewegungsteil des Wochenendes auf dem Land offiziell zu Ende war und der Part mit dem übermäßigen Alkoholkonsum jetzt seinen Anfang nahm. Gerard entkorkte mehrere Flaschen Wein auf einmal, einige zum Atmen, einige, die erst gar keine Chance dazu bekamen, und in den nächsten Stunden schien die Zeit über lange Strecken stillzustehen, um dann in unerwarteten Momenten im Galopp aufzuholen. Sarah hielt sich zunächst standhaft zurück, bis ihr die Anstrengung, ihren Verdacht aufrechtzuerhalten, während sie vorgab, sich zu amüsieren, einen Strich durch die Rechnung machte. Vielleicht tat sie nur so, als hätte sie einen Verdacht, und amüsierte sich in Wirklichkeit. Gerard machte ständig Witze, die im Laufe des Nachmittags immer schlüpfriger wurden; Mark lachte viel, was ihr ganz ungewohnt in den Ohren klang. Paula trank stetig und erzählte vom Leben in London, wo man am besten hinging, um zu sehen und gesehen zu werden, und was an diesen Orten so gut war. Sie hörte sich allmählich wie eine Muppet-Puppe an. Irgendwann fing Sarah an der falschen Stelle an zu kichern und konnte nicht mehr aufhören. »Entschuldigung!« Gerard sagte etwas, das sie nicht verstand, und im nächsten Moment beugte sich Mark über sie, näher, als er ihr seit ihrem letzten Sex gewesen war. »Ich glaube, du bist ziemlich betrunken, Sarah.« *Ich glaube, das sind wir alle,* wollte sie erwidern, aber es war zu anstrengend, also ließ sie sich stattdessen von ihm nach oben führen, wo sie einige Stunden später in einem sehr dunklen Raum aufwachte, mit zu fest angeschraubtem Kopf und einem so trockenen Mund, als wäre sie im Schlaf mit Knabbergebäck zwangsernährt worden.

Sie fand das Klo und machte sich ein wenig zurecht. Ihr Gesicht war im Spiegel sehr blass, ihre Augen waren gerötet: So bringst du die Karriere deines Mannes nicht voran, dachte sie, ehe sie sich daran erinnerte, dass sie sich nicht um Marks Karriere scherte und es auch gar nicht ihre Schuld war, dass sie betrunken war. Als sie die Toilette verließ, war im Nebenzimmer ein leichtes Erdbeben zu hören, und da das Licht an war und die Tür offenstand, streckte sie den Kopf hinein und sah eine voll bekleidete Paula auf dem Bett liegen, die schnarchte, als wollte sie die Toten aufwecken. Die Partyqueen von tausend Nächten in der Stadt sah nicht besonders gut aus. Wahrscheinlich lag es an der Landluft. Etwas aufgemuntert, weil sie nicht als Einzige abgestürzt war, ging Sarah nach unten, um nachzusehen, ob noch jemand aufrecht stand.

Mark jedenfalls nicht. Er fläzte auf dem Sofa, Kopf zurückgelegt, Mund offen, eine Spülschüssel auf den Knien, was nach Sarahs langjähriger Erfahrung sowohl umsichtig als auch nicht seine eigene Idee gewesen war. Die Deckenbeleuchtung war ausgeschaltet, und für einen Moment schien Marks Gesicht im Dunkeln zu flackern, als würde sie ihn aus einem vorbeifahrenden Zug sehen. Aber die Bewegung war nur eine Illusion; die flackernden Schatten stammten vom Fernseher. Gerard Inchon schaute einen Film.

»Cary Grant«, sagte sie, mehr um sich bemerkbar zu machen, als um ihn darüber zu informieren, wen er gerade sah. Inchon saß tief in einem Sessel versunken und hatte sich nicht umgedreht, als sie heruntergekommen war, und sie hatte zunächst geglaubt, er würde schlafen. Aber schließlich wandte er träge seinen großen Kopf und nickte, als hätte er sie erwartet.

»Archie Leach«, erwiderte er.

»Archie Leach war ein Nobody«, sagte sie. »Cary Grant war ein Star.« Warum hatte sie das Bedürfnis, sich mit diesem Mann zu duellieren?

Wie auch immer, er machte nicht mit. »Setz dich«, sagte er. »Nimm dir was zu trinken.« Er deutete auf eine Reihe von Weinflaschen, von denen die meisten leer waren. »Ich kann auch noch eine aufmachen«, fügte er hinzu, als er es bemerkte.

»Nein, danke, für mich nur Wasser.«

»Haben wir da. Ich glaube, es ist im Wasserhahn.«

»Finde ich.«

Auf dem Küchentisch standen noch mehr leere Flaschen, und Sarah musste eine Welle der Übelkeit unterdrücken, während sie ein Glas aus einem Schrank holte, Wasser hineinlaufen ließ, es trank und das Glas noch einmal füllte. Sie konnte sich nicht erinnern, wann sie jemals an einem Nachmittag so viel getrunken hatte. Und das wollte sie auch nicht. Der Nachmittag war sowieso längst vorbei: Die Küchenuhr zeigte 23:20 Uhr an, und durch das hintere Fenster winkten ihr dunkle Bäume zu. Sie konnte auch ihr Spiegelbild erkennen. Es war nicht gerade vorteilhaft.

Drüben im Wohnzimmer stieg Cary Grant eine Treppe hinauf, in der Hand ein Tablett mit einem Glas Milch, das dank eines Hitchcock-Glühbirnen-Tricks geheimnisvoll leuchtete, Gerard schien in Gedanken versunken, winkte sie aber zu sich und zeigte auf eine Platte mit Sandwiches, die jemand irgendwann einmal vorbereitet hatte. Sarah war plötzlich ausgehungert und aß vier Brote hintereinander, während dem bis dahin guten Film ein unwahrscheinliches Happy End aufgepfropft wurde. An der Stelle, an dem das Publikum verstanden hatte, dass alles gut werden würde, wäre es definitiv Zeit gewesen, Schluss zu machen.

Gerard stand auf und schaltete den Fernseher aus.

Sarah fragte: »Enden alle eure Wochenenden so?«

»Mit mir als letztem Überlebenden?«

Sie wies mit einem Nicken auf Mark. »Und den Gästen im Koma.«

»Jeder gestaltet solche Anlässe unterschiedlich. Was soll ich dann dazu sagen, wie der Abend bei euch ausgeklungen ist? Jagt jedes Mal jemand die Nachbarn in die Luft?«

»Dir würde ich das glatt zutrauen.«

»Die müssten mich schon sehr nerven. Braune Schuhe tragen oder morgens pfeifen.«

»Das wäre natürlich ganz abscheulich.«

»Wir alle legen auf unterschiedliche Dinge Wert. Dein Mann trinkt ganz schön viel, was?«

»Kommt auf die Gesellschaft an.«

»Würde ich auch, in seiner Posi-sion.« Genau wie Gerard es in seiner getan hatte. Aber abgesehen von einer blutunterlaufenen Augenpartie und leicht verwaschener Aussprache merkte man es ihm nicht an. Nicht schlecht in Anbetracht der zwölf leeren Flaschen.

»Was soll das heißen?«

»Ich meine seinen Job. Ruhig, Brauner.« Ungeschickt schenkte er sich ein weiteres Glas Rotwein ein. »Wie läuft es denn so? Mit deinem kleinen Problem?«

»Welchem Problem?«

Er wedelte mit den Fingern. »Dem BHS.«

»In vino veritas«, erwiderte sie. »Da geht sie dahin, die Illusion.«

»Welche Illusion?«

»Dass du kein Arschloch bist.«

»Ach, Sarah. Die Sache ist die. Weißt du was?« Er rülpste leise. »Du musst wirklich lernen zu erkennen, wer deine Freunde sind.«

Mark regte sich und murmelte etwas in einer Aliensprache.

»Ein wirklich guter Rat.«

»Du willst einen guten Rat? Den kann ich dir geben. Mach die Schotten dicht, Mädchen. Sonst hast du demnächst einen Riesenärger am Hals.«

»Du aber auch.«

Er ignorierte sie. »Du wirst dir noch wünschen, dich wieder zu langweilen. Schon bald. Sehr bald. Glaub mir nur das.«

»Bei dir verlasse ich mich auf gar nichts.«

»Wie-vvviel Uhr iss?«, fragte Mark.

Gerard sah ihn an und dann wieder sie. »Wenn ich du wäre, würde ich die Reißleine ziehen, solange du noch kannst.«

»Danke, Gerard. Du bist ein wahrer Gentleman.«

Mark setzte sich plötzlich aufrecht hin. »Gott. Ich muss eingeschlafen sein.«

»Musst du wohl.«

»Habe ich etwas verpasst?«

»Nur Cary Grant.«

Mark rieb sich die Augen. »Cary war hier?«

»Komm, Kumpel«, sagte Gerard. »Ich bringe dich besser nach oben.«

Zehn Minuten später lagen alle im Bett, und gefühlte zehn Minuten darauf war Sarah wieder wach. Unten kochte ein erschreckend frisch aussehender Gerard Tee für eine erfreulich wehleidige Paula: Sie sahen aus wie ein normales Paar, verflixt noch mal, Gerard hatte wieder die Rolle des perfekten Gastgebers angenommen und schüttete den Tee aus einer Dose direkt in die Teekanne.

»Mit einem Löffel lässt er sich leichter dosieren.«

»Die Löffel sind alle in der Spülmaschine.«

Die Tücken der modernen Technik. Gerard stellte ihr ein Tablett zusammen, um es mit nach oben zu nehmen, und sagte ihr Bescheid, dass Paula und er jetzt zur Messe gehen und in etwa einer Stunde zurück sein würden. Sarah war ein wenig überrascht, hoffte aber, dass man es ihr nicht ansah.

Sie legte sich wieder ins Bett. Mark war jenseits von Gut und Böse; er kam gerade so lange zu sich, um klarzustellen, dass er kein Frühstück wollte und das Angebot auch nicht zu schätzen wusste. Also trank Sarah allein und unbeaufsichtigt Tee und überlegte, dass es im Cottage zwei Zimmer gab, in denen sie noch nicht gewesen war. Wahrscheinlich hätte sie weiterschlafen können, wenn ihr dieser Gedanke nicht gekommen wäre.

Sie duschte, um gegen die Versuchung anzukämpfen, aber erfolglos, und nahm sich zuerst das Schlafzimmer vor. Es war nicht viel darin; ja, es sah aus wie ein zweites Gästezimmer, und selbst die Kleidung in den Schränken wirkte, als würde sie hier als Ersatzklamotten bereitgehalten. Sarah stellte sich vor, dass es passende Gegenstücke in anderen Schränken im Haus der Inchons in London gab, ja, sie konnte sich ausmalen, wie Gerard und Paula alles doppelt kauften, um sich das Hin- und Herschleppen zu ersparen.

Aber in den Schlafzimmern anderer Leute herumzuschnüffeln war schon mies. Sarah schloss die Tür leise hinter sich und überlegte ernsthaft, auf das andere Zimmer zu verzichten, das vielleicht sowieso nur eine Abstellkammer war. Wenn dem so war, konnte man andererseits ruhig mal einen Blick reinwerfen; eine deduktive Rechtfertigung, die vielleicht noch überzeugender gewesen wäre, wenn sie sie zu Ende geführt hätte, bevor sie die Tür öffnete.

Dieses Zimmer war winzig, tatsächlich kaum mehr als ein Abstellraum, aber es sah so aus, als hätte Gerard es für zwei Zwecke genutzt: zum einen als Büro und zum anderen als Galerie für sein Ego. Auf einem Tisch, der garantiert zu groß war, als dass er durch die Tür gepasst haben konnte, drängten sich ein PC, ein Telefon und ein Faxgerät neben etwas, das möglicherweise ein Minikopierer war, sowie ein

Stapel Papiere und ein kleiner Computer. An den Wänden hingen gerahmte Fotos von Gerard in verschiedenen Phasen seines bedeutenden Lebens: jung und pummelig, heranwachsend und pummelig; wohlhabend und fett. Auf einem der älteren Fotos stand er vor einer niedrigen Mauer, flankiert von einem Mann und einer Frau, vermutlich seinen Eltern. Wie für alte Fotos typisch, sah das hier aus, als wäre Schwarz-Weiß nicht nur die Farbgebung, sondern auch das Thema: Die Erwachsenen wirkten verhärmt und verlegen; ihre Körperhaltung deutete darauf hin, dass die Nachkriegszeit für sie bis in die 1960er-Jahre hinein angedauert hatte, wie es im Norden Großbritanniens durchaus der Fall gewesen war. Im Gegensatz zu ihnen sah der junge Gerard einfach nur ungeduldig aus, als hätte er schon mit acht oder neun Jahren auf die Einführung der Farbfotografie gewartet. Er hielt ein Modellflugzeug so besitzergreifend in der Hand, dass er es garantiert selbst gebaut hatte, aber Sarah erkannte in seiner Haltung keinen großen Stolz, sondern eher Unzufriedenheit darüber, dass Spielzeug alles war, womit er sich beschäftigen konnte. Seine Mutter war hübsch und schlank. Sein wesentlich größerer Vater hatte die Hand auf Gerards Kopf gelegt, als wollte er ihn dort unten halten, wo er hingehörte.

Andere Fotos, jüngeren Datums, zeigten einen Gerard, der sich vollständig aus dem Kokon der Kindheit befreit hatte – ohne dass das Ergebnis einem Schmetterling ähnelte. Eher einer fröhlichen Schnecke. Man sah Gerard, wie er den Grundstein für ein Bürogebäude (Inchon Enterprises) legte, wie ein beigefügtes Bild bewies; Gerard, der Champagner über jemanden sprühte, der aus einem schicken Wagen stieg; Gerard, der (natürlich) in Frack und Zylinder heiratete, während Paula an seiner Seite in einem Kleid posierte, dem selbst Sarah ansah, dass es einen hohen vierstelligen Betrag gekostet haben musste. Sie sah wirklich bezaubernd aus, das musste man sagen, und selbst Gerard war auf diesem Foto gut getroffen. Sein Gesicht hatte einen feierlichen Ausdruck, der bewies, dass er wohl so etwas wie Glück empfand. Durch die neue Ernsthaftigkeit strafften sich seine ansonsten schlaffen Gesichtszüge ein wenig, was ihn immer noch nicht zum Frauenschwarm machte, aber zumindest einen sichtbaren Sinn für Zielstrebigkeit vermittelte, den man mit Integrität verwechseln konnte. Sarah stellte den gleichen Effekt auf einem anderen aktuellen Bild fest, das Gerard zeigte, wie er einem großen, priesterlich gewandeten Mann einen Scheck überreichte; die beiden standen vor einer kleinen Gruppe von Kindern. Im Hintergrund, größtenteils verdeckt, war eine Art Institution zu erkennen; auf einem Schwarzen Brett hinter ihnen stand offenbar der Name, von dem allerdings nur ein Teil zwischen den jungen Köpfen zu lesen war: *rimat*. Eine religiöse Einrichtung, vermutete Sarah. Katholisch, vermutlich: Gerard hatte etwas von »Messe« gesagt.

Sarah wandte ihre Aufmerksamkeit dem Durcheinander auf dem Schreibtisch zu, in der Hoffnung, ein Handbuch für Bombenbauer zu finden. Nichts dergleichen, aber sie nahm den Mini-Computer in die Hand, um ihn sich anzusehen. Sie hatte solche Spielzeuge schon gesehen, aber noch nie eines benutzt. Zwar war sie technisch nicht sehr bewandert, aber sie hatte genug Erfahrung, um zu wissen, dass ein durchschnittlicher Computer einen in zwei Sekunden von

»Wie schwer kann das sein?« zu »Was zum Teufel ist da passiert?« bringen konnte. Das war die Kehrseite. Das Gute war, dass dieses Ding sehr klein war und einen sichtbaren Einschaltknopf hatte, und was konnte es schaden, es mal zu versuchen? Okay, der Knopf war schon mal sehr einfach zu bedienen. Der kleine Bildschirm erwachte sofort zum Leben und zeigte eine blinkende Eingabeaufforderung, sicher für ein Passwort. Was für ein Passwort würde ein Mann wie Gerard verwenden? Sie entschied sich für ein absolut vorhersehbares und gab »Paula« ein. »Ungültiges Passwort«, lautete die Meldung. Ihr fiel kein einziger anderer Begriff ein. Es war, als wäre jegliches Vokabular in ihrem Gehirn gelöscht worden.

»Was machst du da?«

Sie erschrak sich fast zu Tode.

»Sarah?«

»Gar nichts. Ich hab mich nur umgesehen.« Sarah stellte das Gerät hin, bevor sie sich umdrehte, in der Hoffnung, dass er es nicht bemerkt hatte, und wechselte dann das Thema, hoffentlich halbwegs unauffällig. »O je, du siehst ja furchtbar aus.«

»So fühle ich mich auch.« Mark fuhr sich mit der Hand über die Stirn. »Bestimmt war der Wein nicht ganz in Ordnung.«

»Die fünfte Flasche hatte wahrscheinlich Korken. Komm, ich koche dir einen Kaffee.«

Mark machte einen Abstecher ins Badezimmer, und als er angezogen zu ihr in die Küche kam, fuhren die anderen gerade vor. »Die sind vielleicht fromm, aber ich bin wenigstens sauber«, bemerkte er.

»Ich kann ja froh sein, dass du nicht mitgefahren bist. Alles zum Wohle des Kunden!«

Er sah sie böse an.

»Das war ein Scherz, Mark!«

»Das musst du noch üben.«

»Und du musst das hier trinken.« Sie stellte ihm eine Tasse Kaffee hin.

»Nein, was er jetzt braucht, ist ein Katerfrühstück«, verkündete Gerard, der gerade hereinkam. Dann lachte er über den Blick, den Mark ihm zuwarf, und fügte hinzu: »Aber das kann noch warten. Eigentlich wollte ich mit dir reden, Mark, da du jetzt wach bist. Macht dir doch nichts aus, oder?«, fragte er, an Sarah gerichtet.

Sei ein braves Mädchen. Immer schön mitspielen. Die Schuldgefühle, die ihr noch von der Schnüffelei oder davon, erwischt worden zu sein, in den Knochen steckten, hielten sie davon ab, etwas zu erwidern.

Gerard reichte ihr einen Stapel Zeitungen und ging mit Mark in sein Arbeitszimmer, während die immer noch auffallend blasse Paula etwas von einem Nickerchen murmelte und verschwand. Sarah nahm ihren Stapel mit in den Garten und verbrachte die nächste Stunde damit, die scheinbar gleichen Artikel in drei verschiedenen Zeitungen zu lesen, bevor sie im Sonnenschein sanft einschlummerte. Sie wurde von einer Hand geweckt, die ihre Wange streichelte, wobei Marks Worte nicht so liebevoll waren wie seine Geste.

»Als du in Gerards Arbeitszimmer warst«, sagte er misstrauisch, »hast du da an seinem Computer herumgespielt?«

»Wie bitte?«

»Sein Computer. Er war nicht richtig heruntergefahren.«

»Vielleicht hat er es vergessen, als er ihn das letzte Mal benutzt hat«, sagte Sarah, inzwischen hellwach.

»Das habe ich auch gesagt. Aber er hat es offensichtlich nicht geglaubt.«

»Ich habe ihn nur eingeschaltet. Ich hatte noch nie einen gesehen.«

»Mein Gott, Sarah! Das ist genauso schlimm, wie in ein fremdes Tagebuch zu schauen!«

»Wenn es ein Tagebuch gewesen wäre, hätte es mich nicht interessiert«, log sie. »Ich hatte daran gedacht, dir so einen zu Weihnachten zu schenken. Ich wollte sehen, wie er funktioniert.«

Mark wurde nachdenklich. »Ich könnte so einen tatsächlich ganz gut gebrauchen.«

»Schade. Jetzt wäre es keine Überraschung mehr.« Das ließ sie ihn erst mal verdauen und ging hinein, wo Gerard in der Küche das Mittagessen zubereitete: Steak mit dem üblichen Gemüse. Dass es etwas Traditionelles gab, war nicht überraschend, wohl aber, dass er es zubereitete. »Kann ich irgendwie helfen?«

»Nein, danke, ich denke, ich habe alles im Griff.«

Sie schaute aus dem Fenster zu Mark, der es sich inzwischen mit den Zeitungen gemütlich gemacht hatte und die Nachrichten aus dem Nahen Osten mit einem besorgten Stirnrunzeln las, aber ob es mit den Weltereignissen oder einfach nur mit seinem Kater zusammenhing, konnte sie nicht sagen. Als sie sich wieder umdrehte, musterte Gerard sie mit einem bösartigen Blick.

»Gibt es ein Problem?«

»Eines könntest du tun.«

»Ja?«

Er zeigte auf die Flaschen auf dem Tisch und sagte: »Du könntest die toten Soldaten wegräumen.«

9

Amos Crane – groß, grau, Bürstenschnitt, schwierig; ein Gesicht, als sei er im Endstadium einer auszehrenden Krankheit – saß im Schein eines Bildschirms, dessen grünlicher Schimmer seinen knochigen Schädel noch unheimlicher wirken ließ. Doch unter dem abgewrackten Äußeren funktionierte sein Körper tadellos. Als Frühaufsteher joggte Amos Crane schon vor dem Frühstück fünf Kilometer; er lief an chinesischen Supermärkten vorbei, wenn diese öffneten, an heruntergekommenen Stripclubs, wenn diese schlossen, und betrachtete das Leben der Menschen, die sich um die Aus- und Eingänge scharten, als sei es durch ein unsichtbares Netz mit seinem eigenen verbunden. Crane war kein Londoner und hatte sich auch nie für einen gehalten. Aber auf den frühmorgendlichen Straßen der Stadt fühlte er sich als Teil einer größeren Gemeinschaft und sah die müden Tänzerinnen und geschäftigen Lebensmittelhändler als seinesgleichen, zumindest insofern sie ein Leben außerhalb der Zeitpläne von Bürokraten führten. Er war ihr heimlicher Verbündeter. Er verstand ihre Leidenschaften. Jetzt aber saß er an seinem Schreibtisch.

Er arbeitete lieber ohne Deckenbeleuchtung, sondern nur mit einer so tief gezogenen Anglepoise-Leuchte, dass sie Kreise auf die Schreibtischoberfläche brannte, und dazu das Licht des Computerbildschirms, dessen Schrift sich in seiner Brille spiegelte. Auch ein Computer war nur ein Werkzeug für ihn. Er hatte keine Geduld mit denjenigen, die anstatt in der realen Welt in dieser Zauberkiste nach Antworten suchten: Hier fand man nur Hinweise. Diese ganzen Informationen gaben einem keine Antworten. Antworten musste man sich mit Fleisch und Blut erarbeiten.

Sein Bruder hatte ihm oft vorgeworfen, er versuche sich in Philosophie.

»Nachdenken schadet nicht«, erwiderte dann Amos und fügte hinzu: »Mir schadet es nicht, nachzudenken, aber ich sehe dein Problem.«

»Sehr witzig, haha.«

»Du handelst zu überstürzt.« Im Ernst; das war Axels großer Fehler. Erst handeln, und sich dann um die Konsequenzen kümmern. Oder diesen langweiligen Teil jemand anderem überlassen.

Axel würde einen Rauchring in seine Richtung blasen. Das Thema wechseln. Aber tatsächlich hatte Amos über die Jahre immer wieder versucht, seinen Bruder auf den richtigen Weg zu bringen. Er hatte ihm auf hundert verschiedene Arten versucht zu erklären, dass er sich das große Ganze vor Augen führen müsse. Wahrscheinlich gab es keinen Ort mehr auf der Welt, an dem man die Drecksarbeit erledigen konnte, ohne sich um die Konsequenzen scheren zu müssen. Na ja, außer Amerika. Den Fernen Osten. Auch Afrika, wenn er es sich recht überlegte. Und der größte Teil Osteuropas. Aber Oxford, nein, da musste man vorsichtiger sein. Wenn man ein Haus in die Luft sprengte, musste selbst Axel kapieren, dass es Fragen aufwerfen würde.

»Das Problem war damit erledigt.«

»Aber nur zur Hälfte.«

Wieder hatte Axel einen Rauchring geblasen.

Und es Amos überlassen, sich um die kleinen Nebensächlichkeiten zu kümmern: das Mädchen aus dem Krankenhaus zu holen, einen Vorwand zu finden, um die Berichterstattung zu beenden, und zuletzt das Kniffligste, nämlich Howard glauben zu machen, dass er die ganze Arbeit erledigt hatte. Anerkennung hatte eine beruhigende Wirkung auf ihn. Als Amos jetzt an Howard dachte, trommelte er ein kleines Riff auf seiner Tastatur und sprenkelte ein bedeutungsloses Buchstabenwirrwarr auf den Bildschirm.

»Ihr Bruder«, hatte Howard gesagt, »ist definitiv komplett durchgeknallt.«

»Ich bitte Sie!«

»Sie hätten diese Operation leiten sollen. Wussten Sie, was er vorhatte?«

»Der Agent vor Ort trifft letztendlich die Entscheidungen. Das wissen Sie doch?«

Howard war ein reiner Schreibtischhengst und mochte es nicht, daran erinnert zu werden. Er wurde rot und sagte: »Eine unschuldige Frau wurde getötet. Ist Ihnen das bewusst?«

Also hatte Amos ihm von den frühen 40er-Jahren in der Mongolei erzählt. Von den Experimenten mit den Ratten und den Gefangenen.

»Sie können uns doch nicht mit *denen* vergleichen!«, hatte Howard erwidert. Und dann sprachlos und perplex dagestanden, als Amos ihn auslachte.

Und jetzt war er gerade hereingekommen. Howard.

Ohne sich umzudrehen wusste Amos, dass er es war: Es lag irgendwie an der ungeschickten Art, wie Schreibtischhengste sich bewegten, selbst (oder gerade?) wenn sie dachten, sie würden besonders geschmeidig daherkommen. An den Abenden, an denen er lange arbeitete – was, um ehrlich zu sein, häufig vorkam –, konnte Howard das nie für sich behalten. »Ich war gestern Abend bis kurz vor zwölf im Büro.« Keine Beschwerde, nur eine kurze Information. Alle sollten anerkennen, dass auch er es schwer hatte. Bis kurz vor zwölf.

»Howard«, sagte er, noch bevor dieser sich bemerkbar machte.

»Gibt es irgendwelche … neuen Entwicklungen?«

»Nicht wirklich.«

»Ist Ihnen bewusst, welcher Druck auf mir lastet?«

Howard fragte immer, ob man sich irgendetwas bewusst sei, was auch immer.

»Es ist wie beim Schach, Howard«, sagte Amos freundlich. »Man kann stundenlang zuschauen und glauben, dass nichts passiert. Aber das liegt daran, dass man nur sieht, was an der Oberfläche geschieht.«

»Ach, wirklich? Wo ist das Mädchen?«

Crane schaute auf die Uhr. »Im Bett.«

»Ihr darf nichts geschehen. Ich wollte Sie nur noch mal daran erinnern.«

»Sie ist so sicher wie in Abrahams Schoß«, versicherte ihm Crane.

»Und Ihr Bruder?«

»Ist wahrscheinlich noch nicht im Bett.«

Howard setzte sich auf die Kante von Cranes Schreibtisch und stand wieder auf, als dieser ihn ansah. Stattdessen setzte er sich auf einen Stuhl. »Es hat viele Beschwerden über sein Verhalten gegeben.«

»Haben Sie bereits gesagt.«

»Ich kann ihn nicht ewig beschützen.«

Amos lächelte.

»Irgendwas Neues von Downey?«

»Er hält sich bedeckt. Wie ich schon vermutet hatte.«

»Aber er wird nach dem Kind suchen.«

Er hatte es als Feststellung formuliert, wollte sich aber vergewissern. Amos hatte von einer bestimmten Art Chef gelesen: dem Möwenmanager. Der hereinflatterte, viel Lärm machte, überall hinschiss und wieder verschwand. Howard wäre gern so ein Chef gewesen, aber seine Persönlichkeit stand ihm im Weg. Wenn er sich nicht sehr bald sehr viel mehr Selbstbewusstsein zulegte, würde er nie in der Lage sein, richtigen Schaden anzurichten, sondern höchstens ein bisschen Porzellan zerschlagen. Crane sagte also: »Er wird auf jeden Fall nach dem Kind suchen, Howard. So viel ist sicher. Und wenn er es findet – und wir werden es ihm leicht machen –, wird er seinen Kopf direkt in unsere Schlinge stecken.« Er schlug mit der Handkante auf den Schreibtisch. »Und wir werden ihm fein säuberlich den Hals abschneiden, Howard. Ohne Sauerei. Keine Kollateralschäden. Exit Downey.«

»Wo?«

Crane sagte es ihm.

Howard dachte darüber nach und nickte dann. »Das ergibt Sinn. Hat auch eine Art Symmetrie.«

»Danke.«

»Und dem Kind wird niemand wehtun.«

Crane hob die Handflächen: Ich doch nicht.

»Ich werde Ihren verdammten Bruder dafür zur Rechenschaft ziehen.«

»Ist notiert.« Amos schrieb etwas auf ein Post-it. Howard stand auf, drehte sich um und ging. Dann kehrte er widerstrebend noch einmal zurück. »Ist noch was?«

»Es ist wahrscheinlich nicht wichtig.«

»Aber ich sollte es wissen. Oder nicht?«, fragte Amos Crane.

Howard griff in seine Innentasche und zog einen Brief heraus. »Der ist neulich gekommen. War an das Ministerium gerichtet. Er wurde natürlich abgefangen.«

»Natürlich.«

»Ich wusste, dass es Ärger geben würde. Ihr verdammter Bruder …«

Amos steckte den Brief in seine Tasche. Er wusste, was für eine Art von Schreiben es war. »Ich kümmere mich darum«, sagte er beschwichtigend. »Es wird so sein, als wäre es nie angekommen.«

»Keine Bomben.«

»Keine Sorge.« Erneut wandte sich Howard zum Gehen.

Amos sagte: »Ach, Howard?«

»Ja?«

»Sie könnten meinen Bruder nicht mal dann beschützen, wenn er Sie als Kondom benutzen würde.«

Kurz sah es so aus, als wollte Howard etwas darauf erwidern, aber schließlich drehte er sich einfach um und ging. Crane verkroch sich wieder in seiner gemütlichen Dunkelheit. Howard war harmlos – sein größter Fehler –, aber man konnte gelegentlich seine Scherze mit ihm treiben. Wie eben, als er ihm von der Mongolei erzählt hatte, wo die Sowjets im Rahmen von Experimenten zur biologischen Kriegsführung in den frühen 40er-Jahren Gefangene in Zelten mit kranken Ratten angekettet hatten. Wozu genau, fiel Crane gerade nicht ein. Jedenfalls: Ein Gefangener entkam, und eine kleinere Epidemie wurde durch einen Luftangriff gestoppt, mit den üblichen Kollateralschäden. Ungefähr viertausend Mongolen starben. Niemand hatte je genau nachgezählt. Die Leichen wurden mit »großen Mengen Benzin« verbrannt; eine Beschreibung, die Crane in einem Buch gelesen hatte. *Große Mengen Benzin*. Howard hatte gesagt: »Du kannst uns nicht mit denen vergleichen«, und Crane wollte sich ausschütten vor Lachen. Es ging dabei nicht um moralische Überlegenheit. Er fand Howards Behauptung einfach unglaublich lustig.

»Natürlich nicht, Howard«, murmelte er jetzt, als er sich vorbeugte und den Monitor ausschaltete. Für einen kurzen Moment leuchtete eine Dreifaltigkeit von Punkten in seinen Augen – rot, blau, grün –, dann erloschen auch sie. In diesem Moment dachte Amos Crane an Axel und daran, dass Downey nicht nur das Kind suchen, sondern auch auf Rache aus sein würde; und dieser Mann war zum Töten ausgebildet. Vielleicht sollte er sich Sorgen um seinen Bruder machen. Bei dem Gedanken, dass man sich um *Axel* Sorgen machen müsse, lächelte er erneut und tätschelte seine Brusttasche, in der sich jetzt Howards Brief befand. Wer auch immer den geschickt hatte, sollte sich *wegen* Axel Sorgen machen. Dann schaltete er auch die Schreibtischlampe aus und blieb eine Weile im Dunkeln sitzen.

DREI

Die erste Station des Kreuzwegs

10

Am Montagmorgen kam die Panik, und sie wurde von Toten angegriffen.

Es passierte beim Einkaufen. Während der Sommermonate wurde Oxford von Horden ausländischer Studierender heimgesucht, die begierig auf die kulturellen Erfahrungen waren, die die Stadt zu bieten hatte, am wichtigsten darunter der McDonald's an der Cornmarket Street. Wie der berühmte Drehbuchautor Dennis Potter einmal bemerkt hatte: »Entschuldigen Sie, wenn ich Sie mit Erbrochenem bespritze.« Andererseits, räumte Sarah ein, waren es junge Leute fern von zu Hause, und man konnte es ihnen nicht verübeln, dass sie sich in dem einen Winkel dieser Fremde versammelten, der sie an das europäische Festland erinnerte. Aber abgesehen davon standen sie im Weg und hinterließen überall Müll. Sie überquerte die Straße und betrat den überdachten Markt.

Überall sonst versprach ein überdachter Markt billiges Essen, Restposten, Plastikschuhe und Partyartikel. Da Oxford aber Oxford war, kaufte man hier gefüllte Oliven, griechisches Brot und T-Shirts für dreißig Pfund. Aber es gab auch noch normale Geschäfte, hauptsächlich Metzgereien, und durch eines ihrer Fenster beobachtete sie nun einen jungen Mann im weißen Kittel, der auf einem Tablett Innereien arrangierte: Herz, Zunge und Leber wurden ordentlich nach einem bestimmten Muster präsentiert, als wäre das Schlachten eine uralte Religion und dies ihr Sakrament … Aus unerfindlichen Gründen dachte Sarah an Gerard Inchon und an ihre neu gewonnene Überzeugung, dass er für die Explosion in ihrer Straße verantwortlich war. Sie hatte Joe am Telefon davon erzählt, aber er hatte skeptisch reagiert.

»Er ist also zu spät zu Ihrer Dinnerparty gekommen.«

»Und ohne seine Aktentasche.«

»Sarah. Wie soll ich es Ihnen sagen? Man sperrt Leute für weniger ein.«

»Ich glaube, wir brauchen mehr Beweise«, erwiderte sie unsicher.

»Ich meinte Sie! Paranoide Fantasien; Sie sind eine Gefahr für sich selbst.«

»Hatten Sie noch nie solche Momente der Inspiration, in denen Sie einfach wissen, dass Sie mit irgendetwas richtigliegen?«

»Und dann wache ich auf. Sarah, dieser Mann hat Geld, oder? Er ist stinkreich.«

»Genau.«

»Genug, damit er die Drecksarbeit nicht selbst machen muss.«

»Vielleicht hat dieser andere Typ, der mit den Haaren –«

»Moment mal. Wenn Sie von einem Komplizen ausgehen, sind Ihre *Beweise* wertlos. Wenn er einen Komplizen hat, warum ist er dann zu spät gekommen? Und wenn er zu spät gekommen ist, warum sollte es dann einen Komplizen geben?«

Sie wechselte das Thema. »Sagt Ihnen das Wort ›Rimat‹ etwas?«

»Rimat?«

»Oder vielleicht ›Rinat‹. Teil eines längeren Wortes.«

»Meinen Sie, es ist ein Hinweis?«

»So etwas in der Art.«

»Peregrination«, sagte er. »Indoktrination.«

»Aber wahrscheinlich eher ›rimat‹.«

»Woher kommt dieser Hinweis? Von einer Zigarettenschachtel? Von einem Stück verbranntem Papier vielleicht?«

Sie erzählte ihm von dem Foto.

»Ah. Mit vielen herumstehenden Kindern.«

»Vielleicht war es eine Art Schule«, sagte sie.

»Sarah, jetzt mal im Ernst. Darf ich Ihnen einen Rat geben? In aller Liebe?«

»Ich fürchte, er wird mir nicht gefallen.«

»Bekommen Sie ein Kind. Ein eigenes. Hören Sie auf, sich über diese Dinah den Kopf zu zerbrechen, von der Sie glauben, es hätte sie jemand entführt. Würde sie vermisst werden, würde eine Suche nach ihr laufen. Tut es aber nicht. Sie wird nicht vermisst.«

»Ich will wissen, wo sie ist«, erwiderte sie stur.

»Sie sollen gar nicht wissen, wo sie ist. Es geht Sie nichts an. Jetzt bilden Sie sich schon sonst was über den Geschäftsfreund Ihres Mannes ein, den Sie nicht leiden können. Ich hoffe, Sie haben nichts gegen mich, sonst würden Sie am Ende mich verdächtigen.«

»Joe …«

»Dinah ist nicht da. Zoë ist nicht hier. Das heißt nicht, dass eine von ihnen vermisst wird.«

»Haben Sie etwas von ihr gehört?«

»Sie hat mir eine Postkarte geschickt«, gab er zu. »Aus London. Mit dem letzten Mohikaner darauf.«

»Dinah schickt keine Postkarten.«

»Sie ist noch zu klein, sie kann noch nicht schreiben. Außerdem, woher wollen Sie das wissen? Würde sie denn Postkarten an Sie schicken?«

Sie antwortete nicht.

»Sie kennen dieses Mädchen kaum. Lassen Sie mich raten, Sie sind Mitte dreißig, oder?«

Anfang dreißig. »Vorsicht, Joe.«

»Bekommen Sie ein Baby. Es wird Ihr Leben verändern, das ist mein Ernst. All Ihre Probleme, all diese Rätsel, puff, weg sind sie. Ihr Leben wird aus Glück und Windeln bestehen. Das eine schließt das andere nicht aus.«

»Wie viele Kinder haben Sie, Joe?«

»So viele, wie ich paranoide Fantasien habe.«

»Sie sind doch angeblich ein Detektiv, kein Kummerkasten.«

»Hey, ich löse Probleme. Ich suche sie mir nicht aus.«

Aber das Gespräch mit Joe hatte ihr trotz allem geholfen, wenn auch nur, weil es ihr gezeigt hatte, dass es mehr als unverblümte Geringschätzung brauchte, um ihren Verdacht zu zerstreuen. Obwohl er mit seiner Bemerkung über die Rimat-Sache vielleicht der Wahrheit nahekam: Sie hatte das Fragment nur wegen des Bildes von den Kindern behalten, die sich vor einem großen alten Haus scharten. *Wo war Dinah Singleton?* Das fragte sie sich hundertmal am Tag. Und all ihre anderen Gedanken verblassten, selbst die beklemmende Erinnerung, von der sie niemandem erzählt hatte: dass Gerard Inchon sie im Dunkeln bedroht hatte, und nur ihr schlafender Ehemann war Zeuge gewesen.

Auf einem Plakat am Marktplatz beglückwünschte sich der Stadtrat zu dem von ihm geforderten Niveau der Straßenmusik. Heute wurde die jedoch von einer seltsamen betrunkenen Frau mit spitzem Frettchen-Gesicht geboten, die auf einer Blockflöte immer wieder dieselben vier Töne spielte. Sie trug eine bunte Inka-Wollmütze, und ihr Welpe – sie hatten alle Welpen – war ein braunes, zitterndes Bündel. Diese vier Töne verfolgten Sarah auf ihrem Weg über den Markt, während sie Fleisch, Gemüse und Oliven kaufte; die Sweatshirts mit aufgedruckten Wasserspeiern ließ sie links liegen. Ihr dämmerte nur langsam, dass nicht nur die Musik sie verfolgte. Eine Panikattacke bahnte sich an.

Zuerst sah sie den Mann mit dem Schild: ein großer Mann in einem tristen grauen Anzug, dessen Hosenbeine sich um die Knöchel stauchten, eine Melone auf dem Kopf wie ein halbes Ei auf einem Tablett. Vor dem Gesicht trug er eine Gummimaske. Stan Laurel blickte zwischen Fliege und Melone mit Tränen in den Augen auf die Welt, verbeugte sich tief vor ihr und ging weiter, wobei das große Holzschild, das er trug, bedrohlich schwankte. *Partyartikel* stand darauf. *Kostüme, Ballons, Neuheiten.* Eine ganze Branche basierte auf solchem Flitter. Heute jedoch lief es Sarah kalt den Rücken hinunter, als das lebende Abbild des toten Komikers an ihr vorbeischritt, lebensgroß und doppelt so monochrom: Für sie war es mehr als eine Werbung; es war wie eine Warnung.

Draußen auf der Straße herrschte ein Gedränge wie eh und je. An praktisch jedem beliebigen Tag konnte man glauben, am Morgen wäre die Rationierung wieder eingeführt worden. Während sich Sarah durch die Menge schob, wurde das Gefühl, dass sie verfolgt wurde, immer stärker, so vage und doch so gewiss, als würde sie ihren Namen in einem überfüllten Raum geflüstert hören. Als sie anhielt und sich umsah, entdeckte sie niemanden. Aber das Gefühl blieb, ging Hand in Hand mit der Musik in ihrem Kopf, den vier unregelmäßigen Tönen, die die kleine, heruntergekommene Frau auf ihrer Blockflöte gespielt hatte. Als wäre die Melodie vom Markt in ihrem Kielwasser mitgetrieben und verfolgte sie nun wie einer dieser kranken Welpen.

Das Gefühl verstärkte sich, und als die Panik richtig zuschlug, zwang sie sie, abrupt stehen zu bleiben, ihre Einkäufe fallen zu lassen und mit ihrer linken Hand die rechte zu umklammern. Es war Jahre her, dass sie so etwas erlebt hatte: eine Panikattacke, ein echter Paranoia-Anfall. Nach ihrem Unfall waren diese Zustände regelmäßig aufgetreten, alle paar Wochen, aber mit der Zeit waren sie abgeklungen. Sie hatte nie gelernt, sie unter Kontrolle zu bekommen. Aber sie wusste trotzdem, was sie jetzt tun musste: sich irgendwo hinsetzen, wo es ruhig war, bis ihre Umgebung sich von einem feindlichen Getümmel zurück in den üblichen Trubel geschäftiger Menschen verwandelte, die nichts mit ihr zu tun hatten. Sie musste einfach nur weiteratmen. Sie ließ ihre Hand los, sah die violetten Abdrücke, die ihre Fingernägel hinterlassen hatten, und ihr fiel nicht ein, wohin sie gehen könnte. Murrende Passanten rempelten sie an. Am oberen Ende der Straße befanden sich eine Kirche, ein schmuddeliger Platz, ein paar Bänke. Säufer hingen dort herum, wie überall sonst auch, aber es war nicht weit. Mit schmerzenden Händen sammelte sie ihre Einkäufe ein und versuchte Normalität vorzutäuschen: einatmen, runterzählen, ausatmen. Ein Schritt nach dem anderen. Es gab einen Stand, an dem man Kaffee kaufen konnte, doch sie holte sich keinen und setzte sich nur in dessen Schatten, wo sie innerhalb von zehn Minuten wiederholt Folgendes beobachtete: eine Joggerin in einem lila Trainingsanzug, die Haare zurückgebunden, sodass sie auf ihrem Kragen tanzten, einen schmutzigen, unrasierten Mann mit einer unzerstörbaren Kippe in der vernarbten rechten Hand, einen Mann mit der Jacke eines Gebrauchtwagenhändlers und einem Gesicht wie Gollum, ein junges Mädchen mit einem schmutzigen Kind im Arm, das den Passanten einen Styroporbecher vors Gesicht hielt, und in ihrer Fantasie eine Frau – sie selbst –, die mit einem Fallschirm von einem hohen Reihenhaus sprang. Die Lichter wirbelten in ihrem Kopf herum, während sie sich wieder und wieder überschlug und nie auf dem Boden aufprallte.

Sie atmete jetzt schwer. Es war eine Vision, die in Krisenzeiten immer wiederkehrte; ihr eigener privater Dämon, den kein Exorzismus je zu bannen vermochte. Es sei, so sagte sie sich innerlich, der anderen Sarah Tucker passiert. Aber die einzige Antwort, die ihr Verstand gab, war immer dasselbe beängstigende Bild aus demselben unmöglichen Blickwinkel: eine Frau – sie selbst – beim Fallschirmsprung vom Dach eines hohen Reihenhauses und die wirbelnden Lichter der Stadt in ihrem Kopf, während sie sich wieder und wieder überschlug und nie auf dem Boden aufkam.

»'n bisschen Kleingeld, Miss? Für was zu essen?«

Es war nur eine Stimme aus der nicht enden wollenden

Straßenparade, aber sie erschreckte sie trotzdem; sie musste irgendein Geräusch gemacht haben, denn der Mann wich erschrocken zurück.

»Sorry, war nur 'ne Frage.«

Er hatte schwarze Zähne und eine Beule am Kopf; seine Gesichtszüge waren vom Trinken oder einer Schlägerei geschwollen.

»Verpiss dich«, fauchte sie.

»Sorry, war ja nur 'ne Frage«, murmelte er erneut. Aber er zog sich weiter zurück, verpisste sich tatsächlich, ließ sie wieder in Ruhe, und das Bild vom Fallschirmspringen zerfiel. An seine Stelle trat grausame Gewissheit.

Und zwar diese: In allen Filmen, allen Büchern waren es die Kleinigkeiten, die einen verrieten – die Schreibmaschine mit dem erhöhten T, der Ersatzschlüssel, der immer noch auf der Leiste über der Tür lag. Bei ihr war es dieser verdammte kleine Computer. Sinnlos einen Knopf gedrückt, und Gerard wusste, dass sie herumschnüffelte, dass sie wusste, was er getan hatte. Und jetzt saß sie an einer belebten Straße, auf der die Leute in alle Richtungen drängten, und war allein und verängstigt, weil Gerard Bescheid wusste und bereits zwei Menschen getötet und einen dritten hatte verschwinden lassen. Vielleicht auch mehr, denn wer eine Bombe legt, ist kein Amateur: Amateure benutzten Küchenmesser. Gerard hatte Menschen aus bisher unbekannten Motiven umgebracht, und sie hatte ihm einen Grund geliefert, ihr das Gleiche anzutun. Der Mann sammelte Waffen. *Mach die Schotten dicht, Mädchen. Sonst hast du einen Riesenärger am Hals.*

Noch vor zwei Tagen hatte sie das für amüsant gehalten.

Ihre Bluse klebte inzwischen an ihr: Sie trug Jeans, die Bluse und eine Sommerjacke; alles leicht genug, bis die Angst einsetzte. Ihre Schuhe waren keine Hilfe: flach, aber schmal und spitz zulaufend, was Joggen ausschloss. Und wohin sollte sie rennen? Vor wem rannte sie davon? *Hat dieser Gerard viel Geld?*, hatte Joe gefragt. *Genug, um die Drecksarbeit nicht selbst erledigen zu müssen?* Er hätte jeden anheuern können. Sie könnten alle seine Lakaien sein.

Der große, traurige Stan Laurel latschte wieder an ihr vorbei, und es schien Sarah, als würde er sie einer besonderen Prüfung unterziehen; als würden die lebendigen Augen hinter der Gummimaske sie in ihrer Junkie-Ecke durchschauen und sich heimlich über den Anblick amüsieren. Wieder umklammerte sie ihre eigene Hand. Eine alberne Geste, aber sie hatte ihr schon öfter geholfen und konnte auch jetzt nicht schaden. Und Stan Laurel konnte es auch nicht. Wenn sie jemand beobachtete, dann jemand aus der bunten Gegenwart, nicht aus der schwarz-weißen Vergangenheit.

Es lag ein seltsamer Trost darin zu wissen, dass es einen echten Feind gab, eine konkrete Gefahr. Was auch immer in der Vergangenheit geschehen war, welche Narben auch immer in ihrer Fantasie zurückgeblieben waren, es war nicht ihr eigener Verstand, den sie jetzt fürchten musste: Das geschah in der Wirklichkeit, und deshalb musste es eine Lösung geben. Für solche Situationen gab es Regeln, und die wichtigste war, nicht in Panik zu geraten. Sarah ließ ihre Hand wieder los und betrachtete die Nagelabdrücke im Fleisch: Früher, als sie jünger gewesen war, konnte sie noch zusehen, wie sie verschwanden. Aber der selbst zugefügte

Schmerz hatte den Zweck erfüllt, und sie fühlte sich bereit weiterzugehen. Sie raffte ihre Einkäufe zusammen und stand auf. Mit dem Abklingen der Panik legte sich das Wissen wie ein Mantel um sie, dass ihr nichts Schlimmes geschehen konnte. Nichts konnte passieren. Es war wichtig, sich das zu vergegenwärtigen. Hier, unter den montagmorgendlichen Einkaufenden, würde ihr nichts zustoßen.

Also ab nach Hause. Sie überquerte die Straße und ging die St. Michael's Street hinunter. Es war nicht viel mehr als eine Gasse, auf der im Vergleich zu den Haupteinkaufsstraßen kaum Verkehr herrschte und nur wenige Fußgänger unterwegs waren. Ihre Taschen wurden mit jedem Schritt schwerer, und noch bevor sie die Ecke erreicht hatte, blieb sie zweimal stehen, um das Gewicht gleichmäßig zu verteilen. Als ob sie je im Gleichgewicht wäre, dachte sie sarkastisch. Schon kam ihr ihre Panik seltsam vor, wie ein vertrauter Gegenstand, den man aus einem ungewöhnlichen Blickwinkel betrachtet, zum Beispiel eine Käseraspel aus der Froschperspektive. Was war nur in sie gefahren? Wie wahrscheinlich war es, dass Gerard sie beobachten ließ? Einerseits waren da die Fakten: die Bombe, das vermisste Kind, Gerards Drohung und alles andere. Und auf der anderen Seite sie: eine junge Frau an einem ganz normalen Tag im Zentrum von Oxford, die die ersten Einkäufe der Woche erledigte. Nichts passierte. Ein Leben wie ihres hatte eine Art bürgerliches Privileg: Bei allem Drama, das sich am Rande ihrer Existenz abspielte, würde es immer ihr Zuhause geben, in das sie zurückkehren konnte, das Essen auf dem Tisch, das Bad vor dem Schlafengehen. Unheimliche Fremde traten auf, aber nur in Nebenrollen. Das Leben war ein langsames Sterben. Ihre Blase würde platzen wie alle anderen auch, aber nicht ohne das übliche langwierige Ende: die Krankenakte des Arztes, die Warnungen der Krankenschwester, die leisen Worte, die um ein Bett mit frischer Bettwäsche gesprochen wurden. Der Tod kam nicht in einer Seitenstraße mitten in der Stadt. Die Straße zum Friedhof war sehr lang.

Ein Auto hielt hinter ihr an, und sie zuckte zusammen.

Ein Mann sprang heraus und verschwand in einem Copyshop. Sarahs Herz schaltete wieder in den ersten Gang. Du hast doch einen Knall, sagte sie sich und meinte im Wesentlichen sich selbst, aber auch diesen Typen, der kein Existenzrecht hatte, solange sie so wacklig auf den Beinen war. Das schöne Gleichgewicht war dahin. Sie erreichte die Ecke, und gleich dahinter stieß sie mit Stan Laurel zusammen.

»Sarah«, sagte er.

Sie schrie oder versuchte es zumindest, oder dachte, sie hätte es versucht, aber es kam kein Ton heraus, jedenfalls nicht viel mehr als ein Japsen. Stan hatte bereits eine Hand im weißen Handschuh ausgestreckt und sie am Arm gepackt, während er mit der anderen vorsichtig sein Schild an die Wand lehnte.

Dann streifte er sein Gesicht ab.

11

Sie trug eine Kette aus kubischen Holzperlen, wie kleine Würfel, aber mit Buchstaben, die WIGWAM ergaben. Das mochte modern sein, aber vielleicht auch nur zweckmäßig: Von allen Leuten, die Sarah kannte, musste Wigwam am wahrscheinlichsten an ihren eigenen Namen erinnert werden.

»Ich hätte es dir sagen sollen.«

»Du hast gesagt, er wollte nicht, dass jemand davon erfährt.«

»Zuerst war es ihm peinlich. Ein erwachsener Mann, der sich verkleidet. Dann war er enttäuscht, dass ihn niemand erkannt hat.«

»Hat er mit einem Oscar gerechnet?«

»Er nennt es ›Performance‹.« Wigwam lachte. »›Meine Performance lief heute sehr gut.‹ Ich glaube, er hofft, dass er einem Talentscout ins Auge fällt.«

»Apropos ins Auge: Als er sich die Maske abgezogen hat, hätte ich ihm beinahe mit sechs Kilo Gemüse ein Veilchen verpasst.«

»Es hat ihm wirklich leidgetan.«

»Ja, das hat er mehrmals gesagt.« Aber Sarah hatte ihre Zweifel. In Rufus' Blick hatte sich ein Anflug von Häme gezeigt, als er sah, wie verängstigt sie war; die Art von heimlicher Lust, die ein Wurm empfinden muss, wenn er sich windet. Allerdings hatte er sich dann nichts anmerken lassen und ihre Versuche, ihre Einkäufe aufzuheben, auf seine typisch ineffektive Weise torpediert. Und dann vermutlich Meldung erstattet, weil Wigwam aufgetaucht war, kaum dass sie zehn Minuten zu Hause war. »Ist ja nichts passiert.«

»Geht es dir wirklich gut?«

»Ich bin nur ein bisschen nervös, sonst nichts.«

»Du bist aber nicht …« Wigwams Frage verlor sich, kaum eines Fragezeichens wert.

»Schwanger? Nein.«

»Oh.« Mit einer sorgfältig dosierten Prise Mitgefühl im Tonfall: Wigwam tat es leid, aber sie wusste, dass Sarah es nicht bedauerte. »Rufus und ich versuchen es gerade«, fuhr sie fort.

Sarah kamen mehrere kurze Bemerkungen in den Sinn, von denen jede ihre Freundschaft unwiderruflich zerstört hätte. »Na so was«, sagte sie schließlich.

»Du meinst, fünf sind zu viele, oder?«, fragte Wigwam ein wenig traurig.

»Ich finde, schon eins ist zu viel, Süße. Aber das ist nur meine Meinung.«

»Im Moment.«

»Wenn du meinst.« Der Wasserkocher brodelte, und sie stand auf, um die Teekanne zu füllen. »Ich kann mir vorstellen, dass Rufus auch ein eigenes haben möchte«, sagte sie. »Aber macht das nicht alles noch komplizierter?«

»Er ist sehr lieb zu den Kindern. Wirklich.«

»Und du meinst nicht, dass sich das ändert, wenn er selbst Vater ist?«

»Ganz bestimmt nicht. Das wird ihre Bindung höchstens verstärken.« Wigwam klang, als wüsste sie genau, wovon sie redete. Aber sie hatte ja auch Erfahrung. Was wusste Sarah schon von Kindern?

Im anderen Zimmer klingelte das Telefon, und sie entschuldigte sich. Wenn sie allein war, konnte sie ein klingelndes Telefon ignorieren, aber Wigwam wurde angesichts solcher Respektlosigkeit nervös. »Was, wenn es wichtig ist?«, würde sie sagen. Das Krankenhaus, die Polizei, die Queen. Es war nichts davon, aber dennoch wichtig.

»Arimathäa.«

»Was?«

»Arimathäa. Wie in Josef von, nicht verwandt. Hier ist Joe.«

»Hey Joe«, sagte sie automatisch. »Rimat. Arimathäa. Richtig.«

»Er war ein Kaufmann, ein Händler. Ein Freund der Familie Christi. Sie wissen schon, Jesus, Maria. Der Legende nach hat er das Grab spendiert, in das Jesus gelegt wurde.«

»Wie nett von ihm.«

»Er hat es zurückbekommen. Außerdem soll er der Legende nach Jesus als Kind nach England gebracht haben.« Hier war keine Minute Recherche verschwendet worden. »*And did those feet in ancient times* und so weiter. Der Heilige Gral ging nach der Kreuzigung in seine Obhut über. Im Grunde war er der Mr. Fixit der Evangelien.«

»Haben Sie seine Telefonnummer?«

»Dafür war nicht mehr nötig als ein gewisses Geschick zum Kreuzworträtsellösen und ein enzyklopädisches Wissen über alles. Sie brauchen mir nicht zu danken.«

»Sie sind ein Genie. Jetzt müssen wir also nur noch rausfinden –«

»Es ist in Surrey. In einem kleinen Ort namens, nun ja, Littleton.«

»Ein Krankenhaus?«

»Ein Waisenhaus.«

Hinter ihr war Wigwam ins Zimmer gekommen. Sie brachte Sarah ihren Tee, mit einem Gesichtsausdruck, der besagte: Ich höre überhaupt nicht zu. Unsicher blieb sie stehen, die verkehrte Welt: eine Kellnerin, die versucht, die Aufmerksamkeit des Gastes zu erregen. Und die anschließend definitiv zu einem Verhör aufgelegt sein würde, daher beschleunigte Sarah das Gespräch mit Joe. »Wann fahren wir hin?«

»Wir sollten jetzt nichts überstürzen, Sarah.« Sie sah ihn vor sich, wie er seinen weisen Gesichtsausdruck aufsetzte. »Was haben wir denn eigentlich? Er spendet an ein Waisenhaus. Sie meinen, er spendet auch Waisenkinder? Das ist ziemlich weit hergeholt.«

»Vielleicht ist es eine komplizierte Art der Steuerhinterziehung.«

»Sie sparen sich viel Geld, wenn Sie sich nicht einmischen. Ich schulde Ihnen was, Sarah, aber das hier war nur ein Rätsel. Ein Wortspiel. Kein Grund, überzogene Erwartungen zu haben. Vielleicht hätte ich die Lösung für mich behalten sollen.«

»Ich bin schon ein großes Mädchen.«

»Das beruhigt mich keineswegs.«

»Wir reden später noch mal, Joe. Danke.«

»Ein Freund von dir?«, fragte Wigwam. Vermutlich aus

der absurden Hoffnung heraus, dass sich jemand verwählt hatte.

Sarah nahm ihren Tee an. »Danke. Nein, jemand, der ein paar Sachen für mich erledigt hat.« Sie versuchte den Anschein zu erwecken, dass Joe so was wie ein Klempner war, der gelegentlich Aufträge annahm. »Möchtest du einen Keks zum Tee?«

»Ja, gerne. Er erledigt nicht zufällig Gartenarbeiten, dein Joe, oder?«

»Da müsste ich nachfragen.«

»Bei mir müsste nur ein Ast abgesägt werden. Für Rufus ist er zu hoch.«

»Du kannst dir gerne unsere Leiter ausleihen.«

»Aber sicherer ist es, einen Profi zu engagieren, oder?«

So kam es, dass Sarah, ohne richtig lügen oder falsche Versprechungen machen zu müssen, den Privatdetektiv fragen wollte, ob er Gartenarbeiten für vier Pfund pro Stunde erledige. Nicht lange nachdem Wigwam gegangen war, war sie wieder am Telefon. Schließlich gab es sonst kaum etwas zu tun. Bisher hatte sie noch keine Antworten auf ihre Bewerbungsschreiben von letzter Woche erhalten.

»Oxford Investigations.«

»Joe, ich möchte mir das mal ansehen.«

»Dann sehen Sie es sich an. Ich halte Sie nicht auf.«

»Kommen Sie mit?«

»Bin ich ein Fremdenführer? Sarah, wenn ich Wildgänse sehen will, fahre ich im Herbst nach Port Meadow. Wenn ich aufs Land will, geht's in die Catskills.«

»Cotswolds.«

»Egal. Um Surrey mache ich einen großen Bogen. Daran

habe ich schlechte Erinnerungen. Ich hatte dort mal einen schlimmen Fall.«

»Mord?«

»Grippe. Und ich bin im Moment beschäftigt, oder jedenfalls rechne ich damit. Es kann jeden Tag so weit sein.«

»Okay.«

»Also, ich komme nicht mit.«

»Okay.«

Das Schweigen in der Leitung war sehr laut. Das Summen unausgesprochener Worte knisterte in den Drähten.

»So geht das immer im Kino«, sagte er schließlich. »In einer Szene sagt der Mann, dass er es auf keinen Fall machen wird. In der nächsten tut er es dann doch.«

»Ist mir auch schon aufgefallen«, sagte Sarah.

»Aber genau das wird in diesem Fall nicht passieren.«

»Verstehe, Joe.«

Sie wusste nicht genau, was sie erwartet hatte, aber jedenfalls war das Gebäude eine brillante Kakofonie aus Flügeln und Erkern, mit kleinen runden Türmen, die an allen Ecken und Enden emporragten, als sei es nach den Vorgaben eines Sechsjährigen erbaut. Aber das ganze Ensemble wirkte zugleich auch erschöpft, regenverhangen, stellenweise bemoost, und selbst bei strahlendem Sonnenschein sah es aus, als hätte es einen Kälteschock erlitten. Oder ein Wechselfieber, ergänzte Sarah. Manchmal passen nur altmodische Begriffe.

»Miss Havishams Hochzeitstorte«, bemerkte Joe.

»Schloss Gormenghast«, konterte sie.

»Ein bisschen offensichtlich«, murmelte er, als sie aus

dem Auto stiegen. Die Fahrt von Oxford nach Littleton war keine Landpartie gewesen, sondern gesäumt mit genügend Plastiksperren, um damit einen Ring um den Mond zu bilden, und Barrikaden aus Metallschildern mit kryptischen Anweisungen. Joe erwies sich am Steuer als regeltreu und nervös zugleich. Er blieb stur auf seiner Fahrspur und hielt alle anderen Verkehrsteilnehmenden für mordlüsterne Stümper. Dadurch ließ er sich jedoch nicht vom Reden abhalten. »Ich muss meinen Kopf untersuchen lassen«, hatte er gesagt.

»Sie sind ein sehr netter Mann.«

»Ich bin ein Schmock. Kennen Sie den Ausdruck?«

»Ja, aber das stimmt nicht.«

»Ich kann einem hübschen Gesicht einfach nicht widerstehen.« Er warf ihr einen Seitenblick zu, aber sie nahm das Kompliment nicht zur Kenntnis. »Ich brauche einen strafferen Vertrag. Keine Rückerstattungen, keine Garantien. Damit man mich nicht ausnutzen kann.«

»Nutze ich Sie etwa aus?«

»Wem der Schuh passt …«

»… der hat ihn wahrscheinlich falschrum angezogen«, beendete sie den Satz und bereute es sofort. »Joe, es ist wirklich freundlich von Ihnen, dass Sie mitgekommen sind. Aber ich bezahle Sie für Ihre Zeit.«

»Ich habe es versprochen«, seufzte er. »Wissen Sie noch?«

Das tat sie. Und sie klopfte sich innerlich auf die Schulter, weil sie ihn nicht von sich aus daran erinnert hatte. »Lassen Sie mich wenigstens das Benzin bezahlen.«

»Okay.«

Sie waren früh aufgebrochen, grade mal zehn Minuten

nachdem Mark zur Arbeit gegangen war: Solange sie vor ihm zu Hause war, würde er nie erfahren, dass sie weg gewesen war. Außer dass er sich vielleicht fragen würde, warum es kein Abendessen gab. Das war ein Problem, für das sie noch keine Lösung wusste; bis dahin genoss sie einfach die Tatsache, dass sie sich auf ein Abenteuer eingelassen hatte. Mit einem echten Privatdetektiv, der auch noch authentisch mürrisch war. Unterwegs taute er jedoch auf und zeigte tatsächlich eine alarmierende Tendenz zur Nostalgie.

»Ich weiß noch, als ich zum ersten Mal nach Oxford kam –«

»Wo sind Sie geboren, Joe?«

Er überlegte kurz. »In Croydon.«

»Ist es schön da?«

»Sie wollen nichts über Oxford hören?«

»Ich lebe dort.«

Schon waren sie mitten im dichten Verkehr: so viele Autos, die an einem Morgen unter der Woche Gott weiß wohin fuhren. Vertreter, vermutete Sarah. Ersatzhemden auf Kleiderbügeln, die vor den hinteren Scheiben hingen. Solche Fahrten hatten einen Sinn: Über ihre machte sie sich nicht allzu viele Gedanken, denn sonst würde ihr schnell klar werden, an welch dünnen Faden sie sich klammerte.

»Er hat gesagt, er sei eine Waise.«

»Hat er es gesagt oder nur angedeutet?«

»Tja, er hat es angedeutet. Aber es gab Fotos von ihm mit einem Paar; es müssen seine Eltern sein.«

»Das bedeutet nicht, dass er nicht zur Waise geworden ist. Fast jeder wird irgendwann eine Waise sein.«

Was nicht ganz korrekt war, aber Sarah ließ es durchgehen. »Was macht er überhaupt beruflich?«

»Inchon Enterprises.«

»Klingt angemessen vage«, gab Joe zu.

»Ich bin mir nicht sicher, was sie genau machen. Irgendwas mit Finanzen.«

»Es gab einen Inchon am Oriel College«, begann er.

»Ist das ein Turmfalke? Da drüben?«

Joes Mund verzog sich zu einer harten geraden Linie, aber Sarah vermutete, dass sich irgendwo dahinter ein Lächeln verbarg.

Sie hörten die Nachrichten: Oxford machte Schlagzeilen. Ein *dreizehnjähriges* Mädchen war bei einem, wie es anscheinend immer noch hieß, Rave gestorben, an Dehydrierung, nachdem sie Ecstasy genommen hatte. Es folgte eines dieser kurzen Interviews mit einem wütenden, trauererfüllten Elternteil, die, wie vieles andere auch, ein Markenzeichen des Jahrzehnts waren.

»Tragisch«, lautete Joes einziger Kommentar. Er schaltete das Radio aus. Sie hielten an einer Tankstelle an, um einen Kaffee zu trinken und eine Strategie auszutüfteln: Der Kaffee war in Ordnung, aber die Strategie ging nicht auf. Sie könnten vorgeben, potenzielle Pflegeeltern zu sein, waren sich aber nicht sicher, wie das System funktionierte; sie könnten vorgeben, Geld spenden zu wollen, aber sie waren als Reiche wohl kaum überzeugend. Oder sie könnten die Wahrheit sagen, aber das hätte diverse Nachteile.

»Nicht zuletzt, dass es vergebliche Liebesmüh wäre«, sagte Joe säuerlich. Aber sobald sie wieder unterwegs waren, hellte sich seine Stimmung auf, als würde es ihm genügen, einfach ein Ziel vor Augen zu haben, und die Frage, was zu tun sei, sobald er ankam, könne warten. Wahrscheinlich eine gute Einstellung für einen Detektiv, dachte Sarah: sich auf das Rätsel zu konzentrieren, nicht auf die Lösung. Obwohl Joe, wie er selbst sagte, noch nie ein Rätsel gelöst hatte; er hatte nur das eine oder andere Problem aus der Welt geschafft.

»Warum sind Sie dann eigentlich Detektiv?«

»Man hat viel Freizeit. Ich arbeite nur an einem von zehn Tagen.«

»Kein Wunder, dass Sie so teuer sind.«

»Außerdem bin ich Romantiker.«

»Wie schön für Sie.«

»Das ist die Krux meines Lebens. Frauen wollen keine romantischen Männer. Ist Ihnen das schon mal aufgefallen?«

»Nein. Aber danke für die Erkenntnis.«

»Sie wollen jemand Praktisches, sie wollen Klempner und Köche. Keine Träumer.«

»Sind Sie ein Träumer, Joe?«

»Als ich am Oriel war –«

»Wie hieß Ihr Dozent noch mal?«

»Morris. Abel Morris.«

»Und wann genau waren Sie dort?«

»Äh, von 70 bis 73.«

»In welchem Stockwerk haben Sie im Studierendenheim gewohnt?«

»Was?«

»Wie hieß Ihr Scout?«

»Sarah …«

»So heißen doch die Reinigungskräfte, die sich auch um die Studierenden kümmern, oder?«

»Ja«, bestätigte er mürrisch. »So nennt man sie. Scouts.« Aber als sie anfing zu lachen, lachte er mit, und nach einer Weile schien er den Witz lustiger zu finden als sie.

Und dann waren sie da und wussten immer noch nicht recht, was sie dort eigentlich wollten. »Jetzt sind Sie dran«, sagte er und schloss das Auto ab.

»Ich würde mich gern etwas umsehen. Es gibt doch sicherlich Aufzeichnungen und Akten.«

»Natürlich, und bestimmt dürfen Sie nach Herzenslust drin herumstöbern.«

»Ich hatte nicht vor zu fragen.«

»Sarah Trafford, Sie sind eine gefährliche Frau.«

»Könnten Sie sie vielleicht so lange ablenken?«

»Klar, aber nur, weil es nicht schaden kann. Das ist ein Waisenhaus, Sarah. Entführte Kinder werden Sie hier nicht finden. Ebenso wenig wie Sprengstoff und Pläne zur Übernahme der Weltherrschaft.«

»Sie sind eine Spaßbremse.«

»Aber Sie sollten das hier mitnehmen«, sagte er und reichte ihr etwas, das sie auf den ersten Blick für einen Asthma-Inhalator hielt.

»Ein *Rape-Alarm*?«

»Obwohl ich mir kaum vorstellen kann, dass die katholischen Priester, die das Waisenhaus leiten, bei Ihrem Anblick von Lust übermannt werden.«

»Vielen Dank, Joe!«

»Aber sollten Sie in Schwierigkeiten geraten, drücken Sie drauf, und ich bin im Nu bei Ihnen.«

Schon kam ein Mann auf sie zu, der zweifellos ein Priester war: nicht nur wegen der schwarzen Hose, des schwarzen Hemdes und des weißen Kragens, sondern wegen dieser gewissen Art von salbungsvoller Arroganz. Sarah kannte sie aus ihrer Jugend, in der sie lange und häufig vertrockneten Jungfern hatte zuhören müssen, die erklärten, wie schrecklich Sex sei. Im Augenwinkel sah sie das Schild von Gerards Foto, doch bevor sie es sich einprägen konnte, war der Priester bei ihnen.

»Kann ich Ihnen helfen?« Er war ein junger Mann, zweiundzwanzig oder dreiundzwanzig, mit glänzenden Wangen und einer eckigen schwarzen Brille, der unvorteilhaftesten, die Sarah je gesehen hatte. Außerdem hatte er Akne und ein Oberlippenbärtchen. Leider war das alles, woran sie in diesem Augenblick denken konnte, und es schien keine gute Idee zu sein, es laut auszusprechen. Aber bevor sie so tun konnte, als wäre ihr übel, sagte Joe: »Siehst du, Schätzchen? Ich habe dir doch gesagt, dass hier Priester sind.«

Er klang wie ein waschechter Amerikaner, nur der Akzent verriet ihn.

Der Priester war verständlicherweise skeptisch. Joe lächelte so übertrieben offen und freundlich, dass er wie ein Verrückter aussah. »Das ist ein Waisenhaus«, sagte der Priester.

»Natürlich, natürlich. Und Sie sind …?«

»Mein Name ist Sullivan, Pater Peter Sullivan.« Er schob seine Brille auf der Nase nach oben. »Ich bin Verwalter hier.«

»Ah, der Mann mit Verantwortung.«

»Nein, das stimmt nicht ganz …«

»Hast du das gehört, Schatz? Ich habe ihr gesagt, wenn man etwas erreichen will, muss man sich direkt an den Chef wenden. Glück muss man haben!«

»Ich bin hier nicht der Chef, Mister …?«

»Gute Idee, nennen wir uns einfach Mister.« Er zwinkerte übertrieben. »Lassen wir doch die Förmlichkeiten. Mr. Gold, Joe Gold. Sie können mich Joe nennen.« Er streckte die Hand aus. »Das ist meine Assistentin Missy. Wir sind hier zufällig vorbeigekommen.«

Sarah las gerade das Schild, als sie ihren neuen Namen hörte: »Arimathäa-Kinderheim«, und darunter, in kleinerer Schrift, »für katholische Jungen und Mädchen«. Gerard hatte dort auf diesem Stück Rasen gestanden und seine Großzügigkeit einem hochgewachsenen, älteren Priester – nicht diesem hier – zuteilwerden lassen, der jedoch ein Gesicht machte, als würde er Gerard Inchon einen Gefallen tun. Als sie jetzt hier stand, wurde ihr die Sinnlosigkeit ihres Unterfangens deutlich: Gerard hatte sich dort drüben fotografieren lassen. Na und? Genauso gut hätte sie in sein Bürogebäude eindringen und es Raum für Raum durchsuchen können. Auf der Suche nach Dinah. Die sie niemals finden würde.

»Missy?«

»Es ist wirklich malerisch«, sagte sie und versuchte, dabei wie aus Birmingham zu klingen.

Ja, das Gebäude war malerisch. Unheimlich, ja, unglaublich gotisch, aber so charmant wie die Illustrationen in alten Märchenbüchern: die Art von Häusern, die es nie gegeben hatte, aber geben sollte. Dieses hier hatte offensichtlich eine

Lücke in den Gesetzen der Realität gefunden und war in der Landschaft von Surrey erschienen, vermutlich in Nebel gehüllt, und würde nie wieder den Weg zurück ins Märchenland finden. Und genau darauf baute Joe seine Strategie auf. »Bestimmt erhalten Sie viele Angebote.«

»Das Grundstück steht nicht zum Verkauf, Mr. Gold«, erwiderte der Priester mit genau dem Grad an Missbilligung, der gerade noch höflich war. »Und jetzt möchte ich Sie bitten …«

»Immer ruhig mit den wilden Pferden, ich will es doch nicht *kaufen*! Hast du das gehört, Missy?«

»Aber sicher, Goldie.« Das »Joe« konnte er sich von der Backe putzen.

»Ich bräuchte es nur für einen Nachmittag, maximal zwei Tage. Nur die Fassade. Ein paar gute Außenaufnahmen in der Tasche, und schon sind wir wieder weg und Sie um fünfzehnhundert reicher. Und es ist, als wären wir niemals da gewesen.«

Sarah nahm den Faden auf. »Für die Innenräume würden wir natürlich mehr bezahlen. Zweitausend aufwärts. Aber nur, wenn wir sie auch nutzen können. Kommt auf die Deckenhöhe an, was meinst du, Goldie?«

»Wir brauchen da drin ein Ausleger-Rig, wir reden hier von sechs Metern, fünffünfzig mindestens. Wie groß sind die Räume, Padre? Entschuldigen Sie, Pater.«

Pater Sullivan witterte Morgenluft, als Joe angefangen hatte, über Geld zu reden. »Sind Sie vom Fernsehen?«

Joe lachte. »Fernsehen, Filme, Videos. Alles natürlich von hoher Qualität und preisgekrönt.« Er tat so, als suche er nach einer Zigarre, erinnerte sich aber rechtzeitig daran, dass er nicht rauchen durfte. »Es ist so, wie Missy sagt. Wenn wir Innenaufnahmen drehen, zahlen wir deutlich mehr. Ich sollte Ihnen das vielleicht nicht verraten.«

»Unsere Decken sind, ähm, sehr hoch.«

»Das hier ist ganz schön weit außerhalb, Goldie. Wenn man die Catering-Kosten dazurechnet, kommen da Unsummen zusammen.«

»Stimmt.« Er verzog das Gesicht. »Schade. *Exzellente* Fassade. Klassisch.«

»Diese Türmchen! Dafür würden sie in den USA sterben.« Nachdem sie jegliche Scham abgelegt hatte, begann Sarah, sich zu amüsieren.

»Ja, aber sie sind nicht so hoch wie die Fixkosten. Außerhalb der Stadt ist außerhalb des Budgets, wie Quentin immer sagt.«

Der Priester sah wohl schon im Geiste, wie ihm fünfzehnhundert oder sogar zweitausend Pfund durch die Lappen gingen. »Möchten Sie sich drinnen vielleicht einmal umschauen? Die Decken sind wirklich etwas Besonderes.«

»Missy?«

Sarah zuckte mit den Schultern. »Wo wir schon mal hier sind.«

»Danke, Padre. Das wäre wirklich nett.«

»Quentin?«, flüsterte sie, als sie dem Priester durch die Eingangstür folgten.

»Quentin Taylor. Vom Feinkostladen neben dem Büro.«

Im Inneren verlor das Gebäude viel von seinem Charme und wirkte wie eine Schule: viele Gänge, abblätternde Farbe. Es roch nach verkochtem Gemüse und Puddingpulver. Dabei war es seltsam still, als wären die Kinder mit Knebeln ruhiggestellt oder vom Rattenfänger weggelockt worden. Sarah fragte Pater Sullivan danach, als er sie in den Raum führte, der wohl die Aula sein musste, und er erklärte ihr die Schulzeiten in England, als käme sie vom Mond. »Drei Kilometer die Straße runter gibt es eine gute Schule. Die Kinder werden mit Bussen gebracht und abgeholt.«

Joe betrachtete bestimmte Winkel durch ein kleines Quadrat, das er mit Zeigefinger und Daumen bildete. Vielleicht machten das irgendwo auf der Welt echte Menschen, wenn sie Drehorte ausmaßen, und selbst wenn nicht, so glaubte Pater Sullivan jedenfalls, dass sie es taten.

»Sind die Decken hoch genug?«, fragte er etwas besorgt.

Sarah konnte das nicht so recht beurteilen, dachte aber bei sich, dass man hier sicher mit Elefanten jonglieren könnte.

»Wir könnten uns reinquetschen«, bemerkte Joe skeptisch.

»Worum geht es in Ihrem Film?«

»Gibt es hier eine Damentoilette?«, fragte Sarah.

»Ähm, durch diese Tür, die zweite rechts. Nein, die dritte.«

»Nichts auslassen, Goldie, ja?«, drängte sie, als sie die beiden verließ, um sich absichtlich zu verlaufen.

Was ihr auch gelang. Die erste Tür, durch die sie trat – und die weder die zweite noch die dritte noch auf der rechten Seite war –, führte sie in eine Kapelle: ein kaltes, nüchternes Gotteshaus, das irgendwie älter wirkte als das restliche Gebäude. Zwei Reihen von Bänken flankierten einen Gang, elf auf der einen Seite, sieben auf der anderen, um Platz für die durch und durch traditionelle Kanzel zu lassen, von der aus ein zweifellos durch und durch traditioneller Pastor seiner Gemeinde ohne Mikrofon predigen konnte. Außen am Holz war eine seltsame Vorrichtung angebracht, mit der Sarah nichts anfangen konnte. Durch zwei Buntglasfenster fielen Lichtstreifen auf die rote Altarlampe, doch sie lagen zu hoch, um viel Helligkeit zu verbreiten. An den Wänden konnte Sarah dennoch die Kreuzwegstationen ausmachen: eine besonders grausame Darstellung dessen, was vermutlich ein besonders grausamer Marsch gewesen war. Hier wurde nicht versucht, die Barbarei des Justizmordes zu beschönigen … Für einen Moment war ihr die Kindheit so nah, dass sie sie schmecken konnte, dann flatterte sie in der kalten, leicht verrauchten Luft davon; ein Gespenst von etwas, das noch nicht gestorben oder zumindest nicht zur Ruhe gebettet worden war.

Seltsam, dass hier eine solche Kälte herrschte, obwohl es draußen so warm war.

Sie hatte Joe nicht erzählt, was auf dem Markt passiert war, und sie würde es auch nicht erwähnen. Aber die Atmosphäre der Kapelle drang in sie hinein und schmerzte sie bis in die Knochen. Irgendetwas sprach zu ihr, und nichts von dem, was es zu sagen hatte, war erfreulich. Es sprach von strengem Katholizismus; von Bedrohung, nicht von Glauben, von Tod, nicht von Auferstehung. Alle Requisiten, die zu sehen waren, von der ersten Station des Kreuzweges bis zum letzten Glasstück in einem bemalten Fenster, schienen nur der Verbreitung eines grundlegenden Irrtums zu dienen. Seitdem sie darüber nachdachte, wusste sie, dass Religion nichts bedeutete, wenn sie nicht Mitgefühl predigte. Jetzt stellte sie fest, dass sie sich in dieser Hinsicht geirrt hatte; eine Lektion, die sie nun in einer Kapelle aus Stein lernte, die auf Felsen gebaut und hart wie Stahl war.

Nichts davon war von Nutzen. Sie hatte auf ein leeres Büro gehofft, ein Sekretariat, ein geöffnetes, hilfreiches Register auf dem Schreibtisch mit einem brandneuen Namen. Selbst wenn der Name nicht Dinah Singleton gelautet hätte, hätte sie es als Hinweis betrachtet. Sie klopfte an die nächste Tür, und als eine ältere weibliche Stimme antwortete, eilte sie den Flur entlang und verschwand im nächstbesten leeren Raum. Kein Sekretariat. Eher das Lehrerzimmer einer zweitklassigen öffentlichen Schule – für solche Urteile brauchte man kaum viel Erfahrung. Was sie sah: eine abgewetzte Sitzgruppe, ein kleiner Tisch mit Scotch, Gin und einem Sodasiphon. Bücherregale an den Wänden, sämtliche Werke in tristes Leder gebunden. Seitlich neben einem der Fenster befand sich eine kleine Glasvitrine mit weiteren Bänden. Durch das Fenster sah man das Gelände hinter dem Gebäude: ein gepflegter Garten, ein Spielfeld, dann nur noch Felder. Der Teppich auf dem Boden war fadenscheinig, die Vorhänge sahen staubig aus; die Dielen knarrten. Auch die Tür knarrte und wurde in dem Moment geöffnet: Sie spürte, wie ihr Herz klopfte, als jemand eintrat. Erwischt.

»Hast du dich verlaufen?«

»Joe!« Sie wollte gerade hinzufügen, dass er sie fast zu Tode erschreckt hätte, aber Pater Dingsbums, Sullivan, war direkt hinter ihm. »Dritte rechts rein, Dritte links raus. Richtig?«

»Zweifellos.«

»Ah, Miss, ähm, Missy.«

»Hat Goldie Ihnen alles erklärt?«

»Er scheint zu glauben, dass wir, äh, eine Vereinbarung treffen könnten. E. M. Forster, hat er mir gesagt.«

»Auf der Suche nach Indien«, fügte Joe hinzu. Sarah zog eine Augenbraue hoch. »Nur für die Rückblenden.«

»Aber ich weiß genau, dass ich schon eine Verfilmung davon gesehen habe.«

»Wir drehen eine Miniserie«, erklärte Joe überzeugend.

Sarah drehte sich um und schaute aus dem Fenster, weil sie sich ein Kichern verkneifen musste, als das Telefon klingelte und Pater Sullivan abnahm. Joe rückte unauffällig an ein Bücherregal heran und begann die Buchrücken zu befingern. Bei Pater Sullivans Telefonat ging es um das Abendessen; es gab nicht den leisesten Hinweis auf eine Spur. Was Sarah nicht überraschte. Die Schrecksekunden, als die Tür aufging, waren einem Gefühl gewichen, das tiefer ging als eine Antiklimax. Sie würden hier keine Hinweise finden; es gab nichts zu finden. Sie hätte auf Joe hören sollen.

Das Telefonat zog sich hin. Auch Sarah nahm ein Buch aus dem Regal und schlug es an einer wahllosen Stelle auf. *Da ging der erste Engel hin und goß seine Schale auf die Erde aus; da kamen schlimme und bösartige Geschwüre an die Menschen, die das Malzeichen des Tieres an sich trugen und sein Bild anbeteten.* Sarah hätte das Buch beinahe fallen lassen, als Sullivan sie von hinten ansprach: »Haben Sie etwas Interessantes gefunden?«

Joe schlenderte zu ihnen. »Sehr schöne Bücher. Eine wertvolle Bibliothek.«

»Danke.«

»Ich kenne mich da aus. Oxford. Waren Sie auch …?«

»Oriel«, antwortete Pater Sullivan kurz angebunden.

»Sehr schön. Sehr schön.« Seltsamerweise ging Joe auf diesen Zufall nicht ein. »So, Missy, wollen wir jetzt wieder los? Noch ein paar andere Drehorte auskundschaften?«

Gib dich geschlagen, hieß das. Sie ignorierte ihn. »Ich glaube, einer Ihrer Unterstützer ist Gerard Inchon, nicht wahr?«

»Ja. Kennen Sie Mr. Inchon?«

»Nur über Freunde«, antwortete Sarah. »Die Singletons?«

Der Priester tat so, als krame er in seinem Gedächtnis. »Nein, ich glaube, die kenne ich nicht.«

»Sie sind vor Kurzem gestorben«, fuhr Sarah fort. »Umgekommen, bei einer Explosion.«

Sullivan machte ein gequältes Gesicht. Joe sagte: »Missy?«

»Dinah ist als Einzige übrig geblieben«, sagte Sarah. »Dinah. Singleton.«

»Worum geht es hier eigentlich?«, fragte Pater Sullivan.

»Nichts weiter«, wiegelte Joe ab. »Man kommt irgendwo hin, erinnert sich plötzlich daran, dass man schon einmal davon gehört hat …«

»Ich habe gehört, dass sie hier ist. Ich habe gehört, dass sie hierhergebracht wurde.«

»Ich fürchte, da irren Sie sich.«

»Ich glaube nicht, dass ich mich irre.«

»Sarah …«

Pater Sullivan sagte: »Sie wollen gar keinen Film drehen, oder?«

»Entschuldigen Sie, Pater, aber wir sind –«

»Ich glaube, Sie lügen. Ich glaube, sie ist hier!«

»Mein Gott, Sarah – Entschuldigung, Pater –, Sie können ihn doch nicht beschuldigen …«

»Ich glaube, Sie sollten jetzt gehen«, sagte der Priester. »Sie beide. Und zwar sofort.«

»Wir gehen«, sagte Sarah. »Aber wir kommen wieder. Und Sie können diesem Mistkerl von Gerard Inchon ausrichten, dass ich das gesagt habe!«

Draußen war es heiter und windstill; die wenigen Wolken am Himmel schwebten reglos über ihnen.

In Sarahs Innerem tobten hingegen Stürme, Orkane. Wirbelstürme. Sommerwahnsinn.

Sie sprachen kein Wort, bis sie zwei, drei Kilometer weiter eine Schule erreichten, wo Joe anhielt und Sarah anwies zu warten. Er war sauer auf sie, und sie war auch sauer auf sich selbst.

Einmal, als Teenager, hatte sie sich auf der Feier zum Hochzeitstag ihrer Eltern übergeben. Im Moment fühlte sie sich noch schlimmer als damals.

»Was haben Sie sich bloß dabei gedacht?«, hatte Joe nur gefragt, als sie wieder im Auto saßen.

»Ich weiß nicht«, hatte sie niedergeschlagen geantwortet. »Ich wollte sehen, wie er reagiert.«

»Sie haben ihn quasi des Kindesmissbrauchs beschuldigt. Unter diesen Umständen ist er ziemlich ruhig geblieben, finde ich.«

»Das habe ich nicht gesagt!«

»Er ist Priester, Sarah, und Sie haben ihn beschuldigt, ein Kind entführt zu haben. Lesen Sie mal die Zeitung.«

Aber das hatte sie wirklich nicht so gemeint. Sie wusste

nicht mal, was genau sie gemeint hatte. Nur dass sie sich nicht mehr zurückhalten konnte, nachdem sie angefangen hatte. Als stürzte man ungesichert von einem hohen Gebäude in die Tiefe.

Joe kehrte schon nach wenigen Minuten zurück. »Manchmal geht es schneller«, sagte er, »wenn man die Wahrheit sagt.« Er schnallte sich an und fuhr los.

»Und?«

»Im Großen und Ganzen die Wahrheit. Dass wir nach einem entführten Kind suchen. Das möglicherweise nicht entführt wurde. Und blond sein könnte oder auch nicht. Und auf den Namen Dinah hören könnte.«

Er rieb es ihr noch mal tüchtig unter die Nase.

»Könnten Sie es mir bitte einfach erzählen, Joe?«

»Okay, ich erzähle es Ihnen einfach. Ich bin den ganzen Weg von Oxford hierhergefahren und bin gerade dabei, den ganzen Weg zurückzufahren. Bevor ich das tue, sage ich Ihnen einfach, was wir herausgefunden haben. Nämlich nichts. Es gibt kein neues Kind an dieser Schule, weder Mädchen noch Junge noch Affe. Keine Dinah Singleton. Sie ist nicht hier und ist nie hier gewesen.«

»Es tut mir leid.«

»Das vollständige Honorar, Sarah. Keine Gefallen mehr.«

»Es tut mir wirklich leid.«

»Ja, klar.« Er seufzte. »Mir auch. Es tut mir leid. Aber diese weite Fahrt quer durchs Land, Sarah, das war's. Es reicht. Das war nur ein Waisenhaus, Sarah. Eines, das Sie zufällig auf einem Bild an der Wand von jemandem gesehen haben, der zufällig in der Nacht, in der Ihre Nachbarn starben, bei Ihnen zu Hause war. Das ist alles. Nicht einmal eine Verkettung von Umständen. Denn Umstände bedeuten etwas, und das hier nicht.«

»Ich weiß.«

»Dieses Mädchen, Ihre Dinah – keine Ahnung, in was sie verwickelt ist. Es muss irgendetwas mit ihrem Vater zu tun haben, der angeblich tot war und dann doch nicht. Aber Sie werden sie nicht finden, indem Sie Dartpfeile auf eine Karte werfen. Verstehen Sie mich, Mrs. Trafford?«

»Haben Sie mich überprüft, Joe?«

»Vertraue niemals einem Klienten. Das ist Lektion Nummer eins in der Privatdetektivschule.«

»Weil Sie mich jetzt schon zum zweiten Mal Mrs. Trafford genannt haben, dabei habe ich mich bei Ihnen mit meinem Geburtsnamen vorgestellt.«

Seine Stimme wurde schneidend; er imitierte Basil Rathbone als Sherlock Holmes. »Sie halten sich für sehr schlau, was? Aber Sie haben einen winzig kleinen Fehler gemacht. Und dafür müssen Sie bezahlen.« Sie konnte nicht darüber lachen. Er seufzte. »Sie haben mir einen Scheck ausgestellt.«

Er startete den Motor. Eine ganze Weile lang war ihr zum Heulen zumute.

12

Während der gesamten deprimierenden Rückfahrt sprachen sie kaum: Sarah dachte später nicht gern daran zurück. Es war nicht so sehr das Gefühl, dass eine Freundschaft zerbrochen war, sondern als sei plötzlich eine Mauer zwischen zwei Welten eingestürzt: der, in der sie bisher gelebt hatte, und der anderen, in die sie nun hineinfiel. Dass Joe, wenn er sprach – Kommentare zum Verkehr, zu den Straßen –, vollkommen freundlich war, half auch nicht. Eine Decke des Elends legte sich über sie, ein allumfassender Mangel an Selbstvertrauen untergrub ihr ganzes Dasein. Nichts, was sie machte, hatte viel Sinn! Gab einen falschen Namen an und unterschrieb einen Scheck mit ihrem richtigen.

Als Mark nach Hause kam, war er in passender Stimmung: Auch sein Tag war einfach furchtbar gewesen. Ein Geschäft hatte sich in Rauch aufgelöst, war den Bach runtergegangen; »Gerard« war zu »diesem *verdammten* Inchon« geworden. Es war zwar nicht Marks Schuld, aber es lag in seinem Verantwortungsbereich; eine Unterscheidung, die nur am Arbeitsplatz existierte, wie Sarah aus häuslichen Auseinandersetzungen gelernt hatte. Wie alles zusammenhing, war ihr schleierhaft; jedoch hatten sich Marks Bemühungen der letzten zwei Monate offenbar nicht ausgezahlt.

Dass er sich Inchon, Inchons *Geld* angebiedert hatte, hatte sich nicht ausgezahlt. Das kam im Laufe von zwei Flaschen Wein heraus, von denen Sarah nicht mal ein ganzes Glas trank. Dieser verdammte Inchon hatte überdies dem verdammten Mayberry geschrieben, der Marks verdammter Chef war. Das Schreiben enthielt Verleumdungen, geradezu Anschuldigungen … Es war ganz offensichtlich Verleumdung. Das hatte Mark auch dem schmallippigen Mayberry klargemacht.

»Und, was hat er gesagt?«

»Noch gar nichts. Wird sich zeigen.«

Mark war die ganze Zeit über weiß vor Wut, aber es mischte sich auch Angst darunter. Mit seiner Karriere trieb man keine Spielchen, hatte er ihr einmal erklärt; nicht auf halber Höhe der Karriereleiter, wenn alle über einem nach einem traten. Das war so anders als alles, was Sarah kannte, dass sie ihm geraten hatte, unter diesen Umständen doch einfach den Vorstand zu verlassen. Er hatte erwidert, sie habe ja keine Ahnung, und schon wurde daraus der übliche Streit. Diesmal brachte sie es nicht übers Herz, sich auf eine Obduktion einzulassen: Sie schenkte ihm einfach nach und nickte, ja, natürlich habe er erwähnt, dass er von Anfang an die Warnsignale gesehen habe, dass er Inchon nie vertraut und gewusst habe, dass es so weit kommen würde. Nach einer Weile wurde seine Sprache verwaschen, und was sie von vornherein nicht richtig verstanden hatte, wurde völlig zusammenhanglos. Mark legte sich in die Badewanne und rekonstruierte den Fall für seine Verteidigung. Sarah ging in die Küche und schaute nach, ob es noch irgendwo was zum Knabbern gab.

Jede Küche, so fiel ihr beim Hineingehen ein, braucht einen Ort, an dem man Dinge aufbewahren kann, die nirgendwo anders einen Platz finden. Auf der Kühlschrankablage landeten Knöpfe, Schrauben, Pillenfläschchen und alte Kugelschreiber und wurden wahllos in einer ehemaligen Eisdose beigesetzt; dort ruhte auch Marks Zahnseide *für unten*. Dort hinein legte sie nun auch den Rape-Alarm von Joe, den er vergessen hatte zurückzuverlangen. Sie hatte irgendwo selbst einen; sehr wahrscheinlich war er inzwischen hinter den Kühlschrank gerutscht. Selbst ihre heftigste Frühjahrsputzwut hatte sie nicht dazu bringen können, das schwere Ding zu verschieben. Es war ein Problem, nach dem sie sich spontan sehnte, jetzt, da größere Probleme in Sicht waren.

Es war undenkbar, dass Mark seinen Job verlor, undenkbar für sie, denn sie wusste genau, was passiert war. Wenn Inchon ausgestiegen war und Mark im Regen stehen gelassen hatte, dann war es ihre Schuld; es war genau die Art indirekter Rache, die ein hinterhältiger Mistkerl wie Gerard für clever hielt. Aber es war zu spät, um sich zu beschweren, dass die Rache ungerechtfertigt war oder dass ihre »Ermittlungen« nirgendwohin geführt hatten. Sie hatte sich zu weit vorgewagt; wenn Mark an ihrer Stelle um einen Kopf kürzer gemacht wurde, würde Gerard das als fair bezeichnen. Sie konnte im Moment nichts weiter tun, als sich wieder in ihr Mauseloch zurückzuziehen und zum Alltag überzugehen. Vielleicht würde sich alles zum Guten wenden, was bedeutete, dass alles wieder so werden würde wie heute Morgen. Sie konnte nichts für Dinah tun. Es war an der Zeit, sich das einzugestehen. Und was auch immer Gerard vorhatte – ihm standen zu viele Waffen zur Verfügung, als dass sie es mit ihm aufnehmen könnte: Er war ein Mann, so erinnerte sie sich, der Waffen sammelte.

Es war also an der Zeit aufzugeben. Zeit, ein braves Mädchen zu sein. Sie durchforstete den Kühlschrank und machte Mark belegte Brote, wobei sie eine Packung Kekse fand und aufaß. Am Wochenende, nächste Woche, würde sie ganz neu anfangen. Als Erstes brauchte sie einen verdammt gründlichen Hausputz.

Doch bis zum Wochenende sollte sich ihr Leben verändert haben. Zunächst geschahen zwei Dinge.

In den darauffolgenden Tagen schien sich die Situation zu entschärfen, und nichts Nennenswertes passierte. Mark war zugeknöpft und wollte nichts Genaueres über die Arbeit erzählen, gab ihr jedoch zu verstehen, dass nichts so heiß gegessen wurde, wie es gekocht wurde. Der verdammte Mayberry, der Mistkerl von einem Chef, stieß immer noch Rauch aus, aber von »Feuern« war nicht die Rede. Bei Jobs wie dem von Mark wurde man nicht gekündigt; der unfähigste Finanzmensch konnte eine Bank innerhalb einer Woche in die Knie zwingen. Er hatte immer noch einen Schreibtisch, der wie ein solider Anker war; er hielt sich bedeckt, machte gute Miene zum bösen Spiel, hielt die Füße still und alle möglichen anderen Klischees, die ihm so einfielen. Gerard Inchon hatte vielleicht doch nicht so viel Einfluss, wie er glaubte. Ein Wort von ihm – und nicht viel passierte …

Doch dann fand Sarah Dinah Singleton. Oder besser: Sie stellte fest, dass sie sie eigentlich nie vermisst hatte.

Denn das Kind war nicht Dinah, das war die traurige und schreckliche Wahrheit. Das Kind war jemand ganz anderes: die Latzhose, die Wassersandalen, das Schwänefüttern. Sarah stieß eines Nachmittags zufällig auf sie, als sie über die Brücke zurückging; ihr Blick fiel auf das zerstörte Haus, das Kind sah sie zunächst nicht. Als sie es schließlich bemerkte, war es zu spät, um irgendetwas rückgängig zu machen.

Das zerstörte Haus war inzwischen ein vertrauter Anblick: ein Wahrzeichen, auf das die Kinder vor Ort stolz waren und über das die Erwachsenen die Nase rümpften, weil schon etwas damit hätte *passieren* müssen. Was bisher geschehen war, reichte ihnen nicht aus. Zwar war ein Bretterzaun errichtet worden, der braven Bürgerinnen und Bürgern zeigte, dass das Betreten verboten war, aber er war nicht so effektiv, dass er Neugierige ernsthaft davon abhalten würde nachzusehen, was sich dahinter verbarg. Von der Brücke aus war es überdeutlich zu sehen: ein Haufen Schutt, Ziegel und Mörtel, zerbrochene Rohre und Porzellansplitter, alles reichlich übersät mit glitzerndem, zerbrochenem Glas, die den traurigen Überresten eines Vorstadtlebens einen Hauch von Glanz verliehen. Lumpen und Reste von Haushaltskrempel ragten wie Unkraut aus dem Müll; Dinge, die von selbst aufgetaucht hätten sein können, nach Licht strebend, denn die meisten tragbaren Gegenstände von noch so geringem Wert waren schon lange abtransportiert worden. Es war seltsam, was sich weigerte, begraben zu bleiben, dachte Sarah. Sogar ein ramponiertes Fischmesser, ein ausgefranster Lampenschirm konnte äußerst zäh sein. Unwillig, eine Existenz aufzugeben, die nie bewusst geschenkt worden war.

In dieser ontologischen Spekulation versunken, wäre sie beinahe über Dinah gestolpert. Nicht-Dinah. Das Kind stand unter der Brücke, fischte Brotkanten aus einer Marks-and-Sparks-Tasche und warf sie ins Wasser, während die beaufsichtigende Erwachsene, eine Frau, rauchend daneben stand. Enten quakten im Wasser und stießen seltsamerweise ein Bellen aus. Die Erwachsene musterte Sarah misstrauisch. Es war nicht üblich, es war nicht *normal,* dass eine Frau so auf das Kind einer anderen Frau reagierte …

Denn Sarah hatte abrupt innegehalten und stand da wie angewurzelt.

»… Dinah?«

Das Kind lachte; Brot flog durch die Luft. Im Wasser hatte sich die Neuigkeit bereits verbreitet. Ein Schwanenpaar kam zu spät zum Festmahl und rannte über das Wasser; die großen Füße trommelten auf der Oberfläche, als wäre es eine Snare-Drum. Die Frau ließ ihre Zigarette fallen und zertrat sie. »Komm, Kylie!«

»Aber ich bin noch nicht fertig!«

»Dinah?«

»Was wollen Sie?«

Hinter der offenen Feindseligkeit der Frau verbarg sich Angst. Die urbanen Legenden ließen vermuten, dass Frauen, die alleine unterwegs waren und sich seltsam benahmen, genauso gefährlich sein konnten wie Männer, und Sarahs Verhalten schien darauf hinzudeuten, dass sie jeden Moment ausflippen konnte. Frauen, die grundlos »Dinah« ächzten, ging man besser aus dem Weg. Die Frau nahm ihre Kylie an die Hand und begann sie vom Flussufer wegzuziehen.

Was Sarah anging, so schienen in diesem ersten Moment des falschen Erkennens mehrere Dinge auf einmal zusammenzukommen und eine erschreckende Wahrheit zu offenbaren: Hier war Dinah, zurück aus unbekannten Sphären, die genau wie ihr Vater von den Toten zurückgekehrt war. Aber ebenso wie bei ihm war es nur eine vorübergehende Wiederkehr: Er war aus einem scheinbaren Todeszustand erwacht, nur um in einen echten katapultiert zu werden, so wie Dinah nun wiederaufgetaucht war, nur um zu enthüllen, dass sie nicht Dinah war, nie Dinah gewesen war, und dass Sarahs wirre Aktionen der letzten Wochen auf einem Irrtum beruhten. Sie hatte sich nicht an Dinah erinnert, sondern an diese Fremde, diese Kylie, die sie jetzt mit einer Mischung aus Mitleid und Heiterkeit ansah, während das wenige Selbstvertrauen, das Sarah noch hatte, unterging wie das Brot auf dem Wasser. Sie fing an zu weinen. Als Kylies Mutter das sah, revidierte sie ihre Meinung und zog ihre eigenen falschen Schlüsse: dass diese Frau etwas verloren hatte; dass sie eine Mutter war, die aufgehört hatte, eine zu sein.

Am nächsten Morgen hatte sich auch Sarah damit abgefunden. Ihre Inkompetenz schien grenzenlos zu sein; es war, als wäre die ganze Welt in eine komplizierte Verschwörung verwickelt, die darauf abzielte, ihre Selbstachtung zu zerstören. Doch wenn man erst mal anfing so zu denken, landete man irgendwann, wirres Zeug murmelnd, auf der Straße. In den zwei Stunden, nachdem Mark zur Arbeit gegangen war, saugte sie praktisch das ganze Haus und legte anschließend eine Pause ein, die schon bald zu einem Keksfestival ausartete. Irgendetwas musste passieren. Sie hatte Joe noch kein Geld für das Benzin gegeben, das er sinnlos verfahren hatte, und das schien ihr ein passender Auftakt für das unangenehme Geschäft des Vergessens zu sein. Am Vormittag fuhr sie mit dem Bus in den Norden der Stadt.

Als sie das letzte – und einzige – Mal in Joes Büro gewesen war, hatten Bauarbeiten die Durchfahrt blockiert. Heute war die enge Straße menschenleer. Doch noch während sie das dachte, erschien in der Tür des italienischen Restaurants gegenüber ein Mann in weißer Kochjacke; er schaute erst in die eine, dann in die andere Richtung, warf Sarah einen hoffnungsvollen Blick zu, gab schließlich auf und zündete sich eine Zigarette an. Währenddessen rollte ein Reisebus am Ende der Straße vorbei: Was in aller Welt gab es hier draußen zu sehen? Sarah drückte gegen die Haustür, und als sie nachgab, stieg sie die Treppe zur Rezeption hinauf, deren Tür einen Spalt offen stand. Sie rief nach Joe, aber er antwortete nicht. Für einen Moment fragte sie sich, ob Zoë zurück war, und hoffte es für Joe, aber in Joes Büro war alles still. Das wäre es nicht gewesen, wenn Zoë zurückgekommen wäre, da war sich Sarah ziemlich sicher.

Sie klopfte, wartete und klopfte erneut. Das erste Mal war sehr englisch-diskret gewesen; irgendetwas an den leeren Räumlichkeiten vermittelte ihr das Gefühl zu stören. Das zweite Mal klopfte sie fest und geschäftsmäßig, aber sie wusste bereits, dass Joe nicht da war. Er war vermutlich zum Zeitungskiosk oder ins Pub gegangen; weit weg konnte er nicht sein, sonst hätte er nicht die Türen offen gelassen. Wenn sie ihn suchen ging, würde sie am Ende sowieso wieder im Büro landen, falls er in ihrer Abwesenheit zurückgekehrt war. Am einfachsten war es zu warten. Am einfachsten wäre es, einfach einen Scheck zu hinterlassen. Er würde ihn auf seinem Schreibtisch finden und wissen, dass sie da gewesen war; sobald sie das verdammte Ding ausgefüllt hatte, wäre das die Absolution für sie. Es war der schnellste Weg, das hinter sich zu bringen. Sie probierte es an der Tür, die in Joes Büro führte, und auch sie war offen.

Im Nachhinein versuchte sie, sich auf das Nötigste zu konzentrieren. Sarah glaubte, er würde eine Krawatte tragen. So begann diese Fiktion; sie betrat Joes Büro, und Joe trug eine Krawatte, eine leuchtend rote Krawatte. Der Eindruck hielt nicht länger als eine Sekunde an, aber er war viel tröstlicher als die Wahrheit. Sie ließ sich auch nicht von der Tatsache täuschen, dass Joe selbst das Rasiermesser in der Hand hielt.

13

Wenn man die Augen zusammenkniff, schrumpfte das Boot auf die Größe einer Streichholzschachtel, und wie so eine blöde Schachtel schaukelte es auch auf den Wellen. Fünfzehn Kilometer von der nächsten Stadt entfernt, und jeder Zentimeter davon unter Wasser. Vielleicht gab es schlimmere Arten zu sterben, als zu ertrinken, aber Amos Crane hatte bisher keine davon am eigenen Leib erfahren. Allein der Gedanke daran ließ ihn erschauern. Wahrscheinlich eine evolutionäre Erinnerung. Von hier stammen wir: Tja, aber er war noch nicht bereit, wieder dahin zurückzukehren.

Einmal hatte er jemanden ertränkt, in einer Hotelbadewanne. Das hatte ausgereicht, um sich ein Bild zu machen: Der Mann hatte sich aus Leibeskräften gewehrt, die Augen weit aufgerissen, und in jeder Sekunde (der Vorgang hatte einige Minuten gedauert) musste er gewusst haben, dass alles vorbei war; dass er nicht wieder atmen würde und den Rest seines Lebens mit dem Versuch verschwendete, Luft zu schnappen. Oder auch nicht verschwendete, denn etwas anderes hätte er nicht tun können. Vielleicht beten. Mit weit geöffneten Augen und fest geschlossenem Mund.

So oder so war Amos Crane froh, wieder an Land zu sein.

Der Hafen, oder das, was sich so nannte, war kaum groß genug für ein Boot: nur eine Bucht, über der eine etwa sechs Meter hohe Felswand steil abfiel. Eine Treppe war in den Felsen gehauen, und er blieb auf halber Höhe stehen, um auf die graue Decke des Meeres zurückzublicken. Mal abgesehen vom Hafen: Die Insel selbst war nur so groß wie ein Taschentuch. Eine kräftige Welle, und alles ringsum würde nass werden.

Er blickte hinunter zum Boot und zu Jed, der es gesteuert hatte. Steuerte man ein Boot? Oder segelte man es? Wobei es von einem Motor angetrieben wurde. Jed war um die zwanzig, am Ufer dieses Meeres aufgewachsen und hatte mit den Felsen wohl viel gemeinsam. Er nickte Crane jetzt kurz zu. Crane warf ihm sein freundlichstes Lächeln zu. Es war, als würde man zusehen, wie sich ein Grab öffnet, obwohl Crane sich dessen nicht bewusst war. Er stieg die restlichen Stufen hinauf und trug dabei alles mit sich, was er an Gepäck dabeihatte: einen versiegelten Plastikbeutel mit einem Teddybären darin.

»Eine Stunde«, rief Jed. Crane nickte.

Mit seinem Teddybären unter dem Arm drehte er sich um und machte sich auf den Weg zur Farm. Von hier aus hatte man einen relativ weiten Ausblick auf die Ostseite der Insel, die durchaus größer als ein Taschentuch war; etwa vier Kilometer lang, und auf Luftaufnahmen sah man, dass sie lustigerweise wie eine Banane geformt war. Es war ein karges Land, auf dem man noch hier und da einen Schafsschädel fand, blank geschabt vom salzigen Wind und den lärmenden Vögeln, obwohl es Jahre her war, seit der letzte Schäfer seine Sachen gepackt hatte. Crane fragte sich, warum sie sich hier draußen überhaupt abgeplagt hatten. Konnte man so viel Geld mit Wolle machen, dass es sich lohnte, seine Tage auf einem gottvergessenen Felsen zu verbringen und eine Herde dummer Tiere dabei zu beobachten, wie sie sich von Stechginster und zähem Gestrüpp ernährten? In der Senke auf der Südseite standen noch die Überreste einer Schutzhütte: nicht viel mehr als ein Haufen Steine, die halbwegs durchdacht angeordnet waren. Kein Strom, keine sanitären Anlagen. Heilige Scheiße.

Aber es hätte schlimmer kommen können. Nicht weit entfernt befand sich eine andere Insel. 1942 wurde dort eine kleine Bombe gezündet. 1981 kehrte eine Gruppe von Wissenschaftlern auf diese Insel zurück. Vorher unterzogen sie sich einer siebeneinhalbmonatigen Injektionsbehandlung; alle Vögel, die *dort* an Schafschädeln gepickt hatten, fanden sie tot neben den Kadavern ihres Abendessens.

Auf der westlichen, gegenüberliegenden Seite der Insel, auf der sich Crane befand, lag ein Strand mit Kieseln, die unaufhörlich klackerten. Letztes Mal war er da entlanggejoggt. Es gab keine Straßenmädchen oder asiatischen Träger, die ihn beobachteten, nur Steine waren in seine Turnschuhe geraten.

Bei früheren Besuchen war Crane mit dem Hubschrauber gekommen, der auf einer relativ flachen, grasbewachsenen Fläche direkt hinter der Farm landen konnte. Das Fliegen hatte ihm gut gefallen, auch wenn es ein bisschen so war, als würde man in einem Eimer getragen werden. Er hatte sich gefühlt wie ein Prinz, der über die Lüfte gebieten konnte. Beim zweiten oder dritten Ausflug hatte der Pilot Crane gezeigt, welche Steuerelemente was bewirkten. Inzwischen gab es jedoch »Budgetbeschränkungen«, was so viel bedeutete wie »keine Hubschrauber mehr«. Howards Ressort. Crane stellte sich manchmal vor, wie viel Spaß es machen würde, Howard mit hier rauszunehmen, ob mit dem Boot oder dem Hubschrauber, und ihn auf halber Strecke wie einen Penny ins Meer fallen zu lassen, wo er nie gefunden oder irgendwo angespült werden konnte. Das wäre zwar eine übertriebene Strafe dafür, dass er ständig über Budgetbeschränkungen jammerte, aber es böte Crane die Revanche dafür, dass er zuhören musste.

Als Crane an Howard dachte, schaute er auf die Uhr. Howard würde jetzt gerade ins Büro kommen, seinen Posteingang durchsehen und Cranes Memo finden, das ihn darüber informierte, was in Oxford geschehen war – falls er es nicht schon wusste. Crane war sich bei Howard manchmal nicht sicher; er vermutete, dass er über verborgene Ressourcen verfügte. Was sich in Oxford ergeben hatte. In seinem Memo hatte Crane ganz bewusst das Wort »kaltgestellt« verwendet. Howard ging in die Luft, wenn Begriffe wie »kaltgestellt« irgendwo schwarz auf weiß standen. Es gäbe keinen Journalisten, der »kaltgestellt« nicht mit »getötet« übersetzen könne, sagte er. Cranes anderer kleiner Scherz war, dass die Frau kaltgestellt worden war. Was den Detektiv anging, erwähnte Crane, dass Axel ihn getötet hatte.

Die Farm kam jetzt in Sichtweite. Zumindest ihr Dach. Auch sie war aus rohen Steinen errichtet worden, allerdings viel größer als die heruntergekommene Hütte, und sie lag größtenteils unter der Erde. Wie ein Bond-Versteck, wenn auch mit sehr einfacher Technik; eher wie eine alte Kirche, ging Crane jetzt auf – eine dieser geheimen Höhlen, in denen sich die ersten Christen versammelt hatten, um die Messe zu feiern, immer mit einem halben Ohr auf die Schritte von Soldaten lauschend. Aber *das* war nun wirklich sehr lange her. Die Farm stammte aus jüngerer Vergangenheit. Die Erbauer hatten dabei den Himmel und den Felsen im Blick gehabt. Vom Himmel fielen die Bomben, und der Fels bot die beste Chance, sie zu überleben.

Crane hatte nie erfahren, welchem ursprünglichen Zweck die Farm gedient hatte, und es interessierte ihn auch nicht besonders. Aber sehr wahrscheinlich waren es Forschungen an etwas Gefährlichem gewesen. Bilder von Männern in Schutzkleidung, die mit flüchtigen Flüssigkeiten hantierten, liefen vor seinem inneren Auge ab. Aber die alte Ordnung hatte, als sie vorüberging, viele solcher Einrichtungen mit sich gerissen: Budgetkürzungen waren nicht ausschließlich Howards Erfindung. Eines Tages wurde die Farm aufgegeben, und Crane fragte sich nun, was mit der Einrichtung geschehen war. Das meiste war vermutlich demontiert, verschrottet und zu Würfeln gepresst worden, die nicht verrieten, was sie einmal gewesen waren. Aber das Produkt wäre nicht so leicht zu entsorgen gewesen. Sie hätten es natürlich ins Meer werfen können, aber das hätte zweifellos Auswirkungen auf die örtliche Meeresfauna gehabt.

Doch er wusste es nicht genau. Alles reine Spekulation. Heutzutage war die Farm ein weitgehend leer stehendes Gebäude mit einer Reihe von in den Felsen gehauenen, unterirdischen Räumen, und für ihn war es der ideale Platz für Leute, von denen man nicht wusste, wo man sie sonst unterbringen sollte. Sie konnten sich die Lunge aus dem Leib schreien, es würde niemand kommen. Sie konnten ein

Signalfeuer entzünden, und niemand würde es sehen. Und am Ende – denn dazu kam es jedes Mal, das hatte Crane in diesem Geschäft gelernt; es gab immer einen Schlussstrich, und jeder erreichte ihn –, wenn man nicht mehr wusste, was man mit ihnen anfangen sollte, packte man einfach seine Sachen und ging. Man winkte ihnen vom Heck des Bootes oder des Hubschraubers aus zu. Und ein Jahr später kam man zurück und sammelte ihre Knochen ein, denn das war weiß Gott alles, was übrigblieb, wenn der salzige Wind und die lärmenden Vögel mit ihnen fertig waren.

Wobei es natürlich immer wieder Arschlöcher wie Singleton und Downey geben würde.

Er hatte nun die eigentliche Farm erreicht – warum das Gebäude so genannt wurde, war ebenso rätselhaft wie sein ursprünglicher Zweck. Der Kerl, der ihn erwartete, ließ jedoch keine Fragen offen: knapp 1,90, Gesicht wie ein Ziegelstein, Waffe im Achselholster. Schlägertyp. Crane hatte bei der Zusammenstellung eines Teams ausdrücklich nach Schlägertypen verlangt, denn als damals Downey und Singleton hier gewesen waren, hatte man Azubis eingesetzt – ein Fehler, der nie wiedergutgemacht werden konnte. Alle Azubis waren anschließend tot.

»Keinen Schritt weiter!«

»Ich bin Crane«, sagte er.

»Legen Sie den Bären hin.«

Er legte den Bären hin.

Diesmal ging es nur um ein kleines Mädchen, und das Risiko, dass sie großen Schaden anrichtete, war gleich null. Genauso hoch hatten einige andere das Risiko eingeschätzt, dass Downey hier auftauchen und nach ihr suchen würde.

Er müsste ein verdammter Vollidiot sein, hatte man zu Crane gesagt, aber er hatte nur gelacht. *Er müsste hellsehen können,* hatte ein anderer gesagt. Und er hatte wieder gelacht. Letztendlich hatte er jedoch niemandem verraten, warum er das Mädchen hier untergebracht hatte: weil er sie an Downeys Stelle genau hier suchen würde.

Ganz einfach.

»Jacke aus!«

Er zog seine Jacke aus.

»Auf den Boden!«

Das hat man davon, wenn man Schlägertypen anfordert, dachte er, als er auf dem Boden lag.

Der Typ trat ihm die Beine auseinander, damit er freie Schussbahn hatte, falls Crane irgendetwas versuchen sollte. Dann hob er den Bären auf.

»Er ist für das Mädchen«, sagte Crane.

Der Schläger sagte nichts. Er riss den durchsichtigen Beutel auf und ließ ihn fallen.

»Ganz nebenbei«, sagte Crane freundlich. »Alles, was du mit dem Bären machst, mache ich anschließend mit dir.«

Der Typ hielt inne.

»Nur damit das klar ist.«

»Sie sind Crane, oder?«

»Ich bin Crane.«

»Sie sind älter, als ich dachte.«

Crane sagte nichts.

Nach einer Weile sagte der Hüne: »Können Sie sich ausweisen?«

»Soll das ein Witz sein?«

»Uns wurde nicht gesagt, dass Sie kommen.«

»Wenn ihr etwas taugen würdet, müsste man euch das nicht sagen. Ihr hättet mich schon aus fünf Kilometern Entfernung kommen sehen.«

»Wir sind nur zu zweit.«

»Ach, das tut mir aber leid«, sagte Crane. »Kann ich jetzt aufstehen?«

»Ich muss Sie nach Waffen durchsuchen.«

Also blieb er liegen, während der Wachmann ihn abtastete. Er trug keine Waffe bei sich, also fand er auch keine. Er durfte aufstehen.

»Sie haben immer noch nicht gesagt, warum Sie hier sind«, knurrte die Wache.

»Ich will es nicht zu kompliziert machen«, erwiderte Crane. »Ich sehe nicht gern dabei zu, wie der Kopf eines erwachsenen Mannes explodiert.«

»Fick dich!«

Crane lächelte. »Jetzt, wo wir den Small Talk hinter uns haben, könnten wir vielleicht reingehen?«

»Sie haben mich noch nicht überzeugt, dass Sie Crane sind.«

»Wer sonst würde hier mit einem Teddybären auftauchen?«

Der Schlägertyp lachte, ein überraschend hohes Bellen. »Sie sind es wirklich, oder? Alle sagen, dass Sie ein durchgeknalltes Stück Scheiße sind.«

»Ich höre auch nur Gutes über Sie.«

Der Kraftprotz spuckte aus. »Na, dann waren Sie ja schon mal da. Keine Ahnung, was Sie noch mal hier wollen. Ein verdammtes Drecksloch ist das.«

»Ich hole nur meinen Teddy.«

Er hob das Spielzeug und die Tüte auf und ging vor dem Kraftprotz her zur Tür. Bevor sie eintraten, hielt Crane inne und ließ dem Hünen mit einer Geste den Vortritt. Nachdem er vorbei war, ließ Crane den Bären fallen, reckte sich auf die Zehen, zog dem großen Mann den Plastikbeutel über den Kopf und schnürte ihn ihm mit einer geschickten Drehung um den Hals, so schnell, dass er sich nicht mehr wehren konnte. Crane trat ihm die Knie weg, sodass er zu Boden ging, sich immer noch nach an der Tüte festkrallend. Und Crane schlang mit der Rechten einen sich zuziehenden Knoten in den Beutel und beugte sich über die Schulter des Mannes unter ihm, um sein sterbendes Gesicht zu sehen.

»Hörst du mir zu?«, fragte er. »Kannst du mich hören?«

Der Hüne schlug um sich und traf ihn im Gesicht. Crane zuckte nicht mal mit der Wimper.

»Hörst du mir zu?«

Er dachte, dass er laut gesprochen hatte, war sich aber nicht sicher. Solche Momente erfüllten ihn immer mit Freude; er spürte, wie sich seine eigenen lebenswichtigen Organe, seine Hoden, bei jeder Drehung des Knotens zusammenzogen. Im Übrigen hörten sie nie zu, die Sterbenden. Der Mann in der Badewanne im Hotelzimmer war auch am Ende taub gewesen. Crane hätte genauso gut mit sich selbst reden können. –

»Scheißegal, wie viel Gewicht du stemmst«, sagte er. »Wenn du mich verarschst, schneide ich dich in zwei Hälften. Kapiert?«

Das Gesicht des Wachmanns lief blau an. Sie standen auf derselben Seite, fiel Crane ein. Das würde Howard jetzt sicher sagen. Aber so etwas hatte er noch nie gemacht. Als würde man beobachten, wie jemand auf dem Trockenen ertrank.

Ein junger blonder Mann, der einen Apfel aß, kam die Kellertreppe herauf. Crane ließ den Großen fallen, der mit einem dumpfen Geräusch auf dem Boden aufschlug, dann ein wenig zappelte und nach Luft schnappte. Der Blonde ließ seinen Apfel ebenfalls fallen, der den Großen am Kopf traf. Er schien es nicht zu bemerken.

Der Blonde blickte auf den Großen hinunter und dann zu Crane auf. »Sie müssen Crane sein«, sagte er.

Crane nickte.

»Ich hab gehört, Sie sind ein durchgeknalltes Stück Scheiße.«

»Die Leute übertreiben«, sagte Crane.

Der Blonde war Brian. Der Große war Paul. Oder vielleicht auch umgekehrt. Keiner von beiden war besonders begeistert darüber, hier zu sein, auf einem Felsbrocken mitten im Nirgendwo; einem Ort, der nur existierte, sagte Brian, falls Gott einen Ort zum Scheißen brauchte. Die Farm bot keinerlei Komfort. Die Wände waren kahl, ebenso wie die Böden; nackte Glühbirnen baumelten von der Decke. Sie konnten schon froh sein, dass sie elektrisches Licht hatten. Es gab weder Kabelfernsehen noch normalen Fernsehempfang, und sie hatten nur drei Videos, eines davon war *Dumbo*. Der Kinderfilm. Das Essen bestand ausschließlich aus Konserven, und die Mikrowelle war kaputt, sodass sie auf dem verdammten *Herd* kochen mussten. Es gab eine Katze, die sie alle hassten. Und man hatte ihnen bisher verdammt noch mal gar nichts erzählt, fasste Brian zusammen. Wer war dieses Kind? Und wer würde es abholen?

Glaubten die etwa, er wäre hier raus in die Einöde gekommen, um sich ihr Gemaule anzuhören?

Stattdessen fragte er nach der Krankenschwester, und an den Blicken, die sie sich zuwarfen, erkannte er, dass sie es mit ihr trieben. Wahrscheinlich beide. Wahrscheinlich nicht gleichzeitig. So viel zum leiblichen Wohl; er hoffte nur, dass sie es nicht vor dem Kind taten. Crane hatte eine Theorie über Kinder: Er glaubte, dass sie sich an alles erinnerten, was ihnen widerfahren war, noch bevor sie darüber sprechen konnten, und dass schlimme Erlebnisse sie im späteren Leben heimsuchten und fertigmachten. Er wusste, das war keine originelle Theorie, aber dafür umso wahrscheinlicher.

Er konnte sich nicht erinnern, ob Axel und ihm in jungen Jahren etwas besonders Schlimmes passiert war. Außerdem waren sie beide ziemlich ausgeglichen: nicht schlecht in Anbetracht ihres Berufs …

Sie sahen ihn an, als wäre er vor ihren Augen eingeschlafen. »Also, wo ist sie?«, fragte er.

»Unten. Beim Kind.«

Er ließ sie dort sitzen, wo sie sich wahrscheinlich das Maul darüber zerreißen würden, was für ein verrückter Arsch er war, was ihn überhaupt nicht interessierte, und auf dem Weg nach unten kam er an der Katze vorbei, die auf dem Weg nach oben war. Sie schoss an ihm vorbei, als würde sie ihn erkennen. Er fand die Krankenschwester in einer der ehemaligen Zellen. Das Kind war bei ihr. Dinah. Für einen Moment wusste Crane nicht, was er sagen sollte: Wie sprach man mit einer Vierjährigen? Dann erinnerte er sich an den Bären. »Hier«, sagte er. »Hab ich dir mitgebracht.«

Dinah sah ihn mit großen Disney-Augen an.

Die Krankenschwester war etwa vierzig, eine mit allen Wassern gewaschene Blondine. Crane fragte sich kurz, wie hart sie um den Job hatte kämpfen müssen: nur sie und zwei Männer, ohne Fernsehen, um sich abzulenken. Aber so wie sie das Kind umarmte, das sich fest an ihr Knie klammerte, hatte sie vielleicht andere Qualitäten. Sie hieß Deedee. Deedee und Dinah. Es klang wie eine Sitcom.

»Sie machen ihr Angst«, sagte Deedee.

»Ich?«

»Sie fürchtet sich.«

»Ich habe ihr ein Spielzeug mitgebracht. Ich tue ihr doch nichts.«

»Wissen Sie überhaupt, was sie durchgemacht hat?«

Amos Crane überlegte kurz und entschied, dass die ehrliche Antwort Ja lautete, er wusste es verdammt genau. Aber zugleich entschied er sich mit einem seltenen Anflug von Einsicht, dass es keinen Sinn hatte, das zu sagen. Stattdessen setzte er den Bären auf den Boden, etwa einen halben Meter von dem Mädchen entfernt, trat einen Schritt zurück und sah sich im Zimmer um. Es sah immer noch aus wie eine Zelle, obwohl der Raum mit Farbspritzern ringsum in Dinah-Höhe ein wenig kindgerecht gestaltet war; die Bettdecke war mit Cartoon-Löwen bedruckt. Aber durch die fehlenden Fenster und stellenweise rohen, ungeschliffenen Felswände entstand dennoch nicht der Eindruck eines Kinderzimmers. Deedee fragte ihn. »Sind Sie hier, weil Sie sie mitnehmen wollen?«

»Nein.«

»Denn egal, wo sie hingeht, ich gehe mit ihr.«

Er nickte vage, als würde er eine Frage beantworten. Du tust verdammt noch mal, was ich dir sage. »Ich bin nicht gekommen, um sie irgendwohin mitzunehmen. Ich habe ihr nur einen Bären mitgebracht, das ist alles.«

»Warum ist sie hier?«

»Wegen der Umstände.«

»Keiner von uns weiß irgendetwas.«

»Keiner von Ihnen muss irgendetwas wissen. Sind Sie schon lange bei uns?«

»Sieben Jahre.«

»Und wie oft erfahren Sie die Hintergründe einer Operation?«

Sie biss sich auf die Lippe. Auf ihrem Nasenrücken erkannte Crane die Abdrücke einer Brille: Vielleicht hatte sie gerade dem Kind vorgelesen – überall lagen Bilderbücher herum, mit sprechenden Krokodilen und riesigen rundlichen Babys. Er bemerkte, dass das Kind ihn anstarrte, obwohl es Deedees Knie noch immer umklammerte. Mit dem Fuß schob er den Bären ein wenig näher heran. Mein Gott noch mal, man könnte glauben, dass er sie fressen wollte.

Deedee sagte: »Und wie geht es weiter?«

»Weiter?«

»Nachdem wir hier fertig sind. Was passiert danach?«

Crane hatte nicht die leiseste Ahnung und wollte auch keine Spekulationen anstellen. Ab und zu – es war schon lange nicht mehr passiert, aber man konnte es nie ausschließen – lief bei einem Einsatz etwas so spektakulär schief, dass man hinterher nicht nur aufräumen, sondern alles abspritzen musste. Wenn das hier passierte, waren die Chancen nicht gerade gering, dass Dinah zu denen gehörte, die auf der Strecke blieben. Das war eine Schande und würde Crane in ein schlechtes Licht rücken, aber es hatte wenig Sinn, sentimental zu werden.

»Und?«

»Es ist alles geregelt. Man wird sich um sie kümmern.«

»Warum sind Sie hergekommen?«

»Ich wollte sie sehen.« Erschrocken über seine Ehrlichkeit, ließ er sich die Antwort noch ein-, zweimal durch den Kopf gehen: *Ich wollte sie sehen. Ich wollte sie sehen.* Zu Hause am Schreibtisch hatte er die Situation in so gut wie jede Richtung durchgespielt; es gab ohnehin nichts anderes zu tun. Auf dem Bildschirm blinkte ein Punkt namens »Krankenschwester«; zwei weitere Punkte hießen »Männer«. Es spielte keine Rolle, dass die Krankenschwester Deedee hieß oder dass ihre Haarfarbe aus der Tube kam. Er hätte dem Großen keine Tüte über den Kopf stülpen müssen, um ihn als Null abzustempeln. Und er hätte sich auch nicht persönlich davon überzeugen müssen, dass der Punkt namens Kind Bambi-Augen, abstehendes Haar wie eine Federhaube und Arme und Beine wie Stöckchen hatte, die in dicker Kleidung steckten. Es war nur … Es war nur so, dass er sich so außen vor gefühlt hatte, sonst nichts. Axel führte sich in Oxford auf wie der Kaiser von China, Howard nörgelte an ihm herum, wie immer, wenn Axel es übertrieben hatte. Alle auf dem Bildschirm, alle Spieler, waren stärker involviert als er, sogar das Kind. Er wollte sich nur mal umsehen, das war alles. Wenn dann drastische Veränderungen eintraten, würde er zumindest wissen, wie die Ex-Blips ausgesehen hatten.

Vor allem das Kind. Sie war das Herzstück. Es war, als hätte ein Bauer die andere Seite des Spielbretts erreicht und würde zur Dame werden: In einem Moment spielte sie keine Rolle, im nächsten stand sie im Mittelpunkt des Geschehens.

Deedee beobachtete ihn jetzt ebenfalls, mit stillem Entsetzen im Gesicht, als hätte sie seine Gedanken erraten. Er wischte sich mit der Hand über den Mund und versuchte zu lächeln. Sie schüttelte den Kopf, aber ob als Antwort auf das, was er gesagt hatte, oder wegen seiner Gedanken, die sie zu erraten glaubte, würde er nie erfahren. Und das Kind blinzelte. War das das erste Mal, dass sie blinzelte, seit er dort stand? Und warum war sie so still? Konnten Kinder in ihrem Alter noch nicht sprechen? Er hatte bisher eher den Eindruck gehabt, dass sie niemals den Mund hielten.

»Sie ist sehr still«, sagte er.

»Stimmt.«

»Kann sie überhaupt sprechen?«

»Ich nehme an, sie könnte, wenn sie wollte. Aber sie ist vier Jahre alt, und ihre Mutter ist verschwunden. Das ist alles, was sie weiß. Wären Sie nicht traumatisiert?«

Crane antwortete nicht. Und nichts davon hatte irgendeine Bedeutung, dachte er plötzlich: Ob Dinah sprach, ob sie stumm blieb – das Mädchen hätte tot sein können, völlig egal, solange Downey nicht glaubte, dass sie es war. Ein Aspekt seines Spiels, den er nicht vergessen durfte: Blips waren in der Tat wichtiger als die Menschen.

Er sagte: »Der Bär ist für sie. Machen Sie Ihre Arbeit.

Und denken Sie dran – was auch immer passiert, sie wird Ihnen weggenommen werden. Sie sieht aus wie ein kleines Mädchen. Aber für Sie ist es nicht anders, als würden Sie ein Paket bewachen.«

»Sie Scheißkerl!«

Vielleicht hatte sie recht. Aber jetzt war es gesagt. Er drehte sich um und ging, in dem Wissen, dass die Frau, wenn sie eine Waffe gehabt hätte, nur einen Wimpernschlag davon entfernt gewesen wäre, sie zu benutzen. Aber dieser Hauch von Gefahr würde immer da sein. Das war die Schwäche der Frauen, dachte er; dass sie immer bis zum letzten Moment warteten, anstatt die erstbeste Chance zu ergreifen.

Oben ging er geradewegs an dem Großen und dem Blonden vorbei, die auf weitere Informationen warteten. Die Katze, die sich irgendwie hinter ihn geschlichen hatte, schoss wieder voraus. Der Große trat nach ihr, verfehlte sie aber um mehrere Zentimeter. »Ich hasse diese verdammte Katze!«, sagte er. Amos Crane zuckte mit den Schultern, als er ins Licht trat. Er hatte getan, was er tun wollte; er hatte dem Kind einen Bären geschenkt.

Amos Crane begann zu laufen.

VIER

Die andere Sarah Tucker

14

Früher war alles einfacher. Die andere Sarah Tucker aß, was auf den Tisch kam, widersprach nie, lernte fleißig für die Schule und bestand ihre Prüfungen mit Auszeichnung. Die echte Sarah – diese *Sarah –, hasste sie mit der Zeit immer mehr. Aber sie war ständig da, auf der Überholspur; sie fand leicht Freunde, kochte himmlisch. Sie konnte singen, tanzen, Rollschuh laufen. Sie war praktisch auf einer Höhe mit Supergirl.*

Einmal erzählte sie jemandem von der anderen Sarah. Es war einer dieser Momente, in denen man fälschlicherweise zu jemandem Vertrauen fasst, die den Weg zum Erwachsenwerden säumen wie Unfälle eine Autobahn. Die Nachricht hallte wie ein Disco-Beat von allen Schulwanden wider. Sarah Tucker hatte eine imaginäre Freundin. Nein: Sarah Tucker hatte eine imaginäre Feindin. *Sarah Tucker hatte nicht alle Tassen im Schrank. Sie würde eines Tages auf der Straße landen.*

Die andere Sarah Tucker hatte für jeden Wochentag einen anderen Jungen. Sie hatte keine Pickel und keine strähnigen Haare. Ihre Freundschaften waren ebenso schmerzlos und unkompliziert wie ihre Periode, und die Art und Weise, wie sie ihre Schuluniform trug, machte sie zu einem wandelnden Inbegriff von Stil. Auf dieses Mäd-

chen war die ganze Schule stolz. Sie brauchte keinen Wetterhahn, um zu wissen, woher der Wind wehte.

Sarah kämpfte, schuftete, schaffte mit knapper Not die Mittelstufe und damit den Aufstieg in die Oberstufe.

»Mr. Silvermanns Leiche befand sich also hinter dem Schreibtisch.«

»Ja.«

»Haben Sie irgendetwas angefasst, Mrs. Trafford?«

»Das haben Sie mich doch gestern schon gefragt.«

»Und ich frage Sie heute noch einmal. Haben Sie etwas angefasst? Haben Sie die Leiche berührt?«

»Nein«, antwortete sie. »Ich habe die Leiche nicht berührt.«

Sie hatte nicht einmal das Telefon berührt. Sie hatte Joes Büro verlassen und von der Kneipe an der Ecke aus die Polizei gerufen.

»Und was haben Sie dort gemacht, Mrs. Trafford? Im Büro eines Privatdetektivs?«

Der Vermittler vermied krampfhaft einen anzüglichen Unterton, als er »Privatdetektiv« sagte. Er klang etwas zu bemüht, nur deshalb fiel es auf. Sie sagte: »Ich hatte vor … ich wollte ihn mit etwas beauftragen.«

»Und welcher Art wäre dieser Auftrag gewesen?«

Das musste wohl Polizeijargon sein für »Womit?«, entschied sie.

»Mrs. Trafford?«

»Das ist privat.«

Er seufzte. »Wir ermitteln hier in einem verdächtigen Todesfall. Nichts daran ist privat.«

»Wurde er ermordet?«

»Es handelt sich um einen verdächtigen Todesfall«, wiederholte er. »Ich frage Sie noch einmal, Mrs. Trafford, worin bestand Ihr Anliegen gegenüber Mr. Silvermann?«

»Ich wollte, dass er … jemandem folgt«, sagte sie.

»Und wem, bitte schön?«

»Meinem Ehemann.«

»Ihrem Ehemann«, sagte er. »Ich verstehe.«

Das erste Mal, dass sie die andere Sarah vertrieb, war auf einer Oberstufenparty in einem riesigen Reihenhaus im Norden ihrer Heimatstadt. Die Eltern waren nicht zu Hause, und Sarah ging hin, weil alle hingingen – der Klassiker. Die Playlist war schizophren – Led Zeppelin vs. The Clash; Born to Run *im Wechsel mit* Rattus Norvegicus – *und der Punsch enthielt von allem etwas: Um neun war der Garten voller Erbrochenem und sich prügelnder Jugendlicher. Sarah wurde etwas Selbstgedrehtes gereicht – Zigaretten hatte sie schon mal geraucht –, und sie zog daran, bevor sie erkannte, dass es kein Tabak war. Die Musik wurde danach weicher, aber viel wichtiger war, dass sie etwas getan hatte, was die andere Sarah nicht tun würde, was aber viel mehr Spaß machte als alles, was die andere Sarah tat.*

Ein Junge, den sie noch nie getroffen hatte, sagte ihr, sie habe schöne Augen, und sie sagte ihm, dass sie nicht von gestern sei, obwohl es sich damals wie eine Lüge anfühlte. Nach einer Weile waren sie zusammen im Badezimmer und suchten nach etwas in seiner Hose. Schließlich fanden sie es, obwohl es die Mühe nicht wert war.

Am nächsten Tag war sie todkrank und quälte sich zwei Wochen lang, bis feststand, dass sie nicht schwanger war. Sie sah den Jungen nie wieder. Aber sie erinnerte sich noch an die ersten paar Minuten: nicht an den Sex, sondern an den Rausch. Es hatte sich angefühlt, als hätte sie etwas sehr Schweres abgelegt, etwas, das sie in ihrem Kopf mit sich herumgetragen hatte. Es hatte sich wie etwas angefühlt, das sie wieder tun würde.

So war es einfacher. Und sehr wahrscheinlich sicherer. Noch besser wäre es natürlich gewesen, wenn sie Joes Büro einfach unauffällig verlassen und so getan hätte, als wäre nichts passiert, oder zumindest so, als wäre sie nie dort gewesen und hätte nichts gesehen. Aber mehrere Faktoren hatten sie davon abgehalten. Zunächst einmal der Mann vor dem italienischen Restaurant; er hatte sie gesehen. Und, noch wichtiger, Joe selbst, den sie nicht wie ein ungemachtes Bett, ein ausgepacktes Paket, ein verstaubtes Regal zurücklassen konnte.

Sie glaubte nicht einen Augenblick lang, dass er Suizid begangen hatte, auch wenn er das Rasiermesser in der Hand gehalten hatte.

»Sie haben den Verdacht, dass Ihr Mann eine Affäre hat, und wollten einen Privatdetektiv engagieren, um dies zu bestätigen.«

»Das ist sicher nichts Ungewöhnliches.«

Und nicht besonders originell, schien er sagen zu wollen. »Aber Sie haben gestern nicht mit Mr. Silvermann sprechen können, oder?«

»Nein«, sagte sie und dankte im Stillen für das »Gestern«.

»Oder ihn persönlich angetroffen.«

»Nein.«

Damit verleugnete sie Joe schließlich nicht. Es war vielmehr das, machte sie sich weis, was er ihr geraten hätte: Geben Sie auf sich acht. Lassen Sie sich da nicht mit hineinziehen. Schauen Sie, was mit mir passiert ist. *Es ist meine Schuld, Joe. Es tut mir so leid, so entsetzlich –*

»Wenn das so ist«, sagte der Detective, »würden Sie auch nicht erwarten, in einer seiner Akten erwähnt zu werden, stimmt's?«

Birmingham war eine große, enttäuschende Stadt, die sich nicht genug von der Stadt unterschied, die sie verlassen hatte, um sich fremd zu fühlen, und nicht ähnlich genug, um sich zu Hause zu fühlen. Die Straßen hatten jedoch die gleiche graue, regennasse Anmutung, und egal, in welche Richtung man ging, früher oder später stieß man auf ein Wettbüro oder eine Reihe von mit Brettern vernagelten Fenstern. Lagerhallen verschandelten die Landschaft. Hierher war sie gekommen, um Wissen über Literatur zu erlangen oder zumindest genügend Leute davon zu überzeugen, dass sie dieses Wissen besaß, damit sie ihr einen Abschluss gaben. Damals brachte einem das auf dem Arbeitsmarkt noch was.

Sie wurde in einem Studierendenwohnheim untergebracht, das gegen siebzehn Gesundheits- und Sicherheitsvorschriften verstieß, und mit Stundenplänen und Lektürelisten ausgestattet, aber keinerlei Anleitung, wie man sich als Erwachsene verhält. Doch sie stellte fest, dass jede zweite Person, die sie traf, vor Angst wie gelähmt war und verzweifelt versuchte, es nicht zu zeigen. Es war die Art von Erkenntnis, die Selbstvertrauen verlieh. Sie fing an, abends auszugehen; sie platzte auf Partys herein wie alle anderen auch. Die andere Sarah Tucker ließ sie zu Hause.

Ihre erste Begegnung war ermüdend banal. Er war groß, blond, gutgelaunt; mit Chinos, einem weißen Hemd ohne Kragen, einem blauen Pullover über den Schultern und dem lässigen Aussehen eines Test-Cricketspielers, der sein Potenzial nie ganz ausgeschöpft hatte.

»Was für 'ne Party«, sagte er.

»Im Sinne von gut oder schlecht?«

»Was wäre dir lieber?«

Was für ein Angeber. Sie ließ ihn dekorativ in der Tür stehen und schnappte sich eine Tasse mit süßem, warmgewordenem Wein, die jemand auf dem Kaminsims vergessen hatte. Die erste Regel für Partys lautete: Bring niemals etwas mit, das du selbst trinken würdest. Die zweite lautete: Trink alles, was du findest, solange keine Zigarettenkippen darin schwimmen.

»Oh, mein Gott, er hat mit dir gesprochen!«, seufzte Mandy, eine rundliche, pickelige Studentin im zweiten Jahr.

»Wer?«

»Mark Trafford!«

»Wer soll das sein?«

»Wer das sein soll? Das ist ganz einfach der heißeste Typ in ganz Birmingham! Er sieht wahnsinnig gut aus!«

»Keine Ahnung, wer das ist«, log sie.

»Aber er ist umwerfend! Wer dachtest du, hat da eben mit dir geredet?«

»Weiß nicht, aber der glaubt, die Sonne scheint ihm aus dem Arsch«, erwiderte Sarah.

Sarah dachte: *Ach, du Scheiße.*

So hatte es angefangen: Du hast die erste Lüge erzählt, um deine Beteiligung herunterzuspielen; die zweite folgte daraus. Dann hast du herausgefunden, dass sie von Anfang an alles wussten und dich im Grunde nur zum Reden gebracht haben, während jemand die Handschellen holte. Joe hätte Aufzeichnungen geführt, das war absolut von ihm zu erwarten. Dieser Polizist wusste bereits, warum sie Joe angeheuert hatte; er wusste, dass sie ihn mehr als einmal gesehen hatte.

Dann wurde ihr klar, dass es keine Frage gewesen war.

Sie waren bei Sarah zu Hause. Gestern hatte man sie bei Joe im Wartezimmer vernommen, während im Büro ein Gerichtsmediziner seine grausigen Routineuntersuchungen durchgeführt hatte. Anschließend hatte man sie nach Hause gebracht. Als der Mann von der Kripo – Ruskin hieß er – heute Morgen angerufen hatte, sagte er, er habe noch weitere Fragen. Bis jetzt waren es jedoch immer dieselben Fragen gewesen.

»Wie bitte?«

»Ich sagte, das würde erklären, warum es keine Akte über Sie gibt. Obwohl ja zumindest eine Notiz über den Termin existieren müsste.«

Eine lautlose Welle der Erleichterung überspülte sie. Sie reagierte nicht.

Ruskin hatte einen sandfarbenen Schnäuzer, der sich an den Enden nach unten bog und ihm ein zutiefst unglückliches Aussehen verlieh; das ebenfalls dunkelblonde, spärlich werdende Haar trug er scharf gescheitelt. Vielleicht war er darüber unglücklich. Er wurde von einer Kollegin und einem Kollegen begleitet, beide in Uniform, die nun stumm auf dem Sofa saßen. Sarah fand das Aufgebot übertrieben. Ruskin machte sich seine eigenen Notizen. Wer weiß – vielleicht fühlte er sich als Namensvetter des großen Gelehrten Ruskin, mit seinem Beruf und in dieser Stadt irgendwie dazu verpflichtet, sich ein wenig unorthodox zu verhalten.

Er seufzte jetzt, als dächte er an Haarausfall. »Die Sache ist die, Mrs. Trafford, es gibt die ein oder andere Ungereimtheit bei der Sache.«

»Sie glauben, er wurde ermordet?«

»Nein, ich glaube, er hat Selbstmord begangen. Das ist nicht das Problem«, erwiderte er schroff. »Er hatte gute Gründe.«

»Aber was hatte er denn –«

»Wir haben natürlich nach einem Abschiedsbrief gesucht.«

Sie schüttelte den Kopf. »Ich habe keinen gesehen.«

»Es gab auch keinen. Das hier ist allerdings interessant.« Er zog von irgendwoher einen gefalteten Zettel hervor, wie bei einem Zaubertrick. »Sie haben ihn also nie persönlich kennengelernt«, stellte er fest.

Sie versuchte, keine Miene zu verziehen.

»Wenn das so ist, Mrs. Trafford«, fuhr Ruskin fort, »wieso hatte er dann einen Scheck von Ihnen in seinem Portemonnaie?«

Das nächste Mal sah sie Mark Trafford in der Union Bar, wo er das Wort in einer Diskussion über Walter Benjamin führte: der Kritiker als Märtyrer. Er hatte wieder diesen amüsierten Gesichtsausdruck, den vermutlich nur eine Wurzelbehandlung verändern konnte, und die Ausstrahlung eines Mannes, der nicht nur die Antworten kennt, sondern auch im Voraus weiß, welche Fragen gestellt werden. Er trank Perrier, während alle anderen Bitter tranken. Bei der nächsten Runde, so vermutete sie, würden die Groupies auch alle auf Perrier umschwenken. Sie setzte sich in die Nähe, von wo aus sie zuhören konnte, und trank einen Cuba Libre. Überrascht stellte sie fest, dass Trafford jetzt schwieg, bis er aufgefordert wurde, zwischen zwei anderen zu schlichten, was er mit einer hingeworfenen Bemerkung tat. Alle hielten ihn für den Größten, aber sie stufte ihn jetzt als Schwätzer ein, obwohl sie nicht das Geringste über Benjamin wusste.

Ihr dritter Cuba Libre kam wie von selbst. Sie las gerade ein Handout des Filmclubs mit einer Liste aller ausländischen Schwarz-Weiß-Filme, die sie nie hatte sehen wollen und die sie nun problemlos meiden konnte, da sie alle in demselben schmuddeligen kleinen Programmkino auf der anderen Seite der Stadt gezeigt wurden. Sie schaute auf und sah, dass der Drink mit Mark Trafford zusammen gekommen war. Er baute sich vor ihr auf und fragte, ob sie ein Fan von Walter Benjamin sei.

»Na klar«, sagte sie. »Tote Kritiker finde ich super. Es sollte wirklich mehr von ihnen geben.«

»Möchtest du dich zu uns setzen?«

»Nein.«

Es war einer jener Abende – oder besser: es war wie jeden Abend –, an dem sich früher oder später alle im Zimmer eines unglücklichen Opfers zusammendrängten: Kurz vor der letzten Runde herrschte in der Kneipe eine ähnlich angespannte Atmosphäre wie in der Steppe, wenn die Löwen Strohhalme darum ziehen, welche Gazelle sie zum Abendessen fressen wollen. Wer das Pech hatte, alle in seinem Zimmer zu haben, tat bis zum Morgen kein Auge zu und suchte anschließend alle seine Lieblingsplatten. Es war also ein besonderes Ereignis, als Trafford verkündete, dass es zu ihm gehen würde: Die gesamte Bar machte sich auf den Weg zu dem Haus, das er sich mit ein paar anderen Goldjungs teilte. Als er sie vor allen anderen zum Tanzen aufforderte, lehnte sie ab: Sie tanze nicht. Niemals. *Sagte sie. Dann schleppte sie einen pickeligen Chemiker in einer Oxfam-Lederweste auf die Tanzfläche, um zu* It Takes Two *richtig abzurocken. Traffords gespielte Gleichgültigkeit belohnte sie dafür, obwohl sie den Chemiker mit einem Pferdekuss ausschalten musste, um ihn loszuwerden.*

Danach begann Trafford, ihr Nachrichten zu schicken: pseudolyrisch formulierte Vorschläge, sich auf einen Espresso oder einen Cappuccino zu treffen, aber nie nur auf einen Kaffee. Sie ignorierte sie. Als sich herumsprach, dass er mit einer Studentin im dritten Jahr zusammen war, die als leicht zu haben galt, ignorierte sie auch das. Es gab reichlich Partys zum Tanzen, Pubs zum Entdecken; ein Mädchen kannte einen Typen, der einen anderen Typen kannte, von dem er jederzeit Dope bekommen konnte. Ihre Noten waren äußerst durchschnittlich, weil es so viel zu tun gab, das nichts mit Lernen zu tun hatte und das man absolut nicht vernachlässigen konnte. Also war sie jeden dritten Abend bekifft, und jeden zweiten Abend schaffte sie es in die Bar, wo Marks Clique ein neues Spiel hatte: Sie versuchten den Titel seiner unvermeidlichen Doktorarbeit zu erraten. Er schiele auf Oxford, wie ihr jemand erzählt hatte, aber auch das ignorierte sie. Wenn sie sich auf den Fluren begegneten, sprachen sie nie miteinander, aber am nächsten Tag fand sie unweigerlich wieder eine kleine Notiz. Eine Kommilitonin erzählte ihr, Mark Trafford sei verliebt, aber niemand wüsste, in wen. Sie ignorierte es. Und dann kam die Nacht des großen Absturzes, in der es beinahe mit ihrem Leben und dem ganzen Ignorieren vorbei gewesen wäre, und die Warteschleife, in die sie geraten war, zerriss, während die andere Sarah Tucker lachte.

»Es war eine Anzahlung.«

»Sie ist fast zwei Wochen alt.«

Warum hatte er ihn dann nicht eingelöst, dieser dumme, *dumme* Idiot? Dieser tote Idiot.

»Es gibt auch einen Kreditkartenbeleg über denselben Betrag, einhundertfünfzig Pfund, datiert auf die Vorwoche. Auch eine Anzahlung, Mrs. Trafford?«

»Verstehe«, sagte sie leise.

»Wie bitte?«

»Ich sagte ›verstehe‹. Sie haben sich klar ausgedrückt.«

Ruskin warf seinen Kollegen einen Blick zu und schaute dann wieder Sarah an. »Sie wissen, warum wir hier sind.« Das war keine Frage.

Sie war durcheinander, vollkommen verwirrt. Sie wollte, dass sie alle gingen; sie wollte zum Telefon greifen und Joe anrufen, der ihr versichern würde, dass sie schon seit Stunden schlief. Diese tröstliche Schulter zum Anlehnen – *es war alles nur ein Traum*. Doch auch wenn sie es nicht rückgängig machen konnte, wollte sie, dass man sie allein ließ.

Doch Ruskin würde nicht gehen. »Wir haben natürlich sein Büro durchsucht.«

»Aber keinen Abschiedsbrief gefunden«, sagte sie müde.

»Ich denke, Sie wissen, was wir gefunden haben.«

»Ich habe nicht die leiseste Ahnung«, erwiderte sie.

»Wir haben Substanzen gefunden, Mrs. Trafford, die unter das Betäubungsmittelgesetz fallen. In Mengen, die darauf hindeuten, dass das Geschäft Ihres Mr. Silvermann nicht bei privater Schnüffelei aufgehört hat.«

Sie glaubte ihm nicht. Sie hörte, was er sagte, aber das konnte nicht sein.

»Heroin. Marihuana. MDMA. Wissen Sie, wie man das auch nennt, Mrs. Trafford?«

Sie nickte benommen.

»Ja, das dachte ich mir. Man nennt es Ecstasy. Es ist die Droge, an der die junge Lizbeth Moss am Wochenende gestorben ist. Und ich denke, wir werden herausfinden, dass Ihr Mr. Silvermann die junge Lizbeth mit dem Ecstasy versorgt hat, das sie getötet hat. Verstehen Sie jetzt, warum ich meinte, dass er einen guten Grund zum Selbstmord hatte?«

»Sie irren sich«, flüsterte sie.

»Das wird sich zeigen. Haben Sie ihm dafür das Geld gezahlt, Mrs. Trafford? Waren Sie eine von Mr. Silvermanns Kundinnen?«

Sie schüttelte den Kopf. *Sie sind ja verrückt,* wollte sie sagen, brachte aber kein Wort über die Lippen. Außerdem befürchtete sie, dass sie selbst verrückt war.

»Ich habe nämlich seit gestern ein wenig nachgeforscht, Mrs. Trafford. Und es wäre nicht das erste Mal, dass Sie Probleme mit Drogen haben, oder?«

Sarah spürte, wie ihre Vergangenheit aufbrach und sie lebendig verschlang.

Es gab wieder mal eine Kellerparty. Die waren besonders beliebt. »Schön dunkel da unten, das sind die geilsten Partys«, bemerkte ein Althippie auf der Treppe: ein Relikt in einem »Legalize it«-T-Shirt. Ein Päckchen Rothmans ragte wie ein Eingeständnis der Niederlage aus seiner Jeanstasche.

Stunden später kam sie auf dem Weg nach oben wieder an ihm vorbei.

An dem Abend probierte sie zum ersten Mal LSD. *Dope war lange Zeit ihre Droge der Wahl gewesen. Speed war okay. Manchmal zog sie vor einer Party oder vor dem Tanzen eine Line, und ein normales, langweiliges Event wurde ein bisschen verrückter. Aber Speed hatte seine Schattenseiten; es veränderte weniger die Stimmung als sie zu verstärken, und einmal, als sie sich vorher schon schlecht gefühlt hatte, war sie davon so mies draufgekommen, dass sie an Suizid gedacht hatte.*

Dope war sicherer. Es machte einen benebelt, dusselig und freundlich, was sie ansonsten alles nicht war. Es war eine nette andere Welt, in der sie trotzdem nicht dauerhaft leben wollte.

Bis zu jenem Abend hatte sie noch nie LSD *ausprobiert.*

Wie bei den meisten solcher Events bildeten sich schon früh Grüppchen: Tanzende, Trinkende, Knutschende. In der Woche zuvor hatte sie so lange in der zweiten Gruppe rumgehangen, dass sie irgendwann in die dritte gerutscht war. Daher vermied sie jetzt tunlichst Blickkontakt, als sie eine unbeaufsichtigte Flasche Wein einsammelte und sich zu Jane in der Ecke der Trinker setzte. Jane war die einzige Frau auf ihrem Flur, die sie ertragen konnte. Malcolm, ihr Freund, versorgte sie beide mit Gras.

»Leute.«

»Cool«, sagte Malcolm, reichte ihr seinen Styroporbecher, und sie füllte ihn.

Jane, die an der Wand lehnte, kicherte. »Hallo, Sarah. Sarahsarahsarah.«

»Hey, was hat die denn eingeworfen?«

Er murmelte etwas Unverständliches.

(Natürlich gab es Aufklärungskampagnen über Drogen; einmal hatte sogar einer von der Polizei ein Seminar über Drogenmissbrauch gehalten. Die Teilnahme war freiwillig, und kaum einer ging hin. Weitaus nützlicher waren die Tipps, die man auf Partys aufschnappte; zum Beispiel, dass immer einer nüchtern blieb, um auf die anderen aufzupassen, wegen Horrortrips ... Was einen schneller von den Drogen abbringen könnte als alles andere, dachte Sarah, war dieser blöde Hippiejargon, der damit einherging.)

»Was hast du genommen?«

»Acid.«

Die Verhandlungen zogen sich ewig hin. Währenddessen hüpfte Jane von Planet zu Planet, ohne sich einen Schritt zu bewegen; gebannt auf die Tanzenden starrend – oder auf das, was sie für Tanzende hielt –, sah sie aus, als würde sie sich einem Zustand transzendentaler Ruhe aus einer besonders interessanten Richtung nähern. Malcolm wollte Sarah aber partout nichts verkaufen.

»Es geht nicht ums Geld, Baby.«

(Damals glaubten manche Leute noch, man könne »Baby« sagen.)

»Ich kann damit umgehen. Genau wie sie.«

»Es wirkt bei jedem anders.«

»Ich kann auf mich selbst aufpassen.«

Er zuckte mit den Schultern.

»Ich bleibe bei euch.«

Er zuckte erneut mit den Schultern.

Am Ende war es die pure Beharrlichkeit, die ihn zermürbte. Das hätte er jedenfalls behauptet. Sarah glaubte eher, dass Malcolm keine Skrupel hatte, aber es gefiel ihm, wenn Frauen ihn um Gefallen baten. Im Grunde hätte sie ihm einfach in die Eier treten sollen; an diesem Abend war sie jedoch dankbar für das Acid. Das aussah wie ein Stück Würfelzucker.

»Sieht aus wie ein –«

»Red noch lauter. Nimm es einfach.«

Sie nahm es.

Nichts passierte.

Er sagte ihr, dass es etwa eine halbe Stunde dauern könnte; dass sie ein Abführmittel nehmen solle, um sofort was zu merken. In den nächsten sechsunddreißig Minu-

ten zählte sie die Zeit herunter und beobachtete völlig normale Menschen, die zu der banalsten Musik aller Zeiten tanzten. Ihr Puls blieb normal. Ihre Sinne funktionierten normal. Sie hatte schon von einem Glas Orangensaft einen stärkeren Rausch gehabt.

»War wohl doch nur ein Stück Würfelzucker.«

Er zuckte mit den Schultern. »Was weiß denn ich? Für manche Leute ist es wie ein Ausflug nach Lake Placid. Sei einfach froh, dass du nicht im Palast der Zombies gelandet bist.«

»Woher willst du das wissen?«

»Außerdem schuldest du mir noch acht Pfund.«

»Du bekommst dein Geld schon noch.«

»Gott steckt im Detail«, verkündete Jane entschlossen.

Sie sahen sie an.

»Gott steckt im Sideboard.«

»Welche Farbe hat er?«, fragte Malcolm ehrlich interessiert.

»Ich verpiss mich jetzt mal«, sagte Sarah. Keiner von ihnen beachtete sie.

Sie stand auf und holte sich noch einen Drink. Im Hintergrund wechselte die Musik von einem dumpfen Beat zum Schmuseblues; ein ebenso verlässlicher Hinweis auf das Verstreichen der Zeit wie das Fallen von Herbstblättern. Sie schaute trotzdem auf die Uhr: Es war Viertel vor elf. Die Zeiger winkten ihr zu, dann ballten sie sich zu Fäusten.

Wenn deine Uhr anfängt zu spinnen, wurde ihr klar, ist es definitiv Zeit zu gehen. Noch beunruhigender war der Boden. Seit einiger Zeit schmolz er, und nur noch we-

nige Schollen waren fest genug, um darauf stehen zu können; es erforderte große Vorsicht, um die Treppe ohne Missgeschick zu erreichen. Der letzte Krümel des Bodens zischte und versank hinter ihr, als sie sprang. Alle anderen waren dem Untergang geweiht. Die Treppe war jedoch tipptopp, und sie nahm sich vor, sie bis ganz oben zu erklimmen.

Auf dem ersten Treppenabsatz begegnete sie dem traurigen Hippie wieder. »Hey, geh da lieber nicht rauf. Die Party ist unten.«

»Verpiss dich.«

»Ist schon okay. Hey, willst du aufs Dach, oder was? Die haben da oben ein Dach. Ganz obendrauf.« Er ging hinter ihr her, während sie sich ihren Weg auf den Smaragdberg bahnte. Auf jeder Ebene brannte eine kleine Sonne über ihr, umkreist von winzigen Pterodaktylen, die sich gegenseitig auffraßen und dann wieder ausschissen. An den Wänden hatte sich Eis gebildet. In einer Landschaft wie dieser konnte sich ein Mädchen verlaufen. Sie konnte einfach immer weiter nach oben gehen, wo sie kein Suchtrupp jemals finden würde.

»Hast du es schon mal auf Acid gemacht? Das ist, als würde man mit Engeln ficken, weißt du? Himmlisch. Du musst es einmal gemacht haben, damit du nicht stirbst, ohne es je erlebt zu haben.«

Sarah tat das, worin sie sich in letzter Zeit geübt hatte: Sie ignorierte ihn.

Wie sich herausstellte, gab es oben ein Dach. Man erreichte es durch eine Tür, auf der in Schlangenlettern FEUERLEITER *stand: Vor ihren Augen ordneten sie sich*

ZU EIFER LEUTER, *einer geheimen Botschaft, die nur für sie bestimmt war. Sie drückte auf den Griff, und die Tür öffnete sich mit einem dumpfen Geräusch. Der Hippie hinter ihr hörte auf, sie anzubaggern, und wurde unruhig.*

»Äh, meinst du, das ist eine gute Idee?«

Die Tür führte zu einer Feuerleiter, einer echten EIFER LEUTER, *die seitlich am Haus hinunter bis zum Boden und weit darüber hinaus verlief. Sarah beugte sich vor und konnte die schwachen Lichter der Hölle ausmachen, die kilometerweit unter ihr funkelten … Es schien sinnvoll zu sein, weiter nach oben zu klettern. Die* LEUTER *klapperte und wippte unter ihren Füßen. Je höher sie stieg, desto heller wurden die Lichter der Stadt. Es stellte sich heraus, dass dies der Nabel der Welt war; ein unentdeckter Pol. Der tragische Hippie war abgehauen, eingeschüchtert von ihrem Mut und ihrer Kühnheit. Ganz oben erwartete sie eine Mission. Schon jetzt spürte sie ein Gefühl der Dringlichkeit, das in der Dunkelheit wie mächtige grüne Strahlen leuchtete.*

Ganz oben fand sie einen Laufstall.

Er war wie ein Laufstall geformt. Tatsächlich enthielt er die ganze Welt, und jede Ecke erstreckte sich weit in den Raum: In einer davon lauerte Jesus. In einer anderen der heilige Teufel. Beide riefen nach ihr, und für einen langen, schwelgerischen Moment wusste sie, dass sie allein über das Schicksal der Welt entscheiden konnte, aber der Moment konnte nicht andauern. Er endete mit der Erkenntnis, dass sie in Wahrheit nicht allein war, denn neben ihr bleckte die andere Sarah Tucker die Zähne zu einem zuckersüßen Lächeln. Es bestand kein Zweifel, welche Wahl sie treffen würde. Die Welt wurde Sarah aus den Händen gerissen.

Von unten drang zunehmender Aufruhr zu ihr herauf, als verschiedene Menschen ihre erstaunliche Flucht beweinten.

Es war zwecklos, sie aufhalten zu wollen. Dieser Gedanke erfüllte Sarah nun. Alles muss im Gleichgewicht sein. Diese Wahrheit war so unumstößlich wie das Gesetz der Schwerkraft. Als die andere Sarah Tucker zu ihrer Ecke rannte, traf die echte Sarah, die einzige *Sarah, die einzig mögliche Entscheidung und eilte auf die lockende Gottheit zu. Da sie schweben konnte, musste sie sich mit beiden Händen am Geländer festhalten, um nicht weggeweht zu werden.*

Die Leute von der Party kamen gerade rechtzeitig oben an, um sie nicht retten zu können. Sie hatte sich bereits daran erinnert, dass dies ein Traum war, den die andere Sarah Tucker nie gehabt hatte: der Traum vom flügellosen Fliegen, und als sie losließ, war es mit dem Gefühl, befreit zu sein; sich einer Wahrheit zu unterwerfen, die tief, unausweichlich und gütig war. Die Lichter der Stadt wirbelten für sie, als würde die Landschaft und nicht sie selbst aus dem Bild gesaugt. Eins nach dem anderen erlosch, und als das letzte verglüht war, lernte sie den Schmerz kennen und das Geheimnis, am Leben zu bleiben.

Später, in ihren Albträumen, würde sie nie auf dem Boden aufschlagen.

Sie durchsuchten das Haus.

»Sie sind wegen Drogenmissbrauchs vorbestraft«, sagte Ruskin trocken. »Und Sie hatten Kontakt zu einem Toten, der sich als Dealer herausgestellt hat. Natürlich haben wir einen Durchsuchungsbeschluss erwirkt.«

Die Polizistin, die die ganze Zeit bei Sarah blieb, fragte immer wieder, ob es ihr gut gehe. Aber natürlich ging es ihr nicht gut: Was war das für eine idiotische Frage? Aus der Küche und den Zimmern im Obergeschoss hörte sie dumpfe Schläge und Rumoren, während ihr Zuhause, ihr Leben, von diesen lächerlichen Leuten durchsucht wurde, die bereits in ihrer Vergangenheit herumgewühlt hatten, als hätte das irgendetwas mit dem armen toten Joe zu tun. Wegen der Absurdität ihrer Schlussfolgerungen, aber auch noch vielem anderen mehr, war sie völlig benommen und unfähig, zum Telefon zu greifen und Mark oder ihren Anwalt, ja, irgendjemanden anzurufen.

»Sie sind sehr blass. Möchten Sie ein Glas Wasser?«

Aber irgendetwas in ihrer Stimme brachte Sarah dazu, nicht zu antworten. Etwas Technisches und Effizientes, das sie daran erinnerte, dass das eine Polizistin war, die ihren Polizistinnenjob machte, der umso unangenehmer werden würde, wenn Sarah in Ohnmacht fiele.

Polizist Nummer zwei erschien in der Tür. Ruskin kam aus der Küche.

»Und?«

Sarah sah eine behandschuhte Hand, einen Arm in blauer Uniform und einen Polizisten, der ein grimmiges Lächeln trug, als ob seine Genugtuung von schmutzigen Gedanken gefärbt wäre. An seinen Fingern baumelte ein Polyäthylenbeutel, gefüllt mit einem Pulver, so weiß, dass Sarah wusste, dass es alles andere als unschuldig war.

Schon jetzt spürte sie, wie die Lichter wieder in ihrem Kopf herumwirbelten.

15

Auch an diesem Tag fiel sie vom Rand der Welt. Sie wurde zur Polizeiwache gebracht und unablässig über Drogen und Joe und Drogen und Joe und Drogen ausgefragt, bis Sarah davon überzeugt war, dass alles, was sie verheimlichte, irgendwann ans Licht kommen würde, sodass sie genauso gut jetzt reinen Tisch machen konnte. In ihren Worten: Tabula rasa. Also erzählte sie ihnen von Dinah und dem Mann auf dem Parkplatz, und sie gaben ihr eine Tasse Tee und fragten erneut nach Joe. Also erwähnte sie die Bombe im Haus am Ende der Straße, und sie wunderten sich, was das mit den Drogen zu tun habe. Erneut fiel der Name Lizbeth Moss. Ob sie von Lizbeth Moss wisse?

Nein.

Dann habe sie sicher auch nicht die geringste Ahnung von Ecstasy.

Nein, *nicht die geringste*.

Lizbeth Moss war das junge Mädchen aus den Nachrichten, das wegen Ecstasy gestorben war, und die Kripo nahm mit an Sicherheit grenzender Wahrscheinlichkeit an, dass das Zeug, das sie genommen hatte, mit dem aus Joes Büro übereinstimmen würde. Würde Sarah ihnen also bitte noch einmal von Joe und den Drogen und Joe erzählen? Stattdessen erzählte sie ihnen von der Krawatte, die er auf den ersten Blick getragen hatte. Sie war in Joes Büro gekommen, und Joe hatte eine Krawatte getragen, eine leuchtend rote Krawatte. Trotz des Rasiermessers in seiner Hand hatte sie gewusst, dass es nur eine Inszenierung war. Aber als sie sie nach dem Grund fragten, starrte sie nur an die Decke.

Sie seufzten und fingen mit dem Geld an. Warum sie einem Mann, den sie angeblich nie getroffen hatte, so viel Geld gegeben habe? Wenn sie keine Drogen von ihm gekauft habe?

Nebenbei erfuhr Sarah zusätzliche Einzelheiten. Das Rasiermesser hatte Joe gehört. Die Tüte mit den Drogen bei ihr zu Hause hatte sich hinter einer losen Fliese im Badezimmer befunden; sie hatte dort noch nie eine lose Fliese bemerkt. Die Tüte wiederum hatte in einer kleinen Handtasche gesteckt, die sie sehr wohl kannte. Sie bewahrte darin das Kleingeld für die Spendensammlungsumschläge auf, die jede Woche zum Briefkasten hereingeflattert kamen. Wie das weiße Pulver hineingekommen war, wusste sie nicht, und schon gar nicht, was für Pulver das war. (Sie wussten es selbst nicht.)

Aber wenn es zum Beispiel Körperpuder wäre, meinte Ruskin, warum sollte man es dann in der Wand verstecken?

Schließlich war die Befragung zu Ende; ein uniformierter Polizist führte sie ein Stockwerk tiefer. Man ging sachlich und höflich mit ihr um; nichts verriet, ob sie unter Anklage stand oder nicht. Es war verwirrend. Dann durfte sie endlich telefonieren, und da ihr Marks Büronummer nicht einfiel, rief sie zu Hause an, wo sich seine Stimme auf dem Anrufbeantworter meldete. Aber dann ging er praktisch sofort dran.

»Wo zum Teufel steckst du?«

Sie fing an zu weinen.

Es war acht Uhr abends, und das machte ihr Angst. Sie hatten sie stundenlang festgehalten, und sie wusste nicht mehr, wo sie war oder wie sie reagieren sollte. Es kam ihr vor, als hätte sie seit Tagen nicht geschlafen. Alles, was geschehen war, bevor sie Joe gefunden hatte, schien in einem anderen Leben stattgefunden zu haben. Sie erinnerte sich vage an ein Mädchen auf einem Treidelpfad, ein Mädchen, das nicht Dinah gewesen war: Hatte es jemals eine echte Dinah gegeben? Und sie erinnerte sich auch an den Mann auf dem Parkplatz, Michael Downey, den mit den langen Haaren. Was hatte er gesagt? Dass er ein Freund der Singletons sei. Von allen Singletons. Sarah fragte sich, ob er Joe getötet hatte.

Darüber grübelte sie unter Tränen nach, wobei das Weinen eine Maske war, damit sie sie in Ruhe ließen. Bis zu einem gewissen Punkt jedenfalls. Und bis zu einem gewissen Punkt funktionierte es auch. Eine Polizistin mit asiatischen Zügen gab ihr ein Glas kaltes Wasser und lauwarmes Mitgefühl, nannte sie immer wieder Sally und fragte wiederholt, ob sie Koks brauche und ob sie schon anfange zu zittern. Sarah weinte noch mehr, um sie zum Schweigen zu bringen. Und noch bevor diese Tränen getrocknet waren, kam Mark zusammen mit einem Bekannten von ihm, Simon Smith, der eine schwarze Aktentasche trug und lauthals über Gerichtsverfahren sprach. Er schien ganz in seinem Element zu sein. Mark dagegen war stinksauer.

»Wer ist für diese Scheiße hier verantwortlich?«

Die Asiatin warf Sarah einen verschwörerischen Blick

zu, als hätten sie etwas gemeinsam: Männer mit lauten Stimmen, die sich im Recht fühlen.

Von alledem blieben Sarah nur einzelne Ausschnitte in Erinnerung: die Beleuchtung, der abblätternde Putz; eine Stimme im Flur, die sich über eine ausgefallene Datenbank beschwerte. Von der zwischenmenschlichen Seite, von Marks Einschreiten, wusste sie dagegen kaum noch etwas. Ja, einmal hatte er sie umarmt, aber davon behielt sie nur, dass seine Jacke nach Zügen und Rauch gerochen hatte. Und er hatte gereizt geklungen, obwohl er sagte, dass er sich große Sorgen gemacht habe. Als ginge es um ihn, als hätte er den Ärger am Hals.

Später sagte er: »Daran ist nur dieser jüdische Detektiv schuld, oder?«

»Warum sagst du so was?«

»Na ja, wenn er nicht gewesen wäre …«

»Warum nennst du ihn jüdisch?«

»O Gott, jetzt fang bloß nicht an, politisch korrekt zu werden. Ich meinte nur, dass er Jude war, sonst nichts. Das war er doch, oder?«

Das war er gewesen. So viel war richtig.

Aber das war später, als sie zu Hause waren. Jedoch in Wirklichkeit nicht viel später war, denn Simon Smiths Gerede über Verfahren und seine tödlich effiziente Aktentasche hatten dafür gesorgt, dass sie um neun draußen auf dem Bürgersteig standen. Er hätte dafür sorgen können, dass sie in einem Streifenwagen nach Hause gebracht wurden, meinte aber, er wolle den Bogen nicht überspannen. Er war ungefähr in Marks Alter, doch sein frühzeitig zurückweichender Haaransatz verlieh ihm eine Autorität, die

Mark bisher noch nicht ausstrahlte. Dazu besaß er die kleinsten Zähne, die Sarah je gesehen hatte.

»Es wäre allerdings besser gewesen, wenn du mich gestern angerufen hättest«, sagte er zu Mark. »Dann hätten wir das gleich im Keim ersticken können.«

»Gestern *wusste* ich noch nichts davon«, erwiderte Mark verärgert. Er fuhr sich mit der Hand durch sein dichtes Haar. Das tat er oft in Simons Gesellschaft. »Ich meine, mir erzählt ja niemand was.«

Beide sahen Sarah an. Aber sie war wie gebannt vom vorbeifahrenden Verkehr; die hellen Scheinwerfer durchschnitten den Abend.

Simon rief ein Taxi. Die Art, wie er einstieg, ließ keinen Zweifel daran, dass Taxis für ihn zum Leben dazugehörten; etwas, das er angestrebt und verdient hatte und gerne in der Öffentlichkeit demonstrierte. »Ruf mich später noch mal an«, sagte er zu Mark, halb als Ratschlag, halb als Befehl.

Sarah und Mark gingen zu Fuß nach Hause, und die Spannung, die durch das entstand, was Mark nicht sagte, summte in Sarahs Ohren. Sie fühlte sich desorientiert, benommen; ihr Aufenthalt auf der Polizeiwache erreichte bereits den Status eines bösen Traums, aus dem sie nur noch nicht erwacht war. Sie sehnte sich nach Joe, das war das Schlimmste daran. Sie wollte, dass Joe ihr sagte, was los war; und noch wichtiger, dass er ihr sagte, dass es vorbeigehen würde. Aber Joe war tot, und auch lebendig waren seine Ratschläge nie erstklassig gewesen. Sie begann bereits, ihn zu verklären. Schon bald würde Joe all das sein, was ihr Vater nie gewesen war, und er würde der Ehemann sein, den sich ihre Mutter für sie gewünscht hatte.

Das war ihr eigener richtiger Ehemann auch einmal gewesen, obwohl er mittlerweile stark nachließ. »Ich habe meinen Schlüssel dabei«, bemerkte er überflüssigerweise auf dem Gartenweg, als wolle er einen umstrittenen Anspruch auf das Eigentum des Hauses bekräftigen; er öffnete die Tür und ließ sie zuerst ein, die Art von Geste, auf der er bestand, wenn er sauer war. Also wartete sie auf seinen Vortrag; langes Schweigen führte immer zu einem Vortrag. Dabei war es das Letzte, was Sarah jetzt gebrauchen konnte, und eine Liste der Dinge, die weit wichtiger waren, hätte ein Buch gefüllt: eine Umarmung, ein Bad, ein offenes Ohr, etwas Mitgefühl. Aber sobald sie drinnen waren, ging Mark direkt zum Telefon: nicht zu dem im Wohnzimmer, sondern zur Nebenstelle in dem Raum, den er als sein Arbeitszimmer bezeichnete, der aber nie mehr als ein Rückzugsort gewesen war. Dort las er das Q-Magazin und hörte Oasis über Kopfhörer. Er hatte seine Jugend nie richtig hinter sich gelassen, sondern bewahrte sie in einem kleinen Raum neben dem Treppenabsatz auf.

In der Küche beschäftigte sich Sarah damit, Dinge aufzuheben und wieder hinzulegen. Dies war der Raum, den Ruskin durchsucht hatte, und es war, als hätte ein unordentlicher Gast sein Unwesen getrieben. Kleine Gegenstände – eine Zuckerdose, eine Tasse mit Bleistiften – waren nicht an ihrem gewohnten Platz, was Sarah an eines dieser Zeitschriftenrätsel erinnerte: *Was stimmt nicht auf diesem Bild?* Doch um die Fehler zu finden, musste man in dem Raum gelebt haben. Oben legte Mark den Hörer auf und wählte dann erneut. Auf sein Drängen hin hatten sie altmodische Telefone, die klingelten. Das war damals eine

Modeerscheinung gewesen; Teil eines Trends, der so überzeugend wie möglich zu suggerieren versuchte, dass das Festhalten an Traditionen eine Form der Integrität sei.

Sarah rückte den Kalender zurecht, weil er schief hing. Der übrige Monat war ein Flickenteppich aus Terminen und Fristen: Zahnarztbesuche, zu bezahlende Rechnungen; schwarze Kritzeleien, die Wochen im Voraus notiert wurden, als es noch wahrscheinlich gewesen war, dass sie wichtig sein könnten. Für Joe würde es all das nicht mehr geben. Joes Kalenderseiten der kommenden Wochen und Monate würden leer bleiben, und es würde keine neuen Kalender mehr geben. So war der Tod. Die Kalender wurden leer radiert, und alle präraffaelitischen Grazien und Warhol-Drucke, die sie schmückten, verschwammen zur Unkenntlichkeit.

Sie hörte, wie Mark die Treppe hinunterstampfte. Sofort, als er die Küche betrat, ging er zum Angriff über. »Ist dir eigentlich klar, dass das zu keinem schlechteren Zeitpunkt für mich hätte passieren können?«

»Ich hatte auch keinen schönen Tag. Danke.«

»Ach so! Jetzt ist es also meine Schuld. Was ist bloß in dich gefahren, Sarah? Koks im Badezimmer? Herrgott noch mal!«

Diesen Streit konnte sie jetzt nicht gebrauchen. Andererseits war es alles, was sich ihr anbot. »Ich habe es da nicht hingetan.«

»Willst du etwa behaupten, dass ich es war?«

»Nein, natürlich nicht!«

»Wie ist es dann dahingekommen? Hat die Polizei es dort platziert? Ist das so eine Sache aus den Siebzigern? *Die*

Schweine haben mich reingelegt, Mann. Das war ein abgekartetes Spiel. So was in der Richtung?«

»Du machst dich lächerlich.«

»*Ich* mache mich lächerlich? Na, vielen Dank. Ich wusste doch, dass einer von uns nicht ganz richtig tickt. Sarah. Als ich heute Morgen aus dem Haus gegangen bin, warst du eine Hausfrau. Ich komme nach Hause, und du bist Staatsfeind Nummer eins. Was zum Teufel ist hier los?«

»Ich weiß es nicht.«

»Wer weiß es dann? Gestern hast du diesen Mann tot in seinem Büro aufgefunden. Du hast mir gesagt, dass du ihn noch nie zuvor getroffen hast und dass du ihn engagieren wolltest, um dieses Mädchen zu finden, das du auch noch nie erwähnt hast. Ist bis dahin alles richtig?«

»Ich habe dir nichts davon erzählt, weil ich wusste, dass du es nicht verstehen würdest. Und ich hatte recht.«

»Und heute stellt sich heraus, dass dieser angebliche Detektiv ein kolumbianisches Franchise-Unternehmen im Norden von Oxford betrieben hat und die Hälfte meines Einkommens auf seinem Bankkonto liegt. Ganz zu schweigen von seinem Stoff unter meinem Waschbecken im Badezimmer. So weit alles richtig, Sarah?«

»Das ist doch Unsinn! Es ist alles ganz anders!«

»Auf welchem Planeten lebst du, Frau? Natürlich ist es so! Es ist halb zehn, ich habe nichts im Magen, und ich habe dich gerade aus einer Polizeiwache rausgeholt. Wie real soll es denn noch werden?«

»Ich nehme keine Drogen. Und Joe verkauft keine.«

»Jetzt nicht mehr. Und wieso sollte ich dir glauben, dass du clean bist? Hast du vergessen, was –«

»Nein, natürlich nicht!!«

Es klingelte an der Tür, und Sarah brach in Tränen aus; die Ereignisse waren so perfekt aufeinander abgestimmt, als folgten sie einem Drehbuch. Mark warf ihr einen langen Blick zu. Er setzte zu einer Bemerkung an, überlegte es sich aber anders und ging aufmachen.

Die Zuckerdose stand immer noch an der falschen Stelle; die Zeit war immer noch aus den Fugen.

Irgendwann wurde ihr bewusst, dass sie Besuch bekommen hatten – einen Mann, dem sie noch nie begegnet war. Er half ihr, sich zu setzen, als wäre dies seine Küche und Sarah eine Stadtstreicherin, die durch die Hintertür hereinspaziert war. Er sprach mit ihr, aber die Worte strömten in einem warmen, musikalischen Fluss an ihr vorbei. Das war ein typischer Trick, den die Leute anwendeten, wenn sie mit einem fremden Hund oder einem quengelnden Baby sprechen, und ein plötzlicher Zornesausbruch durchzuckte ihren ganzen Körper. Aber er verschwand genauso schnell wieder, wie er aufgekommen war, und hinterließ nichts als eine immense Müdigkeit und die Erleichterung, dass zur Abwechslung niemand sie anblaffte. Also weinte sich Sarah aus. Zwar fühlte sie sich danach nicht merklich besser, aber zumindest konnten die Tränen fließen, die sich seit dem Fund von Joes Leiche angestaut hatten.

Der Mann – Sarah hatte bereits vermutet, dass er Arzt war – machte ihr eine Tasse Tee.

Sie konnte sich hinterher nie mehr daran erinnern, wie er ausgesehen hatte. Klein und glattrasiert, mehr fiel ihr nicht dazu ein, und selbst das war womöglich ein Trick ihres Gehirns: Er hätte ein haariger Rübezahl sein können, und sogar dann hätte sie ihn als klein und glattrasiert wahrgenommen. Von der Größe und Form her wie eine kleine blaue Tablette. Aber zu dem Zeitpunkt war seine Stimme sein Hauptmerkmal gewesen. Was sie von seinem Wortfluss verstand, war: »Kommen Sie, jetzt trinken Sie das mal, und dann erzählen Sie mir alles der Reihe nach.« Also trank sie den Tee und erzählte ihm alles, oder zumindest das, woran sie sich erinnern konnte. Wie ihr Tag ihr entrissen und durch einen Albtraum aus Verhaftung und harschen Verhören ersetzt worden war; über einen tristen Raum mit Neonlicht und nichts, was den Verlauf der Stunden markiert hätte außer dem ständigen Klingeln von Telefonen. Und als ihr die Worte ausgingen, stand ein neues Bedürfnis ganz oben auf ihrer Liste: sich in der Stille zu suhlen. Sie wollte, dass alles um sie herum zur Ruhe und zum Erliegen kam. Stattdessen hörte sie wieder Regen gegen das Küchenfenster trommeln und das röchelnde Atmen dieses kleinen, glatten Mannes, der abwartete, bis sie fertig war. Sie hörte sogar das Geräusch ihrer Tränen, die auf ihren Wangen trockneten.

»Bald geht es Ihnen besser«, sagte er schließlich. »Hier. Nehmen Sie das.«

Er reichte Sarah eine kleine blaue Tablette und schenkte ihr dann ein Glas Wasser ein, das er vor sie hinstellte. Zuerst nahm er ihr jedoch die Teetasse weg, wie ein penibler Aufpasser.

»Was ist das?«

»Ist das wichtig?«

»Ich nehme nicht gerne Tabletten«, erwiderte sie leise.

Die Lichter wirbelten in ihrem Kopf. Stan Laurel nahm sein Gesicht ab.

»Es wird Sie entspannen, das ist alles. Es ist zu achtundneunzig Prozent pflanzlich.« Er trug die Teetasse zum Spülbecken und wusch sie unter dem Wasserhahn aus.

Achtundneunzig Prozent – und was war mit den restlichen zwei? Die genaue Angabe, die transparente Ehrlichkeit, ließ den winzigen Teil von ihr, der von den Spannungen des Tages unberührt geblieben war, vor Zorn aufheulen und ihm Dolche in den Rücken schleudern. Wollte er, dass sie erneut weinend zusammenbrach? Oder dass sie ihm für seine *Prozentzahl* dankte? Während sich die rechte Hand zur Faust ballte und sich die Nägel in die Handfläche gruben, nahm sie mit der linken die Tablette und führte sie zum Mund. Sie schluckte sie ohne Wasser; vom Weinen war ihr Mund noch feucht genug.

Er ließ sie allein, ging zu Mark und sprach mit ihm. Sarah saß da und wartete darauf, dass die Tablette ihre Wirkung entfaltete; darauf, dass sie spürte, wie sich ihr kleines blaues Wunder in ihrem Körper entfaltete. Aber zunächst einmal geschah nichts. Immerhin kehrte ein gewisses Maß an Ruhe ein, spürte sie, als sie dem Geräusch des Regens lauschte, und nach und nach flaute die Panik ab, und ihr Stresslevel sank. Die Haustür wurde geöffnet und wieder geschlossen. Sie war wieder allein mit ihrem Mann.

Der sie ohne viele Worte nach oben führte. »Du sollst ein Bad nehmen«, sagte er, als hätte er einen komplizierten medizinischen Rat erhalten. »Und anschließend ruhst du dich aus.«

Sie fragte sich, wie viel der Arzt für seine Anweisungen verlangte. Eine Million Zillionen Pfund, entschied ihr faules Gehirn. Eine Million Billionen Zillionen Pfund.

Später, im Bett, brachte sie die Energie auf zu fragen, wer der kleine glatte Mann gewesen war.

»Ein Bekannter von Simon«, sagte Mark kurz angebunden. »Er kommt morgen früh noch mal vorbei. Simon, meine ich.«

»Warum?«

»Jetzt lass uns bitte erst mal ein paar Stunden schlafen.«

Und Sarah schlief tatsächlich, tief und traumlos. Sie wurde davon geweckt, dass jemand sie an der Schulter schüttelte. Es war Mark, und in der anderen Hand hielt er eine Tasse Kaffee. »Nimm jetzt die hier«, sagte er, stellte die Tasse auf den Nachttisch und legte eine kleine rote Kapsel daneben; ansonsten vollkommen identisch mit der blauen vom Vorabend.

»Was ist das?«, fragte sie, oder besser: versuchte sie zu sagen, doch ihre Stimme blieb tief in ihrer zugeschnürten Kehle stecken.

»Egal. Du sollst die jetzt nehmen.«

Ich bin doch nicht krank, wollte sie erwidern.

»Du hast eine Menge Stress hinter dir. Ich weiß, es ist schwer für dich, Schatz. Ich wünschte, ich könnte bei dir bleiben, aber auf der Arbeit ist alles so verdammt chaotisch … Ich rufe dich später an. Simon kommt um elf. Ich habe den Wecker neu gestellt. Nimm die Tablette, bevor ich gehe.« Er beugte sich vor und küsste sie.

Sie nahm die Tablette nur, weil er so lieb mit ihr sprach.

Sie schlief wieder ein, wachte aber vor dem Weckerklingeln auf. Sie fühlte sich besser. Die Situation blieb dieselbe, schien aber irgendwie viel weniger dringlich zu sein; die gestrige Angst war in der Nacht jedenfalls verflogen.

Ebenso wie ihr Appetit; das Müsli, auf das sie sich gefreut hatte, schmeckte wie Kies in einer Schüssel. Sie konnte sich nicht daran erinnern, wann sie zuletzt etwas gegessen hatte. Aber es konnte nicht schaden, ein paar Mahlzeiten auszulassen.

Die Küche war ein einziges Chaos; alles lag kreuz und quer verstreut herum. Es schien jedoch keine Rolle zu spielen. Sie nahm noch ein Bad.

Tatsächlich tauchte Simon um elf Uhr auf. Es kostete sie große Mühe, ihn hereinzubitten, Platz nehmen zu lassen, ihm Kaffee anzubieten und den Wasserkocher einzuschalten, und sie versuchte sich zu sammeln, während er einen Anruf entgegennahm. Was jetzt geschah, war wichtig. Irgendetwas mit Drogen in ihrem Badezimmer. Simons Telefonat war kurz, knapp und effektiv; als er auflegte, machte der Hörer ein Geräusch wie eine Registrierkasse. Das hier war kein Freundschaftsbesuch. Sie musste sich zusammenreißen.

»Was passiert denn jetzt?« Ihre Stimme klang blechern in ihren Ohren, wie eine Monoaufnahme.

»Dein Fall wird an die Staatsanwaltschaft weitergeleitet. Dort wird entschieden, ob Anklage erhoben wird oder nicht.«

»Und wie stehen die Chancen?«

Er seufzte. »Sagt dir der Name Lizbeth etwas? Lizbeth Moss? Eine Dreizehnjährige …«

… die letztes Wochenende nach der Einnahme von Ecstasy gestorben war. Genau.

»Du wirst nicht mit einer Verwarnung davonkommen, Sarah. Dieser Silvermann, wie alt war er, Mitte vierzig? Er hat Pillen an Schulkinder vertickt? Wenn er nicht tot wäre, würden sie ihn kreuzigen.«

»Er hat das nicht getan«, flüsterte sie.

»Und da haben wir's. Du hast gegenüber der Polizei behauptet, du würdest ihn nicht kennen, und weißt du was? Die glauben dir nicht. Und jetzt verteidigst du ihn. Was ist da los, Sarah?«

Sie antwortete nicht.

»Es gibt einen Kellner aus dem Restaurant gegenüber von Silvermann, der sagt, er habe dich genau zu dem Zeitpunkt hineingehen sehen, wie du behauptest. Aber als sie ein paar Typen, die auf den Gehwegen weiter unten gearbeitet haben, dein Foto gezeigt haben, sagten sie, sie hätten dich nicht gesehen. Dabei haben sie gerade Teepause gemacht.«

Er hielt inne, während dieser Unsinn bei Sarah ankam. Sie antwortete immer noch nicht.

»Aber erkannt haben sie dich trotzdem. Sie haben gesagt, du wärst vor ein paar Wochen schon mal dort gewesen. Rekapitulieren wir: Du leugnest, diesen Mann jemals getroffen zu haben, aber es gibt Beweise dafür, dass du ihm Geld gegeben hast, und Zeugen dafür, dass du in seinem Büro gewesen bist. Die Polizei hat hier Koks gefunden und noch mehr Koks in Silvermanns Büro, und zwar so viel, dass er höchstwahrscheinlich damit gedealt hat. Da muss man nicht Sherlock Holmes sein, Sarah. Für die Polizei ist der Fall sonnenklar.«

Er ließ ihr einen Moment Zeit, um das zu verdauen, während er seinen Kaffee trank. Und tatsächlich nahm sie es einfach in sich auf: Sie fühlte sich formlos, wie ein menschlicher Schwamm. Alles, was er sagte, alles, was es bedeutete, nahm sie augenblicklich auf. Es spielte allerdings keine große Rolle. Joe war immer noch tot.

Sie trank einen Schluck von ihrem Kaffee, aber er war geschmacklos und wässrig. Simon schien es nicht zu bemerken. So wie sich seine Lippen über seine winzigen Zähne zurückzogen, hätte man meinen können, er würde den Geschmack genießen. Irgendetwas genießen.

»Wir müssen jetzt besprechen, was wirklich passiert ist.« Eine Antwort schien erforderlich zu sein.

»Ich habe nichts Verbotenes getan«, sagte sie.

»Das brauchst du mir nicht zu sagen.«

Sie brauchte es ihm nicht zu sagen. Aber nicht, weil es selbstverständlich war. Simon Smith war Marks Freund, ein alter Kumpel, und es galt das Gesetz der Männerfreundschaft. Sie brauchte ihm nicht zu sagen, dass sie unschuldig war, weil es ihm so oder so egal war.

»Du wirst jedoch schwerlich leugnen können, dass man bei dir vier Gramm Kokain gefunden hat. Es sei denn, du willst behaupten, die Polizei hat es dir untergeschoben.« Er wartete, um zu sehen, ob sie es begriffen hatte. »Die JAHEG-Verteidigung«, fügte er hilfreich hinzu. »Jemand anderes hat es getan.«

Ihr war danach, ihn anzuschreien: *Das ist mein Leben! Das ist kein Witz!* Aber sie konnte ihre Stimme nicht erheben; sie war so weit weg wie der Mond.

»Nicht, dass das besonders gut ankommen würde. Seien wir ehrlich, du gehörst nicht gerade zu der Bevölkerungsgruppe, der die Polizei falsche Beweise unterschieben würde.« Er machte mit der Hand eine Bewegung rund um sein

Gesicht; eine Steno-Geste für eine Fülle von soziokulturellen Hintergründen. »Was die grundlegende Frage offenlässt. Es sei denn, du willst behaupten, Mark hätte den Stoff dort deponiert.« Dabei blitzten seine Augen kurz auf, als wäre das Gesetz der Männerfreundschaft gerade aufgehoben und durch etwas viel Amüsanteres ersetzt worden.

Nein. Das wollte sie nicht.

Das Funkeln erlosch. »Okay. Darf ich dir einen guten Rat geben? Für den Mark mich übrigens bezahlt. Sag aus, dass das Koks dir gehört hat, und gib Silvermann als deine Quelle an. Es war nur für den persönlichen Bedarf. Und melde dich für eine Therapie an.«

»Was?«

»Du bist schon länger arbeitslos, depressiv, so was kommt vor. Wir sind in den Nullerjahren, keiner dreht dir einen Strick daraus, dass du Drogen genommen hast. Unter anderen Umständen würde ich von der Polizei Entschuldigungsschreiben verlangen, während ich ihnen eine einstweilige Verfügung wegen Hausfriedensbruchs aufbrumme. Aber weniger als eine Woche nachdem dieses Mädchen unter Einfluss einer Glückspille ins Gras gebissen hat, ist nicht der richtige Zeitpunkt, um bei der Justiz für eine fortschrittliche Haltung gegenüber Freizeitdrogenkonsum zu plädieren. Deswegen werden wir uns den Gegebenheiten anpassen. Du bist doch eine kluge Frau: Es kann dir nicht entgangen sein, worauf die Polizei in Wirklichkeit aus ist. Sie wollen jemanden, den sie vor die Presse zerren können, um zu sagen: ›Das ist derjenige, der Lizbeth Moss auf dem Gewissen hat.‹ Dann allgemeines Schulterklopfen, und alle gehen früh nach Hause. Verstehst du?«

Sie verstand es. Sie konnte es nur nicht recht glauben.

»Vertrau mir. Wenn sie Silvermann als Quelle identifizieren können, nimmt das viel Druck von dir. So wirst du zu seinem Opfer, genau wie Lizbeth, aber mit mehr Glück. Du bist eine nette Frau aus der Mittelschicht, sie werden es dir leicht machen. Besorg dir einen Seelenklempner, das gefällt denen. Das beweist guten Willen.«

»Aber er hat das nicht getan«, flüsterte sie.

»Silvermann hat sich umgebracht, Sarah. Die Polizei kann es so drehen, dass es wie ein unterschriebenes Geständnis aussieht. Sie haben hier ein Ergebnis und wollen bloß nicht, dass irgendetwas durcheinandergerät. Dass du ein bisschen was zu Hause hattest, spielt gar keine Rolle. Es wird irgendwann zu einer Gerichtsverhandlung kommen. Falls Anklage erhoben wird, werde ich diese Hausdurchsuchung mit dem Presslufthammer auseinandernehmen, obwohl ich dir sagen muss, dass es viel einfacher wäre, wenn du mich gleich angerufen hättest. Schwamm drüber. Jetzt geht es darum, dass du ihnen entgegenkommst, damit sie dir entgegenkommen. Wenn sie glauben, dass du ihnen was verheimlichst, bringst du sie nur gegen dich auf, und diese Art von Ärger solltest du dir ersparen. Es sei denn, du möchtest für den Rest deines Lebens mit Strafzetteln und böswilligen Anrufen bombardiert werden. Also, lass sie den Ruhm einheimsen, dann kannst du in den Kulissen verschwinden. So einfach ist das.«

Sarah beobachtete durch das Fenster, wie draußen eine Amsel landete. Sie stolzierte die Gartenmauer auf und ab und blieb dann stehen, den Blick scheinbar auf sie gerichtet. Aber bei Vögeln konnte man das nie so genau sagen, da ihre

Augen seitlich in den Köpfen saßen. Es fiel ihr schwer, sich auf das zu konzentrieren, was Simon sagte. Die Tragweite dessen begriff sie durchaus; es war nur anstrengend, sonst nichts. »Das kann ich ihm nicht antun.«

»Joe ist tot, Sarah. Traurig, aber wahr. Schau, wenn du ihm so viel bedeutet hast wie er offenbar dir, dann würde er es verstehen. Du kannst ihm jetzt nicht mehr helfen. Aber er kann dir helfen.«

Simon glaubte, sie hätten eine Beziehung gehabt. Er versuchte sich nichts anmerken zu lassen, aber sein Ton verriet ihn. Er dachte, sie wären ein Paar gewesen: Dachte Mark das auch? Ein drogenabhängiges Liebespaar, obwohl sie schon ewig keine Drogen mehr genommen hatte – seit ... Stunden.

Er stand plötzlich auf und schloss die Schnallen seiner Aktentasche. Sie hatte nicht einmal bemerkt, dass er sie geöffnet hatte. Für ihn war das wahrscheinlich so selbstverständlich wie für einen Taxifahrer, das Taxameter einzuschalten. »Es liegt natürlich bei dir. Ganz bei dir.« Da wartete ein »Aber«. »Aber denk darüber nach, was ich gesagt habe. Ich rufe Mark später an.«

Natürlich würde er das tun. Dafür waren alte Freunde da.

Nachdem er gegangen war, versuchte Sarah über alles nachzudenken, aber vieles, was ihr in den Sinn kam, konnte sie Simon Smith nicht begreiflich machen. Wenn sie die Augen schloss, sah sie Joe vor sich, die Hände ordentlich auf den Schreibtisch vor sich gelegt; die rechte umklammerte eine Rasierklinge mit Holzgriff. Seine Hemdbrust war mit seinem Blut befleckt. Aber obwohl sie es vor ihrem inneren Auge sah, konnte sie es kaum glauben; nicht nur, dass er sich das Leben genommen hatte, sondern dass er tatsächlich tot war und es auch bleiben würde. Fast erwartete sie den Sprung aus dem Grab, die ironische Verbeugung; das schreckliche Schweigen der Zuschauer, das sich auflöste, als sie erkannten, dass dieser Tod um ihretwillen inszeniert worden war. Der letzte Vorhang war nicht das Ende, sondern der Auftakt zu einer Zugabe aus der selbstgefälligen Genugtuung des Künstlers heraus, das Publikum hinters Licht geführt zu haben. Wenn sie die Augen schloss, konnte sie Joe immer noch sehen; wenn sie sie öffnete, hoffte sie, im Modern Art Oxford bei einem Guerilla-Theaterstück zu sein. Stattdessen erschreckte sie die Realität: Sie war hier, zu Hause, heute. *Bamm bamm bamm!* Wenn er vorgestern nicht tot gewesen war, dann war er es jetzt ganz sicher.

Und genau, wie er aus diesem Leben ausgelöscht worden war, so schien es, war sie aus seinem ausgelöscht worden.

Denn in Silvermanns Akten gab es keine Spur von Sarah Trafford, geborene Tucker. War Joe der Typ, der beim Papierkram geschludert hatte? Nein, bestimmt nicht. Zwar hatte er ihren Scheck nicht eingelöst, aber das fiel unter eine andere Rubrik: Vielleicht hatte er mal etwas nicht erledigt, aber er hatte irgendwo aufgeschrieben, dass er es tun sollte. Sie konnte die Stunden, die sie mit Joe verbracht hatte, an ihren Fingern abzählen, aber sie hatte ihn gut genug gekannt, um zu wissen, dass es irgendwo in seinem Büro eine Akte mit ihrem Namen gegeben hatte. Also musste sie jemand entfernt haben, und das, nachdem derjenige Joe getötet hatte; das war der Grund, warum sie wusste, dass er ermordet worden war, warum sie sich von Anfang an nicht von der Inszenierung hatte täuschen lassen. Joe war ermordet worden; sie war gewarnt worden. Mehr als das bezweckten sie momentan nicht. Wer auch immer »sie« waren. Und die Warnung bestand darin, sie als Teil eines Drogenrings hinzustellen.

Gerard Inchon.

Sie gähnte ausgiebig. Es war merkwürdig: Einerseits verarbeitete ein Teil ihres Verstandes Schritt für Schritt die Entwicklung, die zu Joes Tod und der größten Bredouille in ihrem Leben geführt hatte, und andererseits wollte sie nichts weiter, als sich hinzulegen. Trotzdem zwang sie sich weiterzumachen. Ja, Gerard Inchon musste ihr das angetan haben. Höchstwahrscheinlich. Die Logik, wie er ins Gesamtbild passte, entging ihr für den Moment, und tatsächlich konnte sie sich nicht vorstellen, wie er sich in ihr Haus schlich, die kleine Tasche entdeckte, sie mit Drogen füllte und im Badezimmer versteckte. Oder wie er schlimmstenfalls Joe mit dessen eigenem Rasiermesser die Kehle durchschnitt. Was nur bewies – und sie gähnte erneut –, dass er einen Komplizen hatte. Mehr als einen. Irgendwo hatte er Dinah Singleton versteckt. Es musste Leute geben, die sich um das Mädchen kümmerten, es sei denn, sie war auch tot. Weiter konnte sie im Moment nicht denken. Sie war wirklich total erledigt.

Aber da war noch eine Sache, die sie unbedingt klären musste. Das Entscheidende. Das Entscheidende war, dass »die« Joe getötet hatten. Und sie würden auch sie umbringen, wenn sie weiter Ärger machte. Das war die einfache Schlussfolgerung. Einfach nur die Füße stillhalten. *Du wirst dir noch wünschen, dich zu langweilen. Schon sehr bald. Vertrau mir.* Wieder Gerard. Sie hatten sämtliche Spuren ihrer Nachforschungen mit Joe verwischt, nur um zu demonstrieren, dass sie die Wahrheit beugen konnten. Jetzt musste sie sie nur wieder geradebiegen, und anschließend konnte sie zur Normalität zurückkehren.

Das konnte nicht so schwer sein. Joe war ja schon tot.

Da fiel ihr der Mann wieder ein, der sie auf dem Parkplatz erwartet hatte. Der Mann, der laut Joe als tot galt. Michael Downey.

Bei ihm konnte sie sich tatsächlich vorstellen, dass er Joe die Kehle durchgeschnitten hatte.

Es ging nur darum, Joes Namen in Verruf zu bringen.

Sie hätte am liebsten geweint, aber ihr waren die Tränen ausgegangen; sie war dieser Form von Trauer gerade nicht gewachsen. Es war eine zu wichtige Entscheidung, um sie jetzt zu treffen; außerdem schien so vieles daran bereits entschieden worden zu sein. Sie würde sich jetzt ausruhen und später alles durchdenken. Nichts auf dieser Welt war so schlimm, dass ein Nickerchen und eine Tablette nicht helfen könnten.

Sie schlief; später machte sie sich daran, einen Eintopf zu kochen. Es war tröstlich, einer Routine nachzugehen, doch wofür sie normalerweise zwanzig Minuten gebraucht hätte, dauerte zwei Stunden. Dann schaute sie sich den zweiten Teil eines Films im Fernsehen an, und obwohl die Figuren in ihrem Kopf durcheinandergerieten, lieferte zumindest der Soundtrack Hinweise auf die Handlung. Als Mark etwas früher als sonst nach Hause kam, war sie in ziemlich guter Verfassung. Sie konnte sich nicht einmal daran erinnern, warum sie vor ihrem Nickerchen so beunruhigt gewesen war.

»Ist Simon da gewesen?«

»Ja, Schatz.«

Er sah sie merkwürdig an. »Alles in Ordnung? Geht es dir gut?«

»Ja. Wunderbar. Super.«

Nach dem Essen telefonierte Mark eine ganze Weile. Danach wirkte er unaufmerksam. Sarah räumte das Geschirr ab, obwohl sie nicht das Gefühl hatte, dass es eine dringende Aufgabe sei. Eher aus Gewohnheit. Einen Großteil von ihrer Portion des Eintopfs wickelte sie in Papier ein und warf es in den Mülleimer. Ihr Appetit war nicht zurückgekehrt, aber das war kein Grund zur Sorge.

Später, im Bett, fragte Mark: »Hast du die Tablette genommen?«

Noch eine blaue: Sie lag auf ihrem Nachttisch, als sie aus dem Badezimmer zurückkam. »Ja.« Das hatte sie.

Er legte die Arme um sie und zog sie an sich. »Ich habe mir Sorgen um dich gemacht.«

»Entschuldige«, sagte sie, etwas erstickt in seiner Umarmung.

»Alles wird wieder gut. Simon hat es im Griff, sagt er. Ich bin froh, dass du seinem Rat folgst. Er ist gut in dem, was er tut. Guter Mann.«

So war das also. Die Entscheidung war bereits getroffen, sie brauchte es nicht mehr zu tun, sich keine Gedanken mehr zu machen.

»Dieser Typ – Silver?«

»Silvermann.«

»Silvermann. Du und er, ihr wart nicht …«

»Nein.«

»Ich dachte schon …« Er stieß langsam Luft aus, lockerte aber seinen Griff nicht. »Egal. Es ist egal, was ich dachte. Wir werden das durchstehen. Versprichst du mir das?«

Sie versprach es.

»Weißt du, was ich nicht will? Ich will nicht, dass du wieder zu der wirst, die du warst, als ich dich kennengelernt habe. Weißt du noch, wie du früher warst?«

Sie erinnerte sich.

»Diese Drogensache … Ich hatte schon Angst, du wirst wieder so wie früher. Wie die andere Sarah Tucker. So nenne ich die, die du damals warst. Die andere Sarah Tucker.«

Aber das war nicht die andere Sarah Tucker. Diese hier ist die andere. Die von damals, das war ich!

»Aber jetzt ist es besser. Jetzt ist alles in Ordnung.«

Sie spürte, wie er eine Erektion bekam. Er sprach nur selten darüber, wie sie sich kennengelernt hatten, wie oft sie ihn abgewiesen hatte, aber wenn er es tat, turnte ihn das unweigerlich an. Es war, als ob er nach all den Jahren des Liebemachens immer noch diejenige ficken wollte, die sich ihm entzogen hatte.

»Mein Diaphragma«, sagte sie. Sie hätte schwören können, dass sie es laut gesagt hatte. »Es dauert nur eine Minute.«

Aber Mark schien keine Minute Zeit zu haben.

16

Blaue Pillen zur Nacht, schlafe ruhig und sacht, rote Pillen am Morgen vertreiben Kummer und Sorgen. Sie wirkten, doch noch wichtiger wurde bald ihre Funktion als kleiner Reminder an das Leben, das auf sie wartete, wenn sie aufhörte, sie zu nehmen. Das Leben, aus dem sie schon früher einmal abgestürzt war. Mit der Zeit wurden die Gedanken an dieses Leben ein wenig verschwommen, aber das war vielleicht eher eine Nachwirkung des Schocks als eine Folge der betäubenden Wirkung der Tabletten. Das redete sie sich jedenfalls ein, und die Ruhe, die die Pillen brachten, machte es einfacher, daran zu glauben. Ein Restfunke Zynismus glomm gelegentlich auf und ermahnte sie, dass man nicht allem trauen konnte, was die Pillen einem weismachten. Aber diese Stimme war auch nicht gerade vertrauenerweckend; sie fiepste in den frühen Morgenstunden oder beim Erwachen aus ihrem Mittagsschlaf. Meistens ignorierte sie sie. Meistens kam sie zurecht.

Simon löste ihre Probleme. Mit der Polizei hatte sie kaum noch Kontakt. Sie unterschrieb eine Erklärung, in der sie angab, dass das Kokain in ihrem Besitz von Joe Silvermann stamme, dass sie zweimal Drogen von ihm gekauft und ihn in einem Pub getroffen habe. Durch ihre Kooperation, so versicherte ihr Simon, würde man jedes offizielle Interesse an ihr verlieren. Während er sprach, strich er sich mit der Hand über den Hinterkopf. Er war der einzige Mann, den sie jemals den Ausdruck »Tussi« hatte verwenden hören, und daran dachte sie, als sie ihm jeglichen Dank schuldig blieb. Das überließ sie Mark, ihm zu danken, und er tat es mit diesem Ausdruck strapazierter Geduld, der bald zu seinem Markenzeichen wurde. Nur manchmal durchzuckte sie ohne Vorwarnung die Erinnerung an die Ereignisse, aber sie waren nicht wirklich relevant. Manchmal dachte sie an Joe. Doch selbst diese Gedanken waren schmerzlos.

Schmerzlos waren auch ihre Nächte; traumlos und lang. Meistens begannen sie damit, dass Mark mit ihr schlief; sie konnte sich nicht daran erinnern, dass er abgesehen von der ersten Verliebtheitsphase so leidenschaftlich gewesen war, und selbst damals hatte er oft Ermutigung gebraucht … Immer öfter tauchte sie, anstatt zu träumen, in ihre Vergangenheit ein: nicht in die trübe, verwirrende Arena der jüngsten Ereignisse, sondern in ihre Studienzeit; die Zeit nach ihrem Unfall. Die ersten paar Stunden waren wie ausgelöscht, aber die Zeit im Krankenhaus erschien ihr jetzt seltsam lebendig, als hätte ihre derzeitige Kur Türen in ihrem Kopf geöffnet, durch die sie treten konnte wie Alice durch den Spiegel. Beim Aufwachen spielte sie diese Zeiten wie einen Film immer wieder ab. Manchmal kamen sie ihr vor wie die ersten Tage ihres Lebens.

»Du hast großes Glück gehabt, Mädchen«: Das hatte man ihr immer wieder gesagt, und wo sie früher auf »Frau« bestanden hätte, akzeptierte sie jetzt die Herabstufung als ein weiteres Element ihrer Demütigung; die Beleidigung, die sie zu den Verletzungen hinzufügten, die sie sich selbst beigebracht hatte. Sie hatte sich drei wichtige und vier kleinere Knochen gebrochen, obwohl sie hätte tot sein müssen; sie hatte das Eisengeländer verfehlt, obwohl sie sich nach den Gesetzen von Physik und Schwerkraft eigentlich mindestens zweimal hätte aufspießen müssen. Sie sah aus wie eine menschliche Gedächtnisstütze, eine lebende Erinnerung an die Farben des Regenbogens. Doch die blauen Flecken verblassten, und die einzige bleibende Narbe behielt sie auf dem linken Oberarm zurück, wo sie normalerweise nicht sichtbar war. Eine Zeit lang machten sich die Ärzte Sorgen wegen anderer, unentdeckter Verletzungen, aber sie schien keine Hirnschäden erlitten zu haben. Allerdings wurde ihr eine Drogenberaterin geschickt, die ihr Vernunft beibringen sollte, und die Sarah, die sie zu dieser Zeit war, erduldete es ebenso brav wie alle anderen Behandlungen, obwohl diese am wenigsten notwendig war. Ihre psychedelische Phase war vorbei und verschwand zusammen mit den blauen Flecken für immer. Sarah hatte von selbst festgestellt, dass die Unsterblichkeit, die Drogen verliehen, nur vorübergehender Natur war. Wichtiger noch: Sie hatte sich davon überzeugt, dass sie niemals würde fliegen können.

Sie bekam Besuch. Da sie in diesem Semester Freunde gefunden hatte – was sich damals wie ein Erfolg angefühlt hatte –, bekam sie in der ersten Woche viel Besuch. Ihre Kommilitoninnen und Kommilitonen hatten ein schlechtes Gewissen, weil sie ihren Zustand nicht erkannt und sie nicht unterstützt hatten. Es war auch ein großer, pickliger junger Mann dabei, der Sarah im Oktober um ein Date gebeten, den sie aber verscheucht hatte. Er brachte eine kleine Waliserin aus dem zweiten Jahr mit, die eher klein war, aber ansonsten perfekt zu ihm passte. Sie brachten Weintrauben mit und saßen Händchen haltend da und aßen die Weintrauben, die sie dabeihatten, und Sarah vermutete, dass ihr demonstriert werden sollte, was sie verpasst hatte. Sieben gebrochene Knochen schienen ein geringer Preis zu sein.

Doch da sie weder Reue noch Bedauern zeigte, hörten die Besuche nach knapp zwei Wochen auf. Das Semester war vorbei, und selbst diejenigen, die zumindest ein theoretisches Interesse an ihrem Wohlergehen hätten haben können, hatten jetzt andere Verpflichtungen: über die Prüfungen reden, Partys feiern, lauter wichtige Dinge eben. Sarahs Eltern kamen jedoch und weinten an ihrem Bett; ob wegen ihrer Verletzungen oder ihres Verhaltens, konnte sie nicht sagen. Ihre Genesung zu Hause würde das zweifellos klären, aber die Ärzte wollten sie noch mindestens zwei Wochen dabehalten. Sarah war froh darüber. Zwei Wochen lang konnte sie noch in dieser administrativen Schwebe liegen, in einer Pause zwischen den Akten. Sie musste nur das tun, was man ihr sagte, und das war nicht anstrengender, als dies zu trinken und das zu schlucken; versuch ein bisschen zu schlafen, Liebes. Die Vorhölle war für diejenigen, denen der Himmel verwehrt blieb. Aber sie war ein Schlupfloch für diejenigen, die ansonsten für die Hölle bestimmt waren.

Doch am ersten Nachmittag der zweiten Woche tauchte Mark Trafford auf. Sie erwachte aus einem Traum, in dem die Worte »Eifer Leuter« wie die Sirene eines Krankenwagens widerhallten, und fand ihn neben ihrem Bett sitzend, wobei er ungefähr dreißig Bücher auf seinem Schoß balancierte und sich Notizen in einem Schnellhefter machte. Er sah aus wie die Parodie eines Bücherwurms, bis hin zu dem

Schal, den er sich zweimal um den Hals geschlungen hatte, der aber immer noch lang genug war, dass die Enden auf dem Boden schleiften.

»Was machst du denn hier?« Sarah klang wie unter Wasser, das merkte sie selbst. WA U ENN IE? Sie räusperte sich und versuchte es erneut.

»Sei still. Ich muss lernen.«

Reizend. Wessen Krankenzimmer war das hier? Sie dachte über eine besonders schlaue Antwort nach, aber erst, nachdem sie wieder eingeschlafen war. Als sie das nächste Mal erwachte, war er weg, aber er hatte die gesammelten Werke von William Blake auf ihrem Nachttisch zurückgelassen. Zuerst dachte sie, es sei ein Geschenk, aber als sie die Papierstreifen sah, mit denen er Stellen markiert hatte, wusste sie, dass er zurückkommen würde.

Und irgendwie ging er von da an nie mehr weg.

Rote Pillen am Morgen, gegen Sarahs Sorgen, blaue Pillen am Abend, erquickend und labend ... Es war der zwölfte Morgen nach dem Absturz – der vierzehnte seit Joes Tod –, an dem sie herausfand, wo Mark die Tabletten aufbewahrte, und es hatte nur so lange gedauert, weil sie vorher nicht auf die Idee gekommen war, nach ihnen zu suchen. Seine Ankündigung, dass er spät nach Hause kommen würde, gab den Ausschlag. Ein kleiner Anflug von Sorge (man konnte es nicht Panik nennen), dass er sehr spät, richtig spät nach Hause kommen würde, was dazu führen würde, dass sie ihr Blauli nicht bekam. So nannte Mark sie: Blauli. Die roten Pillen nannte er nicht Rotis, vermutlich weil das lächerlich klang.

Sie lagen in seinem Nachttisch. Zwei Plastikdöschen, beide mit Marks Namen beschriftet – nicht mit ihrem –, auf einem Rezept mit unleserlicher Arztunterschrift und einer Fülle von ominösen medizinischen Begriffen, die Eingeweihten verrieten, worum genau es sich handelte. Sie nahm sie mit runter, in der Absicht, im medizinischen Wörterbuch nachzuschlagen. Aus irgendeinem Grund war ihr bisher nicht in den Sinn gekommen, dass diese Dinger ihr womöglich nicht guttun könnten. Na ja, offensichtlich taten sie ihr *gut*, aber andererseits vielleicht auch nicht. Aber das Wörterbuch war nicht da, wo es sein sollte.

Doch das war nun schon gar nicht mehr wichtig. Sie verspürte keine Dringlichkeit mehr, nachdem sie festgestellt hatte, dass ihr die Tabletten nicht so schnell ausgehen würden. Sarah ließ die Döschen auf dem Wohnzimmerfußboden stehen und machte sich einen Kaffee: nicht, weil sie das Bedürfnis danach hatte, sondern weil es elf Uhr war und die Leute um diese Zeit ihren Kaffee tranken. Eine gewisse Routine beizubehalten beruhigte sie.

Ihre Tasse vergessen neben sich, saß Sarah fünf Minuten später wieder im Wohnzimmer und starrte die Döschen an. Sie waren so leicht wie Babyrasseln; so leicht, dass sie versucht war, sie zu öffnen und den Inhalt zu zählen. Man musste die beiden Pfeile auf dem Behälter und dem Deckel übereinanderschieben; trotzdem ging der Deckel nur schwer ab. Als er sich mit einem Ruck löste, wurden die Pillen über den Boden verstreut; eine Welle kleiner roter Murmeln, wie in einer Babyrassel. Wer hätte das gedacht?

Die zweite Dose ging leicht auf, und sie schüttete die blauen Pillen auf einen ordentlichen Haufen. Als sie die roten Pillen eingesammelt hatte, war das Häufchen kleiner, was wahrscheinlich bedeutete, dass es ein paar Ausreißer gab; unter dem Sofa, in Ecken versteckt. Es war schon eine Weile her, dass sie beim Staubsaugen solche Stellen gesehen hatte. Vielleicht später. Im Moment bedeutete Aufräumen, die Tabletten wieder in ihre Döschen zu füllen. Sie zählte sie jedoch zuerst, und weil sie immer wieder den Überblick verlor, ordnete sie sie dafür in Reihen. Sie sahen aus wie kleine Soldaten oder vielleicht wie kleine Bomben. Sie hatte schon länger nicht mehr an Soldaten oder Bomben gedacht, aber jetzt wurde sie daran erinnert.

Es klingelte an der Tür.

Gefühlt beugte sie sich als Nächstes über das Spülbecken in der Küche und übergab sich. Jemand hielt sie von hinten fest und drückte ihr die geballten Fäuste in den Bauch, und neben dem sauren Geschmack von Erbrochenem hatte sie den von Salzwasser, von sehr salzigem Wasser im Mund. Sie erinnerte sich nicht daran, die Tür geöffnet zu haben, obwohl sie es offensichtlich getan hatte. Was sicherlich ein Fehler gewesen war, obwohl dies die seltsamste Form des Angriffs war, die sie sich vorstellen konnte –

»Und noch mal!«

Die Person hinter ihr riss sie hoch, bis sie aufrecht stand, und drückte ihr ein Glas an den Mund. Mit zwei Fingern hielt sie ihr die Nase zu, und da war wieder der Geschmack von Salzwasser, und erneut beugte sie sich übers Spülbecken, wobei trotz des heftigen Würgens nur noch das verdammte Salzwasser hochkam.

Als eine Form der Bestrafung war es ebenso wirksam wie entwürdigend. Sarah war schon jetzt voller Reue, und sie versprach, dass sie das, was auch immer sie getan hatte, nie wieder tun würde.

»Okay, trinken Sie das.«

Diesmal war es klares Wasser. Sie trank es, obwohl ihr Magen sich auch dabei vorsichtshalber zusammenkrampfte. Man konnte ja nie wissen.

»Müssen Sie sich noch mal übergeben?«

Sarah schüttelte den Kopf.

»Es ist Ihr Boden.« Sie wurde zu einem Stuhl geführt und mit Druck auf ihre Schultern zum Sitzen gezwungen. »Sagen Sie was, wenn Sie können.«

Die Worte ballten sich in ihrem Mund. Sie hätte gerne ausgespuckt, schluckte aber stattdessen. Es war ihr Boden. »Ich wollte nicht …«

»Was wollten Sie nicht?«

Sie schluckte noch mal. »Ich wollte die nicht nehmen.«

»Wenn Sie das sagen.«

»Ich wollte nur …« Nur was? Sie konnte sich nicht erinnern.

»Es schadet nicht, auf Nummer sicher zu gehen.«

»Ihnen nicht«, brachte Sarah heraus und ließ damit ein wenig Galle ab.

»Na, wunderbar, schon geht's uns wieder besser. Wissen Sie noch, wer ich bin?«

Sarah blickte auf, und die Bewegung ließ sie blinzeln. Tränen schossen ihr in die Augen. Sie schüttelte den Kopf.

»Kleiner Tipp: Wir sind uns nur einmal begegnet. Ich war schon auf dem Weg nach draußen.«

Dunkles lockiges Haar, dunkle Augen, Lachfalten. Doch jetzt lachte sie nicht.

»Ich glaube, Sie haben meinen Mann auf dem Gewissen, Lady. Wissen Sie jetzt, wer ich bin?«, fragte Zoë Boehm.

»Und wie war London?«

»Nicht so schön wie Paris.«

»Joe dachte –«

»Joe dachte, er wäre ein Detektiv. Er wusste jederzeit, wo meine Kreditkarte war. Sein Fehler war anzunehmen, dass ich bei ihr war.« Zoë zündete sich eine Zigarette an und warf ihr abgebranntes Streichholz in den Ausguss. »Joe war nicht so gut, wie er von sich geglaubt hat. Am Telefon konnte er sich sehr gut verkaufen, und er konnte mit seiner Oxford-Cambridge-Art die weniger Gebildeten beeindrucken, und darauf war er besonders stolz. Ab und zu spürte er jemanden auf, der nicht ernsthaft untertauchen wollte, und wenn irgendwo das Reinigungspersonal in die Portokasse griff, war Joe der richtige Mann. Aber er hatte ein schwerwiegendes Handicap, Ms Tucker. Er hatte das emotionale Alter eines Zwölfjährigen. Er war manchmal ein Trottel und manchmal ein Schwindler, und er hatte das weichste Herz der Welt, wie Sie sicher selbst festgestellt haben.«

»Was für ein Nachruf.«

»Ich bin noch nicht fertig. Denn bestimmte Dinge kamen für ihn absolut nicht infrage, Mrs. Trafford, oder wie auch immer Sie diese Woche genannt werden, und eins davon waren Drogen. Er hat nichts genommen. Er hat nichts verkauft. Irgendjemand hat Joe umgebracht, und derjenige hat ihm das Zeug untergeschoben. Wenn ich diese Person finde, mache ich Hackfleisch aus ihr und füttere es den Schweinen. Ihn oder sie.«

»Sie denken, ich war es?«

»Ich denke, dass er vor zwei Wochen noch am Leben war. Sie kamen ins Spiel, und jetzt ist er es nicht mehr. Ich denke, dass Joe, wenn er einen Fall annahm, zuerst eine Akte darüber angelegt hat. Aber es gibt keine Unterlagen über Sie im Büro. Nicht mal eine hingekritzelte Notiz.«

»Vielleicht hat er es vergessen.«

»Joe führte eine Liste über die Listen, die er führte. Er hätte eher vergessen, seine Hose anzuziehen. Nein, wer auch immer ihn getötet hat, hat Ihre Akte entfernt. Warum glauben Sie, hat derjenige das getan, Mrs. Trafford?«

»Ich weiß es nicht.«

»Wie faszinierend. Sie haben bei der Polizei ausgesagt, Sie hätten an dem Tag, an dem Sie ihn gefunden haben, zum ersten Mal einen Fuß in sein Büro gesetzt. Warum haben Sie gelogen?«

»Weil ich Angst hatte.«

»Vor der Polizei?«

»Vor allem.«

»Das ist Ihr erster kluger Gedanke. Denn seien wir ehrlich, Ms Tucker, Sie haben nicht viele Freunde. Die Polizei hält Sie für einen Junkie, und nichts am Tatort deutet darauf hin, dass Sie es nicht sind. Und das ist noch nicht alles. Denn wenn Sie Joe nicht getötet haben, müssen Sie sich wegen seines Mörders Sorgen machen.« Sie ließ ihre Zigarette in das Wasserglas fallen, wo sie mit einem Zischen verlosch. »Und wenn Sie es getan haben, haben Sie mich an der Backe.«

»Ich war es nicht!«

»Sie haben gegenüber der Polizei behauptet, Sie hätten Koks von ihm gekauft. Warum?«

»Ich … Ich weiß nicht.«

»Hat Sie jemand unter Druck gesetzt?«

Sarah versuchte angestrengt, zu überlegen. »Das … Die wollten, dass ich das sage.«

»Die?«

»Alle.«

Zoë nickte und zündete sich bereits eine weitere Zigarette an. »Waren das dieselben, die von Ihnen verlangt haben, dass Sie Pillen wie Smarties futtern?«

Ihr Magen brannte, aber ihr Kopf wurde seltsamerweise klarer. »War er wirklich Ihr Ehemann? Hat er nie gesagt.«

»Überraschung!«, bemerkte Zoë trocken. »Wir hatten uns auseinandergelebt. Individuelle Lebenskonzepte und so, verstehen Sie?«

Sarah schüttelte den Kopf.

»Ich kann lesen, Tucker. Auf diesen Pillendöschen steht der Name Ihres Mannes. Sie öffnen die Tür, als wäre es die Nacht der lebenden Toten, und haben Sie in letzter Zeit mal in einen Spiegel geschaut? Vorausgesetzt, Sie erscheinen noch in einem. Entweder tun Sie sich das selbst an, weil Sie Schuldgefühle haben und damit also schuldig sind, oder jemand anderer tut es Ihnen an. Und wie gesagt, auf den Döschen steht der Name Ihres Mannes. Also, welche Rolle spielt er bei dieser Sache?«

»Keine. Er hat nichts damit zu tun.«

»Klar. Ich habe noch nie einen Ehemann getroffen, der kein Unschuldslamm war.«

»Als Detektivin«, brachte Sarah heraus.

»Als Frau.«

»Wie lange haben Sie sich gekannt?« Es interessierte Sarah wirklich, aber sie wollte auch das Thema wechseln. »Schon seit dem College?«

»Hah! Joe ist einem College nie näher gekommen als dem Parkplatz davor.« Aber zum ersten Mal wirkte Zoë Boehm angespannt. In fremde Häuser einzudringen, jemanden vom Suizid abzuhalten, nichts davon hatte sie aus der Ruhe gebracht. Aber als sie davon erzählte, wie sie ihren Mann kennengelernt hatte, ging ihr das an die Substanz. »Wir haben jung geheiratet«, sagte sie schließlich. »Wir waren verliebt. Verdammt, wir waren noch Kinder.«

»Es hat nicht gehalten.«

»Für Joe schon. Er war bis zu seinem Tod ein Kind. Scheiße!« Zu Sarahs Erstaunen fing sie an zu weinen. »Dieser dumme, dumme Kerl! Er konnte sich das überhaupt nicht vorstellen. Dass es Leute gab, die ihm Schaden zufügen könnten, dass ihn sein dummer Tagtraum umbringen könnte.«

Sarahs eigene Gefühle erwachten nun wieder zum Leben. Sie waren größtenteils körperlicher Natur: ätzende Säure im Inneren und ein Kribbeln auf der Haut an Armen und Beinen, wie bei einem Ausschlag. Sie trug immer noch ihren Morgenmantel. Das stellte sie erst jetzt fest, ebenso wie die deprimierende Tatsache, dass sie draufgekotzt hatte. Abgesehen davon war sie emotional völlig abgestumpft, wenn auch nicht auf die sedierte Art, an die sie sich gewöhnt hatte. Es war eher so, als wäre sie in einem Ballon gefangen, der ziemlich bald platzen würde.

Sie drückte von innen dagegen. »Es war kein Tagtraum, Zoë. Er war gut in dem, was er gemacht hat.«

»Was Sie nicht sagen.« Sie setzte sich auf einen von Sarahs Stühlen, zündete sich eine weitere Zigarette an und machte keine Anstalten, sich die Tränen abzuwischen. Vielleicht dachte sie, das Rauchen würde sie trocknen. »Einmal wurde Joe verhaftet, als er nach einem entlaufenen Hund suchte, aber nicht mal er hätte es geschafft, sich umbringen zu lassen, während er die Schreibkraft eines abtrünnigen Ehemanns überprüfte.«

»Er hat nach einem Kind gesucht.«

»Einem bestimmten, nehme ich an. Ihrem?«

Sarah schüttelte den Kopf.

»Muss ich Ihnen erst die Zehennägel ausreißen?«

»Welche Funktion hatten Sie im Büro?«

»Ich saß hauptsächlich am Telefon. Aber nein, ich war nicht seine Sekretärin. Neunzig Prozent unserer Arbeit bestehen aus Telefonieren. Selbst wenn das Kind in Alaska wäre, könnte ich es finden, ohne das Büro zu verlassen. Zufrieden?«

»Ich will mich nur vergewissern. Er ist tot, verdammt noch mal! Soll ich Sie vielleicht auch noch auf dem Gewissen haben?«

»Sie fühlen sich also schuldig.«

»Ja, aber ich bin es nicht.« Sarahs Anflug von Wut verflog, und sie war erschöpft und den Tränen nahe. Das war das Problem mit Emotionen: Sobald sie zurückkamen, wählten sie ihre eigene Reihenfolge. »Hier in der Gegend wurde eine Bombe gelegt«, begann sie schließlich. »Oben, am Ende der Straße. Ein Haus ist in die Luft geflogen.«

Die schrillen Sirenen, die über die Dächer heulten …

Zoë breitete fächerförmig Zigaretten auf dem Tisch aus. Bis Sarah fertig war, hatte sie zweieinhalb davon geraucht.

Sie schwiegen eine Weile. Zoë rauchte ihre Zigarette zu Ende, Sarah trank Leitungswasser; ihre Kehle war rau vom Sprechen, Würgen und passiver Schuld. Sie hatte Zoë wenig über die Ereignisse seit Joes Tod erzählt, aber ihr Zustand sprach Bände.

»Sie haben gesagt, dass Sie gewarnt worden seien«, sagte Zoë schließlich.

»Hm-hm.«

»Joe wird umgebracht, Sie werden gewarnt.« Sie schien das unter anderem sexistisch zu finden. »Dieser Typ, wie hieß er noch, Downey?«

»Michael Downey.«

»Eins paarundachtzig, Ende dreißig, gut gebaut, strähniger dunkler Bart und ein Pferdeschwanz mit rotem Zopfgummi? Blaue Segeltuchtasche, Jeansjacke? Kommt Ihnen das bekannt vor?«

»Eine Tasche hatte er nicht dabei«, erwiderte Sarah teilnahmslos.

»Tja, gestern schon.«

Sarah öffnete den Mund und schloss ihn wieder. Sie wartete auf Zoës Erklärung.

»Ich bin hier vorbeigekommen, aber Sie hatten Besuch.« Wigwam und Rufus, erinnerte sich Sarah. Wigwam hatte viel und kreativ von Sarahs Leistungen geschwärmt, Sarahs Geschmack bei der Innendekoration, Sarahs Kochkünsten, eine warmherzige Mischung aus Unterstützung und Fürsorge, mit nur dem leisesten Anflug von Mitgefühl, als hätte Sarah kürzlich einen unbedeutenden Betrag im Lotto gewonnen, anstatt verhaftet worden zu sein und so weiter. Rufus hatte sich, wie immer, einen Sessel gesucht und aufgehört zu existieren. Sie waren nicht nur ein seltsames Paar, sie waren ein fast unvorstellbares Paar. Als Sarah sie gestern gesehen hatte, wäre ihre ruhige Benommenheit beinahe zerbröckelt. *Was passiert ist, ist passiert!,* hätte ein Teil von ihr am liebsten geschrien. *Hören wir auf, so zu tun, als wäre es nicht passiert!* Aber wenigstens kümmerte sich Wigwam um sie. »Nachmittags?«

»Ja, da waren Freunde zu Besuch.«

»Er hat das Haus beobachtet.«

Sarah spürte, wie der Ballon sich weiter aufblähte. »Mein Haus«, sagte sie tonlos.

»Jetzt ist er nicht da.«

Sarah wusste nicht, ob sie lachen oder weinen sollte. Wenn er jetzt nicht da war, wo war er dann? Sollte sie die Polizei rufen? Und was sollte sie ihr sagen?

»Sie glauben, er hat Joe getötet«, sagte Zoë.

Sie nickte, wieder wie betäubt.

»Aber Sie haben keinen konkreten Anlass dazu.«

»Warum sollte er mich sonst beobachten? Er hat mich gewarnt, er hat Joe und mir die Drogen untergeschoben. Und jetzt behält er mich im Auge, um sicherzustellen –«

»Um was sicherzustellen? Dass Sie sich nicht in einen wilden Kampf für Freiheit und Gerechtigkeit stürzen? Die bösen Jungs aus dem Verkehr ziehen? Entschuldigung, Tucker, aber so, wie Sie aussehen, stürzen Sie in absehbarer Zeit höchstens auf die Toilette.«

»Na vielen Dank.«

»Sie müssen eigentlich nur eines tun.«

»Ach, ist das nicht wunderbar? Endlich jemand, der mir sagt, was ich tun soll! Haben Sie eine Wartenummer gezogen, oder haben Sie sich vorgedrängelt?«

Zoë Boehm erwiderte: »Ich hatte vergessen, dass Sie schnippisch sind. Irgendwann, wenn Sie wieder auf dem Damm sind, können wir mal Rezepte austauschen. In der Zwischenzeit machen Sie Folgendes: Sie rufen die Polizei an und sagen, dass Sie diese Aussage über Joe, dass er Drogen verkauft, zurückziehen. Es ist ganz einfach. Man nennt es: die Wahrheit sagen.«

»Sind Sie wahnsinnig? Genau das will doch dieser haarige Spinner vermeiden!«

»Verdammt, Tucker, was soll er denn machen? Wenn er Sie umbringt, wird nach ihm gefahndet. Was er bisher mit aller Macht verhindern wollte.«

»Das ist wirklich ein Trost.«

»Das mag jetzt ein Schock für Sie sein, aber im Moment mache ich mir mehr Sorgen um den Schaden, den Sie Joes Ruf zugefügt haben, als um alles, was Ihnen passieren könnte. Sie wissen verdammt genau, dass er nicht gedealt hat, und nur die Tatsache, dass Sie aussehen, als würden Sie jeden Moment auf dem Friedhof landen, hält mich davon ab, Sie ans Telefon zu zerren und es aus Ihnen herauszuwürgen. Also, warum gehen Sie nicht unter die Dusche, ziehen sich an, erinnern sich daran, wo Sie Ihre Prinzipien gelassen haben, und tun das einzig Richtige? Wer weiß, vielleicht wird es zur Gewohnheit.«

Die Kraft, die von diesen Worten ausging, raubte ihr den

Atem. Ein weiteres neues Gefühl, Scham, kam hinter den anderen hervorgekrochen. »Ich habe nie ... äh ... Ich habe nicht nachgedacht.«

»Es sieht nicht so aus, als hätten Sie eine Chance dazu gehabt«, murmelte Zoë. Sie nahm ihre Tasche und hängte sie sich über die Schulter. »Ich rufe Sie morgen an.«

»Um nachzufragen«, sagte Sarah benommen.

»Oh, das habe ich bis dahin längst erledigt. Aber ich rufe Sie trotzdem an.« Sie legte den Kopf schief. »Sie sollten sich keine allzu großen Vorwürfe machen. Ich bin nicht nachtragend. In Ihrer Lage hätte ich dasselbe getan.«

Irgendwie bezweifelte Sarah das. Eine Sache störte sie jedoch.

»Wenn Sie ihn so sehr geliebt haben, warum sind Sie dann immer wieder verschwunden?«

»Wer sagt, dass ich ihn geliebt habe? Das ist schon Jahre her.«

»Warum dann das alles?«

»Weil eine Frau, deren Partner getötet wurde, etwas dagegen unternehmen muss. Es spielt keine Rolle, was sie von ihm gehalten hat. Sie muss etwas dagegen unternehmen.«

»Ich verstehe Sie nicht.«

»Der Malteser Falke«, sagte Zoë. »Glauben Sie mir, Joe hätte es verstanden.«

17

Sie ging. Sarah saß wieder alleine da und fühlte sich krank, schwach und hungrig zugleich. Der Hunger hielt nicht an. Die meisten Gelüste schienen momentan weit entfernt zu sein, als könne sie sich nur auf eine Sache gleichzeitig konzentrieren, wobei ihre aktuelle Aufgabe im Widerruf ihrer Aussage bei der Polizei zu bestehen schien. Eine unumgängliche Wahrheit, und das einzig Gute daran war, dass Simon Smith nichts damit zu tun haben würde.

Es war unumgänglich, aber es musste ja nicht unbedingt sofort sein. Sie duschte, zog sich an und zwang sich, ein gekochtes Ei zu essen, und obwohl es eine Herausforderung war, nicht an den Vorhängen zu zupfen und nach Fremden auf der Straße Ausschau zu halten, gelang ihr auch dies. Dann setzte sie sich hin und sah sich den Zeitungsausschnitt an, den Joe ihr gegeben und den sie aus ihrer Jackentasche gezogen hatte. Sie hatte Downey auf Anfang vierzig geschätzt, als sie ihn zum ersten Mal von der Brücke aus gesehen hatte; Zoë hatte ihn großzügigerweise für Ende dreißig gehalten. Und Zoë hatte recht; er war zum Zeitpunkt seines angeblichen Todes vierunddreißig gewesen, weshalb er jetzt achtunddreißig sein musste. Seine Frisur machte ihn älter. Aber was wollte er von ihr? Er hatte auch nach Dinah gesucht, aber warum musste Joe sterben? Und das war nicht die einzige offene Frage. Sie fasste Mut und tätigte ihren Anruf. Ruskin war nicht erreichbar. Wann würde er zurück sein? Gegen fünf, vielleicht sechs. Sie sagte, sie würde sich noch mal melden. Danach fiel sie in einen Wachschlaf, einen dieser Zwischenzustände, in denen die Uhr immer noch tickt und der Verkehr vorbeizieht, aber innerlich alles zum Stillstand kommt. Als das Telefon klingelte, erschrak sie fast zu Tode.

»Du klingst so abgehetzt.«

»Nein, alles gut.«

»Habe ich dich geweckt?«

Sie warf einen Blick auf die Uhr; es war gerade fünf geworden. *Was soll das, bin ich ein Baby?* Aber sie unterdrückte diesen Impuls. »Mir geht es gut, Mark. Wirklich.«

»Gut. Schön. Ich rufe nur an, um dich daran zu erinnern, dass ich heute spät nach Hause komme. Ein Treffen mit einem Kunden. Es könnte zehn werden, vielleicht sogar später. Warte nicht auf mich.«

»Mark?«

»Ja?«

Durch die Drähte pulsierte die Stille. Alles wurde mit der Geschwindigkeit von fließendem Strom von hier nach da transportiert.

»Geht es dir wirklich gut?«

»Mhm.«

»Okay. Ruf Wigwam oder sonst irgendjemanden an, damit du nicht alleine bist.«

Er ging davon aus, dass Wigwam ständig zu ihrer Verfügung stand. Es ärgerte sie, dass er wahrscheinlich recht hatte.

Es sollte ewig dauern, bis sie das nächste Mal miteinander sprachen, was sie noch nicht wusste. Sie legte auf und rief wieder bei der Polizei an, wo sie schon mal dabei war. Ruskin meldete sich.

»Sie wollen was?«

»Es war nicht die Wahrheit.«

»Wie kommen Sie darauf, dass es mich interessiert, ob …« Im Hintergrund hörte man dumpf, wie jemand verhaftet wurde, und dann wurde ein Hörer aufgeknallt, ob absichtlich oder nicht. Dann: »Sind Sie noch dran?«

»Ja.«

»Ist Ihnen klar, was ein Widerruf bedeuten würde, Mrs. Trafford? Haben Sie sich dahingehend juristisch beraten lassen?«

»Wieso brauche ich jetzt einen Rat, wo Sie doch vorher ganz froh waren, dass –«

»Abgesehen von den anderen Folgen. Die Zeit der Polizei zu verschwenden ist immer noch eine Straftat.« Sie sollten die ganze verdammte Welt einsperren, implizierte sein Ton. »Indem man falsche Aussagen macht, zum Beispiel.«

»Ich will nur nicht, dass –«

»Ganz zu schweigen von den anderen Anklagepunkten, die Ihnen noch immer zur Last gelegt werden könnten. Immer noch. Sie bringen sich in ernsthafte Schwierigkeiten, Mrs. Trafford. Sie sollten es sich sehr gut überlegen, bevor Sie noch tiefer in die Sache hineingeraten.«

Es war in den Nachrichten gewesen, erinnerte sie sich verschwommen. Der Mann, der E an Lizbeth Moss verkauft hatte. *Drogenhändler betrügt die Justiz*. Kein Wunder, dass Ruskin sich wie ein Hai darauf stürzte.

»Hören Sie mir zu, Mrs. Trafford? Muss ich noch deutlicher werden?«

»Nein, Sie hören jetzt mal mir zu. Die Aussage, die ich gemacht habe, habe ich unter Zwang abgelegt. *Unter Zwang*. Ich komme morgen aufs Revier, um eine neue Aussage zu machen. Wenn das nicht klappt, wende ich mich an die Presse. Ihre Entscheidung, Inspektor.«

Es konnten auch zwei den Hörer auf die Gabel knallen.

Anschließend zitterten ihr minutenlang die Knie, und sie war unfähig, sich zu bewegen, unfähig, irgendetwas zu tun. Außer sich natürlich zu fragen, was genau sie gerade getan hatte und welche Konsequenzen sie dafür tragen musste.

Sie rief Wigwam nicht an. Mark erledigte das für sie: Sie kam kurz nach halb sieben mit der halbherzigen Ausrede an, einfach nur vorbeizuschauen, doch Sarah ließ es ihr nicht durchgehen.

»Er hat gesagt, du hättest angespannt geklungen. Ja, ich glaube, so hat er es ausgedrückt.«

»Er wird langsam zu meinem Aufpasser!«

»Wir haben uns alle Sorgen gemacht, Sarah«, erwiderte Wigwam ohne den Hauch eines Vorwurfs.

Ansonsten hatte sie Sarahs Probleme mit keinem Ton erwähnt.

»Das war ich auch«, gab Sarah nun zu. »Angespannt«, fügte sie hinzu.

»Ich setze Wasser auf«, schlug Wigwam vor. »Und dann kannst du mir alles erzählen.«

Aber Sarah konnte es nicht. Einerseits wäre sie es gern losgeworden, aber wo sollte sie anfangen? Außerdem versetzte sie sich in Wigwams Lage. Wie wäre es, wenn ihr eine Freundin, egal wie vertraut, erzählen würde, dass sie im Zentrum einer riesigen Verschwörung stand, in der ihr Männer mit Bärten und bösen Absichten auflauerten? Man müsste sie schon sehr lieben, um nicht in Mitleid für sie zu versinken.

Sie unterdrückte ein Gähnen. Diese schreckliche Lethargie; sie musste sie unbedingt bekämpfen. Sich mit einem Ruck daraus befreien.

Wigwam spürte, dass Sarah sich verschloss, bedrängte sie aber nicht. Stattdessen kam sie wieder auf Mark zurück. »Er hat mich vom Büro aus angerufen«, sagte sie und verlieh dem Ort eine beeindruckende Bedeutung: Sie war wirklich beeindruckt, die Gute. Wigwam hatte noch nie in einem Büro gearbeitet, höchstens mal Schreibtische abgestaubt. »Man hat im Hintergrund alles Mögliche gehört.«

»Die haben wahrscheinlich Cricket gespielt«, meinte Sarah.

»Er war im Büro.«

»Das machen die da«, erklärte Sarah. »Sie nehmen Papierkörbe als Wickets und Bälle aus Papier. Wer das Faxgerät trifft, ist raus.«

»Er klang sehr beschäftigt.«

»Vielleicht war er mit Werfen dran.« Sie verlor die Lust an dem Spiel. »Wigwam. Er verbringt den ganzen Tag vor einem grünen Bildschirm und telefoniert mit anderen Leuten in anderen Banken über Geld. Alle sitzen vor dem gleichen grünen Bildschirm. Du hast jeden Tag mehr Kontakt zu Menschen als er in einem Monat.«

»Oh, ich mag meine Jobs. Aber sie sind nicht wichtig.«

»Seiner ist es auch nicht. Er trägt keinen roten Heller zur Summe des menschlichen Glücks bei, weder positiv noch negativ.«

»Wäre es dir lieber, er wäre Lehrer geworden?«, fragte Wigwam ein wenig wehmütig. Wigwam wäre gerne Lehrerin geworden.

»Ich wäre lieber glücklich«, sagte Sarah. Und füllte sämtliche Lücken in ihrem Kopf: Wenn er seine Promotion abgeschlossen, das richtige Stipendium erhalten, sein Buch geschrieben hätte …

Mich nicht geheiratet hätte, dachte sie in einem plötzlichen Moment der Klarheit. Irgendetwas fiel mit einem dumpfen Schlag durch den Briefschlitz auf die Fußmatte.

»Bisschen spät für den Postboten«, sagte Wigwam. »Soll ich es holen?«

»Bestimmt eine von den Gratiszeitungen«, sagte Sarah. Tatsächlich war es aber ein Brief, an sie adressiert. In einer Handschrift, die sie nicht kannte. Da der Absender die Hausnummer vertauscht hatte, hatten noch andere etwas dazugekritzelt. »217 versuchen«, war hinzugefügt worden, und »vielleicht 271«. Der Brief war vor zwei Wochen abgestempelt worden. Während Sarah ihn in der Hand hielt und ansah, spürte sie, wie ihr unerklärlicherweise das Herz schwer wurde, als hätte auch sie die letzten zwei Wochen unter einer falschen Adresse verbracht und wäre nun wieder dort, wo sie sein sollte, was aber keineswegs ein guter Aufenthaltsort war.

»Alles okay mit dir?«

»Ja, alles gut«, log sie geistesabwesend.

»Willst du ihn nicht aufmachen?«

»Später. Er wird ja nicht schlecht.« Aber sie war jetzt von diesem Brief abgelenkt, und obwohl Wigwam weiterredete, hörte Sarah kaum noch zu.

»… weil sie ins Tai-Chi muss«, beendete Wigwam ihren Satz.

»Tut mir leid, Wigwam. Ich war gerade mit den Gedanken woanders.«

»Caro passt auf die Babys auf«, begann sie erneut. Wigwam nannte ihre Kinder immer »Babys«. »Aber sie muss um Viertel nach acht weg, weil –«

»Okay, ich hab's verstanden.«

»Deswegen muss ich bis dahin zu Hause sein. Aber ich schicke Rufus vorbei, damit er dir Gesellschaft leistet.«

»Nein, nicht nötig.«

Wigwam schaute unzufrieden. »Wir … äh …«, sagte sie.

»Was?«

»Ich musste Mark versprechen, dass ich dich nicht alleinlasse«, gestand sie.

Was glaubt er denn, was ich anstelle?, knurrte ihre innere Stimme. *Dass ich mir Backpulver spritze?* Und dann dachte sie: Nein, er macht sich Sorgen, dass ich meine Tablette nicht nehme, dass ich anfange, lästig zu werden, dass ich in Schwierigkeiten gerate.

Ich bin schon in Schwierigkeiten.

Wahrscheinlich bedeutete der Brief Ärger: Deshalb konnte sie an nichts anderes denken. Um Wigwam zu beruhigen, erklärte sie sich einverstanden, dass Rufus vorbeikäme, wenn es sein musste, obwohl sie noch einiges zu erledigen habe – Briefe schreiben. Er könne sich gerne solange vor den Fernseher setzen. Ein Szenario, das sie eigentlich zum Kotzen fand, das aber bei Weitem besser war, als mit ihm zusammen fernzusehen, mit ihm zu reden oder überhaupt irgendetwas zu tun, wobei sie seine Gegenwart ertragen musste. Doch das konnte sie Wigwam gegenüber natürlich nicht zugeben. Stattdessen nickte und lächelte sie nur, während sie spürte, wie sich die lange ungenutzten Muskeln in ihren Wangen bis zum Schmerzpunkt dehnten, während Wigwam noch einmal den Nachbarschaftsklatsch durchhechelte. Sarah wollte nur noch, dass Wigwam endlich ging, damit sie den verdammten Brief öffnen und sich mit dem Schlimmsten konfrontieren konnte. Ihre beste Freundin, mit der sie gefühlt seit Monaten nicht mehr gesprochen hatte, und sie wollte nichts lieber, als dass sie ging.

Was sie schließlich auch tat. »Bist du sicher, dass alles in Ordnung ist?«

»Es geht mir gut.«

»Bestimmt kommt Mark nicht allzu spät.«

»Wigwam. Es geht mir gut.«

Sie schloss die Tür leise, legte aber die Kette vor, sobald Wigwams Schritte verklungen waren.

Im Wohnzimmer blieb sie eine Weile mit dem Brief auf dem Schoß sitzen. Er war von Joe. Das wusste sie bereits: Sie kannte die Handschrift nicht, aber sie wusste, dass er von Joe war. Es sah ihm einfach zu ähnlich, sich in der Adresse zu irren. Bei jedem anderen hätte man sich darüber geärgert; bei dem Privatdetektiv Joe musste man grinsen. Joe war einmal verhaftet worden, als er nach einem entlaufenen Hund suchte: Hatte Zoë ihr das nicht erzählt? Sie öffnete den Umschlag, faltete das erste Blatt auseinander und las es zweimal durch:

Liebe Sarah,

ich hätte daran denken sollen, dass wir alle unsere eigenen Dämonen austreiben müssen. Was maße ich mir an, Ihnen zu sagen, dass Sie mit der Suche aufhören sollen? Egal, wonach Sie suchen. Also, dieses kleine Mädchen: Da sie Ihnen so wichtig ist, hoffe ich, dass Sie sie finden, obwohl ich immer noch denke, dass wir gestern auf dem Holzweg waren. Ich hätte mich nicht so aufregen sollen. Ich habe Ihnen gesagt, dass ich Ihnen helfen würde, also sollte ich das einfach tun. Selbst wenn ich dafür umsonst nach Surrey fahren müsste. Ich glaube aber, dass es besser ist, mit dem Offensichtlichen zu beginnen. Ich lege eine Kopie des Briefes bei, den ich an das Verteidigungsministerium geschickt habe. Laut dessen Pressemitteilung ist Thomas Singleton vor vier Jahren gestorben. Wie kann es also sein, dass er vor Kurzem erneut gestorben ist? Vielleicht weiß man dort gar nichts davon. Und wenn nicht, sollte man von deren Seite aus allmählich auch mal ein paar Fragen stellen, meinen Sie nicht? Das Ministerium hat viel größere Chancen, die Antworten zu finden. Und wo auch immer die Antwort auf Singletons Tod liegt, ich denke, dort werden Sie auch seine Tochter finden.

Und wenn das Ministerium Bescheid weiß, wird man sich darüber im Klaren sein, dass ein paar diskrete Antworten ihnen später viel Pressewirbel ersparen könnten. Das sind heutzutage alles nüchterne Pragmatiker, Sarah, die Männer in Anzügen. Sie müssten sich nur ein wenig anstrengen, oder? Das würde es Ihnen ersparen, noch mehr Ärger zu verursachen.

Ich habe das Gefühl, dass Sie eine Menge Ärger verursachen können, wenn Sie es darauf anlegen.

Ich melde mich. Joe

Der beigefügte Brief war tatsächlich, wie er gesagt hatte, ein formelles »Sehr geehrte Damen und Herren«, in dem die harten Fakten zu Thomas Singletons Tod und dem Verschwinden seiner Tochter dargelegt wurden; alles ordentlich getippt und orthografisch korrekt. Er hatte sogar seine eigene Referenznummer angegeben. Auch die, dachte Sarah, war aus seinen Büroakten entfernt worden. Sonst hätte Zoë sie gefunden. Sarah hatte das Gefühl, dass diese Frau so ziemlich alles fand, was sie sich vornahm.

Aus einem plötzlichen Impuls heraus, dem man am besten sofort nachgab, griff sie zum Telefon und rief die Auskunft an, oder wie auch immer sie heutzutage hieß, und nach einer sehr kurzen Wartezeit erhielt sie die Telefonnummer, die zu der Adresse passte, an die Joe den Brief geschickt hatte. Sie schrieb sie mit einem großen roten Filzstift, der gerade greifbar war, auf den Brief. Vielleicht würde sie anrufen. Natürlich nicht jetzt. Manche Impulse schlief man am besten aus; man musste ihnen Zeit geben zu verschwinden. So weit hatte sie alles durchdacht, als sie das Klopfen an der Tür hörte – an der Hintertür.

Die zum Garten führte und sonst nirgendwohin. Zwar konnte man sich am hinteren Ende an der Hecke vorbeiquetschen und durch den Gang neben dem Haus hinter ihnen auf die Straße gelangen, aber niemand tat das, nicht einmal Einbrecher. Sarah kannte die Nachbarn in dieser Richtung nicht; konnte man sie überhaupt als »Nachbarn«

bezeichnen? All dies deutete auf einen unwillkommenen Besucher hin, aber solche klopften nicht an, und es führte kein Weg daran vorbei, dass sie sich jetzt aufraffen, in die Küche gehen und nachsehen musste, wer es war. Es war Rufus.

Ihre Abneigung vermischte sich mit Erleichterung, und sie ließ ihn herein. In der Zeit, die sie brauchte, um zur Tür zu gelangen, waren ihr eine Reihe von Schreckensszenarien durch den Kopf gegangen; keine davon konkret, aber jede rot schattiert, die Farbe von Joes Krawatte. Da war Rufus das kleinste Übel. Sie ließ ihn herein, schloss die Glastür hinter ihm und drehte den Schlüssel zweimal um.

»Hallo, Rufus.«

»Hi, Sarah.«

»Warum kommst du durch den Garten?«

Er zuckte mit den Schultern.

Selbst wenn er allein ankam, wirkte Rufus wie jemand, der mitgeschleppt wurde. Es war schon fast gruselig.

»Wigwam meinte, du brauchst Gesellschaft.«

»Mir geht es gut. Wirklich.«

»Kein Problem.«

Er schlenderte durch die Küche ins Wohnzimmer. In Situationen wie diesen war es kein Wunder, dass Sarah das Gefühl hatte, Rufus sei ihr vollkommen fremd. Ein paarmal hatte sie sich Wigwam zuliebe bemüht, ihn besser kennenzulernen, aber ohne Erfolg. Rufus interessierte sich einfach für gar nichts. Er hinterließ so wenig Eindruck, dass er Sarahs wegen gerne in dieser Zwischenwelt hätte bleiben können, in der all die Menschen lebten, die sie nie kennengelernt hatte.

»Möchtest du eine Tasse Tee?«, fragte Sarah.

»Gerne.«

Jetzt musste sie ihm also eine Tasse Tee machen.

Sie schaltete den Wasserkocher ein, spülte eine Tasse aus, überlegte kurz und spülte eine weitere. Wenn sie an Essen dachte, wurde ihr immer noch übel, aber sie musste etwas zu sich nehmen. Währenddessen rief Rufus aus dem Wohnzimmer: »Es geht los. Ich hab's heute in den Nachrichten gehört.«

»Was geht los?«

»Der Krieg.«

Dabei leuchteten wahrscheinlich sogar Rufus' Augen auf: Das war so ein Jungs-Ding. Beim letzten Mal hatte es im Fernsehen ausgesehen wie eine Sandkastenübung.

Aber sie hatte nichts zu sagen. Nichts zu bieten. Im Nahen Osten würden sie sich jetzt gegenseitig erschlagen – wieder verkohlte Leichen, die mit ihren Panzern verschmolzen waren –, und sie wollte nichts davon wissen, wozu sie einfach nur das Radio ausschalten musste, nichts leichter als das. Bis jetzt gab es noch kein Gesetz, das einen dazu zwang, gründlich informiert zu sein, und in Kriegszeiten war das wohl das letzte, das sie verabschieden würden.

Das Wasser kochte. Sie goss den Tee auf. Sie reichte Rufus, der aus dem Wohnzimmer gekommen war, eine Tasse, und er fasste sie am Boden, ohne zu bemerken, wie heiß sie war. Er machte auf dem überfüllten Kühlschrank dafür Platz, indem er ein paar Sachen zur Seite schob, und fuhr sich dann mit den warmen Fingern durch die Haare, eine Geste, die sie daran erinnerte, wie er seine Maske abgenommen hatte. Aber das war gewesen, als er Stan Laurel war, und jetzt war er nur noch Rufus.

»Sie redet die ganze Zeit von dir, wusstest du das?«

»Wigwam?«

»Ja. Früher hieß es andauernd, wie nett du bist. Sarah sagt dies. Sarah hat mir das geliehen. Heutzutage heißt es: die arme Sarah. Die ganze Zeit. ›Die arme Sarah‹.«

»Sie ist eine gute Freundin.«

»Sie hat ein weiches Herz. Ich kann mir kaum vorstellen, dass ihr zwei befreundet seid.«

»Du brauchst es dir nicht vorzustellen«, erwiderte sie schnippisch. »Es ist so.«

Er grinste, erfreut darüber, einen Nerv getroffen zu haben. Und da war sie wieder, die Boshaftigheit, die sie ihm angesehen hatte, als er ihr in der Stadt Angst eingejagt hatte: Wenn er sie so sehr hasste, warum war er dann überhaupt hier? Weil Wigwam ihn darum gebeten hatte? Er hätte einfach Nein sagen können.

Er nahm einen Magnet von der Kühlschranktür, inspizierte ihn und heftete ihn wieder an. »Hast du dich also ausgeruht? Nach dem ganzen Ärger mit den Bullen.«

»Ich möchte nicht darüber reden.«

»Wie du willst. Und was gibt es da schon zu reden? Du besorgst dir Dope und wirst dabei erwischt. Ende der Durchsage.«

Es war Murphys Gesetz: Ausgerechnet jetzt, wo sie nichts lieber wollte, als dass er mit der Tapete verschmolz, hatte er entdeckt, dass er eine Zunge hatte.

»Rufus …«

»Ist schon okay. Haben wir alle schon durchgemacht.«

»Hör mal, Rufus, es ist nett von dir, dass du vorbeigekommen bist. Aber ich kann wirklich allein bleiben. Mark wird bald zu Hause sein, und ich möchte nicht –«

»Keine Sorge. Ich sage ja nur, dass es damit gut sein sollte. Verstehst du? Die Polizei drückt ein Auge zu, und du lebst dein schönes, bequemes Leben weiter. Man muss kein Genie sein, um zu wissen, wann es Zeit ist aufzuhören.«

Sarah rieb sich die Schläfe. Dort verbarg sich ein stechender Schmerz, und würde er jemals herauskommen, würde er einen grässlichen Banshee-Schrei ausstoßen. Ungefähr jetzt sollte sie eine blaue Pille nehmen, falls sie je wieder eine nehmen würde. Sie ahnte, dass ein ganzer Abschnitt ihres Lebens gerade zu Ende gegangen war, und es war nicht die fehlende Pille, durch die der Vorhang gefallen war.

»Also warum schreibst du immer noch Briefe, Sarah? Dein jüdischer Freund ist tot. Verstehst du nicht mal einen Wink mit dem Zaunpfahl?«

Es änderte sich nichts. Der Boden unter ihren Füßen bröckelte und gab nach, aber das war alles. Und das Einzige, was ihr einfiel, waren abgedroschene, düstere Klischees:

– *Was hast du gesagt?*

– *Das kann nicht dein Ernst sein!*

– *Du meinst doch nicht etwa, du …*

Also sagte sie nichts.

Rufus fuhr fort: »Er sollte dich beschützen, oder? Ein großer, starker Mann wie er? Für den Fall, dass du auf irgendwelche bösen Jungs triffst?«

»Du warst es. Du bist an dem Abend, als die Bombe hochging, zu spät gekommen.«

»Mmm hmm.«

»Das ist nur niemandem aufgefallen. Denn selbst wenn du da bist, bist du nicht richtig anwesend.«

Er grinste und versteckte sein Gesicht hinter den Händen. »Kuckuck!«

»Wer bist du?«

»Nenn mich Rufus.«

»Wer bist du?«

»Aber in Wirklichkeit heiße ich Axel. Hey, was glaubst du, was das fette Dreckschwein dazu sagen würde?« Er verzog sein Gesicht zu einer überheblichen Maske: keine schlechte Imitation von Gerard. »Was ist das denn für ein *Name*? So nennt man ja nicht mal seinen *Hund*.« Er glättete seine Gesichtszüge und wurde wieder zu Rufus/Axel. »Unter den gegebenen Umständen würde ich den Boden mit ihm aufwischen.«

»Wer bist du?«

»Ich bin dein Albtraum, Sarah«, sagte er. »Ich bin die Treppe, die knarrt, wenn niemand zu Hause ist. Ich bin das Licht, das ohne Vorwarnung ausgeht.« Er holte hinter dem Rücken ihr Exemplar von Joes Brief hervor; der rote Textmarker schrie ihre Absichten heraus, sodass alle Welt sie mitbekam. »Ich meine, was soll das, verdammte Scheiße? Dein Freund wurde umgebracht, Sarah. Und gründlich reingelegt. Und bei dir fragen die Bullen sich, wann du dir den nächsten Freelance-Chemiker suchst. Du hättest aufgeben sollen.«

»Das habe ich. Ich habe aufgegeben.«

»Und warum dann der Brief? Warum die Telefonnummer? Warum konntest du es nicht einfach sein lassen?«

Sarah blickte sich um, zur Hintertür. Der Schlüssel war weg. Als sie sich wieder umdrehte, hielt Rufus ihn in der Hand. Er lächelte und ließ ihn in seine Teetasse fallen. »Den brauchst du nicht mehr.«

»Du hast Joe getötet. Du hast uns das Koks untergeschoben.«

»Und du hättest einfach nur wieder in den Bus steigen müssen, oder? Was ist los mit dir, ist es das Kind? Ist es immer noch das Kind? Sie ist ein kleines Mädchen, Sarah. Es gibt Hunderte von ihnen, verdammt noch mal!«

»Wo ist sie?«

»Das spielt keine Rolle mehr.«

»Lebt sie noch?«

»Wieso sollte mich das interessieren?«

»Was hast du vor?«, flüsterte sie, kaum hörbar trotz der Stille.

»Ich werde dich umbringen«, sagte er geduldig. »Was hast du denn gedacht?«

»Aber das wird rauskommen, Wigwam wird es erfahren, sie wird es rumerzählen …«

»Herrgott. Sarah, glaubst du, das interessiert mich? Ich wäre schon vor Wochen hier raus gewesen, wenn du nicht gewesen wärst. Sechs Monate war ich mit dieser armen Kuh verheiratet.« Er holte etwas vom Kühlschrank herunter: Sie konnte nicht sehen, was es war. »Und ganz unter uns, ich hätte mehr Spaß dabei gehabt, meinen Schwanz in einen Kaninchenbau zu stecken. Nichts Schlechtes über die Toten und so, aber –«

»Nein!«

»O doch.«

»Nein. Das kannst du nicht getan haben! Du darfst ihr nichts –«

»Sarah. Hör zu. Du hast deine Nase in etwas reingesteckt, das größer ist, als du ahnst. Und meine Aufgabe ist es, den Dreck anderer Leute wegzuräumen. Es ist ein schmutziges Geschäft, aber weißt du was? Ich liebe es. Ich meine, ich komme dabei wirklich auf meine Kosten. Was für meine Ehefrau nicht so toll war, aber hey, so ist das Leben. Und was dich angeht …«

Aber er konnte Wigwam nicht umgebracht haben, er konnte Wigwam nicht umgebracht haben, er konnte Wigwam nicht …

Er legte die Hände zusammen und zog sie dann auseinander. Zwischen ihnen erschien ein dünnes Band; er wiederholte die Bewegung. Jetzt war es ein Doppelstrang.

»Und was dich angeht, ich glaube, du wärst ganz feucht.«

Und wieder. Es war Zahnseide, wie Sarah seltsam ungerührt feststellte. Er wickelte meterweise Zahnseide ab und schlang sie zu einem lockeren Seil.

»Leider muss ich mich mit dem Vorspiel begnügen.«

Er riss die Schnur ab und ließ die Plastikbox auf den Boden fallen. Dann straffte er mit einer raschen Drehung seiner Hände die Enden seines Seils. Es sah irgendwie lächerlich aus. Aber es würde völlig ausreichen, um sie umzubringen.

»Das hier ist wirklich eine unsichere Gegend. Wusstest du, dass es hier letztes Jahr zwei Morde gegeben hat? Irgendein Superhirn hat seine Frau umgebracht. Den anderen haben sie nie geschnappt. Angeblich ist ein Raubüberfall schiefgelaufen.«

»Warst du das?«, flüsterte sie.

»Natürlich nicht. Du hast es nicht begriffen. Niemand wird mich verdächtigen. Man wird glauben, dass derjenige, der dich erledigt hat, dich gefickt hat.« Er experimentierte mit seiner Schlinge, ließ sie locker und zog sie wieder straff. Irgendetwas an diesem Vorgang befriedigte ihn.

Der einzige Ausweg führte durch die Vordertür, also durch ihn hindurch, und um durch ihn hindurchzukommen, würde sie eine Waffe brauchen. Dies war die Küche, der gefährlichste Raum, aber die Messer hingen an einer Leiste neben dem Kühlschrank, weit außerhalb ihrer Reichweite. Sie warf stattdessen ihren Tee nach ihm, doch er reagierte kaum. Noch heiß, spritzte er ihm ins Gesicht, und er lachte. Die Tasse prallte von einer Schulter ab und landete auf dem Boden. Sarah stürzte auf ihn zu. Sie schaffte es nicht.

Irgendwie war er plötzlich hinter ihr; er umfing sie mit beiden Armen, und das Zahnseideseil, das sich um ihren Hals geschlungen hatte, schnürte ihr bereits die Kehle zu. Sie trat, stampfte und dachte, sie hätte ihn getroffen, aber sein Griff lockerte sich nicht, und er gab auch keinen Schmerzlaut von sich. Als sie es erneut versuchte, wich er ihr aus. Und er hatte recht gehabt, er war ihr Albtraum; durch ihr Strampeln verstrickte sie sich nur noch fester in seinen Griff. Ihr Hals brannte jetzt, und ihre Zunge war zu groß für ihren Mund. Seltsame Bilder rasten in ihrem Kopf hin und her, während ihr verzweifeltes Gehirn nach einer Lösung suchte; währenddessen schlug ihr Körper panisch um sich, ihre Hände griffen nach allem, was in Reichweite war. Sie zog an der Kühlschranktür, die sich mit einem

Ruck öffnete. Ein Karton Milch fiel heraus und zerplatzte auf dem Boden. Die weiße Pfütze breitete sich vor ihren Augen aus, gerade, als sich dahinter ein schwarzer See öffnete. Sie spürte, wie sie in das eine oder das andere fiel: schwarz, weiß, vollkommen egal. Es hatte keinen Sinn, über verschüttete … Ihre Hand schloss sich um etwas. Es fühlte sich absurderweise an wie ein Asthma-Inhalator.

Es war Joe, der von den Toten auferstanden war, um sie zu retten. Der Rape-Alarm, den er ihr gegeben hatte, passte wie eine Granate in ihre Handfläche.

Sie hob eine Hand über ihren Kopf, zu Rufus' Kopf, und drückte den Auslöser. Und da war ihr Banshee-Schrei, der genau in dem Moment laut losheulte, als der Schmerz in ihrem Kopf explodierte: eine Explosion, die wie ein Luftstrom kam, als er seinen Griff lockerte, während der Lärm in ihren Ohren schrillte, begleitet von Licht, als der schwarze Pool verschwand und vertraute Gegenstände wieder in ihr Blickfeld schwammen. Doch ihr blieb keine Zeit, sich darüber zu freuen. Sie befreite sich aus seinem Griff, ließ den Alarm fallen; sein Schrei peitschte noch einmal durch den Raum und erstarb. Sarah war auf die Knie gesunken.

Sie versuchte aufzustehen, rutschte aber in der Milch aus und fiel der Länge nach zu Boden. Hinter ihr fluchte Rufus, etwas Wahnsinniges und Biblisches, bevor er sich bückte, um sie mit bloßen Fäusten totzuprügeln. So wollte sie nicht sterben. Aber der glatte Boden vereitelte ihre Fluchtversuche, und ihr Hals schmerzte, und es war nicht genug Luft im Raum, um ihre Lungen zu füllen …

Krachend und splitternd flog die Hintertür auf, als würde man ein gläsernes Feuerwerk beobachten. Und Sarah sah

Haare und Zähne und einen Mann in der Hocke, seine Arme ausgestreckt, am Ende etwas, das hässlich, schwarz und nützlich war. Es hustete zweimal. Über ihr erblühte Rufus rot, sein Hals ein heiliges Blutbad. Und dann verschwand er in einer feinen rosa Gischt, war weg, für immer außer Sichtweite, während sie fix und fertig auf dem Boden lag und Angst hatte, ohnmächtig zu werden.

Doch sie wurde es nicht.

18

Ein paar Stunden später stand Amos Crane dort, wo sie gestanden hatte, und blickte auf die leere Stelle, an der sein Bruder gestorben war. Ein feiner Sprühnebel von Blut auf dem Boden beschrieb die Form von Axels Kopf, als hätte der Tod ihn auf wenig mehr als eine Schablone reduziert, obwohl es wahrscheinlich einen Bruder brauchte, um darin überhaupt Axel zu erkennen. Anwesend waren Howard, einige Beamte von der örtlichen Polizeistation sowie ein Mann im Anzug in der Ecke, der seine Hände schützend an den eigenen Kopf gelegt hatte und der, wie Amos vermutete, vermutlich der Hausherr war. Der Besitzer des Hauses, in dem sein Bruder gestorben war. Nüchtern betrachtet, war es schon lange absehbar gewesen, dass Axel eines gewaltsamen Todes sterben würde: Es hatte keinen Sinn, dem Scheißkerl die Schuld zu geben, in dessen Haus es tatsächlich passiert war. Weniger nüchtern betrachtet: Scheiß drauf. Amos würde beschuldigen, wen er wollte.

Howard kam zu ihm herüber. »Ich dachte, Axel hätte sich um dieses lose Ende bereits gekümmert.«

»Es muss ausgefranst sein.«

»Es ist doch die Frau, oder? Ich meine, bitte sag mir, dass das nur eine Fortsetzung desselben Scheißdramas ist und nicht noch ein ganz neues?«

»Für dich ist es ein Scheißdrama, Howard. Mein Bruder ist tot.«

»Oh, Gott.« Howard fuhr sich mit der müden Hand übers Gesicht. »Tut mir leid, Amos. War nicht so gemeint. Axel – er war auch einer von uns, nicht nur dein Bruder.«

»Na klar war er das, Howard.«

»Aber das hier – ist dir klar, dass das hier Zivilisten sind, Amos? Ich dachte, das hätten wir geklärt.«

»Vielleicht kannst du ihm ja seinen Sold kürzen.«

Und Amos drehte sich abrupt weg, zur Hintertür, zu den überall verteilten Glasscheiben und Türrahmensplittern. An dieser Stelle kam der Soldat Michael Downey ins Spiel. Man brauchte nur eins und eins zusammenzuzählen. Wenn Axel mit der Frau allein gewesen wäre, wäre nur ihr Blut auf dem Boden verspritzt und er – Amos – hätte zu Hause im Bett gelegen. Und in Oxford wäre ein weiterer Einbruch aus dem Ruder gelaufen …

Das wieder geradezubiegen würde wahrhaftig nicht einfach sein. Sie würden mehr brauchen als die alten Seilschaften von den Eliteschulen und das Raunen von einem Orden; diesmal hieß es: Eine Hand wäscht die andere, und dicke Umschläge würden den Besitzer wechseln. Kein Wunder, dass Howard sich in die Hose machte.

Ach, Axel, dachte er und hätte es beinahe laut gesagt. Du verdammter …

Aber dafür war keine Zeit. Es ging um Schadensbegrenzung. Unter seinen Schuhen knirschte Glas, als er hinaus in die Dunkelheit trat, um in den Nachthimmel zu schauen: das Firmament voller Sterne in all seiner abendlichen Pracht. *Denk nach!*, dachte er. Axel war hier gewesen und hatte aus Gründen, die nur ihm selbst bekannt waren, beschlossen, die Frau zu töten. Bis zu diesem Abend war das nicht notwendig gewesen – vielleicht auch dann nicht, und Axel hatte nur über die Stränge geschlagen –, aber es war eine Entscheidung vor Ort gewesen, und es galt in dubio pro reo. Er hatte es versucht, und er hatte Zahnseide benutzt (womöglich eine Premiere), denn es war noch eine Schlinge um seine Faust gewickelt, als sie die Leiche eingesackt hatten, aber er hatte es nicht geschafft, weil jemand die Hintertür eingetreten und ihn mit zwei Kugeln niedergestreckt hatte.

Es musste Downey gewesen sein.

Doch wo waren sie jetzt? Die Frau, die nach Singletons Tochter gesucht hatte, musste mit Downey, der ebenfalls nach Singletons Tochter suchte, auf der Flucht sein. Insofern hatte sich die Situation nicht geändert. Downey war nicht mehr allein. Das war alles.

Eine andere Möglichkeit gab es noch: dass die Frau Rabatz machte und sich an die Presse wandte. Aber auch damit konnte man fertigwerden. Amos Crane ging in Gedanken alles durch, was er über Sarah Trafford wusste: arbeitslos, labil, Drogenprobleme. Es fehlte nicht viel, und schon hatte man eine paranoide Hysterikerin, die hinter jeder Ecke eine Verschwörung witterte; abgesehen davon hatte die Presse an dem Tag, an dem der Krieg ausgebrochen war, sowieso andere Prioritäten. Was Downey betraf, hatte er gute Gründe, weiterhin als tot zu gelten. Er würde die Medien in diesem Leben nicht mehr belästigen.

Es würde ohnehin kein sehr langes Leben werden.

Ein Knirschen, und Howard erschien hinter ihm. »Wir

haben das hier gefunden«, sagte er. Wortlos nahm Amos es an: ein zerknittertes Blatt Papier, auf das eine Londoner Nummer gekritzelt war. »Das Ministerium«, erklärte Howard.

Amos schaute noch einmal hin. Es war eine Kopie des Briefes, den Howard ihm vor zwei Wochen gezeigt hatte. Er stammte von dem Privatdetektiv, den Sarah Trafford angeheuert hatte und der dummerweise so beharrlich gewesen war, dass Amos Axel erlauben musste, sich um ihn zu kümmern. Was Axel *lobenswerterweise* getan hatte, zum Nutzen aller Beteiligten; gefolgt von einer geschickten freiberuflichen Intervention, die Sarah Trafford zwangsläufig zum Schweigen gebracht hätte, wenn der Gerechtigkeit Genüge getan worden wäre. Es war eine Faustregel, dass keine Zivilisten zu Schaden kommen durften – eine Regel, an die sich Axel nicht immer gehalten hatte. Diesmal hatte er jedoch einen Ausnahme-Präzedenzfall wie aus dem Lehrbuch geschaffen. Und was hatte es ihm genützt?

Trotzdem war es gut zu wissen, dass er einen Grund gehabt hatte. An seiner Stelle hätte Amos genau dasselbe getan: die dumme Schlampe getötet. Niemand kriegte eine zweite Warnung.

Howard trat unruhig von einem Bein auf das andere. »Wir brauchen einen Schlachtplan, Amos.«

»Ich denke nach.«

»Denk schneller.«

»Mit Vergnügen, Howard. Das da hinten ist der Ehemann, oder?«

»Er ist Banker. Arbeitet für –«

»Ich weiß, was er macht, Howard. Ich frage, ob er es ist.«

»Ja, er ist es.«

Er war das Problem Nummer eins, das hatte sogar Howard erkannt. Aber Amos wusste etwas, was Howard nicht wusste: Der Ehemann war korrupt. Und wer korrupt war, mit dem hatte man leichtes Spiel.

Das war eine von Amos' Regeln: Wenn man mit einem verdeckten Ermittler arbeitete, durchleuchtete man jeden. Selbst wenn der Ermittler nicht der eigene Bruder war.

»Die Leiche wurde professionell beseitigt. Niemand weiß, dass es hier einen Toten gab.«

»Außer dem Ehemann.«

»Na ja, er hat ihn gefunden …«

»Und die Kollegen von der Polizei.«

»Er hat sie angerufen, Amos. Logisch.«

Also wusste niemand, dass es hier einen Toten gegeben hatte, außer absolut jedem.

»Wo wurde mein Bruder hingebracht, Howard?«

»Zur nächsten Dings, Amos.« Der nächsten Leichenhalle, meinte er. Nicht Dings. Leichenhalle. »Aber wir lassen ihn überführen. Zurück nach London.« Wo es für ihn angenehmer wäre, wie Howards Tonfall andeutete. Wo Amos ihn besuchen und ihm vielleicht Blumen bringen konnte. Weintrauben.

»Wann wurde er gefunden?«

»Kurz nach zehn.«

»War er noch warm?«

Howard sagte nichts. Er dachte: Allmächtiger.

»Howard?«

»Ich glaube nicht, dass Mr. Trafford das überprüft hat.«

»Richtig.« Amos blickte wieder hinauf zu den Sternen.

Wenn ein Zivilist eine Leiche findet, beginnt er nicht automatisch mit der Verarbeitung der Daten. Vor allem, wenn die Leiche in seiner Küche liegt und seine Frau verschwunden ist. »Aber er kann noch nicht lange tot gewesen sein. Nicht, dass das wichtig wäre. Eine Stunde, anderthalb vielleicht. Auf jeden Fall haben die beiden einen Vorsprung. Downey mit seiner Erfahrung ist inzwischen wahrscheinlich längst untergetaucht.«

»Das fliegt uns alles um die Ohren, Amos.«

»Das ist schon mal passiert. Aber wir sind alle noch im Spiel.« Er blickte durch die Küche zu dem Ehemann im Hintergrund, der in trostloser Einsamkeit dasaß. »War schon jemand bei Axel zu Hause?«

»Hmm?«

»Er hat mit einer Frau zusammengelebt. Hat sie geheiratet, verdammte Scheiße!« Er hatte es mit der Professionalität übertrieben, aber das war typisch Axel: Es war oft schwer zu sagen, wann er sich einen Scherz erlaubte. »Sie hatte Kinder. Na ja, hat sie immer noch.«

»Was sollen wir ihr sagen? Dass er tot ist?«

»Vielleicht besser nicht.« Er brauchte einen Moment, bis die Idee Gestalt annahm. Axel war kurz davor gewesen auszusteigen: Wäre das passiert, wäre er nur ein weiterer Ehemann gewesen, der zur Vernunft gekommen war. Aber das erlaubten die Umstände nicht mehr. »Nein, ich denke, wir machen ihn besser zu einem Terroristen.« So war das heutzutage: Die meisten Leute glaubten alles, ohne es groß zu hinterfragen. Ihr Ehemann? Ihr Ehemann, mit dem Sie erst seit sechs Monaten verheiratet waren? So gut können Sie ihn ja nicht gekannt haben, nicht wahr, gnädige Frau? Tatsache ist, dass er auf der Liste der meistgesuchten Verbrecher steht und Sie nur wegen der Tarnung geheiratet hat. Und jetzt ist er weg. Und Sie werden ihn nie wiedersehen.

»Arbeiten wir mit der Polizei vor Ort?«

»Ich denke, das solltest du besser übernehmen, Howard. Das kommt besser von einem Anzugträger.«

»Und was ist mit dem Ehemann?«

»Oh, um den kümmere ich mich.«

Amos wandte sich ab. Nach einer Weile verstand Howard den Wink und überließ Amos den Sternen und seiner tiefen Nachdenklichkeit.

Die nur tief aussah. Durch langjährige Übung war Amos Crane in der Lage, in stressigen Zeiten seinen Kopf freizumachen. Genau das tat er jetzt: Zwanzig Minuten lang, mehr oder weniger, war er nur ein aufrechter Körper im Garten; eins mit der Dunkelheit und den wogenden Bäumen. Er dachte nicht an seinen Bruder oder das Chaos im Haus hinter ihm. Er dachte überhaupt nicht nach. Er ließ einfach zu, dass die Ereignisse ihn einholten; wenn er bereit war, würde er die primären Phasen der Trauer hinter sich gelassen haben: kein Ringen mehr darum, die Verleugnung zu überwinden, kein Streben nach Akzeptanz. Was geschehen war, war geschehen. Hier war etwas passiert, und Axel war tot. Das bedeutete nicht, dass das Spiel aus war. Es bedeutete nur, dass es mehr Grund zum Gewinnen gab.

Er erinnerte sich an seinen kurzen Besuch auf der Insel: wie er dem idiotischen Wachmann die Tüte über den Kopf gezogen hatte. Und er dachte daran, wie schön es wäre, Downey jetzt vor sich zu haben: nur sie beide, unbewaffnet in der Dunkelheit. Mal sehen, wie gut er ohne eine Waffe in der Hand zurechtkäme. Mal sehen, wie sich sein Fleisch anfühlte, wenn er es aufreißen und darin herumwühlen würde.

Amos Crane schauderte bei der Erinnerung, einer Erinnerung aus der Zukunft.

Dann ging er zurück ins Haus, um sich um den Ehemann zu kümmern.

FÜNF

Buddy Hollys letzte Worte

19

Draußen vor dem Fenster zog eine dunkle Landschaft vorbei, aber Sarah konnte nichts erkennen außer dem hageren Spiegelbild ihres Gesichts, das sich über die Umgebung legte, als wäre es eine Konstante vor einem beweglichen Hintergrund. Alles, was sich ihrer Kontrolle entzog, von den Ereignissen bis hin zu ihren eigenen Gedanken, spielte sich unterhalb der äußeren Oberfläche ihrer ernsten, fragmentierten Miene ab. Draußen lagen abgeerntete Felder und regenfeuchte Bäume, aber sie dachte an eine Katze; daran, wie diese Katze sie durch die spiegelnde Scheibe einer Tür beobachtet und verspottet hatte, weil sie nicht für das Leben jenseits der Scheibe geeignet war.

Die nun, so erinnerte sie sich, in Splittern über ihren Küchenboden verteilt war.

Michael Downey hatte die Waffe in drei verschiedenen Gullys zwischen dem Haus und dem Bahnhof entsorgt: die Waffe selbst, ihren Schalldämpfer und die Munition; alles mit perfekt eingeübten, flüssigen Bewegungen, Runterbeugen und Fallenlassen ohne seinen Schritt zu unterbrechen, sodass selbst ein aufmerksamer Beobachter nicht mit Sicherheit hätte sagen können, ob er tatsächlich gesehen hatte, wie eine Tatwaffe entsorgt wurde. Währenddessen fügte sich Sarah den Umständen. *Der Ehemann deiner bes-*

ten Freundin hat versucht dich umzubringen, dein Stalker hat ihn erschossen. Ihre Möglichkeiten schienen irgendwie begrenzt. Alles, was sie von zu Hause mitgenommen hatte, war ihr Portemonnaie. Darin befanden sich nur etwa zwanzig Pfund.

Sie waren den dunklen Weg am Fluss entlanggegangen; über die alte Eisenbahnbrücke und die Wiese bei der Eisbahn, durch deren Fenster sie die schwungvollen Bewegungen einiger Eislaufender erkennen konnten, die nach Feierabend noch ihre Achten übten. Dann ging es ins Helle: Die Hauptstraße führte am Stadtzentrum entlang. Autos sausten vorüber. Eine Garage tropfte Neonlicht in ölige Pfützen. Gruppen von Teenagern stolzierten vorbei, auf dem Weg zu einem trübe aussehenden Nachtclub.

Der Bahnhof lag an einer ansteigenden Straße, die nach Einbruch der Dunkelheit noch steiler wirkte; sein fluoreszierendes Licht strömte durch automatische Türen wie ein Versprechen von Sicherheit. Die Realität kehrte nach und nach zu Sarah zurück, zusammen mit Schmerzen in ihren Waden, die ihr verrieten, wie schnell sie gelaufen waren. Sie sah Downey an, und zum ersten Mal ließ er ihren Ellbogen los, als würde er ihr die Wahl des Ziels überlassen. Seine Augen waren sehr dunkel.

»Wohin gehen wir?«

»Da rauf.«

»Aber ich kann doch nicht einfach –«

»Vertrauen Sie mir.«

Ihm vertrauen? Der Mann war ein Killer.

Eine Kolonne von Taxis rollte vorbei, deren Lichter das Paar wie Suchscheinwerfer in alten Gangsterfilmen einfingen. Ein Zug in Richtung London fuhr gerade vom Bahnhof ab. Er bewegte sich langsam über die Straßenbrücke auf der anderen Straßenseite, während seine ahnungslosen Passagiere auf den Verkehr unter sich hinabblickten.

»Er war nicht allein«, sagte Downey plötzlich.

»Wie bitte?«

»Der Typ, der versucht hat, Sie umzubringen. Er hat garantiert mit anderen zusammengearbeitet.«

Etwas wie eine Welle wäre beinahe in ihrem Inneren gebrochen. »Was ist denn bloß los?«, flüsterte sie. »Ich weiß nicht einmal, was hier vor sich geht, ich bin umgeben von Verrückten!«

Jetzt raste ein Polizeiauto vorbei, dessen amerikanischer Signallichtbalken ein verschwommenes Leuchten in der Luft hinterließ wie eine Fata Morgana. Sie blinzelte, und die Spiegelung verschwand. »Ich brauche Hilfe«, dachte sie; anscheinend laut.

»Ich helfe Ihnen. Das hier hilft Ihnen.«

Ein weiteres Polizeiauto, diesmal mit heulender Sirene, teilte den Verkehr auf dem Weg nach Westen. Downey strich sich die Haare aus den Augen. »Ich bin weg«, sagte er. »Wenn Sie es darauf ankommen lassen wollen, ist das Ihre Sache.«

Es gab keinen anderen Ort, wohin sie gehen konnte, dachte sie mit plötzlicher Klarheit.

Sie folgte ihm in den Bahnhof, wo das Versprechen von Sicherheit in einer trostlosen, gefliesten Halle mit geschlossenen Fenstern und kaltem Neonlicht verpuffte. Ein Stand, an dem es Kaffee und Sandwiches gab, hatte geöffnet, aber er hatte den fernen Reiz eines durch Fernsehwerbung gefilterten Lebens; Sarah war überzeugt, dass ihr Magen nie wieder Essen oder Trinken akzeptieren würde. Als Erstes hielt Downey vor den Abfahrtsplänen an, die auf freistehenden Tafeln angeordnet waren, während er in der Segeltuchtasche über seiner Schulter nach etwas suchte, offenbar seinem Portemonnaie, und dabei mit seinen schnellen Augen die Listen durchging. »Warten Sie draußen«, sagte er zu ihr. »Auf dem Bahnsteig.«

Ja, Boss. Geht klar, Boss. Aber das sagte nur eine winzige Stimme in der Tiefe ihres Kopfes, während ihre Füße sie bereits nach draußen trugen, in die dunkle, vermüllte Welt, die in einem anderen Jahrhundert existierte als dem, das sie verlassen hatte. Nachts sind Bahnsteige zugig, egal, wie windstill und ruhig das Wetter ist. Auf den Bänken liegen immer zerknüllte Imbissverpackungen. Für einen verrückten, tröstlichen Moment überlegte sie, sie wegzuräumen; die ganze fettige Masse in einem Klumpen an ihre Brust zu drücken, als würde sie eine Sammlung anlegen. Es schien eine Handlung zu sein, die sowohl zu ihrem Aufenthaltsort als auch ihrem Zustand passte. Sie hatte einen Punkt in ihrem Leben erreicht, an dem dieser Bahnsteig so gut wie jeder andere Ort war. Sie konnte den Rest der Ewigkeit zwischen zwei Zielen gefangen verbringen, in dieser schlecht beleuchteten Dimension, in der murmelnde, halb verrückte Stadtstreicher ihren grimmigen Plänen nachgingen. Sie konnte sich den anderen Durchreisenden anschließen, die auch kein Zuhause mehr hatten.

Ein Zug hielt gegenüber und spuckte Passagiere aus der Hauptstadt aus; hauptsächlich Männer mit den üblichen Insignien: Anzüge, Aktentaschen und Handys, eigentlich alles außer Schildern mit der Aufschrift »Ich arbeite lange«. Ein subtiler Wettlauf zum Taxistand begann, der sie über die Brücke führte, auf Sarah zu. Fast sofort ertönte ein Pfiff, das Zischen der sich schließenden Automatiktüren, und mit einer Schnelligkeit, als wäre der Lokführer zu spät dran, fuhr der Zug los und gab einen Stroboskopblick durch seine beleuchteten Waggons auf den fast leeren Bahnsteig dahinter frei: zwei Schatten, die sich eng aneinanderlehnten, ihre Bewegungen abgehackt und komisch. Die Gruppe der Pendler strömte die Stufen hinunter, an Sarah vorbei. *Ich weiß nicht, was die mit der Wirtschaft veranstalten,* hatte Mark einmal gesagt. *Aber Gott weiß, die machen mir Angst.* Es schien der erste Gedanke seit Stunden zu sein, den sie an Mark verschwendet hatte; es war, als wäre er aus der Gleichung verschwunden. Aber irgendetwas hatte sie in diesem Moment an ihn erinnert, und als das Ende des Zuges aus ihrem Blickfeld verschwand, sah sie, dass sie ihn direkt angesehen hatte. Er war einer der Schatten auf dem gegenüberliegenden Bahnsteig, einer von zwei Nachzüglern, die sich vor dem Heimweg drückten.

Sie hätte sich abwenden sollen, konnte es aber nicht. Der Grund war, dass sie beobachtete, wie ihr Mann eine andere Frau küsste, ein Anblick, der so ungewöhnlich war, dass es ein Verbrechen gewesen wäre, ihn zu übersehen. Der Kuss grenzte zwar ans Oberflächliche, das schon; ein schnelles nach vorn Beugen und ein Kuss auf die Wange. Aber dass die Frau Marks Arm hielt, während er sie küsste, dass Sarah sie noch nie zuvor gesehen hatte und dass eine Aura der Intimität wie eine violette Wolke um die beiden schwebte: Diese Dinge konnte man nicht einfach abtun. Mark hatte eine Geliebte. Nach dem, was sie in der letzten Stunde durchgemacht hatte, war sie etwas abgestumpft, aber als sie spürte, wie sich das Wissen in ihr festsetzte und ebenso Teil ihres Bewusstseins wurde wie eine Kindheitserinnerung, war sie überrascht, dass sie ihr Potenzial für Erschöpfung noch nicht aufgebraucht hatte.

Mark richtete sich jetzt auf, und die Frau ließ ihn los. Während Sarah zusah, wechselten sie ein paar letzte Worte (Zärtlichkeiten), dann verschwand die Frau durch den Ausgang auf ihrer Seite des Bahnhofs. Mark nahm seine Aktentasche und ging zur Treppe, die ihn zu Sarah bringen würde.

Die wahrscheinlich dort stehen geblieben wäre und ihn erwartet hätte, wäre nicht Michael Downey an ihrer Seite erschienen. Er drückte ihr etwas in die Hand, das wie ein Zwanzig-Pfund-Schein aussah. »Zwei Rückfahrkarten«, sagte er. »Nach Worcester.«

Sie starrte ihn verständnislos an.

»Schnell! Der Zug fährt in zwei Minuten.«

Sie setzte sich wieder in Bewegung, nahm den Schein und eilte hinein, wo der Schalter frei war und der Angestellte sofort begriff, dass sie zwei Rückfahrkarten nach Worcester wollte. Niemand hatte je so wenig Zeit an einem Fahrkartenschalter verbracht. Deshalb eilte sie auf dem Rückweg nach draußen an Mark vorbei; obwohl er weiterging, als würde sie nicht existieren oder wäre eine Fremde. Er war so nah, dass sie ihn hätte berühren können, und für einen Moment hätte sie es beinahe getan, als hätte sie durch eine Geste alles auslöschen und die Uhr auf jene Tage zurückstellen können, an denen sie sich in Zügen getroffen, auf Bahnsteigen gestanden und sich öffentlich geküsst hatten. Bevor es Streit und Leichen in der Küche gab; bevor es Geliebte gab. Sie blieb stehen, drehte sich um und hätte ihn gerufen, wenn er nicht schon durch die Bahnhofstüren und die Stufen hinunter in Richtung Taxistand verschwunden wäre.

»Hey!«

Downey nahm sie am Arm und führte sie nach draußen.

Der Nahverkehrszug wartete auf Gleis 3. Er setzte sich aus einer nicht sehr langen Reihe schmuddeliger, ungeputzter Waggons zusammen, wie es sich für einen Zug gehört, der kein wichtiges Ziel hat. Die einzelnen Abteile waren größtenteils leer. Sie nahmen eines am hinteren Ende, und in diesem Moment rollten sie rumpelnd aus dem Bahnhof: Als Fluchtmittel fehlte es vielleicht ein wenig an Schwung, aber es gab keine Last-minute-Versuche, sie anzuhalten. Der Bahnsteig glitt hinter ihnen davon. Das Rattern nahm Fahrt auf. Und Sarah starrte ihre blasse Schwester im Fenster an und dachte an Körper: an warme Körper, die von untreuen Ehemännern geküsst wurden, und an eiskalte Tote in der Küche. Sie wischte mit einer Hand über die Scheibe. Hinter dem Fenster erstickten zerzauste Heckenstümpfe. Während der Abend schwarz wurde, verschluckten Wolken das Land. Die Felder und Gräben einer Grafschaft nach der anderen lösten sich in einem einzigen trostlosen Horizont auf. Alles, was ihr wichtig war, lag hinter ihr. Nichts davon war mehr von Bedeutung. Sie hob eine Hand an die Kehle und stellte sich die dünne rote Kette vor, die dort aufgemalt war, ihr Andenken an die furchterregende Schnur, die sie beinahe aus dieser Welt gerissen hätte, und sie sagte zu Michael Downey: »Ich habe ihm gesagt, dass es dabei nicht um Leben oder Tod geht.«

Er sah sie verständnislos an.

»Mark. Ich habe ihm gesagt, dass es keine Sache von Leben oder Tod ist, ob wir Zahnseide auf dem Kühlschrank haben oder nicht.«

Draußen vor dem Fenster leuchteten helle Siedlungen auf; dann verloren sie sich im dunklen Nirgendwo, verschluckt von der Vergangenheit. Ein bekannter Effekt des Reisens bei Nacht: Man sehnte sich nach gemütlichen, sicheren Orten, die man nie besucht hatte und auch nie besuchen würde.

Hinterher fragte sie sich, ob es an den Drogen gelegen hatte. Natürlich musste man die betäubende Wirkung von Rufus' Angriff berücksichtigen und den Schock, als sie sah, wie er von einem Raum in den nächsten geschleudert wurde, eine Verbildlichung dessen, was mit seiner Seele geschah; später aber gab sie die Schuld lieber den Drogen, die diese Fügsamkeit hervorgerufen hatten, ihre Unfähigkeit, eigene Entscheidungen zu treffen. Tatsächlich hatte es keine gangbaren Alternativen gegeben, aber nüchtern betrachtet war die Extravaganz des Weges, den sie eingeschlagen hatte, indem sie mit einem bewaffneten Fremden in die Dunkelheit davonrannte, fast übernatürlich. Die Ironie war offensichtlich. Mark wollte sie zähmen und domestizieren, und genau die Mittel, die er dafür angewandt hatte, hatten ihre Befreiung ermöglicht. Als hätte sie sich mit den Ketten, in die er sie eingewickelt hatte, aus ihrem Turm abgeseilt. Ihre

Sinne waren durch die Medikamente benebelt gewesen, und genau deshalb hatte sie den erstbesten Plan ohne Murren akzeptiert und den nächsten Ausgang genommen, der sich ihr bot.

Wobei diesem Plan zugegebenermaßen die meisten entscheidenden Merkmale einer Strategie fehlten – Voraussicht, Vorbereitung, ein klares Ziel – und er sich letztendlich darauf beschränkte, dass sie einfach weglief. Aber Michael Downey, der Soldat, hatte zumindest ihre Spuren verwischt, indem er zwei Einzelfahrkarten nach Birmingham gekauft und sich dabei auffällig verhalten hatte. Allein sein Aussehen hätte schon ausgereicht. Er hatte das Zopfgummi aus seinem Pferdeschwanz gezogen, sodass ihm das dunkle Haar über Gesicht und Schultern fiel, als würde er sich hinter einem Vorhang verstecken. Seine Stimme klang angespannt, heiser. Vielleicht benutzte er sie nicht oft, aber jetzt musterte er sie aufmerksam und sagte:

»Sie haben auf der Brücke gestanden. Nachdem Tom umgebracht worden war.«

»Ja.«

»Und dann waren Sie oben im Krankenhaus, auf der Suche nach Dinah.«

»Sie haben mich erschreckt.«

Er zuckte mit den Schultern.

»Wissen Sie, wo sie ist?«

»Ich weiß nicht mal, wie Sie heißen.«

»Tucker«, sagte sie. »Sarah Tucker. Wissen Sie, wo sie ist?«

»Nein.«

»Was wissen Sie dann …«

»Nicht hier. In Malvern.«

»Malvern?«

»Dort steigen wir aus. Wir treffen uns draußen.« Auf ihren verwunderten Blick hin fuhr er fort: »Gleich werden die Fahrkarten kontrolliert. Es ist besser, wenn man uns nicht zusammen sieht.«

»Man hat uns beim Einsteigen gesehen.«

»Daher wird man nach einem Paar suchen, und deswegen trennen wir uns hier.« Er nahm seine Segeltuchtasche und ging. Als er fort war, wurde es kälter im Waggon.

Wieder zog draußen die nächtliche Landschaft vorüber, und ihr Gesicht spiegelte sich in der durchsichtigen Scheibe: Die dunkle Welt schien durch sie hindurchzuschauen, genau wie Mark es am Bahnhof getan hatte, und der Gedanke, dass sie so leicht ausgelöscht werden konnte, bot ihr einen erschreckenden Einblick in ihre Zukunft. Es war eine andere, sanftere Art des Todes.

Sie wusste, dass man achtlos an Freunden vorbeigehen konnte, denen man an unwahrscheinlichen Orten begegnete; das Gehirn weigerte sich einfach, das Unerwartete anzuerkennen. Aber Mark war ihr Ehemann … Eine Affäre hätte sie ihm vielleicht verziehen – möglicherweise. Aber die Art, wie sie in diesem Moment für ihn nicht existiert hatte, war ein unwiderlegbarer Beweis dafür, dass das brüchige Band zwischen ihnen zerrissen war. Er hatte es nicht geschafft, sie zu beschützen, als sie aus der Welt fiel. Und noch während sie fiel, war er mit irgendeinem Flittchen zusammen gewesen und hatte sie auf dem Nachhauseweg flüchtig geküsst.

Sie fragte sich jetzt, ob sie überhaupt jemals irgendjemanden richtig gekannt hatte. Mark war kein Ehemann, Rufus kein Depp. Aber andererseits hatte niemand den echten Rufus gekannt. Sie dachte an Wigwams monatelanges Glück mit ihm und versuchte sich daran zu erinnern, wie und wo er zum ersten Mal aufgetaucht war, es gelang ihr aber nicht: Er war einfach auf der Bildfläche erschienen. Soweit Sarah wusste, hätte er aus einem Tischfeuerwerkskörper gefallen sein können. Irgendein harmloser Hippie. Es war eine Ehe, die in Wolkenkuckucksheim geschlossen worden war. Nur war alles eine Lüge gewesen; die ganze Zeit hatte Rufus nur darauf gewartet, dass Tom Singleton aus dem Grab zurückkehrte, damit er ihn dorthin zurückschicken konnte. Es war eine aufwendige Tarnung für einen simplen Mord: die Mimikry eines Familienvaters, um einen echten in die Falle zu locken. Singleton war gestorben, weil er nicht von seiner Frau und seiner Tochter lassen konnte, und jetzt war auch Wigwam gestorben, oder zumindest hatte Rufus das behauptet … Sarah wusste nicht, ob sie das glauben sollte. Rufus wollte sie doch nur wegen der Kopie des Briefes umbringen, den er gefunden hatte, oder? Sie konnte sich nicht vorstellen, warum er Wigwam vorher hätte töten sollen. Er war einfach grausam gewesen. Durch und durch bösartig. Er wollte, dass sie in dem Glauben starb, ihre Freundin sei bereits tot.

Doch einer Sache war sie sich sicher. Wenn Wigwam am Leben war, würde sie um Rufus trauern; das wusste Sarah. Was auch immer er getan hatte. Wer er auch gewesen war. Denn sechs Monate lang hatte er vorgegeben, Wigwams Geliebter zu sein, und keinem Mann hatte je zuvor genug an Wigwam gelegen, um diesen Schwindel so lange aufrechtzuerhalten. Und diese einzige Gewissheit brachte Sarah nun endlich einen Grund zum Weinen: Während der Zug weiterfuhr, trauerte auch sie. Nicht um die Toten, sondern um die Lebenden. Egal, wer noch unter ihnen war.

In Malvern stieg sie aus dem Zug. Niemand hielt sie auf, niemand schlug Alarm, und von Michael Downey keine Spur, obwohl sie wartete, bis der Zug abgefahren war, bevor sie den Bahnsteig verließ. Als sie ihm nachblickte, war es, als schließe sich vor ihren Augen ein Fluchtweg. Sie hatte nichts als ein paar Pfund Bargeld und trug nur Jeans, ein T-Shirt und ein dünnes Baumwolltop. Und sie war noch nie in Malvern gewesen, das auf den ersten Eindruck ordentlich, gepflegt und dunkel aussah. Die Bahnsteigbeleuchtung fiel in schmalen Lichtkegeln herab, umspielt von schwankenden Schatten. Es waren Hängekörbe mit Fuchsien und Farnen, die im Wind schaukelten.

Sie wunderte sich nicht darüber, dass sie im Stich gelassen worden war. Im Vergleich zu den jüngsten Ereignissen war es ein lässlicher Verrat: Downey war ein Fremder; er hatte ihr das Leben gerettet und schuldete ihr nichts. Dass er sie mehrere Stunden von zu Hause entfernt sich selbst überließ, war Nebensache. Sie konnte sich mühelos vorstellen, wie er meilenweit von hier über ein Feld eilte, während die Lichter von Arbeiterhäuschen in der Ferne blinkten. Die Andeutung ländlicher Idylle. Doch wahrscheinlich war er soeben in einen anderen Zug gestiegen und nun auf dem Weg in die Stadt. Irgendeine Stadt.

Von irgendwoher auf der anderen Seite der Schatten drangen Verladegeräusche, Rumpeln, Schleifen und Gelächterter; wahrscheinlich die Post, dachte Sarah. Ein Anflug von Selbsterhaltungstrieb meldete sich in ihr. Was auch immer als Nächstes geschah, sollte am besten woanders geschehen: an einem besser beleuchteten, belebteren und auch wärmeren Ort. Es lief ihr kalt den Rücken hinunter, als sie an die Schlinge dachte, die sich um ihren Hals zusammengezogen hatte. Es waren die niedrigen Temperaturen, die Dunkelheit, die Angst und das Alleinsein.

Ihre Schuhe klapperten auf dem Bahnhofsvorplatz. In der Dunkelheit klingen alle Geräusche lauter. Draußen lagen ein Parkplatz und ein Hügel, und in der Ferne ragte ein noch größerer Hügel auf, und Sarah hätte sich nicht weiter von zu Hause entfernt fühlen können, wenn sie E. T. gewesen wäre. Ihre Wangen brannten dort, wo ihre Tränen um Wigwam getrocknet waren. Bald, das wusste sie, würde sie wieder weinen, aber vorher brauchte sie eine Zuflucht. Denn wenn sie einmal angefangen hatte zu weinen, würde sie wahrscheinlich nie wieder aufhören.

Ein Penner trat aus einer Nische: »Tucker!«

»Oh, mein Gott!«

»Wo waren Sie denn?«

Er hatte sich im Zug die Haare geschnitten, und dieser neue Anblick lenkte sie für eine Sekunde von ihrem Schrecken ab. Doch dann durchströmte es sie wieder, ritt auf ihrem Blut wie ein Surfer auf einer Welle, und ihr war zunächst nicht bewusst, dass sie genauso sehr aus Erleichterung wie aus Wut grob wurde. »Du Scheißkerl, du hast mich zu Tode erschreckt!«

»Wer sonst hier in der Gegend weiß, wie du heißt?«

»Das ist wohl kaum der –«

»Wir können nicht hierbleiben. Komm schon.«

Als wäre ich ein dämlicher Hund, dachte sie. Aber sie folgte ihm trotzdem, wie ein dämlicher Hund, die Straße hinauf in Richtung Stadtzentrum.

Downey bewegte sich ganz natürlich in den Schatten, als wären sie sein Element, nachdem er jahrelang vorgegeben hatte, tot zu sein. Sarah war gezwungen, in einen Laufschritt zu verfallen, um mit seinem Tempo Schritt zu halten, vor allem, nachdem sie sich wochenlang kaum bewegt hatte. Das Blut pulsierte durch ihren Körper, und ihre Haut begann zu kribbeln. Empfindungen, die darauf hindeuteten, dass auch sie wieder zum Leben erwachte.

Zum Leben erwachte und darüber nachdachte. Dass sie jetzt hier war, war eine Tatsache. Dass sie blind einem Mann folgte, den sie ohne zu zögern hatte töten sehen, war vielleicht eine Überlegung wert. Das Ergebnis war nicht angenehm, nicht für die Sarah, die aus ihrer betäubten Benommenheit erwachte; derselbe innere Kern ihres Selbst, der auf Zoë Boehm reagiert hatte, sträubte sich dagegen, den Anweisungen eines Mannes zu folgen. Marks Verrat sickerte gerade erst in ihr Bewusstsein ein. Nicht der Kuss auf dem Bahnsteig, sondern die gesamten letzten Wochen: der willige Arzt, der herbeigekarrt wurde, um ihr Psychopharmaka zu verabreichen; der Sex, den er ihr verabreicht hatte, als wäre es eine Art Therapie. Sogar Simon Smith hatte ihr ein gewisses Maß an Autonomie zugestanden, wenn auch mit der unausgesprochenen Ansicht, dass sie besser dran wäre, wenn sie sie nicht in Anspruch nähme. Mark hatte geglaubt, Vergewaltigung und Drogen würden ihr helfen. Doch hier war sie nun, war vor ihnen allen geflohen, lief einem erwiesenen Mörder hinterher wie ein unverbesserliches Opfer, das ohne Bestrafung nicht zurechtkam.

Nein, so war es nicht. Sie wusste, dass es nicht stimmte. Sie folgte Michael Downey, weil er vor vier Jahren seinen Tod vorgetäuscht hatte und weil dies der Kern der jüngsten Ereignisse war. Joe würde nicht wieder lebendig werden. Ihr Leben würde nie wieder dasselbe sein. Und irgendwo dahinter verbarg sich der Schatten von Dinah Singleton, die ebenso ahnungslos in dieses Spiel hineingezogen worden war wie Sarah selbst. Sie konnte sich jetzt eingestehen, dass das Kind kaum mehr als eine Ausrede gewesen war. Sie hätte mit ebenso viel Sorgfalt eine Schatzkarte gezeichnet. Es war das, was Gerard Inchon als BHS bezeichnet hatte; der Drang, etwas zu tun – irgendetwas –, um die schreckliche Langeweile zu lindern.

Die Langeweile war gelindert worden.

Und jetzt, da der Schaden angerichtet war, besaßen die langen Tage, an denen sie sich höchstens Gedanken darüber machen musste, was es zum Abendessen geben sollte, einen paradiesischen Glanz; es war wie in den ersten Sekunden, nachdem ein Zahn abgebrochen war und man sich sofort darüber ärgerte, dass man all die schönen Momente ohne abgebrochenen Zahn nicht genutzt hatte. Aber es gab keinen kosmischen Zahnarzt, und es hatte keinen Sinn zurückzublicken. Das Beste, was sie tun konnte, war, ihre eigenen Pläne zu machen. Bald würde man nach ihr suchen: ganz sicher die Polizei und möglicherweise auch derjenige, der Rufus geschickt hatte. Sie hatte die Wahl, unterzutauchen oder von vorn anzufangen und nicht aufzugeben: Dinah zu suchen, bis sie sie fand. Es ging nicht um Rache oder Versöhnung. Es ging einfach darum, das zu beenden, was sie begonnen hatte. Und das bedeutete, in Erfahrung zu bringen, was Downey wusste. Zunächst einmal ihren Aufenthaltsort. »Wonach suchen wir?«

»Einem Hotel«, antwortete er, ohne langsamer zu werden.

»Wir sind an dreien vorbeigekommen.«

»Zu nah am Bahnhof.«

Wegen des Lärms, war ihr erster, lächerlicher Gedanke. Obwohl er meinte, dass man sie in den Hotels in Bahnhofsnähe zuerst suchen würde.

Wer auch immer ihnen auf den Fersen war.

Er blieb an einer Ecke stehen, knapp außerhalb des Lichtkegels einer Straßenlaterne, und schaute in beide Richtungen, als würde er feindliches Terrain auskundschaften. Sarah holte ihn ein und stellte sich ins Licht. »Wer bist du? Wirklich?«

»Nicht hier.«

»Wo dann? Ich komme nicht mit, bevor ich es nicht weiß.«

»Ich bin der Typ, der den Typen erschossen hat, der versucht hat dich umzubringen. Zufrieden?«

»Tut mir leid.«

»Ich hätte ihn sowieso getötet.«

»Du heißt Downey. Man hat dich für tot gehalten.«

Er reagierte nicht.

»Du warst Singletons Freund.«

»Das habe ich dir doch gesagt.«

»Und ihr seid beide angeblich bei einem Hubschrauberabsturz ums Leben gekommen.«

Bevor er darauf antworten konnte, reagierte er auf etwas anderes: Schritte auf der Straße, die die Stille durchbrachen. Downey zog Sarah in eine dunkle Ecke, und sie spannte sich bei dieser unerwarteten Berührung an. Schweißgeruch und lose Haarsträhnen. Er hatte sich nicht rasiert, sondern nur mit einer Schere den Bart gestutzt. Aus der Ferne wirkte es fast modisch, aus der Nähe mehr wie ein Unfall im Gartenhaus.

Die Schritte hielten inne. »Wer ist da?« Die Stimme klang zittrig und hoch wie die einer alten Frau, gehörte aber einem alten Mann. »Ich habe Sie da drüben gehört. Ich habe keine Angst!«

Sie standen im Eingang zu einer Apotheke, verhuscht wie ein ertapptes Liebespaar. Aber er konnte sie nicht sehen, und sie verhielten sich mucksmäuschenstill.

»Winston? Komm schon, Winston.«

Der Hund keuchte seinem betagten Besitzer hinterher: ein Boxer mit einem unbeholfenen, trunkenen Watschelgang, als wären vier Beine zu viel oder zu wenig. Das Geräusch der Schritte setzte wieder ein, nur um ein paar Meter später ins Stocken zu geraten, während das Herrchen geräuschvoll in die Gosse rotzte; möglicherweise eine Geste der Verachtung, vielleicht aber auch nur ein Symptom für den Zustand, der ihn um diese gottverlassene Stunde durch die Straßen wandern ließ.

»Siehst du?«

»Was?«, fauchte sie.

»Wir dürfen nicht trödeln. Da vorne ist ein Hotel.«

Es war das letzte, das Sarah ausgesucht hätte. Sie hätte gedacht, dass er sich für eine Pension in einer Seitenstraße entscheiden würde; die Art von Unterkunft, bei der ein zerzaustes Paar in den frühen Morgenstunden nichts weiter bedeutete, als dass wieder mal eine Ehe gescheitert war. Aber das Hotel vor ihnen hatte dieselbe Beziehung zu einer Absteige für Handelsvertreter wie ein Kreuzfahrtschiff zu einem Schlepper; es war ein imposantes Steingebäude, das aussah, als würde es die Stadt seit jeher zieren und nur widerwillig unbedeutendere Mitglieder der Gesellschaft beherbergen. »Hast du reserviert?«

»Glaubst du, die lassen sich Bares entgehen? Nie im Leben.«

Er kramte erneut in seiner Segeltuchtasche und holte diesmal einen gefalteten Stapel Geldscheine heraus, der von einem Gummiband zusammengehalten wurde.

»Nie im Leben«, wiederholte er.

Diesmal glaubte Sarah ihm.

20

Um sieben Uhr morgens – nach drei Stunden Schlaf – saß Amos Crane wieder an seinem Schreibtisch, wieder an seinem Bildschirm und arbeitete sich durch die Fahrpläne der Bahn: der naheliegende Ausgangspunkt. Aber vielleicht benutzte Michael Downey auch ein Auto. Nun, wenn dem so war, würde Crane einfach warten müssen, bis er auftauchte, aber in der Zwischenzeit würde er recherchieren, in welche Züge zwei Flüchtende zu später Stunde geschlüpft sein könnten.

Sie konnten sich auch getrennt haben, aber das bezweifelte er.

Also erstellte er eine Liste aller infrage kommenden Abfahrtszeiten, wobei er ein großzügiges Zeitfenster von neunzig Minuten einplante, und strich dann die Londoner Züge, denn so hätte er es auch gemacht: Nur Amateure glauben, dass man in der Großstadt untertauchen kann. Und dann schloss er auch die Bahnen nach Norden aus, denn der einzige Grund für einen Zug nach Norden wäre gewesen, Strecke zu machen, und Downey würde keine drei bis vier Stunden in einem Zug verbringen, wenn er mit einer Verfolgung rechnete. Nicht, wenn das Risiko bestand, dass er zwar bis nach Durham kam, aber dort ein Streifenwagen auf ihn wartete …

… und ihm fiel auf, dass er versuchte, wie Downey zu denken. Aber vielleicht sollte er sich lieber auf die Frau konzentrieren …

… aber nein, dafür war es zu früh: In ihrem Zustand konnte man nur hoffen, dass sie Anweisungen ohne allzu viel Aufhebens befolgte. Downey würde sie vorerst behalten, zumindest bis er herausgefunden hatte, was sie wusste. Und das war verdammt wenig, gar nichts eigentlich, doch so waren die Spielregeln: Man wusste nicht, was man nicht wusste, solange man nicht alles auf Herz und Nieren überprüft hatte. Downey musste sie ausquetschen. Das bedeutete, dass er so schnell wie möglich eine Unterkunft suchen und mit dem Debriefing loslegen wollte …

Crane lehnte sich zurück und trank Kaffee aus einem Pappbecher. Er überlegte: Ich an seiner Stelle hätte zwei Paar Fahrkarten gekauft; eine falsche Spur zu legen war Standard. Das zweite Paar, das echte Paar, wäre nicht identisch gewesen: Er hätte zwei Fahrkarten für dieselbe Strecke gekauft, aber für verschiedene Zielbahnhöfe. Doch Downey hatte einen entscheidenden Nachteil. Um diese Uhrzeit waren wenige Leute unterwegs, und er konnte es nicht riskieren, zweimal zum Schalter zu gehen: Der Fahrkartenverkäufer hätte ihn vielleicht erkannt. Also hatte er die Frau geschickt. Und eine Person, die Fahrkarten für zwei verschiedene Ziele kauft, war ebenfalls auffällig. Crane konnte also davon ausgehen, dass Downey einen Trick ausließ. Zwei Sätze Fahrkarten, richtig, aber jeweils ein identisches Paar.

Früher wären jetzt die Bullen mit einem Foto von Schalter zu Schalter gegangen, in der Hoffnung, dass sich jemand an den Gesuchten erinnerte. Crane brauchte nichts weiter als ein paar Fingerübungen – im Prinzip illegal, aber eben nur im Prinzip. Nicht viele Leute hatten zwei Fahrkarten gekauft. Am späten Abend waren hauptsächlich Geschäftsleute mit Einzeltickets unterwegs. Mit etwas Glück würde er die beiden erwischen.

Er trank noch einen Schluck Kaffee. Viele Kilometer entfernt wachte Sarah auf.

Sie hatte unruhig geschlafen und war um drei Uhr morgens von explodierenden Flugzeugen über sich geweckt worden. Ein Geräusch, das sich als Donner entpuppte, nachdem sie richtig wach war. Der danach einsetzende Regen beruhigte sie, das rhythmische Trommeln gegen die breiten Fenster wusch ihre Gedanken für eine Weile von den Schrecken rein, und als sie das nächste Mal erwachte, verriet die Sonne, die durch die Vorhangspalten schien, einen Morgen, der so perfekt war, dass wahrscheinlich ein Patent darauf angemeldet wurde.

Michael saß auf dem Bettende.

Er hatte die Nacht im Sessel verbracht und in aller Herrgottsfrühe die Arbeit beendet, die er im Zug begonnen hatte, und sich rasiert. Zum Vorschein gekommen war ein schmales, dunkles Gesicht, nicht viel älter als ihres, aber mit mehr Kilometern auf dem Tacho. Er hatte eine tiefe Falte an seinem Kinn – nein, es war eine Narbe von einer schweren Verletzung. Seine braunen Augen, weder freundlich noch bedrohlich, blickten ausgesprochen sachlich. »Du hast abgenommen«, stellte er fest. Er war auch nicht das blühende Leben.

Sie räusperte sich. »Danke.«

»Bist du ein Junkie?«

O Gott. Sie schloss die Augen. »Warum?«

»Weil es uns viel Ärger erspart, wenn du es von vornherein zugibst.«

»Nein. Ich bin kein Junkie.«

Sie schlug die Augen wieder auf und blickte sich im Zimmer um. Ein großes Zimmer, große Fenster, ein Kingsize-Doppelbett. Ein eigenes Badezimmer. Ein Hosenbügler. Ein Fernseher, von dem sie wusste, dass er Kabelanschluss hatte. Alles, was man sich von einem Hotelzimmer erhoffte, bis hin zu den Notfallanweisungen auf der Rückseite der Tür und der Aura leichter Depression, die über allem schwebte: die unausweichliche Erkenntnis, dass man sich hier nur vorübergehend aufhielt. Als ob sie daran erinnert werden müsste.

Ihre Kleidung klebte unangenehm an ihrem Körper. Sie hatte angezogen geschlafen.

Sie setzte sich auf und rieb mit beiden Händen über ihr Gesicht. Sie war in einem fremden Zimmer mit einem fremden Mann: Das machte ihr Angst. Andererseits hatte er ihr gestern Abend das Leben gerettet und anschließend im Sessel geschlafen.

Im Nachhinein erinnerte sich Sarah an diesen Tag als eine Reihe von Momentaufnahmen, kurze Augenblicke, die in ihrem Kopf durcheinanderpurzelten. Aber dies war immer die erste, die ihr in den Sinn kam: wie sie aufgewacht war und ihn am Ende des Bettes sitzen sah. Die Hand, die den Abzug gedrückt hatte, rieb ein bis dahin unbekanntes Kinn.

Als Howard hereinkam und Crane an seinem Schreibtisch sitzen sah, sagte er: »Gott, Amos, was machst du denn hier? Willst du nicht …«

»Was?«

»Na ja, trauern.«

»Ich trauere, Howard. Und ich suche nach dem Scheißkerl, wegen dem ich trauere. Deshalb sitze ich an meinem Schreibtisch.«

Howard hakte klugerweise nicht weiter nach. »Und letzte Nacht? Ähm, hast du dich um den Ehemann gekümmert?«

»Mark Trafford. Wusstest du, dass er korrupt ist?«

»Wie korrupt?«

Crane rieb die Finger aneinander.

»Also können wir damit rechnen, dass er wenig Aufhebens macht?«

»Es sei denn, er will selbst ins Gefängnis wandern. Und wie weit bist du gekommen?«

»Mit der Frau?« Howard zuckte mit den Schultern. »Wie zu erwarten.«

Crane ließ sich seine Erleichterung nicht anmerken, obwohl er wirklich dankbar war. Nach drei Stunden Schlaf war er mit dem Gedanken an die Frau aufgewacht – Axels »Ehefrau« oder, wahrscheinlicher, »Rufus'« Gattin. Je nachdem. Wie auch immer, nach dem Aufwachen hatte er sich gefragt, ob er sich am Abend zuvor geirrt hatte und Axel tatsächlich ausgeflippt war. In diesem Fall hätte Howard keine Frau, sondern eine weitere Leiche gefunden. Es gab auch Kinder. Es hätte chaotisch werden können.

»Und, hat sie es geglaubt?«

Howard verzog widerwillig das Gesicht. Diesen Teil seiner Arbeit mochte er ganz und gar nicht. Amos fragte sich, wie er überhaupt dazu gekommen war, und dann auch noch in so eine relativ hohe Position. »Sie ist nicht der Typ, der etwas hinterfragt. Schon gar nicht, wenn es von der Polizei kommt«, sagte Howard schließlich.

»Ab und zu kann man die Bullen gut gebrauchen.«

»Was machst du da eigentlich?«

»Ich gehe *eigentlich* Fahrpläne durch. Meiner Meinung nach sind sie mit dem Zug abgehauen, und ich versuche herauszufinden, mit welchem.«

»Du hast doch gesagt, es wäre egal. Weil sie immer noch hinter dem Kind her sind.«

»Sind sie auch.«

»Dann spielt es doch gar keine Rolle, wo sie jetzt sind. Solange sie –«

»Pass auf, Howard, ich bin ihnen auf der Spur. Okay?«

Howard sagte nichts.

»Wir werden sie finden. Früher oder später. Aber früher wäre besser. Meinst du nicht auch?«

»Ist das jetzt was Persönliches, Amos?«

Herrgott noch mal. Amos lächelte freundlich. »Howard. Natürlich ist es jetzt was Persönliches. Und jetzt verpiss dich, ja? Ich habe zu tun.«

Howard stand fast eine Minute lang da, bevor er sich umdrehte und ging. Wahrscheinlich hätte er etwas Passendes erwidert, wenn ihm etwas eingefallen wäre.

Amos wandte sich wieder seinem Bildschirm zu. Und wenn er Fahrkarten gekauft hätte, verfolgte er seinen Gedanken weiter, dann wären diejenigen, die er tatsächlich nutzen wollte, für einen Zug, der dreißig Sekunden nach dem Kauf abfuhr.

Bingo.

Downey hatte ein »Bitte nicht stören«-Schild an ihre Tür gehängt, und als das Essen kam, ließ er den Wagen draußen abstellen. Er ermahnte Sarah, sich von den Fenstern fernzuhalten, und jedes Mal, wenn sie das als lächerlich abtun wollte, kamen ihr Bilder vom Vorabend in den Sinn, wie die Ausläufer eines schlechten Trips: Rufus mit der verdammten Zahnseide – Rufus! –, der ihr die Kehle so fest mit einer Schnur umschlang, dass sie einen Abdruck wie eine dünne Rubinkette hinterließ. Sie betrachtete sie im Spiegel: ein Memento mori, weltliche Stigmata. Eine Wunde, die nicht blutete.

»Meinst du, die finden uns hier?«

»Kommt darauf an.«

»Worauf?«

Er zuckte mit den Schultern.

Dabei wusste Sarah nicht einmal, wer »die« waren.

Michael schaltete CNN ein, und sie sahen, wie sich ein Krieg in Farbe entfaltete; Männer und Frauen in Wüstentarn, die für Armageddon vorsprachen. Der Kommentar war live: Dies war ein Virtual-Reality-Kampf. Mit der Fernbedienung in der Hand konnte man sich vorstellen, die Knöpfe zu drücken; Laser, die über achtzig Kilometer hinweg auf den Zentimeter genau trafen, intelligente Bomben übertrugen die Bilder an die Zuschauenden in aller Welt, wenn sie in ihren Zielen einschlugen. Man konnte das Weiße in den Augen eines Feindes sehen, der einen Kontinent entfernt war, konnte seine Bräuche studieren, seine Sprache lernen und ihn töten, alles auf einmal.

Michael schlang mehrere Sandwiches hinunter. Sarah konnte nichts essen. Sie war hungrig nach Informationen, wusste aber nicht recht, wo sie anfangen sollte. Michael ebenso wenig. Es gab Autoalarmanlagen, die sich aktivierten, wenn man dem Fahrzeug zu nahe kam: Man musste es nicht berühren. Es war eins dieser Dinger aus den Achtzigern, bei denen man nicht nur einen Gegenstand besaß, sondern auch den Raum darum herum. Michael war auch so, aber statt dass ein Alarm losging, schaltete sich bei ihm alles ab.

Sie fragte ihn: »Bist du verheiratet?«

»War ich mal.«

Sie wartete, aber er ging nicht näher darauf ein. »Erzähl mir von Singleton.«

»Wir waren zusammen in der Ausbildung.«

Die Lücken musste sie selbst füllen, wobei sie sich auf Filme stützte, an die sie sich nur dunkel erinnerte, und auf Geschichten, die sie als Kind verschlungen hatte. Brutalität auf dem Exerzierplatz; Männer, die in der Hitze in Ohnmacht fielen. Schwüre ewiger Treue. Partys mit reingeschmuggeltem Zeug nach Zapfenstreich. Sie wusste, dass die Wahrheit eine Million Meilen davon entfernt war; die Wahrheit war sowieso ein privater Luxus.

»Wart ihr auch zusammen im Krieg?«

»Ja, da drüben.«

Er wies mit dem Kinn auf den Bildschirm. »Beim letzten Mal.«

»War es …« Sie wusste nicht, was sie fragen sollte.

»Es war Krieg. Wir waren fast noch Kinder.«

»So wie das da.« Sie deutete auf den Bildschirm.

»Das ist kein Krieg. Das ist eine Schießbude.«

Sie schaute wieder auf den Bildschirm. Diagramme, die die wahrscheinlichen Verluste des Feindes zeigten, wurden vor einem rauchenden Hintergrund eingeblendet. Eine Stimme verlas Zahlen mit kaum unterdrückter Aufregung, als gäbe es diese eine Woche einen großen Lotto-Jackpot und der Sprecher hätte viel Geld für Lose ausgegeben.

Er verließ sich rein auf seine Intuition, aber er war fest davon überzeugt, dass sie den Zug nach Worcester genommen hatten. Nur zwei Minuten vor Abfahrt waren zwei Rückfahrkarten gekauft worden – warum sollte jemand so dringend nach Worcester wollen? Sicher würde ihm Howard Gründe nennen können.

Er entschied sich jedenfalls für Worcester, rief eine Liste mit den Haltestellen auf und prüfte, ob ihm eine besonders ins Auge stach. Aber es waren ganz gewöhnliche Orte – Kleinstädte; bei keiner klingelte es bei ihm –, und er lehnte sich wieder in seinem Stuhl zurück und spürte, wie seine Gedanken abschweiften. Drei Stunden Schlaf waren nicht genug.

Vielleicht wäre er besser bei seinem Bruder. Man hatte Axel zu dem kleinen, diskreten Bestattungsunternehmen gebracht, das die Behörde in Anspruch nahm: Dort war man an körperliche Traumata gewöhnt und verschleierte die Todesursache. Es würde keine Obduktion geben. Aber vielleicht sollte Amos eine Weile bei der Leiche seines Bruders sitzen, damit er sich an den Gedanken gewöhnen konnte, dass Axel diesmal nicht nach Hause kommen würde; dass er nun wirklich ganz allein war.

Moreton-in-Marsh. Honeybourne. In solchen Städten wohnten Kinderbuchautoren; Winnie Puuh machte an seinem freien Tag einen Ausflug dorthin. Schon anhand der Namen wusste Crane, dass sich in diesen Nestern niemand lange verstecken konnte. Zehn Minuten nachdem man das B&B gefunden hatte, schaute der Pfarrer vorbei und lud einen zum Abendgottesdienst ein.

Natürlich hatte er nicht gewollt, dass Axel starb. Aber er hatte schon zu lange die Rolle des älteren Bruders spielen und die Gemüter beruhigen müssen, wenn Axel zu weit gegangen war. Axel hatte die Drecksarbeit zu sehr genossen, das war schon immer sein Problem gewesen. Bürokraten wie Howard mochten das nicht. Die Arbeit musste zwar erledigt werden, aber sie wollten nicht, dass sie jemandem Spaß machte.

Pershore, Worcester selbst. Worcester war ziemlich groß, oder?

Er machte sich eine Notiz auf einem Block neben seiner Tastatur: *Hotels in Worcester?* Später würde er sich eine Liste und einen Stadtplan besorgen und vom Bahnhof ausgehend die Hotels eintragen. Es war aufwendig, und, wie Howard bemerkt hatte, nicht unbedingt notwendig: Früher oder später würde Downey zu ihm kommen. Aber wenn es diesen Moment beschleunigte, war es die Mühe wert. Axel hätte nicht einer der Blips auf seinem Bildschirm sein sollen. Er hätte nicht einfach so ausgelöscht werden dürfen. Vielleicht hätte Amos bei ihm Totenwache halten sollen, aber er wusste, dass es Axel so lieber gewesen wäre: Amos bereitete sich darauf vor, Axels Mörder zur Strecke zu bringen. Man trauerte, indem man das tat, was man am besten konnte, und in diesem Fall tat Amos es aus Liebe. Er würde nicht versäumen, es Downey unter die Nase zu reiben, wenn es so weit war.

Eine Weile lang saß er da und stellte sich diesen Moment vor. Dann leckte er sich die Lippen und beugte sich wieder zu seinem Bildschirm.

Sarah erinnerte sich an ein Gedicht von Ted Hughes über einen Panther oder eine andere Großkatze in einem Käfig, die trotz ihrer Gefangenschaft den Eindruck erweckt, als drehe sich die Erde unter ihren Pfoten und sie schritte die Horizonte ab. Bei Michael war es ähnlich. Das Hotelzimmer war zu ihrem Gefängnis geworden; stündlich rückten die Wände näher, Zentimeter für Zentimeter, wie die Luxusversion eines mittelalterlichen Foltergeräts, das ihnen das Leben aus den Knochen quetschen würde. Aber für Michael war das Zimmer nur der Ort, an dem er sich zufällig gerade aufhielt. Es war nur eine weitere Zwischenstation, weit weg vom Krieg.

»Wie hat es angefangen?«, fragte sie ihn.

Sie hatte ihm bereits alles erzählt, was sie wusste, und das war nicht viel; weniger als nichts, denn beim Erzählen geriet sie durcheinander und verlor den Faden.

»Ich weiß nicht.«

»Versuch es wenigstens – bitte.«

Er zuckte mit den Schultern. Das Reden fiel ihm schwer. »In der Wüste? Ich glaube, da hat es angefangen.«

»Während des Krieges?«

»Nein. Lange danach. Vor einem Jahr. Vor achtzehn Monaten?«

»Du giltst seit vier Jahren als tot«, erwiderte sie. »Der Hubschrauberabsturz? Vor Zypern?«

»Ich war noch nie auf Zypern.« Plötzlich fiel der Groschen. »Vier Jahre? Mein Gott, so lange ist das her?«

»Was ist in der Wüste passiert?«

»Wir waren zu sechst. Und die … anderen.«

»Welche anderen?«

»Wir nannten sie die Kindersoldaten.«

Er schien vor ihren Augen zu verblassen, und sie war sich nicht sicher, ob er aus einem Albtraum erwachte oder in einen zurückfiel. »Kindersoldaten?«

»Sie waren noch Kinder. Fürchteten sich zu Tode.« Er fuhr sich mit der Hand über die Augen und sah sie dann direkt an. »Es musste eine Wüste sein. Die Bedingungen wären sonst nicht fair gewesen. So hat man es uns gesagt. Fair.«

Es war, als würde man nach Rauch greifen. »Wer hat euch das gesagt?«

Er schaute wieder auf den Fernseher.

»Michael? Du musst es mir sagen!«

»Warum?«

»Weil ich darin verwickelt bin, verdammt! Weil ich hier bin.«

Er sah sie wieder an, diesmal mit neuem Interesse, als wäre ihm zum ersten Mal klargeworden, dass sie ein Leben gehabt hatte, bevor er auf sie aufmerksam geworden war. Er hatte ihr das Leben gerettet, aber sie wusste, dass er das nur getan hatte, weil er dachte, sie könnte Informationen haben;

weil sie nach Dinah gesucht hatte und er glaubte, sie wüsste mehr als er. Sie erwiderte nun seinen Blick und fragte sich, ob er unter anderen Umständen genauso bereit wäre, auch sie zu töten. Doch sie schob diesen Gedanken schnell beiseite.

Er fragte: »Woher hast du die Narbe auf deinem Arm?«

Sie wusste, dass er sie mit dieser Frage in seine Welt ziehen wollte, in jene Welt, in der selbst Unschuldige Wunden trugen. Besonders die Unschuldigen. Aber sie konnte ihm nicht von dem Sturz vom Dach erzählen; davon, wie die Lichter in ihrem Kopf herumgewirbelt waren, als sie auf dem Boden aufschlug.

»Ich hatte einen Unfall«, erklärte sie.

Das genügte ihm offenbar.

»Warum hat die Army dich für tot erklärt, obwohl du noch nie auf Zypern warst?«

»Nachdem wir das erfahren hatten, wussten wir, dass wir richtig in der Scheiße stecken«, sagte er.

Bis zum Vormittag hatte sich Crane auf zwei Städte festgelegt und den größten Teil seiner Zeit damit verbracht, die Wand anzustarren und sich in Downeys Lage zu versetzen. Wie bei allen derartigen Übungen ergab es umso weniger Sinn, je länger er es versuchte. Aber am Ende hatte er sich für Malvern und, ja, Worcester entschieden; Letzteres, um zwei Möglichkeiten zu berücksichtigen: den doppelten Bluff und den dummen Fehler. Mit eineinhalb Stunden Vorsprung würde es Downey gelingen unterzutauchen, hatte er zu Howard gesagt, aber ob er damit wirklich recht hatte? Vielleicht war Singleton die ganze Zeit über der kluge Kopf der beiden gewesen. Singleton war ausgelöscht. Wer weiß, vielleicht rannte Downey jetzt im Kreis herum und hoffte erwischt zu werden.

Crane ließ einen Bleistift mit der Spitze zwischen rechtem Daumen und Zeigefinger baumeln und klopfte mit dem Ende im Rhythmus seines Herzschlags gegen seinen Brillenbügel.

Er glaubte es nicht. Aber die Idee ließ ihn nicht los, also stand sie auf seiner Liste.

Er wartete auf einen Ausdruck der Hotels, Bed & Breakfasts und Pubs, die Zimmer vermieteten, und dachte währenddessen an die Frau. Von ihr wusste er noch nicht viel. Wenn sie sich als genauso schwach wie ihr Mann erwies, der beim kleinsten Stoß umkippte, würde sie nicht lange genug am Leben bleiben, um weiter Probleme zu machen. Aber Axels List, um sie mundtot zu machen – indem er sich ihre Vergangenheit zunutze machte und ihr eine Tüte Kokain unterjubelte –, hatte nicht funktioniert, also war sie entweder dämlich oder eine Kämpfernatur, und für dämlich hielt Crane sie nicht. Inzwischen würde sie jedoch eine klarere Vorstellung davon haben, worauf sie sich eingelassen hatte.

Aber sie würde nicht alles wissen. Zum Beispiel würde Downey ihr nicht die Wahrheit über sich erzählen.

Nicht, wenn er sie auf seiner Seite haben wollte.

»Warum du?«

Er schaute weg. Es gab Dinge, die er ihr nicht erzählen würde: nicht jetzt, niemals. Sie wusste das so genau, als hätte er es laut ausgesprochen, doch stattdessen sagte er nur: »Das würdest du nicht verstehen. Wir waren Soldaten.«

»Aha.«

Sie hatten in der Wüste trainiert: irgendwo in Nordafrika, sagte er; er wüsste nicht, wo. Sie hatten es nicht erfahren. Es gab keine Uniformen, nur Sand und Himmel, so weit das Auge reicht, und ein selbst gebautes Zelt, in dem sie schliefen und aßen und in das sie jeden Abend erschöpft zurückkehrten.

»Was habt ihr trainiert?«

»Wir sind die Sandhügel rauf- und runtergelaufen. Mit Gepäck. Schwerem Gepäck.«

Sie konnte es sich vorstellen. Die Strapazen: Der Sand zerrte an ihren Beinen und versuchte sie festzuhalten.

»Aber darum ging es nicht. Sie haben uns eingesprüht. Zweimal am Tag.«

»Eingesprüht?«

Sie klang schon wie ein Echo.

»Ja, wie damals im Krieg. Diesmal war es aber anders. Das haben sie uns auch gesagt, mussten sie ja. Wir mussten uns nackt ausziehen und das Zeug trocknen lassen.«

»Was war es?«

»Weiß der Geier.« Er war weit weg, vielleicht wieder in Nordafrika. »Es war wie Wasser. Das dachten wir jedenfalls eine Zeit lang. Wir kannten ja die Geschichten über die Jungs, die krank aus dem Krieg zurückkamen. Todkrank. Es hätte auch ein Härtetest sein können. Wäre nichts Neues gewesen.«

»Aber das war es nicht.«

»Nein«, sagte er. »Das war es nicht.«

»Wie lange? Wie lange haben sie das gemacht?«

Er zuckte mit den Schultern. »Man verliert das Zeitgefühl. Ein paar Wochen. Vielleicht auch mehrere Monate. Und dann hat man uns gesagt, dass wir offiziell bei einem Unfall ums Leben gekommen sind.«

»Bei einem Hubschrauberabsturz vor Zypern.«

»Tommy ist ausgerastet. Er wusste genau, dass wir jetzt wirklich in der Scheiße saßen.« Er sah Sarah in die Augen. »Hubschrauberabstürze werden normalerweise möglichst von der Army verheimlicht. Wenn sie einen als Deckmäntelchen benutzt, würden wir für immer tot bleiben, meinte Tommy. Zu diesem Zeitpunkt waren wir bereits auf der Insel.«

»Auf welcher Insel?«

»Das kommt später.«

»Erzähl mir, was in der Wüste passiert ist.«

Er schaute wieder auf den Fernsehbildschirm, auf dem ein Reporter an einem Geländewagen lehnte und eindringlich in die Kamera sprach. »Eines Tages haben sie uns in die Wüste gebracht. Uns hingefahren. Mitten ins Nirgendwo. Man hat uns gesagt, diesmal sei es keine Übung. ›Da draußen sind üble Typen. Wir wollen, dass ihr sie fertigmacht.‹«

»Die Kindersoldaten.«

»Ja, sie waren noch Kinder. Aber uns wurde gesagt, sie wären echte Soldaten.« Er schüttelte den Kopf. »Wir sollten sie lebend erwischen.«

Sie wagte kaum zu fragen. »Und, habt ihr das?«

»Gott, ja.« Er schüttelte immer noch den Kopf, als wäre das alles nur eine verrückte Geschichte. »Es waren Teenager. Sechs Jungs. Aber sie hatten keine Ahnung, sie waren noch viel zu jung. Sie waren keine Soldaten.«

Ihr kamen Berichte in den Sinn: Nachrichtenschnipsel und laute Dementis in der Presse. »Es waren Iraker, oder?«

Der Blick, den er ihr zuwarf, war voller Verachtung. »Na klar waren sie das, verdammt noch mal.«

Sechs irakische Wehrpflichtige, die vor zwanzig Monaten bei einem Sturm an der syrischen Grenze ums Leben gekommen waren, von denen irakische Politiker aber behaupteten, sie wären von westlichen Truppen gefangen genommen – ermordet – worden.

Jetzt war Sarah an der Reihe, den Kopf zu schütteln. Sie wollte nicht auf den Fernseher schauen und damit konfrontiert werden, dass ein Krieg im Gange war. Sie wollte nicht das Geringste darüber wissen.

»Erzähl's mir«, sagte sie.

Die Kreise, die er auf die Karten gezeichnet hatte, machten die Städte zu Zielen. Ground Zero war ein Bahnhof. Rote Punkte waren Hotels. (Es war alles andere als narrensicher, das wusste Crane genau, aber es wurde schnell zu einem Zwang.) Blaue Punkte waren B&Bs, wobei es wahrscheinlich in beiden Städten nicht lizenzierte Unterkünfte gab, die nicht auf der Karte erschienen. Grüne Punkte symbolisierten Hostels und Obdachlosenunterkünfte, Orte, an denen sie sich nur mit einer Lüge Zutritt hätten verschaffen können, die er aber nicht ganz außer Acht lassen konnte. Natürlich würde es Wochen dauern, alles zu überprüfen, und bis dahin konnten Downey und die Frau sonst wo sein. Aber es lohnte sich immer, auf gut Glück zu spielen. Jede

Woche gewann irgendein Idiot im Lotto. Und wenn das passierte, war er kein Idiot mehr.

Howard kehrte zurück. »Willst du hier Wurzeln schlagen?«

»Wenn es sein muss.«

Cranes Schreibtisch sah aus wie ein chaotischer Schrottplatz. Er hatte bereits das Telefon kaputt geschlagen, weil es geklingelt hatte, obwohl er sich konzentrieren wollte. Zersplitterte Bleistiftstücke waren auf seinem Computergehäuse zu einem Tipi aneinandergelehnt: Man musste schließlich irgendetwas tun, während das Drecksding eine Datenbank durchsuchte. Kleine weiße Flocken von einem zerfetzten Styroporbecher trugen zusätzlich zu dem Eindruck bei, dass Crane einen schlechten Tag hatte: Howard sah sich um, sagte aber nichts. Was Crane mehr als alles andere provozierte.

»Hast du nichts zu tun? Zettel zu unterschreiben? Wir brauchen hier mehr Bleistifte. Bist du nicht derjenige, der die Bleistifte kauft, Howard?«

»Wir sind eine Regierungsbehörde, Amos. Wir arbeiten nicht nur für dich.«

»Re-gie-rungs-be-hörde. Wichtig, wichtig, Howard. Hat man dir an der Uni beigebracht, so daherzureden?«

»Dein Bruder hat es versaut. Tut mir leid, Amos, aber so ist es nun mal. Jetzt können wir daraus eine Lehre ziehen, was nützlich wäre, oder du kannst hier sitzen und vor Wut kochen und deine Rache planen. Es ist ein Job, Amos. Und er muss erledigt werden. Aber es muss richtig gemacht werden. Wenn du über die Stränge schlägst und auch das vermasselst, lasse ich dich hängen. Glaub mir.«

Amos pfiff durch die Zähne.

»Ich meine es ernst. Wenn du auf eigene Faust loslegst und unnötig Blut vergießt, sind deine Tage hier gezählt. Du kannst dir dann gleich ein Grab neben dem von Axel reservieren lassen.«

»Wenn ich unnötig Blut vergieße?«

»Du weißt, was ich meine.«

Amos lachte. »Hast du dich jemals gefragt, wie es an vorderster Front ist, Howard?«

»Fang nicht damit an. Axel ist mir damit genug auf die Nerven gegangen. Lach nur über den Schreibtischhengst, der keine Ahnung hat. Aber in diesem Fall hast du dich mit Schreibtischarbeit versucht, Amos, und schau, was dabei rausgekommen ist. Dein Bruder ist tot, Zivilisten hätten um ein Haar Staatsgeheimnisse erfahren, und du suchst nach einer Nadel im Heuhaufen, damit du einen auf John Wayne machen kannst. Sehr beeindruckend.«

»Ich werde ihn finden.«

»Das hast du schon gesagt. Aber du hast auch gesagt, Axel würde mit der Situation fertigwerden.«

»Vorsicht, Howard!«

»Droh mir nicht. Du hast keine Freunde im Ministerium, Amos. Downey mag das Ziel sein, aber etliche Leute waren nicht traurig darüber, dass er Axel erwischt hat.«

Amos stieß ihm den Zeigefinger in die Kehle.

Komisch, dachte er, als er sah, wie Howard auf die Knie fiel und nach Luft schnappte, wie Stress manche Leute zu Höchstleistungen anspornt. Ausgerechnet Howard, das geborene Büromöbel, hatte den Mut gefunden, ihm die Meinung zu sagen. Wahrscheinlich wurde er von oben mit

Scheiße beworfen. Etwa einmal im Monat wurde der arme Howard von einem Typen, dessen Namen Howard nicht mal kannte, zu einer Standpauke geladen: Das war traurig. Crane wusste natürlich, wie der Typ hieß, aber nur, weil er sich die Mühe gemacht hatte, es herauszufinden.

Er beugte sich nach vorn und flüsterte Howard ins Ohr. »Ich werde ihn finden, Howard. Wenn nicht jetzt, dann irgendwann. Wenn er wegen des Mädchens kommt. Und wenn ich ihn finde, werde ich ihn töten. Und wenn ich von dir Beschwerden deswegen höre, werfe ich dich aus deinem Bürofenster. Kapiert?«

Es hatte wenig Sinn, auf eine Antwort zu warten.

Er tätschelte Howard die Wange. »Wenn du wieder Luft kriegst, steh auf und geh. Und red nicht mehr mit mir.« Er wandte sich dem Bildschirm zu und war schon mit den Gedanken woanders: Hotelketten. Die hatten Netzwerke, in die er eindringen konnte. Er hörte nicht, wie Howard ging. Das lag daran, dass Howard sich sehr leise davonschlich.

Sie hätten den ganzen Tag gekämpft, sagte Michael, obwohl »kämpfen« nicht das richtige Wort war, nicht wirklich – die Kindersoldaten hatten ein, zwei Schüsse abgefeuert, aber nichts, was auch nur annähernd gefährlich gewesen wäre, und dann versucht, sich oben auf einer Düne einzugraben. Man sah ihnen von Weitem an, dass sie Todesangst hatten. Sie schrien sich gegenseitig an, stritten wahrscheinlich darüber, ob sie sich ergeben sollten oder nicht; einer von ihnen stand am Ende auf, streckte die Arme in den Himmel und brabbelte irgendetwas, offenbar ein Gebet. Tommy Singleton schoss ihm ins Knie.

»Sie waren entführt worden. Und dort rausgebracht, damit ihr an ihnen üben konntet.«

»Ja. Ich glaube schon.«

Sie konnte es nicht glauben oder wollte es nicht. Sie wünschte, sie könnte die Bilder aus ihrem Kopf verbannen, die noch von den Bildern im Fernsehen verstärkt wurden: der verängstigte Junge, der die Welt anschrie, sie solle ihn in Ruhe lassen, und der von der Kugel niedergestreckt wurde wie eine Blechente auf der Kirmes.

Anschließend, erzählte Michael, hätten sich alle ergeben. Sie warfen ihre Waffen den Hügel hinunter und warteten darauf, gefangen genommen zu werden.

»Ihr habt sie also nicht getötet?«

»Nein. Wir haben sie nicht getötet.«

Dann schloss er die Augen, als würde er sich angestrengt an etwas erinnern, obwohl Sarah vermutete, dass er wohl eher versuchte, etwas zu vergessen.

Sie hatten einen Lastwagen und hatten die Kindersoldaten im Gänsemarsch dorthin marschieren lassen, so wie sie es in der Ausbildung gelernt hatten. Packten sie auf die Ladefläche. Tommy und einer ihrer Kameraden saßen vorne.

»Wir dachten, das wäre der schwierige Teil. Den Weg nach Hause zu finden. Aber Tommy sagte, er wüsste ihn. Er hatte einen guten Orientierungssinn. Er verirrte sich fast nie.«

»Nicht mal in der Wüste?«

»Man vertraut seinen Kameraden. Das ist wichtig. Er sagte, er würde den Weg nach Hause finden, also glaubten wir ihm.«

Aber sie waren noch keine halbe Stunde gefahren, als sie den Hubschrauber hörten.

»Wir versuchten mit den Kindersoldaten zu reden«, erzählte Michael. »Zwei von uns. Aber sie sprachen kein Wort Englisch. Außer ›Zigarette‹ und so. Der Junge, auf den Tommy geschossen hatte, lag auf dem Boden des Lastwagens. Wir haben sein Bein verbunden, aber nur behelfsmäßig. Außerdem war es am Ende sowieso egal.«

Als der Hubschrauber näher kam, eröffnete er das Feuer.

»Wir hatten damit gerechnet, irgendwie. Alles andere wäre zu einfach gewesen. Das waren nur Kinder, keine Soldaten. Nicht wirklich.«

»Hat man auf euch geschossen?«

»Auf die Seite des Lkws. Ich schätze, die wollten ihn zum Umkippen bringen. Also trat Tommy auf die Bremse, und wir sprangen alle raus.«

… Sand knirschte unter seinen Füßen, als er vom Lastwagen fiel, und das Heulen des Hubschraubers über ihm war das lauteste Geräusch der Welt. Er schauderte. Sarah hätte ihn beinahe berührt, nur um ihn spüren zu lassen, dass er nicht mehr dort war, wie lebendig die Bilder in seinem Kopf auch sein mochten.

»Hast du schon einmal auf ein fliegendes Ziel geschossen?«

Sie reagierte nicht: Er sprach ohnehin für sich selbst.

»Man sieht das in Filmen und so und denkt, es sei kinderleicht. Aber es ist fast unmöglich zu treffen. Als der Hubschrauber wieder dicht über uns hinwegflog, haben wir fast unsere ganze Munition auf ihn verfeuert. Dann flog er weg, kehrte um und kam wieder auf uns zu.«

Es wurde allmählich dunkel im Zimmer. Sie hatte keine Ahnung, wie lange sie schon dort waren: Die Zeit war ein Eindringling an diesem Ort. Die Realität spielte sich anderswo ab.

»Wir sahen, dass er an der Seite hing. Er trug ein Geschirr, damit er nicht abstürzte.«

»Wer?«

»Egal. Er war, wer auch immer er war. Er war wie wir, er hat nur Befehle befolgt.«

In seiner Stimme lag keine Verbitterung. Wahrscheinlich, dachte Sarah, glaubte er das wirklich: dass einem alles vergeben wurde, wenn man nur Befehle befolgte.

»Und dann hat er es abgeworfen. Es war klein, nicht größer als ein Tennisball ... Es hing an einem Fallschirm, sodass es nach unten schwebte, und wir standen alle da und schauten zu, wie hypnotisiert. Die Kindersoldaten und wir alle anderen. Und wir wussten, dass wir tot waren. Wir alle wussten, dass wir tot waren. Es kann nicht länger als vielleicht zehn Sekunden gedauert haben, aber das war genug Zeit, um es zu begreifen. Wenn man weiß, dass es die letzten zehn Sekunden sind, scheint es eine Ewigkeit zu dauern, und trotzdem geht es zu schnell.«

Er verstummte. Sie drängte ihn nicht. Sie erinnerte sich an ihre eigenen schlimmen Momente: Als sie sich in ihrer Küche an ihr Leben geklammert hatte, während Rufus – der eigentlich Axel hieß – sein Seil um ihren Hals festzog. Es hatte sich angefühlt, als hätte sie ihr halbes Leben dort verbracht und auf den Tod gewartet, aber anderseits war es im Nu vorbei; alles war zwischen zwei Atemzügen passiert.

»Aber es war keine Bombe.«

Er stand abrupt auf. Sie griff nach dem Wasser, schenkte ihm ein Glas ein und reichte es ihm wortlos; er nahm es, ebenfalls schweigend, und leerte es in einem Zug. Dann umschlossen seine Finger das Glas, als wollte er testen, bei welchem Druck es zerbrach.

»Michael.«

Er sah sie an.

»Erzähl's mir.«

Er tat es. »Es war keine Bombe. Oder doch, aber keine konventionelle. Sie haben das Gegenmittel an uns getestet. Das Sprühzeug. Deshalb waren wir dort. Wir waren Versuchskaninchen.«

»Was ist passiert?«

»Sie ist explodiert. Es klang wie zerbrechendes Glas, und die Luft wurde trüb. Das klingt blöd, aber ich kann es nicht anders beschreiben. Und dann … fühlte es sich an, als würde ich brennen. Ich hatte unglaubliche Schmerzen. Ich dachte nur: Da stimmt etwas nicht. Es ist eine Bombe, ich sollte tot sein, einfach sterben, es sollte nicht weiter wehtun, aber der Schmerz hielt an. Ich glaube, ich habe geschrien. Ich denke, wir alle haben geschrien.«

Er stellte das Glas ganz vorsichtig auf den Boden.

»Ich erinnere mich, dass mich jemand packte, es muss Tommy gewesen sein. Er schrie auch. Er schrie immer wieder: ›Schau nicht hin! Schau nicht hin!‹ Und ich sterbe fast vor Schmerzen, es ist, als würde meine Haut verschmoren, und irgendwo im Hinterkopf frage ich mich: *Was meint er damit? Wo soll ich nicht hinschauen?*«

Sarah spürte, wie ihr Mund trocken wurde, griff aber nicht nach dem Wasser.

»Und dann habe ich es gesehen. Ich habe hingeschaut.« Er schloss die Augen.

»Er sprach von den Kindersoldaten, Tucker. Sie schrien nicht. Sie schmolzen.«

Jedes Mal, wenn Howard versuchte zu schlucken, schmeckte er den Knorpel seines Kehlkopfs. Es war, als wäre sein ganzer Hals ein Klumpen, den er nicht hinunterbekam und durch den er nur röchelnd atmen und verschwommen sehen konnte. Sechs Jahre Arbeit für das Ministerium hatten ihn gegen viele Formen von Gewalt immun gemacht, aber eine große Ausnahme war jede Art von Gewalt, die ihn selbst betraf. Auf dem Papier kam er damit zurecht. Er hatte es immer bedauert, wenn so etwas passiert war, aber nie lange darüber nachgedacht. Amos Crane hatte ihn je doch noch nie zuvor auf dem Boden kriechen lassen; einige Momente hatte er gedacht, er würde sterben. Doch es war nicht etwa sein bisheriges Leben wie ein Film an ihm vorbeigezogen, sondern er hatte plötzlich ein klares Bild vor Augen gehabt, wie viel Papierkram dies für jemand anderen bedeuten würde.

Er stand jetzt an seinem Fenster, im Stockwerk über Cranes Büro. In der einen Hand hielt er einen Krug Wasser, in der anderen ein Glas.

Zweimal hatte er in der letzten Stunde den Hörer abgenommen, um den Sicherheitsdienst anzurufen: Cranes Angriff war nicht nur ein Verstoß gegen die Dienstvorschriften gewesen, sondern ein gewalttätiger Übergriff, verdammt noch mal! Aber jedes Mal hatte ihn der Mut wieder verlassen. Wenn Crane nicht kooperieren wollte – und das würde er nicht –, würde es mehr als den Sicherheitsdienst brauchen, um ihn zu überwältigen. Man bildet keinen Crane aus und erwartet dann, dass er sich wie ein Lämmchen verhält. Das war natürlich das Kernproblem. Die reinste Schlangengrube, dieser Job. Doch er hatte Amos die Wahrheit gesagt, und er selbst war nicht traurig gewesen, als Axel ausgeschaltet worden war. Man musste kein Genie sein, um zu wissen, dass sowieso eines Tages irgendjemand, wahrscheinlich Howard selbst, das Dokument unterzeichnet hätte, mit dem ein tödlicher Unfall für Axel Crane genehmigt worden wäre: schnell und einfach – er war schließlich ein Diener der Krone gewesen –, aber endgültig. Er war froh, dass ihm die Entscheidung erspart geblieben war. Nicht, weil er gezögert hätte zu unterschreiben (das hätte er nicht), sondern weil er, wenn er es getan hätte und der Unfall schiefgelaufen wäre, Besuch von Axel Crane bekommen hätte. Und selbst wenn alles gut gegangen wäre, hätte Amos auf seiner Schwelle gestanden.

Erneut griff er sich an den Hals. Es war nicht abzusehen, ob er bleibende Schäden davongetragen hatte, ob irgendetwas geplatzt oder irreversibel gequetscht war. Wer weiß, vielleicht würde er für den Rest seines Lebens jede halbe Stunde etwas Beruhigendes trinken müssen. Wenn man ihm das Dokument vorlegte, das für *Amos* Crane bestimmt war, würde er es, ohne mit der Wimper zu zucken, unterschreiben.

Auf seinem Schreibtisch lag eine Akte, und zwar die über Michael Downey. Die über Thomas Singleton war mit einem schwarzen Band versehen worden, was nicht bedeutete, dass er nie wieder darauf zurückgreifen musste, aber immerhin war sie ziemlich definitiv geschlossen. Nicht so, wie er es sich vor sechs bis sieben Monaten vorgestellt hatte, oder wann das war. Downey hatte er als das schwache Glied eingeschätzt, Singleton als die Gefahr. Schon damals in Crows' Hill war Singleton der Anführer gewesen: So hatte Howard die Unterlagen interpretiert.

Crane hatte zu ihm gesagt: »Sie haben Blut geleckt. Die Akten bedeuten einen Scheißdreck.«

Howard hatte widersprochen. »Manche Dinge sind gesetzt. Menschen ändern sich nicht, nicht so schnell. Der Charakter ist eine Konstante.«

»Schau in deinen Akten nach«, sagte Crane. »Da muss irgendwo stehen, dass er drei unbewaffnete Gefangene erschossen hat. Wenn die Army vorher gewusst hätte, wie er ist, hätte sie ihn gar nicht erst akzeptiert.«

Howard blätterte in den Papieren.

Crane sagte: »Typisch Army. Wir hätten ihn mit Handkuss genommen.«

Und vielleicht hatte Amos nicht ganz unrecht. In den Akten wurde Michael Downey als »Dog Soldier« dargestellt: Er befolgte Befehle und kuschte anschließend. Aber jetzt war er auf sich allein gestellt, und er hatte schon Axel Crane überwältigt. Er mochte ein Borderline-Psycho sein, aber sicherlich kein leichtes Ziel.

Amos war der bessere der beiden Brüder. Immer schon gewesen. Howard schenkte sich noch ein Glas Wasser ein.

Amos war besser als Axel, und die beiden zusammen waren die besten Außendienstmitarbeiter gewesen, die das Ministerium je gehabt hatte. *Ein zufriedener Mitarbeiter ist ein guter Mitarbeiter,* hatte Howards Vorgänger ihm eingeschärft. *Und die beiden lieben ihre Arbeit*. Manches daran hatte Axel zu sehr gemocht: Seine ausgefallenen Vorlieben hatten ihn mehr als einmal in Schwierigkeiten gebracht. Howard hatte ihn öfter daran erinnern müssen, dass die Aufgabe ihrer Behörde darin bestand, die Probleme anderer Leute zu beseitigen, und nicht, welche für sie zu schaffen. Dann wurde Axel jedes Mal sauer und versuchte die Schuld auf andere zu schieben – wunderbare Sündenböcke, da sie selten lebendig genug waren, um Einspruch zu erheben. Howard hatte ehrlich gesagt die Nase gestrichen voll von ihm gehabt, obwohl er sich bemüht hatte, amüsierte Zuneigung vorzutäuschen.

Amos, der Ältere, war beherrschter. Außer heute natürlich. Und seine Akte war alles andere als lupenrein. Aber in letzter Zeit war er bereit, sich anzupassen: Im Gegensatz zu Axel hatte er erkannt, dass die Tage der Waffengewalt gezählt waren, und für eine dauerhafte Karriere stellte er sich besser darauf ein, eine eher leitende Funktion zu übernehmen. Nicht, dass er dafür geeignet wäre, aber Erfahrung zählte. Außerdem behielt er einen kühlen Kopf. Nie verlor er die Nerven. Er akzeptierte das Ungeheuerliche als bare Münze. Axel gegenüber hatte er sich jedoch immer zu nachgiebig gezeigt, was für die aktuelle Operation fatal gewesen war, und schon allein das gab Howard genügend Gründe, um ihn zu feuern, auch ohne den tätlichen Angriff. Howard rieb sich erneut seine schmerzende Kehle und nippte mühsam an seinem Wasser. Amos nahm es also persönlich: Nun, da war er nicht der Einzige.

Er studierte erneut Downeys Akte. Der Mann war einmal ein guter Soldat gewesen. Pech für ihn. Wäre er ein schlechterer gewesen, hätte er es nie über Crows' Hill hinausgeschafft. So aber hatte er Amos Crane am Hals, was man seinem schlimmsten Feind nicht wünschen würde, und hatte es irgendwie geschafft, auch die Frau, Sarah Trafford, mit hineinzuziehen. Sie gehörte definitiv in die Kategorie der Kollateralschäden. Es würde Wochen dauern, bis das dadurch entstandene Chaos beseitigt war.

Aber, nicht zu vergessen: Downey hatte Axel Crane ausgeschaltet, und Amos war zwar besser als Axel, aber das machte ihn nicht unverwundbar. Und Michael Downey hatte einen eigenen inneren Antrieb, das, worauf Amos von Anfang an gesetzt hatte: Downey würde nicht aufgeben, bis er das Kind gefunden hatte. Ein Soldat mit einer Mission war ein anderes Kaliber als viele der Ziele, die Amos Crane ausradiert hatte. Vielleicht war Crane in etwas Tieferes hi neingeraten, als ihm klar war. In seinem momentanen Zustand konnte er offenbar nicht klar denken.

Dass Downey überleben würde, war natürlich undenkbar, aber falls er Amos Crane dabei erledigte, würde es Howard nicht den Tag verderben. Er klappte die Akte zu, schloss sie in seinem Schrank ein und schlich, nachdem er gründlich darüber nachgedacht hatte, die Treppe hinunter, um nach Amos Crane zu sehen. Aber Crane war weg, sein Büro lag im Dunkeln; das tote Auge seines Computerbildschirms spiegelte nur die Trümmerlandschaft auf seinem Schreibtisch wider. Dazwischen Cranes Brille, ordentlich zusammengeklappt. Er trug sie nur bei der Bildschirmarbeit und brauchte sie sonst nicht.

Das Tageslicht verblasste. Über den Dächern der Häuser wurde das Rot langsam zu Schwarz, wie eine schwärende Wunde, und Sarah musste sich daran erinnern, dass der Himmel bis zum Morgen verheilt sein würde und dies nicht das Ende war. Manche Wunden aber heilten nie. Die Kindersoldaten waren geschmolzen.

Sie drängte Michael nicht, ihr Einzelheiten zu erzählen: Es gab Dinge, die man besser nie erfuhr. Und außerdem enthielt das Wort »geschmolzen« genug bitteres Wissen für ein ganzes Leben. Danach hatten sie schweigend dagesessen, beide irgendwie auf dem Boden; Sarah lehnte sich gegen das Bett, und Michael saß im Schneidersitz mit dem Rücken zum Fenster, sodass er den Himmel nicht so sehen konnte wie Sarah. Sie fragte sich, ob er ihn auch mit tödlichen Wunden assoziieren würde. Oder mit einem Hubschrauber und dem Geräusch von zerbrechendem Glas: alles gleich schlimm.

»Alles in Ordnung mit dir?«, fragte sie schließlich sanft.

»Ja, mir geht's gut.«

»Was ist dann passiert?«

Michael wusste nicht, was dann passiert war.

Er war ohnmächtig geworden; er wünschte, er hätte Sekunden vorher das Bewusstsein verloren und ihm wären damit die Albträume seither erspart geblieben. Als er zu sich kam, bestand er nur aus rohem Schmerz: Seine Haut schuppte und schälte sich; sein Haar war versengt. Er war an ein Krankenhausbett gefesselt. Er wusste nicht, wo er war. Er dachte …

»Ich wusste nicht, was ich denken sollte.«

»Du dachtest, du wärst ein Gefangener.«

»Es war einer von unseren Hubschraubern. Das weiß ich jetzt. Aber damals, an dieses Bett gefesselt … Ich war unsicher. Ich dachte, vielleicht hätte ich etwas durcheinandergebracht.«

»Aber das hattest du nicht.«

»Wir waren Versuchskaninchen. Diese Bombe, das war eine Art chemischer Kampfstoff. Und das Zeug, mit dem wir besprüht worden waren, das sollte uns schützen.« Er hielt inne. »Damals im Krieg haben wir Gerüchte gehört. Über eine Superwaffe. Man nannte sie Patriot-Bombe. Hast du je davon gehört?«

Sarah schüttelte den Kopf.

»Es ist der Heilige Gral. Eine Waffe, die den Feind tötet, aber nicht die eigenen Truppen. Ich glaube nicht, dass es sie gibt, noch nicht. Aber es wird weiterhin damit experimentiert.«

»Aber das ist doch illegal, chemische Kampfstoffe sind …«

Natürlich waren sie illegal. Sie machte sich nicht die Mühe, den Satz zu beenden.

Er zog sein Hemd hoch und zeigte ihr seinen Bauch. Hässliche rote Striemen färbten ihn, seltsame fleckige Streifen, wie die Tarnfärbung eines unbekannten Ungeheuers. Er sagte nichts dazu, brauchte er auch nicht. Er zog sein Hemd wieder herunter. Sarah konnte nicht sagen, dass es ihr leidtat: Ihr war speiübel, aber nicht wegen seines Aussehens. Sie schwieg.

»Ich weiß nicht, wie lange ich dort war. Wir waren alle dort, wir sechs, aber das habe ich erst später erfahren. Es wurden Tests durchgeführt. Bluttests. Eine Maschine, wie sie für einen Gehirnscan verwendet wird, aber für den ganzen Körper. Niemand hat mit mir gesprochen. Es war, als wäre ich ein Alien, und sie wollten alles über meinen Planeten erfahren. Weißt du, was passiert ist? Ich wurde zur Unperson da draußen in der Wüste. Ich war nur ein Ergebnis, das Ergebnis eines Experiments. Dass ich nebenbei auch ein Mensch war, war ihnen scheißegal.«

Sie hätte gern die Hand nach ihm ausgestreckt, um ihn zu berühren, spürte aber, dass er das nicht wollte.

»Erst als ich durch ein Fenster sah, wusste ich, dass ich in England war. Danach haben sie uns sowieso verlegt. Uns alle.«

»Wohin?«

»Auf eine Insel. Vor der Westküste Schottlands. Da ging es mir schon besser. Besser, als es mir je wieder gehen wird. Ich weiß nicht, warum sie uns nicht einfach getötet haben.«

»Sie haben vorgegeben, du wärst tot.«

»Das haben wir auf der Insel erfahren. Eine der Wachen hat es Tommy erzählt. Komisch, wir hatten sie bis dahin gar nicht für Wachen gehalten. Sie waren einfach nur Jungs, ein Haufen Jungs, die dafür sorgen sollten, dass es uns gut ging. Das haben sie uns gegenüber jedenfalls behauptet. Und immer, wenn wir fragten, und das taten wir jeden Tag, sagten sie, wir könnten bald nach Hause und es müssten nur noch ein paar Dinge geklärt werden, keine Sorge. Morgen. Vielleicht am Tag darauf. Ich weiß nicht mehr, wie viele Tage ich darauf gehofft und auf das Boot gewartet habe. Es müssen Hunderte gewesen sein. Dann hat einer dieser Jungs, mit dem Tommy sich angefreundet hatte, ihm gesagt, dass wir alle sowieso offiziell gestorben wären. Bei diesem Hubschrauberabsturz.« Er lachte, aber es klang nicht amüsiert. »Ich war nie auf Zypern. Ich war auch nie tot.«

»Wie habt ihr reagiert?«

»Das war das Ende. Das Theater war vorbei. Sie waren nicht bewaffnet, weil es gegen die Vorschriften verstoßen hätte, und wir waren nicht zu ihrem Schutz in Zellen eingesperrt. Wir waren bereits tot, es hatte nur noch niemand den Abzug gedrückt. Keine Ahnung, warum. Vielleicht wollten sie noch mehr Tests an uns durchführen. Vielleicht spekulierten sie darauf, dass wir sowieso alle an den langfristigen Nachwirkungen sterben würden. Oder vielleicht – und das ist meiner Meinung nach der wahre Grund – konnten sie uns nicht ohne Absicherung von ganz weit oben töten. Zum Beispiel durch ein Dekret des Premierministers. Wir waren Mitglieder der Streitkräfte Ihrer Majestät, Herrgott noch mal! Sie konnten uns nicht hinrichten, ohne sich abzusichern. Aber sie konnten uns auch nicht gehen lassen. Nicht, nachdem sie uns offiziell für tot erklärt hatten.«

»Oh, mein Gott!«, hauchte Sarah.

»Ja. Genau.«

Abrupt stand er auf und schaute jetzt doch aus dem Fenster. Wie mitten in einem Fernsehkrimi kam es ihr plötzlich in den Sinn, dass man ihn umbringen wollte, weil er zu viel wusste. Und jetzt wusste sie das alles auch.

»Was ist passiert?«, fragte sie.

»Wir sind abgehauen.«

»Einfach so.«

»Nein. Nicht einfach so.« Er drehte sich wieder zu ihr. »Tommy und ich sind abgehauen. Das war's.«

»Was ist mit den anderen?«

»Tot.«

»Und die Wachen?«

»Tot.«

»Habt ihr …«

»Wir waren immer noch im Krieg, verstehst du das nicht? Nur dass uns niemand erklärt hat, auf wessen Seite wir sind. Es gab vier Wachen, wir waren zu sechst. Nur Tommy und ich sind weg.«

»Ich mache dir keine Vorwürfe.«

»Ich habe dich nicht um Absolution gebeten.«

»Das wollte ich nicht damit sagen. Ich meinte –«

»Oder um Verständnis. Ich erzähle dir nur, was passiert ist. Okay?«

»Okay«, sagte sie leise. Sie konnte ihn jetzt kaum noch erkennen. Der Raum war voller Schatten, sodass sie nicht sagen konnte, wo sie aufhörten und er anfing.

Doch dann sah sie, dass er den Kopf schüttelte, sich dann umdrehte und die Vorhänge zuzog. Auf dem Nachttisch stand eine kleine Lampe, die er einschaltete, dann bot er ihr Wasser an. Sie hatte keinen Durst. Er füllte ein Glas bis zum Rand und leerte es in einem Zug.

»Wie hieß sie noch mal?«, fragte sie. »Die Insel?«

»Ich habe sie auf keiner Karte gefunden.«

»Und wo warst du seitdem?«

»Seit wann?«

»Die ganze Zeit, als du dich tot gestellt hast. Wo hast du dich versteckt?«

Er antwortete nicht, sondern nahm die Fernbedienung und schaltete den Fernseher wieder ein: Artilleriefeuer zog über einen schwarzen Himmel wie heulende Engel. Und

Sarah dachte an Scharfschützen, die hoch über den Straßen der Stadt kauerten; an Mörsergranaten, die Schulen und Marktplätze zerstörten. Sie dachte an dunkle Nächte und Straßensperren und an Zivilisten, die in Massengräber geworfen wurden. Ein Soldat hatte nicht unendlich viele Leben.

»Hat sie es gewusst?«

»Wer?«

»Maddie. Tommys Frau. Wusste sie, dass ihr –«

»Nein. Sie dachte, wir wären beide tot.«

Er schaltete den Fernseher wieder aus, als wollte er den Worten durch die Stille Gewicht verleihen.

Sie merkte, dass sie eine Atempause brauchte, eine gewisse Zeit, um die Informationen, die er ihr gegeben hatte, zu verarbeiten. In einem früheren Leben wäre sie an die fri sche Luft gegangen: Sie hätte sich die Füße wund gelaufen und ihre Lungen durchgepustet, um ihrem Gehirn die Möglichkeit zu geben aufzuholen. Heute Abend hatte sie jedoch kein Bedürfnis, dieses Zimmer zu verlassen. Nach seinem Bericht fühlte es sich an, als würde die Realität draußen auf sie lauern und sie wäre nur hier drinnen in Sicherheit. Sie konnte bisher ja kaum glauben, was ihr widerfahren war, dieses ganze traurige Schlamassel. Obwohl bereits ein ganzer Tag vergangen war, seit Rufus sie angegriffen hatte und alles davor längst Geschichte war. Und sie fragte sich, was die arme Maddie wohl gedacht hatte, als ihr Ehemann plötzlich von den Toten auferstanden war. Sie musste geglaubt haben, dass sie jetzt wieder ein neues Leben anfangen könnte, während Rufus die ganze Zeit über darauf gewartet hatte, ihr dieses Leben zu nehmen.

Es war, als hätte er ihre Gedanken gelesen. »Erzähl mir von ihm.«

»Rufus?«

»Wenn er so hieß.«

»Sein richtiger Name war Axel«, erinnerte sie sich.

»Erzähl es mir trotzdem.«

Also erzählte sie ihm stattdessen von Wigwam; nicht von ihren verrückten Klamotten und ihrer Hippie-Einstellung, sondern von der Frau, die ihre Freundin war und die sich abmühte, vier Kinder großzuziehen, trotz eines gewalttätigen Partners, der eines Tages die legendäre Packung Zigaretten holen gegangen und nie wieder zurückgekommen war.

»Echt jetzt«, sagte Sarah. »Eine Schachtel Zigaretten.«

Michael schaute weg.

Und dann war Rufus aufgetaucht. Dass er Wigwam im Sturm erobert hatte, war noch untertrieben. Sarah war eines Morgens vorbeigekommen und hatte erfahren, dass Wigwam einen Ehemann hatte.

»Das war Tarnung«, sagte Michael.

»Das weiß ich jetzt auch.«

»Er hat auf Tommy gewartet. Ein Agent vor Ort.«

»Sie wussten, dass er auftauchen würde?«

»Sie wussten, wo Maddie und Dinah wohnten.«

Manche Männer machten sich auf die Suche nach dem ewigen Zigarettenautomaten; andere machten sich einfach aus dem Staub, Punkt. Einige tauchten unter, um ihr Leben zu retten, konnten aber ihre Kinder nicht zurücklassen.

»Und was ist mit dir? Warum bist du nicht einfach wieder abgetaucht?«

Er antwortete nicht.

»Ist das so ein Männerding?«, fragte sie, überrascht von ihrem eigenen Zynismus. »Niemand jagt ungestraft deinen besten Kumpel in die Luft?«

»Klar, ein Machoding.« Er sah sie an. »Weißt du, was Tommy immer gesagt hat? ›Kennst du Buddy Hollys letzte Worte? Scheiß drauf. Wir werden alle sterben.‹«

»Wie Soldaten eben reden.«

»Ja, er war Soldat. Und so hat er eben geredet. Was bedeutet dir Dinah überhaupt?«

»Sie ist noch so klein«, sagte Sarah nach einer langen Pause. »Ich fand einfach, dass sich irgendjemand um sie kümmern müsste.«

Michael sagte: »Dieser Typ. Rufus. Axel? Am Tag nach der Explosion hing er vor dem Haus herum, oder dem, was davon übrig war. Und ist jeden Tag wiedergekommen.«

»Aber das galt für viele. Schaulustige halt.«

»Er hat nicht die Feuerwehr beobachtet. Er hat die Leute beobachtet, die die Feuerwehr beobachteten. Er hat auf mich gewartet. Außerdem habe ich ihn erkannt.«

»Du kanntest ihn?«

»Ich kannte den Typ. Er war ein Mörder.«

»Rufus?«

»Lag ich falsch?«

Nein, lag er nicht.

»Ich wusste, dass er Maddie und Tommy umgebracht hatte. Wenn jemand wusste, wo Dinah gelandet war, dann er.«

Sie hatte Dinah also ihr Leben zu verdanken. Wenn Michael Rufus nicht gefolgt wäre, hätte er ihren Alarm nicht gehört.

»Ich hätte ihn sowieso getötet«, sagte er.

Das war ihr klar. Es beunruhigte sie, dass es sie nicht mehr aufregte.

»Warum wurde er nicht gefunden?«, fragte sie.

»Das wurde er.«

»Aber das wäre doch in den Nachrichten gewesen.«

»Kommt drauf an.« Er hatte darüber nachgedacht, das konnte sie ihm ansehen. »Kommt drauf an, wer ihn zuerst gefunden hat.«

»Mark muss irgendwann nach Hause gekommen sein.«

»Ja, ungefähr eine Stunde später«, sagte er. »Das war er doch am Bahnhof, oder?«

Sie hatte es ihm nicht erzählt. Er wusste es trotzdem.

»Also, er kommt nach Hause und findet eine Leiche. Du bist weg. Ruft er die Polizei?«

»Ja, das würde er.« Da war sie sich sicher.

Er zeigte ihr seine offenen Handflächen. »Und als Erstes schieben sie sich gegenseitig den Schwarzen Peter zu. Dieser Typ, Axel, der Mörder, wird einen Ausweis bei sich gehabt haben. Die Polizisten werfen einen Blick darauf und rufen das Innenministerium an.« Er gähnte plötzlich. Ausgiebig. »Und kurz darauf stehen Männer in Anzügen bei euch im Haus und entscheiden, was passiert ist und was nicht.«

»Du bist müde.«

»Erschöpft.«

»Du solltest schlafen.«

»Du auch.«

Für einen kurzen Moment trafen sich ihre Blicke, als sie sich ihrer Situation wieder bewusst wurden: Sie waren zu zweit, hatten aber nur ein Bett. Aber es war nur ein kurzer Moment.

»Ich schlafe im Sessel«, sagte er.

»Sei nicht albern. Das Bett ist groß genug.«

»Doch, ich –«

»Mein Gott noch mal, ich beiß dich schon nicht.« Stattdessen biss sie sich auf die Lippe.

»Pass auf. Angenommen, sie kommen? Angenommen, sie finden uns? Du bist todmüde. Du musst schlafen.«

»Mir geht es gut.«

»Nein, tut es nicht.« Und dir wird es nie wieder gutgehen, dachte sie.

»Leg dich einfach hin, okay?«

Er lächelte sie schief an, ungeübt.

Sie dachte an die Striemen auf seinem Bauch und fragte sich, ob sein ganzer Körper so aussah. Als wäre er mit einer glühenden Peitsche geschunden worden: Sie schauderte und hoffte, dass er es nicht bemerkt hatte.

Als er in der Dunkelheit am Hotel hinaufblickte, erinnerte es ihn aus unerfindlichen Gründen an ein riesiges Segelschiff: eines dieser Hochseeungeheuer, die er sich lebhaft vorstellen konnte, obwohl er noch nie auf einem gewesen war; sie pflügten durch Nacht und Sturm, unempfindlich gegen beides. Lichter hier und da zeigten an, wo die Besatzung noch Wache hielt. Die Vordächer und Fahnenmasten waren die Takelage. Amos Crane schüttelte den Kopf, um die Vorstellung zu vertreiben. Mitten in der Nacht nach einer langen Fahrt und einer weiteren noch vor ihm: Dazwischen würde er Menschen töten, wenn sich seine Vermutungen als richtig erweisen sollten. Es war wohl kaum die richtige Zeit, seiner Fantasie freien Lauf zu lassen.

Das Hotel gehörte zu einer gehobenen Kette; so gehoben, dass man online einchecken und Crane sich problemlos ins Register hacken konnte. Vorgestern hatte ein Paar spätnachts hier ein Doppelzimmer genommen. Keine Reservierung, Barzahlung und – wie ein nicht angekreuztes Kästchen besagte – ohne Gepäck. Smithson. Als hätte jemand »Smith« gesagt und geistesgegenwärtig noch eine Silbe hinzugefügt.

Es hieß jetzt alles oder nichts. Wenn sie nicht hier waren – und er hatte aufgehört zu suchen, sobald er dieses Paar gefunden hatte –, dann würde er sie nicht aufspüren, bis sie wieder unterwegs waren. Aber das war in Ordnung. Er mochte diese Art von Glücksspiel. *Lass dir nie weismachen, dass es kein Spiel ist,* hatte Axel einmal gesagt. Es tat gut, sich daran zu erinnern, nachdem er zu viele Monate lang so getan hatte, als wäre er ein Anzugträger. So oder so rechnete er nicht damit, dass sein Schreibtisch auf ihn wartete, wenn er wieder zurückkam. Er stieg aus dem Auto und knöpfte seinen Regenmantel sorgfältig zu. Solche Äußerlichkeiten blieben anderen in Erinnerung. Einmal hatte er einen Auftrag vor den Augen von vier Zeugen ausgeführt und dabei einen leuchtend roten Schal getragen. *Er trug einen roten Schal,* hieß es später in den Beschreibungen. Ansonsten war er vollständig anonym geblieben.

Er überquerte den Parkplatz, seine Schritte hallten laut in der Dunkelheit wider, und betrat das Hotel.

Die Lobby war groß und schwach beleuchtet; die Wände holzvertäfelt, der Teppichboden in einem tiefen, satten Rot.

Beruhigend. An den Wänden hingen Drucke, historische Szenen. Crane registrierte sie, ohne wirklich hinzusehen: Er konzentrierte sich auf den Empfang, an dem ein Portier ihn beobachtete, nicht gerade misstrauisch – er ließ sich nichts anmerken –, aber in der Erwartung, dass dieser späte Gast eine Erklärung abgab. Crane trat an den Tresen und bemühte sich dabei um einen Ausdruck, der zu einem müden Reisenden passte. »Archibald«, sagte er.

»Mr. …?«

»Archibald«, wiederholte er. »Ich habe vorhin angerufen.«

»Mr. Archibald«, sagte der Portier. Er tippte auf seiner Computertastatur herum und öffnete die Abendseite auf seinem Bildschirm. »Und um wie viel Uhr war das, Sir?«

»Ungefähr um halb zehn.« Es war gerade eins geworden. »Ich wurde aufgehalten. Ich komme aus London. Ich bin sehr müde.«

»Verstehe, Sir.« Er hatte die Reservierung gefunden, die Crane selbst eingegeben hatte: *Archibald*. »Wenn Sie hier bitte unterschreiben würden.«

Es dauerte keine fünf Minuten, bis er den Schlüssel erhielt und zum Aufzug geführt wurde. Er bat darum, früh geweckt zu werden, obwohl er dann längst weg sein würde, und wünschte dem Portier eine gute Nacht. Wenn dieser Mann ein aufmerksamer Beobachter war, würde er jedem, der danach fragte, eine genaue Beschreibung von Crane geben können, da er schließlich gerade fünf Minuten Angesicht zu Angesicht mit ihm verbracht hatte. Aber, so dachte Crane, es spielte keine Rolle. Der Würfel war gefallen. Wenn sich die Gelegenheit bot, Downey zu töten, würde er sich nicht von einem Nachtportier davon abbringen lassen.

Im dritten Stock erkundete Crane seine neue Umgebung wie ein Tier. Bett, Kleiderschrank, Hosenbügler. Ein Schminktisch, an dem er einige Momente saß und mit aufrichtiger Überraschung sein Spiegelbild betrachtete. An manchen Tagen war er sich selber fremd. Aschfahles Gesicht, die Haut straff über den Schädel gespannt: Das Bild wurde ihm nicht gerecht. Nein, absolut nicht. Aber es war zu spät, sein Aussehen zu verändern: Er stand auf und schaute sich das Badezimmer an. Angemessene Größe. Der Wasserdruck war nicht besonders gut. In einem kleinen Korb neben dem Waschbecken fand er Shampoo, Duschgel, Zahnstocher; sogar ein kleines Nähset in einem weißen Pappumschlag mit der Aufschrift »Mit freundlichen Grüßen«. Er beeindruckte ihn, dieser Abstieg ins Gewöhnliche. Die Vorstellung, dass es Leute gab, die über dieses Zeug, über alles Mögliche, in Begeisterungsstürme ausbrachen. Ein Hosenbügler, wo gibt's denn so was! Es war, als würde man in eine Sitcom stolpern.

Das Fenster ging auf die Hauptstraße hinaus. Er sah einen Mann, der mit einem Hund spazieren ging; ein paar Schaufenster, die zum Schutz gegen Einbrecher beleuchtet waren, warfen seinen Schatten über den Asphalt, als er sie passierte.

Crane spürte, wie die Spannung in seinem Inneren wuchs. Als wäre er wegen eines Seitensprungs hier und nicht aus beruflichem Ehrgeiz.

Während Michael schlief, gab er im Dunkeln kleine Laute von sich, nicht gerade Worte, aber ausdrucksstark genug: als spräche er in Zungen wie ein gewöhnlicher Psycho. Die Interpretation war nicht schwer. Alles, was er träumte, hatte er bereits durchlebt. Sarah hatte ihrerseits manchmal das Gefühl, dass sie ihre jetzigen Erlebnisse in einem anderen Leben geträumt hatte: dass es Tage wie diesen geben würde, eingeschlossen in einem Raum mit einem Fremden, der nachts murmelte, wenn seine Albträume ihn einholten.

Sie erinnerte sich an eine andere Nacht, in der sie aufgewacht war und ein Kind auf der Straße weinen hörte. Als sie zum Fenster ging, war niemand da. Wahrscheinlich war nie jemand da gewesen. War es so, als Mutter? Dass man ständig in Alarmbereitschaft war, um jederzeit, selbst in eingebildeten Notlagen einzuspringen, in der vagen Hoffnung, Trost spenden zu können? Sarah sah Michael jetzt an, als wäre er ein Kind, aber sie machte sich nichts vor: Egal, wo er war, er war unantastbar, und sie konnte nichts tun, um die Heftigkeit seiner Albträume zu mildern. Er hatte den Krieg gesehen. Sie hatte den Tod gesehen. Es war nur eine kleine Überschneidung, die nicht viel bedeutete. Michael würde sagen, dass sie nicht zählte. Sie hatte nie den Finger am Abzug gehabt.

Sie lag ganz still da, fast reglos, und zählte ihre Atemzüge. Bald verstummte sein Wimmern, und kurz darauf erwachte er.

»Hast du etwas gehört?«, flüsterte er, denn er hatte schon erkannt, dass sie nicht schlief.

»Nein«, sagte sie. »Nicht das Geringste.«

Nach einer Weile beruhigte sich sein Atem wieder.

Aber Sarah konnte nicht schlafen. Sie fühlte sich gehetzt; selbst hier, in diesem Gefängnis, das gleichzeitig Zufluchtsort war, spürte sie, dass die Ereignisse draußen sie wie Wölfe umkreisten. Ihre Gedanken flimmerten wie ein Fernsehbildschirm, auf dem ungebetene Szenen erschienen: Rufus – *Axel* – wurde aus dem Bild geblasen, und sein Blut hing wie ein feiner Nebel in ihrer Küche in der Luft, Mark küsste eine Fremde auf einem Bahnsteig ... Sie hatte nicht mit Wigwam gesprochen. Sie hatte mit niemandem gesprochen. Und hier lag sie in einem Bett in einer fremden Stadt, neben einem Mann, der bereits ihr zuliebe einen Drachen getötet hatte, auch wenn er keineswegs wie ein Ritter aussah. Er war ein unbeschriebenes Blatt, und sie hatten nichts gemeinsam. Außer Dinah natürlich. Das verband sie: Das Bild eines kleinen Mädchens lag zwischen ihnen wie ein Schwert.

Vielleicht war sie doch eingenickt. Als sie die Augen öffnete, blickte sie auf die Tür: Das Flurlicht von draußen bildete einen leuchtenden Rahmen, als würde sie in eine andere Welt führen. Aber kaum hatte sie geblinzelt, wurde der leuchtende Rahmen durchbrochen; ein dunkler Schatten trat auf den feinen goldenen Faden, als würde sich draußen eine Macht versammeln und auf eine Invasion vorbereiten ...

Sie glaubte zu sehen, wie sich der Griff drehte.

»Michael ...«, begann sie, aber er schob sie bereits über die Bettkante und griff nach einem schweren Glasaschenbecher, während er aufsprang und zur Tür hechtete.

Crane schlüpfte aus seinem Zimmer in den trüben Korridor. Eine sympathische Art der Beleuchtung: Während die

Hotelgäste schliefen, wurde die Welt um sie herum zu einem angenehmen Murmeln gedimmt. Auch die Luft summte. Es war die unterdrückte Energie eines großen Gebäudes voller Maschinen und schlafender Menschen. Es war schlummernde Elektrizität; Energie, die darauf wartete, sich zu entladen.

Aus der Ferne hörte Amos Crane ein leises *Ping*, das entweder von der Klingel am Empfang oder von einem Aufzug stammte, der seine Zieletage erreichte. Ein Hotel dieser Größe schlief nie. Es war nicht notwendig, dass er solche Risiken einging, sagte er sich, aber er ging sie trotzdem ein. Es kam ganz darauf an, wie man »notwendig« definierte.

Crane tätschelte die Tasche, in der seine Generalschlüsselkarte steckte. Er hatte sie an seiner Zimmertür ausprobiert, und sie funktionierte einwandfrei. Dies war einer der Vorteile, wenn man für eine Regierungsbehörde arbeitete, abgesehen von der Pension, der Technologie und der weitreichenden Duldung von Gewalttaten.

Die Smithsons – die *Smithsons* – hatten Zimmer 231. Die 2 bedeutete zweiter Stock. Crane nahm nicht den Aufzug, der in der Regel am besten videoüberwacht war, sondern trat durch eine schwere Brandschutztür ins Treppenhaus. »Wenn Sie ein Feuer entdecken«, so hatte er einmal gelesen, »schreien Sie ›Feuer!‹ und versuchen Sie, es zu ersticken.« Alle möglichen Arten von Notfällen brachen über die Unvorsichtigen herein. Downey würde natürlich nicht unachtsam sein, aber das war der Reiz daran. Crane selbst war unbewaffnet. Das war jedoch nicht die Herausforderung. Diese bestand darin, keinen Lärm zu machen und aufzuhören, sobald die Arbeit erledigt war.

Er betrat den Flur ein Stockwerk tiefer. Drei Türen weiter erreichte er Zimmer 231 und blieb einen Augenblick davor stehen, um den Moment auf sich wirken zu lassen. Dann griff er nach seiner Schlüsselkarte.

Michael war im Nu an der Tür, packte den Griff, riss die Tür auf und zerrte die lauernde Gestalt in den Raum, warf sie zu Boden und ließ sich auf sie fallen. Draußen im Flur schrie eine Frau. Sarah sprang zurück aufs Bett. Michael hob die Hand, in der er den Aschenbecher hielt und …

»Nein!«

Die Frau schrie erneut auf.

»Nein!«, sagte Sarah.

Michael hielt inne.

»Scheiße, Mann«, sagte der Mann auf dem Boden.

»Das sind nur irgendwelche Leute«, sagte Sarah. »Andere Gäste …« Michael ließ den Arm sinken und stellte den Aschenbecher beiseite.

»Falsches Zimmer«, sagte der Mann auf dem Boden. Er war jung, Amerikaner, leicht angetrunken, jetzt aber wahrscheinlich wieder nüchtern. »Hey, tut mir leid, Mann, aber echt jetzt, was stimmt nicht mit dir?«

Draußen hatte sich ein Auflauf gebildet, nachdem das Hotel durch die Schreie der Frau alarmiert worden war. Sie hatte sich inzwischen beruhigt, trat zaghaft zwei Schritte in den Raum und sagte: »Entschuldigung, wir dachten, das wäre …«

»Schon gut«, sagte Sarah. »Sie haben uns erschreckt.«

Michael erlaubte seinem Gefangenen aufzustehen und ließ sich dann auf Hände und Knie fallen, als hätte ihn die

Anstrengung fast umgebracht. Er begann zu husten. Der Amerikaner stand taumelnd auf und wich zurück.

»*Wir* haben *Sie* erschreckt?«

In dem Moment tauchte ein Mann in Hoteluniform auf, der aus unerfindlichen Gründen eine Taschenlampe trug. »Was ist denn hier los?«

Michael hustete immer noch. Sarah ließ sich auf den Boden fallen und berührte ihn am Arm. »Alles in Ordnung?« Aber er konnte nicht aufhören. Der Hotelangestellte fragte erneut, was das Problem sei, und die beiden Amerikaner versuchten beide gleichzeitig, es ihm zu erklären. »Wir haben das Zimmer nebenan. Wir haben uns nur in der Tür geirrt, aber …«

Und dann waren alle plötzlich still, als Michael lautstark in den Aschenbecher spuckte: ein hellroter Strom von blutigem Schleim, der nicht abreißen wollte.

»Ach, du Scheiße«, sagte der Amerikaner.

Sarah griff Michaels Arm und hielt ihn fest.

Crane verließ schweigend das Zimmer und kehrte zum Treppenhaus zurück.

Es war gut, solche Dinge philosophisch zu betrachten. Hatte ihn Axel nicht einmal beschuldigt, es mit der Philosophie zu versuchen? Also würde er dieses eine Mal den Trost der Philosophie in Anspruch nehmen: Stell dir vor, sagte er sich, als er in die Stille seines eigenen Zimmers schlüpfte, wie es wäre, ein anderer zu sein. Ein Mr. Smithson zum Beispiel. Der jetzt unten schlief und nichts von Cranes kurzem freudlosem Besuch wusste. Das Paar würde nie erfahren, in welcher Gefahr es geschwebt hatte oder dass der Rest seines Lebens ein Geschenk von ihm war. Vielleicht hätte er ihnen eine Karte hinterlassen sollen. *Ich denke, also seid ihr.*

Worcester war ein Fehler gewesen, sagte er sich, während er sich auszog. Er hätte nach Malvern fahren sollen.

21

Es wurde wieder hell. Das Licht fiel in Mustern über Möbel, die ihr bereits bekannt vorkamen: Sarah hatte in Häusern gewohnt, in denen sie weniger vertraut damit war, wie das Licht auf seinem Weg über die Arrangements wanderte. Sie stellte sich vor, wie sie im hohen Alter zurückblickte und all dies rekonstruierte, einschließlich des Hosenbüglers, aber keinen Gedanken an ein vergessenes Zuhause in Oxford verschwendete. Es waren Streiche, die ihr Gehirn ihr spielte, um sie aus der Gegenwart zu reißen. Die sah so aus, dass Michael wieder auf dem Bett lag und sich sein Husten beruhigt hatte, doch im Gesicht war er blass, und seine Augen tränten. Da ihr nichts anderes eingefallen war, hatte sie ihm ein nasses Handtuch auf die Stirn gelegt und ihm Wasser zu trinken gegeben. Er schlief nicht. Er hatte etwas Temperatur, oder besser: leichtes Fieber gehabt, das jedoch mit Einbruch der Morgendämmerung abgeklungen zu sein schien. Er hatte sein Sweatshirt ausgezogen, und sie sah jetzt die roten Flecken auf seinen Armen, die zu den Striemen auf seinem Bauch passten. Eine Bestätigung, auf die sie gerne verzichtet hätte.

Ich habe kein normales Leben mehr. Ich werde nie wieder eines haben, wenn wir das nicht beenden.

Er würde jetzt versuchen sie loszuwerden, vermutete sie,

weil sie ihm alles gesagt hatte, was sie wusste, und das war so gut wie gar nichts. Aber sie konnte weder hierbleiben noch nach Hause zurückkehren, denn wenn sie an das dachte, was sie dort erwartete – Wigwam, Mark –, löste sich ihre Zukunft in einem wässrigen Nebel auf.

Michael drehte den Kopf zur Seite und legte den Unterarm über die Augen. Als sie sicher war, dass er schlief, verließ sie leise das Zimmer. Alles, was sie aus Oxford mitgenommen hatte, war ihr Portemonnaie, und während sie auf den Aufzug wartete, kramte sie darin nach Kleingeld: eine knappe Handvoll Silbermünzen, einige nutzlose Kupfermünzen. Der Aufzug brachte sie hinunter in die Lobby. In einer Nische neben dem Eingang zur Bar fand sie das Telefon und häufte Geld auf die Ablage, während sie in ihrem Gedächtnis nach ihrer eigenen Nummer kramte: ein sicheres Zeichen für Schuldgefühle, dass sie sich nicht daran erinnern konnte, aber das half ihr jetzt auch nicht weiter. Sie beschloss, ihre Finger für sich arbeiten zu lassen, schloss die Augen und wählte blind – es ging automatisch, und ihre Hand zitterte, als sie hörte, wie die Verbindung hergestellt wurde und es in ihrem eigenen Wohnzimmer klingelte, so viele Kilometer entfernt. Aber nichts. Nicht einmal der Anrufbeantworter ging dran. Als wäre sie ein Geist, der am Spuken gehindert wurde, unfähig, auch nur ihre Stimme in einem leeren Raum schweben zu lassen.

Ich sollte lieber Wigwam anrufen, dachte sie und legte auf. Wigwam war sicher zu Hause. Aber ihr Mut verließ sie bei dem Gedanken daran, und ihr wurde klar, dass sie noch nicht bereit war, mit Wigwam zu sprechen.

Aber ihre Finger wählten erneut, als hätten sie sich aus

eigenem Antrieb eine gefährliche Angewohnheit zugelegt. Fast überrascht hörte sie die Stimme in ihrem Ohr, die die Partner der Bank ohne Namen rezitierte wie ein Mantra für Fromme: so überrascht, dass sie sich zunächst nicht meldete, nicht, bis die Frau in der Telefonzentrale die magischen Worte wiederholte. Dann fragte sie nach Mark.

»Tut mir leid …«

»Mark Trafford. Ich bin seine Frau.«

Es folgte ein langes Schweigen, das die Spannung fast bis zum Zerreißen steigerte. Dann sagte die Frau: »Ich stelle Sie durch.«

Eine Weile lang war nur weißes Rauschen zu hören, während sie durch die Schleifen und Wirbel des Banksystems weitergeleitet wurde. Jeden Moment würde sie Marks Stimme hören, und allein der Gedanke daran war wie die Vorstellung, auf dem Mond herumzuspazieren – an einem Ort, der eng vertraut und vollkommen fremd zugleich war. Ob er wusste, dass sie es war, wenn sein Telefon klingelte? Früher hatte diese Art der Telepathie bei ihm funktioniert, bei ihnen beiden. Jedenfalls hatten sie das einander gegenüber behauptet. Aber selbst wenn es so schien, war es wieder nur ein Streich, den der Verstand einem spielte: Und dieses Mal würde Mark nur deshalb wissen, wer es war, weil eine Telefonistin es ihm gesagt hatte.

»Kann ich Ihnen helfen?«

Es war sowieso nicht Marks Stimme.

»Hallo? Kann ich –«

»Ich möchte Mark Trafford sprechen. Ist er da?«

Die Frau antwortete nicht. Und Sarah hatte plötzlich die verrückte Vorstellung, dass all diese Ereignisse, auch dieses,

Teil eines wirren, toxischen Traums waren: Sie war gar nicht die, für die sie sich hielt; es gab keinen Mark; sie hatte kein Leben. Die Frau am Apparat würde jeden Moment auflegen und sie in einer völlig anderen Welt aufwachen.

»Ist er –«

»Sind Sie seine Frau?«

»Ich … ja. Ich bin seine Frau. Ja.«

Es herrschte erneut eine erdrückende Stille. *Mein Gott, ich bin nicht die Einzige, die hier völlig neben der Spur ist,* dachte Sarah.

»Sie … Sie wissen es nicht?«

»Was weiß ich nicht?«

Es war fast unheimlich, dass sie keine Panik verspürte. Stattdessen eine tödliche Ruhe und eine Verschiebung ihrer Perspektive, als ob die Telefonnische plötzlich sehr weit von der Lobby entfernt wäre. Und die Frau hatte geklungen, als wäre sie den Tränen nah …

»Was weiß ich nicht?«, wiederholte sie.

»Er arbeitet nicht mehr hier.«

Sie hatte so fest geglaubt, er wäre tot, dass sie fast gelacht hätte. »Ist das alles?«

»Ich … ich weiß nicht …«

»Mit wem spreche ich überhaupt?«

»Mein Name ist Treadwell, Emma Tre–«

Sarah knallte den Hörer auf die Gabel.

Wieder im Aufzug, auf dem Weg zurück ins Zimmer, erinnerte sie sich an einen Moment aus längst vergangenen Zeiten und an einen Vormittag, an dem sie sich bei Wigwam über ihr langweiliges Leben beschwert hatte. Kein Job. Nur Hausarbeit. »Weißt du, was er neulich zu mir gesagt hat? Ich habe ihm eine Tasse Kaffee gereicht, und er sagte: *Danke, ähm, Sarah.*« Nein, das hatte er nicht gesagt, sondern: »Danke, Em–, Sarah.« Mistkerl. Als sie das Zimmer erreichte, hatte sie eine Mordswut im Bauch. Und dann verschwand auch diese, und sie geriet jetzt beinahe in Panik, als sie die Tür öffnete und ein leeres Bett in einem leeren …

»Michael? Michael!«

»Was ist?«

Er kam aus dem Badezimmer, ein Handtuch locker um die Schultern.

Sarah drückte die Tür hinter sich zu und lehnte sich dagegen.

»Ich dachte, du wärst gegangen«, sagte er.

Überflüssigerweise schüttelte sie den Kopf.

»Wie dem auch sei, wir sind schon zu lange hier. Wir müssen weiter.« Er kehrte zurück ins Badezimmer, ließ aber die Tür offen. Sie hörte, wie Wasser ins Waschbecken lief. Sie setzte sich aufs Bett und wartete.

22

Das Zimmer lag immer noch im selben Stockwerk, derselbe alte Kalender hing an der Wand, dasselbe Fenster bot dieselbe Aussicht auf den wahrscheinlich selben Verkehr, der sich durch dieselben Ampeln schlängelte. C hatte dieselbe silbergraue Mähne und denselben Ausdruck unterdrückter Wut, und Howard überkamen die gleichen Spannungskopfschmerzen, als er an derselben Stelle stand wie beim letzten Mal: direkt vor dem Schreibtisch. Dieser Fleck an der Wand war jedoch vorher noch nicht da gewesen. Es sah aus, als wäre auf halber Höhe eine Spinne zerquetscht worden.

»Fassen wir zusammen«, sagte C.

Ja prima.

»Sie haben Axel Crane, der vollkommen irre war, bei einer Operation, die Fingerspitzengefühl erfordert hätte, erlaubt, vollkommen über die Stränge zu schlagen. Er hat ein hübsches Vorstadthaus in die Luft gejagt und bei seinem Versuch, die Ziele Downey und Singleton auszuschalten, genau fünfzig Prozent erreicht. Dafür hat er Singletons Frau getötet und hätte beinahe auch seine kleine Tochter umgebracht, die Amos Crane inzwischen als Köder benutzt, um Downey aus der Reserve zu locken. Der hat inzwischen Axel Crane erledigt, offenbar um zu verhindern, dass er eine Frau aus der Nachbarschaft ermordete, die allzu neugierig nach Singletons Tochter gesucht hatte. Aus besagter Neugier hatte sie einen Privatdetektiv angeheuert, den Axel *erfolgreich* ermordet hat. Habe ich etwas Wichtiges ausgelassen?«

Howard schüttelte den Kopf.

»Gut. Und jetzt kommt die wirklich interessante Frage. Wenn nur *ein* Teil davon in die Zeitung käme, welcher Teil sollte das Ihrer Meinung nach sein?«

»Der Teil, in dem Downey Axel umbringt«, sagte Howard.

C schloss kurz die Augen. »Ist Ihnen klar, wie verdammt rhetorisch das war?«

Diesmal antwortete Howard nicht.

In einem Büro irgendwo am Ende des Flurs klingelte ein Telefon, das niemand abnahm. Es war Spätnachmittag, was im Ministerium für Stadtentwicklung den frühen Morgenstunden entsprach.

»Sie leiten eine geheime Abteilung, Howard. Offiziell existieren Sie nicht.«

Howard dachte: Sicher. Schön. Aber wenn man eine Behörde leitet, die nicht existiert, muss man sie trotzdem mit Leuten besetzen, die durchaus existieren. Das bedeutet, mit solchen Existenzen wie den Crane-Brüdern. Aber es hatte wenig Sinn zu versuchen, das zu vermitteln. »Das ist mir bewusst.«

»Warum ist Downey dann immer noch auf freiem Fuß? Wir haben ihn praktisch seit letzten Weihnachten aus den Augen verloren. Er ist seit mindestens drei Wochen wieder im Land. Haben Sie eine Ahnung, wie viel Schaden er anrichten könnte, wenn er anfängt zu reden? Wenn ihm jemand zuhören würde?«

»Das würde niemand tun.«

»Können Sie das garantieren, Howard? Würden Sie Ihr scheiß Wort darauf geben?«

»Er ist ein Kriegsverbrecher. Das können wir beweisen.«

»Großartig. Er ist theoretisch auch tot, Howard. Das können wir auch beweisen.« Er schüttelte den Kopf. »Wir befinden uns im Krieg, Howard. Zusammen mit unseren geschätzten Verbündeten über dem großen Teich. Wir schützen den stolzen Namen der Demokratie und den ganzen Rest dieses Schwachsinns. Wollen wir wirklich, dass die Welt erfährt, dass es diesmal unsere Schuld ist? Weil irgendein Verrückter mit mehr Litzen an seiner Uniform als Gehirnzellen in seinem Kopf lebende Ziele für sein neuestes chemisches Spielzeug wollte? Da sehen wir aber plötzlich nicht mehr ganz so edel aus, was? Haben Sie sich jemals gefragt, wie es ist, am anderen Ende von verhängten Sanktionen zu stehen, Howard? Oder von verdammten Scud-Raketen, wenn wir schon mal dabei sind? Denn das wäre die geringste unserer verdammten Sorgen, wenn Downey lange genug lebt, um zu reden.«

»Wenn er reden wollte, hätte er es schon getan. Er ist schon lange genug auf freiem Fuß.«

»Er hatte aber keine Frau bei sich, oder? Es waren nur er und Singleton, richtig? Kampfbedingungen. Aber die gibt es jetzt nicht mehr. Und wo ist Amos Crane überhaupt?«

»Er ist, ähm …«

»Wieder im Büro? Machen Sie mich nicht sauer, Howard. Ich habe von Ihrem *Malheur* gehört. Französisch, das mögen Sie doch. Er hat Sie auf die Knie geschickt, oder? Er ist ein verdammtes Tier. War er immer schon.«

»Ich weiß nicht, wo er ist. Ich glaube, er ist Downey auf den Fersen.«

»Wir wissen doch alle, wie sehr er seine Arbeit liebt. Aber das geht zu weit, Howard. Wegen dem Schlamassel dieser beiden Scheißbrüder haben wir ein ziviles Opfer mehr auf der Todesliste. Und weil Crane jetzt, nachdem Downey seinen Bruder erledigt hat, vollkommen durchdreht, wird es wahrscheinlich auch kein schöner Tod werden. Ich möchte nicht lesen, dass Mrs. Trafford an sechs verschiedenen Orten gefunden wurde. Das als einen Zufall darzustellen würde der gewiefteste Journalist nicht schaffen. Crane ist also raus aus dem Job, verstanden? Nehmen Sie ihn an die Leine, und bringen Sie ihn nach Hause. Von mir aus können Sie ihn in den Ruhestand schicken. Aber machen Sie es richtig. Keine Amateure. Und ich will nicht, dass seine Leiche irgendwo auftaucht, niemals. Klar?«

»Kann ich das schriftlich haben, Sir?«

»Sie können mich mal. Was ist mit Mr. Trafford passiert? Wurde er geimpft?«

»Ich denke schon.«

»Na großartig. Wenn mich interessieren würde, was Sie denken, Howard, würde ich für Ihre Memoiren sparen. Wurde er geimpft oder nicht?«

»Wir haben ihn mit den Fingern in der Portokasse erwischt. Seinen Job ist er natürlich los, aber seine Bank will die Geschichte nicht weiterverfolgen. Ihr Ruf muss gewahrt werden und so weiter. Aber wir halten uns die Möglichkeit zu einer Strafanzeige offen. Wenn er nur einmal quiekt ...«

»Wer hat das klargestellt?«

»Amos Crane.«

»Das reicht.«

Amos hatte Trafford offenbar gesagt, dass er keine Chance auf einen Urlaub im offenen Vollzug habe, bei dem er sein Squashspiel verbessern könne, gefolgt von einer vorzeitigen Entlassung wegen vorübergehender seniler Demenz. Amos hatte in der Tat sehr anschaulich beschrieben, was Trafford erwarten würde.

»Er wohnt jetzt bei einem Freund, soweit ich weiß. Angeblich hat seine Frau das Weite gesucht. Und er verliert kein Wort darüber, dass er in seiner Küche eine Leiche gefunden hat.«

»Aber er weiß, dass die Leiche beim Geheimdienst war.«

»Das konnte er nicht übersehen«, gab Howard zu.

C seufzte leicht, als würde er sich einen weiteren Unfall in nicht allzu ferner Zukunft vorstellen. »Wie lange machen Sie diesen Job schon, Howard?«

»Sechs Jahre, Sir. Knapp.«

»Wunderbar. Bleiben Sie noch sechs Jahre dabei, und die Bevölkerungsexplosion könnte ein Albtraum aus der Vergangenheit sein. Vielleicht sollten wir Sie ins Ausland schicken. Afrika, Indien. Irgendwo, wo Überbevölkerung herrscht. Ach, kommen Sie, jetzt schauen Sie doch nicht so beleidigt. Ich weiß, dass nicht alles Ihre Schuld ist.« C kratzte sich missgelaunt am Kinn. »Es ist mir einfach scheißegal, basta. So. Aber wohin ist Downey jetzt unterwegs? Vorausgesetzt, er lebt lange genug?«

»Das Kind ist auf der Insel. Crane hat vorausgesehen, dass er es dort suchen würde.«

»Hält er Downey für sehr schlau oder sehr dumm?«

»Für sehr dumm, denke ich, Sir.«

»Na gut. So oder so wird Crane ebenfalls dorthin fahren, es sei denn, er spürt Downey unterwegs auf. Ich meine es ernst, Howard. Wenn Crane sie findet, bevor sie die Insel erreichen, wird er eine Riesenschweinerei anrichten. Auf der Insel ist das nicht so schlimm. Wir gehen mit dem Dampfstrahler drüber und fertig. Aber ich will nicht, dass daraus ein noch größeres Schlamassel wird, als Sie bereits angerichtet haben. Also halten Sie Crane auf! Wenn er die Insel zuerst erreicht, ist das in Ordnung. Soll er seinen Job machen. Aber er darf die Insel nicht wieder verlassen. Nicht, dass Sie mich für brutal halten, Howard, aber er ist wie ein Pitbull, der Blut geleckt hat. Man kann ihm nie wieder vertrauen.«

»Ich glaube, ich weiß, was Sie meinen.«

»Und hören Sie auf, so zu tun, als wäre es eine schmerzliche Pflicht. Ich bin sicher, Sie werden auf seine Leiche pissen. Und jetzt raus hier.«

Howard ging beschwingt durch den Park zurück. Es kam nicht oft vor, dass eine Rachefantasie offiziell gebilligt wurde. Das war fast schon eine Entschädigung für den ganzen Dreck, den er dafür hatte fressen müssen: Dieser Mann hatte eine Sprache am Leib … Egal. Ein Traum nach dem anderen.

Er hoffte, dass Crane es zuerst auf die Insel schaffte. Und dass Downey noch immer eine Waffe besaß.

SECHS

Der gute Soldat

23

Der Mietwagen war ein vw, eines dieser kompakten Stadtmodelle. Michael legte seinen neuen Rucksack auf den Rücksitz, zusammen mit der Leinentasche, die Sarah von ihm geerbt hatte. Vor zwei Tagen war sie mit nichts von zu Hause weggegangen. Jetzt hatte sie bereits Gepäck, und es sammelten sich neue Geschichten an. Es war nicht so einfach, alles hinter sich zu lassen. Man schmiss weg, was man konnte, und sofort nahm neuer Ramsch den Platz des alten ein.

Zumindest gab es eine neue Sarah. Sie klappte den Sonnenschutz herunter und betrachtete sich im Spiegel: Im Drogeriemarkt hatte sie Haarfärbemittel gekauft und sich von einer durchschnittlichen, mausbraunen in eine rabenschwarze Frau verwandelt. Keine Ahnung, wie viele Wäschen es halten würde. Dem Zustand des Handtuchs nach zu urteilen, nicht viele. Aber es würde reichen. Sie sah nicht mehr aus wie die andere Sarah Tucker. Sie sah aus wie sie selbst.

Michael schaute sie an. »Sieht gut aus. Hab ich dir doch schon gesagt.«

»Danke.«

»Du könntest sonst wer sein.«

»Danke«, sagte sie erneut, aber er bemerkte den Unterschied nicht. Sie waren jetzt unterwegs und ließen die Stadt hinter sich. Sarah entdeckte zwei Bussarde, die über einer Betonbrücke schwebten. Es war traurig, dass sie ausgerechnet neben der Autobahn lebten, obwohl ihre Flügel sie überallhin tragen konnten.

»Wie hast du es geschafft, das Auto zu mieten?«

Er warf ihr einen kurzen Blick zu.

»Braucht man dafür keinen Ausweis? Und giltst du nicht offiziell als tot?«

»Ich habe einen Ausweis.«

»Wessen?«

Keine Antwort. Sie schaute wieder hinaus in die Landschaft. Einmal waren sie und Mark unterwegs an einem Bussard vorbeigekommen, der auf einem Pfosten saß. Er war viel größer gewesen, als sie sich vorgestellt hatten. Unerschrocken starrte er sie an, mit der Verachtung eines Engels für die Erdgebundenen, und ließ dann wieder den Blick über sein Feld schweifen. Als sie ihn hinter sich ließen, verspürte Sarah hauptsächlich Schuldgefühle. Sie wusste nicht, warum, und würde es auch nie erfahren.

Ein anderes Mal waren sie in Oxfordshire an einem Straußengehege vorbeigefahren. Es war eine große Herde: am falschen Ort, bösartig und einfach nur entzückend.

»Sein Name war Fielding«, sagte Michael.

»Fielding.«

»James Fielding.«

»Klingt wie ein Börsenmakler.«

»Er war ein Säufer. Lebte auf der Straße.«

»Und du hast seine Identität gekauft?«

»Er hat sie nicht mehr benutzt.«

Sobald man eine Sozialversicherungsnummer hatte, war alles ganz einfach. Führerschein, Kreditkarten ... Sogar Werbesendungen, wenn man eine Adresse hatte.

Michael fuhr weiter. Unterwegs begegneten sie keinen Straußen.

Ein paar Stunden später erreichten sie London. Und dann, obwohl sie sich noch gar nicht bereit dazu fühlte, suchte Michael einen Parkplatz für den vw, und sie ging allein eine baumbestandene Straße entlang, durch gesprenkelte Schatten zwischen Häusern, die von Sommer, Licht und Geld zeugten.

Gerards Haus in Hampstead hatte nichts von der ländlichen Künstlichkeit seines Cotswold-Cottages: Der Landhaus-Stil war aufgesetzt; in einem Außenbezirk Londons brauchte er nichts zu beweisen. Sein Haus war groß, freistehend und größtenteils durch eine hohe und chirurgisch präzise gestutzte Hecke vor Blicken von außen verborgen. Vermutlich ging es dabei weniger um den Schutz der Privatsphäre als darum zu unterstreichen, dass in einer Straße wie dieser auffälliger Protz unnötig war. Wer es hierhergeschafft hatte, hatte es geschafft. Während sie knirschend die gekieste Einfahrt entlangging, bewunderte sie die Buchsbäume in Kübeln, die die große Eingangstür flankierten, und das Fehlen von Reifenspuren, obwohl in der Nähe ein Auto stand. Vermutlich beschäftigte Gerard Vollzeitpersonal, das die Auffahrt harkte.

Vorausgesetzt, es war Gerards Haus. Aber die Erinnerung an Gespräche über Hampstead hatte Sarah zum Telefonbuch geführt, und sie war sich so gut wie sicher, dass sie richtiglag. Vor allem, als sich herausstellte, dass es sich bei dem Auto um einen Porsche handelte. Die einzige Enttäuschung war, dass Inchon persönlich auf ihr Klingeln die Tür öffnete. Sie hatte auf einen Butler in Livree gehofft oder zumindest auf ein französisches Dienstmädchen.

»Du meine Güte«, sagte er.

»Nicht bei der Arbeit?«

»Es ist Feiertag«, antwortete er automatisch. Dann: »Sarah? Was machst du denn hier?«

»Das ist eine lange Geschichte.«

Michael tauchte hinter ihr auf. Er hatte sich lautlos über den Kies bewegt; war möglicherweise ein oder zwei Zentimeter über ihm geschwebt.

Gerard warf ihm einen kurzen Blick zu und sagte: »Ich glaube, Sie haben sich in der Adresse geirrt.«

»Er gehört zu mir.«

»Wirklich?«

Mit einer Bestätigung hätte sie sich eine Blöße gegeben. Sie wartete ab, bis er sagte: »Ihr kommt wohl besser rein.«

Also folgten sie ihm durch eine großzügige, makellose Diele zu einem Zimmer im hinteren Teil des Hauses; ein sonniger Raum mit französischen Fenstern, einem Stutzflügel und großen, bequemen Sesseln. Von draußen kam ein Geräusch, das Sarah zunächst für das Zirpen von Grillen hielt, aber ein Wassersprenger war. Die Fontänen erreichten nicht ganz die Fenster, aber die Terrasse glänzte nass, Regenbögen begleiteten jeden Sprühstoß. Sommerzeit in England. Fast rechnete sie damit, dass ein Streichquartett einsetzte.

»Wollt ihr was trinken?«

»Nein danke.«

»Ein paar Leute haben sich Sorgen um dich gemacht.«

»Andere Leute haben versucht, mich umzubringen.«

»Es wurde spekuliert, ob es Mark war.« Er setzte sich schwerfällig hin. »Anscheinend hat man Blutspuren gefunden. Auf dem Teppich? Aber offenbar war es nicht deines.«

»Das stand aber nicht in der Zeitung.«

»Das habe ich auch nicht behauptet. Ich habe es mir zur Aufgabe gemacht, es herauszufinden, Sarah.«

»Wirklich.«

»Adel verpflichtet? Ich habe dich immerhin gewarnt. Ich hatte Sorge, dass du dich mit Mark gestritten hast und er falsch reagiert hat.«

»Du hast mich *gewarnt*?«

»Du warst ziemlich betrunken. Vielleicht erinnerst du dich nicht mehr daran.«

Sie schüttelte den Kopf. »Ich war nicht betrunken.«

»Ich habe dir prophezeit, dass du dir irgendwann wünschen würdest, dich wieder zu langweilen. Dieser Ärger war vorprogrammiert. Ein bisschen kryptisch, aber was sollte ich sagen? Dass dein Mann ein Betrüger ist? Du hättest mir die Beine gebrochen.«

»Schotten dicht«, zitierte Sarah.

»Wusstest du«, fuhr Gerard versonnen fort, »dass er sogar versucht hat, in meinem Palmtop zu schnüffeln? Er wollte mich allerdings glauben machen, dass du es warst.«

»Na so was. Und daraufhin hast du befürchtet, dass er mich umbringt.«

»Nein, so schlimm war es nicht. Sonst hätte ich dich vor ihm beschützt. Du kannst dich genauso gut hinsetzen, weißt du. – Ist der immer so?«

Michael stand an der Tür, den Kopf leicht abgewandt, als hielte er Ausschau nach Besuch. Doch dabei hatte er Gerard fest im Blick.

»Ja.«

Er hakte nicht nach.

»Was hat er gemacht?«, fragte Sarah. Einerseits wollte sie es gar nicht wissen, andererseits musste sie es erfahren.

»Er hat Geld gewaschen, Sarah. Kein Geld von Kriminellen, sondern welches, das Sanktionen unterlag. Es stammte aus der Nähe des Persischen Golfs. Er schleuste es durch eine Reihe von Offshore-Trusts, die er in Jersey, Liechtenstein und auf den Cayman-Inseln eingerichtet hatte, und wenn es auf der anderen Seite herauskam, blieb ein winziger Prozentsatz auf einem seiner Konten hängen, und mit dem Rest, der nun praktisch staatenloses Geld war, wurden Waffenkäufe finanziert. Er wird behaupten, dass er betrogen wurde, aber er hat eine Papierspur hinterlassen, der ein Pfadfinder folgen könnte. Und ich stelle *immer* Nachforschungen an, bevor ich Anlageberater engagiere. Mark hätte das wissen müssen.«

»Also hast du ihn angezeigt.«

»Bei der Polizei? Nein, das habe ich nicht. Ich billige nicht, was er getan hat, aber es der Polizei zu melden ging mir auch gegen den Strich. Dafür habe ich als Kind zu viele Jungsromane gelesen, man verpfeift keinen und so weiter. Keiner mag eine Petze.«

»Du hast es aber seinem Chef erzählt.«

»Einem windigen Typen namens Mayberry. Ja, ich habe ihm einen Tipp gegeben. War ja quasi meine Pflicht. Wenn einer meiner Mitarbeiter eine krumme Tour fährt, möchte ich es auch gerne wissen.« Sein Mund zuckte. »Wobei *mir* das keiner sagen müsste. Dieser Mann, ein Chef? Der kann ja nicht mal einen Wasserhahn aufdrehen.«

So war das also. Mark würde kein Aufhebens um ihr Verschwinden machen, weil man ihm unumwunden geraten hatte, es zu lassen.

Etwas sanfter sprach Gerard weiter. »Ich wünschte, es wäre nicht so weit gekommen. Das muss schrecklich für dich sein.«

Mitgefühl von Gerard? Das war gruseliger als alles andere. Sie konnte besser mit ihm umgehen, wenn er ungehobelt war und die Meinungen anderer zu Kleinholz machte. »Halb so wild. Er hatte eine Affäre. Mit einer Kollegin. Wusstest du das? Wolltest du das auch nicht petzen?«

»Willst du dich wirklich nicht setzen?«

Sie war plötzlich müde. Sie hatte keine Lust mehr zum Taktieren, keine Lust mehr auf Gesellschaft. Und schon jetzt keine Lust mehr auf Gerard. »Ich bin nicht hergekommen, um mich auszuruhen.«

»Wozu dann?«

Sie antwortete nicht. Sie registrierte eine Veränderung in der Umgebung; einen subtilen Unterschied, den sie nicht einordnen konnte. Dann wurde ihr klar, dass es der Sprinkler war, der seine Richtung geändert hatte.

»Ich würde gerne helfen, aber ich habe keine Ahnung, was du brauchst. Hast du genug Geld?«

»Sie braucht eine Waffe.«

»Ah, er kann sprechen«, bemerkte Gerard, ohne Michael anzusehen. »Ist das wahr? Du bist wegen einer Waffe hier?« Es schien ihn zu amüsieren.

»Ich habe es dir doch gesagt. Jemand hat versucht, mich umzubringen.«

»Welcher jemand?«

Sie konnte diesem Mann nicht trauen. Aber spielte das jetzt noch eine Rolle? »Erinnerst du dich an Rufus?«

»Dieser ziemlich seltsame Freund von –«

»Das Blut war von ihm. Das auf dem Boden.« Gerard hob eine Augenbraue.

»Du sammelst Waffen. Hast du gesagt.«

»Aber ich verleihe sie niemals an –«

»Keine blöden Witze jetzt«, sagte Michael plötzlich.

Gerard ignorierte ihn. »Willst du mir allen Ernstes erzählen, dass Rufus versucht hat, dich umzubringen?«

»Die Waffen«, sagte Michael, »sind in dem Schrank da drüben.«

Jetzt sahen ihn beide an.

»Ein paar von ihnen«, fügte er hinzu.

Sarah schaute den Schrank an, den er meinte. Sie hatte es für eine Art Kommode gehalten; ein aufrechter Holzsarg, der einen mit Weidenmuster-Porzellan überraschen würde, wenn man ihn öffnete. Aber jetzt sah sie, dass die Türen mit Vorhängeschlössern gesichert waren, was selbst für diese Gegend etwas übertrieben war. Es sei denn, Gerard sah eine blühende Zukunft für Porzellan.

»Ich kann da ran, wenn ich muss«, sagte Michael.

»Nein, können Sie nicht.« Gerard stand auf, und Michael trat auf ihn zu. Gerard erstarrte.

»Michael«, sagte Sarah.

Er wich nicht zurück, entspannte sich aber etwas. Gerard drückte sich an ihm vorbei und holte einen Schlüssel aus einer Schreibtischschublade. »Bitte sehr.« Er warf ihn, Michael fing ihn auf.

Das Vorhängeschloss ließ sich leicht öffnen. Hinter der Tür befand sich eine Glasscheibe, von einem Metallstreifen eingefasst, in dessen oberer Ecke ein kleines rotes Licht spöttisch blinkte. Hinter dem Glas befand sich eine Reihe von Waffen, die selbst für Sarahs ungeübtes Auge uralt aussahen.

»Die gehören ins Museum«, stellte Michael fest.

»Natürlich. Ich bin Sammler, kein Psychopath. Und der Besitz scharfer Handfeuerwaffen ist mittlerweile strengstens verboten.« Er sah Sarah an. »Interessante Freunde hast du.«

»Das hier ist kein Spiel.«

»Das heißt aber nicht, dass es keine Regeln gibt. Hast du ernsthaft vor, auf Menschen zu schießen?«

»Jemand hat versucht, mich umzubringen.«

»Und hat sein Blut auf deinem Boden hinterlassen.« Er nickte Michael zu, der immer noch die Reihen der Waffen studierte. »Ich nehme an, Superman hatte etwas damit zu tun.«

Michael, der damit beschäftigt war, mit einem Finger den Metallstreifen um die Scheibe herum abzutasten, ignorierte ihn. Während sie zusahen, holte er plötzlich aus, als wollte er mit der Faust gegen das Glas schlagen.

»Ich hoffe, er tut es«, sagte Gerard. »Ich setze auf die Scheibe.«

Michael senkte die Faust.

»Sie ist übrigens mit der Alarmanlage verbunden.«

»Das sind Antiquitäten«, sagte Sarah. »Wir verschwenden unsere Zeit.« Sie hätte es wissen müssen: Warum sollte Gerard – ja, sogar Gerard – tödliche Waffen sammeln? Das waren einfach nur kostspielige Stücke Gewaltgeschichte.

»Also, wer war er in Wirklichkeit?«, fragte Gerard. »Dieser Rufus?«

»Wenn ich Sie wäre«, sagte Michael, »würde ich mich um meine eigenen Angelegenheiten kümmern.«

Gerard warf ihm einen verächtlichen Blick zu. »Ich bin vielleicht kein Superman«, erwiderte er, »aber ich habe nicht die Absicht, in meinem eigenen Zuhause vor unterschwelligen Drohungen zu kuschen.«

»Er hat dich nicht bedroht«, log Sarah. »Gerard, ich weiß, dass du mich nicht magst, aber –«

»Wenn ich dich nicht mögen würde, würdest du es längst wissen. Ich hätte direkt bei deiner Ankunft die Hunde auf dich gehetzt.«

»Hunde?«, fragte Michael.

»Ist nur eine Redewendung. Kann ich dir einen Comic oder so etwas bringen? Einen Gummiball?«

»Willst du deine Zähne behalten?«

»Du solltest ihn an die Leine nehmen, Sarah.«

Warum zogen sie nicht einfach die Hosen runter und verglichen? »Seid ihr fertig?«

Michael zuckte mit den Schultern; Gerard nickte kurz als Entschuldigung. Hinter seinem Rücken formte Michael mit den Lippen ein Wort. *Küche.*

»Könnte ich vielleicht eine Tasse Tee haben?«, fragte Sarah.

Wenn der Themawechsel Gerard aus der Fassung brachte, ließ er es sich nicht anmerken. »Wenn du nichts gegen

Teebeutel hast. Mit losem Tee konnte ich noch nie umgehen.«

»Gerard, wir leben im 21. Jahrhundert. Niemand hat etwas gegen Beutel.«

Er schenkte ihr sein überlegenes Lächeln. Wenn es eine olympische Disziplin wäre, würde er in Sponsorengeldern ertrinken.

Er führte sie in die Küche, füllte den Wasserkocher und schaltete ihn ein. Michael nahm einen Becher vom Abtropfbrett und füllte ihn mit Wasser aus dem Wasserhahn.

»Bedien dich«, forderte Gerard ihn auf.

Michael stellte den Becher auf die Anrichte neben den Wasserkocher und blieb mit verschränkten Armen stehen. Er erinnerte Sarah an manche Jungs aus ihrer Jugend. Diejenigen, die Begegnungen mit ihren Eltern in peinliche Geduldsproben verwandelten; nicht aktiv beleidigend, nur hartnäckig mürrisch, als ob ihre Anwesenheit der einzige Gefallen wäre, den man je von ihnen bekommen würde.

»Hier geht es nicht nur um Mark, oder?«, fragte Gerard.

»Nein, eher nicht.«

»Du bist mit Drogen erwischt worden, stimmt's?«

»Die wurden mir untergeschoben.«

»Von, äh, Rufus?«

»Ja!«

»Der dann versucht hat, dich umzubringen.«

»Okay, ich weiß, das klingt –«

»Das klingt absolut lächerlich, Sarah. Und das ist der einzige Grund, warum ich bereit bin, dir zuzuhören. Weil du intelligent genug bist, dir im Zweifelsfall eine bessere Geschichte auszudenken.«

Das verstand er unter Zuhören?

Der Wasserkocher fing an zu dampfen. Gerard öffnete einen Schrank und nahm Teebeutel aus einer Schachtel. »Aber dass du eine Waffe willst, das ist absurd. Ich würde dich nicht mit einer losziehen lassen, selbst wenn ich eine hätte, die du benutzen könntest. Eine Tasse Tee ist was anderes. Du siehst jedenfalls aus, als könntest du eine brauchen.« Der Wasserkocher schaltete sich ab, noch während er sprach, und er nahm den Stecker aus der Halterung und goss heißes Wasser in die Teekanne. Im plötzlichen Dampfschwall bemerkten beide erst, was Michael vorhatte, als es zu spät war: Er nahm das Kabel, das immer noch unter Strom stand, und ließ das Ende in seinen Becher mit Wasser fallen. Ein blauer Knall zerrte an Sarahs Nackenhaaren. Dann fiel der Kühlschrank aus, ebenso wie die Deckenbeleuchtung.

Gerard sagte: »Was?« Aber Michael war bereits aus der Küche, Sarah in seinem Kielwasser.

Das Licht am Metallrahmen des Waffenschranks hatte aufgehört zu blinken; ein totes rotes Auge starrte ins Leere. Michael holte mit einem Stuhl aus, als Gerard bei ihm war. Noch zwei Sekunden, und er hätte das Sicherheitsglas auf die harte Tour durchbrochen.

»Lass gut sein«, sagte Gerard.

Michael ließ den Stuhl sinken.

»Laterales Denken«, sagte Gerard. »Als Nächstes macht er noch schriftliche Division.«

»Gib ihm den Schlüssel«, sagte Sarah.

Es war kein Schlüssel, sondern eine Plastikkarte mit eingestanztem Muster: Als Michael sie in einen Schlitz am

Rahmen schob, schwang die Scheibe auf. Michael griff in den Schrank und zog eine uralte Flinte heraus; wahrscheinlich eine Muskete, dachte Sarah. Sie musste aus der Zeit des Amerikanischen Bürgerkriegs stammen.

»Bitte gehen Sie sehr, sehr vorsichtig damit um«, sagte Gerard.

»Wo sind die anderen?«

»Es gibt keine anderen. Ich bin Sammler, kein –«

»Psychopath. Wissen wir.« Michael wies mit einem Nicken auf eine gerahmte Urkunde an der Wand. »Aber Sie schießen. Auf Wettkampfniveau.«

»Habe ich früher mal. Es gab eine kleine Gesetzesänderung, wahrscheinlich haben sie das im Zoo nicht bekannt gegeben.«

Michael hielt die Waffe in beiden Händen und stemmte ein Bein gegen den Schreibtisch, so, dass Gerard genau sehen konnte, was er tat. *Das kann er nicht machen,* dachte Sarah, aber andererseits schien der Lauf größtenteils aus Holz zu bestehen.

Gerard glaubte offenbar, dass er es konnte. »Wissen Sie, wie viel die gekostet hat?«, flüsterte er.

»Ist mir egal, wie viel die gekostet hat. Ich brauche was Neueres.«

»Ich habe keine …«

Michael hatte offensichtlich Bedenken wegen der Belastbarkeit seines Knies und knallte stattdessen den Lauf der Waffe auf den Schreibtisch. Er brach nicht auseinander, aber es gab ein splitterndes Geräusch; etwas Metallisches fiel auf den Teppich. Sogar Sarah schloss die Augen. Als sie sie wieder öffnete, sah sie als Erstes den verschandelten Schreibtisch; eine Wunde aus hellem Holz leuchtete auf seiner glänzenden dunklen Oberfläche. Hier verletzen Waffen keine Menschen: Menschen verletzen Waffen. Und teure Möbel.

»Du verdammtes Arschloch!«, fluchte Gerard.

Michael ließ die einst wertvolle Waffe fallen und nahm eine zweite aus dem Schrank hinter sich. »Wo sind sie?«

Gerard wusste wie erwartet, wann eine Schlacht verloren war. »Im Keller«, sagte er.

»Wo geht's lang?«

»Durch die Küche.« Michael nahm die Plastikkarte mit.

»Würde es helfen«, sagte Sarah, »wenn ich dir sage, dass wir das tun müssen?«

»Nicht wirklich.« Gerard ging um den Schreibtisch herum und nahm die Waffe, die Michael beschädigt hatte, in die Hand. Für Sarah sah es aus, als würde er beruhigend auf sie einreden.

»War sie sehr alt?«, fragte sie.

»Ja.«

»Und …«

»Und sehr wertvoll. Ja.« Er sah sie eindringlich an. »Was meinst du, wie weit du kommst? Glaubst du, du schaffst es bis zum Ende der Straße?«

»Ist das eine Metapher?«

»Das ist Hampstead. Waffendiebe? Dafür bekommt die Polizei einen Schießbefehl, Sarah. Ich möchte nicht, dass du verletzt wirst.«

»Danke.«

»Dein Freund ist mir egal. Von mir aus können sie ihn zu Kartoffelpüree verarbeiten.«

»Du wirst doch nicht die Polizei rufen, Gerard.«

»Was soll das heißen, ich werde nicht die Polizei rufen?« Er legte die ramponierte Waffe vorsichtig in den Schrank. »Du hast mich schon Tausende gekostet.«

»Weil du alles, was Michael findet und gebrauchen kann, eigentlich gar nicht erst besitzen dürftest. Stimmt's?«

Er schürzte die Lippen. Sie waren immer noch fest geschlossen. Unterhalb, oder jedenfalls irgendwo, hörten sie, wie Michael in Holzschränken herumwühlte. »Was ist los, Sarah? Was ist wirklich passiert? Hat dieser … Idiot deinen absurden Freund tatsächlich umgebracht? Willst du mir sagen, dass das wirklich passiert ist?«

»Er war nicht mein Freund. Aber ja, es ist passiert.«

»Davon hat man überhaupt nichts gehört.«

»Es war sein Blut auf dem Boden. Du wusstest von dem Blut.«

»Wie gesagt – ich habe es zu meiner Angelegenheit gemacht.« Er schüttelte resigniert den Kopf. »Hat das mit deinem Drogenproblem zu tun?«

»Sie haben mir das Zeug untergeschoben.«

Er reagierte nicht.

»Es wurde mir untergeschoben, weil ich nach einem Mädchen gesucht habe, dem Kind, das in diesem Haus gewohnt hat, das in die Luft geflogen ist. Erinnerst du dich? Ich habe mit einem Freund nach ihr gesucht. Er wurde umgebracht, und ich wurde reingelegt.« Ihre Stimme brach. Sie nahm sich einen Moment Zeit, um sich zu sammeln. »Dann habe ich allein weitergesucht, und Rufus hat versucht, mich umzubringen.«

»Ich stelle mir das vor, als würde sich ein zahmer Siebenschläfer auf dich stürzen.«

»Freut mich, dass du es lustig findest.«

»Und wer ist der Soldat?«

»Woher weißt du –«

»Er bewegt sich wie einer. Komm schon, Sarah, wo hast du den aufgetrieben? Er sieht aus wie ein Statist aus einem Spaghetti-Western.«

»Er war mit Singleton befreundet.«

»Singleton?«

»Dem, dem das Haus gehört hat. Das in dieser Nacht in die Luft geflogen ist.«

»War er auch Soldat?«

»Ja.«

»Sarah. Er ist vor Jahren gestorben. So stand es in der Zeitung. Wer auch immer in diesem Haus war …«

»Er war es.«

Sie sah ihm an, dass er ihr nicht glaubte. Seltsamerweise war ihr das wichtig. Da stand er nun, das Kapitalistenschwein, und hatte sich Sorgen um sie gemacht – sie erkannte, dass er es nicht vortäuschte. Und damit einher ging die Gewissheit, dass er ihren Besuch verschweigen würde, wenn sie ihn darum bat. Nicht wegen dem, was Michael unten möglicherweise fand. Sondern weil sie ihn gebeten hatte.

Sie hatte den Gedanken noch nicht zu Ende gedacht, da war Michael schon wieder da. In der einen Hand hielt er eine Pistole, in der anderen eine längere Waffe, die sie für eine Schrotflinte hielt.

»Glaubst du, ich lasse euch einfach mit denen davonkommen?«, sagte Gerard. Aber sogar Sarah wusste, dass er bluffte.

Michael ignorierte ihn. Zu Sarah sagte er: »Wir sollten jetzt gehen.«

»Das ist eine Purdey. Sie war sehr t–«

»Gerard. Es tut mir leid.«

»Ich hoffe, du weißt, was du tust, Sarah.«

»Rufus hat versucht, mich umzubringen. Vergiss das nicht.« Sie legte ihre Hand auf seine Schulter, reckte sich leicht und küsste ihn auf die Wange. »Wir suchen ein kleines Mädchen. Und wir haben fest vor, es zu finden.«

Da es nichts mehr zu sagen gab, gingen sie. Gerard verabschiedete sich nicht. Er rieb sich auch nicht die Wange.

Im Auto fragte Michael: »War das nötig?«

Er hatte die Waffen in den Kofferraum gelegt. Die Straße war verlassen, niemand hatte ihn dabei gesehen. Jedenfalls soweit sie wussten.

»Was?«

»Du weißt schon.«

Sie wusste es. Sie machte sich nicht die Mühe zu antworten. »Wir sollten uns auf den Weg machen. Erinnerst du dich?«

»Wohin?«

»Die haben Dinah nur aus einem einzigen Grund gekidnappt: weil sie wollen, dass du nach ihr suchst. Richtig?«

»Richtig.«

»Es liegt also nahe, dass sie irgendwo ist, wo du sie höchstwahrscheinlich suchen würdest. Irgendwo, wo du dich auskennst.«

»Ich bin nicht blöd, Tucker.«

»Ich glaube, sie ist –«

»Auf der Insel. Ja?«
»Ich glaube, sie ist auf dieser Insel. Ja.«
Er legte den ersten Gang ein und fuhr los.

24

Howard hatte den Brief immer noch auf seinem Schreibtisch liegen, und er triefte von honigsüßen Floskeln wie »bewundernd« und »aufrichtig«. Wenn Amos Crane jemanden verarschte, dann richtig. Aber hier war sie nun: eine schriftliche Entschuldigung mit einem verschlüsselten Hinweis auf einen Vorfall, der definitiv nicht als gewalttätiger Angriff beschrieben wurde. Bei einer Abteilungsbesprechung hätte Crane genauso viele Details preisgeben können. In vielerlei Hinsicht also eine bewundernswerte Leistung, und wie Howard es einschätzte, hätte Crane es vielleicht doch noch zum Schreibtischhengst gebracht. Der Brief würde natürlich in seine Akte wandern. Kurz bevor der Trauerflor darum gewickelt wurde.

Crane, so stand es in dem Brief, nehme sich jetzt ein paar Stunden frei, um etwas Schlaf nachzuholen; er würde später ins Büro kommen, um aufzuräumen, bevor er nach Schottland aufbrach. Ersteres wusste Howard bereits, weil er Cranes Wohnung hatte überwachen lassen. Ein dreiköpfiges Team: zwei im Lieferwagen mit der Aufschrift THE FABULOUS BAKIN' BROTHERS neben dem Bild eines großen Kaninchens, das einen Keks fraß, und einer im Waschsalon weiter unten an der Straße, wo immer dieselbe Ladung Wäsche ihre Runden drehte, während er darauf wartete, dass sein Handy piepte. Alle drei Freiberufler, aus Respekt gegenüber Amos, wie sich Howard selbst weismachte: Er konnte keine Kollegen schicken, um ihn zu verabschieden. Das wäre eine Verhöhnung gewesen. Obwohl der eigentliche Grund war, dass niemand, der jemals mit Amos zusammengearbeitet hatte, ihn ins Visier nehmen würde: nicht aus Mitgefühl, Freundschaft oder Loyalität. Sondern aus Angst.

So hatte es vor drei Stunden ausgesehen.

Jetzt knöpfte Howard seine Jacke zu, knöpfte sie auf, knöpfte sie zu, knöpfte sie auf … Als er es endlich bemerkte, zwang er sich, die Hände auf den Tisch zu legen. Sie zitterten leicht. Mehr als nur leicht, ehrlich gesagt. Eher extrem. Er nahm den Brief noch einmal in die Hand und legte ihn dann wieder hin. Drei Stunden. Da hatten die Jungs im Lieferwagen angerufen, um ihm mitzuteilen, dass das Produkt gerade eingetroffen war und so schnell wie möglich versandt werden würde. Und seitdem: nichts.

Es bestand immer die Gefahr, dass etwas schiefging. Eines Tages würde er sich daraus ein Mustertuch anfertigen lassen und es an die Wand hinter seinem Schreibtisch hängen. Wenn etwas schiefgeht, besteht immer Gefahr. Amos Crane war natürlich kein junges Küken mehr, und die drei harten Brocken, die er geschickt hatte, waren jung, hatten Spaß an ihrer Arbeit und ein gesundes Selbstvertrauen: Gut möglich, dass sie den Job erledigt hatten und zu einem frühen Abendessen verschwunden waren, ohne vorher anzurufen … Vielleicht sollte er fliegende Schweine mit auf sein Mustertuch drucken lassen. Amos Crane war nie ein Küken gewesen, egal welcher Art. Die drei harten Jungs waren jung, genossen ihre Arbeit und überschätzten maßlos ihre Fähigkeiten. Aber es war ein himmelweiter Unterschied, ob man einen Unfall für einen übergewichtigen Minister arrangierte, dessen fleischliche Gelüste zu einer öffentlichen Blamage zu werden drohten, oder ob man einem Profi wie Crane ein frühes Grab bereitete. Sie hatten nicht vergessen anzurufen, das wusste Howard. Sie waren nicht mehr fähig, zu einem Handy zu greifen, basta.

Schon sehr bald würde er sich selbst ein Bild von der Lage machen müssen.

Schließlich tat Howard, was er tun musste: weil es sein Job war, weil es seine Pflicht war und weil er, solange er als Erster erfuhr, was passiert war, die Ereignisse in seinem Sinne beeinflussen konnte. Er fuhr nicht mit dem Auto – das tat er im Zentrum Londons selten –, sondern nahm die U-Bahn, nur ein paar Stationen, und bahnte sich seinen Weg durch das immer noch pulsierende Soho zu dem heruntergekommenen Wohnblock, in dem Amos Crane in den letzten Monaten über einem sterbenden Plattenladen und einer Nachbarin gewohnt hatte, die Französischunterricht anbot. Crane zog mehrmals im Jahr um, aus beruflicher Vorsicht oder einfach aus Unfähigkeit, sich niederzulassen. Was genau der Grund war, hatte Howard nie herausgefunden. Er hatte auch nie gefragt. Jetzt allerdings fragte er sich etwas verspätet, ob es jemanden gab, der Crane solche normalen Fragen stellte; irgendjemanden, der ihm den grundlegenden, niedrigschwelligen menschlichen Kontakt zukommen ließ, den die meisten Menschen für selbstverständlich hielten. Nicht jetzt, da Axel tot war, schloss Howard. Möglicherweise nicht einmal davor. Die Crane-Brüder, daran bestand kaum ein Zweifel, schätzten soziale Kontakte nicht höher ein als das menschliche Leben.

Manchmal fragte er sich, wie er enden und ob es an einem Ort wie diesem sein würde: im Aschenbecher der Stadt, umgeben von Dieben und Versagern. Das war nicht ganz ausgeschlossen. Sein Job war zwar gut bezahlt und nur für die Besten der Besten, aber es gab auch offensichtliche Nachteile. Offiziell existierte man nicht wirklich. Bei Rückfragen war man ein Beamter im mittleren Dienst. Diese Anonymität brachte ihren eigenen Druck mit sich, vor allem, wenn sie unverdient auferlegt wurde: Eigentlich hätte Howard den Leuten (vor allem den Frauen) gerne verkündet, dass er der verdammte James Bond war. So gut wie. Eigentlich bin ich M. Ich sage James Bond, was er tun soll … Wäre sein Karriereweg ein wenig anders verlaufen, ein wenig traditioneller, wäre er jetzt in unmittelbarer Nähe zum Generalstaatsanwalt, zwei, drei Parlamente weiter unten auf der Liste. Er hätte weniger Macht gehabt, aber viel mehr Respekt erfahren. Die Abende, an denen er über diese Diskrepanz nachgrübelte, waren in der Regel die, an denen er zu viel trank. Dieser Job hatte eine hohe Burnout-Quote. Man wurde stillschweigend zum Ritter geschlagen, aber mit der Karriere war es endgültig vorbei. Und man durfte nicht mal davon *träumen,* seine Memoiren zu schreiben, sonst wachte man eines Morgens am Fuße seiner Treppe mit gebrochenem Genick auf und war mausetot.

Nein, an so etwas durfte er jetzt auf keinen Fall denken.

Zu Cranes Wohnung musste er zwei Treppen hoch; auf der Straße war viel los, aber das war egal: Wer ihn sah, würde glauben, er sei auf dem Weg zum Französischunterricht. Hoffentlich hatte er Glück. Die Fabulous Bakin' Brothers waren nirgends zu sehen; am Waschsalon war er bereits vorbeigekommen. Es waren Frauen darin, aber kein Mann, und ein großer Haufen sehr sauberer, unbeachteter Wäsche in einem Korb. Je mehr er darüber nachdachte, desto mehr kam ihm das Wort »Arschloch« in den Sinn.

Die Treppe war dunkel und unangenehm feucht. Cheryls Wohnung – im ersten Stock – hatte eine stark vernarbte Eingangstür, die durch das kunstvoll aus Zigarettenglut gestaltete Wort »Fuck« auffiel. Howard nahm an, dass Leute, die Schlange standen, immer etwas zu tun fanden. Sein Atem ging schwerer; er redete sich ein, dass es an der Treppe lag, an der Feuchtigkeit. Vor ihm die Wohnung im obersten Stockwerk, deren Tür angelehnt war, und er bemerkte, dass er seine Jacke wieder aufknöpfte, als er sich ihr näherte, als würde er sich auf körperliche Anstrengung vorbereiten, auf eine Konfrontation; nicht genau das, was er im Sinn hatte, aber was sollte er tun, wenn er Amos Crane dort vorfand und Crane ihn fragte, warum er drei Amateure geschickt hatte, um die Arbeit eines Profis zu erledigen? Pflicht schien plötzlich ein lächerliches Wort zu sein. Dummheit. Crane scherte sich nicht um Hierarchien; Howards immer noch schmerzende Kehle zeugte davon. Und jetzt war er angekommen, stieß die Tür auf und betrat die Höhle des Löwen. Und da war Crane, Hände und Zähne immer noch blutig, starrte er ihn aus einer unsäglichen Ecke seiner Wohnung heraus an, und die Leichen seiner Möchtegern-Attentäter hingen unordentlich an den Einbauschränken …

Nein.

Howard musste sich setzen. Die Wohnung war leer.

Durch ein offenes Fenster strömte ein Luftzug durch die Räume und trug die Geräusche der Straße mit sich: die Diebe, die Versager, die ehrlichen Häute und die Prostituierten, alle waren mit ihrem Leben beschäftigt, das einfach weiterging, genau wie das von Howard.

Er fuhr nach Hause, kehrte aber vorher noch einmal zurück ins Büro, um den Posteingang zu überprüfen; dann fuhr er nach Hause, weil er das Gefühl hatte, dass er sich einen frühen Feierabend in Gesellschaft eines anständigen Sauvignons und eines seiner besonderen Videos verdient hatte. Amos Crane war abgetaucht, und nicht mal der Allmächtige würde ihn ohne Mühe finden können. Und sich anzustrengen war für Howard derzeit unmöglich. Er fühlte sich ausgelaugt, ausgebrannt; fühlte sich tatsächlich wie der sprichwörtliche nasse Waschlappen. Er wusste, dass er für seine Tat würde bezahlen müssen. »Immer einen Schritt voraus sein«, hieß es in den Handbüchern. »Hau den anderen in die Pfanne, während er denkt, dass du zu ihm hältst.« Aber wenn man all die Ratschläge befolgt und trotzdem keinen Erfolg hatte, musste man mit blutigen Konsequenzen rechnen.

Das erwartete ihn, sobald Amos Crane seine Deckung verließ. Bis dahin würde er nach Hause gehen, sich ausruhen und nachdenken.

Also wieder eine Fahrt mit der U-Bahn, die dieser Tage immer mehr einem Abstieg in die Unterwelt glich. Massen von übel riechenden, nervösen Passagieren, alle dicht an dicht zusammengedrängt; viele von ihnen, so vermutete er, genossen das insgeheim. An heißen Tagen war die Luft in den Tunneln voller Schwefel. Es gab jedoch nicht mehr so viele Ratten auf der Strecke wie früher. Howard nahm an, dass sie vergiftet wurden, und fragte sich, ob auch das die Luft verpestete; ein zusätzliches unsichtbares Risiko zu den Gefahren des Großstadtlebens.

Er stieg aus, erleichtert, wieder an der frischen Luft zu sein, und ging beim nahe gelegenen Feinkostgeschäft vorbei, um sich mit Hummus, Ciabatta und Oliven zu verwöhnen. Dann kaufte er an der Ecke eine Abendzeitung. Ein weltberühmter Rockstar war gerade unter zweifelhaften Umständen in die Band der Ewigkeit eingetreten: Es war unmöglich für Howard, kein professionelles Interesse zu zeigen, sosehr er auch versuchte, es als Unterhaltung zu betrachten. Unweigerlich kam ihm Amos Crane wieder in den Sinn. Amateure, hatte er Howard einmal gesagt, gingen davon aus, dass niemand Fragen stellte, wenn man die Opfer mit heruntergelassenen Hosen, einer Orange im Mund und einer Strumpfhose um den Hals zurückließ. Aber die Spurensicherung war in solchen Fällen eine echte Plage. Besser aus dem Fenster werfen.

Danke, Amos, hatte er gesagt. Ich werde das im Hinterkopf behalten.

Er öffnete die Eingangstür und sah aus Gewohnheit nach der Post. Nichts. Seine Wohnung lag im Erdgeschoss, und das Betreten war eine größere Sicherheitsoperation, bei der drei Schlüssel benötigt wurden. Drinnen legte er seine Einkäufe auf den Boden, während er die Alarmanlage ausschaltete, stellte dann die Lebensmittel in den Kühlschrank, öffnete den Sauvignon, goss ein sehr großes Glas sehr, sehr voll und trank es größtenteils im Stehen aus, bei offener Kühlschranktür, während er unkonzentriert aus dem hinteren Fenster seiner Wohnung starrte, das nicht viel Aussicht bot. Manchmal entsprach der Blick durch das Fenster dem Zustand in seinem Kopf: nur ein leerer, formloser Raum, als hätte jemand Wichtiges vergessen, die Einzelheiten zu gestalten. Mein Gott, und das war sein erstes Glas Wein. Noch eins, und er sprach Französisch. Er füllte das Glas nach, schloss die Kühlschranktür und nahm seinen Wein mit ins Wohnzimmer: ein großer, wunderbarer Raum, in dem er sich immer ruhig und wohl fühlte, wo er aber leider als Erstes das Blatt Schreibmaschinenpapier auf dem Glascouchtisch entdeckte und Ruhe und Behaglichkeit auf einen Schlag verschwanden.

Howard,

ich betrachte die Ereignisse dieses Nachmittags als konstruktive Entlassung, ja? Ich gehe nicht darauf ein, wie wütend mich das macht. Wahrscheinlich ist es besser, dass du nicht zu Hause bist, sonst hätte ich womöglich etwas getan, was du bereuen würdest.

Ich gehe davon aus, dass Vergütungen und Abfindungen (Kündigung, Urlaub usw.) mit deinem üblichen Hang für Details geregelt werden. In der Zwischenzeit fliege ich nach Schottland. Schon komisch, dass manche Jobs einen einfach nicht loslassen, oder? Downey gehört mir. Denk dran. Um dich kümmere ich mich, wenn ich zurück bin.

Die Sauerei im Bad tut mir leid. Ehrlich. Amos

Er trank zuerst seinen Wein, weil nun kein besonderer Grund mehr zur Eile bestand. Aber nachdem er das getan hatte, überkam ihn das Bedürfnis, auf die Toilette zu gehen.

Die Sauerei war nicht so schlimm, wie er erwartet hatte. Zumindest hatte Amos alle drei in die Badewanne gelegt.

25

Das waren die Zwischentage. Sarah verbrachte sie wie in einem Roadmovie: nicht die amerikanische Variante, mit Wüste, so weit das Auge reicht, und kilometerlangen Güterzügen mit Viehwaggons, die durch die Prärie rollen, sondern eine heimische Version, in der feuchte Hecken eine große Rolle spielten und die Landschaft keine ersichtliche Bedeutung hatte. Trockenmauern tauchten aus dem Nichts auf, verliefen demütig ein oder zwei Meilen am Straßenrand entlang und verschwanden dann im Boden. Wer hatte entschieden, dass sie dort stehen sollten? Märchenhafte Bäume, zäh und runzlig wie Hexen, ragten in gefährlichen Winkeln von den Hängen. Sie erinnerte sich daran, wie Mark, der immer gern seine Meinung abgab, einmal gesagt hatte, dass die besten Roadtrip-Bücher und -Filme aus der Perspektive von Fremden erzählt waren, die Dinge verklärten, die den Einheimischen nie aufgefallen wären: Nabokov, der die amerikanische Geografie in Bewegung setzte; Wim Wenders, der Texas zum Klang einer Steel-Gitarre entdeckte. Na gut: Vielleicht hätte sie einen Stift oder eine Kamera einpacken sollen. Sie hatte den Blick eines Flüchtlings, sie war eine Außerirdische in dieser Landschaft. Eine Besucherin aus dem Weltraum.

Sie hatten sich entschieden, die Nebenstraßen zu nehmen – nein, Michael hatte es entschieden –, weil, nun ja, weil er sich dafür entschieden hatte. Sie widersprach nicht; sie brauchte im Wesentlichen Zeit, um einen Realitätscheck durchzuführen. Es war keine Realität, in der sie sich jemals hatte wiederfinden wollen – ein Mietwagen mit Waffen im Kofferraum: So was gäbe es in den USA, las man. Es wurde immer als großer Spaß beschrieben, Leichen blieben am Straßenrand zurück, und es endete damit, dass jemand an einen Stuhl geschnallt auf seine Bestrafung wartete.

Sie musste sich aus diesen Fantasien herausreißen. Sich daran erinnern, auf wessen Seite sie standen.

In der ersten Nacht hatten sie an einem einsam gelegenen Bauernhof angehalten: Wenn es möglich gewesen wäre, Großbritannien zu verlassen, ohne es zu bemerken, hätten sie es an diesem Tag geschafft. Auf dem Schild »Bed & Breakfast« am Straßenrand wurden auch Eier, Tomaten und seltsamerweise generalüberholte Kühlschränke angeboten. Der Niedergang der Landwirtschaft war offensichtlich dramatischer als gedacht. Sie nahmen zwei Zimmer, die einzigen, die es gab, und als Reaktion auf die hochgezogene Augenbraue der Vermieterin stotterte Sarah irgendetwas wie »nur Freunde«. Aber sie waren nicht nur Freunde. Es gab kein Wort, das ihre Beziehung beschreiben konnte. In dieser Nacht fiel sie sofort in einen tiefen Schlaf und wurde in den frühen Morgenstunden von einem bellenden Hund geweckt, gefolgt von einem unterdrückten Fluchen, vermutlich des Bauern. Der Hund verstummte. Alles andere verstummte ebenfalls. Sarah stand auf und schaute aus dem Fenster. Die umliegende Landschaft war dunkel wie die Rückseite des Mondes. Doch während sie noch hinausblickte, erschien in der Ferne ein Auto auf einem Hügel, dessen Scheinwerfer plötzlich alles in ein neues Licht tauchten. Sie konnte die Hänge erkennen, dann die vereinzelten, zerzausten Ausläufer der Hecke. Drei Bäume in der Nähe, deren Anordnung an eine Kreuzwegstation erinnerte. Als das Auto vorüber war, kehrte sie ins Bett zurück und schlief noch einmal ein, doch diesmal träumte sie wilde, wirre Dinge, über denen irgendwie der Schrecken der Kreuzigung schwebte. Als sie dann am Morgen an diesen Bäumen vorbeifuhren, wirkten sie im frühen Licht unschuldig; weder jung noch alt; einfach nur Bäume. Sie hätte genauso gut Albträume von dem Auto haben können, das sie gesehen hatte; ein schwarzer Dämon, der mit seinen beiden elektrischen Schwertern die Dunkelheit zerschnitt.

Michael erwähnte seinen Hustenanfall nie. Als sie ihn direkt darauf ansprach, zuckte er mit den Schultern und wechselte das Thema.

Am zweiten Tag parkten sie noch früh an einem Waldrand. Während Sarah nach Fahrzeugen Ausschau hielt, holte Michael die Waffen aus dem Kofferraum und trug sie in den Wald. Sie folgte ihm und kletterte vorsichtig über Wurzeln und heruntergefallene Äste; sie umging Schlammlachen und verdächtige Laubhaufen, die Michael nicht zu bemerken schien, obwohl er kein einziges Mal stolperte. Auf einer Lichtung blieb er stehen und legte das Gewehr auf den Boden. Er hatte den Lauf nicht gekippt, wie man es tun sollte: der Kodex des Landlebens. Vermutlich befolgte er andere Regeln.

Auf der Straße fuhr ein Auto vorbei. Das Motorengeräusch schnitt ihr ins Herz; die Leichtigkeit, mit der es die

Gegend verließ und in die Zukunft einer anderen Person verschwand.

Michael fand eine Blechdose, die unter einem Baum lag – in diesem Land fand man einfach überall verrostete Dosen –, und klemmte sie in einen Ast. Dann ging er zehn Schritte weit auf die Lichtung. »Wenn du es weiter als von hier aus versuchst, triffst du garantiert nicht«, sagte er.

»Ich werde niemanden erschießen.«

»Also willst du lieber dich erschießen lassen?«

»Ich nehme nicht an, dass ich eine Wahl haben werde«, sagte sie.

Er lud die Pistole. »Nimm beide Hände. Nimm die linke, um die rechte zu stabilisieren. Am Handgelenk, so.« Er zeigte es ihr. »Es gibt einen Rückschlag. Nicht schlimm, aber du musst dich darauf vorbereiten.«

»Ich will nicht damit schießen, Michael.«

Er reagierte gar nicht. »Ziel nicht genau auf die Mitte. Nimm deine Position ein und schieß etwas tiefer. Damit gleichst du von vornherein die Bewegung aus, wenn sie etwas nach oben zieht. Wenn man keine Erfahrung hat, zieht sie fast immer nach oben.«

»Faszinierend. Aber ich will das nicht.«

»Weißt du, was dein Problem ist, Tucker? Du hast immer noch nicht den Ernst der Lage begriffen.«

Er drehte sich lässig um und schoss die Blechdose vom Baum. Es machte viel Lärm: nicht nur das Gewehr selbst, dessen leises Knacken wie das Splittern von vorjährigem Holz klang, sondern es gab ringsum Krach, als Vögel und unsichtbare Tiere erschraken und flohen. Und dann kehrte wieder Ruhe ein, mit einem dumpfen Pulsieren irgendwo in der Ferne, als wäre die Kugel immer noch da draußen und raste wie der Teufel in Richtung der Hügel.

Michael hob die Dose auf und zeigte ihr das gezackte Einschussloch – eine knochentrockene Wunde. »Siehst du? Sie ist aus Blech. Du kannst schießen, soviel du willst, du wirst ihr nicht wehtun.«

»Und was bringt das jetzt?«

»Wir sind nicht in Oz. Wer auch immer Dinah hat, es ist nicht der Blechmann.« Er hielt ihr die Waffe hin. »Vielleicht musst du sie gar nicht benutzen. Aber falls doch, kannst du nicht einfach sagen: ›Stopp, ich habe nicht geübt.‹«

Die Pistole war schwerer, als sie es sich vorgestellt hatte. Das fand sie angemessen: Instrumente, die dafür gemacht waren, Leben auszulöschen, sollten auch schwer sein. Man sollte sie nicht auf die leichte Schulter nehmen. Diese hier, hatte Michael ihr erklärt, war eine deutsche Waffe. Eine Luger. Nicht so alt wie das Gewehr von Gerard, das er kaputt geschlagen hatte, aber immerhin auch aus einem Krieg. »Ein Sammlerstück.«

»Aber trotzdem illegal.«

Als sie auf die Dose schaute, schien sie meilenweit entfernt zu sein.

»Stell dir einfach vor, es wäre Rufus.«

Das war gefühllos, unnötig und wenig hilfreich. Ihre ersten drei Schüsse gingen daneben; wie weit, stellte sie erst beim vierten Schuss fest, bei dem die Kugel zumindest den Baum traf, ungefähr dreißig Zentimeter von der Dose entfernt.

»Du ziehst nach rechts. Ziele mehr nach links.«

Er zeigte ihr, wie man lädt, ließ sie es aber nicht selbst

machen. Dann versuchte sie es noch einmal. Diesmal schoss sie das Magazin leer und kam mit ihrem letzten Schuss bis auf wenige Zentimeter an die Dose heran. Sagte Michael zumindest; wie er das feststellte, war ihr nicht klar.

Danach nahm er die Schrotflinte.

(Als sie bei Gerard waren, hatte der ihr ein paar Dinge zur Schrotflinte erklärt, während Michael die Waffen rausschmuggelte. »Pass auf, dass er die Laufstopfen rausnimmt, bevor er sie abfeuert«, hatte er gesagt.

»Laufstopfen?«

»Sie schützen die Läufe vor Schmutz und Feuchtigkeit. Das ist eine verdammt wertvolle Waffe, Sarah.«

»Was würde passieren, wenn er die Stopfen nicht rausnimmt?«

»Er würde die Waffe ruinieren.« Nach kurzer Überlegung fügte er hinzu: »Und sich die Hände wegsprengen. Würde dem Scheißkerl recht geschehen.«

Aber Sarah hatte gewusst, dass es ihm dabei um sie gegangen war. Dass er nicht wollte, dass Michael ihr die Waffe in die Hand drückte und sagte: »Hier. Probier die mal«, und sich Sarah dann die Hände wegsprengte.

Doch sie brauchte Michael nicht daran zu erinnern. Er knickte die Flinte, spähte in die Läufe und popelte mit dem kleinen Finger einen Korken aus den Enden der beiden Läufe. Sie sahen aus wie Korken: rot und mit einer Schlaufe am Ende zum einfachen Entfernen. Michael steckte sie in die Tasche seiner Jeansjacke, nahm eine Handvoll Patronen aus einer Schachtel, die er ebenfalls aus Gerards Keller befreit hatte, und schaufelte sie in die andere Jackentasche.

»Pass auf.«

Er lud die Waffe, wobei er kaum hinsah, sondern den Blick hauptsächlich auf sie gerichtet hielt, um sicherzugehen, dass sie genau hinschaute. Dann klappte er die Flinte wieder zusammen, zog die Hähne zurück und brachte den Schaft geschmeidig wie ein Tänzer an seine Schulter, richtete die Läufe aus und feuerte.

Die Dose flog weg, und ein Großteil des Astes mit ihr. Diesmal blieb anschließend alles still; es waren keine Tiere mehr in der Umgebung, die vor Schreck verrücktspielen konnten. Alles in der Nähe war bereits stocktaub oder tot, außer ihnen beiden. Wobei sich Sarah nicht sicher war, ob ihre Ohren etwas abgekriegt hatten, nachdem das Dröhnen der Waffe verklungen war.

»Alles in Ordnung?«

»Du hast getroffen.« Ihre Stimme klang komisch, als würde sie in einem großen, leeren Raum widerhallen.

»Es wäre auch schwer gewesen danebenzuschießen. Wenn du es dir aussuchen kannst, nimm die hier.« Seine Stimme war ruhig und ernst. Das war sie immer, aber eine Waffe in der Hand verlieh ihm Autorität. »Wenn du eine Pistole auf einen Soldaten richtest, wird er sie dir abnehmen. Aber wenn du so eine trägst, wird er Abstand halten. Hier.«

Auch diese Waffe war schwer. Aber in diesen ersten Augenblicken hatte sie gar keinen Vergleich, so etwas hatte sie noch nie in den Händen gehalten. Es war ein Werkzeug für eine Arbeit außerhalb ihres Kompetenzbereichs, und nur ein plötzlicher Schwall von Waldluft gab ihr eine innere Richtung vor: Es war wie Arbeit an einem Herbsttag, die man mit dem Haus im Rücken verrichtete, umweht vom

Rauch eines Holzfeuers. Als würde man nach getaner Arbeit eine Harke schultern.

Jedenfalls etwas anderes als Hausarbeit.

»Die Flinte hat einen kräftigen Rückstoß«, warnte Michael. »Lass sie nicht fallen.« Sie hob sie an ihre Schulter, wie sie es bei ihm gesehen hatte.

»Okay. So kriegst du einen blauen Fleck, so groß wie Irland. Schieß aus der Hüfte heraus. Einfach in Blickrichtung. Du brauchst keine Langstrecken-Schießkünste. Du musst nur glaubhaft machen, dass du nicht davor zurückschreckst, sie abzufeuern. Dann ist dein Gegner automatisch vorsichtig.«

Als er zufrieden damit war, wie sie die Waffe hielt, drückte sie ab. Sie spürte einen Ruck in ihren Armen, als würde sie rückwärts abheben. Sie war sich nicht sicher, worauf sie gezielt hatte, aber die Schrotkugeln rissen ein Loch in einen Busch, durch das sie ihren Arm hätte stecken können. Das sah sie allerdings erst, als sie ihr Gleichgewicht wiedergefunden hatte: Aber sie fiel nicht und ließ auch die Waffe nicht fallen. Für einen kurzen Moment verschwamm ihre Sicht, das war alles. Der tote Busch, die Bäume um sie herum wurden zu einem großen Durcheinander verschwommener Punkte, als stünde sie zu nah an der Leinwand, auf die sie projiziert wurden. Dann klärte sich alles, und Michael nahm ihr die Flinte ab und zeigte ihr erneut, wie man sie knickte, lud und sicherte.

»Noch mal«, sagte er.

»Nein.«

»Glaub nicht, dass es damit getan ist. Auf Menschen zu schießen ist was ganz anderes.«

»Ich kann's mir vorstellen«, sagte sie auf dem Weg zurück zum Auto.

Büsche schießen nicht zurück, glaubte sie gehört zu haben, aber da war sie schon mitten im Gestrüpp und bahnte sich ihren Weg durch Blätter und Schlamm. Sie war sich nicht sicher, was genau er gesagt hatte und ob er damit meinte, dass es das einfacher oder schwerer machte.

In der zweiten Nacht hatte sie sich auf dem Rücksitz des Autos zusammengerollt, um sich zu beruhigen. Wenn sie die Augen schloss, zog ihre Traumlandschaft mit unerschütterlichen sechzig Kilometern pro Stunde an ihr vorbei, und regelmäßig kehrten dieselbe Scheune, dieselbe Ansammlung von Häusern wieder. Wie eine sinnlose Ringstraße kreiste ihr Traum endlos im Nirgendwo, und der Versuch, sich davon zu befreien, konnte sie nur ins Leere katapultieren. Der Trick bestand darin, weiterzumachen. Selbst eine Ringstraße musste irgendwo hinführen.

Michael schlief draußen auf dem harten Boden. Es war eine klare Nacht mit hellem Mond, aber genügend Wolken und nicht allzu kalt. Er habe schon schlechter geschlafen, versicherte er ihr. Und sei einsatzbereit aufgewacht.

Früher an diesem Tag hatten sie die gläserne Grenze überquert: So fühlte es sich für Sarah an. Sie fuhren die Straße entlang, erst noch in dem einen Land und gleich darauf in einem anderen, ohne dass sich etwas sichtbar verändert hatte. Eine unmerkliche Querung. Auch in Schottland war der Himmel blau, und im Radio kamen, sofern sie Empfang hatten, Nachrichten vom Krieg. Manchmal, wenn sie Schlaglöcher am Straßenrand umfuhren, wurde das Auto von plötzlichen Windböen erfasst, und ihr Herz machte einen Sprung seitwärts und schlug gegen ihre Rippen.

»Wohin fahren wir?«

»Nach Norden. Immer weiter nach Norden.«

Die Insel, so erklärte er ihr, lag vor der Küste eines Dorfes namens Barragan. Er hatte sie auf einer Karte gefunden und war sich sicher, dass es die richtige war.

Sie hatten noch andere Karten, aber Sarah fragte sich, ob nicht jede nur das Gebiet beschrieb, in dem sie sich verirrt hatten. Karten waren ein Mittel zum Zweck, aber sie brachten einen nur bis zu einem gewissen Punkt. Gab es nicht eine Fabel über einen König, der eine so genaue Karte seines Landes verlangte, dass sie jeden Graben, jeden Busch, einfach alles zeigen würde? Und seine Kartografen hatten eine Karte im Maßstab 1:1 angefertigt und sie wie ein Leichentuch über sein Land gelegt … Man kann genauso gut im Dunkeln stranden wie vom Licht geblendet sein.

An diesem Nachmittag machten sie auf einem Rastplatz halt, auf dem aus einem Lieferwagen heraus ekliger süßer Tee verkauft wurde. Ein anderer Kunde – er trug einen grünen Pullunder, aus irgendeinem Grund blieb Sarah dieses Detail im Gedächtnis – hatte ein Auto mit einem »Zu verkaufen«-Zettel an der hinteren Seitenscheibe. Eine Ente. Eine blaue. Er verlangte 450 Pfund, und auf dem Zettel standen zahlreiche Informationen zu Alter, Steuerklasse und TÜV: Sarah achtete nicht darauf, da sie sich mehr für die Toiletten interessierte, dem Grund, warum sie hier angehalten hatten. Aber als sie herauskam, stellte sie fest, dass Michael das Auto gekauft hatte.

»Wir haben schon ein Auto.«

»Jetzt haben wir ein anderes.«

»Wir fahren einfach damit weg?«

»Er nimmt den vw.«

Also trug Michael die Waffen aus dem alten Auto zum neuen, eingewickelt in einen Wust von Jacken und einer dünnen Decke; er trug sie so unauffällig, dass ihre Form nicht zu erahnen war. So war es wohl, wenn Waffen wie selbstverständlich zum Leben dazugehörten. Man trug sie wie Küchengeräte, und niemand schaute zweimal hin. Sarah jedoch beobachtete ihn, auch wenn der Mann im ärmellosen Grün zu sehr damit beschäftigt war, sein Geld nachzuzählen; wahrscheinlich fragte er sich, ob er nicht gerade auf irgendeine ausgebuffte Art und Weise abgezockt worden war. Sarah fühlte sich wie Faye Dunaway ohne die blonden Haare, aber Michael war auch nicht Warren Beatty. Außerdem waren sie die Guten. Aber sie tauschten Autos und versteckten Waffen. Beruhigend fand sie das nicht.

Dem neuen Auto, dieser Blechdose, machten die Windböen viel mehr zu schaffen. Sarah fuhr jetzt, um zu lernen, mit dem Wind und der Ente umzugehen.

Bei jedem Windstoß musste sie gegensteuern. Das war der andere Trick dabei. Man musste sich den Gegebenheiten anpassen, um nicht weggeblasen zu werden.

Die ganze Zeit über hatte Sarah das Gefühl, dass sich das Verhältnis zwischen ihr und Michael veränderte. Sie warf kurze Blicke auf das Gesicht ihres Fremden im Rückspiegel – das dunkle, kurz geschnittene Haar; das Gesicht schmaler, als sie es gewohnt war –, und sie erinnerten sie daran, dass sie auf der Flucht waren; dass sie diese neue Identität, Nicht-Identität, angenommen hatte, um ihre Verfolger auf eine falsche Fährte zu locken. Aber es gab keine Verfolger. Sie waren keine Entflohenen. Die Flucht aus Oxford, die Zeit im Hotel: Es war, als hätte jemand das Drehbuch falsch interpretiert, denn niemand suchte nach ihnen. Wenn Gerard die Wahrheit gesagt hatte, ging man davon aus, dass sie vor einem korrupten Ehemann Reißaus genommen hatte, und obwohl sie damit als vermisst galt, bedeutete dies nicht, dass aktiv nach ihr gesucht wurde. Wenn es stimmte, was sie einmal gelesen hatte, dann verschwanden jedes Jahr Tausende von Menschen. Sie war einfach nur eine von vielen, eine riesige Herde auf der Flucht vor dem, was sie einst ausgemacht hatte: Pässe, Führerscheine, Kreditkarten – nun streiften sie nach Belieben wie unsichtbare Büffel durch gleichgültige Landschaften. Michael hingegen war nicht Teil der Gleichung. Niemand außer Gerard wusste, dass sie zusammen unterwegs waren.

Und Gerard hatte den Diebstahl seiner Waffen nicht gemeldet.

Es gab also keinen Grund, sich jedes Mal Sorgen zu machen, wenn ein Streifenwagen in Sicht kam. Egal, in welche Verbrechen sie verwickelt war, sie hatten alle etwas Perfektes an sich, darunter sogar ein Mord ohne Leiche. Trotzdem schauderte sie, wenn die Erinnerung sie unvorbereitet einholte, und sie vor ihrem geistigen Auge sah, wie Rufus oder Axel rückwärts umfiel und einen feinen Blutnebel versprühte.

Dieses Bild verfolgte sie in dieser Nacht in ihren Träumen, als sie zusammengerollt auf dem Rücksitz des Autos schlief und nach Trost suchte, der nie kam.

Am nächsten Tag fuhr wieder sie; zu aufgedreht, um auf dem Beifahrersitz zu dösen. Michael verfolgte ihre Route mit dem Finger auf der Karte: Von der Straße aus sah man die Lochs, die Seen. Regenschauer kündigten sich an, kamen aber nicht. Die Fahrt dauerte drei Stunden.

Drei Stunden, und als Sarah mit der Ente in Barragan einfuhr, schwante ihr, dass sie eine Klapperkiste gekauft hatten: Unter der Motorhaube ratterte irgendetwas, als wollte ein mechanischer Notfall ausbrechen. So viel zum Mann im grünen Pullunder – dabei flößte doch jemand mit einem Sticker gegen Robbentöten auf der Heckscheibe eigentlich Vertrauen ein.

Michael fragte: »Willst du was essen?«

»Ich habe keinen Hunger«, antwortete sie automatisch.

»Ich aber.«

Das galt auch für sie. Es war, als würde ihr Körper endlich zugeben, dass er ohne Essen nicht auskommen konnte.

Es gab so etwas wie einen Dorfplatz, wo sie unter den tief hängenden Ästen eines großen Baumes parkte, der auf einem etwa drei mal vier Meter großen Stück Erde stand, um das irgendwann mal Betonplatten verlegt worden waren. Jetzt waren sie gesprungen und stachen in gezackten Winkeln heraus; was als eine Art Rahmen gedacht war, war zu einem Zeugnis unerbittlicher Baumrenitenz geworden. Eine Reihe von Geschäften säumte eine Seite des Platzes, an zwei Seiten standen Häuser und an der vierten eine Werkstatt und etwas, das wie ein Gesundheitszentrum aussah. Eines der Häuser war ein Pub. Dort kehrten sie ein.

Das Essen war in Ordnung, nichts Besonderes; der Service freundlich, wenn auch distanziert. Michael aß so, wie er die meisten Dinge tat; als wäre es eine Übung, und man bekäme Noten für Effizienz. Sie fragte sich, wie lange es dauern würde, jemanden wie ihn näher kennenzulernen, und ob sich die Mühe am Ende lohnen würde. Vielleicht war er mal anders gewesen – verdammt, jeder war mal anders gewesen –, aber vielleicht war er vor der Zeit in der Wüste anders gewesen; vor dem Hubschrauber, der kleinen Glasbombe und den schmelzenden Kindersoldaten. Und immer noch wunderte sie sich, warum er für diese Mission überhaupt ausgewählt worden war. Ob er Schlimmes getan hatte, das er ihr bisher verschwiegen hatte.

»Wir bleiben heute Nacht hier«, sagte er plötzlich.

»Was?«

»Wir übernachten hier.«

Damit war eine weitere Entscheidung getroffen, dachte sie verbittert. Aber sie wusste auch, dass die Bitterkeit nur symbolisch war, ein Reflex, denn sie hatte keine anderen Pläne und kein Ziel im Leben. Außer natürlich, Dinah zu finden. Und bis dahin konnte sie genauso gut hierbleiben wie anderswo.

Also buchten sie nach dem Essen ein Zimmer im Gasthaus; ein Doppelzimmer, weil es kein anderes gab. Nicht, dass das Dorf besonders beliebt war, aber es gab nur dieses eine Zimmer. Sie hatten nicht viel Gepäck: ein paar Tragetaschen. Die Wechselkleidung, die Sarah unterwegs gekauft hatte. Die Waffen ließen sie im Kofferraum der Ente.

Danach schlief Michael, während Sarah einen Spaziergang durch das Dorf unternahm. Ihrer Uhr zufolge dauerte der Ausflug nicht länger als vierzehn Minuten: Bei ihrem zweiten Rundgang hielt sie am Zeitungskiosk an und kaufte ein Taschenbuch von Reginald Hill. Dann zog sie sich in die Bar zurück, wo sie es in den nächsten vier Stunden von vorne bis hinten las. Es war der ruhigste Nachmittag, an den sie sich erinnern konnte. Doch sie dachte viel an Joe. Ein Gedanke drängte sich ihr jedes Mal auf, wenn sie den Blick von den Seiten hob: dass sie ihn praktisch ermordet hatte; dass er, wenn sie nicht gewesen wäre, jetzt in seinem Büro sitzen und darauf warten würde, dass das Telefon klingelte, oder einem neuen Klienten von früheren Fällen erzählen würde … und auch von Zoë. Vor ein paar Tagen erst, die ihr wie Jahre vorkamen, hatte Zoë sie mit Salzwasser abgefüllt und ihr den Magen ausgepumpt: Zoë war keine sanfte Frau. Außerdem hatte sie versprochen, nach Sarah zu sehen, doch dafür war Sarah nicht lange genug zu Hause gewesen. Vielleicht sollte sie Zoë anrufen. Zumindest um ihr mitzuteilen, dass ihr nichts passiert war.

Das war ein weiterer Gedanke, der ihr nicht mehr aus dem Kopf ging, nachdem er einmal aufgetaucht war. Sie hatte das Gefühl, sich in letzter Zeit vor vielen Verantwortlichkeiten gedrückt zu haben. Zoë Boehm wissen zu lassen, dass sie noch am Leben war, würde sie zumindest ein bisschen entlasten. Das redete sie sich ein, während sie vom Telefon bei der Bar die Auskunft anrief und die Nummer von Oxford Investigations auf den bereitgestellten Block kritzelte. Als sie die Nummer wählte, ging der Anruf zwar durch, aber niemand meldete sich. Nicht einmal ein Anrufbeantworter. Sie stellte sich ein leeres Büro vor, in dem sich langsam Staub auf den Regalen sammelte und sich die Nichtanwesenheit von Minute zu Minute akkumulierte, während der leere Raum auf einen Joe wartete, der nie zurückkehren würde. Sie musste auflegen, bevor die Vorstellung sie zum Weinen brachte.

O Gott, dachte sie, lieber Joe. Der durch ihre Schuld den Rest seines Lebens versäumte. Armer Joe, sie wünschte ihm Frieden. Da draußen im Kosmos. Sie verspürte plötzlich den Drang, die Sterne zu sehen.

Das Gasthaus hatte einen Garten, in dem sie sich auf eine Bank setzte, plötzlich überwältigt von dem Luxus des Alleinseins. Obwohl noch relativ früh, war es so dunkel, wie es sich ein Stadtmädchen nur wünschen konnte, und obwohl es mild war, fröstelte sie unter dem großen Nachthimmel. Es gab unzählige Sterne, von denen jeder womöglich schon tot war, aber auf der Erde würde man das erst erfahren, wenn die ungeborenen Generationen gekommen und gegangen waren: alles Teil des kosmischen Witzes, der dafür sorgte, dass die wichtigsten Wahrheiten wirklich unerreichbar blieben. In der Zeit, die es dauerte, bis das Licht sie erreichte, war es in ihrer Welt vielleicht schon dunkel geworden. Sarah fand das irgendwie tröstlich: dass die Anordnung des Universums, ob nun von Gott gewollt oder zufällig, nicht ohne Humor war. Was an sich schon ein Zeichen dafür sein könnte, dass Gebete doch nicht zwecklos waren.

Der Wind raschelte mit den Blättern auf der anderen Straßenseite. Ein unsichtbarer Hund bellte. Etwas huschte durch die Dunkelheit, und sie atmete langsam aus …

Eines musste man über den pechschwarzen Hintergrund des Kosmos sagen: Er verdeckte eine Vielzahl von Sünden. Und vielleicht wussten die Sterne noch nicht, dass sie tot waren. Vielleicht leuchteten sie deshalb weiter. Als Sarah jetzt zu ihnen aufblickte, verstand sie vielleicht zum ersten Mal, welch winziger Teil des Ganzen die Erde war, in einem Universum, das sich weiterhin stetig ausdehnte. Wenn es diesen Planeten nicht mehr gäbe, würde er kaum vermisst werden. Was zählte, waren die kleinen Komponenten, die das menschliche Leben ausmachten. Wenn Dinah unwichtig war, waren alle Menschen unwichtig. Dies war eine der wenigen bedeutsamen Wahrheiten, die Sarah erfassen konnte.

»Hier hat man immer einen schönen Sternenhimmel«, sagte Michael hinter ihr.

Sie hatte ihn nicht kommen hören.

Nach einer Weile fügte er hinzu: »Wir haben oft in den Himmel geschaut, als wir auf der Insel waren. Einer von den anderen wusste, dass wir in Schottland waren. Er konnte es an den Sternen erkennen.«

»War das Tommy?«

»Nein. Aber dadurch wussten Tommy und ich, wo wir waren, als wir hier landeten.«

»Wo war das?«

»Ein Stück die Küste hinauf.« Er deutete in die Richtung. »Wir haben eine Kirche am Waldrand entdeckt. Na ja, eher eine Kapelle. Sie war ganz leer. Eigentlich eine komische Stelle für eine Kirche. Dort sind wir in der ersten Nacht untergekommen. Es war unser Zufluchtsort, wenn man so will.«

Mehr sagte er nicht, sondern stand auf, ebenso wie sie, und ließ den Blick über das Firmament schweifen, das sich über ihnen erstreckte. Und Sarah stellte überrascht fest, dass sie sich in seiner Gesellschaft wohlfühlte. Sympathie war nicht das richtige Wort. Sympathisch waren einem

Leute, die man kennenlernte und anschließend gerne wiedersehen wollte. Zu ihm hatte sie Vertrauen, und das brachte man denjenigen entgegen, die einen das Schießen lehrten und einem dabei nicht von der Seite wichen. Vor Jahren hatte sie eine schmerzhafte Prüfung erlebt und war dabei auf Mark gestoßen, und sie hatte geglaubt, ihm vertrauen zu können, weil sie sich eingebildet hatte, sie hätten das zusammen durchgemacht. Aber Mark hatte einfach nur am Rand gestanden; er hatte die Scherben aufgesammelt und sie so angeordnet, wie er es wollte. Und als das in die Brüche ging, oder zumindest als sich seine Hoffnungen – auf Bücher und Erfolge, auf ein Leben als erfolgreicher Akademiker, das er sich gewünscht hatte – nicht erfüllten, ordnete er alles neu und gab sich mit dem Geld zufrieden. Mit der Zeit hatte ihm das selbst nicht mehr genügt. Sarah fragte sich, wie lange er gebraucht hatte, bis er sein Verbrechen rationalisiert hatte; bis er sich über seine Skrupel von einst hinweggesetzt hatte. Wenn einem verweigert wurde, was man wirklich wollte, so vermutete sie, sah man wohl nicht ein, warum man nicht alles andere haben sollte. Das Geld. Die Geliebte. Das volle Programm.

Sie drehte sich zu Michael um. Er hatte gebadet, sich rasiert, trug ein sauberes Hemd und eine Jeans. Im schwachen Licht war sein Gesicht voller Furchen und Täler, und sie musste den Impuls unterdrücken, die Narbe an seinem Kinn zu berühren. Er wäre wahrscheinlich nicht weniger überrascht gewesen, wenn sie ihm in den Schritt gefasst hätte.

Um den Gedanken aus ihrem Kopf zu verbannen, sagte sie: »Erzähl mir von Tommy.«

»Tommy?«

»Du bist doch seinetwegen hier. Er muss etwas Besonderes gewesen sein.«

»Er war okay.« Eine Weile lang sah es so aus, als wäre das alles, was sie bekommen würde: *Er war okay*. Dann sagte er: »Was möchtest du wissen?«

»Alles. Einfach, wie er so war.«

»Wie er war«, sagte Michael. Er hatte eine Dose Bier dabei, die er jetzt öffnete, und bot ihr einen Schluck an. Sie schüttelte den Kopf.

»Wir waren mal in dieser Bar, Tommy und ich. Auf Urlaub. Wir hatten einen miesen Tag hinter uns. Tommy wettete gern und hatte an diesem Nachmittag viel verloren, und er war stinksauer. Auf Krawall aus.«

Er nahm einen großen Zug aus der Bierdose und rieb sich mit dem Daumen über die Unterlippe.

»In der Bar war ein Mann, auf den Tommy es abgesehen hatte. Keine Ahnung, warum.« Er fuhr einmal schnell mit den Fingerknöcheln über die Dose. In einiger Entfernung bellte erneut der Hund. »Hast du schon mal so eine Auseinandersetzung erlebt, bei denen einer der Männer einfach nur seine Ruhe haben will und der andere darauf aus ist, ihm die Knochen zu brechen? Er hätte nichts sagen können, was Tommy nicht in den falschen Hals gekriegt hätte. Er sagte: ›Komm, ich geb dir einen aus‹, und Tommy sagte: ›Was soll das heißen, hältst du mich für einen Alkoholiker? Nennst du mich einen Säufer?‹ Der Typ muss gedacht haben, er ist im Irrenhaus. Er sagte: ›Ich gehe jetzt‹, und Tommy sagte: ›Nein, tust du nicht.‹ Jeder wusste, was passieren würde. Niemand ging dazwischen.«

Sarah spürte, wie der Wind die Richtung änderte. Aus

dem Gasthaus drangen Geräusche von klapperndem Geschirr, während das Personal aufräumte.

»Der Typ war nicht besonders kräftig, einfach durchschnittlich. Tommy sah aus wie ich, aber er war ein harter Knochen. Jedenfalls ist es passiert. Er ist diesem Typen, den er noch nie getroffen hatte, der ihm nie etwas getan hatte, nach draußen gefolgt und hat ihn halb totgeschlagen. Ich habe ihn irgendwann weggezogen. Ich hätte es früher beenden können, aber dafür hätte ich ihn umbringen müssen. So wie man es bei manchen Hunden tun muss.«

Er drehte sich weg und stellte die leere Dose auf die Lehne der Bank. Dann sah er Sarah an.

»Was hast du denn erwartet? Dass er nett zu Tieren und freundlich zu Kindern war? Willst du hören, dass er Maddies Bild bei sich getragen und sich wegen Dinah in den Schlaf geweint hat? Er ist zu Huren gegangen, Tucker, und er hat sich geprügelt, und wenn der andere besser war als er, hat er ihn von hinten angegriffen. So war er nämlich. Er war ein Soldat, ein guter Soldat. Aber er war kein netter Mensch.«

»Und er ist der Grund, warum du Dinah suchst?«

»Nein. Wegen Maddie.«

Es war, als hätte sie sich ein Bild angesehen und plötzlich festgestellt, dass es auf dem Kopf stand und sie die Dumme war, egal ob sie ihre Meinung revidierte. Aber Michael hörte gar nicht mehr, wie sehr sie die Zusammenhänge missinterpretiert hatte. Sie blickte noch einmal zu den Sternen auf und sah sich dann nach ihm um, aber er war weg.

Sarah Tucker, dachte sie. Du bist eine komplette Vollidiotin.

Sie hatte keine Ahnung, wie lange sie noch im Dunkeln saß. Als sie endlich ins Haus und in ihr Zimmer ging, lag Michael bereits im Bett: Sie schlich so leise wie möglich ins Badezimmer und duschte lauwarm. Erschöpft. *Ich bin erschöpft,* dachte sie – in ihrem Verstand tobten immer noch unzähmbare Gedanken. Mit einem frischen T-Shirt als Nachthemd und einer Hose ging sie zurück ins Schlafzimmer, das klein war und dünne Vorhänge hatte, die das Mondlicht nicht ganz abschirmten, sodass alles im Inneren in bläuliches Licht getaucht war: der Heizstrahler, das staubige Regal mit dem Touristennippes, der kleine Nachttisch, auf dem ein unbenutzter Aschenbecher stand. Das Bett selbst. Michael lag reglos wie eine Leiche unter der Bettdecke, aber Sarah wusste, dass er wach war, und sie wusste auch, dass er wusste, dass sie es wusste. *Ich weiß, dass du weißt, dass ich weiß, dass du weißt, dass ich weiß.* Die vielen Stunden in dem Hotelzimmer: Er würde sie an ihrem Atem in der Dunkelheit erkennen. Am Geruch ihrer Haare, wenn sie Shampoo brauchten.

Sie setzte sich vorsichtig auf die Bettkante. Er regte sich nicht und gab keinen Laut von sich, aber seine Augen leuchteten feucht im blauen Licht, ein Trick des Mondes, als könnte er tatsächlich weinen.

»Michael?«

Keine Reaktion.

»Sie ist deine Tochter. Oder nicht?«

»Sie ist Tommys Kind.«

»Weißt du das mit Sicherheit?«

»Wer weiß schon irgendwas mit Sicherheit.«

»Verdräng das nicht.«

Seine Hand tauchte aus der Dunkelheit auf, und er umfasste ihr Handgelenk. »Was soll ich deiner Meinung nach sagen?« Er hielt sie so fest, dass sie ihren eigenen Puls fühlen konnte. »Dass ich die Frau meines Freundes geliebt habe? Dass ich gerne mit ihm getauscht hätte?« Er ließ sie los. Am Morgen würde sie einen blauen Fleck haben; ein Armband aus erlebtem Schmerz, passend zu der Halskette, die Rufus ihr hinterlassen hatte. »Wir haben beide Mist gebaut, Tommy und ich. Aber ich hatte eine bessere Entschuldigung. Wenn ich Maddie gehabt hätte, hätte ich nie …«

»Nie was?«

»Dann wäre ich jetzt nicht hier. Vielleicht keiner von uns.«

Es gibt etwas, was er mir nicht erzählt hat, dachte sie.

Er setzte sich auf, und die Bettdecke rutschte von seiner nackten Brust. Sie war seltsamerweise haarlos: der Oberkörper eines Jungen. Die roten Striemen ließen ihn wie einen Tiger aussehen, oder seinen Käfig. »Ich habe gesehen, wie du mich anschaust, wenn du glaubst, dass ich es nicht bemerke.«

(Sie wusste, was jetzt kommen würde.)

»Ich bin ein Mörder, stimmt's? Ich habe diesen Typen vor deinen Augen erschossen, und es ist egal, dass er dich getötet hätte, es macht mich in deinen Augen zu einem Mörder. Ich habe ihn erschossen, und das brandmarkt mich bei dir.«

»Es ist mir egal, was du getan hast.«

»Du weißt nicht mal die Hälfte.«

»Michael …«

»Ich habe sie geliebt. Okay? Und er hat sie wie Scheiße

behandelt. Ich habe die blauen Flecken gesehen, meinst du, das war mir egal? Ich habe Menschen getötet, was machen da ein oder zwei Schläge aus? Verdammt noch mal, ich hätte ihm am liebsten das Herz rausgerissen. Aber mir hätte sie ins Gesicht gespuckt, während sie ihn wieder zusammengeflickt hätte.«

»Warum bist du bei ihm geblieben?«

»Sie hat mich darum gebeten.«

Er strich sich mit der Hand über die Stirn und wischte den Gedanken weg.

»Hast du …«

»Sie gefickt?«

»Wenn du es so nennen willst.«

»Was denkst du?«

Natürlich hatte er das. Sonst wüsste er mit Sicherheit, dass er nicht Dinahs …

»Es spielt keine Rolle«, sagte er. »Nichts von alldem spielt eine Rolle.«

»Tommy wollte unbedingt zu ihr«, sagte Sarah leise. »Deshalb …« Deshalb waren sie getötet worden; deshalb hatte Rufus – Axel – seine Chance gekriegt.

»Es ging nicht darum, dass er unbedingt zu ihr wollte, weil er solche Sehnsucht nach ihr hatte. Er wollte sichergehen, dass sie keinen anderen hatte.«

»Wusste er …«

»Natürlich wusste er es.« Michael lehnte sich zurück, und in seinen Augen spiegelte sich das blasse, schwache Licht. »Natürlich wusste er es«, wiederholte er.

Und das war schmerzlich, dachte sie, als sie sich jetzt neben ihn legte. Dass er nur wegen seiner Liebe zu Tommys

Frau zu Tommy gehalten hatte. Und dass Tommy das wusste.

Lange Zeit sprachen beide nicht, aber als Sarah plötzlich zitterte – ein Schauder überlief sie –, hob Michael die Bettdecke an, damit sie darunterschlüpfen konnte. Und dann legte sie ihre Arme um ihn und stellte fest, dass es gar nicht so anders war als in jener Nacht, die sie schon einmal im selben Bett verbracht hatten. Wie kalte Figuren auf einem Steingrab, erinnerte sie sich. Und jetzt, obwohl sie eng umschlungen waren, hatte sie immer noch dieses Gefühl, auf einem Grab zu liegen, auch wenn sie sich nicht vorstellen konnte, auf wessen Grab sie heute Nacht vereint waren.

Doch am Morgen, als sie erwachte, war sie allein im Zimmer und der Platz im Bett neben ihr kalt und leer. Über der Lehne des Stuhls am Fenster hing Michaels Jeansjacke – fast wie ein Versprechen, dass er zurückkehren würde: aber ein Versprechen, das er, wie sie wusste, nicht einzuhalten plante.

26

Es gab Lügen und Doppelspiel und verquere Gründe, die krumme Ziele rechtfertigten, aber vor allem und in erster Linie gab es Geheimnisse.

Als Amos Crane im Zug saß, erinnerte er sich daran, wie er für das Ministerium rekrutiert worden war; erinnerte sich an das doppeldeutige Gerede und die verschleierten Hinweise auf das Unorthodoxe. An einen alten Haudegen, der an der Ermordung von Reinhard Heydrich beteiligt gewesen war und ihm einen Vortrag über das dunkle Herz hielt, das in der Brust der Regierung schlägt; darüber, dass das, was die Demokratie zu einem fairen und gerechten System machte, darin bestand, dass dieses dunkle Herz verborgen gehalten wurde, anstatt es für Unterdrückung und Terror zu nutzen. Todesschwadronen waren Mittel der Faschisten. In einer Demokratie passierten Unfälle.

Cranes Geheimnis war, dass er den Vortrag nicht brauchte.

Aber er saß trotzdem da, nickte und versuchte so auszusehen, als würde er wichtige Lektionen lernen. Er stimmte zu, dass es beispielsweise besser sei, wenn ein sehr unbedeutender Adeliger beim Verlassen der Dusche unglücklich fiel, als dass die gesamte königliche Familie in den Schmutz gezogen würde, und dass es nicht – keineswegs! – darum gehe, Pädophilie unter den Teppich zu kehren, sondern einfach um pragmatische Problemlösung. Die Nachrufe erhoben den unbedeutenden Royal in den Rang eines beinahe Heiligen, eine Nation trauerte, ohne von hässlichen Realitäten gestört zu werden, und vergaß ihn dann. Das Fundament blieb unerschüttert. Das war wichtig.

Sicher sei es das, stimmte Crane zu.

Und manchmal wurde die Frage nach Schuld und Unschuld relativ. Wenn Menschen unnötigerweise im Besitz von belastenden Fakten waren, war es nicht entscheidend festzustellen, ob sie etwas mit den Informationen *vorhatten*. Besitz machte schließlich neun Zehntel der Gesetzgebung aus, weshalb es so gut wie legal war, für dauerhafte Diskretion zu sorgen. Viele leitende Beamte, so der alte Haudegen zu Crane, erwarteten ein K am Ende ihrer Karriere; aber wenn, rein hypothetisch, ein gewisser leitender Beamter zur falschen Zeit die falsche Akte öffnete und erfuhr, dass auf amerikanischen Luftwaffenstützpunkten in Großbritannien Waffen eines Typs lagerten, der den gewählten Vertretern des Volkes nicht offiziell gemeldet worden war, könnte er sich stattdessen auf einen Unfall auf einer vereisten Strecke gefasst machen. Die Wahrung des Geheimnisses sticht immer die Loyalität des Mitarbeiters.

Das sei kein Problem, versicherte ihm Crane.

Und so trat Amos Crane im zarten Alter von dreiundzwanzig Jahren in die zwielichtige Welt der zweckdienlichen Operationen ein, eine Welt, in der die Barbaren nicht nur vor den Toren warteten, sondern auch Kopien der Schlüssel hatten. Aber entgegen dieser aufmunternden Worte war es nicht nur Drecksarbeit. Es gab sanftere Methoden, um potenziellen Ärger im Keim zu ersticken, die meisten davon mit Fotos, Frauen, Jungen, Tieren, Geld, Operationen oder Drogen; ein- oder zweimal durfte er jedoch kreativ werden, wobei sein Talent für den Job ganz offensichtlich wurde. Als ein Zuhälter aus dem East End Bilder des damaligen Außenministers erwarb, auf denen dieser nur mit einem Paar minderjähriger Mädchen bekleidet zu sehen war, schaltete Crane nach dem ABC-Prinzip nicht nur den Zuhälter selbst, sondern innerhalb von zwei Tagen auch acht weitere Luden aus, was eine Reihe von Leitartikeln über Bandenkriege auslöste, die ernsthafte Ermittlungen unterbanden. Das Einzige, was diese Leistung überschattete, war Cranes dokumentierter Vorschlag zu Beginn, dass es billiger und einfacher sei, den Außenminister auszuschalten, wodurch er gar nicht mehr erpressbar wäre. Howards Vorgänger gab vor, dies für einen Scherz zu halten. Amos tat dasselbe, nachdem er bemerkt hatte, woher der Wind wehte.

Zwei Jahre nach seinem Eintritt in die Behörde hatte er seinen jüngeren Bruder als Mitglied vorgeschlagen.

»Das hier ist kein verdammter Club«, hatte man ihm geantwortet.

»Deswegen müssen Sie ihn ja nicht von vornherein ablehnen.«

»Amos, nur weil er Ihr Bruder ist, heißt das nicht, dass er zu uns passt. Mein Bruder arbeitet für den Internationalen Klimaschutz, Herrgott noch mal.«

Das überraschte Amos kein bisschen. »Die Sache ist die«, sagte er, »er ist nicht gerade ein Anfänger. Diese Sache mit den Zuhältern …«

»Sprechen Sie das nicht aus.«

»Neun in zwei Tagen? Ich bin gut, aber so gut bin ich auch nicht. Axel hat zwei davon übernommen. Den im Auto und den mit der Schere.«

»Oh, mein Gott …«

»Er ist vielseitig. Das muss man ihm lassen.«

An jenem Nachmittag hatte es eine Notfallsitzung gegeben, von der Amos erst im Nachhinein erfahren sollte. Er hatte das Ergebnis richtig erraten: Es würde starke Befürworter dafür geben, dass er und sein Bruder einen Unfall erlitten, aber die Vernunft würde siegen. Wie der alte Haudegen sagte, wusste man bei zwei Talenten wie diesen nie, wann sie sich als nützlich erweisen könnten. Und dann hatte er LBJ oder Edgar Hoover oder wen auch immer damit zitiert, dass es besser sei, die Mistkerle im Zelt zu haben, damit sie nach draußen pissten.

»Wir haben einen Krieg gegen solche Leute geführt«, wurde dem Haudegen erwidert.

»Und wir hätten ihn beinahe verloren.«

»Leute wie die haben die Konzentrationslager geleitet!«

»Glauben Sie wirklich«, hatte er gesagt, »dass man drüben in Moskau Talente abweist, nur weil sie abscheulich sind?«

»Moskau ist mir egal. Ich mache mir Sorgen wegen Washington.«

»Scheiß auf Washington.«

Im Nachhinein war man sich einig, dass diese Bemerkung den Ausschlag gab.

Das war der eigentliche Anfang gewesen, überlegte Amos jetzt; der Tag, an dem Axel rekrutiert und ihm zur Seite gestellt wurde, in einem Alter, in dem die meisten Jungs ihre mittlere Reife machten. Und für etwas über zwanzig Jahre war ihr Leben in ruhigen Bahnen verlaufen: Erfolge überwogen die Misserfolge bei Weitem, was für die Regierungsarbeit eine ziemlich akzeptable Fehlerquote war. Und es gab sogar Platz für Gefühle. Den alten Haudegen zu beseitigen war ein Akt reinen Mitleids gewesen. Der alte Mann hatte angefangen, ins Bett zu machen und seiner Krankenschwester seine Lebensgeschichte zu erzählen. So hätte er nicht in Erinnerung bleiben wollen, selbst wenn man es ihm erlaubt hätte. Amos hatte sich schnell und leise um ihn gekümmert und war sehr stolz auf den Totenschein, in dem Herzversagen als Todesursache angegeben war. Die Krankenschwester war in der darauffolgenden Woche auf dem Weg zu einer neuen Stelle auf der M1 von einem Auto erfasst worden. Amos war sich nicht sicher, was in ihrem Fall auf dem Totenschein stand, aber er war sich sehr sicher, dass er in denselben Umschlag gepasst hätte, in dem auch ihre sterblichen Überreste steckten. Es war zwar Platz für Gefühle, aber es war nicht sinnvoll, sich davon mitreißen zu lassen.

Und nun war es vorbei, und Amos Crane konnte nicht umhin zu denken, dass sie Opfer ihres eigenen Erfolgs geworden waren: Zu gut in dem, was sie taten, um etwas anderes ausprobieren zu dürfen, waren sie offensichtliche Kandidaten für einen Stellenabbau, sobald sich der Wind drehte. Axels Stellenabbau war zwar bei der Arbeit passiert, aber Amos stand zweifellos im Fadenkreuz, und das alles nur, weil seine erste Schreibtischoperation – seine erste! – ein paar kleinere Verluste verursacht hatte. Bald durfte man sich gar keine Fehler mehr erlauben, ganz im Gegensatz zu den guten alten Zeiten bei der Behörde. Er gab der politischen Korrektheit die Schuld. Und was noch schlimmer war, Howard hatte Freiberufler, *Amateure,* geschickt, was ebenso frech wie eine verdammte Kompetenzüberschreitung war. Auch dafür würde Howard bezahlen. Tatsächlich bildete sich vor Amos' geistigem Auge eine Schlange: eine Menge Leute, um die er sich kümmern musste. Michael Downey stand immer noch ganz vorn, denn Blut war dicker als Wasser – dafür konnte Amos Crane bürgen. Diese Klischees waren nicht aus der Luft gegriffen.

Und diese Lektion kannte auch Michael Downey, erinnerte sich Crane. Auch Downey hatte eine Lehre durchlaufen. Nicht ganz in derselben Liga, aber er war am Abgrund gewesen, in seinem Fall ein Ort namens Crows' Hill, ein Lager für irakische Gefangene. Dort hatte er gegen Ende des Golfkrieges drei Monate lang als Wache gedient, zusammen mit seinem Freund Tommy Singleton, der immer der bessere Soldat gewesen war. Unter den Gefangenen in Crows' Hill gab es eine Dreiergruppe, die auf einem irakischen Militärgelände gefangen genommen worden war, wo man eine Folterkammer entdeckt hatte – Elektroschocker, Ketten, die von der Decke hingen; eine Badewanne voller Blut, obwohl keine Leichen gefunden worden waren. Eine Fraktion hielt dies für irrelevant. Es waren keine Leichen gefunden worden, weil die Scheißkerle sie begraben hatten. In einer dunklen Nacht brachten Singleton, Downey und eine Handvoll anderer – wahrscheinlich betrunken oder high, Crane wusste es nicht und es war ihm egal – die Dreiergruppe zum Drahtzaun und erschossen sie.

Sie hätten dabei selbst erschossen werden können. (Wahrscheinlich wünschten sie sich am Ende, es wäre passiert.) Aber es war ein beliebter Krieg, und niemand wollte die Party verderben, also wurde stattdessen eine andere Lösung gefunden: Das konnte nicht besonders schwierig gewesen sein, dachte Crane. Singletons Truppe wurde von Crows' Hill abgezogen und für die Dauer des Krieges in strenge Haft genommen. Als der Krieg vorbei war, wusste die Armee nicht recht, was sie mit ihnen anfangen sollte. Jahrelang drohten sie, zum Skandal zu werden. Als alle Männer für »Sonderdienste« herangezogen wurden, war in An-Najaf ein Seufzer der Erleichterung zu hören. Und erst als diese Sonderdienste beendet waren, wurden die Soldaten in die Hände des Ministeriums übergeben: offiziell tot – die Coverstory war wenig subtil, aber effektiv –, denn sie waren zu einer Peinlichkeit geworden, und das Ministerium, für das Crane arbeitete, kümmerte sich um Peinlichkeiten. Aber man war immer noch neugierig, wie lange es dauern würde, bis sie an den Folgen der Nervengiftbombe sterben würden: Das Experiment war ein Fehlschlag gewesen, da die Immunisierung nur zu siebzig Prozent gewirkt hatte, aber die Statistiken sollten tunlichst weitergeführt werden. Also waren sie auf die Farm geschickt worden, ebenfalls ein Überbleibsel aus den Tagen der biologischen Kriegsführung, mit dem Ziel, sie dort zu lassen, bis ihre verschiedenen Krebserkrankungen ausbrachen. Anschließend sollten sie entsorgt werden. Vorher jedoch waren sie entkommen …

Crane schüttelte missbilligend den Kopf wie ein enttäuschter Lehrer: Sie waren entwischt! Wenn man es sich überlegte, hatte ihn genau das im Grunde hierher gebracht, in diesen Zug …

Denn nachdem er sich um Howards Deppen gekümmert hatte, war er direkt nach King's Cross gefahren. Felsenfest davon überzeugt, dass Downey inzwischen Bescheid wusste, wollte er in der Nähe der Insel sein, wenn der Soldat nach Dinah suchte. Es war nicht schwer zu durchschauen. Dinah war ein Köder, das musste Downey wissen; und wer legte schon Köder dort aus, wo die Beute sie niemals finden würde? Außerdem hatte er die Frau bei sich, und Axel hatte gesagt, die Frau sei schlau. Axel war kein großer Fan von Frauen gewesen, also hatte er wahrscheinlich die Wahrheit gesagt. Sarah Trafford, geborene Tucker. Dumm genug, sich in die Sache einzumischen, aber schlau genug für Axel.

Vielleicht hatte er bei dem Gedanken die Stirn gerunzelt, denn der kleine Mann, der ihm gegenübersaß, fragte: »Alles in Ordnung, Kumpel?« Er hatte einen harten nordenglischen Dialekt, der einem zivilisierten Ohr wehtat, und trug einen Schal, den kein vernünftiger Mann in Erwägung ziehen würde.

»Mir geht es gut. Danke.«

»Frage nur, weil Sie aussehen wie 'ne aufgewärmte Leiche.«

»Das bezweifle ich.«

»Was?«

Crane seufzte und beugte sich vor. »Haben Sie schon einmal eine aufgewärmte Leiche gesehen? Ja?« Der Mann wich zurück, aber Crane fuhr fort: »Die Haut platzt und bildet Blasen wie zu lange gekochter Milchreis. Die Augäpfel platzen. Und die Lippen ziehen sich zurück, sodass die Zähne so groß wie Grabsteine aussehen. Glauben Sie mir, wenn ich so aussehen würde, würden Sie auf höfliche Konversation verzichten wollen.«

»Sie verdammter Irrer!«

»Das höre ich nicht zum ersten Mal.«

Er schloss seine nicht geplatzten Augen und lehnte sich zurück, während sein Mitreisender sich einen anderen Sitzplatz suchte. Der Zug ratterte weiter und brachte ihn nach Edinburgh. Von dort würde er einen anderen Zug nehmen oder ein Auto mieten. Irgendetwas. Es war eine verdammte Schande, dass er nicht seine gesamte Ausrüstung dabeihatte – vor allem, nachdem er extra den Bären rausgebracht hatte –, aber egal, jeder hatte mal Pech. Ganz gleich, wo Downey jetzt war –, auch für ihn wurde es allmählich eng.

Der Zug ruckelte. Crane öffnete unwillkürlich die Augen und sah eine Frau vorbeigehen, die verpackte Sandwiches und einen Plastikbecher Kaffee bei sich hatte: eine Frau Mitte vierzig mit dunklem lockigem Haar und einem zutiefst gequälten Gesichtsausdruck. Sie ging ihn nichts an. Er hoffte, dass sie sich nicht hinsetzen würde. Er wollte keine Gesellschaft, und er wollte nicht plaudern. Aber er hätte sich keine Sorgen machen müssen, denn sie ging weiter den Waggon entlang und würdigte ihn dabei keines Blickes.

Als er sich wieder zum Fenster umdrehte, sah er zuerst sein eigenes Spiegelbild. *Tatsächlich, eine aufgewärmte Leiche,* dachte er: Nein, auf gar keinen Fall. Ihm wurde jedoch plötzlich kalt, als hätte er gerade einen Blick in seine eigene Zukunft geworfen. Auf lange Sicht ist die Zukunft für alle gleich. Was Amos Crane für einen Moment beunruhigte, war, wie kurz die lange Sicht plötzlich erschien.

27

Sarah ging an diesem Morgen zum Meer hinunter und setzte sich auf eine Bank, um den Wellen zuzusehen, die rauschend und mit den Steinen klappernd an den Kiesstrand schlugen. Irgendwo außerhalb ihrer Sichtweite lag verloren im grauen Dunst des Tages die Insel, auf der sie Dinah festhielten, wer auch immer *sie* waren – daran wollte sie jedenfalls glauben, und sie war zu weit gekommen, um sich einzugestehen, dass sie sich irren könnte. Oder um aufzugeben, nur weil Michael sie verlassen hatte. Sie trug seine Jeansjacke, in deren Tasche sie ein Bündel Geldscheine gefunden hatte: Zehner und Zwanziger, mehr als genug, um die Rechnung zu bezahlen, obwohl sie sich von solch weltlichen Verpflichtungen größtenteils befreit fühlte. Ihr fiel ein, dass sie irgendwann während des Wahnsinns der letzten Tage gedacht hatte, *Es ist sehr wichtig, dich auf eine einzige Sache zu konzentrieren, wenn dein Leben auseinanderbricht.* Und das war Dinah geworden, wohin das auch führen mochte. Das unsichtbare Mädchen. So nah dran zu sein und nicht weiterzukommen war schier unerträglich.

Der Wind blies über den Strand und wirbelte hier und da Sand auf. Für einen Moment sah es aus, als würden sich Geister gegenseitig den Strand entlangjagen.

Als sie sich umsah, weil sie das Gefühl hatte, beobachtet

zu werden, entdeckte Sarah eine Frau, die den Weg entlang auf sie zukam. Es hätte irgendeine Frau sein können. Sie trug einen roten Pullover, als fiele sie gerne auf.

Sie schaute wieder hinaus aufs Meer. Eines seiner wesentlichen Eigenschaften war, dass es so verdammt viel davon gab … Wie eine große graue Decke, die den größten Teil der Erde bedeckte. Wenn wir irgendwann alle auf der Straße zum Friedhof sind, dachte sie, wird das hier übrig bleiben: das Meer.

Es überraschte sie kaum, dass die Frau sich neben sie auf die Bank setzte.

Aufgrund der merkwürdigen Lethargie, die sie überkommen hatte – als würde sich ihr Körper an die vielen Beruhigungstabletten erinnern –, fiel es Sarah nicht schwer, sich nicht umzusehen. Nicht sofort jedenfalls. Aber ihr Schweigen schien ihre neue Begleiterin nicht zu stören. Einige Minuten lang saßen die beiden Frauen wortlos da und schauten aufs Meer, obwohl sie wahrscheinlich an verschiedene Dinge dachten. Das Rauschen der Wellen fand Sarah beruhigend, und es half, die Gedanken zu ordnen: kein Wunder, dass es oft für Meditationsmusik verwendet wurde.

»Ich habe Sie wohl irgendwie erwartet«, sagte sie schließlich.

»Hey. Vermisste Personen, meine Spezialität.«

»Ich habe versucht, Sie anzurufen.«

»Ich weiß.«

Die andere wedelte mit einer Zigarette vor ihrem Gesicht herum. »Möchten Sie eine?«

»Ich rauche nicht.«

»Letzte Woche jedenfalls noch nicht«, sagte Zoë Boehm. »Ich dachte nur, Sie hätten Ihren Lebensstil seitdem vielleicht etwas verbessert.«

Sarah drehte sich zu ihr. Zoë hatte sich nicht groß verändert, aber es waren ja auch erst ein paar Tage vergangen. »Schöner Pullover.«

Zoë blies einen Ring, um zu zeigen, wie viel ihr an dieser Bemerkung lag. Dann musterte sie Sarah kritisch. »Sie sind nicht mehr in dem Zustand, in dem Sie waren. Bis obenhin vollgepumpt, meine ich. Aber Sie stecken immer noch in einer anderen Art von Scheiße.«

»Danke.«

»Aber wenn man bedenkt, wie viele Leute Sie in den letzten Tagen verärgert haben, würde ich sagen, dass Sie definitiv auf dem Weg der Besserung sind.«

»In letzter Zeit war ein Tag, an dem niemand versucht hat, mich umzubringen, ein vergeudeter Tag«, stimmte Sarah zu. »Also, verraten Sie's mir, was bringt Sie in diese Gegend?«

Zoë starrte sie einen Moment lang an, schüttelte dann ihr lockiges Haar und lachte. »Sie fallen immer auf die Füße, was? Wenn Joe nicht –«

»Ich habe kürzlich einen Mann sterben sehen. Beinahe hätte ich mich ihm angeschlossen. Vielleicht tue ich es noch. Sagen Sie mir nicht, wie viel Glück ich habe, ich will es nicht wissen.«

»Okay.«

»Wie sind Sie hergekommen?«

»Sie haben mich angerufen, wissen Sie noch?«

»Aber Sie sind nicht … Ach so.«

»1471. Das ist eine meiner Lieblingsnummern.« Zoë warf ihre Zigarette weg, der Wind ergriff sie und schickte sie funkensprühend zum Strand. »Da war ich ausnahmsweise mal froh, dass ich vergessen hatte, den verdammten Anrufbeantworter einzuschalten. Das passiert mir immer. Scheiße, wie viele Aufträge uns das gekostet haben muss!«

»Ich wette, Joe hat es nie vergessen«, sagte Sarah.

»Stimmt. Das hat er nie.« Zoë kramte nach einer weiteren Zigarette. »Jedenfalls, als ich ins Büro kam und das Telefon gecheckt habe, kam der letzte Anruf aus Schottland. Und ich kenne niemanden in Schottland.«

»Also dachten Sie sofort an mich.«

»Nein. Es hat Stunden gedauert, bis der Groschen fiel.« Sie entzündete ihr Einwegfeuerzeug und gab sich einen neuen Nikotinkick. »Nachdem ich es kapiert hatte, habe ich die Nummer angerufen und dem Mann, der abnahm, Ihre Beschreibung gegeben. Ihre neue Frisur hat ihn zuerst verwirrt. Abgesehen davon«, sie zuckte bescheiden mit den Schultern, »war es einfach.«

»Er hat es Ihnen gesagt? Einfach so?«

»Ich musste ihm einen Blowjob versprechen. Womöglich habe ich ihm auch den Eindruck vermittelt, ich wäre jung und blond, aber wenn er trotzdem eine Bezahlung verlangt, können Sie davon ausgehen, dass das meine Spesen ganz schön in die Höhe treibt.«

»Ich kann mich nicht daran erinnern, Sie engagiert zu haben.«

»War ein Scherz, Kleine. Nur ein Scherz.« Zoë holte eine kleine Flasche Wodka aus ihrer Schultertasche. »Ich habe mal gelesen, dass man auf eine lange Reise Salz mitnehmen sollte. Um das, was man fängt und isst, aufzupeppen.« Sie schraubte den Verschluss ab und reichte Sarah die Flasche. »Ich fand das schon immer eine interessante Sichtweise.«

Sarah nahm einen großen Schluck. Es war ein wenig wie ein Schlag auf den Kopf: wahrscheinlich angenehmer. Als sie die Flasche zurückgab, warf sie einen Blick in die Tasche, die Zoë zwischen ihnen abgestellt hatte; eine dieser erstaunlichen Dinger, deren Inneres mehr enthält, als ihr Äußeres verspricht, und in die man den Großteil einer durchschnittlichen Garderobe packen konnte. Kleidung enthielt sie auch, aber noch etwas anderes: Klein und silbern zwinkerte es Sarah zu, und sie konnte nicht so tun, als hätte sie es nicht gesehen.

Zoë bemerkte ihren Blick und zog sie heraus. »Sechs Schuss«, sagte sie. »Eine richtige Handtaschenpistole.«

»Wofür brauchen Sie die?«

»Es ist genau wie mit dem Wodka. Ich wusste nicht, ob ich sie brauchen würde oder nicht, aber es gab mir ein besseres Gefühl, sie mitzunehmen.«

»Sie wissen es, oder?«

»Was weiß ich?«

»Alles, was passiert ist. Jemand hat versucht, mich umzubringen.« Es fühlte sich immer noch seltsam an, das in ein Gespräch einfließen zu lassen. Aber es auszusprechen war eine Möglichkeit, sich daran zu gewöhnen. »Michael hat ihn erschossen.« Dumm: Zoë wusste nicht einmal, wer Michael war.

In einer Hand die Waffe, eine Zigarette zwischen den Fingern der anderen, die Flasche zwischen den Knien, nickte Zoë. »Hab so was gehört. Die Polizei war dabei.

Aber es gab viele offizielle Dementis, dass überhaupt etwas passiert sei. Also nehme ich an, dass er ein Spion war, der Typ, den es erwischt hat.«

»Ein was?«

»Ein Spion.« Sie nahm einen Zug von ihrer Zigarette. »Wie man es auch dreht und wendet, ich dachte, es wäre am besten, die Waffe mitzubringen.«

»Sie ist ziemlich klein.«

»Joe hat sie mir gegeben.« Vielleicht war das irgendwo in Zoës Unterbewusstsein eine vernünftige Antwort.

Sarah hatte in diesem jüngsten Abschnitt ihres Lebens fast vergessen, dass andere die viel schlimmeren Verluste erlitten hatten. Und dass sie Zoë alles erzählen musste. »Es war Rufus«, sagte sie.

»Rufus?«

»Der Joe umgebracht hat. Der versucht hat, mich umzubringen. Der ein … Spion war.«

»Der, von dem Sie mir erzählt haben? Der mit Ihrer Freundin verheiratet war?«

Sie nickte.

Zoë sagte: »Scheiße.« Nach einer Weile sagte sie es noch einmal, aber nach dem zweiten Mal schwieg sie viel länger und schaute aufs Meer hinaus, als ob irgendwo da draußen, außer Sichtweite, außer Reichweite Antworten auf Fragen herumschwammen, die ihr bisher nicht mal in den Sinn gekommen waren. Eine Weile fragte sich Sarah, ob Zoë enttäuscht war; ob sie gehofft hatte, Joes Mörderin persönlich umzubringen. Und verwarf dann den Gedanken. Rache, Blutvergießen, Morden – das war eine Aufgabe der Berufssoldaten dieser Welt, weshalb so viele von ihnen tot waren.

Ohne ein Wort reichte Zoë Sarah die Flasche. Sie nahm sie, trank daraus und fing an zu erzählen: Sie brachte Zoë auf den neuesten Stand, warum sie dort war, wer Michael war, wo Dinah war … Was passiert war. Alles.

Und Zoë sagte: »Verdammt …«

Eine Schar Möwen hatte sich auf dem Kiesstrand vor ihnen niedergelassen; waren schreiend herabgestoßen und hatten die Überreste eines unbequemen Picknicks ausgegraben. Es waren an die dreißig oder so. Unmöglich zu zählen. Sarah erinnerte sich, als wäre es eine Szene aus einem alten Film, in dem sie einmal eine ähnliche Schar beobachtet hatte, die auf einer belebten Hauptstraße in Oxford ein verlorenes Päckchen Chips ins Visier genommen hatte. Die Vögel ignorierten den Verkehr, kamen kreischend angeflogen und schnappten sich die Chips unter den Rädern weg, während ihre unglücklichen, hungrigen Artgenossen in Menschenhöhe über der Kreuzung schwebten; ihre Flügelspannweite machte sie für Autos genauso gefährlich, wie es die Autos für sie waren. Sarah hatte an einer roten Ampel gestanden und auf Grün gewartet. Ihr war, als hätte sie sich in einen Hitchcock-Film verirrt, und für diesmal galt das umso mehr.

»Verdammt noch mal!«, fluchte Zoë wieder.

»Tja.«

Dem war im Augenblick nicht viel hinzuzufügen. Sie saßen da und beobachteten die Vögel, die vor ihnen ihre Kreise zogen, als würden sie die Gabe des Fliegens feiern. Obwohl Vögel so etwas nicht machten, dachte Sarah. Vögel waren einfach nur Vögel, die sich nicht mehr an ihren

Gaben erfreuten als Menschen. Ha! Sie musste immer noch müde sein; sie war definitiv ausgepowert.

Zoë zündete sich eine weitere Zigarette an.

Diesmal streckte Sarah die Hand aus, und Zoë ließ kommentarlos eine Zigarette hineinfallen. Das Feuerzeug flammte auf. Sie spürte, wie der erste Zug ihren Rachen traf, und ihr Husten war ein reiner Reflex: ein trockener Husten, der in der Kehle schmerzte, das erste Mal seit Jahren.

Zoë sagte: »Das klingt wirklich schlimm. Haben Sie mal überlegt, aufzuhören?«

»Der Gedanke kam mir schon«, sagte Sarah, als sie wieder sprechen konnte.

»Wobei einen das Rauchen nicht viel schneller umbringt als alles andere.«

Den kapierte Sarah nicht auf Anhieb. Sie dachte darüber nach und nickte. »Stimmt.«

»Haben Sie sich mal gründlich überlegt, welche Möglichkeiten Ihnen bleiben?«

»Ich dachte an die Presse.«

»Könnte sein. Hängt aber davon ab, wie glaubwürdig Sie noch sind.«

»Wie meinen Sie das?«

Zoë zählte an ihren Fingern ab. »Bei Ihnen wurden versteckte Drogen gefunden. Ihr Mann hat Geld hinterzogen. Sie können nicht beweisen, dass Rufus sich in der Nähe Ihres Hauses aufgehalten hat, weil die Bullen ihn haben verschwinden lassen …«

»Was ist mit Ihrem Freund bei der Polizei?«

»Nein, nein. Er ist kein Freund, er ist nur ein Kontakt. Und er hat eine Familie zu ernähren und ist völlig unqualifiziert. Deshalb ist er überhaupt erst zur Polizei gegangen.«

»Oh.«

»Außerdem ist Ihr Freund Rufus nicht tot. So heißt es jedenfalls. Und dass er Verbindungen zu Terroristen gehabt und Ihre Freundin Wigwam als Tarnung benutzt habe – ich glaube, das Wort ›reingelegt‹ fiel. Er sei untergetaucht, als er aufflog. Der Presse wurde bereits gesteckt, dass sie kein Wort davon veröffentlichen darf, weshalb man offensichtlich davon überzeugt ist, dass es der Wahrheit entspricht. Und was Ihren Freund Michael betrifft, so ist er schon vor Jahren gestorben, erinnern Sie sich?«

»Singletons Leiche –«

»Es war nicht die von Singleton. Damit meine ich, dass es nicht leicht wäre zu beweisen, dass es seine war. Vor allem, wenn man bedenkt, dass seine sterblichen Überreste eingeäschert wurden.«

»Also brauche ich Michael.«

»Sieht so aus. Ziemlich dringend, wenn du mich fragst.« Zoë war zum Du übergegangen.

Sarah schaute sie an.

»Süße, wenn ich dich finden kann, können die das auch. Und falls du es vergessen hast, wir führen im Moment Krieg, und zwar einen, in dem wir uns nicht zu widerlichen chemischen Kampfmethoden bekennen. Wenn die Spione dich jetzt schnappen, lassen sie dich wohl kaum mit untergeschobenen Drogen davonkommen. Nicht jetzt, wo du in engem Kontakt mit Downey gestanden hast. Sie gehen sicher davon aus, dass er dir alles erzählt hat. Es gibt da nichts zu beschönigen, Sarah. Sie werden dich umbringen.«

Sarah nickte stumm. Sie wusste, dass sie sie umbringen würden. Aber wenn jemand anderes es aussprach, klang es immer noch grausam.

»Vielleicht sollten wir erst mal versuchen, Michael Downey wiederzufinden.«

»Er sucht Dinah.«

»Weiß ich.«

»Auf dieser Insel. Irgendwo da draußen.«

»Ich habe eine Karte.«

Natürlich hatte Zoë eine Karte; wahrscheinlich hatte sie sogar ein Auto in den Tiefen ihrer Tasche. Während sie die Karte herauskramte, rauchte Sarah ihre Zigarette zu Ende: die erste seit verdammt langer Zeit, aber da es ein so vertrautes Gefühl war, wahrscheinlich nicht die letzte. Es war schließlich nicht die schnellste Art, sich umzubringen … Ein plötzlicher, greller Blitz, und sie sah wieder Joe vor sich, der über seinen Schreibtisch gebeugt dasaß und das Rasiermesser noch in der Hand hielt. Rufus hatte das getan. Ihn umgebracht, hindrapiert und war einfach gegangen. So einen Job erledigte man nicht ohne Übung. Nun war Rufus zwar tot, aber es musste andere wie ihn geben. Brüder im Geiste.

Zoë hatte Joe nicht tot gesehen, aber sie war bei seiner Beerdigung gewesen …

»Du solltest verschwinden«, sagte Sarah plötzlich.

»Wie bitte?«

»Es ist so, wie du es gesagt hast, sie sind garantiert hinter mir her. Ganz sicher. Aber sie sind nicht hinter dir her. Sie wissen nicht mal, dass du hier bist.«

Zoë nickte. »Wahrscheinlich nicht.«

»Also geh lieber. Oder glaubst du, sie würden jemanden in meiner Begleitung in Ruhe lassen, wenn sie mich finden? Wenn sie mich kriegen, kriegen sie auch dich.«

»Aber so weit ist es noch nicht. Sarah. Ich mache jetzt keine große Sache daraus. Ich kann doch nicht einfach verschwinden. Damit würde ich mich mit ihnen auf eine Stufe stellen.«

»Besser als mit mir, die so gut wie tot ist.«

»Du bist noch nicht tot, du blöde Kuh. Du hast dich bisher wacker geschlagen. Würdest du einfach abhauen und Dinah zurücklassen?«

»Wenn ich das gewollt hätte, säße ich nicht in diesem Schlamassel.«

»Du hast es nicht getan. Also halt die Klappe. Schau mal.« Sie breitete die Karte vor ihnen aus: Der Wind zerrte an den Ecken und sandte ein Papiererdbeben über Großbritannien. »Keine Inseln.«

»Vielleicht sind wir am falschen Küstenabschnitt …«

»Michael könnte sich natürlich geirrt haben. Aber wenn er sich geirrt hat und wir ganz woanders sind, kommt zumindest niemand auf die Idee, hier nach uns zu suchen. Wenn er aber recht hatte, dann ist die Insel da draußen irgendwo. Sie ist nur nicht auf der Karte verzeichnet. Okay?«

»Kann ich noch eine Zigarette haben?«

»Bedien dich.«

»Also, als Erstes müssen wir ein Boot finden.«

»Ein Boot?«

»Es sei denn, du willst schwimmen. Oder fliegen. Was auch immer. Aber ich persönlich wäre für ein Boot. Man verwendet sie traditionell zur Überquerung von Wasser.«

»Du willst die Insel suchen gehen?«

»Das ist der schnellste Weg, Dinah zu finden. Und du kannst darauf wetten, dass Michael dorthin unterwegs ist. Er hat bereits Blut bei dieser Sache vergossen, Sarah. Ich glaube nicht, dass er der Typ ist, der aufgibt.«

»Nein. Das ist er nicht.«

»Der Hafen liegt auf der anderen Seite der Bucht. Dort gibt es Boote, die findet man öfter in Häfen. Wir müssten eines mieten können.«

»Wenn die Insel dort draußen ist, und wenn Dinah da ist, dann deshalb, weil sie sie als Köder benutzen.«

»Ich weiß. Aber die Falle ist für einen Ex-Soldaten gedacht, nicht für zwei harmlose Touristinnen. Ich glaube nicht, dass es bisher einen generellen Schießbefehl gibt. Und du siehst schließlich nicht mehr aus wie Sarah Trafford. Du siehst viel schärfer aus. Wie jemand ganz anderes.«

»Vielen Dank.«

»Hey. Aber du siehst immer noch schlimm aus. Soll ich dir Feuer geben?«

»Ich weiß nicht.«

»Dann gib sie mir zurück. Die sind nicht billig.« Zoë nahm Sarah die Zigarette aus dem Mund und steckte sie in ihren eigenen. »Alles in Ordnung?«

»Ich denke schon.«

»Dann komm. Zum Hafen geht's da lang.«

Sie packte die Karte, die Waffe und den Wodka wieder in ihre Tasche und stand auf. Das begeisterte die Möwen, die sich in einem lärmenden Schwarm in die Lüfte erhoben. Von dem Gekreische kriegt man ja Kopfschmerzen, dachte Sarah. Aber es war nicht das lauteste Geräusch, das sie in naher Zukunft hören würde. Sie stand ebenfalls auf und folgte Zoë den Weg entlang. Dieser rote Pullover konnte einem auch Kopfschmerzen bereiten. Selbst mitten in einer Menschenmenge hätte man Zoë mühelos herauspicken können.

28

Beim zweiten Überflug über die Farm bockte der Hubschrauber erneut, und Howard wäre fast sein Mittagessen aus dem Gesicht gefallen. Der Pilot machte das garantiert absichtlich. Zu Howards Füßen stand eine Aktentasche (größtenteils mit elektronischem Schnickschnack gefüllt); um den Hals trug er die übliche Krawatte – er war unverkennbar ein Anzugträger, und Raubeine wie Hubschrauberpiloten hassten Anzugträger. Howard konnte sich nur mit gespielter Lässigkeit revanchieren: »Ich sehe niemanden da unten!«, rief er.

Der Pilot, dem Anzugträger scheißegal waren, schrie: »Die sollen ja auch nicht rauskommen und winken, oder? Niemand soll wissen, dass sie da sind.«

Was im Grunde stimmte, aber so konnte man jedenfalls nicht feststellen, ob sie alle tot waren.

»Sie sollten mich besser absetzen.« Howard wollte nicht abgesetzt werden. Howard wollte nach Hause, seine Tür abschließen und sich nach einem anderen Job umsehen, denn er war sich zwar ziemlich sicher, dass er Amos Crane auf dem Weg zur Farm überholt hatte, aber die Ortspolizei hatte am Morgen ein gestohlenes Motorboot gemeldet … und das war höchstwahrscheinlich Downey gewesen. Ihm wollte Howard auch nicht begegnen. Aber nach Hause zu fahren und seine Tür abzuschließen war keine Option. Amos Crane ging schließlich durch verschlossene Türen, und Howard wollte nicht auf der anderen Seite dieser Tür stehen, nachdem er ihm solche Unannehmlichkeiten bereitet hatte.

Scheiße. Wenn er nicht diese talentfreien Trottel geschickt hätte, um Amos zu erledigen, wäre er jetzt nicht hier.

»Da drüben ist was.«

»Was?«

»Keine Ahnung. Ich kann es nicht genau erkennen. Könnte auch nur ein Felsen sein, die Insel besteht ja aus nichts anderem … Ich setze Sie so nah wie möglich ab.«

Bring mich stattdessen weit weg, dachte Howard. Aber er sagte nichts, sondern klammerte sich in Todesangst an den Gurt über seiner Brust, während der bockende Hubschrauber gefährlich dicht und in einem außergewöhnlichen Winkel zur Landung die sehr harte Oberfläche der Insel anflog: Sie bestand tatsächlich aus Felsen … Die Maschine zog in den letzten Sekunden waagrecht und setzte mehr oder weniger gleichmäßig auf, sodass Howard mehr oder weniger hinausfallen konnte.

Der Pilot gab ihm Zeichen: mit dem Daumen, auf seine Uhr, zum Himmel. Wahrscheinlich, so entschied Howard, bedeutete dies, dass er jetzt wegflog, aber in einer bestimmten Zeit zurück sein würde … In diesem Moment war Howard zu froh, den Boden unter seinen Füßen zu spüren, um zu analysieren, ob er damit eine Stunde, einen Tag oder eine Woche meinte. Er nickte, winkte zurück und beobachtete, wie der Hubschrauber ungeschickt wie eine betrunkene Libelle herumschwang und sich in den wilden grauen Himmel erhob. Als er immer kleiner wurde und schließlich auf die Größe einer Erbse schrumpfte, fühlte sich Howard sehr allein, ganz der Schreibtischhengst, und er bückte sich und tätschelte nervös seine Aktentasche, als wäre sie ein ungewöhnlich geformter Plastikhund.

Es war eine Weile her, dass er auf der Insel gewesen war. Das Ministerium hatte sie vor Jahren geerbt; hin und wieder lag er wach und fragte sich, was wohl passieren würde, wenn ein prüfender Auditor mit großen Augen fragte, warum das Ministerium für Stadtentwicklung eine verlassene schottische Insel zu seinen Besitztümern zählte … Einige Meilen entfernt, er hatte keine Ahnung, wie viele, lag eine weitere Insel in Staatsbesitz, die während des Krieges für Tests mit einer Milzbrandbombe genutzt worden war. Man konnte sie bis heute nicht gefahrlos betreten. Zumindest hatten hier keine solchen Tests stattgefunden, sodass man sie immer noch sicher …

Sicher wovor? Sein Verstand verweigerte die Antwort. Howard hatte das »Etwas« erreicht, das der Pilot gesehen hatte, und es war eine Leiche.

Im Nachhinein war er ziemlich beeindruckt von seiner eigenen Coolness. Er stellte die Aktentasche auf den Boden und kniete sich hin, um die Leiche näher zu inspizieren.

Er war kein Experte, aber es war ein ziemlich muskulöses Exemplar. Die Muskeln waren weitgehend intakt, aber der Hinterkopf war mit etwas verschmiert, das aussah wie sein ehemaliger Inhalt … Was Howard noch beeindruckte, war die Tatsache, dass immer noch nicht die Reaktion erfolgte, die der Hubschrauber bei ihm auszulösen versucht hatte; entgegen aller Erwartungen behielt er sein Mittagessen bei sich.

Er richtete sich auf; er hatte gar nicht bemerkt, wie tief er sich nach vorn gebeugt hatte. Ein gewaltsamer Tod. Manchmal war er versucht zu glauben, dass es keine andere Art zu sterben gab, dass selbst der sanfteste Tod Abschiedsschmerz enthielt. Am Ende werden wir alle schreiend und strampelnd von der Erde gerissen. Da liegt man schon reglos in seinem eigenen Bett, aber es gibt immer noch einen Funken im Gehirn, auf dem der Tod herumtrampelt, um alles endgültig auszulöschen. Wie dem auch sei. Als Howard das Chaos betrachtete, Hirnmasse, auf Fels verschmiert, wusste er, dass er mit seiner Denkweise falschlag. Nicht alle Todesfälle waren gewaltsam. Dieser bewies es, indem er genau das war.

Hey-ho, dachte er.

Howard ließ den Leichnam liegen, wo er war, und machte sich auf den Weg zur Farm. Keine Ahnung, warum das Gebäude so genannt wurde. Es gab keine Wege, die hinführten, aber er wusste, dass sie in der Nähe lag; die Insel war jedenfalls zu klein, um sich ernsthaft zu verirren, wenn auch nicht so klein, dass man nicht darauf sterben konnte. *Dafür braucht man nicht viel Platz,* insistierte eine leise Stimme in seinem Inneren. *Man braucht nur so viel Platz, wie der eigene Körper einnimmt …*

Ist ja gut, halt die Klappe. Beinahe hätte er es laut gesagt. Die zweite Leiche fand er direkt vor der Farm. Ein Mann, blond, und noch mit der Brille auf der Nase, die er gebraucht hatte, als er noch sehen konnte. Er lag auf dem Rücken, einen Arm auf der Brust, den anderen ausgestreckt, als würde er immer noch nach dem Apfel greifen, der knapp außerhalb seiner Reichweite auf dem Boden lag. Nicht nur knapp, korrigierte sich Howard. Absolut und jenseits aller Vorstellungskraft für immer unerreichbar. So nahm man zumindest an. Er war sich nicht sicher, wie dieser hier gestorben war, und hatte keine Lust, es herauszufinden. Vermutlich war es aber ruhig zugegangen; wenn er nur mit dem einen Apfel bewaffnet war, konnte es keinen Kampf gegeben haben.

Hey-ho, dachte er wieder.

Die Leiche zuckte.

Genug. Mit der Aktentasche in der Hand ging er weiter und näherte sich dem niedrigen Steingebäude der Farm. Es war in eine Senke gebaut, oder man hatte eine Mulde in den Felsen gesprengt; jedes Mal, wenn er es sah, fühlte er sich ins Mittelalter zurückversetzt. Eines stand fest: Er gehörte nicht hierher. Seine Aufgabe bestand darin, Strippen zu ziehen. Eine Stufe über der Ermordung von Menschen. Die Sache so zu regeln, dass der Mensch nie gelebt hatte: Das war das Ideal. In Howards Welt galt dies als Perfektion. Doch noch während der Gedanke Gestalt annahm, spürte er eine Veränderung in der Atmosphäre um sich, und für einen kurzen Moment – aber lange genug, um ganze Kontinente der Angst zu durchqueren – dachte er, es sei vorbei; dass er eine grundlegende Prüfung nicht bestanden hätte und dass Downey – oder Crane, nichts war unmöglich – immer noch da war und jetzt hinter ihm stand, bereit, den schwarzen Trauerflor um das zu wickeln, was von seinem Leben übrig war. Nur ein kurzer Moment. Und dann öffnete sich die Tür vor ihm, die Tür zur Farm, und statt Downey oder sogar Crane stand eine Frau vor ihm, eine attraktive Frau mit dunklen Locken, die einen weiten, leuchtend roten Pullover trug.

»Verdammt!«, stieß sie hervor. »Wer …«

Howard trat einen Schritt zurück.

»Können Sie helfen? Sind Sie Arzt?«

»Nein. Ich bin kein Arzt«, sagte er bedauernd.

»Schnell. Da unten.« Zoë zeigte durch die offene Tür hinter sich. »Sie ist verletzt. Ich glaube, sie stirbt … Ich glaube, sie ist tot.«

SIEBEN

Die Straße zum Friedhof

29

Im Nachhinein fand Zoë, dass es gar nicht so abwegig gewesen war, Howard für einen Arzt zu halten: Er trug eine Ledertasche, verdammt, und einen Anzug. Keine ausreichenden Beweise, okay, aber es waren ja auch keine Prüfungsbedingungen.

Im Nachhinein fand sie auch, dass alles viel zu schnell gegangen war.

Am Hafen hatten sie drei Boote mit Besatzung gefunden, wenn ein einzelner Mann als Besatzung galt. Zoë hatte sich ohne zu zögern für den Jüngsten entschieden, einen Mittzwanziger in einem dicken Pullover und mit Dreitagebart, der aussah, als könnte man ihn mit ein bisschen Improvisation und einem Bündel Bargeld um den Finger wickeln. Sein Name war Jed, und Jed hatte noch nie von irgendwelchen Inseln in dieser Gegend gehört, was ihn nach Zoës Meinung verriet: Das wäre gewesen, als hätte er bisher nicht bemerkt, dass er am Meer lebte. Aber so wie er sich kleidete, wie er wegen ihrer Landrattensprache grinsend die Zähne zeigte, sah er eigentlich aus, als wüsste er alles. Sie hätte wetten können, dass sie damit richtiglag.

»Aber wir haben gehört, es soll eine Insel geben, die einen Besuch wert ist.«

»Keine Ahnung, wer euch das erzählt hat.«

»Also kennen Sie sie?«

»Ach, das ist doch nur'n Felsbrocken.« Er kratzte sich am stoppeligen Kinn. »Da gibt es schönere Plätzchen.«

»Da bin ich mir sicher.«

Sarah zog Zoë beiseite. »Bringt uns das weiter? Er sagt, er hat noch nie davon gehört.«

»Er lügt.«

»Woher willst du das wissen?«

»Vertrau mir.« Sie wandte sich wieder Jed zu, der auf dem Deck seines blauen Bootes kauerte und ein Seil zu einer dicken Spirale wickelte. »Gib mir fünf Minuten.«

»So lange?«, flüsterte Sarah schroff und sarkastisch, ging aber trotzdem den Steg bis zum Ende entlang und starrte aufs Meer hinaus, möglicherweise in Richtung einer unsichtbaren Insel.

Zoë sagte zu Jed: »Vermieten Sie oft?«

»Das Boot?«

Sie lachte. »Ja. Das Boot.«

Er überlegte. »Na ja, manchmal kommen Touristen. Wie Sie. Zum Angeln.«

»Wir wollen nicht angeln.«

»Und manche wollen die Küste bei Nacht sehen. Touristen nehme ich immer gern.«

»Aber es gibt noch andere, die auf die Inseln wollen.«

»Es sind keine richtigen Inseln, Lady. Nur Felsbrocken.«

»Aber trotzdem kommen Besucher. Und sie zahlen gut und legen noch etwas drauf, damit Sie den Mund halten.«

Er musterte sie nachdenklich. Es war durchaus möglich, musste sie sich eingestehen, dass sie die Sache in den Sand gesetzt hatte. Das war eine Überlegung wert, also überlegte sie, während sie in ihrer Tasche nach den Zigaretten kramte. Sie bot Jed eine an, aber er schüttelte den Kopf. Er hatte seine eigenen. Sie fand es lustig, wenn auch nicht zum Totlachen, dass sie viel leichter waren als ihre.

»Und wenn das so wäre«, sagte er schließlich, als sie beide rauchten, »dass ich dafür bezahlt werde, den Mund zu halten, meine ich.«

»Ja?«

»Na ja, dann wäre ich schön blöd, wenn ich den Mund aufmachen würde. Oder?«

Damit kannte sie sich aus. Sie waren über das Eröffnungsgeplänkel hinaus. Sie blies eine große, fröhliche Rauchwolke aus. »Tja, das käme darauf an«, sagte sie zu ihm.

»Ach ja?«

»Davon, wie viel man Ihnen bietet, damit Sie Ihre Meinung ändern.«

Er nickte bedächtig, als hätte er selten ein so treffendes Argument gehört. Knapp über zwanzig, aber Erfahrung wie mit fünfzig, dachte Zoë. Bei dem Spiel, das sie gerade begonnen hatten, war er ein Experte. Das würde teuer werden.

Als Sarah wieder zu ihnen stieß, rauchten sie bereits beide ihre zweite Zigarette und besiegelten einen Deal, der hauptsächlich deswegen bemerkenswert war, weil Jed sich weigerte, von der ersten Summe abzuweichen: zweihundert Pfund, deutlich mehr, als Zoë bei sich trug. Möglicherweise mehr, als ihre Bank für sie bereithielt. Sie würde sehr bald ein ernstes Gespräch mit Sarah führen müssen. Andererseits würde Sarah womöglich nicht mehr lange leben, wenn sie jetzt nichts unternahm. Eine dieser Situationen also, die schwer mit einem Preis zu beziffern waren, sodass zweihundert wahrscheinlich nicht zu viel waren.

»Erinnern Sie sich jetzt an eine Insel?«, fragte Sarah mit einem Hauch von Feindseligkeit.

»Irgendwann vergess' ich noch mal meinen eigenen Namen«, erwiderte Jed.

»Eher posiert er für scheiß Postkarten«, sagte Sarah zu Zoë, die einen Scheck ausstellte und sie ignorierte.

»Ich vertraue darauf, dass der nicht platzt«, sagte Jed.

»Und wir vertrauen darauf, dass *das* nicht sinkt«, entgegnete Zoë. »Damit sind wir quitt.«

Jed tätschelte liebevoll die Reling seines Bootes. »Ich habe diese Lady schon durch so manchen Sturm gesteuert«, sagte er. »Die bringt euch locker über einen Mühlenteich wie heute.«

Mühlenteich, dachte Zoë zehn Minuten später. Wie witzig. Sie spürte, wie sich ihr Magen entgegen dem Wogen des Wassers um sie herum bewegte. Sie war ein Stadtkind, und das konnte sie nicht verbergen. Deshalb hatte Jed geglaubt, er könne so tun, als befänden sie sich nicht in einem Taifun. Aber Zoës Magen konnte er nicht täuschen. Im Moment klammerte er sich noch an die Sandwiches, die sie am Vorabend gegessen hatte, aber es war nur eine Frage von Minuten oder Momenten. *Das Meer soll sie nicht haben!* Scheiß drauf. Das Meer würde kriegen, was kam.

Sarah schien es gut zu gehen, jedenfalls hing sie nicht über der Reling und würgte ihre Eingeweide raus. Zoë fand es schwer, sie einzuschätzen. Joe hatte sie gemocht, so viel war klar. Andererseits hatte Joe fast jeden gemocht. Das war das, was sie am allermeisten an ihm gestört hatte.

Plötzlich kippte das Boot in ein Wellental. *Fuck!* Aber sie erholte sich wieder, zumindest vorübergehend. Sie rieb sich fest, sehr fest mit den Knöcheln über die Stirn. Sie war nass. Von der Gischt, aber auch vom Schweiß, den sie eimerweise verlor. Sie konnte sich nicht erinnern, wann sie sich das letzte Mal so elend gefühlt hatte, ohne betrunken zu sein. Es gab diesen Witz, dass man erst Angst hatte zu sterben, und dann Angst hatte, nicht zu sterben. Allerdings war es kein bisschen witzig, so krank zu sein. Im Gegenteil, das war verdammt ernst.

Sie kramte im Kopf nach einer schönen Erinnerung, um sich auf andere Gedanken zu bringen. Aber aus irgendeinem Grund hingen alle ihre Erinnerungen mit Joe zusammen, und obwohl sie nicht alle schlecht gewesen waren, hatten sie alle schlecht geendet. Joes Ende war schlecht gewesen. Nichts, woran sie sich erinnerte oder was sie nicht vergessen konnte, konnte diese Tatsache ändern. Joe war tot, seine Kehle von einem Fremden durchgeschnitten worden, und wenn man ein paar Einzelheiten wegließ, war das der Grund, warum sie jetzt auf diesem Boot war …

Vergiss das Boot, Zoë.

Also erinnerte sie sich stattdessen daran, wie sie vor Jahren mit ihm eine Fernsehsendung gesehen hatte: Es ging um Bluthunde, was wahrscheinlich der Grund war, warum sie sie sich angesehen hatten. »So bin ich«, hatte er gesagt. Ganz egal, wie sie Joe behandelt hatte, wie sie auf seine dumme Begeisterung oder seinen verletzten Stolz reagiert hatte, er hatte sich ihr gegenüber immer geöffnet und ihr alle Munition geliefert, die sie sich nur wünschen konnte. »Das bin ich. Der archetypische Bluthund. Wenn ich erst einmal eine Spur gewittert habe, kann mich nichts davon abbringen.« *Na klar, Joe.* Sie wusste nicht mehr, was sie geantwortet hatte, aber sie erinnerte sich gut daran, was sie gedacht hatte. Natürlich bist du wie ein Bluthund: faltig, schlaff und schleuderst überall Spuckefäden rum ... Joe war ein emotionaler Sabberer gewesen; Leute brachten ihn zum Sabbern. Er konnte sich in Wildfremde verlieben und ihnen seine Lebensgeschichte erzählen; schlimmer noch, er war auch begierig darauf, ihre zu hören. Das hatte Zoë verrückt gemacht und sie in die Flucht getrieben, aber trotzdem war sie jetzt hier, Jahre nach der Bluthundsendung, und versuchte dieser Spur bis zum Ende zu folgen, weil Joe damit begonnen und das Ziel nie erreicht hatte.

Es war lange her, dass sie sich vorgestellt hatte, sie würden tatsächlich zusammen alt werden. Aber wenn sie jetzt an ihn dachte, daran, dass er nie alt werden würde, war ihr zum Heulen zumute, zum Schreien oder jemandem wehzutun. Larkin, dachte sie. Joe hatte Philip Larkin immer gemocht. *Give me your arm, old toad, help me down Cemetery Road ...* Man hatte ihn zwar auf die Straße zum Friedhof geführt, aber es war noch nicht an der Zeit für ihn gewesen, und er hatte nicht mit dieser Art Hilfe gerechnet. Vielleicht war der Mann, der das getan hatte, tot, wie Sarah sagte, aber das bedeutete nicht, dass keine Schulden mehr offen waren.

Verdammte Scheiße! *Verdammter* Joe!

Das Boot wurde von den Wellen hochgerissen, und zugleich kam es ihr hoch – ihre Trauer genau wie ihr Essen: Sie spuckte es ins Wasser, aber damit war es nicht vorbei, denn früher oder später kam alles wieder an die Oberfläche. Seekrank. Sie geriet dermaßen ins Delirium, dass sie selbst gleich Gedichte von sich geben würde.

Dann legte sich eine Hand auf ihre Schulter, und eine Stimme sagte ihr ins Ohr: »Geht's einigermaßen?«

»Nein. Ich sterbe.«

»Er sagt, wir sind bald da.«

»Du kannst mich am Strand begraben.«

Doch tatsächlich ging es ihr besser; zumindest fühlte es sich an, als könnte sie möglicherweise überleben. Ja, das war wahrscheinlich eine Verbesserung.

Wahrscheinlich, denn von einem Strand war weit und breit nichts zu sehen. Es gab tatsächlich nur einen Felsen: Der große graue Brocken ragte aus dem Meer heraus, als wäre er aus großer Höhe fallen gelassen oder aus der Tiefe emporgestoßen worden: Er war jedenfalls keinen Besuch wert. Sie stöhnte erneut – als Kommunikationsform wurde dies für Zoë immer attraktiver: Es machte ihre Gefühle zu den meisten Themen deutlich und war viel einfacher, als zusammenhängende Sätze zu bilden.

»Meinst du wirklich, du stirbst?«

»Verpiss dich einfach, okay?«

»Okay.«

»Und hol mir eine Zigarette.«

»Okay.«

Sarah holte ihr eine Zigarette, verpisste sich aber nicht. Stattdessen blieb sie neben ihr am Heck – Heck? Das flache Ende jedenfalls – und rauchte auch: Ein weiterer wunderbarer Moment für Zoë zu wissen, dass sie eine Bekehrte trotz ihres anfänglichen Widerstands wieder ans Nikotin gebracht hatte. Aber sie war froh über die Gesellschaft. Das

Komische an der Seekrankheit war, sie bügelte die kleinen Dinge im Leben aus, wie etwa die Zukunft, und machte einen froh über die Annehmlichkeiten, die man hatte.

»Er sagt, es ist nur ein Stück Fels.«

»Er sagt was?«

»Jed. Er sagt, für ein Stück Fels ist es ziemlich beliebt.«

»Seit wann?«

Sarah zuckte mit den Schultern. Dann, weil Zoë nicht hinsah, fügte sie hinzu: »Er ist sich nicht sicher. Er vermietet das Boot erst seit letztem Jahr. Aber er sagt, dass früher immer wieder Hubschrauber darüber geflogen sind. Er schwört, dass er einmal einen dort landen sah.«

»Und die Einheimischen stellen keine Fragen?«

»Hey. Glaubst du, er ist der Einzige, der daran verdient?« Sie drehten sich beide um, als Jed etwas vom Steuerhaus aus rief. Er zeigte auf die Insel, die sehr schnell sehr viel näher gekommen war. »Ich glaube, wir legen gleich an«, sagte Sarah.

»Zurück aufs Trockene«, seufzte Zoë.

»Auf nassen Felsen.«

»Hauptsache, fester Boden unter den Füßen.«

»Bei meinem Glück in letzter Zeit«, unkte Sarah, »entpuppt es sich als aktiver Vulkan.«

Jed setzte sie in einer Art natürlichem Hafen ab, wo Stufen in den Stein gehauen worden waren. Zoë spürte, wie sie unter ihr nachgaben, als sie von dem verdammten Boot stieg, oder es waren ihre Knie; es war zu früh, um das zu sagen. Nun war Sarah an der Reihe, Jed ein Versprechen zu entlocken, wann er zurückkehren würde; noch wichtiger war, dass sie den Scheck herausholte, den Zoë ihm ausgestellt hatte … Er schien dies als legitime Geschäftstaktik zu akzeptieren und nicht als Zeichen von Misstrauen.

»Ich verstehe nicht, warum er nicht einfach warten kann«, murrte Zoë.

»Wenn er entdeckt wird, könnte er Ärger kriegen.«

»Gott bewahre«, murmelte Zoë. Aber es ging ihr allmählich besser; sie spürte den Unterschied zwischen der frischen Luft an Land und der auf dem Meer. Sie griff nach einer Zigarette, um diese Hypothese zu überprüfen.

»Meinst du nicht, du solltest das lassen?«

»Die meisten Ärzte rauchen.«

»Ich meinte, ob uns das nicht verraten kann? Der Rauch? Der Geruch?«

»Ich war nie bei den Pfadfinderinnen«, erwiderte Zoë. »Ich habe den medizinischen Eignungstest nicht bestanden.« Und nur damit es nicht so aussah, als würde sie klein beigeben, weil sie so vernünftig gewesen war, auf dem Wasser Magenprobleme zu haben, zündete sie sich trotzdem eine an.

Oben auf der Treppe überblickten sie, was sie von der Insel sehen konnten. Sie war zwar grüner, als es vom Meer aus wirkte, aber die paar Gewächse, die sich an die dünne Schicht Erde klammerten, fristeten ein äußerst mühseliges Dasein. Zoë zeigte auf etwas, das ziemlich eindeutig ein Trampelpfad war.

»Folgen wir dem gelben Ziegelsteinweg?«

»Meinetwegen«, sagte Sarah. »Ich bin mir ziemlich sicher, dass wir nicht mehr in Kansas sind.«

Es war jedenfalls der einzige Weg.

Zwölf Minuten später fanden sie die erste Leiche, mit dem Gesicht nach oben. Sie lag nur wenige Meter von etwas entfernt, das wie eine Art Bauernhaus aussah, ein alter Steinbungalow, der in eine Felsmulde gebaut war, sodass ihre Köpfe mehr oder weniger auf Höhe des Daches waren. Die Leiche hielt einen Apfel in der Hand oder besser: hatte ihn in der Hand gehalten. Zoë zweifelte nicht daran, dass der Mann gewaltsam gestorben war – er war zu jung, um einfach umgekippt zu sein, und außerdem wäre er dann vermutlich mit dem Gesicht voran umgefallen. Trotzdem hatte sie nicht vor, ihn umzudrehen, um das zu überprüfen. Mitten im Nirgendwo hatte sie keine Lust, mit einer Leiche herumzukaspern.

»Noch einer«, sagte Sarah.

»Ein was?«

»Noch eine Leiche.«

Sie meinte nicht noch eine außer dieser, wie Zoë erkannte: Sie meinte nur diese. »Ich schätze, dein Michael war hier.«

»Kann sein.«

Sie klang geistesabwesend. Zoë wollte nicht, dass sie zusammenbrach: nicht hier, nicht jetzt. Sie griff in ihre Umhängetasche und holte die kleine silberne Pistole heraus, die sie Sarah zuvor gezeigt hatte. »Willst du hier draußen bleiben?«

»Warum, wohin gehst du?«

Zoë deutete auf das Bauernhaus. Bungalow. Was auch immer. Es schien sich zu ducken: ein bisschen Deko hätte viel rausgeholt. Obwohl sie es an diesem Morgen bereits getan hatte, überprüfte sie die Waffe noch einmal und vergewisserte sich, dass sie geladen war. Tatsächlich hatte sie noch nie eine Kugel abgefeuert, obwohl Joe darauf bestanden hatte, dass sie das Drücken des Abzugs übte, damit sie wusste, wie es richtig ging, falls es darauf ankommen sollte. Er war natürlich ein Experte gewesen. Nicht aus Erfahrung jedoch. »Lass die Kammer unter dem Hahn immer leer«, hatte er ihr eingeschärft. »Sonst kann ein Unfall passieren.« Danke, Joe.

»Ich komme mit dir.«

»Okay.«

Okay, weil Zoë nicht wissen konnte, ob es im Inneren des Gebäudes gefährlicher war als draußen.

Zoë ging voran, und sie näherten sich der Tür. Bevor sie die Leiche gefunden hatten, war alles ruhig gewesen; jetzt, so schien es Zoë, war die Insel voller Geräusche – der Wind, der am Strand die Kieselsteine klappern ließ, der durch filzige Grasbüschel raschelte; die Wellen, die gegen das felsige Ufer ringsum schlugen … Sie fragte sich, wie weit Jed schon entfernt war; ob er sie hören und zurückkommen würde, wenn sie mit ihrer kleinen Pistole in die Luft schoss. Sogar seekrank zu sein wäre vielleicht die bessere Option, als hier zu bleiben und zu finden, was auch immer es zu finden gab. Aber sie stieß bereits die schwere Holztür auf, als ihr dieser Gedanke kam, also legte sie ihn in dem Teil ihres Verstandes ab, der mit »sofortige Reue« beschriftet war.

Es gibt Leute, die behaupten, sie könnten spüren, ob ein Haus leer ist. Zoë spürte, wie die kühlere Luft im Inneren sie beim Betreten umhüllte, aber sie gab keinen Hinweis auf Anwesende. Vielleicht war das Haus verlassen. Oder die Leute darin verhielten sich sehr still. Sie würden sehen.

Und sie sah es. Tatsächlich verhielt sich jemand im ersten Raum, den Zoë betrat, sehr still. Das Zimmer ging vom Flur ab und lag direkt neben der Treppe nach unten, die sie vorerst ignorierte. Es war eine Küche, erkennbar am Herd und dem Spülbecken, in dem sich noch das schmutzige Geschirr stapelte. Die Person, die sich sehr still verhielt, war tot. Das erkannte man anhand des Flecks auf der Brust, der wie die Karte eines der größeren Kontinente aussah; tiefes Schwarz, das vor dem blauen Baumwollhintergrund seines T-Shirts zu Rot verblasste. Erschossen, dachte Zoë. Sie spürte, wie eine Taubheit durch ihren Körper kroch, eine Lähmung, ausgelöst durch Schock und Angst, aber ihr Verstand arbeitete immer noch effizient genug. *Dieser Mann ist erschossen worden. Er ist jetzt tot.* Aber bisher hatte niemand auf Zoë oder Sarah geschossen, also lief es in Anbetracht der Umstände ziemlich gut.

Hinter sich hörte sie, wie Sarah nach Luft schnappte und dann wieder ausatmete, gefolgt von einem tieferen Geräusch, als flöge ein wütendes summendes Insekt irgendwo über ihnen. Dann wurde es leiser.

»Alles okay mit dir?«

»Ich dachte …«

»Du dachtest, es wäre Michael?«

Sarah nickte.

»Aber er ist es nicht?«

Sarah schüttelte den Kopf.

Bist du froh oder enttäuscht?, fragte sich Zoë. Aber sie sagte nichts.

Sie blickte zurück auf die Leiche, die kleiner zu werden schien. Ein perspektivischer Trick. Oberhalb von ihr befand sich ein Abtropfbrett aus Edelstahl; darüber ein Fenster, durch das man sah, dass der Ausblick nach hinten raus genauso war wie der nach vorne. Nichts, was diese Augen je wiedersehen würden.

»Sollen wir seinen Puls fühlen?«

»Siehst du das graue Zeug?«

Sarah nickte.

»Das ist Hirnmasse.«

»O Gott«, sagte Sarah.

»Komm schon.«

»Wohin?«

»Irgendwo anders«, antwortete Zoë.

Aber auf dieser Ebene gab es sonst nichts mehr; keine Menschenseele, weder lebend noch tot. Zwei aufgeräumte Schlafzimmer, die ziemlich klösterlich aussahen. Ein Wohnzimmer oder so etwas Ähnliches, mit einem unordentlichen, unbequemen Sofa und einem ungefegten Kamin. Keine Hinweise auf ein Kind. Keine Hinweise auf irgendetwas, als wäre alles, was hier passiert war, nur befristet gewesen und hätte keine tieferen Spuren hinterlassen als den leeren Blick eines Toten in der Küche. Aber sie waren noch nicht unten gewesen.

»Es hörte sich nicht so an, als ob da unten jemand wäre.« Jemand, der noch am Leben ist, fügte Zoë in Gedanken hinzu.

»Siehst du einen Lichtschalter?« Sie fanden keinen.

Zoë hatte nicht die geringste Lust, die Treppe hinunterzugehen. Heutzutage ging eine Heldin (und für die hielt sie sich in diesem Moment) in Filmen und Büchern keine Treppe mehr runter; stattdessen blieb sie zaudernd auf der obersten Stufe stehen und dachte an all die Filme und Bücher, in denen die Heldin die Treppe hinuntergegangen war. Wobei es in den wirklich gruseligen Filmen unten sicherer war. Hier und jetzt hatte sie jedoch keine Wahl. Außerdem waren die Stufen in den Stein gehauen, wie in uralten Krypten.

Dunkel war es auch, aber so musste es wohl sein; Kellertreppen waren immer dunkel. Zoë hielt die silberne Waffe fest umklammert, die freie Hand gegen die Wand gestützt, und ging hinunter in die Dunkelheit. Unsicher tastete sie sich von einer Stufe zur nächsten und versuchte, nicht daran zu denken, was hier heute am frühen Morgen geschehen war. Ein einzelner Mann, dieser Michael, mit einer Waffe, und rechts und links säumten Leichen seinen Weg. Wie ein Racheengel – oder ein Teufel. Denn es lag keine offensichtliche Gerechtigkeit in dem, was er angerichtet hatte; keine Genugtuung, dass das Böse besiegt war, nur das überwältigende Gefühl, dass *niemand* das Recht besaß, einem anderen Menschen das Leben zu nehmen, nicht, wenn es bedeutete, diesen leeren Blick in der Küche zu hinterlassen.

Sie fragte sich, ob Joe auch so zurückgelassen worden war. Er hatte mit aufgeschlitztem Hals an seinem Schreibtisch gesessen, aber niemand hatte ihr von seinen Augen erzählt.

Und da war es wieder: dieses Geräusch, ein entferntes Flappflapp, das kam und ging. Ein Hubschrauber?

Aber es war zu viel von ihr verlangt, an Hubschrauber zu denken, während sie in die Dunkelheit hinabstieg. Sarah folgte ein oder zwei Stufen hinter ihr, das war ein Trost; die Treppe bog um eine Ecke in die totale Finsternis, und das war kein Trost. Zoë tastete die Biegung der Wand ab. Und dann, plötzlich, stand sie wieder auf ebenem Boden, in einem Korridor, wie es schien, obwohl es schwer war –

Licht explodierte um sie herum, und Zoë fuhr zusammen und musste einen Schrei unterdrücken.

»Entschuldigung. Da war ein Schalter«, sagte Sarah.

»Herrgott, Frau, hast du keine …«

Und ein Geräusch wie ein feuchter Schluckauf, wie ein Schluchzen, hinter einer geschlossenen Tür.

Im Nachhinein vermutete sie, dass Sarahs erster Gedanke Dinah gewesen war. Sie dachte gar nichts, handelte aus einem Reflex heraus, und seltsamerweise katapultierte er sie zu dem Geräusch hin anstatt davon weg. Schwere Holztüren, ähnlich wie oben, säumten diesen Korridor wie ein Verlies. Ohne zu wissen, von wo das Geräusch kam, wählte sie die nächstbeste, drückte auf die Klinke, sah zu, wie sie lautlos aufschwang, nur um dann leise gegen ein Hindernis auf ihrem Weg zu stoßen … Noch eine Leiche, dachte Zoë. Etwas Weiches, das nicht viel Widerstand bot. Und ein so kleiner Körper, dass er nur einem Kind gehören konnte.

Zu ihrer Linken regte sich etwas, und sie ging in die Hocke, wobei sie die Waffe in ihrer Hand völlig vergaß und sie in ihrer Eile fast fallen ließ. Dann wieder ein nasser Schluckauf, wie eine platzende Blase, und Zoë sah eine Frau. Sie erkannte, dass sie nicht bewaffnet war, es war nur eine Frau, verängstigt und verletzt und an die Wand gepresst, als wäre dies das Einzige, was sie davon abhielt, von der Erde zu rutschen. Sie war nicht tot, hatte aber offensichtlich Schmerzen. Zoë stand langsam auf und ließ die Waffe in ihre Tasche fallen, die ihr von der Schulter gerutscht war. Dann näherte sie sich der Frau, wie sie sich einer verletzten Katze nähern würde, wenn sie einer hätte helfen wollen.

Die Frau war blond, obwohl ihr Haar im schwachen Licht strähnig und schlammig aussah. Sie war zusammengekrümmt wie ein Fötus und schaute auf, als Zoë sich näherte. *Oh Gott,* dachte Zoë, *er hat sie erwischt, genau wie alle anderen auf dieser verdammten Insel …*

»Lebt sie noch?«, fragte Sarah hinter ihr.

Zoë biss sich auf die Lippe. »Ich glaube, sie wurde angeschossen. Hier hat es ein verdammtes Massaker gegeben …«

»Lass mich mal sehen.«

Stattdessen kniete sich Zoë hin und legte ihre Hand auf die Stirn der Frau. Die Temperatur fühlte sich normal an. *Und, was machst du jetzt?,* dachte sie verzweifelt, als sie bemerkte, dass durch die Hände der Frau, die sie auf ihren Bauch gelegt hatte, Blut sickerte; was macht man mit einer Person, die so schwer verletzt ist? Sitzt man da und sieht zu, wie sie stirbt?

»Zoë?«

Sie wich beiseite. Überließ Sarah das Feld. Als sie aufstand, sah sie an der Wand über ihr ein weiteres grauenhaftes Bild, wie ein tödliches Rorschach-Muster; Blutspritzer ungefähr in Höhe ihres Kopfes.

Neben ihr kniete sich Sarah hin und begann der Frau etwas zuzuflüstern. Nur gemurmelte Trostworte, wie ein Bach, der über sein Bett fließt. Zoë erinnerte sich an das Knattern, das sie gehört hatte, und daran, dass sie *Hubschrauber* gedacht hatte.

»Ich gehe wieder rauf. Ich glaube, hier ist noch jemand.«

»Sei vorsichtig«, mahnte Sarah, ohne aufzublicken.

Ja. Sie würde vorsichtig sein. Sie nahm die Treppe immer zwei Stufen auf einmal, rannte hinaus und stieß auf einen Mann mit einer Ledertasche.

Vorher war sie stehen geblieben, um nachzusehen, was die Tür blockiert hatte. Und stellte ohne jegliche Überraschung fest, dass es sich um einen Teddybären handelte; einen großen blauen Teddybären.

30

David Keller war knapp fünfzig, als Außendienstmitarbeiter ständig unterwegs, und er hatte große Lust auf eine Tasse Kaffee – gleich bei der nächsten Gelegenheit, egal ob gutes Restaurant oder normale Raststätte, er würde anhalten. Einen Schuss heißes Koffein. Eigentlich sollte er nicht mehr als drei Tassen pro Tag trinken, und dies wäre seine vierte (dabei war noch nicht einmal Mittag), aber ach, sagte er sich, wenn die Ärzte alles wüssten, würden sie ewig leben. Wir anderen würden alt und krank werden und sterben, aber den Ärzten, denen würde nichts passieren. Wenn sie so schlau wären. Aber das waren sie nicht.

Die nächste Gelegenheit erwies sich als einer dieser blitzsauberen Franchise-Läden, in denen das Personal einheitliche Kleidung trug und hoffte, dass man einen guten Tag hatte. Es störte ihn nicht. Und man konnte sagen, was man wollte, sie servierten guten Kaffee. Sie hätten sich als Frösche verkleiden und *Hm hm macht der grüne Frosch im Teich* singen können, Hauptsache, der Kaffee taugte was.

Er parkte vor dem Restaurant. Benutzte die Toilette. Bezahlte seine Tasse Kaffee – okay, seinen Becher – und setzte sich, wie immer so, dass er die Straße beobachten konnte.

Seit fast dreißig Jahren war er in dieser Gegend unterwegs, einem großen Gebiet – die gesamte Westküste entlang und bis nach Carlisle im Süden, also genau genommen zwei Countys –, und vertrieb als Außendienstler eines Pharmaunternehmens … Pharmazeutika. Es war so weit gekommen, dass man das Wort in Gesellschaft nicht mehr aussprechen konnte, ohne dass wissend gezwinkert, spielerisch mit dem Zeigefinger an die Nase geklopft oder albern gelacht wurde. Wirklich traurig. Wer heutzutage auf den Straßen unterwegs war, wusste sehr genau, dass »Freizeitdrogen« nicht zum Lachen waren. Den jungen Leuten, die er unterwegs mitnahm, sah man es an den Augen an, und an den schlackernden, unkoordinierten Bewegungen; man erkannte an den Gesprächsfetzen, die sie für normal hielten, dass sie zu sehr auf Droge waren, um ohne Hilfe davon wegzukommen. Er erlebte es einfach zu oft. Sie waren noch Kinder – ja, er wusste, dass sie heute schneller erwachsen wurden, aber trotzdem –, sie waren schon verbraucht und von der Gesellschaft weggeworfen, bevor sie alt genug waren, um Alkohol zu kaufen. Und dennoch fanden sich manche Leute unheimlich lustig, wenn sie zu einem Vertreter in einer Bar anzüglich sagten: »Ah, Pharmazeutika …« Es war mehr als traurig, es war krank. Aber lassen wir jetzt mal mein Lieblingsthema, sagte er sich. Das war einer der Nachteile dieser Art von Arbeit. Nicht nur, dass man mit sich selbst redete, sondern dass man sich alles schon einmal gesagt hatte.

Unter anderem deshalb nahm er gerne Anhalter mit. Er hörte gerne mal die Stimme eines anderen Menschen, und wenn man auf die fünfzig zuging und noch nie gezwungen war zu trampen, dann musste man reich geboren worden sein oder Glück gehabt haben. Daher hielt David Keller für gewöhnlich an, wenn er unterwegs jemanden sah, der hilfsbedürftig wirkte. Es war ebenfalls bezeichnend für den Zustand der Welt, dass ihm auch das falsch ausgelegt wurde. Ob er schon oft Anhalter mitgenommen habe?, fragten ihn Männer in Bars, wenn sie hörten, dass er im Außendienst arbeitete. Auch Anhalterinnen? Ja, David Keller hatte Mädchen mitgenommen. Er hatte sie aufgegabelt, sie an ihr Ziel gebracht – und manchmal einen kilometerlangen Umweg in Kauf genommen – und sie mit einem Winken, einem Rat, wenn er einen hatte, und ein paar Pfund, wenn sie welche brauchten, wieder verlassen. Wer diese armen Dinger ausnutzen wollte, musste ein Ungeheuer sein. Das war seine feste Überzeugung. Diese Männer wollten alles über die Teenagerinnen wissen. Männer, die alt genug waren, um selbst Töchter im Teenageralter zu haben. Wenn das Gespräch in diese Richtung ging, schaltete er ab. Er stand auf und ging weg. Er war ja kein Heiliger oder so. Er fand nur, dass es moralische Grundsätze gab oder geben sollte; dass es möglich sein sollte, auch in der heutigen Zeit mehr Gutes als Schlechtes zu tun, damit man am Ende seines Lebens nicht auf die Scherben zurückblicken musste, die man hinterließ.

Das war noch so etwas, wenn man älter wurde: Man philosophierte viel zu viel über einem einzigen Becher Kaffee.

Nach einer Weile trank er aus, gab Trinkgeld und ging zurück zu seinem Auto. Der Himmel war immer noch grau, er hatte noch viele Kilometer vor sich, aber er war nicht unglücklich darüber. Man konnte über den Zustand der Welt sagen, was man wollte, aber jeder Tag war wieder neu. Es war nicht nur das Koffein, das da sprach. Man hielt sich bedeckt, ließ sich nicht hängen, und dann ging das Leben von allein weiter. So war das.

Gut und schön, aber an diesem Morgen sollte David Keller wieder einen armen Anhalter mitnehmen, und das war der letzte Fehler, den sein gutes Herz jemals machen würde.

Sarah kniete sich neben die sterbende Frau. Ja, sie lag ganz gewiss im Sterben, da war sich Sarah sicher. Zum ersten Mal seit gefühlt mehreren Stunden hatte sie die volle Kontrolle über ihre eigenen Gedanken, ihre eigenen Handlungen. Womöglich hatte Zoë sie etwas überfahren. Aber jetzt war sie wieder sie selbst, wenn auch hilflos angesichts der Schmerzen dieser Frau.

»Di…«, sagte die Frau.

»Schsch. Ruh dich jetzt aus.«

»…nah.«

»Dinah?«

Aber sie erhielt nur diesen nassen Schluckauf zur Antwort, als wäre der Name nur entweichende Luft aus der blutigen Kehle der Frau, wie Luftblasen, die in der Dunkelheit zerplatzen.

Sarah legte der Frau ihre Hand auf die Wange. Sie wagte nicht, sie zu bewegen; sie hätte sowieso nicht gewusst, wie oder wohin. Jetzt fiel ihr ein, dass sie nicht stehen geblieben waren, um die Leiche draußen zu untersuchen, sondern einfach davon ausgegangen waren, dass der Mann tot war. Was sonst, so ausgestreckt, wie er unter dem grauen Himmel gelegen hatte? Als sie sich umsah, bemerkte sie zum ersten Mal die erbärmlichen Dekorationen, die an die Wände geheftet worden waren; eine Kinderzeichnung von anderen Kindern, Tieren, dem Himmel, der Sonne und einem Haus. Die Erde war auf solchen Bildern immer ein grüner Streifen am unteren Rand des Papiers, der Himmel ein blauer Streifen am oberen. Dinah.

Es gab auch einen Bären, einen großen blauen Teddybären. Er lag neben der Tür, gerade so, als wäre er …

Ja, genau, erschossen worden.

Das war Michael gewesen, vermutete sie. Er verblasste in ihrer Erinnerung, stellte sie überrascht fest; wahrscheinlich, weil sie Schwierigkeiten hatte, was er hier *getan* hatte, mit dem in Einklang zu bringen, wie er *war*. Mit dem, für den sie ihn gehalten hatte. Aber er war in der Nacht oder am frühen Morgen gekommen und hatte dieses Schlachtfeld hinterlassen; er hatte Dinah mitgenommen. Ihr wurde übel. Für einen Moment war ihr Schmerz schlimmer als der der Frau. Sie hatte mit diesem Mann geschlafen, und was war er: ein Kriegsverbrecher? Voller Abscheu zwang sie sich, weiter zurückzudenken. Hätte sie sich von ihm das Leben retten lassen, wenn sie gewusst hätte, dass er dazu fähig war? Irgendwo zwischen diesem Punkt und dem Teilen eines Bettes zog sie die Grenze, und irgendwo auf dieser Grenze hatte er jahrelang balanciert. Vielleicht war Maddie Singleton die einzige Hoffnung gewesen, die er gehabt hatte, und selbst diese Hoffnung besaß den faden Geschmack des Verrats; sie war mit seinem Kameraden verheiratet gewesen. Noch immer hatte Sarah kaum eine Ahnung von der Bindung der beiden. Aber sie wusste zumindest, dass sie mit Blut besiegelt worden war und durch nichts weniger gebrochen werden konnte.

Sie holte den Bären. Es gab nichts anderes zu tun. Es

hätte sie nicht überrascht, wenn die Frau in den wenigen Augenblicken, die es dauerte, ihn zu holen, gestorben wäre, aber sie atmete noch, als Sarah sich mit dem lächerlichen blauen Spielzeug in der Hand wieder neben sie kniete. Das Licht in ihren Augen flackerte, aber es hätte auch eine Sinnestäuschung sein können, denn Sarah waren die Tränen gekommen, und alles verschwamm.

Oben war ein Geräusch zu hören. Zoë kehrte zurück.

»Di«, sagte die Frau erneut.

»Dinah. Ja, ich weiß.«

»Dine.«

Sie starb. Zoë hatte jemanden bei sich; Sarah konnte deutlich zwei Paar Schritte auf der Treppe hören. Weshalb hatte sie gedacht, dass sie allein waren? War es Michael? Aber hätte er nicht einfach Zoë umgebracht, so wie alle anderen auch?

Aber es war nicht Michael. Stattdessen sah es so aus, als hätte Zoë ihren Bankberater mitgebracht; ein adretter, mittelgroßer Mann mit Halbglatze und billiger Aktentasche, der freundlich lächelte, als er Sarah sah, als wäre ihm schon lange das Vergnügen, sie kennenzulernen, verwehrt worden.

»Können Sie helfen?«, fragte sie ihn.

»Oh, das hoffe ich doch.«

»Sie wurde angeschossen. Wir glauben, dass sie angeschossen wurde.«

»Ein Jammer. Sie müssen Sarah Trafford sein, stimmt das? Sarah Trafford, geborene Tucker, früher wohnhaft in Oxford?«

»Wer sind Sie?«

»Und Ihre Freundin ist …?«

»Nicht wichtig«, sagte Zoë. »Hören Sie. Können Sie ihr helfen? Sie liegt im Sterben.«

»Sieht ganz so aus. Downey hat das alles angerichtet, nehme ich an? Er ist ein besserer Soldat, als wir dachten. Oder das Kind ist ihm einfach sehr, sehr wichtig.«

Er trat weiter in den Raum und stellte die Aktentasche auf den Boden.

»Das Komische ist, dass sie nicht von ihm ist. Wussten Sie das? Es wurde ein Gentest durchgeführt, und sie ist definitiv von Singleton.«

»Ich weiß nicht, wer Sie sind«, sagte Zoë, »und ich weiß nicht, wovon Sie reden, aber die Frage ist, können Sie ihr helfen? Sie liegt im Sterben, verdammt noch mal!«

»Wir sterben alle früher oder später. Downey stirbt auch, wussten Sie das? Er hat sich in der Wüste etwas Übles eingefangen. Es kann sich hinziehen, ist aber definitiv tödlich. Ein bisschen«, sagte Howard, »wie das Leben selbst.«

»Sagen Sie, haben Sie nicht alle Tassen im Schrank?«, fragte Zoë ihn.

»Nein, ich bin nicht verrückt. Höchstens ein bisschen desorientiert.«

Sarah wurde misstrauisch.

Der Mann kam näher und kniete sich neben die sterbende Frau. Etwas Schweres in seiner Tasche zog die Jacke nach unten und ruinierte die Passform. Es sah auf unheimliche Weise aus wie …

»Di.«

»Ja, ja«, sagte der Mann traurig.

Eine Waffe, dachte Sarah. Es sah ganz nach einer Waffe aus.

Amos Crane blickte durch ein Fernglas, das er im Kofferraum gefunden hatte. Er saß auf der Hafenmauer und suchte das Meer ab; wonach er suchte, wusste er noch nicht genau, aber er war zuversichtlich, dass er es erkennen würde, wenn er es fand. Wo das Meer auf den Himmel traf, war nur ein dünner grauer Streifen. Im Idealfall würde auf diesem Streifen ein Boot schaukeln, ein Boot mit einem großen weißen Segel, in das eine blau-goldene Zielscheibe gestickt war.

Mein Gott, er fühlte sich großartig. Ja, er fühlte sich wirklich gut.

Im Zug hatte er endlich geschlafen, wobei er seltsamerweise von der Frau geträumt hatte, die er gesehen hatte, der Frau im roten Pulli, mit dem Kaffee und den Sandwiches. Aber er war erholt aufgewacht. Und seitdem war der Morgen gelaufen wie ein Uhrwerk, wenn auch in etwa genauso langsam; er hatte sich an den Details erfreut, den Moment ausgekostet, als wäre es keine Routine, sondern als wäre er Zeuge eines Schwanengesangs. Das war er schon oft gewesen. Nur war immer ein anderer der Schwan gewesen, er bisher nicht.

»Durchgeknallert« war ein typisches Axel-Wort gewesen, eines von vielen. Er liebte seine Euphemismen, die meist aus den Bereichen Sex, Drogen oder Sport stammten. Er hatte »zerprügeln« und »spliffen« gesagt, und es war immer klar gewesen, was er damit meinte. In der bedrückenden Enge des Büros nannte man die Dinge nicht beim Namen. Wie in einer Bank. Ein Unfall geschah, eine Akte wurde für immer geschlossen. Axel war da ehrlicher gewesen. Man nietete jemanden um, basta.

Er fragte sich, ob Howard schon da war, und kam zu dem

Schluss: wahrscheinlich schon. Howard ließ sich sicher mit dem Hubschrauber bringen. Für ihn galten die Budgetbeschränkungen natürlich nicht. Amos schloss ein Auge, als würde er jemanden anvisieren. Schon bald würde er sich ein neues Leben aufbauen – neue Identität, neues Land und so weiter. Howard dagegen würde sich nach einer neuen Daseinsebene umsehen. Zusammen mit Downey, der Frau und dem Kind …

Ja, auch das Kind. Er hatte ihr einen Teddybären mitgebracht, aber das war keine Gefühlsduselei gewesen, sondern einfach nur ein Teil seiner Aufgabe.

Er bewegte sich ein wenig, um den beginnenden Krampf in seinem Bein zu lindern. Das Kind zu erledigen war nicht gerade nach seinem Geschmack, aber er hatte sich noch nie vor dem schmerzhaft Unvermeidlichen gedrückt. Wie es seine Gewohnheit war, verdrängte er dieses Detail aus seinen Gedanken. Alles schön der Reihe nach. Dieses Pferd erschießen wir, wenn es so weit ist.

Weit draußen tauchte ein wohlbekanntes Boot auf, und Amos Crane dachte bei sich: So, so …

Die Frau starb zwei Minuten später.

Der Mann teilte es ihnen mit, als er sich über sie beugte und mit einer Hand ihren Puls fühlte.

Für Sarah war es schwer einzuschätzen, ob es Erleichterung oder Niederlage war. Für die Frau. Zwei Minuten Kampf, dann war es vorbei – ganz plötzlich; kein Ausklang, nur ein Punkt statt eines Kommas. Sarah verließ den Raum, ging die Treppe hinauf und trat hinaus ans Licht, an die frische Luft. Vögel kreisten ein paar hundert Meter entfernt, als hätten sie etwas zu fressen gefunden. Sarah wartete darauf, dass sie anfing zu weinen, aber die Tränen kamen nicht. In ihr sammelte sich etwas, doch sie ließ es nicht hinaus.

Sie hörte Geräusche hinter sich, die ihr inzwischen vertraut waren: leise Schritte, das Rascheln von Pappe, das Zischen eines Plastikfeuerzeugs.

Zoë sagte: »Wir hätten nichts tun können.«

»Ich weiß.«

»Vielleicht, wenn wir früher hier gewesen wären …«

»Oder Chirurginnen wären.«

»Oder Chirurginnen wären.«

»Was ist hier bloß passiert, Zoë?«

»Dein Freund Michael –«

»Er ist nicht mein Freund.«

»Okay. Ich glaube, es ist genau das passiert, wonach es aussieht: Er ist hergekommen, wahrscheinlich mit einem gestohlenen Boot, hat die Wachen getötet, Dinah mitgenommen und ist dann verschwunden.«

»Und wer ist –«

»Keine Ahnung. Einer von ihnen. Sei still!«

Wer auch immer er war, er kam heraus und schloss sich ihnen jetzt an: ein lächerlicher kleiner Mann, dachte Sarah, mit Anzug und Krawatte und seiner Aktentasche auf diesem grauen Felsbrocken im Meer. Aber er hatte ihren Namen gewusst. Also ja, offensichtlich war er einer von denen.

Und er hatte etwas Schweres in der Tasche, das möglicherweise eine Waffe war. Wer weiß, vielleicht hatte *er* das ja alles angerichtet?

»Dinah war hier, oder?«, fragte sie ihn.

»Ja, das war sie.«

Zoë sagte: »Sarah …«

»Ein kleines Kind. Ein vierjähriges Mädchen.«

»Vier Jahre, ja. So ungefähr.«

»Sie Scheißkerl!«

»Sarah …«

»Sie war ein Köder. Sie Scheißkerl!«

Der Mann zupfte an einem Ohr. Dann sagte er: »Tja, streng genommen war sie das. Aber ihr sollte nichts geschehen.«

»Dachten Sie, Michael würde einfach auftauchen und nett nach ihr fragen?«

»Sarah …«

»Alles Mögliche hätte passieren können!«

»Alles Mögliche ist auch passiert«, betonte er.

»Sarah, würdest du bitte aufhören?«

»Was?«

Zoë sah sie seltsam an und versuchte, ihr mit den Augen etwas zu sagen.

»Die Frage ist«, sagte der Mann, »wo er jetzt ist?«

»Er ist weg.«

»Stimmt. Er ist weg. Sie wissen aber nicht zufällig, wo er ist, Mrs. Trafford, oder?«

»Ich habe keine Ahnung.«

»Vielleicht wäre jetzt ein guter Zeitpunkt, sich das noch einmal genau zu überlegen.«

»Die Sache ist die«, sagte Zoë, »wir müssen los.«

»Sie müssen los.«

»Das Boot wartet. Sie wissen ja, wie das ist.«

»Sie verlassen den Tatort?«

»Wir haben nichts damit zu tun.«

»Das sagen Sie. Aber Sie sind die einzigen anderen Menschen hier. Es wird zwangsläufig eine Untersuchung geben, das wissen Sie doch? Sie waren Zeuginnen eines Todes.«

»Die Sache ist die, Mrs. Trafford hat so etwas schon mal erlebt. Und nachdem Sie und Ihre Leute sich eingemischt hatten, war es auf einmal, als wäre nie etwas passiert.«

»Meine Leute?«

»Geheimagenten. Spione. Männer in Grau.«

»Tja, äh …«

»Und was mich beunruhigt, ist, dass Sie dieses kleine Massaker vertuschen wollen und durchaus auf die Idee kommen könnten, uns ebenfalls verschwinden zu lassen. Verstehen Sie?«

»Ich finde, Sie machen sich unnötig –«

»Na schön. Denken Sie, was Sie wollen. Aber ich sage es noch einmal: Unser Boot wartet. Derselbe Typ, der uns hier abgesetzt hat. Er weiß, wer wir sind. Er hat einen Scheck mit meinem Namen darauf. Er hat Freunde, die wissen, wo er ist. Haben Sie das verstanden?«

»Glasklar.«

»Toll. Dann machen wir uns auf den Weg.«

Der Mann ließ die Hand sinken, mit der er an seine Tasche gegriffen hatte, und Sarah bemerkte, dass Zoë ihre Hand aus ihrer Umhängetasche zog. Sie hielt ihr Feuerzeug darin, obwohl sie bereits eine Zigarette rauchte. Sarah hatte den blauen Bären im Arm. Sie fühlte sich wie eine Ladendiebin, die Aufmerksamkeit erregen wollte. Sie hatte nicht einmal bemerkt, dass sie ihn mitgenommen hatte.

»Sarah?«

»Ja?«

Zoë wich zurück und ließ den Mann mit der Stirnglatze dabei nicht aus den Augen. Der schaute höflich zu und sagte nichts; er hätte seinen Hut gezogen, wenn er einen gehabt hätte.

»Sarah? Kommst du?«

»Ich komme.«

Den Bären unter den Arm geklemmt, ging sie mit Zoë den Weg zurück, wobei sie einen Großteil des Weges von dem seltsamen Unbekannten beobachtet wurden, der offen gesagt eher wie ein Buchhalter als ein Spion aussah.

»Verdammter Amateur«, meinte Zoë.

›Hey-ho‹, dachte Howard.

Er ging zu der Leiche hinüber, der zweiten Leiche, die er gefunden hatte, und trat den Apfel achtlos gegen einen nahe gelegenen Felsen. Auf der Insel gab es viele nahe gelegene Felsen. Der Apfel prallte ab, zerplatzte, ein größeres Stück flog hoch und landete auf dem Boden. Vielleicht hatte er ihn härter getreten als beabsichtigt.

Howard schaute sich die Leiche an. »Woran sind Sie denn angeblich gestorben? Vor Schreck?«

Die Leiche drehte sich um. Eine große und nicht besonders überzeugende Wunde befleckte sein Hemd in Brusthöhe.

»Ich lag anfangs auf dem Rücken. Aber das war nicht besonders bequem. Da habe ich mich umgedreht.«

»Ist Ihnen klar, dass Sie gezuckt haben?«

»Totenstarre«, sagte die Leiche fröhlich. »Oder so.«

»Und dieser – wie heißt er, Paul? Paul hat ein Kunstwerk in der Küche arrangiert.«

»Er dachte, je toter er aussieht, desto geringer die Chance, dass sie es zu gründlich überprüfen. Hat doch funktioniert, oder?«

»Hat funktioniert. Glanzleistung auch von Dodo.«

»Deedee.«

»Wie auch immer. Diese Woche werden keine Oscars verliehen. Das war die längste Sterbeszene seit *Reservoir Dogs*.«

»Sie war stinksauer. Wegen des Kindes.« Die ehemalige Leiche, Brian, stand auf. »Paul musste ihr ein bisschen Verstand einprügeln. Letzte Nacht. Um sie zur Vernunft zu bringen.«

»Was ist mit dem Kind?«

»Sie wollte es nicht gehen lassen. Deedee«, fügte er hinzu, »wollte das Kind nicht gehen lassen.«

»Aber sie hat es getan.«

»Downey kam. Vor etwa vier Stunden? Jedenfalls am frühen Morgen. Mit einem Motorboot. Wir hätten ihn abfangen können.«

»Nein, das wollte ich nicht.«

»Ich dachte, darum ging es.«

»Die Situation hat sich geändert.« Amos Crane hatte sie geändert, aber Howard ging nicht darauf ein. »Und er hat das Kind mitgenommen?«

»Wie ich schon am Telefon gesagt habe. Wir haben sie in der Küche gelassen, er muss gedacht haben, es wäre eine Falle.« Brian zuckte mit den Schultern. »Er hat sie trotzdem mitgenommen. Zurück zum Boot, zack, war er weg. Wir haben von dort drüben zugesehen.« Er deutete vage in die Richtung der ersten Leiche, die Howard gefunden hatte. Die unbestreitbar tote. »Als Nächstes hatten wir Jed an der Strippe. Dass zwei weitere Passagiere unterwegs sind. Verdammt, erst passiert wochenlang nichts, und dann alles auf einmal.«

Paul kam aus dem Haus und wischte sich ekliges Zeug von der Seite seines Kopfes. »Und, war das ein Spaß?«, fragte er. »Verdammt, ja!«

Howard nickte.

»Sie sind nicht mal in meine Nähe gekommen«, fügte er hinzu. Etwas enttäuscht.

Brian sagte: »Wir hätten uns auch einfach verstecken können.«

»Wo?«, fragte Howard ihn.

»Ach, hier gibt's schon Möglichkeiten«, antwortete Brian ausweichend.

»Downey hat euch nicht gefunden, weil er nicht gesucht hat. Sobald er das Kind hatte, war er weg. Diese beiden«, er winkte in die Richtung, in die die Frauen gegangen waren, »die hätten gesucht.«

»Wer sind sie?«

Howard starrte ihn nur an.

Er dachte bei sich: Wenn jetzt noch etwas schiefgeht und sie anfangen zu reden, macht es sie nicht gerade glaubwürdiger, wenn sie von angeblichen Todesfällen berichten, die es nie gegeben hat.

Brian sagte: »Sie sind auch Köder. Stimmt's?«

Howard nickte vage. Natürlich waren sie Köder. Er ging davon aus, dass sie Amos Crane zu Downey führen würden. Seine beste Chance, hier heil rauszukommen, bestand darin, sie alle am selben Ort zu versammeln und dann denjenigen auszuschalten, der noch übrig blieb. Er hoffte, dass es nicht Amos sein würde. Dennoch musste er vorbereitet sein.

Der Hubschrauber war bereits über ihnen. Brian sagte: »Sie wollen ihnen in diesem Ding folgen? Ist das nicht ein bisschen auffällig?«

Howard schüttelte den Kopf. Das brauchte er nicht. Solange Sarah Trafford den Bären mit sich trug, würde er wissen, wo sie waren.

Er zeigte auf die Stelle, an der er die erste Leiche gefunden hatte. »Wollten Sie das da noch begraben?«

»Das Blut musste ja irgendwo herkommen«, erwiderte Brian.

»Außerdem habe ich diese verdammte Katze schon immer gehasst«, sagte Paul.

»Du hast noch etwas von ihrem Gehirn in deinen Haaren.«

Paul wusch sich immer noch den Kopf, als der Hubschrauber Howard wegbrachte.

31

Sarah stand an Bord des Bootes und beobachtete, wie die Heckwelle die Meeresoberfläche zerfurchte. Nur das Meer konnte ohne Spuren verheilen, wischte die weiße Narbe so gründlich weg, als wäre sie nie da gewesen, und alle unsichtbaren Gifte gleich mit. Es fiel ihr schwer, jetzt an Michael zu denken. Unsichtbares Gift war auch in ihm, und zwar nicht nur der chemische Kampfstoff aus der Wüste – welche Art Wurm fraß sich so tief in die Seele, dass man jeden töten konnte, der sich einem in den Weg stellte? Sie dachte an die Falle, die ihm gestellt worden war, und schüttelte den Kopf in müdem Ekel. Als Michael das letzte Mal auf diese Insel gebracht worden war, hatte er Leichen hinterlassen. Warum hatten sie geglaubt, dass es diesmal anders sein würde?

Zoë fragte: »Alles okay?«

»Nein … Und bei dir?«

Sie verzog das Gesicht. »Die sollten Stabilisatoren an diesen Dingern anbringen. Aber es ist nicht so schlimm wie vorhin.«

Obwohl das Boot schaukelte, während sie sprach, und Sarah sah, wie sie kreideweiß wurde.

Sarah blickte zurück auf das Meer und sagte: »Ich kann einfach nicht glauben, dass er das getan hat.«

»Dass er sie getötet hat.«

»Musste er das tun? Gab es keine andere Möglichkeit?«

Es war eine rhetorische Frage. Zoë versuchte sie trotzdem zu beantworten. »Er glaubt, Dinah wäre von ihm.«

»Aber er weiß es nicht *sicher.*«

»Nein. Spielt das eine Rolle?«

»Dieser Mann hat gesagt, dass es nicht so ist. Sie ist nicht Michaels Kind.«

»Das hat er gesagt. Und vielleicht ist es die Wahrheit, vielleicht aber auch nicht. So oder so, Michael weiß es nicht. Und selbst wenn er es wüsste, glaubst du, es würde ihn interessieren?«

»Aber –«

»Sarah.« Zoë legte ihr eine Hand auf die Schulter. »Du kennst das Kind nicht mal und hast schon einen so langen Weg auf dich genommen. Findest du, er hätte sie einfach im Stich lassen sollen?«

»Ich weiß es nicht.«

»Vielleicht wusste er es auch nicht. Aber jetzt weiß er es.« Zoë drehte sich um und spuckte über die Reling. »Scheiße, warum konnten die keine Brücke bauen? Sarah? Vielleicht haben sie zuerst auf ihn geschossen.«

»Er hatte eine Waffe, oder?«

»Dieser Widerling? Ja, hatte er.«

»Und du hast auch eine.«

»Ja, ich auch …«

»Hättest du es getan? Ihn erschossen, meine ich?« Zoë warf ihr einen Blick zu. »Das werden wir wohl nie erfahren, oder?«

Sie hörten ein Summen über sich, ein lautes Insektengebrumm, blickten auf und sahen, wie das Licht von der Goldfischglas-Scheibe des Hubschraubers reflektiert wurde, als dieser auf die Insel zusteuerte. Sarah erhaschte einen Blick auf einen Mann mit Helm, Schutzbrille und Lederkleidung. Doch er war schon weit weg.

»Da kommt das Taxi«, bemerkte Zoë.

»Meinst du, das Boot kann schneller fahren?«

»Jetzt wäre ein guter Zeitpunkt, um das rauszufinden.«

Er hatte sich von der Hafenmauer zurückgezogen und beobachtete die Ankunft des Bootes vom Eingang eines Geschäfts am Wasser aus, wo er zum Zeitvertreib und zur Tarnung eine Postkarte geschrieben hatte: *Genieße den Ruhestand! Wir sehen uns!* Die würde er an Howards Chef schicken.

Der Himmel war grau; das Meer war grau. Nur das Auto, das dreißig Meter weiter am Straßenrand parkte, war blau.

Amos Crane wandte seine Aufmerksamkeit der Szene zu, die sich am Wasser abspielte. Zwei Frauen stiegen aus dem Boot; eine von ihnen – Sarah Trafford – reichte Jed ein Stück Papier. Die andere trug ein rotes Oberteil, und als er sich auf ihr Gesicht konzentrierte – ohne Fernglas, nicht hier auf der Straße –, verspürte er ein vertrautes Schwindelgefühl, wie es ihn überkam, wenn sich zwei unabhängige Ereignisse schlüssig ineinanderfügten. Es war die Frau aus dem Zug. Diejenige, die sich in seinen Traum geschlichen hatte.

Er wusste nicht, wer sie war, aber sie kannte ihn auch nicht. Insofern hatten sie gleiche Voraussetzungen.

Und noch etwas Seltsames fiel ihm auf: Sarah Trafford

hatte den Bären im Arm. *Das wird Howard sicher gefallen,* dachte er selbstzufrieden. Er hatte das Vieh also nicht umsonst hierhergebracht, auch wenn nun zunächst Howard davon profitierte.

Amos zog sein Portemonnaie aus der Tasche und holte eine Briefmarke heraus. Er tupfte sie auf seine Zunge und klebte sie auf die Postkarte. Es war fast Zeit zu gehen. Entweder würden diese Frauen ihn zu Downey führen oder nicht. So oder so, sie würden nicht mehr lange im Spiel bleiben.

Umnieten und basta.

Er warf die Postkarte in den Briefkasten. Als er aufblickte, waren die Frauen verschwunden.

»Die Damen«, sagte Jed.

»Es war Ihnen ein Vergnügen«, erwiderte Sarah und gab ihm den Scheck zurück, den Zoë eine Stunde zuvor unterschrieben hatte.

Zoë sagte: »Und Jed? Wir waren nie hier.«

»Nie wo?«

»Der Kandidat hat zehn Punkte.«

»Ich traue ihm nicht«, sagte Sarah, nachdem sie sich ein paar Meter entfernt hatten.

»Sehr scharfsinnig, Sarah. Schließlich wissen wir, dass er bestechlich ist.«

Sarah nahm den Teddybären unter den Arm. Eigentlich wollte sie dieses Spielzeug nicht die ganze Zeit mit sich herumschleppen. Andererseits konnte sie es auch nicht einfach in einen Mülleimer werfen. Das würde sie nicht übers Herz bringen.

Zoë fasste sie am Arm. »Und was jetzt?«

»Ich weiß es nicht.«

»Versuch nachzudenken.«

»Am liebsten will ich so schnell wie möglich so weit wie möglich weg.«

»Das ist ein Wort. Weißt du auch schon, wohin? Und bist du hier noch irgendwo eingemietet?«

Das war sie, aber plötzlich schien das nicht mehr wichtig zu sein. Sie konnte gehen, sie konnten beide gehen; ihre Rechnung würde sie später begleichen. Ihnen einen Scheck schicken. Auch Zoë schuldete sie Geld. Sie musste langsam mal ihr Leben in Ordnung bringen.

»Lass uns in die nächste große Stadt fahren. Am besten nach Glasgow. Und von da aus mit dem Zug zurück nach England.«

»Du musst das jemandem erzählen«, sagte Zoë.

»Ich weiß.«

»Der Presse. Jemand Wichtigem.«

»Und wer würde mir glauben?«

»Uns glauben.«

»Danke, Zoë.«

»Bushaltestelle. Wir müssen eine Bushaltestelle suchen.«

Sarah hatte noch nicht alles gesagt, was sie sagen wollte. Ein einfaches »Danke« reichte nicht aus. Aber Zoë war bereits auf dem Weg, als würde die Bushaltestelle nicht auf sie warten, wenn sie sich nicht beeilten. Sie klemmte den Teddybären unter den anderen Arm und eilte ihrer Freundin hinterher.

Der Hubschrauber setzte Howard genau dort ab, wo er ihn aufgesammelt hatte: an der Ecke eines Feldes, etwas außer Sichtweite der Hauptstraße, nicht weit von seinem Auto entfernt, aber für seinen Geschmack etwas zu nah an einer Kuhherde. Die Kühe stoben auseinander. Nur eine blieb tapfer stehen, senkte den Kopf und beobachtete die verrückte Maschine mit riesigen braunen Augen, als sie sich aufschwang und davonflog. Mit dem rechten Vorderhuf stieß sie ein Grasbüschel an, das bis vor Kurzem noch ihre volle Aufmerksamkeit beansprucht hatte.

Howard ließ seine Aktentasche fallen. Er hob sie auf. Er schaute die Kuh an. Er war sich sicher, dass es eine Kuh war: Bullen haben Hörner, Kühe haben Euter, das war ein Naturgesetz. Aber wie auch immer, er konnte hier nicht Wurzeln schlagen, deshalb klemmte er sich die Aktentasche unter den Arm und marschierte halb im Laufschritt, halb im Trab zum nächsten Tor, kletterte darüber, ohne etwas Wichtiges zu beschädigen, und lief dann im selben unbeholfenen Zuckeltrab weiter, bis er sein Auto erreichte, hundert Meter weiter den Feldweg hinunter. Die Kuh hatte ihn inzwischen vergessen und war ganz in ihr Gras vertieft.

Hinter dem Steuer schwelgte Howard einen Moment lang in regloser Behaglichkeit. Dann, hey-ho, zurück an die Arbeit. Aus der Aktentasche nahm er einen Laptop, öffnete ihn und drückte eine Taste. Ein blauer Bildschirm erwachte flackernd zum Leben. Er passte den Radius bis auf drei Kilometer an, mit dem Laptop, A, im Mittelpunkt und dem Bären, B, an der Peripherie. Leider war das Gebiet als Raster dargestellt, das keine Navigation erlaubte; ohne Karte war es quasi nutzlos. Aber eine Karte hatte er, faltete sie auseinander und breitete sie auf dem Beifahrersitz aus. Jetzt musste er nur noch herausfinden, wo er sich befand, seine Position mit dem Bildschirm abgleichen, und schon war er theoretisch in der Lage, dem Bären zu folgen.

Was er jetzt wirklich bräuchte, dachte er, als Punkt B sich in Bewegung setzte, wäre jemand, der schon einmal eines dieser verdammten Programme bedient hatte.

Die Bushaltestelle wirkte, als sei sie vor langer Zeit aufgegeben worden. Es war nur ein Metallpfosten, an dem in Brusthöhe von Sarah einst ein Fahrplan angebracht war, der jetzt aber nur noch den Teenagern als Kratzbaum diente: DAZ LIEBT PEANUT. TRAJ IST GEIL. Was für ein furchtbarer Name konnte zu Traj abgekürzt werden? Oder Daz? Scheiße. Ihr Verstand, der sich fast ganz abgeschaltet hatte – Schock- und Notfallmodus –, sprudelte und blubberte jetzt, aber es kam nichts Nützliches dabei heraus.

Zoë sagte: »Vielleicht haben wir Glück.«

»Wer weiß.«

»Bestimmt haben wir Glück.«

»Okay.«

Andererseits hatten sie Leichen, Bomben, Drogen und Stürme überstanden. Das Leben war ein Schlager: Und immer, immer wieder geht die Sonne auf …

Ein Auto kam, ein blaues Auto, und es wurde langsamer, als es die Haltestelle erreichte.

»Der Dorfvergewaltiger«, murmelte Zoë.

Ein Mann lehnte sich aus dem offenen Fenster. Er saß allein im Auto. Er sagte: »Ihr wartet doch nicht etwa auf den Bus, oder?«

Bevor Zoë eine von einem Dutzend Antworten geben konnte, sagte Sarah: »Doch.«

»Denn wenn sich nicht gewaltig was geändert hat, fährt hier kein Bus mehr.«

»Sind Sie von hier?«, fragte Zoë.

»Nein. Aber ich bin oft in der Gegend unterwegs. Ich fahre diese Strecke seit Jahren. Glauben Sie mir.«

Na klar doch …

»Ich heiße Keller. David Keller.«

»Aha«, sagte Zoë.

»Und wenn Sie in diese Richtung wollen, kann ich Sie mitnehmen. Jedenfalls bis zur nächsten Stadt. Da fährt bestimmt ein Bus.«

Zoë sah Sarah an. Sarah sah sie an.

»Danke«, sagte Sarah. »Wir könnten tatsächlich Hilfe gebrauchen.«

Das ging Howard genauso. Er hatte die Parameter des Trackers bereits ändern müssen: sechs Kilometer, und es wurden immer mehr – entweder hatten sie ein Transportmittel, oder der Bär konnte sich erstaunlich schnell bewegen. An der Hauptstraße, wo er seinen Standpunkt auf der Karte ermitteln konnte, hatte er auf einem Rastplatz angehalten und brütete über Details: Ein Strommast zu seiner Rechten, wahrscheinlich im Osten, bedeutete, dass sie entweder hier oder da waren … Also waren sie wieder auf dem Wasser oder fuhren die Küste entlang. Es war wirklich mehr eine Art Glücksspiel. Aber ihm blieb nichts anderes übrig, als davon auszugehen, dass sie auf der Straße unterwegs waren.

Und im Hinterkopf, in dem Teil seines Gehirns, den er für Kreuzworträtsel, sexuelle Fantasien und andere mentale Aktivitäten nutzte, die Aufmerksamkeit für Details erfordern, ging er die möglichen Identitäten der Frau im roten Pullover durch, die ziemlich sicher eine Waffe in ihrer Lederhandtasche herumschleppte.

Der Detektiv. Das spuckte sein Unterbewusstsein aus und gab es an sein Großhirn weiter. Sie hatte etwas mit dem Detektiv zu tun, den Sarah Trafford angeheuert und den Axel ausgeschaltet hatte.

Das war das Problem mit losen Enden, dachte er, startete den Wagen erneut und fuhr in die Richtung, von der er hoffte, dass sie stimmte. Wenn man nicht aufpasst, wickelt sich das ganze verflixte Wollknäuel auf.

Er hatte noch keine Ahnung, ob er imstande war, das selbst zu regeln. Vielleicht hatte er Glück, und Amos Crane übernahm das für ihn. Aber so oder so würde er sich die Hände schmutzig machen müssen, denn wenn er Amos Crane nicht zuerst erledigte, würde dieser ihn ins Jenseits befördern …

Punkt B wurde langsamer und hielt an. Vielleicht ändert das Glück die Richtung, dachte Howard … und stellte dann fest, dass er nicht mit Sicherheit sagen konnte, ob er bisher Glück gehabt hatte oder nicht.

Sarah hatte eine seltsame Eingebung: die Sonne auf dichten Blättern, altem Stein und buntem Glas. Die Art von Bild, die einen nicht loslässt und die man nicht einordnen kann, weil man sie nie selbst gesehen hat; wie ein Detail aus einer Radiosendung oder einem Buch – etwas, das beschrieben wurde und das der Verstand ausgemalt hat, sodass es real wurde wie eine Erinnerung. Aber was war aus Stein und Glas und zwischen Bäumen versteckt?

»Pharmazeutika?«

»Sie würden sich wundern, wenn Sie wüssten, wie viele Leute bei dem Begriff die falschen Schlüsse ziehen.«

»Halten Sie an«, sagte sie.

»Sarah?«, fragte Zoë.

Zoë saß vorne und unterhielt sich mit ... David Keller; so hieß er. Sie hatte sich umgedreht und sah Sarah stirnrunzelnd an, als wollte sie fragen: Was ist denn jetzt schon wieder los? Man konnte es ihr nicht verübeln, dachte Sarah; ich benehme mich in letzter Zeit, als wäre ich plemplem. Vielleicht bin ich das ja auch. Und das ist alles nur ein Hirngespinst.

»Sarah?«

»Entschuldige. David? Halten Sie bitte an? Mir ist gerade etwas eingefallen.«

Folgsam blieb er stehen und drehte sich ebenfalls zu Sarah um. »Haben Sie Probleme?«, fragte er.

Kluger Junge. »In gewisser Weise. Haben Sie vielleicht eine Karte? Von der Umgebung?«

»Kann sein. Wenn, dann im Handschuhfach.« Er bedeutete Zoë mit einem Nicken, sie solle mal nachsehen.

Es waren Karten im Handschuhfach. Außerdem Päckchen mit extrastarken Pfefferminzbonbons, eine Sonnenbrille, Feuchttücher und Fruchtbonbons, von denen Zoë eine Handvoll auf den Schoß fiel, als sie die Klappe öffnete. Die vierte Karte war schließlich die, nach der sie suchten, und sie reichte sie Sarah nach hinten.

Ein Stück die Küste hinauf. Wir haben eine Kirche am Waldrand entdeckt. Na ja, eher eine Kapelle.

»Suchen Sie etwas Bestimmtes? Ich kenne mich in der Gegend recht gut aus.«

Sie war ganz leer … Dort sind wir in der ersten Nacht untergekommen. Es war unser Zufluchtsort, wenn man so will.

»Sarah?«

»Ich weiß, wo sie sind.«

»Wie kommst du darauf?«

»Zoë, bitte. Vertrau mir. Ich weiß, wo wir sie finden.«

Sie vertiefte sich wieder in die Karte, wobei Kartenlesen noch nie ihre Stärke gewesen war. Aber was ein kleines Kreuz bedeutete, wusste sie, und es befand sich neben einem dunkelgrünen Fleck, der wohl Michaels Wald sein musste.

»Ich weiß, dass mich das nichts angeht«, begann ihr Fahrer.

»David. Es tut uns leid, dass wir Ihnen Umstände gemacht haben. Sie können uns hier aussteigen lassen, wir müssen noch woandershin.«

Er drehte sich in seinem Sitz zu ihr um. Sein Gesicht war alt, vielleicht älter, als er in Wirklichkeit war. Er hatte angehalten, um ihnen zu helfen, und jetzt mussten sie seine Hilfe ablehnen. Er schien jedoch nicht der Typ zu sein, der deswegen beleidigt war.

Er runzelte die Stirn und sagte: »Wissen Sie, mir begegnen unterwegs viele Leute. Ich will damit nicht sagen, dass Sie aussehen, als könnten Sie Hilfe gebrauchen, aber nach einer Weile bekommt man ein Gespür dafür. Es ist okay für mich, ich bringe Sie gerne noch ein Stück, egal, wo Sie hinwollen.«

»Sie weiß nicht, wohin sie will«, murmelte Zoë.

Er sah sie an.

»Vergessen Sie's.« Zoë wandte sich wieder Sarah zu. »Aber ich dachte, wir wären uns einig? Wir wollten uns doch aus dem Staub machen?«

»Sie sind ganz in der Nähe«, erwiderte Sarah. Sie merkte selbst, dass sie stur wie ein Maulesel klang. Aber jetzt war sie schon so weit gekommen, verdammt! »Ich weiß, dass sie da sind. Und du hast selbst gesagt, dass wir Michael brauchen. Sonst glaubt uns doch keiner!«

»Aber –«

»Außerdem hat er Dinah.« Außerdem ist er gefährlich, dachte sie, sprach es aber nicht aus. Gar nicht nötig. Er hat Menschen getötet; vielleicht würde er auch sie umbringen, Selbstmord begehen, die Kleine töten, wer konnte das schon wissen, nach allem anderen, was er getan hatte?

»Sarah ...«

»Vielen Dank für das Angebot, David, aber lieber nicht. Es ist sehr nett von Ihnen, aber ich kann Sie da nicht mit reinziehen. Ist schon okay, Zoë.«

»Nein, ist es nicht!«

»Ich schaff das schon.«

»Halt die Klappe.« Zoë öffnete ihre Tür. »Also, gehen wir. Oder wir bleiben. Was auch immer. Komm schon.«

Das Auto rollte ein paar Meter vorwärts, und sie wäre fast herausgefallen.

»He, was soll das?«

»Hören Sie mir jetzt mal zu?«

»David?«

»Entschuldigung«, sagte er. Er wandte sich wieder Sarah zu. »Miss? Ich sage es noch einmal. Wenn Sie irgendwohin wollen, kann ich Sie hinbringen. Ich würde Sie nur ungern hier am Straßenrand stehenlassen.«

»Aber –«

»Es geht nicht um Sie, sondern um mich. Verstehen Sie? Ich kann nicht ruhig schlafen, wenn ich nicht weiß, dass sie heil da angekommen sind, wo Sie hinwollen.«

Sarah hielt die gefaltete Karte immer noch in der Hand, und das kleine Kreuz und das dunkelgrüne Quadrat schienen nur einen Katzensprung entfernt zu sein. Aber warum sollten sie laufen, wenn sie fahren könnten? Er könnte sie hinbringen und dann seiner Wege ziehen. Seine gute Tat wäre vollbracht.

»Ganz sicher?«

»Ganz sicher.«

Zoë schloss ihre Tür wieder. »Das gefällt mir. Schnell und entschlossen.«

Der Fahrer streckte die Hand aus; Sarah reichte ihm die Karte. Sie zeigte mit dem Finger darauf: »Das hier ist eine Kirche oder eine Kapelle. Ich habe eben erst wieder daran gedacht, und …«

»… sie ist historisch äußerst interessant«, beendete Zoë ihren Satz.

»Also fahren wir hin«, sagte er. »Fünf Minuten. Okay?«

Und er hielt Wort.

Noch zwei Dinge:

Howard, der herausgefunden hatte, wo er sich befand, machte sich auf den Weg zu Punkt B, als dieser sich wieder in Bewegung setzte …

… und Amos Crane, der alles verfolgt hatte, fuhr lächelnd ebenfalls los.

32

Die Kapelle hatte eine kleine Holztür, sehr alt, mit frischen Splittern um den Griff herum und schwerem Eisenbeschlag. Die Tür war von Büschen umwuchert, die sich wie in einem Gleichnis aus dem steinigen Boden hervorkämpften.

Es gab auch ein Buntglasfenster, ein keltisch anmutendes Kreuz. Sarah entdeckte keinen Namen an der Kapelle. Keinen Hinweis darauf, wo man sich befand.

Eine blaue Ente parkte schief hinter dem Gebäude; das linke Hinterrad ragte gut zwei Zentimeter über den Boden, als wäre das rechte Vorderrad in einen Graben geraten.

Sarah stand da und sah sich um, während Zoë dem Auto, das sich nun von ihnen entfernte und rückwärts den Weg durch die Bäume zur Hauptstraße hinauffuhr, abwesend zuwinkte. »Netter Mann«, sagte sie.

»Hmm?«

»Er hätte uns nicht helfen müssen.«

»Stimmt.«

Sie würde jetzt ein paar Schritte vorwärts gehen, die Tür aufdrücken und eintreten. Jeden Moment. Ja, das würde sie tun.

»Also, was ist jetzt, Sarah? Vor zehn Minuten hattest du noch keine Ahnung, wo sie sein könnten.«

»Es ist mir wieder eingefallen.«

»Dir ist eingefallen, dass ihr euch hier treffen wolltet?«

»Nein, mir ist eingefallen, dass er mir davon erzählt hat. Damals, als Tommy Singleton und er von der Insel geflohen sind, haben sie sich hier versteckt.«

Zoë dachte kurz darüber nach und schüttelte den Kopf. »Ehrlich gesagt finde ich das verdammt gruselig«, sagte sie und suchte in ihrer Tasche nach der Pistole.

Sarah bekam es gar nicht mit. Sie ging jetzt diese paar Schritte vorwärts und drückte gegen die Tür. Die aufschwang.

Im ersten Augenblick erinnerte die Kapelle sie an dieses schreckliche Heim, wo sie zuerst nach Dinah gesucht hatte. Arimathäa. Beim Eintreten in diese Kapelle wurde sie wieder von dem modrigen Geruch abgestandener Luft zwischen alten Steinen überwältigt. Ihr Leben war zu einer Abfolge unvorhersehbarer Momente geworden, die sie auf sich zukommen lassen und bewältigen musste. Erinnerungsblitze durchzuckten sie, wie kurze Einblicke in einen hellen Raum: das entfernte Donnern eines einstürzenden Hauses und Funken, die in einen dunklen Himmel stoben; ein Mann, dessen Blut wie eine Krawatte aus seinem Hals auf seinen Schreibtisch floss; ein anderer Mann, der versuchte sie mit einem Strang Zahnseide zu erwürgen … Und sie selbst, vor vielen Jahren, als sie vom Dach fiel, begleitet von Lichtern, die wie eine Kirmesattraktion herumwirbelten. All das zusammen. Und all das hatte sie hierher geführt, erneut in eine alte, kalte Kapelle, auf der Suche nach einem Mädchen, das eine Überlebende war wie sie selbst. Bis jetzt jedenfalls.

In der Kapelle gab es keine Bänke. Keinen Altar. Überhaupt nichts. Es war nur ein kahler Raum mit einem schmutzigen Steinboden, einigen alten, zerbrochenen Fenstern und nackten, niedrigen Balken. Und gegenüber an der Wand saß ein Mann, mit einem kleinen Kind auf dem Arm … Dinah.

Michael richtete eine Waffe auf sie.

Das wäre es beinahe gewesen. Hier und jetzt. Ihr früheres Leben zog nicht an ihr vorbei – nicht schon wieder –, sondern sie sah eher ihre Zukunft, alles, in einem einzigen Augenblick, einem, in dem er die Waffe abfeuerte, sie fiel, die Welt wurde schwarz … Nichts davon geschah. Stattdessen senkte er die Waffe, als sie aus dem Schatten trat, hob sie wieder, als er Zoë sah – die direkt hinter ihr stand – und senkte sie dann wieder. Obwohl Zoë eine Waffe in der Hand hielt. Er sieht so müde aus, dachte Sarah, so müde, er muss selbst halbtot sein.

»Du bist gekommen«, sagte er.

»Du hast deine Jacke vergessen.«

Eine blöde Antwort, einer dieser flapsigen Kommentare, für die sie sich hinterher schämen würde, wenn es ein »hinterher« gäbe. Sie ging auf ihn zu, in der viel zu weiten Jacke. »Das ist eine Freundin von mir.«

Zoë nickte Michael zu. Sie hielt immer noch die Waffe in der Hand. Michael starrte sie einfach nur an und schaute dann wieder zu Sarah. Es waren erst wenige Stunden vergangen, aber was hatte er aus ihnen gemacht? Wie viele Menschen hatte er getötet? Und jetzt saß er da, mit einem kleinen Kind im Arm, das aussah, als würde es schlafen. Was sollte sie zu ihm sagen? Was sollte sie zu Dinah sagen?

Ich habe mein Leben hinter mir gelassen, um dich zu finden, und ich weiß nicht mehr, warum.

»Du hättest sie nicht umbringen müssen«, sagte sie. Die Worte hatten ein Eigenleben. Vielleicht zu viel Leben für Michael, der seinen Kopf zur Seite neigte, als wollte er ihnen ausweichen. »Michael? Du hättest sie nicht umbringen müssen.«

Zoë ging an ihr vorbei. Michael schien es nicht zu bemerken; er hatte seine Waffe auf den Boden gelegt und den Arm wieder um Dinah gelegt.

Sarah schwamm auf dem Trockenen; ihre Gedanken waren so zäh und monströs wie Quallen. War das alles? War das das Ende?

»Sarah?«, sagte Zoë. Sie hatte ihre Hand auf Michaels Stirn gelegt.

»Ja?«

»Er ist krank. Hast du das gewusst?«

Auf der Hauptstraße hörte man ein Auto. Sarah fühlte sich auch krank. Sie musste in die Realität zurückkehren, sich aus der Grube herausziehen, in die sie fiel. Da spürte sie einen Luftzug im Rücken; die Tür zur Kapelle schwang auf.

Amos Crane ging den Weg entlang.

Jetzt war es so weit, das war das Ende; hier würde er einen Schlussstrich ziehen, mit Fleisch und Knochen. Und es war seltsam, aber es lief so wie immer. Seine Sinne waren aufs Äußerste geschärft, er erfasste jedes Detail. Er hatte geglaubt, es würde anders sein, schließlich war es der Mörder seines Bruders. Er hatte mit einem wilden Ansturm und einem plötzlichen Absturz gerechnet; dass er für einen wahnsinnigen Moment frei von allen Gedanken und Gefühlen sein und erst wieder zu sich kommen würde, wenn es vorbei war. Mit Fleisch und Knochen.

Aber alles war wie immer, und Amos Crane ging den Weg entlang.

Die Kapelle sah in Wirklichkeit nicht viel größer aus als auf der Karte: Das ging ihm durch den Kopf, als er auf der Lichtung stand und einen kritischen Blick darauf warf. Die ganze Schreibtischarbeit, die Monate des Wartens – all diese Blips auf dem Bildschirm. Und hier waren sie, unter einem Dach versammelt. Mit einer Frau in einem roten Pullover als Beigabe.

Es war schade um das Kind. Aber manchmal liefen die Dinge nicht ganz so, wie man es sich gewünscht hätte.

Er legte eine Hand auf das Dach der Ente. Es fühlte sich kühl an. Hier war Downey also hergekommen, nachdem er das Kind geholt hatte. Crane fragte sich, wie einfach es gewesen sein musste. Vielleicht hatte Howard es ihm irgendwie leichter gemacht, und er hatte seine eigenen Vorstellungen davon, wie das Ende ablaufen sollte? Das betraf jedenfalls auch ihn, denn für Amos Crane gehörte auch Howard zum Ende dazu.

Er hörte, wie auf der Hauptstraße ein Auto langsamer wurde und dann anhielt.

Aber dafür war es zu spät, und es war auch zu spät für alles andere. Er ging zur Tür und legte eine Hand darauf. Sein Blut pulsierte, jeder einzelne Nerv war angespannt.

An dieser Stelle würde er abschließen, mit Fleisch und Knochen.

Kam da jemand hinter ihm den Weg entlang?

Sarah sagte tonlos: »Oh. Hallo.«

»Hallo.«

»Wir dachten, Sie wären weitergefahren.«

»Ich bin wieder umgekehrt.«

Zoë sah ihn stirnrunzelnd an. »Tja, das wäre aber nicht nötig gewesen.«

Er zuckte mit den Schultern.

Sarah vergaß ihn, verdrängte David Keller einfach aus ihren Gedanken und trat vor, um sich neben Michael zu hocken und das Kind anzusehen. Dinah schlief nicht. Sie lag still da – ein kleines blondes Mädchen mit großen grünen Augen, das Sarah einen Moment lang unverwandt ansah und dann den Kopf wegdrehte und das Gesicht an Michaels Brust schmiegte.

»Sie sieht aus wie Maddie«, sagte Michael.

»Sie ist wunderhübsch.«

Das war sie. Und sie war wirklich die ganze Mühe wert. Wie sie damals schon gedacht hatte: *Wenn Dinah es nicht wert ist, dann ist gar nichts etwas wert.* Sie war doch nur ein kleines Mädchen, wie konnten sie sie nur für so etwas missbrauchen? Gedanken, die sie vor langer Zeit gehabt hatte, als sie in den Nachthimmel gestarrt und die Sterne gezählt hatte … Gestern Abend. Das war gestern Abend gewesen. Und ja, sie war wirklich hübsch.

Michael dagegen sah gar nicht gut aus, krank und ausgezehrt, als würde das Leben aus ihm heraussickern. Sein T-Shirt hatte Blutspritzer am Ausschnitt, und Sarah wusste, dass er wieder einen Hustenanfall gehabt hatte. Er wirkte fast, als würde er allmählich loslassen, aufgeben, jetzt, da seine Suche vorbei war.

Er sprach mit ihr. Sagte so etwas wie: »Ich habe niemanden umgebracht. Nicht dieses Mal.«

Zoë zuckte mit den Schultern.

»Bin einfach reingegangen und habe sie mitgenommen. Stimmt's, Schatz?«

»Schon gut. Ist schon gut«, sagte Sarah. Diese ganzen Leichen auf der Insel, aber er hatte niemanden getötet. Okay. Sie streichelte die Schulter des Kindes und konzentrierte sich wieder auf das Hier und Jetzt. »Schau, den hab ich dir mitgebracht.« Der blaue Teddy. Der entführte Bär. Von der Insel, auf der die ganzen Leichen lagen, obwohl Michael niemanden getötet hatte.

Dinah streckte die Hand aus und berührte den Bären an der Nase.

»Willst du ihn nehmen?«

Dinah schüttelte den Kopf.

Zoë stand auf, so ruhig wie möglich, um niemanden zu stören, keine Welle zu machen.

»Wirklich nicht? Ich habe ihn extra für dich mitgenommen.«

Dinah schüttelte erneut den Kopf und sah Sarah dann mit ernsten Augen an. Sarah spürte, wie sich etwas in ihrem Herzen zusammenzog, als würden Saiten gespannt, als wäre ihr Herz ein Instrument, das von einem Kind gespielt wurde.

»Kann ich sie mal nehmen?«

Michael nickte. Es schien ihn Anstrengung zu kosten. Nicht das Senken des Kopfes, sondern das Aufrichten, um ihn an der Wand abzustützen.

Zoë runzelte die Stirn, als hätte sie draußen etwas gehört.

Sarah streckte die Arme aus. »Möchtest du zu mir kommen, Dinah? Damit sich Michael ein bisschen ausruhen kann?«

Es kam ihr wie eine Ewigkeit vor, auf dem Boden zu kauern, mit ausgestreckten Armen. Wollte Dinah zu Sarah kommen? Sarah hatte einen weiten Weg für sie zurückgelegt, aber das wusste das Mädchen nicht, und es sollte für sie auch keine Rolle spielen. Alles, was zählte, war dieser Moment. Dinahs Mutter war tot, und Dinah wusste es bisher nicht einmal. Und doch kuschelte sie sich in Michaels Arme, als ob sie ihm vertraute und wusste, dass er sie beschützen würde.

»Ist schon gut, Süße. Bleib ruhig bei Michael.«

Aber das Kind wand sich in seinen Armen und streckte Sarah die Hände entgegen.

Sie legte den Bären neben sich in den Staub und nahm Dinah hoch. Jetzt lagen viel mehr Gewicht und Wärme an ihrer Brust, eine ganz neue Welt von Gerüchen, von leisen Geräuschen. Sie konnte fühlen, wie Dinahs Körper arbeitete, das war es; sie konnte fühlen, wie sich ihre Lungen füllten und leerten, wie sich ihr Magen vergeblich zusammenzog ... Mein Gott, das Kind musste Hunger haben, es brauchte dringend etwas zu essen. Und Schlaf. All das, was kleine Kinder brauchten, doch im Moment konnte Sarah ihr nur einen kurzen Moment der Ruhe bieten.

»Da ist der Mann«, sagte Dinah und zeigte auf den Teddy.

»Das ist ein Bär«, erwiderte Sarah.

»Nein, der Mann. Der war schon mal da.«

Und Dinah zeigte auf den Mann, den sie meinte, und

Sarah und Zoë drehten sich um und sahen David Keller an …

… doch Keller lag in Wirklichkeit einige Kilometer entfernt tot am Straßenrand, nicht weit von der Raststätte, wo er seinen letzten Kaffee getrunken hatte.

Pharmazeutika … Sie wären überrascht, wie viele Leute bei dem Wort komisch gucken. Aber Amos Crane hatte nicht komisch geguckt, hatte sich überhaupt keine Gedanken gemacht und David Keller getötet, dessen einziger Fehler darin bestanden hatte, Crane mitzunehmen. Er hatte ihn getötet, ohne sich Gedanken darüber zu machen, ohne Bedauern – denn es war schließlich notwendig, oder wenn nicht notwendig, dann wünschenswert, oder wenn nicht wünschenswert, dann eben folgerichtig. So war es nun einmal. Man konnte nichts dagegen tun. David Keller auch nicht. Amos Crane brauchte eine vorübergehende Identität, und David Keller hatte seine mit einem leisen Gurgeln hergegeben. Amos Crane brauchte ein Auto, und der tote David Keller brauchte seines nicht mehr. Sarah und Zoë hatten eine Mitfahrgelegenheit gebraucht, aber der tote David Keller war nicht da gewesen, um ihnen zu helfen.

Sie sahen David Keller an, und Amos Crane schaute sie an.

Er trat vor und hockte sich ebenfalls hin, sodass sie jetzt alle beinahe knieten, außer Zoë, in einem kühlen, leeren Raum, für Gottesdienste gebaut. Amos lächelte freundlich, und Sarah sah seine Geschichte in seinem Lächeln; sah Rufus – Axel? – sie in ihrer Küche verächtlich anstarren, kurz bevor er begann, sie zu würgen. Und sie dachte: So eine weite Reise, nur damit sie genauso endet, wie sie begonnen hat. Alles endet dort, wo es begonnen hat. Keine Erkenntnis, über die sie sich freute.

Zoë griff nach ihrer Waffe, aber Amos Crane hatte sie bereits in der Hand.

Michael griff nach seiner – aber Zoës kleine Pistole bohrte sich bereits in Sarahs Ohr wie eine Made in den Apfel.

Ein weiterer Moment, den sie durchleben musste: der Moment, der ihr letzter sein könnte. Ihr Abgang.

»Gib mir die Waffe«, sagte Crane.

Michael schob seine Waffe über den Boden. Sie machte ein klapperndes, holperndes Geräusch – auch diese Waffe hatte eine lange Reise hinter sich; den ganzen Weg aus Gerards Sammlung ... Michael schob also Gerards Waffe mit einem holpernden, klappernden Geräusch über den Boden. Zumindest bis Zoë einen Fuß darauf stellte.

Der Lauf der kleinen Pistole bohrte sich fester in Sarahs Ohr, und sie hätte am liebsten geschrien, aber sie hielt Dinah fest, die sich in ihren Armen zu winden begann.

Zoë hob die Pistole auf.

»Ich werde ihr ein Loch in den Kopf schießen«, sagte Amos Crane.

»Nicht damit.«

O bitte, bitte sag es ihm nicht, bitte bluffe *nicht, bitte sag nicht ...*

»Sie ist nicht geladen.«

Also drückte Amos Crane ab.

Howard hörte den Schuss von draußen, wo nach einem grauen Vormittag endlich die Sonne rauskam – er befand sich jetzt zwar unter den Bäumen, aber ihre Blätter warfen tanzende, gesprenkelte Schatten auf den Boden und sein Gesicht. Er hatte das Auto oben an der Straße geparkt. Seine Aktentasche brauchte er nicht mehr. Die Waffe, die er jetzt fester umklammerte, zog er jedoch nicht aus der Tasche.

Eigentlich hätte er Angst haben und nervös sein müssen. Doch tatsächlich fühlte er nichts. Es war wie damals, als er eine Prüfung ablegen musste – eine sehr wichtige Prüfung, oder zumindest kam es ihm so vor –, und als er den Prüfungssaal betrat, hatte er das Gefühl, dass eine große Last von seinen Schultern fiel, oder von seinem Verstand, denn auf einmal war alles egal, der weitere Verlauf entzog sich seiner Kontrolle. Alles, was er noch nicht getan hatte, würde nicht mehr geschehen. Egal, was vor ihm lag, er würde es so gut wie möglich bewältigen.

Doch seine Umgebung nahm er sehr intensiv wahr: das Sonnenlicht, das durch die Zweige fiel, und die Brise, die in den Zweigen raschelte. Der Schuss in der Kapelle, der in weitem Umkreis die Vögel aufscheuchte, weit über seine Vorstellung hinaus. Es war wie eine Prüfung, erinnerte er sich. Und er war unsichtbar. Langsam, ganz langsam zog er die Waffe aus seiner Tasche. Beobachtete, wie sich die Tür vor ihm zu öffnen begann. Dann verschwand er wieder im Schatten, wie ein Geist, wie ein Unsichtbarer.

Von der Decke rieselte nun ein Schauer aus Staub, Sand und Gips wie ein Segen herab; er legte sich auf Zoë und ließ ihre Haare ein paar Jahre grauer aussehen. So ungefähr fühlte sie sich gerade. Als wäre sie um Jahre gealtert. Über ihnen knarrte etwas bedrohlich, als hätte der Schuss, den sie über den Kopf abgegeben hatte, die Statik beeinträchtigt, obwohl eine einzelne Kugel sicher nicht so viel Schaden anrichten konnte, nicht mal aus einer so schweren Waffe wie der von Gerard.

Sarah, die sich bei dem ohrenbetäubend lauten *Klick* auf den Boden geworfen hatte, nahm Dinah erneut in die Arme. Das Kind war verängstigt, wimmerte und zitterte wie Espenlaub.

»Alles okay mit dir?«, fragte Zoë.

Sie nickte, konnte aber noch nicht sprechen.

Amos Crane, der immer noch auf den Beinen war, ließ die nutzlose silberne Pistole fallen und steckte beide Hände in die Taschen. Sarah, die Dinah im Arm hielt, sah zu ihm auf. Jetzt, da er nicht mehr David Keller war, ging eine fast greifbare Veränderung mit ihm vor sich; er stand viel zu nah, sie konnte seine Hitze fast spüren. Als ob das, was ihn antrieb, leise in der kühlen Luft tickte. Der Motor seines Hasses. Es war zweifellos Hass. Man konnte unmöglich neben seinen Füßen knien, ohne das zu spüren. Was er hier auch wollte, es war nicht nur rein beruflich. Sie wusste es genau: Er wollte sie tot sehen, und zwar sie alle.

»Nehmen Sie die Hände aus den Taschen. Ganz langsam.«

Michael sagte: »Erschieß ihn.«

»Jetzt gehen Sie zwei Schritte zurück.«

»Gib mir die Waffe. Ich erschieße ihn.«

»Ich sagte, Hände aus den Taschen! Und zwei Schritte zurück!«

»Gib mir die Waffe!«

Amos Crane wippte auf den Fersen. Er sah aus, als würde er in sich hineinlachen.

Sarah wich von ihm zurück, kroch ein Stück im Staub, einen Arm immer noch um Dinah gelegt, obwohl das Kind sich jetzt dagegen wehrte; sie wollte nicht länger festgehalten werden. Mit der freien Hand stieß sie gegen etwas. Zoës kleine Waffe. Warum hast du sie nicht geladen, Zoë, hätte sie sie gerne gefragt. Was sollte das bringen? Aber Zoë war beschäftigt und beantwortete keine Fragen.

»Zurück. *Zurück!*«

Doch Amos Crane wippte immer noch auf seinen Fersen und zeigte ihr ein wölfisches Grinsen.

»Erschieß ihn«, sagte Michael zu Sarah.

»Sie ist nicht geladen«, erwiderte sie.

»Die Kammer immer leer lassen«, sagte Zoë. Sie biss sich auf die Lippe. »Sarah? Gehst du bitte einfach raus?«

»Aber was ist mit –?«

»Sarah. Geh einfach. Nimm Dinah und geh.«

»Ich weiß nicht …«

»Geh!«

Sie ging. Sie nahm Dinah und ging. Sie blieb nicht an der Tür stehen, um sich umzusehen: Sie öffnete sie einfach und ging.

Amos Crane sagte: »Die Kammer immer leer lassen?«

Draußen konnte man kaum glauben, dass es so einen Ort wie das Innere der Kapelle gab; die Sonne war herausgekommen, die Blätter bildeten ein grünes Dach. Büsche kämpften sich aus dem steinigen Boden; es gab ein Buntglasfenster.

Eine blaue Ente stand halb in einem Graben.

Sarah dachte nicht nach, sie funktionierte auf Autopilot. Sie öffnete die hintere Tür, immer noch automatisch, setzte das quengelnde Kind auf den Rücksitz, automatisch. Beugte sich vor und hauchte dem Kind einen Kuss auf den Scheitel. »Sei jetzt still, Dinah. Alles wird gut.«

»Mhm!«

»Sei still. Alles in Ordnung. Wir fahren zusammen weg.«

Doch als sie die hintere Tür zuschlug und die Fahrertür öffnete, wurde ihr klar, dass sie nirgendwo hinfahren würden, weil sie den Autoschlüssel nicht hatte.

Sie musste wieder rein. Aber sie wollte nicht wieder rein. Sie würde weder mit Dinah zurück in die Kapelle gehen noch sie hier draußen allein lassen. Sie könnte zu Fuß gehen. Bis rauf zur Hauptstraße. Es war nicht besonders weit. Ein Auto anhalten.

Nein, sie konnte kein Auto anhalten. Nicht nach dem letzten Fahrer.

Gedanken schossen ihr viel schneller durch den Kopf, als sie sie hätte formulieren können. Und währenddessen sah sie etwas: zwischen den Bäumen bewegte sich ein Schatten. Nicht im Einklang mit den anderen schwankenden Schatten. Eine Gestalt, die Gestalt eines Mannes.

Sie schloss die Fahrertür. Ging hinten ans Auto.

Es war ein Mann; es war der Mann von der Insel. Und wie anscheinend jeder andere hier trug er eine Waffe.

Wieder auf Autopilot – es war wichtig, diese Dinge automatisch zu erledigen – drehte sie sich um, als hätte sie ihn nicht gesehen, und öffnete den Kofferraum. Sie hatte befürchtet, dass er verschlossen war – aber das war nicht der

Fall. Sie hatte befürchtet, dass sie weg sein würde, als sie die Klappe anhob – aber sie war nicht weg. Sie befürchtete, dass sie nicht damit umgehen könnte – aber sie nahm sie trotzdem heraus.

Sarah drehte sich geschmeidig um und richtete die Schrotflinte auf Howard.

Er blieb stehen und schürzte die Lippen ... eine ziemlich geringe Reaktion, im Großen und Ganzen.

Hinter sich hörte Sarah ein leises Poltern aus dem Auto. Vielleicht war Dinah vom Sitz gefallen. Und ihr war so klar wie noch nie etwas zuvor, dass das, was als Nächstes passieren würde, nicht in Dinahs Nähe passieren durfte. Besser, das Kind blieb allein im Auto, als bei allem Folgenden dabei zu sein.

Also drehte sie sich um und rannte in den Wald.

Lauf mir nach, lauf mir nach, lauf mir nach ... Sie wusste nicht, was sie tun sollte, wenn er ihr nicht folgte. Sie wusste nicht, was sie tun sollte, wenn er es tat. Aber es funktionierte: Er folgte ihr. Er blieb eine Sekunde lang auf der Lichtung stehen, dann nahm er die Verfolgung durch das Wäldchen auf.

Sarah wusste, dass er immer noch die Waffe in der Hand hielt, aber er schoss nicht damit: Das war gut. Und sie hielt immer noch die Schrotflinte in der Hand, obwohl sie wusste, dass sie sie nicht würde benutzen können. Sie erinnerte sich an die andere Baumgruppe, das kleine Wäldchen, in dem Michael sie dazu gebracht hatte, damit zu zielen und zu schießen, und sie ein Loch durch Blätter und Äste geschossen hatte; nichts davon leistete mehr Widerstand als der menschliche Körper ... Nein, sie würde niemanden erschießen. Aber wenn er sie tötete, was sollte ihn davon abhalten, auch Dinah umzubringen?

Der Gedanke machte sie schneller. Sie sprang über einen umgefallenen Baumstamm. Die Jeansjacke, die sie trug – Michaels –, verfing sich in einem Ast, aber sie riss sie los. Hinter sich hörte sie ihn fallen, vielleicht über denselben Baumstamm, und einen Moment lang erfüllten seine englischen Flüche die schottische Luft. Sie geriet ins Stolpern und ließ die Waffe beinahe fallen. Es würde nicht klappen. Jeden Moment würde sie hinfallen und sich das Gehirn wegpusten.

Und mit diesem Gedanken im Kopf brach sie durch die Bäume und fand sich auf einer Lichtung mit struppigem Gras, Kaninchenkötteln und Picknickmüll wieder. Mit der Schrotflinte in der Hand, Michaels Jacke über den Schultern und vielleicht noch einer Minute Zeit …

Eine Minute. Dann war Howard bei ihr auf der Lichtung.

»Die Kammer immer leer lassen?«, fragte Amos Crane. Langsam zog er die Hände aus den Taschen.

»Denken Sie nicht mal dran.«

»Heißt es das, was ich glaube?«

»Denken Sie nicht mal dran.«

»Erschieß ihn«, sagte Michael.

»Halt die Klappe.«

Amos Crane lächelte. Es war erstaunlich, wo man seine Vorteile fand. Hier in einer aufgegebenen Kapelle, meilenweit weg von allem, mit dem Mann, den er töten wollte, und einer Frau, von der er geträumt hatte. Und Frauen zögerten immer, ließen einem eine winzige Chance.

»Kommen Sie damit klar?«, fragte er.

Zoë wollte zunächst nicht antworten.

»Womit?«, fragte sie dann doch.

»Mir in den Kopf zu schießen«, sagte Crane. Mit einem Nicken deutete er in Richtung des Pistolenlaufs: genau zwischen seine Augen, in Händen, die so ruhig waren wie ein Fels. »Verstehen Sie mich nicht falsch. Ich würde einen Kopfschuss bevorzugen.«

»Und?«

»Erschieß ihn einfach, verdammt noch mal!«

»Kaum jemand ist so schnell wie ich. Wenn Sie mich treffen, bin ich tot, keine Frage. Aber es ist ein ziemlich kleines Ziel, wissen Sie? Und falls Sie danebenschießen, na ja ...«

Zoë verzog keine Miene.

»Also, wenn Sie danebenschießen, sind Sie tot. Sie, und er ist es auch.«

»Bring das Arschloch um!«

»Andererseits«, sagte er munter, als hätte Michael nichts gesagt, »bin ich vielleicht nicht sofort tot, wenn Sie auf die Brust zielen. Klar, ein Schuss ins Herz, peng! Das war's. Aber ansonsten, na ja, da drin gibt's viele komplizierte Organe, und Sie würden mir so schwere Verletzungen zufügen, dass ich wahrscheinlich sterben würde. Aber vielleicht nicht sofort, verstehen Sie, was ich meine? Und dann sind wir wieder bei Plan B. Sie sind tot. Er ist tot.«

»Jetzt hör mal, du blöde Kuh ...«

»Halt die Klappe«, sagte Zoë ruhig.

Die silberne Waffe lag im Staub direkt neben Amos Cranes Füßen. Sie hatte keine Ahnung, wie lange er brauchen würde, um sie an sich zu nehmen.

»Ein Bauchschuss, tja, das wäre das Gleiche. Ich habe schon erlebt, dass Leute mit einer Kugel im Bauch stundenlang weitergelebt haben. Nein, lassen Sie mich das anders formulieren. Ich habe schon Leute mit einer Kugel im Bauch stundenlang sterben sehen. Wenn es keine medizinische Hilfe gab, natürlich. Aber das braucht Sie im Grunde nicht zu interessieren, denn Sie werden tot sein. Sie und er.«

»Nur zu.«

»Und falls Sie mich anderswo treffen … Aber Sie haben doch nicht etwa vor, mich nur zu *verletzen,* oder?«

Sie schüttelte den Kopf.

»Na gut. Denn wenn Sie das vorhätten, das brauche ich Ihnen wohl kaum zu sagen …«

»Wäre ich tot«, sagte Zoë trocken.

»Mhm.«

»Wir beide wären tot, er und ich.«

»Mhm.«

»Gehen Sie jetzt zwei Schritte zurück. Ich sag das nicht noch einmal.«

Amos Crane trat einen halben Schritt zurück und dann wieder einen halben Schritt nach vorn. »Sie erinnern sich nicht an mich, oder?«

»Erschieß ihn!«

»Ich weiß, dass Sie sich nicht an mich erinnern, sonst wären Sie nie zu mir ins Auto gestiegen.«

»Erschieß ihn!«

»Ich saß im Zug. Ich habe Sie vorbeigehen sehen. Sie hatten«, sagte er versonnen, »eine Tasse Kaffee und zwei verpackte Sandwiches dabei.«

»Ich zähle jetzt bis drei«, sagte Zoë zu ihm. »Eins.«

»Und wissen Sie, was wirklich komisch ist?«

»Zwei.«

»Ich habe von Ihnen geträumt«, sagte Amos Crane – was sowohl absurd als auch absolut zutreffend war, obwohl er nie erfahren würde, ob es die offensichtliche Absurdität oder die schlichte Wahrheit war, die Zoës Augen flackern ließ, ein Flackern, das lange genug anhielt, um ihm zu erlauben, sich fallen zu lassen ... Und Amos Crane fiel nicht wie andere Männer. Er bückte sich nicht, krümmte nicht den Rücken. In einem Moment stand er mit beiden Füßen auf dem Boden, und im nächsten – im nächsten war es, als hätte er gar keine Füße mehr. Ihm wurde bewusst, dass seine Knie nie wieder dieselben sein würden, nachdem er sich mit dem vollen Gewicht auf sie hatte fallen lassen, auf den staubigen Steinboden einer stillgelegten Kapelle. Mitten im Nirgendwo. Nach einer Waffe greifend. Das alles war ganz unnötig, wo er doch seine eigene Waffe unter der rechten Achsel trug, aber es war zu aufregend, zu erregend gewesen, mit leeren Händen hier hereinzukommen und zu sehen, was die Götter für ihn bereithielten ... Eine Frau in einem roten Oberteil, die sicherlich feuern, aber wahrscheinlich danebenschießen würde. All das dachte Amos Crane in diesem Moment nicht wirklich, sondern fühlte es eher, genauso wie er fühlte, dass seine Knie knackten, als sie auf den Boden auftrafen, und fühlte, wie die Waffe ihm in die Hand sprang. Er, Amos Crane, hatte noch nie Probleme mit Waffen gehabt, und ihm war noch nie eine begegnet, die er nicht gemocht hätte. Diese hier war prima geeignet. Das war die Waffe, die er greifen und auf jemanden richten würde, und nachdem er die Frau erschossen hatte, würde er sich mehr Zeit für den Mann nehmen, denn das war der Mann, der seinen Bruder getötet hatte. Michael Downey würde einen langsamen Tod sterben …

Aber Zoë zögerte nicht.

Und Amos Crane war kein Problem mehr.

Er kam auf der vermüllten kleinen Lichtung an – hinkend – und sah, dass Sarah auf ihn wartete: eine Schrotflinte in der Hand, als wäre sie Annie Oakley. Seine eigene Waffe baumelte ungelenk herunter. Er war gestürzt und hatte sich dabei ziemlich schmerzhaft am Knie verletzt. Jetzt hatte er das ungute Gefühl, dass nichts so lief, wie es sollte. Dass eine Art Rückspulmechanismus in Gang gesetzt werden musste, damit er wieder an seinem Schreibtisch in London sitzen und das alles in den Berichten anderer lesen würde. Aber er war sich ziemlich sicher, dass er hinten in der Kapelle einen Schuss gehört hatte.

Wie man es auch betrachtete, lose Enden wurden gekappt.

Sarah sagte: »Kommen Sie nicht näher.«

Howard blieb stehen, er war kein Dummkopf. Er sagte: »Es ist okay, wissen Sie. Es ist alles vorbei. Mehr oder weniger.«

»Lassen Sie die Waffe fallen.«

»Ich tue Ihnen nichts. Sehen Sie?« Er warf die Waffe in den Wald. »Sie können das auch weglegen, wenn Sie wollen.«

Sarah lockerte ihren Griff um die Schrotflinte nicht.

Er sagte: »Wollen Sie meinen Ausweis sehen? Ich kann mich identifizieren.«

»Nicht nötig.«

»Sie sind da in etwas hineingeraten …«

»Ich weiß, in was ich hineingeraten bin. Ich bin an Scheißkerle wie Sie geraten, die tödliche Kriegsspiele vertuschen. Chemische Waffen? Draußen in der arabischen Wüste? Klingelt es da bei Ihnen?«

»Ich habe nichts damit zu tun.«

»Natürlich nicht.«

»Wirklich nicht. Ehrlich gesagt, es kotzt mich auch an. Egal, ob Sie mir glauben oder nicht.«

»Ich glaube Ihnen nicht. Aber wissen Sie, was mich am meisten aufregt? Dass Sie ein Kind, ein vierjähriges Kind, als Teil Ihrer Vertuschungsaktion benutzt haben. Zuerst vergiften Sie ihren Vater, dann entführen Sie sie und benutzen sie als Köder!«

»Ihr Vater –«

»Ist mir egal.«

»Ihr Vater war ein Kriegsverbrecher. Wussten Sie das?«

Sarah antwortete nicht.

»Genau wie Ihr Freund Downey. Sie haben unbewaffnete Gefangene erschossen. Trauen Sie ihm das zu? Denken Sie an die Insel, Sarah. Was auf der Insel passiert ist. Er ist ein verdammter Irrer. Das müssen Sie doch einsehen.«

»Sie haben ihn als Versuchskaninchen benutzt.«

»Er hat sich freiwillig gemeldet.«

»Das glaube ich Ihnen nicht.«

»Doch, ich denke, Sie glauben mir.«

O ja, sie wollte ihm glauben. Howard erkannte das genau. In diesem Moment hätte sie alles geglaubt. Auch und vor allem, dass sie im Koma lag und dies die Fieberträume ihres wirren Verstandes waren.

Er schöpfte wieder Hoffnung. Sogar sein Knie hörte auf zu pochen. »Mrs. Trafford«, sagte er, »Sarah. Hören Sie mir zu. Nichts, was Ihrem Freund in der Vergangenheit widerfahren ist, hatte irgendetwas mit mir zu tun. Mit uns. Egal, was er getan hat, was ihm passiert ist, war ein Verbrechen. Und soweit ich weiß, wurden die Verantwortlichen bestraft. Sie haben eine Grenze überschritten.« Er zuckte mit den Schultern. »Man kann solche Dinge nicht immer verhindern. Man kann nur im Nachhinein aufräumen.«

»Aber niemand hat je davon erfahren. Diese Kindersoldaten wurden geopfert ...«

»Das ist der springende Punkt. Niemand hat je davon erfahren. Meinen Sie, die Leute sind glücklicher, wenn sie die Wahrheit kennen, Sarah? Die ganze Wahrheit? Glauben Sie, sie wollen wissen, was am Rande ihrer Demokratie vor sich geht? Das wollen sie nicht. Und es ist mein Job, dass sie es nicht erfahren. Das meine ich mit aufräumen.«

»Aber Sie haben ein Kind missbraucht, um –«

»Ihr geht es gut, Sarah. Ihr geht es gut. Glauben Sie, wir hätten zugelassen, dass ihr etwas zustößt?«

»Es wäre doch fast passiert!«

»Richtig. Auf der Insel. Aber das war Downeys Schuld, Sarah. Nicht unsere. Natürlich wollten wir ... Kontakt aufnehmen. Ihn zurück an Bord holen. Wir konnten doch nicht ahnen, dass er durchdrehen würde.«

»Sie haben ein Haus in die Luft gejagt. Jemand hat versucht, mich umzubringen!«

»Ja, das war beides derselbe Agent. Wollen Sie, dass ich mich bei Ihnen entschuldige? Das tue ich. Glauben Sie mir, es tut mir leid. Besonders das, was er Ihnen antun wollte, aber dazu kann man nur sagen, dass er den Preis dafür bezahlt hat. Er ist abtrünnig geworden, er hat dafür bezahlt. Ich glaube nicht, dass wir für seine Handlungen verantwortlich gemacht werden können, Sarah. Wir müssen das wirklich vernünftig angehen.«

Aber sie schüttelte den Kopf, als ob sie nicht überzeugt wäre.

»Hören Sie, Sarah, ich will ehrlich sein. Es gibt zwei Möglichkeiten, wie wir damit umgehen können.« Er spreizte die Hände mit den Handflächen nach oben. »Bei der ersten legen Sie die Waffe hin, kommen mit mir, und dann kehren Sie zurück in ihr altes Leben. Es ist ganz leicht. Natürlich müssen Sie ein paar Papiere unterschreiben, eine Geheimhaltungsvereinbarung und so weiter, aber das ist im Grunde alles. Sie lassen das hier hinter sich und fangen neu an, als wäre es nie passiert. Und wir kümmern uns um die Probleme Ihres Mannes. Natürlich hat er sich einiges erlaubt, aber das ist nichts, was wir nicht in Ordnung bringen könnten, mit ein bisschen gutem Willen von beiden Seiten. Okay?«

»Und was ist die andere Möglichkeit?«

Er tappte demütig von einem Fuß auf den anderen. »Ich denke, wir sollten bei Möglichkeit eins bleiben. Wissen Sie, was meine Spezialität ist, Sarah? Was ich gut kann? Etwas so zu regeln, als wäre es nie passiert. Das können wir auch in Ihrem Fall. Vertrauen Sie mir.«

»Und die andere Möglichkeit?«

Howard zeigte deutlich, wie unglücklich er war, als er über die andere Möglichkeit nachdachte. »Sie müssen verstehen, wie wichtig es ist, dass Downeys Geschichte nicht weitergeht. Und wenn Sie sich in diesem Punkt zu unnachgiebig zeigen, wird diese Sache überproportional aufgeblasen. So ist das.«

»Und die andere Möglichkeit?«

»Die andere Möglichkeit ist, Sarah, dass Sie die Waffe nicht niederlegen. Sie sogar benutzen.« Er schüttelte den Kopf und lächelte schüchtern, als wäre es ein Geheimnis, das sie teilten, dass Möglichkeit Nummer zwei nie wirklich eine Option wäre. »Sie benutzen sie. Offensichtlich wird mir dann vieles egal sein. Ich wäre dann damit überfordert, mir Gedanken darüber zu machen, was als Nächstes kommt. Aber Sie sollten die Konsequenzen bedenken.«

Sarah sagte nichts. Er seufzte tief.

»Die Konsequenzen. Ich werde dann vielleicht nicht mehr da sein, aber die Abteilung, für die ich arbeite, schon. Und ich fürchte, sie wird dann auf Hochtouren arbeiten. Das bedeutet, dass Sie, Ihr Freund da hinten, Downey, das Kind, Ihr Ehemann, Ihre alte Freundin, äh, Wigwam … wirklich alle, mit denen Sie in Verbindung standen, schwere Unfälle erleiden werden.«

»Ich sollte Sie umbringen.«

»Das ist Ihre Entscheidung. Aber Sie würden nicht nur mich töten. Sie würden etwas in Gang setzen, das Sie nicht mehr aufhalten können. Bisher hatten Sie Glück, wissen Sie. Großes Glück. Wir sind ein wenig überlastet. Wenn das hier zu einem ausgewachsenen Krisenfall wird, dann wird das, was gerade im Golf passiert, wie ein Kaffeekränzchen aussehen. Tja, vielleicht sollte ich Ihnen etwas Bedenkzeit geben, aber das ist doch wohl kaum nötig, oder, Sarah? Ich meine, die Entscheidung ist ja nicht schwer. Glücklich bis ans Lebensende, oder wir ficken alle. Entschuldigen Sie meine Ausdrucksweise.«

»Sie sind ein Unmensch!«

»Verglichen mit einigen meiner Kollegen bin ich ein Teddybär. Ein Teddybär, der den Friedensnobelpreis verdient hätte. Ich finde wirklich, dass Sie die Waffe runternehmen sollten, Sarah. Bevor alle, die Sie kennen und lieben, zu Schaden kommen.«

Und zu seiner großen Erleichterung sah er, dass sie genau das in Betracht zog.

Er atmete ein, atmete aus. Das Leben eines Menschen zog vor seinen Augen vorbei …

Howard trat vor, hob die Waffe vom Boden auf, wo sie sie fallen gelassen hatte, trat dann ein paar Schritte zurück und richtete den Lauf auf Sarah.

»Was soll das?«, fragte sie.

»Jetzt tun Sie nicht so begriffsstutzig.«

»Aber Sie haben doch gesagt –«

»Ich habe gesagt, Sie bräuchten nur ein paar Papiere zu unterschreiben. Tut mir leid. Ich habe gelogen.« Er hob die Waffe und zielte.

»Aber –«

»Aber nein. Es tut mir leid. Sie sind mutig. Es tut mir leid.« Er senkte die Waffe. Aus dieser Entfernung würde er kaum verfehlen. Es gab keinen Grund, eine große Sache daraus zu machen.

»Aber –«

»Tut mir leid.«

Er schoss.

Und Sarah …

Für einen Sekundenbruchteil stand Sarah am Ende eines langen, langen Korridors und beobachtete, wie ein helles Licht mit hundertfünfzig Stundenkilometern auf sie zuraste. Begleitet von einem Geräusch, das wie ein Sturmwind oder eine ganze Herde brüllender Löwen klang, und es änderte seine Farbe, als es näher kam: mal rot, dann grün, wieder rot, weiß, wieder rot. Schließlich war es ganz rot und verschlang sie, gerade als das Geräusch verschwand. Es war, als zerbräche ein Teleskop, durch das sie hindurchgeblickt hatte, und sie war zwar desorientiert, stand aber aufrecht. Dann ertönte wieder ein Geräusch, das diesmal nicht nach Löwen klang: ein schriller Schrei, der die Bäume erklomm und einen Weg suchte, den Himmel zu durchbrechen.

Sarah holte tief Luft und wusste, dass sie am Leben war.

Der Mann lag ein paar Meter entfernt auf dem Rücken, aus dem zerfetzten Stumpf seines rechten Arms strömte Blut, obwohl er ihn mit der linken Hand am Ellbogen festhielt, als könnte das helfen. Sarah hatte noch nie gehört, dass ein Mensch solche Laute ausstieß. Das war wohl gemeint, wenn von Banshee-Schreien die Rede war, von kreischenden Todesfeen. Sein Gesicht war bis zur Unkenntlichkeit verzerrt, als wäre seine fadenscheinige Maske abgefallen und die Dunkelheit darunter zum Vorschein gekommen. Die Dunkelheit bestand jedoch hauptsächlich aus Schmerz.

Die Schrotflinte lag als verdrehtes Metallknäuel neben seinen Füßen.

Sie öffnete den Mund, um etwas zu sagen, fand aber keine Worte.

Nach einer Weile löste sie ihren Gürtel und kniete sich

neben den schreienden Mann; sie schlang den Gürtel unterhalb des Ellbogens um seinen Arm und zog ihn fest. Seine verbliebene Hand krallte nach ihrem Gesicht, aber als sie den Arm runterdrückte, ließ er es sein. Der Schrei wurde zu einem Wimmern. Um seinen Mund herum hatte sich eine dünne weiße Paste gebildet. Sie schlang den Gürtel viermal um seinen Arm, bevor sie die Schnalle schließen konnte, doch selbst dann hatte die Kompresse, soweit sie sehen konnte, keine Wirkung. Aber sie war keine Krankenschwester, und man tat eben, was man konnte. Das Wort, das in ihr widerhallte, war »kauterisieren«. Aber er würde so zurechtkommen müssen.

»Hören Sie mir gut zu.«

Ihre eigenen Worte klangen wie von irgendwo aus dem Weltraum. »Hören Sie mir zu? Sie müssen still liegen bleiben. Wenn Sie um sich schlagen, verbluten Sie.«

Wenn du still liegen bleibst, verblutest du auch, dachte sie. Aber – wessen Schuld war das?

»Ich hole Hilfe.«

Er spuckte: einen hellen Schleimklumpen, der auf seine eigene Brust spritzte. In seinen Augen konnte sie den nahenden Tod sehen. Es war, als würde man in einen Tunnel hinabblicken, dessen fernes Licht von einem entgegenkommenden Zug stammte.

»Möge Gott dir vergeben«, sagte sie.

Als sie aufstand, flatterte Michaels Jeansjacke locker im Wind. Sie griff in die Tasche und verstreute die letzten Schrotpatronen; goldene Klumpen fielen wie magischer Gänsekot auf die Erde. Obwohl sie ihr aus ihren brandneuen Verstecken zuzwinkerten, dachte Sarah nicht an sie, sondern an die leuchtend roten Pfropfen, die Michael damals ordentlich in seine Tasche gesteckt hatte. Ein Fragment davon ragte jetzt blind aus den Überresten des Laufs hervor.

Und sie ging durch die Bäume zurück, das Sonnenlicht tanzte in ihren Schritten. Eigentlich rannte sie zurück, erfüllt von plötzlicher Angst: um Zoë, um Michael … Vor allem aber um Dinah, für die sie einen zu weiten Weg zurückgelegt hatte, um sie so schnell wieder zu verlieren.

Ich bin so weit gereist, um dich zu finden, und ich weiß jetzt wieder, warum. Weil wir Überlebenskünstlerinnen sind, wir beide. Wir bleiben am Leben.

Sie rannte durch die Bäume und erreichte nach erstaunlich kurzer Zeit die Kapelle – alter Stein, wuchernde Büsche, blaue Ente. An diesem Punkt hätten ihr fast die Beine versagt. Wie vor einer unerwarteten Hürde spürte Sarah, dass ihre Waden schwach wurden; sie wäre fast gestolpert, fast gestürzt; sie musste sich mit beiden Händen am Dach des klapprigen Blechautos festhalten. Durch dessen Fenster sie Dinah sah, die zu ihr aufblickte.

Sie öffnete die Tür. Das Kind weinte nicht. Ein Wunder. Andererseits, nach allem, was sie durchgemacht hatte, nun ja: Wahrscheinlich ist sie stärker als ich, dachte Sarah. Wahrscheinlich. Nicht, dass ich jemals vorgehabt hätte, irgendetwas zu beweisen.

Einen Moment lang spürte sie, wie sie eine schmerzhafte Erinnerung durchdrang: die Erinnerung an eine Katze, die sie durch ein Fenster beobachtet und von der anderen Seite der Scheibe aus verspottet hatte. Dann verflüchtigte sich das Bild.

Sie beugte sich hinunter und nahm Dinah in die Arme. Das Mädchen zögerte kurz, wehrte sich aber nicht. Sie öffnete den Mund, als wollte sie etwas sagen, schwieg aber dann.

Sarah suchte nach tröstenden Worten, während sich hinter ihr eine Tür öffnete und jemand leise in die Sonne trat und ein Feuerzeug anschnippte.

»Alles wird gut«, sagte Sarah. Dann drehte sie sich um und lächelte Zoë an.

Krimi
Aus dem Englischen von Stefanie Schäfer
ca. 432 Seiten
Auch erhältlich als eBook und Hörbuch-Download

Selbst in Slough House, dem belanglosesten Außenposten des MI5, fordert der Brexit seinen Tribut: Das ganze Haus wurde aus den offiziellen Akten gelöscht – mitsamt seinen Insassen. Mehr noch, plötzlich sterben ehemalige Mitglieder wie die Fliegen. Kein Wunder, dass Jackson Lambs Mannschaft etwas paranoid wird. Es wäre klug, sich einen sicheren Ort zu suchen. Aber für kluge Entscheidungen sind die Slow Horses nicht gerade bekannt.

Krimi
Aus dem Englischen von Stefanie Schäfer
480 Seiten
Auch erhältlich als eBook und Hörbuch-Download

In Slough House, dem Abstellgleis des MI5, werden Erinnerungen wach – nur leider keine guten. Cathrine Standish kauft wieder Alkohol, und Louisa Guy wühlt in den Trümmern einer alten Liebe. Jackson Lamb quittiert das höchstens mit Flatulenz und einem Schluck Whiskey, doch selbst ihn holen die dunklen Schatten seiner Vergangenheit ein. Auf der Suche nach einem altbekannten Verräter schickt er seine Truppe ins Feld – aber nicht alle kehren zurück.

Roman
Aus dem Englischen von Bernhard Robben
480 Seiten
Auch erhältlich als eBook und Hörbuch-Download

Im Jahr 2119: Die Welt ist überschwemmt, Europa eine Insellandschaft, Freiheit und Reichtum unserer Gegenwart – ein ferner Traum. Der Literaturwissenschaftler Thomas Metcalfe sucht ein verschollenes Gedicht von Weltrang. Der Dichter Francis Blundy hat es 2014 seiner Frau Vivien gewidmet und nur ein einziges Mal vorgetragen. In all den Spuren, die das berühmte Paar hinterlassen hat, stößt Thomas auf eine geheime Liebe, aber auch auf ein Verbrechen. Ian McEwan entwirft meisterhaft eine zukünftige Welt, in der nicht alles verloren ist.

Roman
Aus dem Englischen von Cornelia Holfelder-von der Tann
384 Seiten
Auch erhältlich als eBook und Hörbuch-Download

Joy Stephens' Leben lässt wenig zu wünschen übrig: Mit Mitte dreißig steht sie kurz vor der Ernennung zur Partnerin in ihrer Londoner Anwaltskanzlei, sie ist der Inbegriff einer erfolgreichen, attraktiven Karrierefrau und führt eine offene, aber verlässliche Ehe. Trotzdem bereitet Joy ihren Abgang bei Hanger, Slyde & Stein vor – bis sie bei ihrer Dankesrede vor aller Augen zehn Meter in die Tiefe stürzt. Hat ihr Anwaltskollege und Ex-Lover Peter etwas damit zu tun? Oder übt dieser funkelnde Glaspalast inmitten der flirrenden Lichter Londons einen ganz eigenen Abwärtssog aus?